MIRA®

Der Preis dieses Bandes versteht sich einschließlich
der gesetzlichen Mehrwertsteuer.

Umwelthinweis:
Dieses Buch wurde auf chlor- und säurefreiem Papier gedruckt.

Liebesreise nach Frankreich

MIRA®

MIRA® TASCHENBUCH
Band 15033
1. Auflage: Juni 2009

MIRA® TASCHENBÜCHER
erscheinen in der Cora Verlag GmbH & Co. KG,
Valentinskamp 24, 20350 Hamburg
Deutsche Taschenbucherstausgabe

Titel der englischen Originalausgaben:
My Sister's Keeper

erschienen bei: Mills & Boon Ltd., London

Welcome The Sunrise

erschienen bei: Mills & Boon Ltd., London

Parisian Adventure

erschienen bei: Mills & Boon Ltd., London

Published by arrangement with
HARLEQUIN ENTERPRISES II B.V./S.àr.l.

Konzeption/Reihengestaltung: fredebold&partner gmbh, Köln
Umschlaggestaltung: pecher und soiron, Köln
Redaktion: Ivonne Senn
Titelabbildung: mauritius images GmbH, Mittenwald
Satz: Buch-Werkstatt GmbH, Bad Aibling
Druck und Bindearbeiten: CPI – Ebner & Spiegel, Ulm
Printed in Germany
ISBN 978-3-89941-596-4

www.mira-taschenbuch.de

Rachel Lindsay

Wiedersehen in Monte Carlo

Roman

MIRA®

1. KAPITEL

Ella Channing strich sich eine Haarsträhne aus der Stirn und schaute vom Spülbecken auf, um sich mit einem Blick aufs Meer für die leidige Hausarbeit zu belohnen.

Weit unten leuchtete der schmale Sandstrand hell im Sonnenlicht, wodurch das Blau von Himmel und Meer noch kräftiger und klarer strahlte. Eine leichte Brise bewegte die Jacarandabäume im Garten vor der Küche und ließ auch die Wipfel der Palmen schwanken, die unten am Strand die Straße säumten.

Wie nah das Meer wirkte. Dabei musste man erst durch den großen Garten laufen, der die Villa umschloss, hatte unzählige Stufen hinunter zu steigen, musste die breite Küstenstraße überqueren und noch einmal einen felsigen Abhang hinunterklettern, bevor man den Strand erreichte. Aber dort war es dann wirklich idyllisch. Man konnte sich wohlig im Sand der einsamen kleinen Bucht ausstrecken und, die herrliche Ruhe genießend, zu den von Touristen überquellenden Badeorten Antibes und Juan-les-Pins hinübersehen.

Die schöne Gabrielle Michard, für die Ella arbeitete, bevorzugte indessen zum Sonnenbaden die exklusiven Strände von Cap d'Antibes oder St. Jean Cap Ferrat, wenn sie keine Lust hatte, sich auf der Terrasse ihrer Villa auszuruhen. Nur Ella und ihre jüngere Schwester Fiona benutzten den Strand der vom allgemeinen Rummel noch gänzlich unberührten Bucht.

Bei dem Gedanken an Fiona erschien eine kleine Falte auf Ellas Stirn. Seit dem Tod ihrer Mutter hatte sie sich viel Sorgen um die Schwester machen müssen, und von ihrem Vater sahen sie nicht viel. Er hatte eine Stellung in Südamerika angenommen, kam alle zwei Jahre einmal für ein paar Wochen zu Besuch, sorgte wohl dafür, dass seine Töchter immer einen Notpfennig auf der Bank hatten, war aber froh, wenn er wieder zu seinem abenteuerlichen Leben im Urwald zurückkehren konnte.

Du bist mir mehr Mutter, als Mummy es jemals durch ihre Krankheit gewesen war, hatte Fiona einmal gesagt. Doch es war in all den Jahren nicht leicht für Ella gewesen, und so manches Mal hatte sie sich nach einem lebenserfahrenen Menschen gesehnt, der ihr mit Rat und Tat hätte beistehen können. Auch jetzt hätte sie einen solchen Menschen brauchen können, um sich einmal ihren ganzen Kummer vom Herzen zu reden.

Seufzend widmete sie sich wieder dem schmutzigen Geschirr. Sie stellte gerade den letzten Teller ins Abtropfbrett, als der Grund ihrer Sorgen in die Küche trat. Mit ihren neunzehn Jahren war Fiona ein außergewöhnlich hübsches Mädchen: groß und schlank wie eine Tanne, mit langem hellblonden Haar, kornblumenblauen Augen unter seidig schwarzen Wimpern und fein geschnittenen Zügen. Ella dagegen hatte nussbraunes Haar und eine warme, etwas dunkler getönte Hautfarbe als ihre Schwester, sodass sie oft für eine Südländerin gehalten wurde.

„Mein Gott, was machst du nur so lang?“, nörgelte Fiona. „Ich warte schon seit einer Ewigkeit draußen.“

„Ich hatte abzuwaschen und musste die Küche aufräumen.“

„Wenn wir nicht bald zum Strand runtergehen, lohnt es sich nicht mehr.“

„Es ist erst drei“, protestierte Ella, „und ehrlich gesagt würde ich lieber in unserer kleinen Bucht baden als bei der Hitze nach Juan zu fahren.“

„In der Bucht sterbe ich vor Langeweile“, erklärte Fiona mit einer Grimasse. „In Juan ist wenigstens was los.“

Meine verwöhnte kleine Schwester, dachte Ella, während sie sich die Schürze abband und an einen Haken an der Tür hängte. Aber es wäre ungerecht, Fiona daraus einen Vorwurf zu machen. Die Schuld daran trug eher sie selbst. Aber es war schwer, jemanden nicht zu verwöhnen, der so furchtbar unter Asthma zu leiden hatte wie Fiona. Die entsetzlichsten Anfälle waren meist eine Folge von Anstrengung oder Aufregung gewesen, was dazu geführt hatte, dass Ella ihre Schwester stets vor allem Unangenehmen zu beschützen versuchte. Es wäre unfair zu sagen, dass Fiona ihre schwache Gesundheit bewusst zur Durchsetzung ihrer Wünsche auszuspielen versuchte, aber zweifellos genoss sie alle Vorteile davon.

„Du denkst wieder, dass ich dir eigentlich hätte helfen können, nicht wahr?", fragte Fiona, weil ihr Ellas Schweigen zu lang wurde.

„Ja, das hättest du."

„Ich weiß, ich bin ein Scheusal." Fiona legte mit zerknirschtem Lächeln einen Arm um Ella. „Ich möchte wissen, wie du es nur mit mir aushältst."

„Das frage ich mich auch manchmal."

„Du solltest mich eben nicht immer so verwöhnen und mir alles durchgehen lassen."

Ella lachte. „Gut. Ich werde das nächste Mal daran denken, wenn du mir nicht beim Tischabdecken hilfst."

Sie liefen in das gemeinsame Schlafzimmer hinauf, dessen Fenster von der See abgewandt waren. Man hatte einen hübschen Blick auf den Garten und auf die dunklen, hohen Zypressen, hinter denen die obere Küstenstraße entlangführte.

„Deinen Bikini und ein Badetuch habe ich schon eingepackt", sagte Fiona. „Du brauchst dich nur noch umzuziehen."

Ella beeilte sich. Sie ersparte sich sogar den Lippenstift und fuhr sich mit dem Kamm durch die Haare, um Fiona nicht noch länger warten zu lassen, was diese mit dankbarem Lächeln quittierte.

Wie schnell Fiona zufrieden zu stellen war. Leider schnappte sie ebenso leicht ein, wenn etwas nicht nach ihrem Kopf ging. Ella schalt sich, dass sie an einem so schönen Tag ständig an ihrer Schwester herumkritisierte, aber wahrscheinlich war sie einfach überarbeitet und müde. Acht Wochen arbeitete sie nun schon in der Villa, es wurde Zeit, dass sie sich einmal einen freien Tag nahm.

„Heute Abend kümmere ich mich um das Abendessen, dann kannst du ein bisschen ausruhen", bot sich Fiona in diesem Moment an, als hätte sie Ellas Gedanken erraten.

„Viel ist nicht zu machen. Ich habe schon einen Auflauf vorbereitet. Er braucht nur in den Ofen geschoben zu werden."

„Dann werde ich auch abräumen und abspülen."

„Danke", erwiderte Ella, obwohl sie genau wusste, dass ihre Schwester bis zum Abend alle guten Vorsätze vergessen haben würde.

Die Sonne brannte vom Himmel, als sie das Haus verließen. Ella legte instinktiv eine Hand auf den Kopf.

„Du willst doch nicht etwa noch mal zurück, um deinen Sonnenhut zu holen?“, meinte Fiona ungeduldig. „Wenn wir nicht bald fahren, ist die Sonne weg.“

„Wir brauchen doch nur fünf Minuten bis Juan!“

„Aber eine Ewigkeit, bis wir einen Parkplatz finden.“

„Ich kann dich ja am Strand absetzen und dann erst einen Parkplatz suchen“, schlug Ella vor, und im Nu verschwand der missmutige Ausdruck aus Fionas Gesicht. Zufrieden kletterte sie auf den Beifahrersitz des kleinen Renaults.

Nach und nach, während sie die obere Küstenstraße mit den vielen zauberhaften Ausblicken aufs Meer entlangfuhren, entspannte sich auch Ella. Kaum zu glauben, dass nur wenige Flugstunden entfernt Norfolk mit seinem ewig grauen Himmel und kalten Klima lag, musste sie denken. Aber dort waren sie zu Hause, und schon in etwa drei Monaten würden sie dorthin zurückkehren. Sie blickte kurz zu Fiona.

„Norfolk scheint unheimlich weit entfernt zu liegen, nicht?“

„Zu weit, um daran zu denken“, antwortete Fiona.

„Es wird komisch sein, wenn wir wieder daheim sind.“

„Eher eine Katastrophe. Gabrielle sagt, ich könnte ...“

Der Satz blieb unbeendet, aber Ella ließ es dabei. Sie ahnte ohnehin, was Fiona hatte erzählen wollen. In den letzten Wochen hatte es sich immer mehr herauskristallisiert, dass Fiona zu einer Art Gesellschafterin von Gabrielle Michard werden sollte. An sich merkwürdig, denn gewöhnlich scheuten schöne Frauen die Begleitung von hübschen und noch dazu jüngeren Mädchen. Aber vielleicht glaubte Gabrielle Michard, dass die blonde zarte Fiona einen wirkungsvollen Kontrast zu ihrer exotischen dunklen Schönheit bot.

„Gefällt es dir denn so gut hier?“, fragte Ella.

„Am liebsten würde ich ständig hier leben. Hier stimmt alles.“

„Bestimmt nicht immer, Fiona. Zum Beispiel im Winter wird es ganz schön kalt, und es regnet viel.“

„Immer noch hundertmal besser als in Norfolk. Und überhaupt, Anfang November geht Gabrielle wieder nach Paris zurück.“

„Dort herrscht das gleiche Klima wie in London.“

„Na und? Warum redest du ständig nur vom Klima? Es gibt noch mehr, was ich an England nicht ausstehen kann“, explodierte Fiona. „Das ganze Leben dort ödet mich an!“

„Warum? Wir haben eine gemütliche Wohnung und viele Freunde.“

„Eine schäbige Wohnung haben wir und ziemlich langweilige Freunde. Für dich mag das genügen, aber ich möchte mein Leben genießen und die Welt kennenlernen.“

„Das möchte ich auch“, meinte Ella trocken. „Aber man kann eben nicht alles haben.“

„Doch. Man muss nur daran glauben, dann schafft man alles. Und den Anfang habe ich schon gemacht. Gabrielle möchte nämlich, dass ich mit ihr nach Paris gehe.“

„Ich weiß“, schnitt ihr Ella das Wort ab. „Leider kann ich dich nicht zurückhalten, wenn du wirklich mit ihr gehen willst.“

„Tu nicht so, Ella! Mit deinem Gesicht nimmst du mir jeden Mut dazu. Was hast du eigentlich dagegen? Passt dir Gabrielles Lebensweise nicht? Ist sie dir zu ...“

„Rede keinen Unsinn, Fiona!“, fuhr ihr Ella über den Mund. „Ich bin dreiundzwanzig und keine alte Oma. Nein, es hat gar nichts mit Madame Michards Lebensweise zu tun. Ich glaube nur, dass es sich auf die Dauer nicht gut mit ihr zusammenleben lässt.“

„Ich weiß sie zu nehmen, darauf kannst du dich verlassen“, erklärte Fiona zuversichtlich. „Du musst ihr nur immer Recht geben und schön im Hintergrund bleiben, wenn einer ihrer Verehrer in der Nähe ist.“

So viel Menschenkenntnis hatte Ella ihrer Schwester nicht zugetraut.

„Hier mag es dir vielleicht noch nicht schwer fallen, im Hintergrund zu bleiben, aber in Paris kann sich das ändern. Was machst du dann?“

„Dann verlasse ich sie eben wieder und komme zu dir zurück. Wenn du mich dann noch haben willst“, fügte Fiona lachend hinzu. „Aber ich glaube eher, dass ich bei Gabrielle bleiben werde, bis ich etwas Besseres gefunden habe.“

„Etwas Besseres?“

„Einen Mann natürlich. Was denn sonst?"

„Fiona!" Ella war so entsetzt, dass sie ihre gewohnte Beherrschung verlor. „Du würdest doch nicht ... Ich meine, du kannst unmöglich ..."

„Natürlich nicht. Beruhige dich also wieder! Ich meine lediglich, dass ich durch Gabrielle mit den Männern zusammenkomme, die mich interessieren."

Was das für Männer waren, wusste Ella. Reich und weltmännisch mussten sie sein und natürlich auch gut aussehen. Wieder warf sie einen kurzen Seitenblick auf das hübsche Profil ihrer Schwester. Wenn irgendeine die Gaben besaß, ihre Wünsche erfüllt zu bekommen, dann war es Fiona. Das verschlafene Städtchen Norfolk könnte ihr niemals bieten, was sie suchte.

„Wenn du bei Madame Michard bleiben willst, werde ich dir nicht im Weg stehen", bestätigte Ella noch einmal. „Ich wünschte allerdings, du würdest es nicht tun."

„Außerdem ist es noch längst nicht so weit. Wozu jetzt schon darüber reden", winkte Fiona fröhlich ab. Im nächsten Augenblick beugte sie sich aus dem Fenster, um einem Wagen nachzuwinken, der gerade in entgegengesetzter Richtung an ihnen vorbeigefahren war.

Im Rückspiegel sah Ella, dass der Wagen am Straßenrand hielt, und trat ebenfalls auf die Bremse.

„Das ist Dr. Lejer", sagte sie. „Warum sollte er halten?"

„Sollte er ja nicht. Ich habe nur gewunken. Vielleicht möchte er wissen, ob es mir besser geht."

„Das sieht er doch, wenn wir zusammen ausfahren", bemerkte Ella, drehte jedoch das Fenster herunter, als sie den jungen Arzt über die Straße kommen sah.

Mit der sportlichen Hose und dem weißen Polohemd sah er ganz und gar nicht wie ein Arzt aus, doch ein Blick in sein ernstes schmales Gesicht mit den klugen Augen und dem entschlossenen Mund veränderte sofort den ersten Eindruck. Ganz abgesehen davon hatte Ella ihn bereits als äußerst erfahrenen und verantwortungsbewussten Arzt kennenlernen können, als sie ihn kurz nach ihrer Ankunft in der Villa wegen eines schweren Anfalls zu Fiona hatte rufen müssen. Mehrere

Male war er zur Behandlung hinausgekommen, aber auch nach ihrer Genesung hatte er gelegentlich in der Villa zu einem kurzen Besuch Halt gemacht.

„Er kommt deinetwegen“, hatte Fiona das letzte Mal behauptet und gemeint, er würde sie nur als Vorwand benutzen.

Ella hatte sie ausgelacht, aber ihre Beobachtungen für sich behalten. Wenn Dr. Lejer sich bei seinen Stippvisiten meist mit ihr unterhalten hatte, dann doch nur, um Fiona nichts von seinem Interesse an ihr merken zu lassen. Aber wie schön wäre es, wenn sich Fiona in diesen Mann verlieben könnte, dachte Ella. Sie wäre damit alle Sorgen um die Zukunft ihrer Schwester los.

„Hallo, Doktor, wie geht es Ihnen?“ Ella öffnete die Wagentür, um ihn herzlich zu begrüßen.

„Gut, danke.“ Dabei wanderte sein Blick zu Fiona, die ihn von ihrem Sitz aus schelmisch anlächelte.

„Haben Sie nicht Lust, mit uns nach Juan zu fahren?“, fragte sie. „Wir wollen schwimmen gehen.“

„Juan überlasse ich den Touristen. Eine kleine einsame Bucht, das würde mir eher Spaß machen.“

„Dann passen Sie zu Ella, die geht auch nicht gern nach Juan.“

„Der Ort ist an sich reizvoll. Aber nur vom Oktober bis zum Frühling, wenn die Fremden fort sind“, schränkte Dr. Lejer ein. Er stützte sich am Türrahmen ab, um sich etwas vorzubeugen. „Die Tabletten, die ich Ihnen gegeben habe, müssen längst aufgebraucht sein. Warum haben Sie sich kein neues Rezept geholt?“

„Weil ich die Dinger nicht mehr brauche. Mir geht es gut. Die Sonne ist die beste Medizin für mich. Wollen Sie nicht doch mit uns kommen?“

„Ein andermal. Heute habe ich noch verschiedene Besuche zu machen. Schade“, bedauerte er, nickte ihnen zum Abschied zu und ging zu seinem Wagen zurück.

„Er wäre bestimmt schrecklich gern mitgekommen“, meinte Fiona, während Ella den Motor anließ. „Aber nie ermutigst du ihn ein bisschen.“

„Franzosen brauchen keine Ermutigung.“

„Dr. Lejer schon. Der Gute ist immer so schrecklich förmlich."

„Wenn er das wäre, würde er sicher nicht so oft ganz formlos in der Villa zu einem Besuch auftauchen. Dr. Grantley hätte so was nie gemacht."

„Weil er schon verheiratet ist. Aber Dr. Lejer sucht noch eine Frau." Fiona kicherte spitzbübisch.

„Sei nicht albern, du kleine Kupplerin! Von mir will er bestimmt nichts."

„Denkst du vielleicht, er will was von Gabrielle?"

„Dass er deinetwegen kommt, hältst du wohl für ausgeschlossen?"

Die Frage schien Fiona zu amüsieren. „So dumm wird er nicht sein. Kannst du dir mich als Arztfrau vorstellen? Den ganzen Tag Anrufe für ihn entgegennehmen und schön brav zu Hause sitzen und warten, bis er endlich von seinen Besuchen heimkommt?"

„Aber eigentlich hat er doch alles, was du dir wünschst. Er ist jung, sieht gut aus und kann dir bestimmt einiges bieten."

„Leider ist er aber Arzt", erinnerte Fiona. „Von dem lasse ich mich behandeln, aber ich heirate ihn nicht."

Ella musste lachen, aber sie war klug genug, das Thema fallen zu lassen.

Am Abend konnte Ella lange nicht einschlafen. Ihre Haut brannte von der vielen Sonne und bewies ihr, wie wenig Zeit zum Sonnenbaden ihr in all den Wochen geblieben war.

Dabei war in der Anzeige nur von leichter Hausarbeit in einer Vier-Zimmer-Villa die Rede gewesen. Lediglich eine Telefonnummer hatte darunter gestanden, und einem plötzlichen Impuls folgend hatte sie sogleich angerufen und einen Vorstellungstermin ausgemacht. Zwei Tage später hatte sie dann Gabrielle Michard im Hotel Dorchester in London kennengelernt.

„Seit dem Tode meines Mannes vor ein paar Jahren verbringe ich jeden Sommer in Südfrankreich", hatte ihr die etwa dreißigjährige und offenbar recht wohlhabende Witwe erklärt. „Meine Köchin und mein Mädchen muss ich leider in Paris zurücklassen, da sie die Hitze nicht vertragen. Aber ich brauche nur jemanden für die kleineren Aufräumarbeiten im Haus. Sie müssten ein paar Besorgungen machen und außerdem eine leichte Mahlzeit zubereiten können, wenn ich einmal abends zu Hause bleibe. Gelegentlich lade ich zu einem Essen ein", hatte sie hinzugefügt, „aber dann kommt eine ausgezeichnete Köchin ins Haus. Sie brauchen ihr nur ein bisschen zur Hand zu gehen und beim Servieren zu helfen."

„Ich würde die Arbeit gern übernehmen, wenn Sie es mit mir versuchen wollen", hatte Ella geantwortet.

„Tatsächlich?" Man hatte Madame Michard angesehen, dass sie sich fragte, warum eine Sekretärin mit tadellosen Zeugnissen eine so völlig andere Arbeit annehmen wollte. „Sind Sie etwa eine fanatische Sonnenanbeterin? Oder hat Sie plötzlich die Reiselust gepackt?", hatte sie neugierig gefragt.

Darauf war Ella mit ihren Sorgen um Fiona herausgerückt. „Meine Schwester braucht das milde Klima, um gesund zu werden", hatte sie erklärt. „Sie kann auch gut einige leichtere Handreichungen im Haus übernehmen. Selbstverständlich, ohne ein zweites Gehalt zu verlangen, Madame Michard."

Nach kurzem, aber für Ella schier endlos langem Nachdenken hatte Gabrielle Michard zugestimmt.

Die Vorbereitungen waren rasch erledigt gewesen. Anfang Mai hatten sie ihren Dienst in der Villa angetreten, und schon bald war Fiona zu Gabrielles Gesellschafterin avanciert. Ihre Bewunderung für Gabrielles dunkle Schönheit und für deren exquisite Garderobe schienen ihr jede Handreichung zu versüßen.

Dafür war die Hausarbeit wesentlich schwerer und zeitraubender, als Ella angenommen hatte. Die Zimmer waren groß und mit verschwenderischem Luxus eingerichtet. Nur am Dienstbotenzimmer hatte man gründlich gespart, und in der altmodischen Küche fehlten alle arbeitserleichternden Geräte. Da Fiona ganz von Madame Michard in Beschlag genommen wurde, musste Ella praktisch ohne sie auskommen.

Vorsichtig, um Fiona im benachbarten Bett nicht zu stören, drehte sich Ella auf die andere Seite. Wie warm die Nacht wieder war! Sie schob die Zudecke zurück, schlüpfte leise aus dem Bett und stellte sich ans offene Fenster. Draußen war es ebenso warm wie im Zimmer, aber sie hatte das Gefühl, mehr Luft zu bekommen. Die Ellbogen aufs Fenstersims gestützt, blickte sie in den dunklen Garten hinaus.

„Leichte Hausarbeit!“, seufzte sie. Die Aussicht, noch drei oder sogar vier Monate in diesem Stil weiterarbeiten zu müssen, verdarb ihr die ganze Freude an der wunderschönen Umgebung. Mit einem hatte Madame Michard beim Anstellungsgespräch wenigstens nicht untertrieben: Die Köchin für die Dinnerpartys war wirklich erstklassig. Doch wie alle teuer bezahlten Köche hielt sie nicht viel von den unumgänglichen Nebenarbeiten. Ella hatte an diesen Tagen doppelt so viel zu tun. Vor allem blieb ihr zum Schluss der ganze Abwasch überlassen.

Von Madame Viga, so hieß die Köchin, erfuhr Ella, dass Gabrielle Michard keineswegs so reich war, wie sie sich den Anschein zu geben versuchte. Vor zehn Jahren – also mit zwanzig – war sie Topmannequin in einem der führenden Pariser Modehäuser gewesen. Bei einer der Modeschauen war sie einem schon leicht ergrauten Kunden aufgefallen, und schon wenige Monate später war sie dessen Frau geworden. Fünf Jahre danach war der Mann bereits gestorben, und zur großen Bestürzung von Gabrielle hatte er ihr bei weitem kein so großes Vermögen hinterlassen, wie sie erwartet hatte.

„Natürlich könnte man mit dem Geld sein Auskommen haben“, hatte Madame Viga dazu gesagt, „aber bei dem extravaganten Leben, das sie führt, jammert sie, dass sie bald am Bettelstab gehen müsste.“

„Aber dann nur an einem versilberten“, hatte Ella ironisch bemerkt, und Madame Viga hatte lachend genickt.

„Nicht nur einen versilberten, sie sucht einen vergoldeten zur Stütze.“ Und als Ella nicht gleich begriff, hatte die Köchin erklärt: „Einen reichen Mann, natürlich. Und sie hat auch schon einen in Aussicht. Letztes Jahr hat sie ihn unten im Hafen kennengelernt, und deshalb ist sie dieses Jahr auch wieder hier, obwohl es ihr zu Lebzeiten von Monsieur immer zu langweilig in der Villa gewesen war. Aber jetzt kann sie praktisch zwei Fliegen mit einer Klappe schlagen.“

„Wieso zwei?“, hatte Ella gefragt.

„Sie angelt sich ihren Millionär und kann gleichzeitig ihr Appartement in Paris an reiche Amerikaner vermieten, solange sie hier ist. Deshalb wurden Sie auch eingestellt, und das wahrscheinlich für einen lächerlichen Lohn, während ihr Personal die Amerikaner bedient, die eine fette Miete bezahlen müssen."

Ob der Millionär schon einmal unter den Gästen der letzten zwei Monate gewesen war? überlegte Ella, wobei sie auf das leise Rauschen des Meers lauschte. Doch obwohl es da einige Männer gab, die um die schöne Gabrielle herumtanzten, hatte sie bisher nicht den Eindruck, dass einer von ihnen eine bevorzugte Stellung einnahm. Aber vielleicht war er zu der nächsten Dinnerparty eingeladen, die schon bald stattfinden sollte. Der Eifer, mit dem Gabrielle Michard diesen Abend vorbereitete, könnte darauf hinweisen, dass der Ehemann Nummer zwei auf der Gästeliste stand.

Jede Einzelheit des Menüs hatte Madame mit Ella besprochen und ihr eine beträchtlich lange Liste von zusätzlichen Arbeiten aufgebürdet. Jeder Raum sollte mit reichlich Blumen geschmückt sein, und überall sollten führende Zeitungen oder Kunstmagazine herumliegen, um den Eindruck zu erwecken, dass sie eine kulturell interessierte Frau wäre. Schrecklich, dass eine Frau solche Tricks nötig hatte, um einen Mann anzuziehen, dachte Ella und fragte sich, ob Gabrielle Michard diese Rolle für längere Zeit durchhalten konnte. Wie gewöhnlich stand Ella lange vor Madame Michard und Fiona auf. Köstlicher Kaffeeduft durchzog bereits die Küche, als Fiona endlich auftauchte.

„Du hättest mich wecken sollen", schmollte sie gähnend, während sie sich eine Tasse Kaffee eingoss und sich eines der frisch aufgebackenen Croissants vom Blech holte.

„Du kannst Madame Michard das Frühstück hinaufbringen." Ella deutete auf das gerichtete Tablett.

Statt einer Antwort warf Fiona einen Blick darauf, verschwand im Garten und kehrte mit einer halbaufgeblühten Teerose zurück, um sie in einer kleinen Vase noch aufs Tablett zu stellen.

Es versprach ein sengend heißer Tag zu werden. Die Sonne stand glasig weiß an einem blassblauen Himmel, und selbst die Blumen ließen, noch feucht vom Tau, bereits ihre Köpfe hängen. Beim Kaffeetrinken ging Ella noch einmal ihre Einkaufsliste durch. Sie wartete auf Fiona, aber als es ihr zu lange dauerte, raffte sie sich auf und ging in den ersten Stock hinauf.

Gabrielle Michard lag noch im Bett, doch die Tür zur Terrasse stand weit offen, und die Vorhänge waren zurückgezogen.

„Guten Morgen, Madame Michard“, grüßte Ella, bevor sie sich ihrer Schwester zuwandte, die neben dem Bett stand. „Ich muss einkaufen fahren, Fiona. Achte bitte auf die Klingel. Heute Morgen soll jemand den Kühlschrank reparieren kommen.“

Wenige Minuten später bog Ella mit dem kleinen Renault in die Küstenstraße nach Antibes ein. Sie erledigte gern frühzeitig ihre Einkäufe, da sie später am Tag kaum mehr einen Parkplatz fand. Wie oft hatte sie die schweren Tüten durch den halben Ort zum Auto tragen müssen, und in der Hochsaison würde ihr das vielleicht auch schon um neun Uhr morgens blühen. Ella seufzte. Wenn es nicht um Fionas Gesundheit ginge, hätte sie längst wieder gekündigt.

Leichte Hausarbeiten! Aufwendige Hausarbeiten wäre richtiger ausgedrückt gewesen. Den halben Vormittag war sie meist mit der Zubereitung des Mittagessens beschäftigt. Stets musste es eine Vorspeise geben. Wenn sie dann endlich um drei mit der Küche fertig war, musste sie die Zimmer von Madame aufräumen, und die sahen gewöhnlich verheerend aus. Um vier Uhr schließlich konnte sie ein wenig ausruhen, aber schon eine Stunde später musste sie wieder in die Küche, um das Abendessen zu kochen, wenn Madame zu Hause blieb. Der Gedanke an die nächste Dinnerparty lag Ella wie ein Stein im Magen.

Über all das nachgrübelnd, passte sie nicht auf und nahm die nächste Kurve viel zu weit. Der Fahrer des entgegenkommenden Wagens musste voll bremsen und gleichzeitig das Steuer herumreißen, um nicht frontal mit Ellas Wagen zusammenzustoßen. Graue Augen blitzten sie wütend an, und eine Flut französischer Schimpfwörter schallte durch die Luft. Ella verstand nur das eine oder andere Wort, aber allein diese trieben ihr das Blut in die Wangen. Natürlich lag die ganze Schuld bei ihr, aber solche Grobheiten brauchte sie sich nicht anzuhören, fand sie. Die Entschuldigung, die ihr schon auf den Lippen gelegen hatte, blieb unausgesprochen. Sie warf den Kopf nach hinten, trat wieder aufs Gas und fuhr weiter.

Doch das braungebrannte Gesicht des Mannes mit den fast stahlgrauen Augen blieb Ella im Gedächtnis. Vielleicht hatte er auch von Geburt aus so dunkel getönte Haut, weil er Italiener oder gar Grieche war, überlegte sie. Sein gelocktes schwarzes Haar, das ihm fast bis auf den Hemdkragen hinuntergefallen war, könnte ihre Annahme bekräftigen.

Im bunten Trubel des Marktes vergaß sie allerdings den Vorfall. Mit den Marktfrauen in Französisch zu verhandeln, machte immer wieder von neuem Spaß, wie überhaupt die ganze Atmosphäre eines südlichen Marktes. Und so schlug die Rathausuhr bereits elf Uhr, als Ella ihren voll bepackten Einkaufswagen zu ihrem in einer kleinen Seitenstraße geparkten Auto schob.

Die Straße führte zum Hafen. Ob sie noch Zeit für einen kurzen Hafenbummel hatte? Ein paar Minuten blieben ihr noch, entschied sie mit einem Blick auf die Armbanduhr. Rasch verstaute sie die Sachen im Kofferraum, schloss den Wagen wieder ab und lief an dem hässlichen modernen Gebäude einer Schiffswerft vorbei zum alten Hafen, der sie immer wieder bezauberte. Sie schlenderte die Kais entlang, sah einem Jungen zu, der sorgfältig den Namen eines Bootes auffrischte, und lächelte über den Eifer zweier in engen Jeans steckender Mädchen, die kichernd und tuschelnd das Deck einer Jacht schrubbten.

Ganz am Ende des alten Hafenbeckens bestaunte eine Gruppe Männer eine weiße Luxusjacht, die an Größe die anderen Boote weit überragte. Sicherlich das Boot irgendeines Multimillionärs, dachte Ella, wobei sie unwillkürlich den Schritt beschleunigte, um es sich noch schnell aus der Nähe anzusehen. Dann fiel ihr ein, dass sie ihren Bummel bereits weit überzogen hatte. Wenn sie das Mittagessen rechtzeitig auf dem Tisch haben wollte, musste sie sofort umkehren.

Auf der Rückkehr, kurz vor der betreffenden Kurve, fiel ihr der beinah verursachte Unfall wieder ein, und sie bedauerte, dass sie sich nicht entschuldigt hatte. Denn ohne die schnelle Reaktion des

Mannes läge sie wahrscheinlich nun im Krankenhaus. An Schimpfwörtern hatte es ihm ja nicht gemangelt. Trotz seiner Wut hatte er verdammt gut ausgesehen, das musste sie ihm lassen: ungeheuer männlich, wie der griechische Hirtengott Pan mit seinen schwarzen Locken. „Dumme Gans!“, schalt sie sich im nächsten Augenblick, verdrängte das Bild des Mannes und konzentrierte sich wieder voll auf die Straße.

2. KAPITEL

Wie vorausgesehen war es weit nach drei, als Ella endlich das letzte Mittagsgeschirr von der Terrasse abräumen konnte.

In Gedanken bei ihrer recht eigenwilligen Arbeitgeberin, ging sie in deren Schlafzimmer hinauf, um die wie gewöhnlich auf Stühlen und Boden herumliegenden Kleider aufzuräumen. Als sie dann die unzähligen Parfümflaschen auf dem Frisiertisch abzustauben begann, sah sie sich plötzlich ihrem eigenen Spiegelbild gegenüber. Unwillig richtete sie sich auf. Welch ein Unterschied zwischen ihrem Aussehen und ihren tatsächlichen Kräften lag! Sie war durchschnittlich groß, aber so zierlich gebaut, dass ihr kein Mensch die Arbeiten zutrauen würde, die sie jedoch mit offensichtlicher Ausdauer leisten konnte. Wie ihre Schwester hatte sie zarte Gesichtszüge, eine schmale, an der Spitze leicht nach vorn strebende Nase, jedoch große hellbraune Augen. Ihr Mund wirkte entschlossen, die Lippen waren schön geformt und in den Winkeln leicht nach oben gebogen. Für achtlose Blicke mochte ihre Figur jungenhaft wirken, aber ihre graziöse Haltung und ihre leichten weichen Bewegungen straften diesen ersten Eindruck Lügen. „Eine schlafende Schönheit" hatte ein Mann sie vor langer Zeit einmal genannt. Irgendwie hatte sie diesen Namen nie vergessen können.

„Ella!", hörte sie von unten rufen. Als sie in den Flur hinauslief, kam Fiona die Treppe herauf.

„Ich wollte dir nur Bescheid geben, dass ich mit Gabrielle nach Cannes zum Friseur fahre", sagte sie atemlos vom Treppensteigen.

„Wann kommt ihr zurück?"

„Zum Abendbrot, denke ich. Warte, ich frage sie."

„Nicht nötig", erwiderte Ella schärfer, als sie wollte. „Ich richte sowieso nur etwas Kaltes, weil ich nämlich auch ausgehen möchte."

„Wohin?"

„Weiß ich noch nicht. Aber ausgehen werde ich. Auch Dienstmädchen haben Anspruch auf freie Zeit."

Fiona wurde rot. Sie schaute plötzlich so unglücklich drein, dass Ella ihre heftigen Worte schon wieder bedauerte.

„Ella, soll ich Gabrielle absagen? Dann könnte ich mit dir zusammen etwas unternehmen. Ich mache es gern."

„Fahr nur mit", erwiderte Ella lächelnd. „Wenn ihr nicht zu spät zurückkommt, können wir das immer noch tun."

„Bis sieben sind wir zurück. Dann könnten wir ins Kino gehen."

„Ins Kino, bei der Hitze?"

„Es soll klimatisiert sein, hat mir eine Frau erzählt", erklärte Fiona. „Außerdem ist es leicht zu finden. Es ist im Gebäude von dem riesigen Supermarkt am Nice Airport."

„Also gut", stimmte Ella zu. „Aber wenn du später als sieben kommst, gehe ich allein."

Obwohl Ella nicht damit gerechnet hatte, dass ihre Schwester rechtzeitig da sein würde, hielt Gabrielles roter Sportwagen kurz vor der vereinbarten Zeit vorm Haus. Sekunden später platzte Fiona mit einem umfänglichen Paket in die Küche.

„Hier, ein Geschenk für dich, Ella!", sie legte es auf den Tisch. „Gabrielle und ich haben es für dich gekauft. Hauptsächlich Gabrielle", gab sie zu. „Ich könnte das nicht erschwingen."

Zögernd wickelte Ella das hübsche Einschlagpapier ab und öffnete die Schachtel. Vor ihr lag eine rosa Mohairstola, weich und leicht wie ein Spinnennetz. „Oh, wie schön!" Ella drückte sie beglückt an die Wangen.

„Ich wusste, dass sie dir gefällt", strahlte Fiona, während sie die Stola der Schwester um die Schultern drapierte. „Die Farbe steht dir phantastisch. Du siehst wie eine Südländerin damit aus."

„Aber eigentlich kann ich es nicht annehmen, Fiona", bekam Ella plötzlich Hemmungen. „So ein teures Geschenk!"

„Sie hätten noch viel mehr verdient bei der anstrengenden Arbeit, die Sie seit Wochen leisten", sagte eine rauchige Stimme an der Tür.

Mit dem Schal in der Hand drehte sich Ella nach Madame Michard um. Ihr lag auf der Zunge, dass ihr eine Gehaltserhöhung eigentlich lieber wäre als solche luxuriösen Geschenke, aber sie schluckte es hinunter. „Ich weiß gar nicht, wie …", begann sie stattdessen.

Doch Madame Michard ließ sie nicht weiterreden. „Keine falsche

Bescheidenheit. Ich hoffe, Sie haben Freude daran. Fiona erzählte mir, dass Sie heute Abend ins Kino gehen wollen. Ich werde das ausnützen und einmal früh ins Bett gehen. Morgen Nacht wird es bestimmt sehr spät für mich werden."

Wenn Gabrielle Michard lächelte, sah sie noch viel hübscher aus, weil dann der harte Zug um ihren Mund verschwand, fand Ella. Ihr war unverständlich, wieso diese Frau nicht schon längst wieder verheiratet war.

Auf der Fahrt durch Antibes zum Kino erfuhr Ella mehr über Gabrielles heftigsten Verehrer.

„Heute Morgen hat Gabrielles Goldfisch angerufen", berichtete Fiona lachend. „Weil du einkaufen warst, habe ich den Anruf abgenommen. Du hättest sehen sollen, wie sie mir den Hörer aus der Hand gerissen hat, und gestrahlt hat sie – so habe ich das an ihr noch nie erlebt. Offenbar ist er gestern Abend erst aus dem Süden zurückgekehrt."

Weitere Kommentare dazu unterblieben, da sie in dem mehrstöckigen Parkhaus des Supermarkts angelangt waren.

„Was für einen Film spielen sie?", erkundigte sich Fiona auf dem Weg zu dem in der obersten Etage befindlichen Kino.

„Keine Ahnung", gab Ella zu. „Mir war nur wichtig, dass ich endlich einmal rauskomme."

„Mit so viel Arbeit hattest du nicht gerechnet, nicht wahr? Wahrscheinlich wäre es auch nicht so schlimm, wenn ich dir mehr helfen würde."

„Du kannst es aber nicht. Madame scheint ja nicht mehr ohne dich auszukommen."

„Ich bin schließlich nicht als ihre Gesellschafterin hier", wandte Fiona ein. „Andererseits macht es mir Spaß. Ich lerne dadurch ein ganz anderes Leben kennen."

„Die Welt von Madame Michard, nicht unsere", erinnerte Ella sie trocken. „Im Augenblick macht es ihr Spaß, dich daran teilnehmen zu lassen. Aber in dem Moment, wo sie deiner überdrüssig wird …"

„Warum sollte sie?", fiel ihr Fiona ins Wort. „Es ist doch sehr angenehm für sie, mich ständig für alles Mögliche zur Verfügung zu haben."

„Das wird vielleicht anders, wenn sie wieder heiratet. Du bist jung und sehr hübsch, sie könnte eines Tages in dir eine Rivalin sehen."

„In dir auch, wenn du nur ein bisschen mehr aus dir machen würdest. Mich wundert gar nicht, dass Dr. Lejer dir schöne Augen macht. Du könntest ihn ruhig ein wenig ermutigen. Er ist doch eine durchaus gute Partie, wenn es dir nichts ausmacht, Arztfrau zu werden."

Sie näherten sich der Kinokasse, als Ella siedend heiß einfiel, dass sie vergessen hatte, Marmelade zu kaufen. Sie hatte nicht einmal genug für Madames Frühstück im Haus. „Fiona, geh schon voraus", sagte sie hastig, wobei sie ihr das bereitgehaltene Geld in die Hand drückte. „Ich muss noch schnell etwas einkaufen."

„Aber im dunklen Kino wirst du mich nicht finden."

„Dann sehen wir uns eben, wenn die Lichter wieder angehen."

Ohne Fionas Antwort abzuwarten, eilte Ella Richtung Lebensmittelabteilung davon. Doch der Supermarkt war so weitläufig, dass sie eine Menge anderer Abteilungen durchqueren musste, um ihn zu erreichen. So kam es, dass sie bei der Gelegenheit auch noch einige andere Haushaltsartikel mit einkaufte und zum Schluss eine sehr schwere Tüte zu tragen hatte. Am liebsten hätte sie sie zum Wagen gebracht, aber dann hätte sie wahrscheinlich die Hälfte des Films verpasst, bevor sie dort angekommen wäre. Sie schleppte die Tüte daher mit sich, kaufte eine Eintrittskarte und schlüpfte leise in den dunklen Zuschauerraum.

Das Kino war ziemlich gut besetzt. Hauptsächlich Urlauber, wie sie trotz des dämmrigen Lichtes feststellen konnte. Ohne lange herumzusuchen, setzte sie sich auf den nächsten leeren Platz.

Als die Lichter wieder angingen, entdeckte sie auch bald Fionas blonden Lockenkopf und winkte. Doch Fiona schien viel zu beschäftigt zu sein, um sich nach ihr umzusehen. Sie saß noch auf ihrem Platz und unterhielt sich eifrig mit ihrem Nachbarn. Als sie schließlich aufstand, wurde sie umgehend von einer Gruppe junger Männer umringt. Aber nur der größte von ihnen schien ihre ganze Aufmerksamkeit zu besitzen.

Er war bestimmt über einsachtzig groß, hatte imponierend breite Schultern, aber einen leichten geschmeidigen Gang, als er mit den anderen dem Ausgang zustrebte. Mit den eng sitzenden Jeans und dem marineblauen Pulli war er so salopp wie seine Begleiter gekleidet. Merkwürdig war nur, dass er Ella irgendwie bekannt vorkam. Dann sah sie die stahlgrauen Augen unter dem schwarzen Haarschopf, als er näher kam, und sie erkannte in ihm den Mann, mit dessen Wagen sie am Morgen beinah zusammengestoßen wäre.

Mein Gott, warum hatte sich Fiona ausgerechnet neben den setzen müssen! Ella unterdrückte einen Seufzer, während sie darauf wartete, dass Fiona in ihre Richtung schaute.

„Ella!“ Endlich drehte sich Fiona nach ihr um. „Ich habe mir schon Sorgen gemacht, wo du bleibst.“

„Das sieht man dir an“, erwiderte Ella ironisch. Dabei vermied sie, zu dem Mann neben Fiona aufzublicken.

„Du hast ja den halben Markt aufgekauft.“ Fiona deutete lachend auf die prall gefüllte Tüte zu Ellas Füßen, „Ich dachte, du wolltest nur Marmelade holen?“

„Auf dem Weg dahin sah ich eben noch andere Sachen, die nötig waren.“ Noch immer hielt Ella den Blick gesenkt und hoffte inständig, dass sie sich nun schnellstens entfernen könnten. Aber Fiona dachte nicht daran.

„Das ist meine Schwester“, hörte sie sie sagen. „Ich habe Ihnen vorhin von ihr erzählt.“

Eine kräftige Männerhand streckte sich in Ellas Blickfeld, und eine wohlklingende tiefe Stimme begrüßte sie in akzentfreiem Englisch. Erstaunt blickte Ella auf. Am Morgen hatte er wie ein waschechter Franzose geflucht, und jetzt hörte es sich an, als ob er wie sie aus England käme.

„Wir sind uns bereits begegnet“, fügte er hinzu. „Ich glaube, Sie sind mir sogar noch eine Entschuldigung schuldig, nachdem Sie heute Morgen so eilig weitergefahren sind.“

Fiona machte große Augen. „Ihr kennt euch?“

„Ihre Schwester hätte mich heute beinah ins Grab befördert“, erklärte er Fiona, ohne den Blick von Ella zu lösen, den Mund zu einem amüsierten Lächeln verzogen. „Ich erkläre mich gern zu ein paar zusätzlichen Fahrstunden bereit, wenn Sie wollen. Nötig hätten Sie es."

„Ich habe die Kurve nur ein wenig zu weit genommen", erwiderte Ella kühl. Doch ihre reservierte Haltung machte keinen Eindruck auf ihn.

„Ein klein wenig? Sie fuhren fast auf der Gegenfahrbahn", widersprach er. „Offenbar sind Sie das Rechtsfahren nicht gewöhnt."

„Ich bin es durchaus gewöhnt, Mr. …" Ella hielt einen Augenblick inne, dann konterte sie: „Außerdem sind Sie viel zu schnell gefahren, wenn ich mich recht erinnere."

„Wozu die Aufregung, wenn keiner verletzt wurde?", mischte sich Fiona mit flehenden Blicken zu ihrer Schwester ein. „Scott hat uns zu einem Drink auf seine Jacht eingeladen. Ich habe ihm erzählt, wie gern du immer durch den Hafen bummelst." Dabei sah sie ihn in einer Weise an, dass Ella ihr am liebsten auf den Fuß getreten hätte.

Die jungen Männer um sie herum mussten ihrem Äußeren nach aus den verschiedensten Ländern kommen. Der Blonde mit dem Vollbart kam sicherlich aus dem Norden. Er wandte sich jetzt an den Mann neben ihm. „Wenn du die Mädchen fahren willst, kannst du den Wagen nehmen. Zwei von uns kommen mit dem Motorrad."

„Ist gut, Sven. Dann richtet mal schon unser Spezialgetränk, den Palmwein."

„Nicht für uns", warf Ella ein. „Wir können die Einladung leider nicht annehmen." Dabei sah sie Fiona warnend an, die darauf ihre typische Protesthaltung einnahm. „Madame Michard glaubt, dass wir nach dem Kino nach Hause kommen. Sie macht sich Sorgen, wenn es später würde."

„Ella, sei nicht albern", sagte Fiona. „Wir sind keine kleinen Kinder. Warum sollte sie sich Sorgen machen?"

„Da muss ich Ihrer Schwester zustimmen." Scott, wie ihn Fiona genannt hatte, trat einen Schritt vor, sodass Ella mit zurückgelegtem Kopf zu ihm aufblicken musste. „Sie sind doch erwachsene Mädchen. Und es gibt nichts Schöneres, als in einer warmen Sommernacht mit einem Glas Wein an Deck zu sitzen und den Klängen einer Gitarre zu lauschen."

„Sicherlich sehr romantisch", stimmte Ella weiterhin kühl zu. „Wir müssen trotzdem ablehnen."

„Sie brauchen ja nicht lange zu bleiben. In zwei Stunden können Sie schon zu Hause sein."

„Auch das wäre schon zu spät."

„Ihre Schwester ist offensichtlich nicht Ihrer Meinung."

„Ihre Meinung ist nicht immer die vernünftigste." Die Diskussion begann Ella langsam auf die Nerven zu gehen, zumal sie sich im Unrecht wusste. Aber da sie einmal nein gesagt hatte, wäre sie sich lächerlich vorgekommen, wenn sie jetzt nachgegeben hätte.

„Wovor haben Sie Angst?", wollte er wissen.

„Ich habe keine Angst! Für meine Schwester wäre es nur nicht gut, in der kühlen Seeluft an Deck zu sitzen."

„Aber auf der Terrasse vom ‚Carlton' dürfte sie ein Glas Wein trinken?"

Seine Hartnäckigkeit reizte sie.

„Können Sie nicht einfach akzeptieren, dass wir nicht an Bord eines Schiffes eingeladen werden wollen, dessen Eigentümer vielleicht überhaupt nichts davon weiß?"

Das Lächeln verschwand aus seinem Gesicht, die Augen wurden kalt und abweisend, sodass Ella instinktiv den Blick senkte. Sie wich hastig einen Schritt zurück, da seine unmittelbare Nähe sie nervös machte.

„Denken Sie bitte nicht, dass ich eingebildet bin", fügte sie etwas leiser hinzu. „Aber ich habe auf meine Arbeit Rücksicht zu nehmen. Deshalb müssen meine Schwester und ich jetzt gehen."

Mit den letzten Worten bückte sie sich, um die schwere Tüte aufzuheben. Ihr war durchaus bewusst, dass es sehr plump aussehen musste, wie sie sie, um sie sicherer zu tragen, an die Brust drückte. Doch sie hatte noch keinen Schritt gemacht, als ein Arm ihr den Weg blockierte und ihr mit raschem Griff die Tüte abgenommen wurde.

„Auch Seeleute haben gute Manieren", brummte er und ging ihr, ohne darauf zu achten, ob sie ihm folgen konnte, voran.

Fiona war so ins Gespräch vertieft, dass sie von der kleinen Szene nichts bemerkt hatte. „Fiona, komm jetzt!“, rief Ella ungeduldig.

Umringt von den jungen Seeleuten verließen sie das Kino.

„Wenn Sie heute Abend nicht zu uns aufs Schiff kommen wollen, wie wär's dann mit einer Besichtigung bei Sonnenschein?“, fragte der bärtige Blonde, ein junger Däne.

„Ich lasse von mir hören“, erwiderte Fiona, nachdem sie rasch zu ihrer Schwester gesehen hatte. Ella war sich bewusst, dass die Männer sie als eine Spielverderberin, als gestrenge Gouvernante ihrer Schwester, betrachten mussten. Aber wie sollte sie ihnen so schnell erklären, dass sie durch Fionas lange Krankheit ganz unvermeidlich in die Beschützerrolle gedrängt worden war, die sich nicht einfach ablegen ließ, wenn es Fiona einmal gut ging. Hätte ihr dieser Scott besser gefallen, hätte sie wahrscheinlich einer gemeinsamen Tasse Kaffee in irgendeiner Hafenbar zugestimmt. Aber seine aufreizende Selbstsicherheit ärgerte sie. Er sollte ruhig merken, dass nicht alle Frauen auf ihn flogen.

Im Parkhaus überholte Fiona ihn, um ihren Wagen zu zeigen. Aber Ella machte einen kleinen Bogen um zwei andere Autos, um sich in den engen Passagen nicht an ihm vorbeidrängen zu müssen. Doch er schien ihre Absicht erkannt zu haben, denn er zwängte sich zwischen den Autos durch und stand plötzlich vor ihr.

„Reagieren Sie immer wie eine verschüchterte Jungfrau?“

„Und Sie, müssen Sie immer so grob sein?“, konterte sie.

„Es klingt lustig, wenn gerade Sie das fragen.“

Ella biss sich auf die Lippen. „Mir ist nicht bewusst, dass ich grob war. Oder ist das bei Ihnen grob, wenn man Ihre Einladung nicht annimmt?“

„Nein, nicht grob“, antwortete er gedehnt. „Aber ein wenig überraschend.“

„Eingebildet sind Sie gar nicht, Mr. – Mr. ...“

„Ach, lassen Sie doch das dumme Mr. Soundso! Kein Mensch ist hier so förmlich.“

Wortlos setzte Ella ihren Weg fort, aber sie war so nervös, dass sie am Wagen kaum den Schlüssel ins Schloss stecken konnte.

„Lassen Sie mich das machen", sagte er ruhig. Doch sie sah das Lächeln um seinen Mund, als er ihr den Schlüssel aus der zitternden Hand nahm. Ihr Ärger wuchs dadurch nur noch mehr. Allerdings eher gegen sich selbst als gegen ihn.

„Sie hätten sich mit dem Zeug wirklich nicht abschleppen müssen", meinte er, während er die Tüte im Wagen verstaute. „Können Sie sich die Sachen nicht liefern lassen?"

„Supermärkte liefern nicht ins Haus, Mr. Scott."

„Nur Scott, hatte ich gebeten", verbesserte er. „Im Übrigen sollten Sie dann eben in kleineren Läden kaufen."

„Die kleineren Läden sind gewöhnlich teurer."

„Wenn Madame Michard sich Angestellte leisten kann, sollte sie sich auch solche Erleichterungen leisten können."

Auf eine Antwort verzichtend, setzte sich Ella hinters Steuer.

„Warum so eilig?" Scott lehnte sich lässig auf die offene Tür. „Ihre Schwester ist noch mit dem Verabschieden beschäftigt." Dabei deutete er mit dem Kopf auf die andere Seite des Wagens, wo Fiona mit den anderen herumscherzte. „Eine wundervolle Nacht", meinte er nach einer kleinen Pause. „Wollen Sie Ihre Meinung nicht ändern und doch mit uns zu einem Drink an Bord kommen?"

„Ich trinke nicht."

„Nicht einmal Champagner?"

„Sie gehen sehr großzügig mit den Vorräten ihres Chefs um." Ella startete den Motor. „Oder macht es ihm nichts aus, wenn Sie Ihre Freunde so verschwenderisch bewirten?"

Da er mit dem Rücken zum Licht stand, konnte sie den Ausdruck seiner Augen nicht erkennen, aber er trat brüsk von der Tür zurück, und seine Stimme verriet seinen Zorn. „So ist das! Sie würden wahrscheinlich lieber mit dem Schiffseigentümer trinken als mit der Mannschaft?"

In diesem Moment bequemte sich Fiona, endlich einzusteigen. Scott wandte sich ab, und über die allgemeinen Abschiedsrufe hinweg hörte Ella, wie er dem einen zurief: „Ich nehme das Motorrad. Muss mir etwas frischen Wind um die Nase wehen lassen."

Ella war froh, als sie endlich den Ort hinter sich hatten. Sie blickte kurz zu ihrer Schwester, die die ganze Zeit still neben ihr gesessen hatte. „Was ist mit dir los, Fiona?“, fragte sie.

„Das möchte ich lieber dich fragen, Ella? So idiotisch wie heute Abend diesem Scott gegenüber hast du dich noch nie benommen“, brach es aus Fiona heraus, als ob sie nur auf ein Stichwort gewartet hätte.

„Ich weiß, und es tut mir auch leid für dich, aber irgendwas an dem Mann irritiert mich.“

„Hat das was mit dem Unfall zu tun, den du heute Morgen beinahe gebaut hättest?“

„Zum Teil“, stimmte Ella zu, weil ihr das am unverfänglichsten schien. „Irgendetwas an seiner Art reizt mich bis aufs Blut.“

„Ich finde ihn toll, und er mag mich.“

„Kein Wunder“, erwiderte Ella lakonisch. „Du bist jung und hübsch, und du hast ihn ganz schön angehimmelt.“

„Na und? Es kann nicht jeder wie du die Unnahbare spielen.“ Fiona rutschte sich auf dem Sitz zurecht. „Das heißt, du spielst es nicht einmal. Wenn du so weitermachst, wirst du noch eine alte Jungfer. Außerdem nimmst du alles viel zu ernst.“

„Findest du?“ Ella zeigte nicht, wie sehr sie Fionas Worte doch kränkten.

„Ja, das finde ich. Ich verstehe, dass du dir Sorgen um mich machen musstest, aber lerne endlich, dass ich kein kleines Kind mehr bin. Ich bin neunzehn, ich kann sehr gut allein für mich sorgen. Andere Mädchen in meinem Alter sind schon verheiratet und haben Kinder“, trumpfte Fiona auf.

„Nichts wäre mir lieber, als wenn du verheiratet wärst! Dann hätten meine Sorgen ein Ende.“

„Aber du brauchst dich nicht mehr um mich zu sorgen! Du brauchst nicht ständig wie eine Glucke um mich herumzuschwirren“, erregte sich Fiona. „Kannst du das nicht endlich begreifen?“

„Doch, das kann ich.“ Um sich besser auf ihre Worte konzentrieren zu können, fuhr Ella etwas langsamer. „Es tut mir auch furchtbar leid, dass du dich heute Abend über mich ärgern musstest, aber dieser

Mann hat mich einfach aus der Fassung gebracht."

„Ist ja schon gut." Fiona legte eine Hand auf Ellas Schulter, um ihr zu zeigen, dass sie ihr nicht mehr böse war.

„Für wen mag Scott arbeiten?", fragte Ella.

„Keine Ahnung. Vielleicht für eine fette alte Millionärin."

„Warum nicht für eine junge und schlanke?" Ella lächelte.

„Weil das für mich nicht so günstig wäre", kicherte Fiona. Sie drehte sich, um besser aus dem Fenster sehen zu können. „Halt mal an!", bat sie plötzlich. „In dem Laden dort gibt es gutes Eis."

Gehorsam hielt Ella am Straßenrand, und Fiona rannte über die Straße, um gleich darauf mit zwei großen Portionen zurückzukehren.

„Ich wollte keines", protestierte Ella, aber Fiona drückte es ihr einfach in die Hand, und es war tatsächlich so gut, wie sie gesagt hatte. Fiona rieb sich wie ein Kind vor Freude den Bauch, während sie selbstvergessen daran schleckte. Und sie ist auch fast noch ein Kind, dachte Ella zärtlich. Wenn sie doch nur den ganzen Winter über in dem milden Klima bleiben könnten!

„Ich habe mir schon überlegt, ob ich mir nicht bei anderen Leuten am Cap d'Antibes eine Arbeit suchen sollte, wenn Madame Michard nach Paris zurückkehrt", sagte sie aus diesem Gedanken heraus.

„Warum nennst du sie eigentlich immer noch Madame Michard?" Fiona blickte von ihrem Eis auf. „Ich sage Gabrielle zu ihr. Das könntest du, weiß Gott, auch tun."

„Bei dir ist das was anderes. Mir ist es peinlich, sie mit dem Vornamen anzusprechen."

„Daran bist du aber selbst schuld. Weil du dir unbedingt überall Grenzen setzen musst."

„Die Grenzen brauche ich mir nicht zu setzen, die sind von allein da", widersprach Ella. „Da ich für Madame Michard arbeite, halte ich es für besser, eine gewisse Distanz zu wahren." Sie startete, denn sie hatte ihr Eis aufgegessen, und fuhr weiter.

Auf die Überlegung, ob sie im Winter in Cap d'Antibes bleiben wollten, oder ob Fiona mit Madame Michard nach Paris gehen sollte, ging Ella nicht mehr ein. Es würde nur Fionas Trotz hervorrufen, wenn sie ihr die Stellung als Gabrielle Michards Gesellschafterin auszureden versuchte.

Am folgenden Tag erschien Madame Michard unerwartet auf der hinteren Terrasse, wo Fiona und Ella gerade frühstückten, und erzählte ihnen, dass sie für einige Tage außer Haus sein würde.

„Ich bin zu einer Kreuzfahrt durchs Mittelmeer eingeladen“, sagte sie strahlend.

„Ich dachte, Sie halten nichts vom Bootfahren?“, bemerkte Fiona.

„Das betrifft nur die kleineren Boote. Aber die ‚Arabella‘ ist so groß. Da habe ich keine Angst.“

Fiona konnte gerade noch einen überraschten Ausruf unterdrücken. Dabei verschluckte sie sich fast an dem Stückchen Croissant, das sie eben abgebissen hatte. Von Ella erntete sie deshalb einen erstaunten Blick, aber Gabrielle Michard schien es nicht weiter beachtet zu haben.

„Sie können mir nachher beim Packen helfen“, fuhr sie zu Fiona gewandt fort. „Ich weiß noch nicht, wo wir überall anlegen werden, daher werde ich für jede Gelegenheit etwas dabeihaben müssen.“ In eine Parfümwolke gehüllt, schwebte sie ins Haus zurück. Fiona aber rümpfte die Nase.

„Das bedeutet, dass sie mindestens zwei Koffer voll Zeug mitnehmen wird.“

„Da du unbedingt ihre Gesellschafterin und Kammerzofe sein willst, gehört das nun mal zu deinen Pflichten“, meinte Ella nicht gerade freundlich dazu.

„Als Kammerzofe müsste mich Gabrielle eigentlich mit aufs Schiff nehmen“, sinnierte Fiona. „Mein Gott, Ella, kannst du dir vorstellen, was Scott für ein Gesicht machen würde, wenn ich plötzlich mit ihr an Bord käme?“ Als Ella jedoch nur ein verständnisloses Gesicht machte, fiel ihr ein: „Ach so, das weißt du ja noch gar nicht. Das Schiff, auf dem Scott und die anderen Jungens arbeiten, ist die ‚Arabella‘. Der Däne hat es mir gesagt. Ist das nicht ein verrückter Zufall? Scott und die Jungens sind die Mannschaft von Gabrielles Millionär!“

Merkwürdige Erleichterung durchzog Ella bei dem Gedanken,

dass Scott wenigsten für die nächsten paar Tage weit weg auf See sein würde. Wenn er dann wieder zurückkehrte, hatte sich hoffentlich die dumme Nervosität gelegt, die sie schon bei der Erwähnung seines Namens erfasste – ganz zu schweigen davon, wenn er ihr gegenüberstand.

Vorläufig allerdings drängte sich sein Bild immer wieder in ihre Gedanken. Während sie das Frühstücksgeschirr abspülte, stellte sie sich Gabrielle Michard an Deck der Jacht vor. Sie würde sich wie eine Katze auf einem der bestimmt sehr bequemen Stühle räkeln, über sich den tiefblauen Himmel, unter sich die endlose Fläche des Meers. Was würde Scott unterdessen tun? Wäre er zu beschäftigt, um sich um die Gäste seines Chefs zu kümmern? Oder gehörte vielleicht gerade das zu seinen Aufgaben? Nein, Scott als Schiffssteward, das konnte sie sich nicht vorstellen. Seine kräftigen Hände waren eher dazu bestimmt, ein Steuer zu halten.

3. KAPITEL

Gegen Mittag verließ Gabrielle Michard in ihrem Sportwagen das Haus. Ella schloss aufatmend die Haustür. Was für eine herrliche Aussicht, ein paar ruhige Tage vor sich zu haben.

Drei Tage lang faulenzten sie und Fiona wie richtige Urlauber. Gleich nach dem Frühstück liefen sie mit Badezeug und Picknickkorb die hundert Stufen zu der kleinen einsamen Bucht hinunter. Ella genoss es, den ganzen Strand nur für sich zu haben. Sie wusste natürlich, dass Fiona lieber unter Menschen gewesen wäre, doch sie weigerte sich, deshalb wieder nach Juan zu fahren.

„Zu dumm, dass es keinen Bus nach Juan gibt", beschwerte sich Fiona am zweiten Tag mit einem Blick über den menschenleeren Strand. „Wäre es nicht netter, wenn wenigstens noch ein paar Leute mit uns hier unten wären?"

„Für mich nicht. Aber eine halbe Stunde Fußweg, und du bist in Juan."

„Nein, danke." Fiona zog eine Grimasse. „Bei der Hitze würde mir schon nach fünf Minuten der Schweiß herunterlaufen. Könnten wir nicht wenigstens heute Nachmittag hinfahren?"

Aber Ella schüttelte den Kopf. Fiona musste endlich lernen, dass sie nicht immer ihren Willen durchsetzen konnte. Genießerisch legte sie sich in den warmen Sand zurück und schloss die Augen.

„Warum trägst du dein Haar eigentlich immer so streng aus dem Gesicht gekämmt?", unterbrach Fiona ihre Gedanken. „Du solltest es kurz schneiden lassen, dann hättest du bestimmt mehr Locken."

„Das steht mir nicht."

„Und ob es dir stehen würde! Weißt du was?" Fionas Augen blitzten unternehmungslustig. „Wir könnten heute Nachmittag nach Cannes zu Gabrielles Friseur fahren. Er ist wirklich Spitze."

„Und verlangt wahrscheinlich auch einen Spitzenpreis."

„Na und? Einmal kannst du dir so was leisten."

Ella lachte. „Aber nur, weil ich mein Geld nun wirklich nicht für jeden Unsinn ausgebe."

„Eine schicke Frisur ist kein Unsinn. Komm, sag schon ja!"

Ella setzte sich auf, sodass ihr volles, langes Haar wie eine Mähne wieder nach vorn fiel.

„Na schön", stimmte sie zu. „Fahren wir nach Cannes. Aber erst mal lasse ich mich nur beraten, dass du das weißt!"

Ellas Zweifel wurden von dem jungen italienischen Coiffeur des supereleganten Salons in der Prachtstraße von Cannes mit einem charmanten Lächeln fortgewischt. Da er sich sofort erinnerte, dass Fiona mit Madame Michard zusammen bei ihm gewesen war, behandelte er die beiden Schwestern wie bevorzugte Kundinnen.

„Mit Ihrem Profil können Sie jede Frisur tragen, aber es wäre ein Jammer, wenn man Ihre schönen hohen Wangenknochen nicht betonen würde", urteilte er.

„Und was heißt das?"

„Das heißt, dass ich Ihnen eine kurze Frisur empfehle. Und wenn Sie sich mir anvertrauen würden, werden Sie es bestimmt nicht bereuen, Mademoiselle."

Die Entscheidung fiel Ella schwer. Aber sie genierte sich, einfach aufzustehen und hinauszugehen. Im Hintergrund nickte Fiona heftig und bombardierte sie mit beschwörenden Blicken. Was blieb Ella anderes übrig: Sie gab nach.

Nach zwei Stunden war die Prozedur beendet, und seinem Gesicht nach war Guido mit dem Resultat äußerst zufrieden. Endlich zog er das Tuch vom Spiegel, damit Ella sich anschauen konnte.

Und was für eine Überraschung erlebte sie! All ihre Befürchtungen machten unumschränkter Begeisterung Platz. Ohne das Gewicht der Länge und nach seinem natürlichen Fall geschnitten und geföhnt, legte sich das Haar in weichen Wellen und Locken um den Kopf. Der Hals, die Stirn und die Ohren blieben frei, wurden aber von bezaubernden kleinen Löckchen umspielt.

„Sie können es auch noch tiefer in die Stirn tragen", erklärte Guido, indem er mit ein paar Bürstenstrichen seine Worte verdeutlichte. „Mir persönlich gefällt es besser, wenn Ihre Stirn bis auf wenige Locken unverdeckt bleibt. So kommen Ihre Augen besser zur Geltung."

„Sie haben recht“, bestätigte Ella. Ihre Augen wirkten viel größer als zuvor. Vorsichtig tastete sie mit einer Hand ihr Haar ab. Sie musste sich erst an die neue Frisur gewöhnen, aber Fionas Begeisterung und die bewundernden Blicke der anwesenden Kundinnen machten es ihr leicht.

„Am liebsten würde ich mir das Haar auch so schneiden lassen“, meinte Fiona. „Was meinen Sie, Guido?“

„Nein, das würde ich Ihnen nicht empfehlen“, lehnte er sehr entschieden ab. „Sie sind ein ganz anderer Typ als Ihre Schwester.“

Um einiges ärmer verließen sie den Salon. Auf Zureden der Verkäuferin hatte Ella noch einen anderen Ton Wimperntusche, Lidschatten und zwei verschiedene Lippenstifte gekauft. Make-up hatte sie sich nicht aufschwatzen lassen, denn sie konnte mit ihrer Haut sehr zufrieden sein. Vor allem jetzt, wo sie durch die viele Sonne einen gleichmäßigen goldbraunen Ton angenommen hatte.

„Warte nur, bis du dich richtig geschminkt hast“, sagte Fiona auf dem Weg zum Wagen. „Du wirst einfach umwerfend aussehen.“

„So eine graue Maus war ich vorher auch nicht“, protestierte Ella lachend.

„Nein, aber du hast dich ziemlich vernachlässigt in der letzten Zeit.“

Anfangs ertappte sich Ella dabei, dass sie ständig in die vielen Spiegel in der Villa sah, um sich an ihr neues Aussehen zu gewöhnen. Dass sie eine sehr schöne Kopfform hatte, fiel ihr jetzt zum ersten Mal auf. Ihr Profil wirkte nun sehr harmonisch zu ihrer sehr schlanken Figur, sehr graziös und viel jünger. Man konnte kaum glauben, dass sie vier Jahre älter als Fiona war. Ein bisschen wie eine Fee, dachte Ella in sich hineinlächelnd, und ihr Gang wurde plötzlich noch leichter und beschwingter.

Als Gabrielle Michard von ihrer Kreuzfahrt zurückkehrte, hatte sich Ella bereits so an ihre neue Frisur gewöhnt, dass sie nicht beachtete, wie überrascht sie von ihr bei deren Ankunft gemustert wurde. Dass die Fahrt ein voller Erfolg gewesen sein musste, sah man an Gabrielle Michards strahlendem Gesicht.

„Oh, ich bin völlig erschöpft!“, rief sie aus, obwohl sie nicht im Geringsten müde aussah. „Ihr könnt euch nicht vorstellen, was für ein

Trubel das war. Den ganzen Tag schwimmen, die Nächte haben wir durchgetanzt, und gegessen habe ich für drei." Sie hängte sich herzlich bei Fiona ein. „Kommen Sie, Sie müssen mir beim Auspacken helfen. Ich muss Ihnen auch das ganz wundervolle Halsband zeigen, das mir Bertrand in Mallorca gekauft hat." Auf den oberen Stufen der Treppe drehte sie sich noch einmal um, weil Ella sofort die Köchin anrufen sollte. „Sagen Sie ihr, dass die Dinnerparty endgültig Samstagabend stattfinden soll."

„Und wenn sie schon besetzt ist?", wandte Ella ein.

„Dann müssen wir es eben auf einen anderen Tag verschieben. Aber bieten Sie das nicht gleich an. Bertrand hat mir schon für Samstag zugesagt. Wenn ich den Tag ändere, könnte er vielleicht …"

Das Ende des Satzes blieb unausgesprochen, und Ella überlegte, ob sie vielleicht befürchtete, dass dieser Bertrand absagen könnte, wenn sie das Datum änderte. Bertrand. Der Name klang eigentlich ein bisschen bieder. Aber sein Geld und die Jacht machten ihn in Madame Michards Augen ohne Zweifel äußerst attraktiv.

Es klappte mit Samstag. Die Köchin versprach, rechtzeitig da zu sein. Aber natürlich nur zu den Essensvorbereitungen, alles andere blieb wieder einmal an Ella hängen. Zwölf Personen zum Abendessen, da gab es eine Menge zu tun. Diesmal muss Fiona mithelfen, entschied Ella deshalb. Am Abend, beim Zubettgehen, wollte sie mit ihrer Schwester darüber sprechen.

„Selbstverständlich helfe ich dir, wenn du mich brauchst", war Fiona sofort bereit. „Nur meistens bittest du mich gar nicht darum, weil du immer alles selbst machen willst."

„Ja, ich denke immer noch, du wärst ein kleines Kind. Das ist mein Fehler."

„Dabei bin ich nur ein paar Jahre jünger und inzwischen erwachsen", erinnerte Fiona sie.

Am folgenden Morgen erhielt Ella von Madame Michard die Einkaufsliste für die Party. Sie war so umfangreich, dass sie unmöglich alles auf einmal holen konnte.

„Den Fisch kaufen Sie am besten auf dem Markt; dort ist er billiger“, schlug Madame Michard vor.

Das heißt, den Wecker auf halb sechs stellen, dachte Ella missmutig, und Fiona, die ihr beim Tragen helfen sollte, würde ganz schön stöhnen, wenn sie so früh aus dem Bett geworfen wurde.

Nicht früh genug, wie sich herausstellen sollte. Die Hochsaison hatte begonnen, und der Ort war von Touristen bereits überfüllt. Selbst zu der frühen Morgenstunde war rings um den Markt kein Parkplatz mehr zu finden. Sie mussten den Wagen am Hafen abstellen.

„Sieh mal, das ist bestimmt die ‚Arabella‘.“ Fiona deutete auf eine weiß leuchtende Hochseejacht am Ende des Kais.

„Möglich, aber wir haben jetzt keine Zeit, das herauszufinden“, erklärte Ella, während sie ihr einen leeren Korb reichte. „Komm, wir haben viel einzukaufen!“

Eine halbe Stunde später hatten sie erst den Fisch gekauft, aber der Korb war damit bereits voll.

„Jetzt musst du noch das Fleisch holen und den Käse“, zählte Fiona auf. „Wäre es nicht besser, wenn ich den Fisch gleich zum Wagen bringe?“

„Eine gute Idee, dann kannst du noch die Tasche mitbringen, die hinten auf dem Sitz liegt. Aber beeile dich!“

Fiona versprach, sofort wieder zurück zu sein, und verschwand im Menschengedränge, während Ella sich Richtung Käsestand durchkämpfte. Nach endlosem Warten konnte sie sich endlich nach frischen Poularden umsehen. Bald hatte sie den zweiten Korb und noch dazu eine Plastiktüte gefüllt. Sie blickte sich suchend nach Fiona um, denn sie musste längst wieder da sein. Zehn Minuten vergingen, ohne dass Fiona auftauchte, worauf sich Ella schließlich allein auf den Weg zum Wagen machte.

Entsetzliche Hitze schlug ihr entgegen, als sie aus dem Schatten der Markthalle auf die Hafenstraße hinaustrat. Der Asphalt unter ihren Füßen gab bei jedem Tritt auf unangenehme Weise nach.

In dem kleinen Renault herrschte Backofenhitze. Der Korb mit dem Fisch stand im Kofferraum, aber von Fiona war nichts zu sehen. Sicherlich war sie zur „Arabella“ gegangen.

Aber ich denke nicht daran, ihr hinterherzulaufen, schimpfte Ella in sich hinein und ließ sich auf den Fahrersitz fallen. Obwohl sie alle Türen aufgerissen hatte, lief ihr der Schweiß zwischen den Schulterblättern den Rücken hinunter. Es war wirklich die Höhe, sie in dieser Hölle braten zu lassen!

Erbost stieg sie aus, schloss die Türen und lief den Kai entlang. Hunderte von Jachten lagen im Hafen vor Anker, aber die „Arabella" war die größte. An Deck arbeiteten mehrere Männer, aber Fiona war nirgendwo zu sehen. Kurz vor der Laufplanke zum Boot blieb Ella stehen. Es widerstrebte ihr, einfach ein fremdes Boot zu betreten, doch sie musste schließlich Fiona finden. Zwei der Männer blickten kurz zu ihr herüber, hielten sie offenbar für eine Touristin und fuhren mit ihrer Arbeit fort.

Ella setzte den Fuß auf die Laufplanke, hielt jedoch zum zweiten Mal inne, denn sie fühlte sich plötzlich beobachtet. Verstohlen glitten ihre Blicke über das Deck, und da sah sie den Mann an der Reeling. Die breiten Schultern, die schwarzen Locken, das konnte nur er sein.

Er grüßte mit leichtem Kopfneigen, aber Ella wich unwillkürlich den Schritt wieder zurück. Am liebsten wäre sie fortgelaufen, denn nun lächelte er auch noch spöttisch erstaunt, sodass seine Zähne weiß in der Sonne blitzten. Mit dem zerzausten Haar fehlte ihm nur der goldene Ohrring in einem Ohr, um wie ein Pirat auszusehen.

„Sie kommen ein bisschen zu früh", rief er zu ihr hinunter.

„Zu früh?"

„Ich meine für einen Drink. Der wird bei uns erst serviert, wenn die Sonne über dem Hauptmast steht."

Ella wurde zu ihrem Ärger rot. „Ich komme nicht wegen eines Drinks. Ich suche meine Schwester."

„Und Ihre Schwester sucht Sie. Aber warten Sie, warum so eilig?" Sekunden später stand er neben ihr am Kai. „Wenn Sie jetzt auch zum Markt zurückgehen, verfehlen Sie sie bestimmt. Viel vernünftiger wäre, hier auf sie zu warten."

Aber Ella wollte sich nicht aufhalten lassen. „Noch vernünftiger ist es, am Wagen auf sie zu warten. Vielen Dank."

„Wofür bedanken Sie sich?“ Er hielt mit ihr Schritt. „Ich habe ja gar nichts getan.“

Ella lief wortlos weiter, doch als sie stehen blieb, um ein Auto vorbeizulassen, fasste er sie am Arm, um sie am Weitergehen zu hindern.

„Kommen Sie doch mit aufs Schiff zurück und trinken Sie etwas. Sie sehen ganz so aus, als ob Sie etwas Erfrischendes brauchen könnten.“

Dass sie in dem erhitzten Zustand keinen erfreulichen Anblick bieten dürfte, war ihr klar. „Dafür habe ich keine Zeit“, lehnte sie nervös ab.

„Na, hören Sie! Für eine einzelne Person brauchen Sie sich doch nicht den ganzen Tag abzurackern. Das kann ich mir nicht vorstellen.“

„Was Sie sich vorstellen können oder nicht, ist mir ziemlich egal“, fauchte Ella, sich von ihm losreißend.

Kräftige Hände rissen sie zurück, drückten sie für Sekunden an die nackte Brust. „Haben Sie keine Augen im Kopf?“, schimpfte er. „Oder lassen Sie sich gern überfahren?“

Dem Wagen nachblickend, der sie um Haaresbreite beinah erwischt hätte, konnte Ella nur den Kopf schütteln. Es dauerte etwas, bis sie sich von dem Schreck erholt hatte. „Den – den habe ich nicht gesehen“, stotterte sie.

„Ja, und das nur aus Ärger über mich. Was sind Sie für ein merkwürdiges Mädchen. Wovor haben Sie Angst? Ich fresse Sie doch nicht!“ Dabei wanderten seine Blicke allerdings ungeniert über ihre Figur, und er meinte grinsend: „Appetitlich genug wären Sie dafür. Und die Haare hat man sich auch schneiden lassen.“

Instinktiv wollte Ella ordnend über ihr Haar streichen, doch Scott hielt ihre Hand davon ab.

„Lassen Sie! Ein bisschen zerzaust gefällt es mir besser.“

„Das sieht man“, bemerkte sie trocken.

„Oh, Sie meinen damit mich?“ In seinen grauen Augen funkelte es mutwillig. „Gewöhnlich habe ich meine Haare viel kürzer geschnitten als jetzt. Was ist, kommen Sie zu einem Drink mit zurück?“

„Nein, danke. Ich lasse mich nicht gern einladen, wenn ich den Gastgeber nicht kenne.“

Seine Augen wurden schmal, aber das Lächeln blieb. „Was meinen Sie damit?“

„Da ich Ihren Chef nicht kenne, wären es sehr schlechte Manieren von mir, wenn ich mich auf seine Jacht zu einem Drink einladen ließe.“

„Dann lassen Sie uns in dem Café dort etwas trinken“, schlug er vor.

„Ich will mit Ihnen nichts trinken! Können Sie das nicht endlich begreifen?“

„Würden Sie anders darüber denken, wenn ich der Eigentümer der Jacht wäre?“

Zunächst verstand sie seine Frage nicht. Aber dann sah sie an seinem Blick, dass er sie für eingebildet hielt. Ihre Wut auf ihn wuchs. Doch sie beherrschte sich und antwortete: „Selbstverständlich, das wäre ein großer Unterschied für mich. Und nun entschuldigen Sie mich, bitte.“

Diesmal achtete sie auf eventuell vorbeifahrende Autos, bevor sie die Straße überquerte. Halb erwartete sie, dass er ihr folgen würde, und versuchte sich einzureden, dass sie froh war, als er es unterließ. Dass es ihr nicht gelang, machte sie nur noch wütender, und als sie in diesem Moment Fiona vom Wagen her auf sich zukommen sah, war es mit ihrer Beherrschung vorbei.

„Kann ich mich überhaupt nicht mehr auf dich verlassen?“, explodierte sie. „Ich soll dich nicht wie ein Kind behandeln, willst du. Aber wenn ich dich wie eine Erwachsene behandele, bin ich aufgeschmissen!“

„Was willst du? Ich habe dich eben auf dem Markt gesucht.“

„Ja, nachdem so viel Zeit vergangen ist, dass ich das schwere Zeug allein herschleppen musste.“ Wütend setzte sich Ella ans Steuer. „Los, steig ein! Und wenn du wieder deinen Matrosen besuchen willst, dann sag es mir gefälligst vorher!“

„Ich habe ihn überhaupt nicht besucht“, verteidigte sich Fiona. „Ich hatte gerade den Korb ins Auto gestellt, da stand er hinter mir.“

„Ach, Schwamm darüber“, brummte Ella, während sie den Motor anließ.

Der Fahrtwind erfrischte und kühlte ihre Wut ab, sodass sie sich wieder gefangen hatte, als sie die Villa erreichten. Um für gute Stimmung zu sorgen, half Fiona den Tag über, wo sie konnte, sodass Ella mit ihren Partyvorbereitungen recht gut vorankam.

Zum Abendessen bestand Madame Michard darauf, dass Ella sich mit zu ihnen an den Tisch setzte. Sie schien bei bester Laune zu sein, denn sie plauderte lebhaft über alle möglichen Alltagsprobleme, wobei sie erstaunliche Kenntnisse in politischen Dingen zeigte.

„Mit Männern unterhalte ich mich nie über diese Dinge“, gestand sie bei einer Tasse Kaffee. „Diejenigen, die ich kenne, verlangen von einer Frau nur, dass sie schön aussieht und möglichst amüsant ist.“

„Langweilt Sie das nicht?“, fragte Ella.

Madame Michard zuckte lächelnd mit den Schultern. „Man kann im Leben nicht alles haben, meine Liebe.“

„Aber wir haben doch alles“, mischte sich Fiona ein. „Wir drei sind jung, sehen gut aus, und der größte Teil des Lebens liegt noch vor uns.“

„Lieb gesagt, mon enfant.“ Gabrielle lächelte sie herzlich an. „Aber mit einunddreißig habe ich nicht mehr so viel Zeit wie Sie. Wenn ich nicht ...“ Das Telefon klingelte, und da es neben ihr auf einem Tischchen stand, brauchte sie sich nur ein bisschen zu strecken, um den Hörer aufzunehmen. „Bertrand!“, rief sie freudig aus, und ein französischer Redeschwall ergoss sich dabei in das Telefon.

Ella stand leise auf, um, gefolgt von Fiona, das Zimmer zu verlassen. Erst zwanzig Minuten später hörten sie an dem kurzen Klingeln, dass das Gespräch beendet war, worauf Fiona sofort hineinlief, um das restliche Geschirr zu holen.

„Lass uns das erst morgen abspülen“, bat sie, während sie es wegräumte. „Ich möchte schlafen gehen.“

Es war erst kurz vor zehn, doch wenn Fiona schon einmal früh ins Bett wollte, verbiss sich Ella lieber den Einwand. „Es geht dir aber gut?“, vergewisserte sie sich lediglich.

„Natürlich. Es war nur sehr heiß heute. Außerdem sind wir sehr früh aufgestanden.“

„Und du hast mir heute tüchtig geholfen“, lobte Ella sie herzlich. „Deshalb geh ruhig schon rauf. Ich mache die Küche schnell allein fertig.“

Als sie heraufkam, schlief Fiona schon. Um sie nicht zu wecken, zog sich Ella im Dunkeln aus und schlüpfte leise unter die Bettdecke und schlief auch bald ein.

Plötzlich wachte sie aber ohne sofort erkennbaren Grund wieder auf. Sie schaute zu ihrer Schwester hinüber. Doch Fiona war nicht im Bett. Ella sprang auf, um sie im Badezimmer zu suchen, aber auch da war sie nicht.

Beunruhigt lief Ella in den Flur und ins Erdgeschoss hinunter. Überall war es still, nirgendwo brannte Licht. Einem vagen Verdacht folgend, öffnete sie die hintere Haustür, um zur Garage hinüberzusehen: Das Tor stand weit offen. Der Renault fehlte.

Das ist doch der Gipfel!, schimpfte Ella, während sie in ihr Zimmer zurückrannte, um sich schnell eine Hose und einen Pulli überzuziehen. Zum Kämmen nahm sie sich keine Zeit, denn sie wollte so schnell wie möglich aus dem Haus kommen.

Den Sportwagen von Madame Michard hatte sie noch nie gefahren. Schon auf den geringsten Fußdruck sauste er wie der Blitz davon. Sie brauchte geraume Zeit, bis sie sich an den schnellen Wagen gewöhnt hatte, sodass sie sich etwas entspannter zurücklehnen konnte. Wo sie Fiona zu suchen hatte, stand für sie außer Frage: natürlich im Hafen, auf der „Arabella“.

Wie konnte Fiona nur so verrückt sein? Dieser Scott war viel zu alt für sie! Aber auch gegen Scott richtete sich Ellas Ärger. Offenbar musste er jedes hübsche Mädchen in die Galerie seiner Verehrerinnen einreihen.

Und dann sah sie tatsächlich den weißen Renault am Kai stehen. Obwohl sie damit gerechnet hatte, gab es ihr einen Stich. Sie parkte daneben und lief zum Ende des Kais, wo die „Arabella“ vor Anker lag.

Nur ein Licht brannte an Deck. Doch im Näherkommen konnte sie mehrere Gestalten ausmachen, und die Gitarrenklänge, die sie schon von weitem gehört hatte, kamen von dieser Jacht. Der blonde

Däne spielte, wie sie erkannte, als sie mitten auf der Laufplanke stehen blieb, um das Bild in sich aufzunehmen. Er saß mit gekreuzten Beinen auf dem Deck, und rings um ihn lagen Jungen und Mädchen in Jeans und T-Shirts seinem Spiel lauschend. Unter ihnen, gegen die weiße Kajütwand gelehnt, saß Scott.

„Ella! Um Himmels willen, was machst du denn hier?“ Das war unverkennbar Fionas Stimme, obwohl Ella sie nicht gleich gesehen hatte.

„Ich möchte dich nach Hause holen.“

„Aber ich mag noch nicht. Es ist so schön hier. Komm und setz dich zu uns!“

„Nein, danke. Es ist schon spät, und wir müssen morgen sehr früh aufstehen.“

„Es ist erst eins.“ Fiona blieb, wo sie war, sodass Ella zu ihr gehen musste, um sie zu holen.

„Bitte, Fiona, mach kein Theater!“

„Wollen Sie nicht eine Tasse Kaffee trinken, bevor Sie uns Ihre Schwester ausspannen?“, meldete sich Scotts tiefe Stimme aus dem Dunkeln. „Sie sehen ganz so aus, als ob Sie eine kleine Erholung brauchen könnten.“

Der Spott in seiner Stimme reizte Ella.

„Nein, danke, mir geht es sehr gut“, gab sie patzig zurück.

„Ihr angespanntes Gesicht sagte aber etwas anderes.“ Mit einem Satz stand er auf den Füßen und trat zu ihr. „Trinken Sie einen Kaffee, und dann wird Fiona Sie auch begleiten.“

„Fiona wird sofort mit mir kommen, Mr. Scott. Ihre Einmischung ist völlig überflüssig.“

„Ella, du darfst Scott nicht böse sein. Er kann gar nichts dafür, dass ich hier bin“, erklärte Fiona rasch. „Ich konnte vor Hitze nicht richtig schlafen. Da habe ich mir vorgestellt, wie herrlich kühl es hier im Hafen sein müsste, und bin einfach hergefahren. Das war nicht geplant.“

„Und mir etwas davon sagen konntest du nicht?“

„Ich wollte dich nicht aufwecken.“

„Ich sollte nicht merken, dass du dich mitten in der Nacht einfach davongeschlichen hast, sei doch ehrlich!“

„Warum gehen Sie so hart mit Ihrer Schwester um?“, mischte sich Scott ein. „Was hat sie schon getan? Sie ist ein erwachsenes Mädchen.“

„Vor allem ein Mädchen, und nur das sehen Sie“, konterte Ella wütend. „Aber das kann ich Ihnen gleich sagen, Ihr Mädchen wird sie nicht!“

„Ella, sei nicht albern!“ Verlegen blickte sich Fiona nach den anderen um, die gespannt die kleine Szene verfolgten. „Setz dich hin und höre Sven ein bisschen zu. Er kennt wunderschöne Volkslieder. Du magst doch Gitarre.“

„Aber nicht um ein Uhr nachts. Komm jetzt!“

„Schön brav sein, wenn die große Schwester ein Machtwort spricht!“, hänselte einer der Jungen. „Ich fühle mich schon fast ins Mittelalter versetzt.“

Alle lachten, und Fiona zischte außer sich: „Da siehst du, was du gemacht hast, jetzt lachen sie auch noch über uns.“ Sie rannte mit hochrotem Kopf vom Schiff.

Die Gitarre klirrte dumpf, und im nächsten Augenblick löste sich eine schlanke Gestalt von der Gruppe, um ihr zu folgen.

„Wenn es Preise für dummes Verhalten gäbe, würden Sie bestimmt den ersten und zweiten Preis bekommen“, bemerkte Scott so leise, dass nur Ella es hören konnte.

„Ich habe Sie nicht nach Ihrer Meinung gefragt.“ Ella versuchte, an ihm vorbei das Schiff zu verlassen, doch er verstellte ihr den Weg.

„Nicht so hastig, Lady. Zunächst möchte ich noch ein Wörtchen mit Ihnen reden.“ Nicht allzu sanft zog er sie an der Hand über die Laufplanke zum Kai. „Was ist mit Ihnen und Ihrer Schwester? Das Mädchen ist neunzehn und nicht mehr neun.“

„Aber ihren Erfahrungen nach ist sie noch ein Kind, und …“

„Und das wird Sie auch bleiben, wenn Sie sie weiterhin so bemuttern. Was ist los mit Ihnen?“ Er schüttelte sie ein bisschen. „Sind Sie etwa eifersüchtig, weil ich mich für sie interessieren könnte?“

Ella musste vor Wut Luft holen. Sie versuchte, ihm die Hand zu entreißen, doch sein Griff wurde nur fester.

„Sie wollen mich doch nicht etwa schlagen?“, lachte er. „Achtung! Ich würde zurückschlagen.“

„Lassen Sie mich endlich los!“

„Erst wenn ich mit Ihnen zu Ende bin.“

„Ich lasse Sie erst gar nicht anfangen“, fauchte sie zurück.

„Nein?“ Mit einem Ruck zog er sie an sich. „So, nun müssen Sie zuhören, Sie kleiner Vulkan! Warum kreuzen Sie von Anfang an mit mir die Klingen? Ich gebe Ihnen doch gar keinen Grund dafür. Fiona hat sich im Kino mit mir unterhalten, und ich schlug ihr vor, einmal aufs Schiff zu einem Drink zu kommen. Das ist alles. Aber Sie tun gerade so, als ob ich Ihre Schwester verführen wollte.“

„Wollen Sie es nicht?“

„Sind Sie verrückt? Wir wollen hier nur einen vergnügten Urlaub verbringen, aber im neunzehnten Jahrhundert leben wir auch nicht mehr. Jetzt beruhigen Sie sich endlich. Fiona ist alt genug, um sich ein bisschen zu amüsieren.“

„Ich weiß besser, was für sie gut ist. Ganz bestimmt nicht diese Herumgammelei!“

In seinen Augen blitzte es auf.

„Gammeln nennen Sie den harmlosen Spaß? Sie scheinen recht altmodische Ansichten zu haben, Lady.“

„Wie scharfsinnig!“, fauchte Ella. „Und jetzt lassen Sie mich los!“

Statt einer Antwort zog er sie an seine Brust. „Erst werde ich Ihnen zeigen, was zum richtigen Gammeln gehört“, brummte er, und sein Mund presste sich auf ihre Lippen.

Ella wehrte sich mit Händen und Füßen, aber ihre Anstrengungen waren so erfolglos wie die eines Sperlings, der sich aus den Fängen eines Adlers zu befreien versuchte. Als sie die Sinnlosigkeit ihres Unterfangens erkannte, gab sie auf. Schlaff wie eine Stoffpuppe lag sie nun in seinen Armen, worauf er sie sofort losließ.

„Nun, hat das Gammeln nicht auch seine guten Seiten?“, fragte er schmunzelnd. „Sollen wir das noch einmal wiederholen?“

„Nur wenn ich ein Messer greifbar hätte.“

Sein Mund wurde plötzlich hart. „Sie haben Ihre Zunge. Die ist offensichtlich wesentlich schärfer.“

Wortlos drehte sich Ella um und rannte davon. Am Wagen wartete Fiona: „Scott hat wirklich recht! Du – du kannst es nur nicht ertragen, dass ich einmal nicht an deinem Schürzenzipfel hänge!“

„Du irrst dich.“ Ella blieb ganz ruhig. „Mir wäre nur lieb, wenn du endlich selbstständig würdest. Denkst du, ich spiele gern einen Wachhund?“

„Dann lass es doch!“

„Und wenn du dann gleich wieder in der Tinte sitzt, was ist dann?“

„Mein Gott! Wirst du mir Rory ewig vorwerfen?“, protestierte Fiona.

„Du vergisst Alex, Duncan und Jack Rhodes. Jedes Mal, wenn du dich selbstständig machen wolltest, hast du dich mit irgendeinem verrückten Typen eingelassen.“

„Was ist dabei, wenn man sich ab und zu mal verliebt?“

„Nichts“, räumte Ella resigniert ein. „Aber bei dir hat es jedes Mal mit einer Katastrophe geendet, und du weißt, wie krank du wirst, wenn du dich aufregst.“

„Soll ich vielleicht wie eine Nonne leben?“

Ella lächelte. „Natürlich nicht. Aber du solltest Abstand nehmen, wenn du von vornherein siehst, dass du nur wieder unglücklich wirst. Scott ist zu alt für dich, und die anderen wollen sich nur amüsieren.“

„Das will ich auch.“

„Aber doch nicht auf diese Art.“

Fiona zog eine Grimasse, aber sie gab zu: „Was die anderen anbetrifft, magst du recht haben. Aber Scott ist nicht so, und zu alt wäre er auch nicht. Er ist erst fünfunddreißig.“

„Und du bist neunzehn.“

„Na und? Er will ja gar nichts von mir. Er hat mich einfach nur zu einem lustigen Abend aufs Schiff eingeladen, und du machst so ein Drama daraus.“ Damit stieg Fiona in den Renault, schlug die Tür zu, und Ella blieb nichts anderes übrig, als in Madame Michards Wagen zu steigen und ihrer Schwester nach Hause zu folgen.

4. KAPITEL

Der nächste Tag brachte Ella und Fiona so viel Arbeit, dass die Vorfälle des vergangenen Abends in den Hintergrund traten. Fiona wurde weitestgehend von Madame in Beschlag genommen. Allein ein halbes Dutzend Abendkleider musste sie überbügeln, da Gabrielle Michard sich lange nicht entscheiden konnte, was sie zu der wichtigen Party am Abend anziehen sollte. Ella hatte kaum Zeit, zwischendurch etwas zu essen, denn neben den normalen Hausarbeiten und den Partyvorbereitungen musste sie auch noch der Köchin zur Hand gehen.

Eine Stunde vor dem Eintreffen der Gäste verteilte sie die Schüsselchen mit den Oliven und Nüssen auf die verschiedenen Tische des blumengeschmückten Wohnzimmers. Anschließend deckte sie im Esszimmer den Tisch. Dabei stellte sie wieder einmal fest, dass Madame vielleicht an Bargeld knapp sein mochte, aber an kostbaren Wertgegenständen mangelte es ihr nicht. Allein das schwere Tafelsilber, das exquisite Porzellan und die wunderschönen Damasttischtücher und Servietten mussten ein kleines Vermögen wert sein.

Madame Michard, die tagsüber nur müßig den Vorbereitungen zugeschaut hatte, trat nun fertig angekleidet ins Wohnzimmer. Sie hatte sich für das traumhaft schöne weiße Seidenkleid entschieden, das ihre bronzene Hautfarbe noch betonte und ihr Haar noch schwärzer schimmern ließ. An ihrer Frisur hatte sie lange herumprobiert und sich für einen kunstvoll geflochtenen Knoten im Nacken entschieden. Durch das streng zurückgekämmte Haar kamen ihre fast griechisch klassischen Gesichtszüge ganz besonders vorteilhaft zur Geltung. Lange Brillantohrringe berührten ihre Wangen, wenn sie den Kopf bewegte, und ein Hauch ihres schweren exotischen Parfüms blieb im Raum zurück, als sie auf die Terrasse hinausschwebte, um sich dort auf einen der Rohrstühle zu setzen.

„Läuft alles wie geplant?", erkundigte sie sich.

„Alles", versicherte Ella.

„Hoffentlich haben Sie genügend Eiswürfel im Kühlschrank. Bertrand trinkt nämlich am liebsten Longdrinks, Wein oder Fruchtsaft, etwas anderes mag er nicht."

„Wir haben nur Tomatensaft im Haus", musste Ella gestehen.

„Mon dieu!" Madame richtete sich kerzengerade auf. „Wir brauchen unbedingt Orangen- oder Zitronensaft."

„Zitronen kann ich auspressen, wenn die Köchin sie nicht inzwischen aufgebraucht hat. Ich werde gleich nachsehen."

Zu ihrer Erleichterung fand Ella noch alle zwölf Zitronen. Sie presste so viele aus, dass es für einen großen Krug mit reichlich Eiswürfeln reichte, den sie an der kältesten Stelle im Kühlschrank bereitstellte.

Bertrand mochte also nur Wein oder Saft. Was für harmlose Trinkgewohnheiten für einen Millionär, dachte Ella. Ob er wusste, dass die schöne Gabrielle den Whisky wie Milch trank? Sei nicht so gehässig, schalt sie sich gleich darauf, während sie in ihr Zimmer lief, um sich umzuziehen.

Das Schlimmste stand ihr ja noch bevor. Jedes Mal, wenn Madame zum Essen eingeladen hatte, musste Ella servieren, und da Gabrielle Michard sich bei diesen Gelegenheiten ganz besonders gern als kritische Gastgeberin aufspielte, die ihrem Personal nichts durchgehen ließ, hasste Ella diesen Teil der Arbeit mehr als alles andere.

Missmutig schlüpfte sie in das dunkelblaue Baumwollkleid, dessen Gürtel sie wieder ein Loch enger schnallen musste, damit er richtig saß. Noch schlanker darf ich nicht werden, nahm sie sich vor, sonst bin ich selbst für ein Mannequin zu dünn. Sie trat vor den Spiegel, um sich die Lippen nachzuziehen.

Mit einem letzten Blick in den Spiegel überzeugte sie sich, dass ihr die neue Frisur wirklich glänzend stand. Wie grazil ihr Hals dadurch wirkte. Kräftige, braungebrannte Männerhände kamen ihr plötzlich in den Sinn, und wie sie in der vergangenen Nacht ihr Gesicht umfasst hatten. Ganz energisch verdrängte sie die Erinnerung. Nein, Scott war genauso wenig ein Mann für Fiona, wie Rory oder Alex es gewesen waren. Merkwürdig, dass er noch nicht geheiratet hatte. Oder vielleicht hatte er irgendwo eine Frau und sprach nur nie über sie. Es ärgerte Ella, dass ihr der Gedanke so unangenehm war. Außerdem, wenn er verheiratet war, wie kam er dann auf das Schiff des reichen Bertrand? Vielleicht war es nur ein Sommerjob.

Unten hörte sie die ersten Gäste eintreffen, und sie lief schnell hinunter, um bereit zu sein, wenn Madame sie brauchte.

Nach und nach füllte sich das Wohnzimmer, und Gabrielle bewegte sich graziös als perfekte Gastgeberin zwischen ihren Gästen. Gelegentlich blickte sie nervös zur Tür, denn der Ehrengast fehlte noch.

„Sagen Sie Evette, dass sie mit dem Essen noch warten muss", flüsterte sie Ella zu.

Auf dem Weg zur Küche stieß Ella beinahe mit Fiona zusammen, die den Saftkrug gerade ins Wohnzimmer bringen wollte.

„Bring ihn in den Kühlschrank zurück. Er ist noch nicht da".

„Aber Gabrielle will, dass der Saft im Wohnzimmer bereitsteht. Wetten wir, dass der Typ einen Glatzkopf hat?" Fiona kicherte leise. „Ich wollte gestern Abend Scott fragen, aber dann kamst du, und ich habe es vergessen."

„Deine Neugier wird bald gestillt werden. Wart's ab."

Ella eilte in die Küche. Sie verstand, dass Evette über den Aufschub ärgerlich war, denn es bekam keinem Essen, wenn es nicht sofort serviert werden konnte.

Laute Hallorufe drangen in die Küche, was darauf schließen ließ, dass der ersehnte Gast endlich eingetroffen war. Ella sah auf die Uhr und meinte: „Geben wir ihm fünfzehn Minuten, um seine Limonade zu trinken, dann gehe ich rein und bitte zu Tisch." Die Klingel vom Wohnzimmer wurde betätigt. „Sie werden noch Eiswürfel brauchen", vermutete sie. „Hoffentlich habe ich noch genug." Sie füllte einen silbernen Becher und verließ die Küche.

Beim Betreten des Wohnzimmers sah Ella, dass Madame Michard mit einigen ihrer Gäste auf der Terrasse stand. Bertrand musste ein großer Frischluftliebhaber sein. Nur sein Wunsch konnte Madame Michard bewegen, bei solchem Wind auf die Terrasse zu gehen. Lächelnd trat Ella mit dem Eiskübel ins Freie, und da erst bemerkte sie den breitschultrigen Mann mit den schwarzen Locken. Sie blieb so abrupt stehen, dass die Eiswürfel leise klirrten.

Was in aller Welt hatte Scott hier zu suchen?

Er stand halb von ihr abgewandt, und merkwürdigerweise trug auch er das obligatorische Dinnerjacket und schwarze Smokinghosen. Gabrielle und zwei andere Damen unterhielten sich mit ihm. Eine von ihnen schien etwas Lustiges gesagt zu haben, denn Scott lachte plötzlich schallend. Wie eigenartig, ihn mitten unter diesen Snobs zu sehen. Als Gabrielle etwas sagte, drehte er sich um. Ihre Blicke trafen sich. Aber Ella senkte hastig den Kopf.

„Nun bringen Sie schon das Eis!", rief Gabrielle ungeduldig. Ella musste sich einen Ruck geben, um sich in Bewegung zu setzen. Aber Gabrielle war noch nicht zufrieden. „Sie haben die Zange vergessen", beschwerte sie sich.

„Entschuldigung, ich hole sie sofort."

„Nicht nötig", mischte sich Scott ein. „Meine Finger tun's auch." Er holte sich eine Hand voll Eis heraus und ließ es in sein hohes Glas fallen.

Zu Ellas Überraschung trank er die für Bertrand bestimmte Limonade. Die anderen trinken alle alkoholische Getränke, stellte sie fest. Der Ehrengast war also doch noch nicht eingetroffen. Sie musste sofort der Köchin Bescheid geben, dass das Essen noch nicht angerichtet werden durfte.

„Geht es Ihnen heute besser?", unterbrach Scotts Stimme ihre Überlegungen. Es war unmöglich, die Frage zu überhören, doch Ella brachte es nicht über sich, zu ihm aufzusehen.

„War Ella denn krank?", erkundigte sich Gabrielle, bevor Ella eine passende Antwort finden konnte. „Und überhaupt, wieso kennst du sie?"

„Wir haben uns neulich Abend im Kino kennengelernt."

„Du und dein Kinotick", hänselte ihn Gabrielle. „Du hast einen eigenen Vorführraum auf dem Boot, warum benutzt du ihn nicht?"

„Er hat nicht die gleiche Atmosphäre", erklärte er lässig.

Gabrielle lachte ungläubig und hängte sich bei ihm ein, um ihn zu einer anderen Gruppe Gäste zu ziehen.

Für Ella war das die Gelegenheit, sich zurückzuziehen. Verwirrt, weil sie nicht begriff, was sie gehört und gesehen hatte, lief sie in die Küche. Wer war Scott? Was für eine Rolle spielte er auf dem Boot des

Millionärs? Tausend Fragen jagten ihr durch den Kopf. An der Küchentür prallte sie mit Fiona zusammen, deren Augen vor Aufregung funkelten.

„Ella, was sagst du nun? Nicht einmal im Traum hätte ich das für möglich gehalten!"

„Was?"

„Na, dass Scott der besagte Freund ist. Er ist der Millionär, den Gabrielle als Ehemann einfangen möchte."

„Du bist verrückt!" Aber noch während Ella das aussprach, erinnerte sie sich, dass sie das bereits angenommen hatte, als sie Scott auf der Terrasse hatte stehen sehen. Nur hatte sie es einfach nicht wahrhaben wollen.

„Scott ist Gabrielles Freund", wiederholte Fiona. „Er ist der einzigartige Bertrand. Gabrielle scheint ihn allerdings als einzige so zu nennen, aber sie möchte halt immer etwas Besonderes sein. Bertrand Jeremy Scott – das sind seine Namen." Fiona kicherte. „So ein Gauner, mit keinem Ton hat er sich uns gegenüber verraten! Ist das nicht ein Mordsspaß?"

„Und was für einer!", bemerkte Ella eisig. „Er muss sich köstlich auf unsere Kosten amüsiert haben."

„Vielleicht hat er es satt, dass die Leute ihn immer gleich wegen seines Reichtums ausnutzen und schlüpft deshalb gern in die Rolle des bezahlten Seemanns."

„Für mich ist das glatter Betrug und eine Gemeinheit."

„Das finde ich nicht. Er hätte uns bestimmt bald die Wahrheit gesagt", verteidigte ihn Fiona.

„Ja. Aber erst nachdem er uns gründlich lächerlich gemacht hätte." Ella konnte ihre Wut nicht mehr länger beherrschen.

„Nein, das wollte er sicher nicht", protestierte Fiona, aber Ella lachte nur bitter auf. „Reden wir nicht mehr davon. Geh und sage, dass angerichtet ist. Die Vorspeise steht bereits auf dem Tisch. Gib uns Bescheid, wenn sie die Hälfte davon gegessen haben."

Fiona verschwand im Wohnzimmer, während Ella der Köchin helfen ging. Dabei konnte sie sich vor Wut kaum auf ihre Arbeit konzentrieren.

Die Küchentür ging auf, und Fiona steckte ihren Kopf herein. „Sie haben die Melone fast aufgegessen."

Rasch tauchte Ella die Schüsseln und Platten in heißes Wasser, um sie vorzuwärmen. Es war wirklich lächerlich, dass Gabrielle nicht das Geld für einen besseren Herd mit Wärmefach herausrücken wollte. Ebenso schnell trocknete sie sie ab, reichte sie der Köchin zum Füllen und stellte sie dann auf den Servierwagen, um sie ins Esszimmer zu bringen, wo Fiona bereits die leeren Vorspeisenteller abräumte.

Ganz bewusst vermied sie es, zum Kopfende der Tafel zu blicken, wo Gabrielle sich angeregt mit Scott unterhielt, der natürlich zu ihrer Rechten saß. Bertrand! Was für ein unpassender Name für einen Engländer, ärgerte sich Ella. Aber vielleicht hatte er eine französische Mutter, die irgendwelche Erinnerungen mit diesem Namen verknüpft hatte.

Evette war Ella mit einem zweiten Servierwagen gefolgt und begann nun, das kunstvoll garnierte Fleisch und die scharfen Saucen anzubieten, während Ella den Reis herumzureichen hatte. Die große silberne Schüssel war schwer und nur mit Mühe zu halten, weil sie so heiß war. Bei jedem Schritt hatte Ella Angst, dass sie sie fallen lassen würde. Ihre Nervosität nahm noch zu, als sie zwei graue Augen auf sich gerichtet fühlte. Selbst wenn Scott saß, überragte er die anderen um ein gutes Stück. Die zierlichen vergoldeten Stühle mussten sehr unbequem für ihn sein.

Wie ein Echo auf ihre Gedanken hörte ihn Ella plötzlich zu Gabrielle sagen: „Das nächste Mal bringe ich mir einen größeren Stuhl zum Essen mit, liebe Gabrielle."

„Wenn du mir versprichst, öfter zu kommen, Chéri, werde ich eigens für dich einen Stuhl anschaffen."

„Das wäre mir zu verpflichtend. Du kennst mich ja."

Er sagte es lachend, und auch Gabrielle lachte. Aber Ella wusste, dass sie sich keineswegs über die Bemerkung freute. Wie schrecklich musste es sein, einem so arroganten Mann hinterherlaufen zu müssen, nur weil man sein Geld dringend brauchte!

„Ist die Schüssel nicht viel zu schwer für Sie?"

Bevor Ella antworten konnte, hatte Scott ihr die Schüssel aus den Händen genommen.

„Ich kann sehr gut mit ihr umgehen", erwiderte sie und wollte ihm die Schüssel wieder abnehmen. Doch er ließ es nicht zu. „Bitte, Mr. Scott, geben Sie mir die Schüssel zurück", bat Ella mit wachsender Verlegenheit.

„Später vielleicht. Ich serviere nämlich leidenschaftlich gern. Das ist einer meiner Ticks."

Alles lachte, und Gabrielle lächelte säuerlich. „Das ist typisch Bertrand. Mir ist nie ein selbstbewussterer Mann begegnet."

„Haben Sie denn noch nie in Ihrem Leben an sich gezweifelt?", wollte eine der Damen wissen.

„Und wenn ich es hätte, würde ich es kaum jemanden wissen lassen", antwortete Scott, während er Gabrielle als letzter der Damen den Reis anbot. „Jetzt kommen die Herren dran, nicht wahr?" Er blickte über die Schulter zu Ella.

„Ja. Aber ich wäre Ihnen sehr dankbar, wenn Sie mich jetzt weitermachen ließen."

„Seien Sie doch kein Spielverderber! Mir macht das richtig Spaß."

Mit einer übertrieben devoten Verbeugung hielt Scott dem nächsten Herrn die Schüssel hin. Er zog eine richtige Schau ab, alle amüsierten sich köstlich über seine Mimik, und doch hatte Ella ganz gegen ihren Willen den Eindruck, dass er das alles wirklich nur tat, weil er ihr die schwere Schüssel hatte abnehmen wollen. Dabei wollte sie ganz und gar nicht freundlich über ihn denken. Mühsam holte sie den unverschämten Schwindel in ihr Gedächtnis zurück, den er mit ihr und Fiona getrieben hatte.

„Kümmern Sie sich um mehr Sauce", zischte ihr Gabrielle zu, worauf Ella, eine Entschuldigung murmelnd, zum Servierwagen lief, um die zweite Sauciere zu holen.

Scott war der Letzte, dem sie die Sauce anbot. Er hatte sich gerade selbst mit einer tüchtigen Portion Reis versorgt.

Ella lief in die Küche, wo Evette Schüsseln und Platten auffüllte.

„Wir müssen sie noch einmal herumgehen lassen. Manche der Herren nehmen bestimmt ein drittes Mal", sagte die Köchin.

Ella schüttelte sich. „Ich begreife nicht, wie man bei der Hitze so viel essen kann. Ich bringe dann kaum einen Bissen hinunter."

„So sehen Sie auch aus", bemerkte Evette geradeheraus. „Sie pustet ja schon ein kleiner Windstoß um."

„Täuschen Sie sich nicht, ich habe Kräfte wie ein Pferd", protestierte Ella. Zum Beweis stellte sie die schwere Reisschüssel nicht erst auf den Wagen, sondern trug sie gleich ins Esszimmer, fest entschlossen, dass sie sich diesmal nicht von Scott helfen lassen würde.

Aber er dachte gar nicht mehr daran, wie sie ärgerlich feststellen musste. Seine ganze Aufmerksamkeit gehörte Gabrielle, und mehr als einmal lachte er herzlich, während sie sich unterhielten.

Es war eine reichlich mühselige Sache, bis zwölf Personen durch vier Gänge hindurch versorgt waren. Als endlich nach der Süßspeise – einem nach einem raffinierten Rezept zubereiteten Sorbet – der Käse den Abschluss machte, hatte Ella das Gefühl, dass sie mindestens hundertmal um den Tisch herumgegangen war.

Der kräftige Duft des Käses machte sie plötzlich hungrig. Kein Wunder, denn seit dem Frühstück hatte sie lediglich eine Tasse Kaffee um die Mittagszeit getrunken. Bevor ich Evette beim Abwaschen helfe, muss ich unbedingt etwas essen, nahm sie sich vor.

Doch zunächst war noch der Kaffee zu servieren, und so dauerte es noch eine weitere halbe Stunde, bis die Tafel aufgehoben wurde und Ella mit Fiona das restliche Geschirr abräumen konnte.

Kaum hatten die Gäste jedoch das Esszimmer verlassen, als Gabrielle die Tür einen Spalt öffnete und Fiona zu sich winkte. „Kommen Sie, Fiona. Sie müssen mir bei den Getränken helfen."

Die Tür schloss sich hinter Fiona, und Ella stand allein vor dem Berg Geschirr auf der Anrichte. Seufzend begann sie, es auf den Servierwagen zu stapeln. Da Gabrielle es nicht leiden konnte, wenn während des Essens unnötig mit Geschirr geklappert wurde, durfte das benutzte Geschirr nur auf der Anrichte abgestellt und erst später in die Küche gebracht werden. Viele Male musste Ella mit dem Servierwagen hin und her fahren, bis das Esszimmer wieder ordentlich aussah. Dafür türmte sich alles in der Küche, wo Evette mit mürrischem Gesicht am Spülbecken stand.

„Sie sollte sich endlich eine Spülmaschine anschaffen“, brummte die Köchin. „In den anderen Häusern brauche ich nur zu kochen und muss nicht auch noch diese Arbeit erledigen.“

Sie brabbelte weiter vor sich hin, aber Ella hörte nicht zu. Obwohl alle Fenster offen standen, war es entsetzlich stickig in der Küche. Es roch widerlich nach heißem Curry und heißem Fett, sodass Ella ganz übel wurde. Zum zweiten Mal dachte sie daran, dass sie endlich etwas essen sollte.

Aber da schrillte schon wieder die Klingel über der Tür. Ella legte das Geschirrtuch fort, strich sich eine Strähne aus der Stirn und lief hinaus, um nach Gabrielles Wünschen zu fragen.

„Wir brauchen noch Kaffee“, erklärte Gabrielle. „Machen Sie ruhig noch mal zwei Kannen. Meistens schließen sich die anderen an, wenn einer eine zweite Tasse möchte.“

Ella wollte gehen, aber Gabrielle rief sie zurück.

„Sie haben vergessen, die Cocktailgläser fortzuräumen. Das hätte während des Essens geschehen müssen. Holen Sie das sofort nach!“

„Während des Essens war wirklich keine Zeit dazu“, verteidigte sich Ella, begann jedoch die schmutzigen Gläser einzusammeln.

„Holen Sie gefälligst ein Tablett dafür. Das sind teure Kristallgläser“, befahl Gabrielle gereizt.

Auf dem Weg zur Tür bemerkte Ella, dass Scott sich mit Fiona unterhielt. Die blonden Locken ihrer Schwester wippten kokett, während sie schwärmerisch zu ihm aufschaute. Dummes Ding, schimpfte Ella auf dem Weg in die Küche.

„Ich gehe jetzt“, verkündete ihr Evette dort. Dabei deutete sie vielsagend auf den Berg Geschirr, der noch abzutrocknen war. „Bis zehn Uhr hatte ich mit Madame vereinbart, und es sind schon fünf Minuten darüber.“

Aber ich darf bis in die Nacht in der Küche stehen und den Kram wegräumen, dachte Ella verzweifelt.

Es kostete Ella fast eine Stunde, bis sie das gesamte Besteck abgetrocknet und in die betreffenden Besteckkästen eingeordnet hatte. Dann kamen die Gläser dran und das Porzellan.

Zu guter Letzt tauchte Ella noch die schmutzigen Pfannen und

Töpfe in heißes Spülwasser, schrubbte sie tüchtig und stellte sie umgekehrt zum Trocknen auf das Abtropfbrett. Zwischendurch musste sie ein paar Mal am offenen Fenster tief Luft holen, um die aufkommende Übelkeit zu vertreiben. Hunger spürte sie im Moment keinen, aber ihr war ein bisschen schwindlig, und sie hatte Mühe, sich auf die Arbeit zu konzentrieren. Einmal musste sie eine Pfanne schnell absetzen, sonst wäre sie ihren zitternden Fingern entglitten.

Du musst endlich etwas essen, entschied sie energisch.

Der Kühlschrank war voll mit Essensresten, aber sie hatte nur Lust auf Käse und Brot. Sie setzte das Messer ans Brot, um sich eine Scheibe abzuschneiden, als sich plötzlich die Küche zu drehen begann. Der Boden unter ihren Füßen schien zu schwanken, gleichzeitig hatte sie das Gefühl, in die Höhe zu schweben. Das Messer fiel scheppernd auf die Fliesen, sie griff mit einem Aufschrei haltsuchend nach einer Stuhllehne – aber da stützten sie schon kräftige Hände, und eine tiefe Stimme sprach beruhigend auf sie ein. Sie wurde auf einen Stuhl gedrückt, und ihr wurde befohlen, ganz still sitzen zu bleiben.

Sekunden später spürte sie den Rand eines Glases an ihren Lippen. Eine scharfe, in der Kehle brennende Flüssigkeit wurde ihr eingeflößt. Kognak, schmeckte sie, und bald spürte sie seine belebende Wirkung, sodass sie die Augen öffnen konnte.

Graue, ärgerlich blitzende Augen waren das Erste, was sie sah. Aber sie hatte von Anfang an gewusst, dass Hände und Stimme zu Scott gehörten.

„Das soll wohl Ihr Abendbrot sein“, meinte er mit einem Blick auf Brot und Käse. „Wann haben Sie das letzte Mal etwas gegessen?“

„Ich – ich hatte vorher keinen Hunger gehabt“, log sie.

Doch er murmelte etwas Unverständliches, während er sich stirnrunzelnd in der Küche umsah.

„Haben Sie etwa ganz allein hier klar Schiff gemacht?“

Ella schüttelte den Kopf. „Evette hat mir geholfen.“

„Ist das die Köchin? Wo ist sie?“

„Sie hat um zehn Schluss gemacht.“

„Unerhört! Und Sie lässt man bis nach Mitternacht hier schuften!“, schimpfte er mit einem Blick auf die Uhr.

„Sie hat den größten Teil abgewaschen. Ich habe nur alles abgetrocknet und fortgeräumt“, erklärte Ella schnell.

„Nur! Was glauben Sie eigentlich – Sie sind doch kein Ackergaul! Ich weiß nämlich, was für eine Heidenarbeit das ist.“

„Ja richtig, als Matrose auf einer Luxusjacht müssen Sie das ja wissen.“ Ella konnte sich die spitze Bemerkung nicht verkneifen.

„Nein, ich hole mir manchmal Freunde auf meine Jagdhütte“, erwiderte er mit einem Aufblitzen in den Augen. „Das Personal lasse ich aber zurück. Das ist gemütlicher.“ Da Ella nichts dazu sagte, fügte er hinzu: „Wahrscheinlich glauben Sie, dass ich Sie absichtlich über meine wahre Identität belogen habe?“

„Haben Sie es nicht?“

„Anfangs jedenfalls nicht“, gab er ehrlich zu. „Aber Sie haben mich herausgefordert, indem Sie mich sofort zum leichtfertigen Seemann abstempelten. Beurteilen Sie die Leute immer nur nach ihrem Aussehen?“

„Tun Sie’s denn nicht?“ Ella dachte dabei an Gabrielle.

„Was wollen Sie damit andeuten?“

Aber Ella hatte keine Lust, darauf zu antworten, und wechselte das Thema: „Warum werden Sie von Madame Michard Bertrand gerufen, wenn Sie sich selbst Scott nennen? Oder haben Sie verschiedene Namen für verschiedene Gelegenheiten?“

„Nur Gabrielle nennt mich Bertrand“, erklärte er lächelnd. „Sie glaubt wahrscheinlich, dass meine Beziehung zu ihr dadurch zu etwas Besonderem wird.“

Das Wort „Beziehung“ hätte Ella in diesem Fall gern etwas näher interpretiert gehabt. Aber fragen wollte sie nicht. „Es wäre jedenfalls ehrlicher gewesen, wenn Sie sich richtig vorgestellt hätten“, erwiderte sie kühl.

„Meinen Sie denn, dass der Name Bertrand zu mir passt?“, fragte er noch immer schmunzelnd. „Jeder kennt mich nur unter Scott.“

„Dann sollte auch Madame Michard Sie so rufen. Sie dürften sie nicht glauben lassen, dass Ihnen Bertrand gefällt. Sie könnte daraus schließen, dass – dass …“

„Dass es eine gewisse Intimität beweist?“, half er, und sein

Schmunzeln verstärkte sich.

Aber er verfolgte das Thema nicht weiter, sondern holte eine Flasche Milch aus dem Kühlschrank, füllte ein Glas und stellte es vor sie auf den Tisch. Dann schnitt er eine Scheibe Brot ab, bestrich sie mit etwas Butter und legte sie zusammen mit einem Pfirsich und einer Banane neben das Glas.

„Kommen Sie, essen Sie etwas Frisches. Das ist besser als der Käse."

Doch Ella zog sich beim Anblick der Früchte der Magen zusammen. „Ich kann nicht", flüsterte sie.

„Dann wenigstens ein bisschen Brot", redete er ihr zu.

Gehorsam biss sie von der Scheibe Brot ab. Die Butter war leicht gesalzen, sie schmeckte gut auf dem frischen Brot. Ihr Appetit begann sich langsam wieder einzustellen. „Hilft Ihnen Ihre Schwester denn nicht bei der Arbeit?", wollte Scott wissen.

„Madame Michard nimmt Fiona fast ausschließlich als Gesellschafterin in Beschlag."

„Und Sie müssen für beide das Aschenputtel spielen."

„Nein, das stimmt nicht", wehrte sich Ella. Sein Mitleid ärgerte sie. „Solche Partys wie heute gibt Madame Michard nur selten. An den anderen Tagen ist meine Arbeit gar nicht so schwer."

„Sehen Sie deshalb so aus, als ob der geringste Windstoß Sie umblasen könnte?"

Merkwürdig, das Gleiche hatte sie vor ein paar Stunden von der Köchin gehört. „Ich bin von Natur aus schlank", erwiderte sie gereizt.

„Und Sie fühlen sich ständig angegriffen. Warum nehmen Sie nicht alles ein bisschen leichter und genießen das Leben? Den Aufpasser für Ihre hübsche kleine Schwester zu spielen, kann Ihnen doch keinen Spaß machen."

„Was mir Spaß macht oder nicht, dürfte nicht Ihre Sache sein, Sir. Haben Sie etwas Bestimmtes in der Küche gewollt?"

„Ich wollte ein Glas Wasser holen. Gabrielle vergisst immer, einen Krug voll zu den Getränken zu stellen."

Ella wollte aufstehen, aber Scott stand schon am Spülstein und hatte den Wasserhahn aufgedreht. Er trank ein ganzes Glas auf einen Zug leer.

„Ich möchte eine Party auf der ‚Arabella' geben", sagte er an den Spülstein gelehnt, den Blick auf sie gerichtet. „Fiona habe ich schon zusammen mit Gabrielle eingeladen, aber ich möchte auch, dass Sie kommen."

„Ich? Haben Sie vergessen, wie schlecht ich Sie das letzte Mal behandelt habe? Sie haben gar keinen Grund, mich einzuladen."

„Habe ich das nicht?"

Scott stieß sich vom Becken ab. Die Hände in die Hosentaschen vergraben, kam er auf sie zu. Die Hose saß ihm wie angegossen, und darunter zeichneten sich seine kräftigen und doch schlanken Hüften und Schenkel ab.

„Sie wissen ganz genau, was ich meine", sagte Ella leise. „Aber ich habe das mit dem Gammeln nicht so gemeint. Ich meinte nur, dass ..."

„Ich weiß, was Sie damit sagen wollten", fiel er ihr ins Wort. „Sie hatten Angst, dass Ihre Schwester von einem Haufen Taugenichtse ausgenützt würde."

Das altmodische Wort klang merkwürdig aus seinem Mund. Überrascht blickte sie auf.

Er grinste. „Ich weiß sehr genau, was man im Allgemeinen von mir denkt."

„Und das macht Ihnen nichts aus?"

„Mir ist gleichgültig, was die Leute von mir halten. Viel wichtiger ist, was ich von ihnen denke. Wer reich ist, braucht sich nicht um die Meinung der anderen zu kümmern. Das ist eine der Annehmlichkeiten des Geldes." Er blieb neben ihr am Tisch stehen.

„So, nun wissen Sie, wer ich bin. Es ist also nicht mehr nötig, sich wegen Ihrer Schwester Sorgen zu machen."

„Nötiger als zuvor."

„Wie meinen Sie das?"

„Das liegt doch auf der Hand. Sie und meine Schwester leben in zwei verschiedenen Welten. Was wollen Sie von einem Mädchen wie meiner Schwester?"

„Ich lade Ihre Schwester ein, weil sie jung, hübsch und lustig ist. Sie kann sich noch echt an solchen Dingen wie einer Schiffsparty freuen."

„Wie Sie das sagen, klingt es alles so einfach. Haben Sie jemals überlegt, wie schlimm es für ein Mädchen sein kann, wenn Sie ihr die glänzende Seite des Lebens einmal kurz zeigen und ihr dann wieder die Tür vor der Nase zumachen?"

„Ist es nicht besser, einmal kurz etwas Schönes zu genießen, als es nie im Leben kennenzulernen?"

Ella schüttelte den Kopf. „Nicht, wenn man dadurch für den Rest seines Lebens unzufrieden wird."

„Wie altmodisch Sie sind!", lachte Scott. „Wo gibt es denn heute noch Grenzen zwischen den einzelnen Gesellschaftsschichten? Einem Mädchen wie Ihrer Schwester steht die ganze Welt offen."

„Leider nicht", erwiderte Ella ernst. „Noch immer heiraten Reiche wieder Reiche, und arm bleibt bei arm."

„Aber ich will Ihre Schwester ja nicht heiraten! Ich biete ihr lediglich die Gelegenheit, eine andere Seite des Lebens zu sehen und sich zu amüsieren."

„Mir wäre aber lieber, wenn Sie sich mit anderen Frauen amüsieren würden und nicht mit meiner Schwester oder mir."

„Gut. Wenn Sie so denken, werde ich mich danach richten", stimmte er zu. „Aber nur, was Sie anbelangt. Ihre Schwester soll selbst entscheiden, was sie tun will." Damit ging er zur Tür, wo er beinahe die Türklinke an die Seite bekam, weil Fiona sie in diesem Moment aufdrückte.

„Hallo, da sind Sie ja noch", sagte Fiona zu ihm gewandt. „Gabrielle schickt mich, weil Sie sich wundert, wo Sie bleiben. Sie fürchtete, Sie wären vielleicht in dem Wasser ertrunken, das Sie trinken wollten", fügte sie lachend hinzu.

„Beinahe wäre ich es", ging er auf ihren Ton ein. „Aber jetzt bekomme ich wieder genügend frische Luft." Ohne sich noch einmal nach Ella umzublicken, verließ er die Küche.

Fiona schloss hinter ihm die Tür und setzte sich zu Ella an den Tisch. „Worüber habt ihr so lange gesprochen?"

„Über die Party, zu der dich Scott mit Gabrielle eingeladen hat. Meinst du nicht, es wäre Gabrielle lieber gewesen, wenn du abgelehnt hättest?"

„Was kümmert mich, was die will. Ich bin nicht ihre Sklavin. Manchmal hast du wirklich komische Ideen, Ella."

„Ich bin nur realistisch", antwortete Ella kurz angebunden. „Wir sind schließlich nicht zum Spaß hier, sondern wegen deines Asthmas. Wenn Gabrielle uns feuert, wird es schwer sein, schnell einen anderen Job zu finden. Im August haben die meisten Vermittlungsbüros geschlossen."

„Sei nicht albern! Wir würden sofort wieder etwas finden."

„Aber denke daran, dass du mit Madame nach Paris gehen wolltest", erinnerte Ella sie. „Lohnt es sich dann, sie unnötig zu verärgern?"

„Aber Gabrielle ist nicht eifersüchtig, nur weil Scott ein bisschen nett zu mir ist. Sie sieht in mir noch ein Kind. Sie kommt gar nicht auf die Idee, dass Scott etwas anderes in mir sehen könnte."

„Vielleicht sieht er auch wirklich nichts anderes in dir", mahnte Ella.

„Na und? Er ist reich, sieht gut aus, und es ist lustig, mit ihm und seinen Leuten zusammen zu sein. Denke nicht immer an morgen, sondern genieße, was sich dir bietet!"

„Eine von uns muss an morgen denken."

Ein Achselzucken war Fionas einziger Kommentar dazu, aber nach einer kurzen Pause wollte sie wissen: „Du kommst doch auf die Party mit, oder?"

„Nein."

„Warum nicht?"

„Wie ich bereits sagte, ich will Gabrielle nicht verärgern."

Fiona blickte sie forschend an. „Nur wegen Gabrielle? Hättest du sonst die Einladung angenommen?"

„Vielleicht."

„Dann hast du also im Prinzip nichts gegen Scott? Du bist nicht dagegen, wenn ich hingehe?"

Ella nahm ihren Teller und das Glas, um beides ins Spülbecken zu stellen. „Du bist alt genug. Du brauchst meine Erlaubnis nicht mehr, wenn du etwas tun willst." Sie kehrte ihrer Schwester den Rücken zu, doch sie spürte deren Überraschung.

„Was hat Scott noch gesagt, als er hier war?", fragte Fiona.

„Nichts weiter." Ella ließ das Wasser laufen und tat sehr beschäftigt.

Aber Fiona schien mit der Antwort zufrieden zu sein, denn sie holte sich nur noch einen Apfel von der Obstschale und verschwand.

Wenn Scott doch nur nicht in meinem Leben aufgetaucht wäre!, wünschte sich Ella mit einem tiefen Seufzer. Es wäre zwar schrecklich grau ohne ihn, aber wesentlich weniger aufregend.

5. KAPITEL

Müde und deprimiert wachte Ella am nächsten Morgen auf. Sie hätte noch eine halbe Stunde länger schlafen können, aber Fiona war schon um sieben aus dem Bett gesprungen, um die Garderobe für ihren Tag auf der „Arabella“ zusammenzustellen. Auch Gabrielle schien sich auf den Ausflug zu freuen, denn sie zeigte sich besonders liebenswürdig Ella gegenüber.

„Ich finde es sehr vernünftig von Ihnen, dass Sie nicht mitkommen“, meinte sie, als sie am Morgen in die Küche kam, um zum ersten Mal ihr Frühstück selbst zu holen. „Sie werden sich hier in der Ruhe viel besser erholen können. Ich gebe Ihnen den ganzen Tag frei. Im Haus gibt es ja nicht viel zu tun.“

„Bis auf die Beseitigung der Spuren der gestrigen Party“, erwiderte Ella trocken.

„Aber das ist doch nicht der Rede wert. Die Böden brauchen Sie nur mit einem feuchten Tuch überzuwischen.“

Ella dachte an die vollen Aschenbecher, die überall noch herumstanden, und an die vielen anderen Dinge, die noch zu erledigen waren, aber sie sagte nichts.

„Wann wir zurückkommen, weiß ich nicht“, fuhr Gabrielle fort. „Wahrscheinlich essen wir noch auf der Jacht zu Abend.“ Ihre gepflegten Finger zerpflückten graziös eine Apfelsine. „Eigenartig, dass Sie mir nichts von Ihrer Bekanntschaft mit Bertrand erzählt haben.“

Nun wusste Ella wenigstens, warum Gabrielle ihr Frühstück plötzlich selbst holte. Aber sie hatte keine Lust, sich so scheinheilig ausfragen zu lassen.

„Ich hielt es nicht für so wichtig“, erwiderte sie leichthin. „Millionär oder Seemann, er ist nicht mein Typ.“

Gabrielles Lachen klang nicht ganz echt. „Mon pauvre enfant, er gefällt allen Frauen.“

„Mir aber nicht. Ich mag große Männer nicht. Sie sind mir zu beherrschend.“

„Eine dominierende Persönlichkeit ist er bestimmt. Aber an ihm gefällt mir einfach alles. Eigentlich kenne ich ihn schon seit Jahren“, fügte Gabrielle hinzu, „doch erst seit einigen Monaten habe ich das Gefühl, dass er sein Vagabundenleben aufgeben will."

„Auch er wird nicht jünger", bemerkte Ella ironisch.

„Oh, Gott, er kann achtzig sein, und die Frauen werden ihm noch nachlaufen. Dafür sorgt schon sein Reichtum."

Gabrielle legte noch ein zweites Croissant auf den Teller.

Ella blieb einen Augenblick nachdenklich am Tisch stehen, nachdem Gabrielle die Küche verlassen hatte. Ganz offensichtlich hatte es Gabrielle beunruhigt, dass Scott ihr so viel Aufmerksamkeit geschenkt hatte. Nun, hoffentlich hatte sie deutlich genug zum Ausdruck gebracht, dass es keinen Grund zur Eifersucht gab.

Gegen zehn Uhr fuhren Gabrielle und Fiona fort. Beide trugen Strandkleider und hatten in einer Tasche Bikini und Badetuch bei sich. Fiona war aufgeregt wie ein kleines Kind gewesen. Aber das war kein Wunder, auch Ella hätte der Tag auf dem Boot Spaß gemacht. Doch sie ließ sich von ihrer Enttäuschung nichts anmerken und winkte, bis der rote Sportwagen um die erste Kurve verschwunden war, bevor sie ins Haus zurückging.

Beim Anblick des Salons und des Wohnzimmers wusste Ella, was sie als Erstes zu tun hatte. Sie holte sich Wasser, das Wischtuch und den Schrubber und machte sich an die Arbeit.

Gegen zwölf hatte sie es endlich geschafft. Erschöpft und verschwitzt stellte sie sich erst mal unter die Dusche. Sie frottierte sich tüchtig ab und zog ein weißes Hauskleid aus leichtem Leinen über. Mit einem Buch ging sie dann in den Garten hinunter. Eine Weile wollte sie in einem der Liegestühle faulenzen, sich anschließend eine Kleinigkeit zu essen machen und danach in die Bucht zum Schwimmen gehen.

Genüsslich streckte sie sich in dem bequemen Liegestuhl aus und schloss die Augen.

Wenig später wachte sie von einem Geräusch wieder auf. Sie blickte um sich, weil sie sich irgendwie beobachtet fühlte, konnte jedoch nichts entdecken. Deshalb kuschelte sie sich wieder in die Kissen und versuchte weiterzuschlafen. Aber in diesem Moment sah sie etwas Blaues zwischen den Büschen, die Zweige teilten sich, und ein breitschultriger, hoch gewachsener Mann trat auf den Rasen.

Ella brachte vor Überraschung kein Wort hervor. Erst als Scott sich neben ihr hinkauerte, fand sie ihre Sprache wieder.

„Sie – sie sind längst weg. Sie müssen sie verfehlt haben. Hatten Sie denn gesagt, dass Sie sie abholen wollten?"

„Ich habe sie weder verfehlt, noch habe ich sie hier abholen wollen."

„Aber ..."

„Ich komme zu Ihnen."

„Zu mir? Warum?"

„Keine dumme Frage", meinte er lächelnd, wobei er sich auf dem Rasen niederließ. „Es gibt ein altes Sprichwort: Wenn der Berg nicht zum Propheten kommt, muss der Prophet zum Berg kommen." Er machte ihr eine kleine Verbeugung. „Sie sind ein bezaubernd weißer und graziler Berg in diesem Kleid, meine schöne Ella. Schneebedeckt und unnahbar."

„Mit Worten können Sie gut umgehen, Mr. Scott."

„Gewöhnlich auch mit Frauen, Ella. Nur bei Ihnen habe ich Pech."

Sie ignorierte, was er gesagt hatte. „Warum sind Sie hier?", wiederholte sie.

„Sagte ich doch: Wenn der Berg nicht ..."

„Bitte, werden Sie endlich ernst!"

„Dann würde ich Sie vielleicht erschrecken!" Mit einem elastischen Sprung stand er auf den Füßen. „Gehen Sie sich umziehen! Ich möchte Sie mitnehmen."

Aber Ella rührte sich nicht. „Ich komme nicht auf Ihre Jacht."

„Ich habe auch nicht die Absicht, Sie dorthin zu führen."

„Wie bitte?"

„Sie haben ganz richtig gehört, Miss Channing. Eigentlich sollte ich Ihnen böse sein, weil Sie uns einen wunderschönen Tag verdorben haben. Aber vielleicht können wir ihn uns noch viel schöner machen."

Wortlos blickte sie zu ihm auf. Nein, sie träumte nicht.

„Ziehen Sie sich etwas Leichtes an, aber bringen Sie eine Jacke mit und einen Badeanzug", ordnete er an.

„Ich habe nicht die Absicht, mit Ihnen auszugehen, Mr. Scott. Tut mir leid, dass Sie umsonst hierher gekommen sind, aber …"

„Keinen Widerspruch!" Er berührte leicht mit der Hand ihren Ellbogen und schob sie sanft aufs Haus zu. „Es war sehr schwierig für mich, von der ‚Arabella' fortzukommen. Aber ich habe es geschafft, und keine zehn Pferde bringen mich wieder dorthin zurück."

„Sie sprechen für mich in Rätseln."

„Zu der Bordparty hatte ich nur eingeladen, weil ich hoffte, dass Sie unter diesen neutralen Umständen nicht mehr ablehnen würden. Aber Sie kamen nicht, und ich hatte all die Leute auf dem Buckel, die mich doch gar nicht interessieren."

„Nun, offenbar ist es Ihnen nicht schwer gefallen, sie wieder abzuschütteln."

„Hindernisse sind dazu da, überwunden zu werden. Ich bin ein Meister darin. Das sollten Sie sich merken", meinte er lächelnd. „Aber nun haben wir genug Zeit verschwendet. Ziehen Sie sich schnell um, damit wir fahren können."

Widerspruch wäre sinnlos, erkannte sie mit einem Blick in sein Gesicht. Und sie wollte auch gar nicht widersprechen; sie wollte sich auch keine Rechenschaft für das unendliche Glücksgefühl abgeben, das seine Gegenwart in ihr auslöste. Er hatte seine Gäste einfach allein gelassen, um sie zu sehen. Aber Männer wie er scheuten vor solchen verrückten Entscheidungen eben nicht zurück, wenn sie ihren Willen durchsetzen wollten.

Viel Auswahl an Kleidern hatte sie nicht, aber das goldgelbe Seidenkleid mit dem knappen Oberteil, das von geflochtenen Spaghettiträgern gehalten wurde, stand ihr sehr gut. Die dazugehörende Jacke hängte sie über den Arm, und der Bikini hatte in der. Handtasche Platz.

Scott schritt ungeduldig vor dem Haus auf und ab, als Ella hinunterkam. Ohne ein Wort führte er sie zu seinem auf der Straße geparkten Wagen. Es war der Citroen, mit dem sie an jenem Morgen fast zusammengestoßen wäre.

„Wohin geht es?", fragte sie, als er ins Landesinnere abbog.

„In die Berge."

„Zu Ihrer Jagdhütte?"

„Nein, die steht in Kanada. Wir fahren zu einem kleinen Bauernhof."

Mehr sagte er nicht dazu, aber Ella wollte auch gar nicht mehr wissen.

Es ging stetig bergauf, nachdem sie sich von der Küste entfernt hatten. Blaue Lavendelfelder zogen an ihnen vorbei, da und dort ein kleines malerisches Dorf an die Hänge geduckt. Und dann, mitten in der Landschaft, umgeben von Wiesen und Feldern, lag ihr Ziel: der Bauernhof. In einem großen Garten stand ein graues Steinhaus. Dahinter schimmerte die blaue Wasserfläche eines Schwimmbeckens, gut versteckt hinter blühenden Sträuchern, sodass der schlichte ländliche Charakter des Anwesens nicht beeinträchtigt wurde. Etwas vom Wohnhaus entfernt befanden sich mehrere stallartige Gebäude, die vermutlich die Tiere und die landwirtschaftlichen Geräte beherbergten. Doch nirgendwo war ein Zeichen von Leben zu sehen.

„Ist der Hof noch in Betrieb?", erkundigte sich Ella.

„Mit so gutem Erfolg, dass er sich selbst erhalten kann und noch etwas abwirft. Aber deshalb halte ich ihn nicht", erklärte Scott.

Das freundliche ältere Paar, das in diesem Moment zur Begrüßung aus dem Haus trat, stimmte ihm zu.

„Der gute Mr. Scott hat uns diesen Bauernhof gekauft", erzählte Madame Grimot, während sie Ella in ein kleines Gastzimmer führte, damit sie ihre Kleider ablegen und sich umziehen konnte. „Der Lebenstraum meines Mannes war nämlich, sich einmal auf so einen kleinen Bauernhof zurückziehen zu können. Aber natürlich hatten wir nie geglaubt, dass wir das je verwirklichen könnten."

„Sie meinen, der Hof gehört jetzt Ihnen?", fragte Ella überrascht.

„Ja, Mr. Scott hat ihn uns geschenkt. Damit er schwimmen kann, wenn er uns besucht, hat er das Becken nachträglich anlegen lassen. Nein, er vergisst uns nicht", fügte Madame Grimot herzlich hinzu. „Mindestens einmal in den Sommermonaten schaut er nach uns, und wenn er auf Reisen ist, ruft er an, ob es uns auch gut geht."

„Wie aufmerksam von ihm", sagte Ella nachdenklich.

„Er ist ein guter Mann. Aber erst muss er einem vertrauen."

Sie ließ Ella allein, die nun rasch in den Bikini schlüpfte. An der

Tür des angrenzenden Badezimmers entdeckte sie sogar einen lustig gemusterten Bademantel, den sie sich über die Schultern hängen konnte.

Scott schwamm bereits in dem einladend klaren Wasser, als Ella am Bassin eintraf.

„Kommen Sie!", rief er. „Es ist herrlich."

Ihre Verlegenheit überwindend ließ Ella den Bademantel fallen und sprang schnell hinein. Es war herrlich, er hatte recht. Ausgelassen wie Kinder schwammen und tobten sie die nächsten zwanzig Minuten im Wasser herum, bis Madame Grimot mit einem Servierwagen am Beckenrand erschien.

„Großartig, ich habe einen Mordshunger!" Scott zog sich auf den Rand hinauf, doch er machte keine Anstalten, sich abzutrocknen. Er wartete nur, bis Ella sich abfrottiert hatte, bevor er sich mit ihr auf die mit Kissen belegten Eisenstühle setzte.

Das Wasser lief Ella im Munde zusammen beim Anblick der mit einer pikanten Soße angerichteten Spargelspitzen, neben denen eine Platte mit kaltem Hummer und eine Flasche Champagner im Eiskübel standen.

„Ein schlichtes ländliches Essen", konnte sich Ella nicht verkneifen zu bemerken.

„Ich habe die Sachen mitgebracht. Heute Abend gibt es eben einen Hummer weniger auf der ‚Arabella'."

„Verspüren Sie denn kein bisschen Reue?"

„Weil ich mit Ihnen zusammen bin?" Er beugte sich vor, um ihr in die Augen zu schauen. „Nicht ein bisschen, meine kleine Fee. Ich wusste vom ersten Augenblick an, dass ich Sie näher kennenlernen wollte. Erzählen Sie mir von sich. Wo sind Sie geboren? Warum arbeiten Sie für Gabrielle?"

Zögernd, weil sie nicht wusste, ob er sich ehrlich dafür interessierte, begann Ella seine Fragen zu beantworten.

Aber er hörte sehr aufmerksam zu und ermutigte sie sogar mit weiteren Fragen, mehr von sich zu erzählen, als sie eigentlich vorgehabt hatte. Fionas Asthmaleiden streifte sie allerdings nur. Sie erwähnte wohl, dass sie sehr früh arbeiten gehen musste, um ihrer Schwester den

Besuch einer besonders guten Schule zu ermöglichen, aber sie sagte nicht, was für ein Opfer das für sie gewesen war.

„Hat Ihnen Ihr Vater nicht geholfen?“, erkundigte sich Scott.

„Nachdem wir das achtzehnte Lebensjahr erreicht hatten, hielt er das nicht mehr für nötig. Und ich habe ja auch sehr schnell eine gut bezahlte Stellung gefunden.“

„Und jetzt möchten Sie an der Côte d'Azur ein bisschen das Leben genießen!“

Ella nickte. „Fiona und ich dachten, es würde Spaß machen, hier zu arbeiten.“

„Wie es aussieht, hat aber nur Ihre Schwester den Spaß und Sie die Arbeit“, bemerkte er trocken, worauf Ella sofort ihre Schwester zu verteidigen begann.

„Viele Jahre hindurch musste sich Fiona wegen ihres schweren Asthmas sehr schonen. Erst seit ein, zwei Jahren geht es ihr endlich besser.“

„Dass Fiona so krank war, hatte ich nicht vermutet. Ich glaube, ich muss mich bei Ihnen entschuldigen.“ Scott schenkte Champagner ein und prostete ihr zu. „Unter diesen Umständen ist es natürlich, dass Sie sich mehr als üblich Sorgen um sie machen.“

Sein unerwartetes Verständnis trieb Ella Tränen in die Augen. Sie versuchte, nicht zu weinen. „Es ist nicht nur ihre Krankheit, die mir Kummer macht“, gestand sie. „Fiona ist auch sehr leicht zu beeindrucken, weil sie so unerfahren ist.“

„Sind Sie das nicht?“

„Nicht wie Fiona. Sie verliebt sich ständig in die falschen Männer und …“

„Aber Sie machen das nicht?“

„Ich habe mich noch nie verliebt“, erklärte Ella, ohne ihn dabei anzusehen.

„Aber umgekehrt gibt es bestimmt viele Männer, die sich bereits in Sie verliebt haben.“ Als sie darauf nur mit den Schultern zuckte, meinte er: „Was ist, sind Sie so kühl oder nur wählerisch?“

Ihr Kopf schnellte hoch, doch da sah sie an seinem Lächeln, dass er nur scherzte.

„Für eine Frau sind Sie erstaunlich wenig neugierig“, stellte Scott fest. „Ich habe Ihnen viele Fragen über Ihr Leben gestellt. Jetzt wären eigentlich Sie dran. Interessiert Sie gar nicht, was ich tue, oder wie ich zum Beispiel zu meinem Reichtum gekommen bin?“

„Ich glaube nicht, dass Sie der Mann sind, der mit jedem darüber spricht.“

„Zu Ihnen würde ich darüber sprechen.“ Erneut wartete er vergeblich auf eine Antwort, fuhr er fort: „Sie halten wohl nicht viel von reichen Männern?“

„Sie sind der Erste, den ich kennengelernt habe.“

„Okay.“ Er verzog den Mund. „Dann werde ich meine Frage anders formulieren: Mögen Sie mich?“

„Ich denke schon.“

Er lachte. „Klingt nicht sehr enthusiastisch. Aber immerhin besser, als wenn Sie nein gesagt hätten. Manchmal haben Sie mich nämlich angeschaut, als ob ich irgendein mieser Wurm wäre.“

„Das können Sie unmöglich gedacht haben!“, protestierte Ella. „Dann hätten Sie mich nicht heute hierher geholt.“

„Jedenfalls glaubte ich, dass Sie eine recht miese Meinung von mir haben, und genau das wollte ich heute ändern.“

Ella spielte nervös mit ihrem Kaffeelöffel. „Da Sie nichts von Fionas Asthma wussten, muss alles sehr hässlich geklungen haben, was ich neulich auf dem Schiff zu Ihnen sagte. An – an Ihrer Stelle hätte ich gedacht, dieses Mädchen kann mir den Buckel runterrutschen.“

„Das habe ich auch“, gab er zu. „Aber dann sah ich, wie Sie sich gestern Abend in der Küche abrackerten, während sich alle anderen im Haus amüsierten.“

„Sie brauchen mich hier nicht zum Aschenputtel zu machen. Ich hätte die Stelle bei Madame Michard ja ablehnen können, wenn ich nicht in dieser Form hätte arbeiten wollen.“

„Ihre Loyalität ehrt Sie.“

„Was man von Ihnen nicht behaupten kann“, rutschte es ihr heraus.

Seine Augen wurden schmal. „Gabrielle kennt meine Einstellung bezüglich ihrer Lebensweise. Sie hat es gar nicht nötig, die anderen so zu täuschen. Aber wahrscheinlich kann sie sich nicht damit abfinden, dass sie keine reiche Frau mehr ist. Dabei ist sie nicht nur schön, sondern auch intelligent", fuhr er fort, während er sich eine Zigarre anzündete. „Sie sollte leicht einen Mann finden können, der das zu schätzen weiß."

„Wie zum Beispiel Sie." Die Bemerkung hätte Ella nicht entschlüpfen dürfen, aber der Champagner hatte ihre Zunge gelöst.

Doch ihre Offenheit schien Scott nichts auszumachen. „Gabrielle ist eine gute alte Freundin von mir", gab er zu.

Natürlich hätte Ella gern gewusst, was er unter einer guten alten Freundin verstand, doch so weit ging ihr Mut nicht.

„Wie geht es Ihrer Schwester, seitdem Sie an der Riviera sind?", erkundigte sich Scott, geschickt das Thema wechselnd.

„Nach unserer Ankunft hatte sie einen bösen Anfall, aber seitdem geht es ihr recht gut. Ich habe schon ein paar Mal mit dem Gedanken gespielt, ob wir nicht für immer hier bleiben sollten."

„Vielleicht könnte ich Ihnen dabei helfen." Scott schob seinen Stuhl zurück. „Kommen Sie, setzen wir uns dort an den Beckenrand." Er zog sie auf eine breite Hollywoodschaukel, die er mit einem Fuß leicht in Bewegung setzte.

„Wie lange haben Sie die ‚Arabella' schon?", fragte Ella, um nicht einfach stumm neben ihm zu sitzen.

„Sechs Jahre. Als junger Mann schwor ich mir, dass ich auf meinem eigenen Boot eine Weltreise machen wollte, wenn ich einmal reich genug wäre, um nicht mehr arbeiten zu müssen. Mit neunundzwanzig hatte ich mein Ziel erreicht."

„Und dann sind Sie mit jemandem namens ‚Arabella' um die Welt gesegelt?", vermutete Ella.

„Erraten", bestätigte er lächelnd. „Ich ließ sie in Australien zurück, wo sie einen Freund von mir heiratete."

„Aber den Namen auf dem Schiff ließen Sie."

„Es wäre zu langweilig gewesen, den Namen alle sechs Monate zu ändern."

Da er nicht merken sollte, wie sehr seine Antwort sie irritierte, wandte Ella rasch den Kopf ab.

„Sind Sie den ständigen Wechsel nicht langsam satt, Mr. Scott?"

„Wenn Sie mich noch einmal mit Mister anreden, werfe ich Sie ins Wasser!"

„Soll ich Sie lieber Bertrand nennen?", fragte sie mit unschuldigem Augenaufschlag.

„Unterstehen Sie sich!"

„Madame Michard tut es doch auch."

„Weil sie damit eine gewisse Intimität zwischen uns beweisen wollte. Aber was zwischen ihr und mir in dieser Hinsicht war, ist längst beendet", fügte er hinzu.

„Madame Michard denkt, glaube ich, anders darüber."

„Wie die meisten Frauen es gern tun", erwiderte er gelassen. Er setzte sich anders hin und forderte sie auf: „Sie können Ihre Beine hochnehmen und hinter mir lang ausstrecken. Sie können sie aber auch auf meinen Schoß legen, wenn Ihnen das bequemer wäre."

„Nein, danke."

Doch sie streckte die Beine an der Rückwand der Schaukel aus, als er ihr etwas mehr Platz machte. Ella schloss die Augen und fing an zu träumen.

Sie wachte aus ihrem Halbschlaf auf, als sich ein schweres Gewicht plötzlich gegen ihren Unterschenkel legte. Sie machte die Augen auf und erkannte, dass es ein Bein von Scott war, der fest zu schlafen schien. Die Gesichtszüge völlig entspannt, sah er viel jünger aus. Er hatte sehr lange schöne Wimpern, die jetzt halbmondförmig auf seinen Wangen lagen. Seine schwarzen Locken fielen ihm in die Stirn und über die Ohren. Sie musste an sich halten, um nicht die Hand zu heben und sie ihm aus dem Gesicht zu streichen. Wenn er sie noch etwas wachsen ließ, konnte er sie eines Tages mit einem Band hinten zusammenbinden. Der Gedanke ließ sie lächeln.

„Warum lächeln Sie, kleine Fee?"

Ella zuckte heftig zusammen, als er plötzlich sprach. „Ich dachte, Sie schliefen", schmollte sie. „Aber wenn Sie es wissen wollen, ich überlegte mir, wie Sie mit kurzem Haar aussehen würden."

„Früher habe ich es immer kurz getragen, aber jetzt bleibt es so, wie es mir Spaß macht."

„Tun Sie gelegentlich auch etwas, was Ihnen keinen Spaß macht?"

„Jetzt nicht mehr. Was nicht ausschließt, dass ich auch einmal hart arbeiten muss. Allerdings tue ich nur noch das, was ich auch wirklich machen will. Dabei achte ich natürlich darauf, dass ich keinem damit wehtue."

„Sprechen Sie jetzt nur von privaten oder auch von geschäftlichen Handlungen?"

„Von privaten. Im Geschäftsleben kann man nicht so rücksichtsvoll sein."

„Was machen Sie geschäftlich?", interessierte sich Ella.

„Verschiedenes: Maschinenbau, Luftkissenfahrzeuge, Mikrotechnik. Ich erfinde gern etwas Neues oder unterstütze andere Erfinder. Zu meinen Wohnungen gehören überall komplett eingerichtete Werkräume."

„Als Erfinder kann ich Sie mir gut vorstellen", meinte Ella nachdenklich. „Dazu gehören sicherlich scharfe Logik und eigenständiges Denken. Sie dürften beides besitzen."

„Danke für die Blumen, Ella. Ich weiß Ihr Kompliment zu schätzen. Meine letzte Erfindung war zum Beispiel eine magnetische Zuckerzange, weil ich mich immer geärgert habe, wenn mir der verdammte Zuckerwürfel gleich wieder auf den Tisch gefallen ist statt in die Tasse."

Beide lachten, und Ella freute sich über den freundschaftlich kameradschaftlichen Ton zwischen ihnen. Dabei bewegte sie sich leicht, wodurch ihm bewusst wurde, dass sein Bein noch immer gegen ihres gelehnt lag. Er setzte sich aufrecht hin.

„Entschuldigen Sie, ich hatte nicht die Absicht, neben Ihnen einzuschlafen. Es ist überhaupt das erste Mal, dass ich bei einem schönen Mädchen so brav bin wie bei Ihnen."

Ella senkte rasch den Blick, aber sie hörte ihn leise lachen, und plötzlich rutschte er näher zu ihr, stützte sich mit der einen Hand an der Rückenlehne ab und umfasste mit der anderen die Kante neben ihrem Arm, sodass sie von ihm eingeschlossen war.

„Es ist gar nicht so leicht, in Ihrer Gegenwart brav zu sein", sagte er leise. „Es gibt eine Menge Dinge, die ich gern tun würde."

„Das kann ich mir vorstellen“, erwiderte sie möglichst gelassen.

„Nein, ich meine nicht das, woran Sie jetzt denken. Selbstverständlich würde ich gern mit Ihnen schlafen“, fuhr er unverblümt fort. „Aber nicht jetzt. Zuerst möchte ich etwas ganz anderes tun.“ Als sie ihn nur mit fragenden Augen ansah, erklärte er weich: „Ich möchte den sorgenvollen Ausdruck aus Ihrem Gesicht verscheuchen und die dunklen Schatten unter Ihren Augen. Außerdem möchte ich, dass Ihre schönen schlanken Hände nicht mehr rot und verarbeitet aussehen müssen.“

„Das kommt vom Abspülen“, verteidigte sie sich, aber sie wusste vor Verlegenheit nicht, wohin sie schauen sollte.

„Sie sollten sie nie in etwas anderes tauchen müssen als in Ihr Badewasser.“

„Oder vielleicht in Eselsmilch?“

Einen Augenblick runzelte er die Stirn, aber dann lächelte er wieder. „Ich mag Ihren Sinn für Humor, Ella. Sie sollten ihn viel öfter entfalten.“

„Sie machen es mir auch leicht. Man kann herrliche Wortspiele mit Ihnen wechseln. Wenn es Noten dafür gäbe, würde ich Ihnen eine Zwei geben.“

„Und was muss ich tun, um eine Eins zu bekommen?“

„Das zu fragen ist gegen die Spielregeln.“

„Ich spiele ja gar nicht, kleine Fee“, sagte er rau. „Ich meine es wirklich so.“

Die Hand neben ihrem Arm löste sich von der Schaukelkante und zog sie an seine Brust. Seine Brusthaare kitzelten auf ihrer nackten Haut. Seine Lippen waren unendlich zart, als er sie küsste. Behutsam und zugleich erregend versuchte seine Zungenspitze ihren Mund zu erforschen. Doch dann zog er sie wieder zurück, so als wollte er sie nicht mit etwas erschrecken, wozu sie noch nicht bereit war.

Ella erbebte, aber sie stieß ihn nicht zurück, und so suchte er ihre Hände, um sie sanft um seine Taille zu legen. Seine Haut war warm und geschmeidig. Ella wurde plötzlich bewusst, wie wenig sie beide anhatten. Ihr Bikini und seine knappe Badehose waren so gut wie nichts. Er beherrschte sich mit großer Willenskraft, sie spürte es, und eine große Zärtlichkeit für diesen Mann durchströmte sie.

Er wollte sie. Ella fühlte es an dem Schauer, der ihn durchlief. Aber er würde sie nicht nehmen, solange er nicht ihre volle Bereitschaft dazu erkennen würde. Ihre Zärtlichkeit für ihn wuchs, ihre Hände glitten über seine Schultern zu seinem Hals, um ihn mit zarten Bewegungen zu streicheln. Aber er nahm mit unterdrücktem Stöhnen ihre Hände, um sie auf das Polster zurückzulegen. Seine Augen waren sehr dunkel, als er den Kopf hob und flüsterte: „Vorsicht, Ella. Du bist sehr begehrenswert und sehr, sehr leicht bekleidet."

„Du auch."

„Tatsächlich? Ich dachte nicht, dass du es bemerkt hättest", spottete er zärtlich, wobei er mit einem Finger die Linien ihrer Wangen nachzeichnete. „Erwacht, aber noch nicht voll erwacht. Ich glaube, ich lasse meine kleine Fee noch ein bisschen schlafen."

Damit stand er mit einem Ruck auf, um an den Rand des Schwimmbeckens zu treten. Ein wenig enttäuscht folgte ihm Ella.

„Gehen wir noch mal ins Wasser, bevor wir fahren?", fragte sie.

„Wer spricht denn vom Fahren? Wir bleiben noch zum Abendessen hier."

„Nein, ich muss zurück."

„Die ‚Arabella' wird erst kurz vor Mitternacht nach Antibes zurückkehren. Wenn du also Angst hast, dass Gabrielle etwas von unserem Zusammensein erfahren könnte …"

„Wäre dir das nicht auch unangenehm?"

„Darüber habe ich noch nicht nachgedacht."

„Das solltest du aber", sagte sie gereizter, als sie wollte. „Du hast mich in eine sehr schwierige Situation gebracht."

„Ich weiß", gab er zu, was sie sofort wieder besänftigte. „Deshalb habe ich auch wichtige Geschäfte zum Vorwand für mein Fortgehen benutzt. Du solltest auch deiner Schwester nichts von uns erzählen. Diskretion ist, glaube ich, nicht ihre stärkste Seite."

„Nein", musste Ella zustimmen, wobei ein Schatten über ihr Gesicht fiel, als sie an all die Lügen dachte, die nun notwendig wurden.

„Was hast du?", wollte er sofort wissen.

„Ich lüge schrecklich ungern."

„Ich mag es auch nicht. Wir könnten auch darauf verzichten, wenn du den Job bei Gabrielle aufgeben würdest und mich …“

„Bitte!“, unterbrach sie ihn hastig, ohne eigentlich zu wissen, was er hatte sagen wollen.

„In Ordnung“, gab er nach. „Dann lassen wir es eine Zeit lang noch so, wie du es möchtest.“

Es war fast halb zehn, als sie die Villa auf den Klippen erreichten. Alles war noch dunkel. Scott schloss für Ella auf und trat mit ihr in die Diele.

„Das Haus liegt sehr einsam“, fand er. „Ich mache schnell einen Rundgang, ob alles in Ordnung ist.“ Er blickte in die unteren Räume, lief rasch nach oben und sah noch auf den Terrassen nach. „Kein Einbrecher zu sehen“, sagte er, bevor er sie zum Abschied in die Arme zog und ihr ins Ohr flüsterte: „Ich kann mich nicht erinnern, dass ich je einen Tag so genossen habe.“

„Wetten, dass du das nicht zum ersten Mal sagst?“, hänselte ihn Ella.

„Stimmt. Aber jedes Mal wusste ich, dass bestimmt bald wieder so ein schöner Tag kommen würde. Heute aber weiß ich, dass es keinen schönen Tag mehr geben wird, wenn du ihn nicht mit mir verbringen kannst.“

„Scott …“, begann Ella, aber er legte ihr einen Finger auf die Lippen.

„Sag nichts, kleine Fee.“ Er hauchte ihr einen Kuss auf die Nasenspitze und lief zu seinem Wagen.

6. KAPITEL

Gabrielle und Fiona kehrten in wesentlich schlechterer Laune zurück als bei ihrer Abfahrt am Vormittag.

Es war nach Mitternacht, deshalb konnte sich Ella schlafend stellen. Aber sie hörte es den missmutigen Bemerkungen über die leidigen Geschäfte von Scott an, die Fiona und Gabrielle beim Gutenachtsagen im Flur miteinander wechselten.

„Kam Scott gestern Abend noch auf die Jacht zurück?", erkundigte sich Ella bei ihrer Schwester am nächsten Morgen.

„Er erwartete uns im Hafen, als wir anlegten, und hat uns in seinem Wagen nach Hause gebracht. Sven ist mit Gabrielles Wagen hinterhergefahren."

„Sven?"

„Das ist der gut aussehende Däne von der Mannschaft, der die Gitarre spielt."

„Ach so." Ella hätte gern gefragt, ob sich Fiona jetzt vielleicht für diesen Sven interessierte und nicht mehr für Scott. Aber das wäre gefährlicher Boden gewesen, deshalb unterließ sie es lieber.

„Guck nicht so missbilligend drein", bat Fiona. Aber bevor Ella etwas erwidern konnte, wurde sie von Gabrielle auf die Terrasse gerufen.

„Wir müssen unsere Ausgaben kürzen", empfing sie Gabrielle mit einem Blick auf die Lebensmittelrechnungen in ihrer Hand. „Diese Woche haben wir ja ein Vermögen ausgegeben."

„Das hat das Essen verschlungen. Wenn wir drei allein sind, essen wir meist nur Käse und Salate."

„Ohne diese Partys kann ich nicht leben."

„Aber Sie könnten sie einfacher gestalten."

Gabrielle warf den Kopf zurück. „Ich mache heute eine Schlankheitsdiät, und morgen bin ich zum Essen eingeladen. Sie und Fiona werden sicherlich mit den Resten im Kühlschrank auskommen."

„Sie schulden mir auch noch mein Gehalt", erinnerte Ella sie. „Seit einem Monat habe ich nichts von Ihnen bekommen."

„Denken Sie vielleicht, ich will mich heimlich davonschleichen?"

Ella wurde rot. „So habe ich es nicht gemeint, entschuldigen Sie. Ich möchte mir nur einiges kaufen, und ich habe kein Geld mehr."

„Ja, ja. Wenn Sie nur wüssten, wie ich die Situation hasse, in der ich mich befinde." Gabrielle begann nervös auf der Terrasse hin und her zu laufen. „Ich war so zuversichtlich, dass sich alles ändern würde, wenn Bertrand einmal ..." Sie hielt inne, die Falte auf ihrer Stirn verschwand, und sie bemühte sich, wieder zu lächeln. „Aber wahrscheinlich mache ich mir völlig umsonst so dumme Gedanken. Männer sind schwierig, Ella. Sie sind wie Schmetterlinge, man braucht viel Geschick, um sie einzufangen."

Sie hat recht, dachte Ella, während sie sich um einen möglichst neutralen Gesichtsausdruck bemühte. Und mit einer so schönen Frau kann ich nicht im Traum konkurrieren. Es war Wahnsinn, wenn sie sich irgendwelche Hoffnungen machte.

Und doch wartete sie den ganzen Tag auf einen Anruf von Scott. Vor allem hoffte sie, dass Gabrielle dann nicht in der Nähe des Telefons wäre. Aber sicherlich würde sie sich erkundigen, wer angerufen hätte, und Ella überlegte sich, unter welchem Vorwand sie das Haus verlassen könnte, falls Scott am Abend mit ihr ausgehen wollte. Doch das Grübeln hätte sie sich sparen können. Kein Anruf kam und auch keine Nachricht durch einen Boten.

Ihre Vorfreude verwandelte sich nicht nur in Enttäuschung, sondern auch in maßlosen Ärger über sich selbst. Warum hatte sie eigentlich mit einem Lebenszeichen von ihm gerechnet? Bei ihrem Abschied hatte er nichts von einem Wiedersehen erwähnt. Aber nach all dem, was er über ihren gemeinsamen Tag gesagt hatte, war das für sie selbstverständlich gewesen.

Am nächsten Morgen passte Ella den Briefträger ab. Doch auf keinem der Briefe stand ihr Name. Hatte Scott schon genug von ihr? Waren seine Worte nur Schall und Rauch gewesen?

Nur eine Eroberung! Er hat dich nur erobern wollen, weil du seinem Charme nicht gleich verfallen warst. Der Gedanke nagte an Ellas neu erwachtem Selbstvertrauen.

Um sich abzulenken, begann sie das Haus zu putzen. Dabei zeigte sie sich Fiona gegenüber so ungeduldig, dass diese ihr ab und zu einen erstaunten Blick zuwarf.

„Weißt du, wen ich bei unserer Bootsfahrt gesehen habe?", fragte Fiona, um ihre verbissen an einem Sofatisch herumreibende Schwester auf andere Gedanken zu bringen. „Ich habe Dr. Lejer Wasserski fahren sehen. Erst habe ich ihn gar nicht erkannt. In der Badehose sieht er ganz anders aus als sonst."

„Das glaube ich", brummte Ella, richtete sich jedoch auf, weil ihr etwas einzufallen schien. „Du solltest ihn einmal aufsuchen und ihn fragen, was er zu deinen Parisplänen meint. Rufe ihn morgen mal an."

„Warum nicht gleich?" Fiona lief hinaus, um schon nach wenigen Minuten wieder zurückzukehren und zu berichten, dass Dr. Lejer am Nachmittag in der Villa einen Besuch machen wollte.

„Es wäre billiger gewesen, wenn du ihn in seiner Praxis besucht hättest", kritisierte Ella sie.

„Aber er wollte unbedingt herauskommen. Vielleicht, weil er auf diese Weise auch dich sehen kann", fügte Fiona hänselnd hinzu.

Aber Ella zuckte nur mit den Schultern und beugte sich wieder über den Tisch. Als kurz darauf das Telefon klingelte, sauste sie in den Flur, doch Gabrielle hatte im Salon bereits abgenommen. Ihre gewöhnlich etwas harte Stimme wurde weich und vibrierend, sodass Ella sofort erriet, wer am anderen Ende sprach. Nachdem Gabrielle aufgehängt hatte, kam sie zu Ella ins Wohnzimmer.

„Bertrand will heute gegen sechs zu mir kommen. Richten Sie bitte ausreichend Zitronenlimonade."

„Soll ich auch eine Kleinigkeit zu essen vorbereiten?" Ella hatte nicht vor, ihre Pflichten als Angestellte zu vernachlässigen. Scott sollte ruhig sehen, dass sie sich nichts aus seinem Benehmen machte. Die eine Nacht die Herrin, die andere Nacht die Magd. Wie idiotisch von ihr, dass sie etwas anderes erwartet hatte!

„Nein, nur Limonade. Bertrand und ich fahren heute Abend nach Monaco", teilte ihr Gabrielle gutgelaunt mit. „Habe ich Ihnen schon erzählt, dass Bertrand und ich im Komitee für den großen Wohlfahrtsball sind, der jährlich als größtes gesellschaftliches Ereignis von Prinzessin Beatrice inszeniert wird?"

„Wie aufregend! Eine richtige Prinzessin?" Fionas kindlicher Einwurf ersparte Ella, etwas sagen zu müssen.

Gabrielle nickte. „Die Prinzessin ist eine Grande Dame, wie sie im Buche steht, und es ist nicht einfach, Mitglied des Komitees zu werden. Sie nimmt nur auf, wen sie schätzt, ganz gleichgültig, wie viele Millionen derjenige haben mag. Bertrand ist schon seit Jahren in diesem Komitee."

„Scott in einem Wohltätigkeitskomitee!", lachte Fiona. „Ich dachte, dort sitzen nur ältere, mit Schmuck behängte Damen."

„Albernes Ding!" Gabrielle war viel zu gut gestimmt, um sich über die Bemerkung zu ärgern. „Dem Komitee gehören eine ganze Anzahl Herren an. Allerdings ist Scott – wie Sie ihn anscheinend weiterhin nennen wollen – der Jüngste von ihnen."

„Wann findet der Ball statt?", erkundigte sich Ella, da sie endlich auch etwas sagen musste, um nicht Gabrielles Misstrauen zu erwecken.

„Zu Weihnachten. Und hoffentlich gehöre ich dann zum Empfangskomitee, Wenn es so ist, werde ich mir in Paris ein Kleid besorgen müssen und die Villa in absehbarer Zeit für ein paar Wochen schließen, um rechtzeitig zur Vorführung der neuesten Winterkollektionen dort zu sein", antwortete Gabrielle mit einem bedeutungsvollen Blick für Ella und Fiona. „Es sei denn, Sie wollen so lange ohne Bezahlung hier bleiben."

„Das wäre zu überlegen." Ella unterdrückte nur mühsam ihren Ärger. Was bildete sich diese Frau eigentlich ein? Sie hatten bei der Einstellung eine finanzielle Vereinbarung getroffen, die sie doch nicht so ohne weiteres brechen durfte. „Müssten wir uns in diesen Wochen auch selbst verpflegen?"

„Das kommt darauf an, wie weit Sie mit den vorhandenen Vorräten auskommen", erklärte Gabrielle mit einer lässigen Handbewegung und verließ das Zimmer.

„Das ist ganz schön gemein von ihr", bemerkte Fiona beleidigt, „uns so einfach den Stuhl vor die Tür zu setzen. Am liebsten würde ich ihr den ganzen Krempel sofort hinschmeißen."

„Das können wir leider nicht. Wir haben unser ganzes Geld für die Herfahrt ausgegeben. Wir brauchen den Lohn der verbleibenden Sommermonate für die Rückfahrt."

„Und davon, dass sie mich nach Paris mitnehmen will, hat sie überhaupt nichts mehr gesagt.“ Fiona war sichtlich enttäuscht von ihrer so bewunderten Madame Michard. „Ich glaube, du hast ganz recht, Ella. Auf die Dauer macht es keinen Spaß, für sie zu arbeiten.“

„Wenn du das erkannt hast, solltest du Dr. Lejer absagen. Er hat anderes zu tun, als seine Zeit bei uns zu verschwenden.“

„Wenn er dich sehen kann, ist die Zeit für ihn bestimmt nicht verschwendet“, stichelte Fiona.

Es lag Ella auf der Zunge zu protestieren, doch dann ließ sie es. Fiona sollte ruhig denken, sie hätte eine Vorliebe für den jungen Arzt. Das würde sie daran hindern, etwas anderes zu vermuten.

Ihrer schlechten Stimmung zum Trotz machte sie sich für den Nachmittag besonders hübsch, was Fiona natürlich dem erwarteten Besuch von Dr. Lejer zuschrieb.

„Hat Ihnen die Fahrt auf der ‚Arabella‘ Spaß gemacht?“, erkundigte sich der Arzt, nachdem er Ella und Fiona gegenüber auf der hinteren Terrasse Platz genommen hatte.

„Es war wie in einem Märchen“, begeisterte sich Fiona.

„Und Mr. Scott war Ihr Märchenprinz?“

„Kennen Sie ihn denn?“

„Nur beruflich. Er hatte sich voriges Jahr beim Wasserski den Fuß verstaucht. Das passiert auch den besten Wasserskifahrern.“

„Sie können aber auch phantastisch fahren. Ich war ganz überrascht.“

„Warum? Erscheine ich Ihnen zu alt für diese Art Sport?“

„Zu alt nicht, aber ein bisschen zu steif.“

„Fiona!“, mahnte Ella, aber Dr. Lejer schien sich über deren Offenheit nur zu amüsieren.

„Leben Sie schon lange hier im Süden?“, fragte Fiona, um das Thema zu wechseln.

„Vor drei Jahren habe ich noch in Paris praktiziert. Aber das Großstadtleben liegt mir nicht, und ich war sehr froh, dass ich hier die Leitung der kleinen Kinderklinik übernehmen konnte.“

„Sind Kinder nicht schwieriger zu behandeln?“, warf Ella ein.

„O nein, ich weiß sehr gut mit ihnen umzugehen.“ Er sah Fiona mit mutwillig blitzenden Augen an. „Deshalb komme ich auch so gern zu Ihnen.“

Fiona zog eine Grimasse. „Sie und Ella haben eines gemeinsam, Doktor. Sie glauben, ich wäre immer noch ein Kind.“

„Manchmal benehmen Sie sich so.“

„Tatsächlich, Doktor?“

„Tatsächlich, Miss Channing“, ahmte er ihre Stimme nach, wurde jedoch sehr ernst, als er weitersprach: „Ich sah, wie Sie von der ‚Arabella‘ aus mit einem Satz zum Schwimmen ins Meer sprangen, obwohl ich Ihnen das verboten hatte. Tauchen ist für Sie sehr gefährlich.“

„Ach, machen Sie doch nicht so einen Wind!“

„Fiona!“ Langsam schämte sich Ella für das Benehmen ihrer Schwester.

Doch Dr. Lejer beruhigte sie. „Lassen Sie nur! Ich weiß ungezogene Teenager zu nehmen.“

Seine Gelassenheit schien Fiona zu imponieren, denn sie ließ sich zu einer Entschuldigung herab. „Tut mir leid, Doktor. Manchmal vergesse ich, dass Sie Arzt sind, und behandle Sie eben wie einen Freund.“

„Wenn das so ist, nehme ich die Entschuldigung sehr gern an, Fiona.“ Er beugte sich etwas vor, um sie forschend anzusehen. „Nun müssen Sie mir aber erzählen, warum Sie mich gerufen haben. Haben Sie wieder Beschwerden?“

„Nein, eigentlich nicht.“ Fiona blickte hilfesuchend zu Ella, fand jedoch keine Unterstützung, und so erklärte sie stockend: „Der – der Grund für meinen Anruf hat sich nämlich schon erledigt. Ich – ich wollte Sie fragen, ob Sie mir raten würden, den Winter in Paris zu verbringen.“

„Auf keinen Fall. Das Klima dort kann für Sie noch schlimmer sein als das von London. Sie sollten hier bleiben.“

„Hier langweile ich mich zu Tode.“

„Nicht, wenn Sie eine interessante Arbeit hätten.“

„Soll ich vielleicht auf einer Schreibmaschine herumhämmern?“

„An eine Büroarbeit hatte ich nicht gedacht.“

„Und mit Kindern will ich schon gar nichts zu tun haben.“

„Für die wären Sie auch nicht freundlich genug.“

Fiona bekam einen puterroten Kopf. „Sie können ganz schön grob sein, Doktor.“

„Tut mir leid, wenn Sie die Wahrheit nicht vertragen können.“

„Mit Wahrheit hat das gar nichts zu tun“, gab Fiona patzig zurück. „Sie wollen mich nur kränken.“ Den Tränen nahe, sprang sie auf und rannte ins Haus.

Ella und Dr. Lejer sahen ihr überrascht hinterher.

„Wenn ich bedenke, dass meine Mutter mich schon mit neunzehn geboren hat, kann man kaum begreifen, wie kindisch Ihre Schwester in diesem Alter noch reagiert“, meinte Dr. Lejer nachdenklich. „Sie müsste endlich einmal lernen, selbständig und verantwortungsbewusst zu denken.“

„Und wie erreiche ich das?“

„Gehen Sie nach England zurück oder an irgendeinen anderen Ort, aber lassen Sie Fiona hier. Ich hätte für sie eine Arbeit bei mir. Das heißt, natürlich nur, wenn Sie sie in meiner Obhut lassen wollen.“

„Ich weiß nicht …“, begann Ella zögernd.

„Meinen Haushalt führt meine Tante, sie wohnt auch bei mir“, fügte Dr. Lejer hinzu. „Ihre Schwester wäre also gut bei uns aufgehoben.“

„Sie soll bei Ihnen im Haus wohnen?“, fragte Ella erstaunt.

„Ja. Ich bin nämlich überzeugt, dass sie sehr gut mit Kindern umgehen kann. Das Gegenteil habe ich nur behauptet, um sie herauszufordern“, erklärte er. „Nun wird sie mir beweisen wollen, dass ich Unrecht habe, und nach kürzester Zeit wird sie ihre Arbeit lieb gewonnen haben. Unser Klima würde ihr sehr gut tun.“

„Wenn es Ihnen gelingt, sie zum Bleiben zu überreden, habe ich nichts dagegen. Ich wäre Ihnen nur dankbar.“

Ein Auto näherte sich in diesem Moment dem Haus. Durch die dunklen Zypressenzweige hindurch sah Ella den silbergrauen Kühler. Scott! Sie wusste es, bevor er ausstieg und den Weg an der Terrasse vorbei entlangkam. Als er Dr. Lejer neben Ella bemerkte, blickte er sie forschend an.

„Sind Sie krank?"

„Nein."

Und Dr. Lejer fügte hinzu: „Das ist ein ganz privater Besuch, Mr. Scott."

„So. Ich dachte, die Ärzte hätten tagsüber keine Zeit für solche Dinge." Seine Stimme war knapp, und er schien den Arzt und Ella mit seinen Blicken durchbohren zu wollen. Kein Lächeln oder gar ein heimlicher Gruß war in seinen Augen zu sehen. Er nickte kurz und verschwand im Haus.

Dr. Lejer fuhr in seinem Gespräch fort, aber Ella konnte sich hinterher nicht mehr erinnern, worüber sie gesprochen hatten. Sie sah nur Scott, wie er Gabrielle zu seinem Wagen geleitete und ihr beim Einsteigen half. Gabrielles girrendes Lachen schrillte ihr im Ohr, und noch nie war sie ihr so schön vorgekommen wie heute in dem kornblumenblauen Cocktailkleid.

„Kann ich Ihnen etwas zu trinken anbieten, Doktor?", fragte sie, um sich abzulenken.

„Ich würde sehr gern einen Tee trinken, wenn es Ihnen nicht zu viel Mühe macht."

„Aber keineswegs." Ella lief in die Küche, setzte Teewasser auf und ging anschließend in ihr Zimmer hinauf, wo Fiona schmollend auf dem Bett lag.

„Geh hinunter und höre endlich auf, den kindischen Trotzkopf zu spielen!"

Fiona schüttelte den Kopf. „Erst wenn Dr. Lejer weg ist."

„Du hast ihn herbestellt, also kannst du ihn nicht einfach da unten sitzen lassen."

Was Fiona dazu vor sich hin murmelte, war nicht zu verstehen, aber sie stand auf und folgte ihrer Schwester nach unten.

Als Ella mit dem Tee auf die Terrasse hinaustrat, hatte Fiona ihre gute Laune wiedergefunden. Mit ihren köstlichen pantomimischen Fähigkeiten ahmte sie gerade ihren alten verknöcherten Hausarzt in

London nach. Dr. Lejer bog sich nur so vor Lachen. „Hoffentlich gehen Sie mit mir etwas gnädiger um, wenn Sie mich später einmal beschreiben."

„Sie können beruhigt sein. Dafür haben Sie zu wenig charakteristische Merkmale. Wie alt sind Sie eigentlich?"

„Dreißig. Tut mir leid, wenn ich Sie damit enttäusche."

„Wieso enttäuschen?", wollte Fiona wissen.

„Weil Sie mich vermutlich für vierzig oder gar fünfzig gehalten haben."

„O nein, beim Wasserskifahren sahen Sie sehr jung aus."

„Würden Sie es gern lernen? Ich könnte es Ihnen beibringen."

„Und das würde auf einmal meinem Asthma nicht schaden?", konterte Fiona spöttisch.

„Nicht, wenn Sie vernünftig dabei vorgehen. Ein richtiges Maß an körperlichem Training schadet nie."

Fionas große blaue Augen wurden plötzlich sehr ernst. „Doktor, werde ich immer krank bleiben?"

„Im richtigen Klima und bei einer vernünftigen Lebensweise werden Sie sich so gesund wie jeder andere fühlen. Aber raucherfüllte Räume, lange hektische Nächte und jede Art von Aufregungen sollten Sie meiden."

„Eine ganz schön langweilige Zukunft, die Sie mir da vorschreiben."

„Die Liebe habe ich Ihnen nicht verboten, Fiona", sagte er leise, und Ella fühlte sich plötzlich höchst überflüssig. Doch sprach Dr. Lejer schon weiter. „Nun muss ich aber schnellstens in die Klinik zurück. Wenn Sie Lust haben, könnten Sie mitkommen und sie sich anschauen. Ich habe noch etwa eine Stunde zu tun, dann könnten wir drei irgendwo zu Abend essen."

„Wie schade, ich habe für Madame Michard noch etwas zu nähen", log Ella. „Aber Fiona wird Sie bestimmt gern begleiten."

Fiona öffnete die Lippen, um zu widersprechen, aber Dr. Lejer kam ihr zuvor.

„Ihre Schwester wird sicherlich nicht ohne Sie mitfahren wollen, Miss Channing", meinte er trocken und zwinkerte Ella dabei kurz zu, sodass sie seine Absicht erkannte. Und Fiona fiel auch prompt darauf herein.

„Warum sollte ich ohne Ella nicht mitfahren wollen? Ich bin alt genug, oder?"

„Dann ist ja alles in Ordnung." Armand Lejer betrachtete lächelnd ihren trotzig gekräuselten Mund. „Wollen Sie sich noch umziehen?"

Fünfzehn Minuten später verließen er und Fiona das Haus. Ella sah ihnen vom Garten aus nach. Wie schön wäre es, wenn Fiona sich in einen Mann wie Dr. Lejer verlieben könnte, dachte sie seufzend.

7. KAPITEL

Der Abend schleppte sich endlos dahin. Ella versuchte ein bisschen zu lesen, dann schaltete sie den Fernseher ein, aber sie konnte sich auf nichts richtig konzentrieren. Ständig musste sie an Scott und Gabrielle denken. Als sie schließlich ins Bett ging und es noch immer still um die Villa blieb, überlegte sie, ob die beiden nicht vielleicht längst bei Mondschein und Gitarrenmusik an Deck der ‚Arabella' saßen.

Es war elf, als sie Gabrielles dunkles Lachen im Garten hörte. Zum Glück hatte sie bereits das Licht gelöscht, dadurch konnte sie ungesehen ans Fenster treten, um hinunterzuspähen. Aber da hörte sie schon den Motor aufheulen. Reifen knirschten auf dem Kies der Einfahrt, und bald war es wieder so still wie zuvor.

Bedrückt schlüpfte Ella unter die Bettdecke und versuchte, nur noch an Fiona und Dr. Lejer zu denken, die es offensichtlich recht lange miteinander aushielten.

Ein Geräusch am Fenster erschreckte sie. Es wiederholte sich, bis sie erkannte, dass da Steine an die Scheibe geworfen wurden. Mit einem Satz war sie aus dem Bett, rannte zum Fenster und öffnete es, um hinunterzuschauen. Sie erkannte etwas Weißes, das im Dunkeln hin und her bewegt wurde, und dann hörte sie, wie leise ihr Name gerufen wurde.

Es war Scott. „Komm runter!", rief er.

„Ich kann nicht, ich bin schon im Bett."

„Wieso? Du stehst doch am Fenster. Oder soll ich hinaufkommen?"

„Untersteh dich!"

Ein dunkler Schatten bewegte sich zu dem Baum, der dicht vor ihrem Fenster stand, die Äste begannen verdächtig zu wackeln.

„Scott, warte! Ich komme ja schon", rief sie hastig, bevor er seine Drohung wahr machen konnte.

Rasch zog sie sich den Morgenrock über, schlüpfte in die flachen Sandalen und rannte auf Zehenspitzen die Treppe hinunter zur hinteren Tür.

Kaum hatte sie den Fuß ins Freie gesetzt, da stand er schon vor ihr und zog sie in die Arme. „Gott, wie habe ich mich nach dir gesehnt“, brach es aus ihm heraus, und sein Mund bestätigte ihr seine Worte.

Nicht behutsam wie das letzte Mal, sondern mit fordernder Leidenschaft suchten sich seine Hände, seine Lippen ihren Weg, und Ella gab sich willig seinen Küssen hin. Als ein Schauer sie durchlief, hob er sie auf die Arme, um sie vom Haus weg in den Schatten eines weit ausladenden Olivenbaums zu tragen. Er bettete sie auf den weichen Rasen und streckte sich neben ihr aus. Aber eine tiefe Falte erschien plötzlich auf seiner Stirn, als er sich über sie beugte, um ihr in die Augen zu sehen.

„Was hatte der verdammte Arzt bei dir zu suchen?“, grollte er.

Die Frage kam so überraschend, dass sie nach Worten für eine Antwort suchen musste.

„Ich hätte ihn erwürgen können, als ich ihn da neben dir sitzen sah. Noch nie in meinem Leben war ich eifersüchtig, Ella. Bisher war es mir egal, was die Frauen machten, wenn ich nicht bei ihnen war. Aber bei dir ist das anders.“

Seine Lippen pressten sich von neuem auf ihren Mund. Ella spürte die Wärme seines Körpers durch den dünnen Stoff ihres Morgenmantels, fühlte seine harten Muskeln auf ihren Brüsten, auf ihrem Leib, und ein leises Stöhnen entschlüpfte ihr.

Er befreite sie sofort von seinem Gewicht, blieb jedoch eng an sie geschmiegt und auf einen Ellbogen gestützt neben ihr liegen, ohne dass sich sein Mund auch nur für eine Sekunde von dem ihren löste. Ganz allmählich entfachten die Liebkosungen seiner Lippen ihr Begehren nach ihm.

Wie verständnisvoll er ist, dachte sie. Hätte seine Hand sich noch weiter vorgewagt, wäre sie instinktiv zurückgewichen. Aber er ließ sie ganz ruhig auf ihrer Hüfte liegen, sein Körper bewegte sich nicht, nur sein Mund bewies ihr, wie sehr er sich nach ihr sehnte. Er warb und lockte immer heißer und fordernder, bis sie ihn, überwältigt von grenzenlosem Begehren, auf sich ziehen wollte.

„Oh, Scott!“, wisperte sie. Ihre Hände umklammerten ihn, ihre

Brüste strebten ihm entgegen, und sie fühlte, wie auch er unter ihrem Druck erschauerte.

Doch statt sie zu umarmen, löste er ihre Hände von sich, legte sie sanft ins Gras und rückte ein Stückchen von ihr ab. „Nicht hier“, stieß er schwer atmend hervor. „Gott weiß, wie sehr ich dich haben möchte! Aber nicht so, Ella, nicht so.“

„Küss mich“, bat sie zur Antwort. „Noch nie habe ich so empfunden wie heute.“

„Das merke ich, denn sonst wüsstest du, wie dünn das Eis ist, auf dem wir stehen“, erwiderte er in unerwartet scherzendem Ton, erfüllte jedoch nicht ihren Wunsch, sondern rückte noch mehr von ihr ab, um sich gegen den Baumstamm zu lehnen. „Ich würde jetzt gern eine Havanna rauchen, aber der Rauch breitet sich zu stark aus, und Gabrielle hat eine sehr feine Nase.“

Der Name versetzte Ella einen Schlag. Sie schämte sich, dass sie sich einem Mann hatte schenken wollen, der noch vor einer Stunde mit einer anderen Frau zusammen gewesen war.

„Schließe deine Knospe nicht gleich wieder, meine Rose“, bat er leise. „Ich spüre richtig, wie sich deine zarten Blütenblätter zitternd zusammenziehen.“

„Wundert dich das?“

„Nein, eigentlich nicht. Du fragst dich natürlich, warum ich dich auf Nachricht von mir warten ließ, während ich die Zeit fand, heute Abend mit Gabrielle auszugehen.“ Als sie stumm blieb, fuhr er fort: „Diese Verabredung stand schon lange fest. Ich gehöre einem Komitee von Prinzessin Beatrice an, und …“

„Ich weiß, Gabrielle hat mir davon erzählt“, unterbrach ihn Ella.

„Dann siehst du also ein, dass ich die Verabredung einhalten musste?“

„Ja.“ An sich wollte Ella noch viel mehr dazu sagen, aber mit jedem Wort hätte sie nur noch mehr ihre Gefühle verraten. Das Schweigen zwischen ihnen wurde immer drückender, aber sie presste die Lippen zusammen.

„Du hast mir also noch nicht vergeben, dass ich mich nicht gemeldet habe?“, fragte er nach einer langen Weile.

„Ich habe dir nichts zu vergeben. Deine Zeit gehört mir schließlich nicht."

„Sie könnte dir aber gehören."

Nun blickte sie zu ihm auf, aber im Dunkel des Baumes war sein Gesicht nur ein verschwommener heller Fleck.

„Nun? Hast du nichts dazu zu sagen", wollte er wissen.

„Nein."

„Weil du immer noch Zweifel an meiner Aufrichtigkeit hast, nicht wahr?" Er beugte sich vor, um eine ihrer Hände in die seine zu nehmen. „Ich werde nicht versuchen, dich zu überreden, Ella. Aber ich werde dir Gelegenheit geben, mich kennenzulernen, damit du dich selbst von meinen ehrlichen Gefühlen überzeugen kannst."

„Gabrielle wird sich nicht gerade freuen, wenn du nur meinetwegen herauskommen würdest."

„Was du nicht sagst!", spottete er lächelnd. „Ginge es dir nicht genauso?"

„Nein. Denn an Gabrielles Stelle würde ich dich gar nicht mehr sehen wollen, wenn ich spürte, dass du dich nicht mehr für mich interessierst. Es kann sehr wehtun, wenn man dem anderen nach dem Ende einer Beziehung wieder begegnen muss."

„Das hängt davon ab, wie diese Beziehung zu Ende gegangen ist." Da war ein kurzes Zögern in seiner Stimme, bevor er weitersprach: „Möchtest du, dass ich dir davon erzähle?"

„Nein. Es hat ja nichts mit mir zu tun", erwiderte sie ein wenig zu schnell.

„Wenn es dich bedrückt, oder wenn du auf sie eifersüchtig bist, dann schon. Aber wenn du wirklich meinst, dass dich meine Vergangenheit nicht interessiert, wollen wir nie wieder von Gabrielle oder irgendeiner anderen Frau sprechen."

„Ich weiß nicht, ob mir die Vergangenheit eines – eines geliebten Mannes wirklich ganz gleichgültig sein kann", gab sie zu. „Vielleicht hängt das auch von der Tiefe meiner Beziehung zu ihm ab."

„Wenn das so ist, wird es Zeit, dass ich dich auf meinem Boot habe, damit wir gleich mit dem Vertiefen der Beziehung anfangen können. Geduld war noch nie meine Stärke."

„Ich will doch nicht einfach so auf deinem Schiff mit dir leben!" Sie versuchte, ihm die Hand zu entziehen, aber er ließ es nicht zu.

„Ruhig! Das Angebot habe ich dir gar nicht machen wollen. Aber ich habe Gabrielle zu einer dreitägigen Kreuzfahrt eingeladen und sie gebeten, Fiona und dich mitzubringen. Morgen früh wird sie es euch erzählen."

„Kreuz und quer über das Mittelmeer?" Ellas Augen leuchteten vor Freude, aber dann gewann ihre realistische Seite Oberhand. Die Freude erlosch. „Das wird sie nie tun. Denkst du, sie schließt die Augen, während ich dich ihr wegschnappe?"

„Möchtest du das?"

„Sei nicht so eingebildet – Bertrand!"

Er grinste mutwillig wie ein Pirat. „Nenne mich noch einmal mit diesem Namen, und ich entführe dich!"

„Wieso Entführung, wenn das Mädchen freiwillig mitkommt?"

„Na, hör mal, wie soll ich das verstehen?" Er blickte sie forschend an.

Für einen Mann, dem alle Frauenherzen zuflogen, war es sicherlich ein großer Reiz, wenn sich ihm ein Mädchen widersetzte und sich von seinem Reichtum kaum beeindruckt zeigte. Wie würde er reagieren, wenn er erkennen musste, dass sie seiner männlichen Ausstrahlung ebenso erlag wie alle anderen ihres Geschlechts auch? Würde sie dann wie Gabrielle nur noch Vergangenheit für ihn sein?

„Du grübelst viel zu viel, mein Engel. Die meisten Dinge lösen sich von selbst", brach Scotts Stimme in ihre Gedanken, als ob er spürte, was für ein Aufruhr in ihr herrschte. „Geh jetzt in dein Bett zurück und fröne deinem Schönheitsschlaf, so lange du es noch kannst."

Bei den letzten Worten hatte es spitzbübisch um seinen Mund gezuckt. Sie blickte ihn fragend an. „Solange ich noch kann?"

„Richtig. Denn in nicht allzu ferner Zukunft schläfst du vielleicht nicht mehr so geruhsam in deinem Bett."

Eindeutig, woran er dachte. Es war gut, dass es dunkel war, sodass er ihre glühenden Wangen nicht sehen konnte. Doch er schien zu spüren, was seine Andeutung in ihr ausgelöst hatte, denn er lachte leise und zärtlich.

„Wie leicht man dich in Verlegenheit bringen kann. Ein süßes altmodisches Mädchen ist meine kleine Fee. Ich wusste nicht, dass es so etwas noch gibt."

„In deiner Welt wahrscheinlich nicht mehr."

„Da kannst du recht haben. Ich werde mich bemühen, ein wenig rücksichtsvoller mit dir umzugehen. Aber gewöhnlich sage ich, was ich fühle."

Und wie tief fühlst du mir gegenüber und wie lange werden diese Gefühle anhalten?, hätte sie gern gefragt, aber sie hatte nicht den Mut dazu. Stumm wandte sie sich zum Gehen, doch er legte eine Hand um ihre Taille und zog sie an sich. „Ohne einen Gutenachtkuss darfst du mich nicht verlassen, mein Liebling", flüsterte er, die Lippen an ihrem Ohrläppchen. „Träum was Schönes!"

Minuten später hörte sie vom Fenster ihres Zimmers aus, wie in der Ferne ein Motor angelassen wurde. Wahrscheinlich hatte er den Wagen das erste Stück der abfallenden Straße im Leerlauf hinunterrollen lassen, um keinen Lärm zu machen. Wie klug von ihm! Aber vermutlich war es ganz einfach nur langjährige Erfahrung in solchen Dingen, korrigierte sie sich seufzend und kletterte ins Bett.

Am nächsten Morgen ließ ihr Fiona kaum Zeit zum Wachwerden, so sehr brannte sie darauf, ihren Bericht über den vergangenen Abend loszuwerden.

Offensichtlich hatte sie einen ganz neuen Armand Lejer kennengelernt, denn sie war von ihm in den tollsten Nachtklub an der ganzen Küste geführt worden, wo man zu den heißen Rhythmen einer Band tanzte, und wo es sogar Go-carts gab.

„Go-carts in einem Nachtklub?", fragte Ella überrascht.

„Nicht solche wie auf einer Messe, aber echt Spitze und ganz schön gefährlich."

„Nun, du bist jedenfalls heil nach Hause gekommen."

„Ja, weil Armand ein phantastischer Fahrer ist. Er hat Nerven wie Stahl, und ganz schön lustig kann er auch sein, wenn er einmal aus sich herausgeht. So toll wie Scott ist er allerdings nicht", schränkte sie mit unschuldigem Blick ein, aber Ella ließ sich nicht herausfordern, sie konzentrierte sich auf das Richten von Gabrielles Frühstück.

„Hier, Schwesterherz“, sagte sie mit dem vollen Tablett in der Hand, „jetzt kannst du es hinaufbringen.“

„Nicht nötig, danke.“

Beide Mädchen drehten sich zur Tür um, wo Gabrielle herzhaft gähnend am Türrahmen lehnte. Die Wangen noch gerötet vom Schlaf und das schwarze Haar zerwühlt, bot sie ein Bild verführerischer Schönheit.

„Möchten Sie auf der Terrasse frühstücken?“, fragte Fiona.

Gabrielle nickte, aber sie machte keine Anstalten, die Küche zu verlassen. „Sie sind beide für ein paar Tage auf die ‚Arabella‘ eingeladen“, verkündete sie. „Scott erwartet einige junge Leute aus London. Er meinte, ich sollte Sie doch mitbringen, damit es nicht an Mädchen fehlt.“

„Toll!“ Fiona wandte sich aufgeregt nach Ella um. „Ist das nicht großartig! Diesmal kommst du doch mit? Ohne dich gehe ich nicht.“

„Drängen Sie Ihre Schwester nicht, sie soll ihre eigene Entscheidung treffen.“ Irgendetwas in Gabrielles Augen verriet Ella, dass diese einen Verdacht haben musste.

„Mir ist gleichgültig, ob ich nun mitmache oder nicht“, log Ella deshalb. „Wenn es Ihnen lieber ist, Madame, bleibe ich gern in der Villa.“

„Das wäre Scott gegenüber sehr unhöflich“, fand Fiona, noch bevor Gabrielle etwas sagen konnte. „Und überhaupt, überlege doch mal, dass du auf diese Weise endlich ein paar gescheite Männer kennenlernen kannst. Du musst einfach mitkommen!“

„Ihre Schwester hat recht“, lächelte Gabrielle. „Attraktive Junggesellen treffen Sie auf dem Schiff bestimmt.“

Achselzuckend wandte sich Ella wieder dem Herd zu. Damit wollte sie den Eindruck erwecken, dass ihr die ganze Geschichte höchst uninteressant war, und vor allem hoffte sie, dass Gabrielle endlich auf die Terrasse hinausginge und die Theaterspielerei zunächst ein Ende hatte.

Ihr Wunsch ging in Erfüllung. Gabrielle und Fiona verließen die Küche; Ella konnte aufatmen. Aber die kleine Szene hatte ihr bewusst gemacht, wie sehr sie Scott bereits liebte und wie sehr sie unter dieser ganzen verwirrenden Situation litt.

Ich darf ihn nicht lieben, schrie es in ihr. Ich kenne ihn doch kaum. Jeder weiß, dass er es mit keiner Frau lange aushält. Heute heiße Liebe – und morgen ade! „Aber nicht mit mir", sagte sie laut vor sich hin. Solange sie seiner echten Zuneigung für sie nicht sicher sein konnte, musste sie ihm verheimlichen, wie tief ihre Gefühle für ihn gingen. Sie nahm sich das ganz fest vor.

„Hallo, Ella, träumst du bei hellem Tageslicht? Lass uns lieber überlegen, was wir für die Fahrt alles mitnehmen wollen." Fiona war in die Küche zurückgekehrt. Ihre Wangen glühten vor Begeisterung.

Um ihr die Freude nicht zu verderben, lächelte Ella. „Was wollen wir denn alles mitnehmen?"

„Lange Abendkleider natürlich, mehrere Bikinis, Jeans und Sonnentops."

„Von jedem ein halbes Dutzend, nehme ich an", spottete Ella, denn sie wusste, dass Fiona am liebsten ihre ganze Garderobe mitnahm, auch wenn sie nur für ein paar Tage verreiste.

„Nun lästere nicht wieder. Sich hübsch machen wollen ist keine Schande. Wir müssen doch wenigstens nachschauen, ob wir nicht noch etwas besorgen müssen."

„Ich kaufe nichts", erklärte Ella energisch, „und du brauchst auch nichts Neues."

„Wenigstens einen neuen Bikini", bat Fiona. „In Juan habe ich sehr flotte gesehen."

„Zu flotten Preisen wahrscheinlich."

„Na und? Man lebt nur einmal." Das war Fionas ständige Redewendung, doch diesmal musste Ella zugeben, dass ihre Garderobe vielleicht für eine englische Kleinstadt genügen mochte, aber nicht für die Cote d'Azur. „Also gut", gab sie nach. „Aber nur ein paar Kleinigkeiten, keine großen Ausgaben."

Doch sie hätte wissen müssen, dass es nicht bei den guten Vorsätzen bleiben würde. Die Geschäfte in Juan boten, was das Herz begehrte, und Fiona wusste die unwiderstehlichsten Begründungen vorzubringen, wenn sie eine Sache unbedingt haben wollte.

Um einiges ärmer kehrten sie nach zwei anstrengenden Einkaufsstunden in die Villa zurück. Ella hatte sich zu einem apart geschnittenen Bikini überreden lassen und zu einem weich fließenden Seidenjerseykleid in einem traumhaft schönen Hyazinthblau. Selbstverständlich musste sie daraufhin auch Fiona ein neues Kleid zugestehen. Sie durfte gar nicht daran denken, was das alles gekostet hatte.

Zu Hause wurden sie von einer finster dreinblickenden Gabrielle empfangen. Die Fahrt fällt ins Wasser, nahm Ella sofort an. Wahrscheinlich hatte Gabrielle herausgefunden, dass Scott am vergangenen Abend noch einmal zur Villa zurückgekehrt war.

„Ich muss auf die wundervolle Fahrt verzichten“, verkündete ihnen Gabrielle theatralisch. „Ausgerechnet für Morgen hat die Prinzessin ein Treffen des Komitees anberaumt. Die Tischpläne sollen ausgearbeitet werden.“

Ella schluckte. Also hatte sie recht. Denn Scott gehörte ebenfalls zum Komitee. Wenn Gabrielle gehen musste, musste auch er gehen.

„Dabei werden nicht einmal alle Komiteemitglieder gebraucht, sondern nur vier“, fuhr Gabrielle fort. „Und ich gehöre ausgerechnet zu diesen vier.“

„Sie sagten doch, es wäre eine große Ehre, zu dem Komitee zu gehören“, warf Fiona unschuldig ein, aber der Blick, den sie ihrer Schwester zuwarf, sprach eine ganz andere Sprache.

„Das ist es auch. Aber deshalb kann die Prinzessin doch nicht so mir nichts dir nichts über unsere Zeit verfügen“, erwiderte Gabrielle gereizt. „Bertrand meint, er könnte die Fahrt unmöglich verschieben, da ein großer Teil seiner Gäste bereits eingetroffen wäre, und er besteht darauf, dass Sie beide auch ohne mich mitkommen.“ Sie lachte ärgerlich auf. „Hoffentlich wissen Sie Ihr Glück auch zu schätzen!“

„Oh, das tun wir“, versicherte Fiona mit ihrem charmantesten Lächeln. „Und wir sind uns auch bewusst, dass wir das alles nur Ihnen zu verdanken haben, liebe Gabrielle.“

Wenn auch dick aufgetragen, die Schmeichelei besänftigte Gabrielle, und Ella dankte Gott, dass Fiona sich so gut verstellen konnte. Manchmal war diese Eigenschaft recht nützlich.

„Mittagessen brauchen Sie mir nicht zu richten.“ Gabrielle wandte sich zu Ella. „Um mich für meine Enttäuschung etwas zu entschädigen, fährt Bertrand heute Mittag mit mir nach Monte Carlo. Er bittet

Sie, am frühen Abend auf die ‚Arabella' zu kommen."

„Werden Sie denn ohne uns im Haus auskommen?", erkundigte sich Fiona.

„Lieb von Ihnen, dass Sie sich meinetwegen Gedanken machen, aber ich werde heute im Palais der Prinzessin übernachten und Morgen den ganzen Tag bei ihr sein. Sie ist wirklich reizend zu mir."

„Weil sie Ihre Hilfe bestimmt zu schätzen weiß", meinte Fiona, was ihr erneut ein dankbares Lächeln von Gabrielle einbrachte.

Mit der Mahnung, alle Türen und Fenster gut zu verschließen, ging Gabrielle endlich in ihr Zimmer hinauf, um sich umzuziehen. Kaum war sie außer Hörweite, hielt sich Fiona den Mund vor Lachen.

„Verstehe ich es nicht großartig mit Gabrielle?", gluckste sie. „Man braucht sie nur wie eine Weihnachtsgans mit Komplimenten zu mästen. Einen Augenblick fürchtete ich, die Kreuzfahrt wäre im Eimer."

„So ein Unglück wäre es nun auch wieder nicht gewesen. Hoffentlich bist du nicht enttäuscht, wenn es nicht so aufregend wird, wie du erwartest."

„Wenn du glaubst, dass eine Kreuzfahrt mit Scott langweilig sein könnte, dann möchte ich gern wissen, was passieren muss, damit du es aufregend findest."

Zum Glück rechnete Fiona nicht mit einer Antwort. Mit ihren Einkäufen bepackt verschwand sie in ihrem Schlafzimmer.

Als Gabrielle von Scott abgeholt wurde, hielten es Ella und Fiona für taktvoller, sich nicht blicken zu lassen, aber Gabrielles verführerische Stimme war bis in ihr Zimmer hinauf zu hören. War es vernünftig, mit Scott diese Reise zu machen? fragte sich Ella, während sie vom Fenster aus die Abfahrt der beiden beobachtete. Sie konnte schon jetzt kaum mehr an etwas anderes denken als an ihn, und das würde sich durch das lange Zusammensein mit ihm nur noch verstärken. Zurück konnte sie nicht mehr, aber er sollte wenig Gelegenheit haben, auf der Fahrt mit ihr allein zu sein, das nahm sie sich fest vor.

Gegen sieben Uhr abends stiegen sie am Kai aus einem Taxi. An Deck der prachtvollen Jacht war keine Menschenseele zu sehen, und doch schienen unsichtbare Augen sie beobachtet zu haben, denn ein

Steward lief ihnen über den Laufsteg entgegen, um ihnen das Gepäck abzunehmen.

Sie wurden in eine märchenhaft elegant eingerichtete Kabine geführt, in der nur die großen Bullaugen daran erinnerten, dass sie sich nicht in der Suite eines Luxushotels befanden.

„Ist das nicht super!“, jauchzte Fiona begeistert, und Ella konnte ihr nur zustimmen.

„Diese Tür führt zum Badezimmer“, erklärte der Steward respektvoll, indem er sie einen Blick auf die jadegrüne Marmorwanne mit den golden schimmernden Armaturen werfen ließ.

„Das wird immer besser!“ Fiona wirbelte ausgelassen durch die Kabine, um sich zum Schluss graziös auf eines der mit Velours bedeckten Betten fallen zu lassen.

„Mr. Scott lässt Ihnen ausrichten, dass er spätestens halb acht zurück sein wird“, informierte sie der Steward weiter. „Bitte läuten Sie, wenn Sie Wünsche haben.“

„Sind die anderen Gäste schon hier?“, erkundigte sich Ella.

Die Frage schien den Steward zu überraschen. „Wir haben keine anderen Gäste an Bord. Sie sind die einzigen, Miss.“

Damit entfernte er sich. Fiona und Ella aber blickten sich verständnislos an. „Vielleicht sind die anderen keine Gäste für ihn, weil es Angestellte von Scott sein sollen, wie mir Gabrielle gesagt hat“, meinte Fiona schließlich und begann, ihre Sachen auszupacken.

Kurz vor halb acht fing der Boden unter ihren Füßen zu vibrieren an. Ein Blick aus den Bullaugen zeigte ihnen, dass sie sich langsam aus dem Hafenbecken schoben, und zum ersten Mal seit Betreten des Schiffs verspürte Ella prickelnde Vorfreude. Ihre Finger zitterten, sodass sie einen Moment innehalten musste, bevor sie den Lidstrich weiterziehen konnte.

„Trödel nicht so, sonst müssen die mit dem Essen ohne dich anfangen“, drängte Fiona hinter ihr. „Ich halte es nicht mehr aus, ich gehe schon in die Lounge hinauf.“

Die Tür schloss sich hinter ihr, Ella war allein. Ihre Nervosität unterdrückend, beendete sie ihr Make-up und schlüpfte in das eng anliegende schwarze Crepekleid. Wie schlank sie darin wirkte! Als einzigen Schmuck streifte sie den breiten, von ihrer Mutter geerbten Goldreif über das linke Handgelenk; sie nahm die kleine goldene Abendtasche vom Bett und folgte Fiona aufs Oberdeck.

Hier befanden sich Scotts Kabine und die große Lounge, die auf das windgeschützte Sonnendeck führte.

Die Ausstattung der Lounge entsprach der übrigen luxuriösen Einrichtung der Jacht: holzgetäfelte Wände, kleine Tische aus dem gleichen Holz, der Fußboden mit einem riesigen Berber ausgelegt und einladend bequeme Sessel mit blauen Velourspolstern. Das Ölgemälde über dem Sofa nahm Ella nur flüchtig wahr, da Scott in diesem Moment auf sie zukam. In der engen schwarzen Hose und dem grauen Seidenrolli bot er ein Bild kraftvoller Männlichkeit. Mit dem ihr schon vertrauten, leicht spöttischen Lächeln zog er sie auf einen der Sessel.

„Willkommen bei mir zu Hause“, begrüßte er sie herzlich. „Oder was ich bisher als mein Zuhause betrachtete.“

„Wieso nur bisher?“, wollte Fiona wissen.

„Ich wollte damit andeuten, dass sich meine Ansichten über die Art eines Zuhauses langsam ändern. Für einen Abenteuer suchenden Junggesellen ist eine Jacht ideal …“

Ohne den Satz zu beenden, trat Scott an die dekorative Hausbar in der einen Ecke der Lounge. „Zum Empfang mixe ich Ihnen etwas ganz Spezielles“, verkündete er, während er mit Flaschen, Eis und Mixbecher herumhantierte.

„Hoffentlich ist er nicht zu stark“, meinte Fiona, als sie ihm etwas zaghaft ihr Glas abnahm.

„Ein Cocktail, der Sie umwerfen wird“, scherzte Scott, dabei reichte er Ella das ihre und hob dann sein Glas. „Auf uns!“

Ella fiel nicht mit ein. Sie versuchte auch zu ignorieren, dass er nur sie dabei ansah. Zum Glück durchbrach Fiona das entstandene Schweigen.

„Wo sind die anderen Gäste?“, fragte sie um sich blickend.

„Es gibt keine anderen Gäste.“

„Aber Gabrielle erzählte uns, dass Sie ein paar junge Leute von Ihrer Firma in London eingeladen hätten.“

„Das hat sich in letzter Minute zerschlagen“, erklärte ihr Scott, aber Ella war überzeugt, dass er log.

Enttäuschung breitete sich in Fionas Gesicht aus, verschwand jedoch augenblicklich, als Sven, der blonde Däne, und ein anderer junger Mann eintraten und sich zu ihr setzen, nachdem sie sich mit Getränken versorgt hatten.

„Deine Schwester wird sich nicht langweilen“, flüsterte Scott, wobei er seinen Sessel dicht neben den von Ella schob, sodass sein Arm den ihren berührte.

Aber sie rückte etwas von ihm ab. „Gib doch zu, dass du die anderen überhaupt nicht eingeladen hattest“, erwiderte sie ebenso leise.

„Du hast recht, auch Gabrielle war nicht als Gast geplant.“

Ella brauchte nicht lange, um zu begreifen. „Du – du hast …“ Sprachlos vor so viel Skrupellosigkeit starrte sie ihn an.

„Mir blieb nichts anderes übrig, mein Engel“, verteidigte er sich, als er den Unwillen in ihren Augen sah. „Ich hätte nichts von dir gehabt, wenn uns Gabrielle ständig beobachtet hätte.“

„Aber …“

„Aber ich musste sie einladen, damit ich dich und Fiona auffordern konnte. Ich tat es also und ließ gleichzeitig meine gute Freundin in Aktion treten.“

„Du meinst die Prinzessin?“

Scott nickte. „Wir kennen uns seit Jahren und schätzen uns. Deshalb war sie gern bereit, das besagte Komitee schon eine Woche früher zusammenzurufen. Zufrieden?“

„Das muss ich wohl. Aber mir macht es ein bisschen Angst, wie skrupellos du sein kannst.“

Er lehnte sich zurück, um sie über seine zusammengelegten Fingerspitzen hinweg nachdenklich anzusehen. „Mit Leisetreten macht man keine Millionen, Ella. Ich glaube, ich habe dir schon einmal gesagt, dass mir kein Hindernis zu groß ist, wenn ich ein bestimmtes Ziel erreichen will.“

„Auch, wenn du anderen Menschen damit wehtust?“

„Mir kann genauso wehgetan werden“, erwiderte er achselzuckend und nachdrücklich.

„Das glaube ich nicht. Dazu bist du viel zu selbstsicher und abgebrüht."

„Abgebrüht!" Er beugte sich so heftig vor, dass sie unwillkürlich zurückwich. „So etwas sagst du nach der vergangenen Nacht? Hast du mich nicht von einer ganz anderen Seite kennengelernt?"

„Nur, dass du sehr rasch in Leidenschaft gerätst", flüsterte sie den Blick gesenkt.

„Zum Teufel mit dir!" Mit wütendem Griff packte er ihr Handgelenk. „Ist das dein ganzer Eindruck von mir? Ein Mann, der seine Gefühle nicht beherrschen kann? Wenn ich will, kann ich sie meisterhaft beherrschen, Ella. Aber letzte Nacht ließ ich dich spüren, was ich empfinde, weil ..." Er ließ ihren Arm los und fuhr nach einer kleinen Pause resigniert fort: „Aber wozu sage ich das alles. Dein Vertrauen zu mir muss von allein wachsen, ebenso wie das zu dir selbst." Damit stand er auf und erklärte, dass er Hunger habe. „Kommt, gehen wir essen!"

Der Tisch war in einem schmalen Raum neben der Lounge gedeckt, in der zu anderen Stunden auch Filme vorgeführt werden konnten. Die Unterhaltung wurde hauptsächlich von Fiona und den anderen beiden Männern bestritten, nur ab und zu durch einen Einwurf von Scott angeregt. Er widmete sich sehr entspannt dem hervorragend zubereiteten Essen, während Ella ständig über seine vorangegangene Bemerkung nachdenken musste. Er hatte recht, sie besaß schrecklich wenig Selbstvertrauen. Aber würde sie ihn wirklich besser verstehen, wenn sie sich endlich dazu brächte, etwas mehr an sich selbst und an ihre eigene Anziehungskraft zu glauben? Die Zweifel daran verdarben ihr den Appetit. Lustlos stocherte sie in ihrer Süßspeise herum, und den abschließenden Käse lehnte sie ab.

„Du siehst so aus, als ob du etwas frische Luft brauchen könntest." Scott stand plötzlich hinter ihr, um ihr beim Aufstehen zu helfen; eine Hand unter ihren Ellbogen gelegt, führte er sie an Deck.

Es war eine himmlische Sommernacht. Das Meer lag dunkel und ruhig vor ihnen. Über ihm klar und unwahrscheinlich nah der von Sternen übersäte Himmel mit der großen Scheibe des Mondes, dessen Licht eine silbern glänzende Straße über das Meer zeichnete.

„Wie schön ist es, dich hier bei mir zu haben", sagte Scott leise neben ihr. „Seit Jahren fühle ich mich zum ersten Mal richtig zufrieden." Er betrachtete sie lächelnd. „Ein süßes kleines Ding mit wunderschönen Haaren hat meine ganzen Prinzipien über den Haufen geschmissen. Errätst du, welches ich meine?"

„Nein, welches?" Ella schlenderte weiter.

„Ich wollte nur noch allein auf große Fahrten gehen. Aber jetzt möchte ich dich dabei an meiner Seite wissen. Nein, sag nichts", bat er, als er sah, wie sie sich versteifte. „Du sollst mich erst näher kennenlernen. Ich lasse dir die Zeit, Ella."

„Danke." Mehr konnte sie nicht herausbringen.

„Aber in der Zwischenzeit möchte ich nicht, dass du noch weiter für Gabrielle arbeitest. Du könntest mit Fiona auf meinem Bauernhof Urlaub machen."

„Nein."

Das kam rasch und sehr bestimmt aus ihrem Mund. Was die Zukunft ihr mit diesem Mann bereithielt, wusste sie nicht, aber sie musste sich vorläufig frei fühlen können, und auf seinem Besitz wäre das niemals möglich.

„Ich würde keinerlei Bedingungen damit verknüpfen, Ella."

„Trotzdem, meine Antwort bleibt nein."

„Fürchtest du dich vor mir?"

„Viel mehr fürchte ich mich vor mir selbst", gab sie kaum hörbar zu, aber er hatte es verstanden. Mit einem zärtlichen Ausruf zog er sie in die Arme und suchte ihren Mund. Doch zu ihrer Enttäuschung ließ er sie gleich wieder los, da Fiona und Sven in Sicht kamen.

„Du hast gute Ohren", flüsterte Ella, und er grinste.

„Das macht die Praxis. Komm, gehen wir zu ihnen!"

„Wollen wir ein bisschen tanzen?", schlug Fiona vor.

„Das ist die Idee", stimmte Scott zu.

Sven schob eine Kassette ein, aber als Scott sich nach Ella umwandte, drängte sich Fiona dazwischen und meinte schmollend: „Es geht nicht, dass meine große Schwester den Kapitän allein in Beschlag nimmt. Jetzt komme ich auch mal dran."

„Mit Vergnügen", erwiderte Scott galant, aber sein Blick blieb sehnsüchtig auf Ella ruhen.

Ein schönes Paar, musste sich Ella eingestehen, während sie den beiden beim Tanzen zusah. Der große dunkelhaarige Mann und das blonde gertenschlanke Mädchen. Kein Wunder, dass Fiona so für Scott schwärmte. Was sie wohl sagen würde, wenn sie von Scotts wahren Absichten wüsste? Ella hatte ihr beim Umziehen davon erzählen wollen, aber weil sie fürchtete, dass Fiona sich Gabrielle gegenüber verplappern könnte, hatte sie es dann doch unterlassen.

„Wollen wir tanzen?“ Scotts Stimme riss sie aus ihren Gedanken.

Wortlos stand sie auf und ließ sich von ihm in die Arme ziehen. Wie nicht anders zu erwarten, tanzte er phantastisch, und wie gern hätte sie die Augen geschlossen, um, den Kopf an seine Schulter geschmiegt, alles ringsum zu vergessen. Aber wie viele Mädchen mochten bei ihm das Gleiche getan haben? Der Gedanke kühlte ihre Sehnsucht ab, und sie strebte von ihm fort.

„Du bist müde“, stellte er augenblicklich fest. „Ich hätte zu einer sechstägigen Fahrt einladen sollen und nicht nur für drei.“

„Darauf wäre Gabrielle nie eingegangen. Und schon gar nicht, wenn sie an Land bleiben müsste.“

„Gabrielle! Ich kann den Namen bald nicht mehr hören!“ Seine Blicke umfassten ihr schmales Gesicht. „Geh jetzt in dein Bett, Ella“, befahl er mit plötzlich rauer Stimme. „Sonst trage ich dich noch in meines.“

Trotz ihrer Müdigkeit konnte Ella lange nicht einschlafen. Ruhelos wälzte sie sich von einer zur anderen Seite. Mit jeder Faser ihres Körpers sehnte sie sich nach Scott. Aber sich ihm hingeben hieße, sich auf dieselbe Stufe mit all den verflossenen Freundinnen zu stellen, und das wollte sie nicht. Sie liebte ihn zu sehr, um sich damit zufrieden zu geben.

8. KAPITEL

Schon vor sieben wachte Ella am anderen Morgen auf. Durch das Bullauge drang ein erster Sonnenstrahl. Fiona aber schlief noch fest, und Ella bemühte sich, beim Anziehen sehr leise zu sein. In einem knapp sitzenden Sonnenanzug, der Arme und Beine frei ließ, lief sie zehn Minuten später aufs Sonnendeck hinauf.

Oben war niemand zu sehen, deshalb überlegte sie, ob sie nicht doch wieder hinuntergehen sollte, falls ihnen das Frühstück in der Kabine serviert würde. Aber im gleichen Moment umfingen sie zwei starke Arme. Sie wurde herumgedreht, sodass sie Scott in das lachende Gesicht sehen konnte. Sein braungebrannter nackter Oberkörper roch nach Sonne, Wind und einem bekannten Sonnenöl. Kurze Shorts und ein Paar Sandalen waren alles, was er anhatte.

„Ich freue mich, dass du zu den Frühaufstehern gehörst“, begrüßte er sie. „Dann brauche ich nicht allein zu frühstücken.“

Gern hätte sie gefragt, wie viele Mädchen schon mit ihm am Frühstückstisch gesessen hätten, aber sie schluckte es hinunter. Ein kleiner Tisch auf der etwas geschützteren Seite des Sonnendecks war bereits gedeckt, und kaum saßen sie, erschien der Steward mit einem großen Tablett. Kaffee, frisch aufgebackene Croissants, Butter und Aprikosenmarmelade sowie eine zugedeckte Platte mit Spiegeleiern und Speck, alles fand auf dem Tisch Platz.

„Französisches und englisches Frühstück, wie im Schlaraffenland!“, rief Ella lachend aus.

„Warum nicht, wenn man es sich leisten kann?“

Er bedeutete ihr zuzugreifen, während er sich zunächst nur eine Tasse Kaffee einschenkte.

Die Seeluft, die Sonne und die Gegenwart dieses vitalen Mannes wirkten Wunder auf ihren Appetit. Ella konnte sich nicht erinnern, dass sie schon einmal so viel gegessen hatte. Keiner von ihnen hatte Lust zu sprechen. Sie genossen das sanfte Schwanken des Schiffs und den angenehm frisch über ihre Haut streichelnden Wind.

„Das wäre ein Leben für mich“, seufzte Ella zufrieden, während sie dem feinen, weißen Zigarrenrauch nachsah, der langsam über seinem Kopf in den blauen Himmel aufstieg.

„Hast du etwa seit gestern Abend deine Meinung geändert“, hakte er sofort ein.

„Nein, natürlich nicht!“ Es ärgerte sie, dass sie dabei rot wurde, und sie war fast froh, dass in diesem Augenblick Fiona auftauchte. Mit dem Mini-Bikini und dem passenden offenen T-Shirt darüber konnte sie geradewegs einem exklusiven Bademodenheft entsprungen sein.

„Guten Morgen allerseits“, grüßte Fiona fröhlich. „Ist das nicht ein herrlicher Tag? Wo sind wir jetzt, Scott?“

„Kurz vor Marseille.“

„Oh, ist das nicht eine scheußliche Stadt für einen Vergnügungstrip?“ Sie ließ sich auf der Matte zu seinen Füßen nieder. „Ich dachte, wir würden nach Korsika oder Nordafrika fahren.“

„Das heben wir uns für eine längere Kreuzfahrt auf, Kleines.“ Da Sven gerade an Deck kam, wandte er sich von ihr ab und erkundigte sich, wann sie in den Hafen einlaufen könnten.

„Wann du willst. Ich habe alles nach deinen Wünschen veranlasst.“

„Wir werden also tatsächlich in Marseille an Land gehen?“, fragte Fiona.

Scott nickte. „Ich möchte Euch zum Mittagessen in eines der besten Restaurants von Frankreich führen. Es liegt bei Les Baux.“

„Aber ist das nicht ziemlich weit von Marseille entfernt?“, wandte Ella ein.

„Mit dem Hubschrauber spielt das keine Rolle.“

Die Antwort machte ihr erneut bewusst, in welch verschiedenen Welten sie beide lebten. Sie stand auf, um an die Reling zu treten und über das Meer zu schauen.

„Schwimmen wir noch ein paar Züge?“, hörte sie Sven hinter sich vorschlagen. „Im Hinblick auf das gute Essen sollten wir uns noch ein bisschen bewegen.“

Gleich darauf sah sie ihn und Fiona ins Wasser springen. Ella war eine gute Schwimmerin, aber sie tauchte nicht gern. Sie beugte sich vor, um an der Schiffswand nach einer Abstiegsmöglichkeit zu suchen.

„Wir können eine Leiter hinunterlassen“, sagte Scott neben ihr. „Hast du auch Lust auf eine Abkühlung?“

Minuten später ließen sie sich von den sanften Wellen schaukeln. Das Wasser war herrlich klar und prickelnd kühl. Ella schwamm ein paar Züge, dann ließ sie sich wieder treiben. Scott schwamm in weiten Kreisen um sie herum, aber er blieb immer in ihrer Nähe. Er hielt ihr die Leiter, als sie wieder an Bord klettern wollte, und streckte sich neben ihr auf Luftmatratzen zum Sonnenbaden aus.

„Geht es dir gut, mein Engel?“, fragte er leise, weil Sven und Fiona gerade über die Reling kletterten.

„O ja, es ist einer der schönsten Vormittage, die ich je erlebt habe.“

„Ich hoffe, du lässt mich dir noch viele davon schenken.“

Mehr schien er im Moment nicht sagen zu wollen, denn er kreuzte die Arme unter dem Kopf und schloss die Augen. Eine Weile blickte Ella auf ihn hinab. Betrachtete den schmalen Mund, die scharfe Nase und die glitzernden Wassertropfen auf seiner Haut, dann legte auch sie sich zurück.

Sven hatte nach der Gitarre gegriffen und spielte ein paar zärtlich klingende Weisen. Sonne, Meer und Gitarrenmusik, dachte Ella glücklich, so müsste es immer sein!

Offenbar war sie eingedöst, denn plötzlich wachte sie von der ungewohnten Stille um sie auf. Neben ihr die Matratze war leer. Sie war allein an Deck, wie sie mit einem zweiten Blick feststellte. Ihre Uhr zeigte kurz nach zwölf, und nun sah sie zu ihrer Rechten die endlosen Docks von Marseille. Anscheinend hatten sie angelegt, während sie geschlafen hatte, und die anderen waren schon zum Ankleiden in die Kabinen gegangen.

Ich werde schleunigst das Gleiche tun, entschied sie. Zu faul, die Sandalen anzuziehen, lief sie barfuß ins untere Deck hinunter, wo ein schmaler Gang zu ihrer Kabine führte. Leises Kichern und Flüstern ließen sie jedoch innehalten, und als sie sich umdrehte, sah sie gerade noch ein braungebranntes kräftiges Männerbein um die Ecke verschwinden.

„Fiona?“, rief sie, den Gang wieder zurücklaufend. Dabei stieß sie fast mit ihrer Schwester zusammen, die aus einer Nische trat.

Das Gesicht des Mädchens war gerötet, ihr Mund leuchtete ungewöhnlich rot. Sie ist geküsst worden, sagte sich Ella, und merkwürdigerweise gab ihr das einen Stich.

„Spionierst du mir wieder einmal nach?“, fragte Fiona patzig.

„Sei nicht albern. Ich hörte nur Stimmen und wollte ... Außerdem glaubte ich, du wärst längst in der Kabine.“

„Ich bin auf dem Weg dorthin.“

„Mit einer kleinen Unterbrechung“, bemerkte Ella trocken. „Ich weiß nicht, was dir eigentlich an diesem Sven so gefällt. Lass dir ja nicht von ihm den Kopf verdrehen!“

„Wie kommst du auf Sven?“

Ella runzelte die Stirn. „Das war er doch eben, oder?“

„Nein, er war es nicht“, widersprach Fiona, wobei sich das Rot ihrer Wangen noch vertiefte.

Ein banges Gefühl erwachte in Ella. Konnte es Scott gewesen sein? Sie erinnerte sich, dass Gabrielle einmal gesagt hatte, es gäbe kein hübsches Mädchen, das vor ihm sicher wäre. Warum sollte er sich dann nicht mit beiden Schwestern amüsieren, wenn sich ihm die Gelegenheit bot?

„Komm schon!“ Fiona fasste nach Ellas Arm. „Wir dürfen Scott nicht warten lassen.“

„Fiona, bist du eben mit Scott zusammen gewesen?“ Ella musste Gewissheit haben.

„Wozu musst du das wissen? Wenn du ihn allerdings für dich haben willst, sag es, dann halte ich mich zurück.“

„Warst du mit ihm zusammen?“, fragte Ella noch einmal.

„Und wenn ich es war?“ Fiona schüttelte ihre Haare nach hinten. „Lass uns doch ein bisschen Spaß haben und spiele nicht ständig die gestrenge Schwester.“

„Ich möchte nicht, dass man dir wehtut.“

„Gut, dann höre endlich auf, mich wie ein Baby zu behandeln. Scott sagt ...“

„Mich interessiert nicht, was Scott sagt!“, schrie Ella hinaus. „Mir ist ganz egal, was ihr beide macht!“ Sie zitterte so vor Erregung, dass sie sich an die Gangwand lehnen musste, während Fiona erbost in der Kabine verschwand.

Erst nach einigen Sekunden konnte sie ihrer Schwester folgen. Doch sie konnte nicht vergessen, was sie gesehen hatte, und die Knutschflecken an Fionas Hals machten ihre Enttäuschung nur noch größer.

„Ella, schau doch nicht so bös' drein", bat Fiona, nachdem ihre Schwester nicht ein einziges Wort während des Anziehens gesprochen hatte. „Lass uns die schöne Zeit genießen, bitte!"

„Das sagst du immer, und hinterher bist du dann todunglücklich. Scott meint es nicht ernst mit dir."

„Er meint es mit keiner ernst."

„Und das macht dir gar nichts aus?"

„Warum?" Fiona konnte ihrer Schwester nicht in die Augen sehen. „Ich will mich ja nur amüsieren, mehr nicht."

Zu keiner Antwort fähig, verließ Ella darauf mit ihrer Handtasche die Kabine.

An Deck erwartete sie Scott. Diesmal nicht in Jeans, sondern in einem hellgrauen Sommeranzug, in dem er fast noch größer, aber auch ein wenig fremd wirkte.

„Wie geht es meinem Dornröschen?", erkundigte er sich lächelnd. „Ich musste dich wegen eines Anrufs aus Venezuela verlassen, aber der Steward sollte dich rechtzeitig wecken."

„Ich bin von allein aufgewacht."

„Und bist offensichtlich mit dem falschen Fuß zuerst aufgestanden. Was hat dir die Laune verdorben? Etwas mit Fiona?"

„Das fragst du auch noch?", brach es aus Ella heraus. „Dir scheint ja eine von den Schwestern nicht zu genügen. Es muss natürlich eine besondere Genugtuung sein, wenn man beide haben kann. Vielleicht für eine Schlafzimmerorgie zu dritt?"

„Für was?" Scott packte sie grob an der Hand, zog sie über Deck zu einer Tür und schob sie hinein.

„So, jetzt erzähle mir den Blödsinn noch einmal", herrschte er sie, die Tür zudrückend, an.

Sie tat es, nur diesmal noch ausführlicher. Seine Miene verfinsterte sich.

„Du hast eine sehr schlechte Meinung von den Männern und von mir ganz besonders“, sagte er kalt.

„Wundert dich das?“

„Ja. Denn ich habe mit offenen Karten gespielt und nie behauptet, dass ich ein Heiliger gewesen wäre.“

„Was früher war, ist mir egal. Aber nicht, wenn du jetzt auch noch meiner Schwester nachstellst. Ich habe gesehen, wie du sie vorhin geküsst hast.“

„Bist du verrückt?“ Zornig packte er sie an den Schultern, aber sie riss sich von ihm los.

„Gib dir keine Mühe, es zu leugnen“, zischte Ella. „Fiona hat es auch nicht getan.“

„Du hast recht.“ Er trat zurück, seine Stimme wurde hart. „Warum sollte ich mir Mühe geben? Du bist es nicht wert. Du bist ein Feigling, Ella. Du hast nicht nur Angst vor deinen Gefühlen, sondern auch vorm Leben. Und deshalb bist du eifersüchtig auf Fiona. Weil sie mit beiden Händen nach den schönen Dingen im Leben greift. Aber du wirst sie nicht davon abhalten können. Eines Tages wird sie dich wegen eines Mannes verlassen und wenn du dich noch so sehr an sie klammerst.“

„Solange du es nicht bist, wird mir das nur recht sein.“

„Aber ich kann es durchaus sein. Da ich nun weiß, wie du über mich denkst, wird dein Schwesterlein noch begehrenswerter.“

„Du bist gemein!“, schrie Ella außer sich. „Lass sie in Ruhe!“

„Damit sie einmal wie du wird?“, höhnte er mit blitzenden Augen. „Nein, sie wird ihr Leben richtig leben. Vielleicht wird sie ab und zu mal enttäuscht, aber auf lange Sicht wird sie zehnmal glücklicher sein als du. Sie wird wissen, wie viel schöner es ist, eine Frau zu sein statt eine alte prüde Jungfer.“

Ella holte aus und schlug Scott ins Gesicht. Der Schall hallte laut in der stillen Kabine. Scott starrte sie wortlos an. Bis auf die roten Male ihrer Hand war alles Blut aus seinem Gesicht gewichen.

„Du kannst mir nur noch leid tun, Ella“, sagte er rau, und im nächsten Augenblick hatte er sie verlassen.

Erst als seine Schritte verklungen waren, kam Bewegung in Ella. Sie konnte keine Sekunde länger auf dem Schiff bleiben. Nur nicht Scott oder Fiona unter die Augen treten müssen! Etwas anderes konnte sie im Moment nicht denken. Sie riss die Tür auf und lief blindlings über das Deck und über den Laufsteg auf den Kai.

Die ‚Arabella' hatte weit draußen, am äußersten Ende des Hafens angelegt; Ella hatte ein gutes Stück bis zum eigentlichen Hafenzentrum zurückzulegen, aber das war ihr gleichgültig. „Nur weg! Nur weg!", schrie es in ihr. Erst als sie in den belebteren Teil des Hafens kam, verlangsamte sie ihre Schritte. Die Luft ging ihr aus, und heftige Stiche in der Seite zwangen sie stehen zu bleiben. Eine Gruppe Hafenarbeiter blickte neugierig zu ihr hinüber, aber sie achtete nicht darauf, denn nicht weit entfernt sah sie zu ihrer Erleichterung einige Taxis stehen.

„Zum Bahnhof", bat sie in Französisch, während sie sich vergewisserte, dass sie genug Geld für die Heimfahrt dabeihatte.

Eine halbe Stunde später saß sie im Zug nach Antibes, und hier, allein im Abteil, konnte sie die Tränen nicht mehr zurückhalten. Wie hatte sie sich nur so gehen lassen können! Doch gerade daran erkannte sie, wie viel sie für ihn empfand.

Eine prüde alte Jungfer. Die hässlichen Worte verfolgten sie und ließen ihre Tränen noch heftiger fließen.

Die Heimkehr in die leere Villa wurde zum neuen Prüfstein für ihre kaum wieder gefundene Fassung. Schluchzend stieg sie die Treppe zu ihrem Zimmer hinauf. Da klingelte das Telefon. Es war Fiona; ihre Stimme klang sehr weit entfernt, da sie wahrscheinlich vom Schiff aus telefonierte.

„Ella, warum bist du einfach davongelaufen? Ich wusste gar nicht, wie ich das Scott erklären sollte. Schließlich sagte ich ihm, wir hätten uns gestritten."

„Da wird er sehr überrascht gewesen sein", erwiderte Ella ironisch.

„Nein, eigentlich nicht. Er meinte nur, ich sollte in der Villa anrufen, um zu sehen, ob du nach Hause gefahren bist."

„Wie du hörst, bin ich zu Hause. Ihr braucht euch also keine Sorgen um mich zu machen." Ein Kloß wuchs in Ellas Kehle, sie musste er schlucken, bevor sie weitersprechen konnte: „Es war dumm von mir, mich in deine Angelegenheiten zu mischen, Fiona. Flirte mit

Scott oder mit so vielen Männern, wie du willst, es ist nicht meine Aufgabe, dich daran zu hindern."

An der anderen Seite begann Fiona zu kichern. „Wie das klingt. Seit wann machst du solche Sprüche?"

„Das sind keine Sprüche. Ich meine es ernst. Du bist alt genug, um dein Leben selbst zu bestimmen."

„Aber …"

„Wir sprechen ein andermal länger darüber. Amüsiere dich und mache dir keine Gedanken um mich."

„Aber du bist dort ganz allein in der Villa", wandte Fiona ein.

„Das bin ich nicht." Ella suchte verzweifelt nach einer plausiblen Lüge. „Ich – ich bin morgen den ganzen Tag mit Dr. Lejer zusammen."

„Mit Armand? Wie kommst du denn plötzlich zu der Verabredung?"

„Wir hatten uns schon vorige Woche verabredet", schwindelte Ella weiter. „Dann kam die Einladung auf die Arabella. Ich rief ihn an und sagte ihm erst mal ab."

„Und dann hast du deine Meinung wieder geändert." Fionas Stimme klang überrascht. „Du bist also seinetwegen fortgelaufen und nicht wegen mir. Stille Wasser gründen tief, kann ich da nur sagen. Ich bin gespannt, was Scott dazu sagen wird."

„Du wirst den Mund halten! Er braucht das nicht zu …"

In der Leitung knackste es, dann rauschte es nur noch. Ella legte den Hörer auf und wartete, dass es noch einmal läuten würde. Aber wahrscheinlich hielt Fiona das Gespräch für beendet. Morgen aber würde sie bestimmt noch mehr über Armand wissen wollen.

Egal, sagte sich Ella, irgendwie würde sie sich schon herausreden können. Hauptsache, dass Fiona nichts von ihrer dummen Liebe zu Scott merkte.

Scott. Sie sah sein kaltes und zuletzt fast verächtliches Gesicht vor sich, und ein Gefühl grenzenloser Verlassenheit überfiel sie. Einem plötzlichen Impuls folgend, nahm sie den Hörer wieder auf, um Armand Lejers Nummer zu wählen.

„Ist etwas nicht in Ordnung?", fragte er, als er ihre Stimme hörte.

„Nur bei mir. Fiona aalt sich auf der Arabella in der Sonne", antwortete sie geradeheraus. „Aber ich fühle mich scheußlich allein."

Ob Dr. Lejer sich über ihre Offenheit wunderte, war seiner Stimme nicht anzuhören. Er erwiderte, dass er sich sehr über ihren Anruf freuen würde, und dass er sie zu einer Tasse Kaffee besuchen könnte, da er in der Nähe einen Krankenbesuch zu machen hätte.

Kaum hatte Ella den Hörer aufgelegt, schämte sie sich für ihre Schwäche. Sie schien plötzlich überhaupt keinen Stolz mehr zu haben. Aber Armand Lejer war Arzt, er würde verstehen, dass sie nur aus purer Verzweiflung so handelte, verteidigte sie sich vor sich selbst.

Unter diesem Gesichtspunkt sprach sie sich alles vom Herzen, als Armand eine Stunde später mit ihr auf der Terrasse saß. Irgendwo da draußen auf dem Meer schaukelt jetzt die Arabella mit Fiona in Scotts Armen, dachte Ella, während ihr Blick unwillkürlich den Horizont absuchte.

Aber da begann Armand zu sprechen, und sie konnte das schmerzliche Bild verdrängen.

„Es ist sehr voreilig von Ihnen, dass Sie Scott allein die Schuld für das Vorgefallene geben. Sie wussten, dass Fiona ihn anhimmelt. Vielleicht hat sie es ihm unmöglich gemacht, sie abzuweisen."

„Dass die Männer sich doch immer gegenseitig decken müssen."

„Ich versuche nur, gerecht zu sein und die Sache auch von seiner Seite aus zu sehen. Es kann alles ganz anders gewesen sein, als Sie denken. Außerdem müssen Sie Fiona zugute halten, dass sie ja nichts von Ihrer Beziehung zu Scott wusste. Sie konnte daher annehmen, dass die Einladung vor allem ihr galt."

„Das stimmt", gab Ella zu.

„Dann können Sie auch nicht böse sein, wenn Fiona ihm vielleicht aus Dankbarkeit für das herrliche Erlebnis einen Kuss gibt. Dass Scott ihr in dem Moment nicht wehtun wollte, indem er ihr sagt, dass er eigentlich Sie bevorzugt, kann ich verstehen", fuhr Armand fort. „Er hat vielleicht erwartet, dass Sie Ihrer Schwester von Ihrer Freundschaft mit ihm erzählen würden."

„Oder es hat ihn gereizt, zwei Schwestern auf einmal zu vernaschen."

„Sie ziehen schon wieder voreilige Schlüsse", schalt Armand.

Ella brachte ein zaghaftes Lächeln zustande. Armand Lejer tat ihr gut; ihre angespannten Nerven entspannten sich ein wenig. Er war wohl nicht so überwältigend männlich wie Scott, aber er war sehr klug und einfühlsam und gab bestimmt einen sehr guten Ehemann ab.

„Ich hatte immer das Gefühl, dass Sie in Fiona mehr als nur eine Patientin sehen", platzte sie heraus.

„Ihr Gefühl hat recht, Ella", bestätigte Armand, ohne ihre Geradheit übel zu nehmen. „Ich könnte mich sehr leicht in Ihre Schwester verlieben."

„Sie sagen das, als könnte man das mit dem Verstand regulieren."

„Man kann bestimmt vermeiden, dass man wegen eines Mädchens völlig den Kopf verliert."

Das klang so typisch für Armand, dass Ella lachen musste.

„Aber ich mache mir sehr viel Gedanken über Fiona", fuhr er fort. „Sie umsorgen und bemuttern sie tatsächlich viel zu sehr. Lassen Sie Ihre Schwester ihre eigenen Erfahrungen machen, nur so kann sie selbstständig werden und eines Tages vielleicht erkennen, dass ihr das seichte Leben, das sie im Moment noch herrlich findet, gar nicht mehr gefällt."

Ella seufzte. „Die nächste bittere Erfahrung für sie wird gar nicht so lange auf sich warten lassen. Ich glaube nicht, dass Scott sich lange mit ihr befassen wird."

„Sie haben ihn gern, nicht wahr?"

„Leider viel zu sehr, um mit einer kurzen Liebesaffäre zufrieden zu sein", gab sie zu. Dabei zitterten ihre Hände so, dass sie Kaffee auf die Tischdecke verschüttete, als sie ihm nachschenken wollte.

Ruhig nahm er ihr die Kanne ab, goss die Tassen voll und versorgte sie auch mit Milch und Zucker.

„Sie sollten Fiona in meiner Obhut zurücklassen und sich ein eigenes Leben aufbauen", schlug er in leichtem Plauderton vor. „An Ihrer Stelle würde ich nach Paris gehen und mir dort eine Arbeit suchen! Sie haben französischen Schick und die ideale Figur für ein Mannequin."

„Danke für die Blumen. Ich kann ein bisschen Auftrieb gebrauchen." Ella schenkte ihm ein herzliches Lächeln. „Aber wie stellen Sie sich das mit Fiona vor? Welche Rolle wollen Sie bei ihr spielen?"

„Die eines stillen Beobachters, oder anders ausgedrückt: Ich werde der Freund im Hintergrund sein, der warten kann, bis seine Zeit gekommen ist."

„Hoffentlich müssen Sie nicht zu lange warten", bemerkte Ella skeptisch.

„Wer weiß, Fiona überrascht uns vielleicht."

So gern Ella ihm geglaubt hätte, sie blieb pessimistisch. Sie war dankbar, dass Armand das Thema wechselte und von seiner Arbeit zu berichten begann. Seine Züge wurden weicher und entspannter, als er von seinen kleinen Patienten erzählte; ohne Zweifel ging er ganz in seinem Beruf als Arzt auf.

„Wann kommt Fiona zurück?", erkundigte er sich, als er aufbrechen musste.

„Übermorgen."

„Und so lange wollen Sie hier allein im Haus bleiben? Das gefällt mir nicht."

„Madame Michard kommt morgen schon zurück."

„Sie wird sich wundern, dass Sie schon wieder da sind. Was wollen Sie ihr als Grund sagen?"

„Ich sage einfach, ich wäre seekrank geworden."

Lächelnd reichte er ihr die Hand. „Melden Sie sich, wenn Sie Gesellschaft brauchen, oder wenn Sie irgendwas beunruhigt."

„Wenn Sie noch lange davon reden, werde ich wirklich ängstlich."

Und seine Besorgnis hatte sie tatsächlich nervös gemacht. Abends im Bett horchte sie auf jedes Geräusch, ob nun der Wind ums Haus pfiff, oder ob es in den Wänden oder Decken knackte, alles klang unheimlich.

Du musst dich an das Alleinsein gewöhnen, sagte sie sich. Aber wahrscheinlich würde sie überall doch nach einem Mann wie Scott suchen. Nur würde sie keinen Mann finden, der Scott das Wasser reichen konnte. Und wenn er jemals heiraten sollte, wer mochte die Frau sein, die zu ihm passte?

Ich jedenfalls nicht, dachte Ella bitter. Ich nicht.

9. KAPITEL

Gabrielle machte keinen Hehl aus ihrer Überraschung, als sie Ella bei ihrer Heimkehr vorfand.

„Es wundert mich, dass Fiona nicht mit Ihnen das Schiff verlassen hat", bemerkte sie, als Ella ihr erzählte, dass ihre ständige Übelkeit ihr die Freude an der Fahrt verdorben habe. „Vor allem verstehe ich nicht, dass Sie ihr erlaubt haben, als einziges Mädchen bei den vielen jungen Männern zu bleiben."

„Aber es ist ja nur Scott da!" Zu spät erkannte Ella ihren Ausrutscher, denn Gabrielle wurde sofort misstrauisch.

„Nur Bertrand? Wo sind die Männer aus London?"

„Sie sind nicht gekommen. Ich – ich glaube, irgendwas Geschäftliches verhinderte sie. Scott hat nicht weiter darüber gesprochen."

„Dann ist Fiona als einziger Gast auf dem Schiff?" Der volle rote Mund verzog sich zu einem schadenfrohen Lächeln. „Armer Darling, hoffentlich langweilt sie ihn nicht zu Tode. Schauen Sie nicht so beleidigt, Ella. Ihre Schwester ist ein hübsches Kind, aber zu einer geistreichen Unterhaltung kann sie nicht viel beitragen. Ich wette, dass die Kreuzfahrt nicht die ganzen drei Tage dauern wird."

Gabrielle hatte richtig vermutet. Schon am nächsten Nachmittag wurde Fiona von Sven zur Villa zurückgebracht. Scott hatte nach Korsika zur Inspektion eines großen Hotelkomplexes fliegen müssen, wie Ella von Fiona erfuhr.

„Mich wundert, dass er dich nicht mitgenommen hat", meinte Ella dazu.

„Er hat es mir angeboten, aber ich wollte lieber zu dir zurückkommen. Ich finde es scheußlich, wenn wir uns streiten", fügte Fiona hinzu, und es schien ihr wirklich ernst damit zu sein.

„Ich habe mich ziemlich dumm benommen, ich weiß", sagte Ella. „Ich komme halt mit Scott nicht klar, deshalb habe ich wohl die Nerven verloren."

„Er war ziemlich schlechter Laune, nachdem wir dein Weglaufen entdeckt hatten. Aber später war er riesig nett und hat alles getan, um mir den Spaß an der Fahrt nicht zu verderben. Er weiß mit einem

Mädchen umzugehen."

„Bei der Praxis!" Ella lachte hart auf. „Jedenfalls siehst du sehr erholt und glücklich aus", fügte sie schnell hinzu, weil Fiona sie erstaunt ansah.

„Das bin ich auch, Ella." Und das Leuchten in ihren Augen bestätigte ihre Worte.

Keine Frage, sie ist verliebt, dachte Ella mit zusammengebissenen Zähnen. Doch sie kam nicht dazu, etwas zu entgegnen, weil Gabrielle auf die Terrasse trat und ungeduldig rief: „Fiona, Sie können nicht den ganzen Nachmittag hier herumstehen! Sie müssen mir einige Sachen waschen und bügeln."

Missmutig vor sich hinmurmelnd, folgte ihr Fiona ins Haus. Erst nach einer Stunde kam sie mit mehreren Spitzenslips in der Hand zurück. „Flicken soll ich jetzt auch noch", schimpfte sie. „Als ob ich ihre Zofe wäre."

„Du hast dich doch früher nie beschwert."

„Da hat sie mich auch nicht so herumgescheucht wie heute."

„In Paris wird sie dich bestimmt auch nicht Däumchen drehen lassen."

„Ich gehe nicht mit ihr nach Paris." Fiona ließ sich in den Sessel neben Ella plumpsen. „Ich werde an der Côte d'Azur bleiben."

Ella schluckte, aber dann nickte sie. „Ich habe dir am Telefon bereits gesagt, dass du tun und lassen kannst, was du willst."

„Ich habe nicht geglaubt, dass du es ernst meinst."

„Ich meine es ernst. Wenn Gabrielle mich nicht mehr braucht; gehe ich nach England zurück."

„Du willst mich allein lassen? Mein Gott, Ella, du hast dich ja um hundertachtzig Grad geändert!" Fiona kreuzte die Arme hinter dem Kopf und lehnte sich zurück. „Du wirst sehen, dass wir viel besser miteinander auskommen, wenn du endlich akzeptierst, dass ich erwachsen bin."

„Armand hofft immer noch, dass du bei ihm in der Klinik arbeiten möchtest", sagte Ella, statt auf die Bemerkung einzugehen.

„Vielleicht mache ich das. Aber ich habe mich noch nicht fest entschieden, was ich tun will. Das hängt von so vielem ab." Ein verträumter Ausdruck trat in ihre Augen, der Ella wehtat, weil sie überzeugt war, dass ihre Schwester an Scott dachte. „Vielleicht gehe ich noch weiter in den Süden", fuhr Fiona fort. „Im Januar oder Februar kann es auch hier ganz schön kühl werden."

„Weiter in den Süden? Wohin?" Ella wunderte sich, wie gleichgültig sie das fragen konnte.

„Vielleicht nach Afrika. Oder auch nach Australien."

Australien. Wie ein Faustschlag traf es Ella. Scott hatte ihr einmal erzählt, dass er gewöhnlich die Wintermonate in Australien verbrachte, und nun sprach Fiona davon. Brauchte sie noch mehr Beweise für eine Affäre zwischen den beiden?

Später, während Ella das Abendessen zubereitete, kam Fiona noch einmal auf ihren Streit auf der ‚Arabella' zu sprechen.

„Ich kam mir ganz schön ekelig vor, als ich durch dein Fortlaufen merkte, wie sehr du dir unseren Streit zu Herzen genommen hast. Ich sollte …"

„Wir sollten nicht mehr darüber sprechen", fiel ihr Ella ins Wort. „Schwamm darüber."

„Aber ich wollte dir wenigstens sagen, dass …"

Das Schrillen des Telefons unterbrach Fiona. Mit einem vor sich hingemurmelten „Gabrielle ist im Bad" rannte sie hinaus, um abzunehmen. Das Gespräch dauerte nur wenige Minuten, aber ihre Augen leuchteten so glücklich, als sie zurückkehrte, dass Ella es sich ersparte, nach dem Anrufer zu fragen.

Scott war also von Korsika zurück und hatte offenbar so große Sehnsucht nach Fiona, dass er sie sofort anrufen musste. Oder zeigte er plötzlich nur so großes Interesse an Fiona, um sie, Ella, eifersüchtig zu machen?

„Ich bin zum Abendbrot nicht da", unterbrach Fionas Stimme ihre Gedanken.

Ella nickte, ohne aufzublicken. Dabei schlug sie die Mayonnaise, als ob ihr Leben davon abhinge. „Hast du es Madame schon gesagt?"

„Wozu? Dich bezahlt sie, und du bist ja zu Hause. Ich tue weiß Gott genug für mein bisschen Essen."

„Ja, da hast du recht." Ella blickte auf, weil Fiona in der Tür stehen blieb, so als ob sie noch etwas sagen wollte.

„Ella“, begann sie, „ich ...“

„Fiona!“, rief Gabrielle in diesem Moment von oben. „Wo haben Sie mein neu gekauftes Eau de toilette hingestellt?“

Einen Fluch unterdrückend sah Fiona zu ihrer Schwester. „Es steht auf dem Tischchen in der Diele“, flüsterte sie. „Bringst du es ihr bitte hinauf?“

Ella nickte, und Fiona huschte mit einem gehauchten „Danke!“ zur hinteren Haustür hinaus.

Gott sei Dank brauchte Ella die Flasche nur vor die Badezimmertür zu stellen und konnte gleich wieder in die Küche zurückkehren, aber es fiel ihr schwer, sich aufs Kochen zu konzentrieren. Immer wieder sah sie in Gedanken, wie sich Fionas blondes Haar um breite Schultern legte und wie kräftige Männerarme ihren schlanken Körper umschlangen. Ein Ei entglitt ihren Fingern, worauf sie vor Wut in Tränen ausbrach. Aber sie wusste, dass sie sich zusammenreißen musste, um Gabrielle nicht noch misstrauischer zu machen.

Wie sie indessen bald erfahren sollte, hatte Gabrielle aus Scotts Verhalten bereits ihre Konsequenzen gezogen. Während Ella ihr den Kaffee servierte, erklärte sie ihr ohne lange Umschweife, dass sie ihre Dienste nur noch bis Ende der Woche benötigte.

„Ich gebe die Villa auf und ziehe in das Appartement einer Freundin auf der anderen Seite vom Cap. Das große Haus ist einfach zu unrentabel für mich. Ich zahle Ihnen für die frühzeitige Kündigung vierzehn Tage im Voraus.“

„Sie haben mich monatlich bezahlt, Madame, deshalb können Sie mir auch nur zum Ende des Monats kündigen“, wehrte sich Ella. Sie war entschlossen, sich nicht einfach so abschieben zu lassen.

„Also gut, dann zahle ich Ihnen eben noch ein ganzes Monatsgehalt. Heute in einer Woche können Sie gehen.“ Zum Zeichen, dass sie das Gespräch für beendet hielt, griff Gabrielle nach einer Zeitschrift. Aber Ella hatte noch nicht die Tür erreicht, da fiel ihr noch etwas ein. „Wenn das Telefon klingelt, brauchen Sie sich nicht darum zu kümmern. Denn wahrscheinlich ist es Bertrand. Er wollte mich gleich anrufen, wenn er von Korsika zurückkommt.“

Also auch mit Gabrielle spielte Scott ein falsches Spiel. Nur mit Mühe könnte Ella ihre maßlose Enttäuschung über das Verhalten dieses Mannes verbergen. Eine Sekunde überlegte sie sogar, ob sie Gabrielle erzählen sollte, dass Scott bereits mit Fiona seine Rückkehr feierte, aber dann besann sie sich doch eines Besseren und schwieg.

Nachdem sie den Tisch abgeräumt und abgespült hatte, ging sie in ihr Zimmer, um ihre Sachen für die baldige Abreise schon teilweise zurechtzulegen. Obwohl sie sich bereits mit ihrer Rückkehr nach England befasst hatte, war es ein ziemlicher Schock, dass es nun schon so bald sein sollte. Der Gedanke an das nüchterne Anwaltsbüro in Norfolk war plötzlich unerträglich. Nein, sie musste sich eine interessantere Arbeit suchen. Eine Arbeit, die ihr mehr Abwechslung bot, damit ihr keine Zeit zum Nachgrübeln blieb.

Sie trat vor den Schrank, um den Koffer herunterzuholen. Dabei fiel ihr Blick in den mannshohen Spiegel. War sie das wirklich, dieses superschlanke große Mädchen mit den fragenden Rehaugen und dem haselnussbraunen Haar, das sich schmeichelnd um die feinen Gesichtszüge mit den hohen Wangenknochen legte? Die ideale Figur für ein Mannequin, hatte Armand gesagt, und vor ihm schon eine Kollegin in Norfolk. Aber damals hatte sie darüber nur gelacht. Heute fand sie die Idee gar nicht mehr so schlecht.

Ein paar Schritte zurücktretend, betrachtete sie sich noch etwas kritischer. Sie hatte eine gute Haltung und einen leichten Gang, aber damit war man noch lange kein Mannequin. Natürlich gab es Schulen dafür; die Anzeigen hatte sie oft in der Zeitung gesehen.

Vielleicht sollte sie es erst mal als Fotomodell versuchen. Ja, das war eine gute Idee, entschied sie. Und wenn sie keinen Erfolg hatte, konnte sie wieder als Sekretärin arbeiten.

Unten klingelte das Telefon. Es konnte unmöglich Scott sein, denn er war ja mit Fiona zusammen, aber ihr Herz begann doch schneller zu klopfen.

„Ella!“, rief Gabrielle. „Dr. Lejer möchte Sie sprechen.“

Überrascht rannte Ella zum Telefon.

„Ich wurde eben von Scott angerufen“, berichtete Armand, als sie sich meldete. „Er ist mit Fiona auf seinem Bauernhof.“

„Auf dem Bauernhof?“

„Ja. Offenbar hat sie einen Asthmaanfall. Aber sie hat weder Tabletten noch den Spray für den Notfall dabei.“

„Mein Gott! Ich hatte ihr so eingebläut, die Sachen immer in der Handtasche dabeizuhaben.“

„Ich fahre jetzt hinaus. Sie wird eine Spritze brauchen.“

„Aber warum bringt er sie nicht nach Antibes?“, fragte Ella.

„Er hatte es vor, rief mich aber vorher an, und ich riet ihm, sie lieber ruhig liegen zu lassen. Ich bin ebenso schnell dort.“

Ruhig liegen. Die Worte klangen wie Hohn in Ellas Ohr, wenn sie daran dachte, wie Fiona bei diesen Anfällen röchelnd und fiepend um Luft ringen musste.

„Ich werde auch hinkommen“, sagte sie.

„Das ist nicht nötig. Es würde mich auch zuviel Zeit kosten, Sie noch abzuholen.“

„Sie brauchen mich nicht abzuholen. Ich weiß, wo es ist.“

Ohne eine Antwort abzuwarten, hängte sie auf und rannte in ihr Zimmer zurück, um ihre Handtasche und eine Jacke zu holen. Schon an der Haustür fiel ihr ein, dass Fiona ja mit dem Renault gefahren war. Sie würde sich von Gabrielle den Sportwagen leihen müssen. Aber mit welcher Begründung? Viel zu aufgeregt, um einen Einfall zu haben, lief sie ins Wohnzimmer.

„Können Sie mir Ihren Wagen geben? Ich muss zu Dr. Lejer.“

„Unmöglich. Den Wagen brauche ich selbst.“

„Aber ich muss ihn haben!“

Gabrielle zog die Stirn kraus. „Von Müssen kann gar keine Rede sein. Wie Sie wissen, kann Bertrand jeden Moment anrufen. Dann muss ich zum Hafen fahren.“

„Scott ist auf dem Bauernhof“, erklärte Ella. In ihrer Angst war ihr langsam alles egal. „Er kam schon vor Stunden von Korsika zurück und ist jetzt mit Fiona auf dem Hof. Ich muss unbedingt hinfahren.“

„Sind Sie verrückt? Wovon sprechen Sie eigentlich?“ Zum ersten Mal verlor Gabrielle die Beherrschung, aber Ella stürzte schon wieder zur Tür hinaus. Im Laufen rief sie über die Schulter zurück: „Fiona hat einen Asthmaanfall. Ich muss einfach zu ihr. Da Scott bei ihr ist, wird er sich wohl kaum bei Ihnen heute Abend melden."

Wenige Minuten später raste Ella die Küstenstraße entlang. Obwohl sie den Weg kannte, verpasste sie beinah die richtige Abfahrt und musste zweimal anhalten, um sich zu orientieren.

Im Wohnhaus des Hofes brannten alle Lichter, auch die an der Haustür und in der Einfahrt. Vermutlich, um Dr. Lejer den Weg zu weisen. Gott sei Dank war er schon da, wie sie an seinem Peugeot vor der Haustür sah. Sie parkte dahinter, blieb jedoch noch einen Augenblick am Steuer sitzen, um sich etwas zu beruhigen.

Dann sah sie eine hoch gewachsene Gestalt an einem der Fenster, das brachte sie in Bewegung. Die Haustür gab auf ihren Druck nach. Sie betrat die gekachelte Diele und ging auf die offene Tür des Wohnzimmers zu.

Scott stand noch an dem Fenster, wo sie ihn gesehen hatte, die Hände tief in den Hosentaschen vergraben. Die Ärmel seines weißen Hemds waren hochgekrempelt, und wohl wegen der Hitze hatte er es bis auf einen Knopf zur Taille hinunter aufgeknöpft.

„Wo ist Fiona?", hörte sich Ella mit einer ihr fremden dünnen Stimme fragen.

„Oben." Er machte zwei Schritte auf sie zu, aber sie übersah die Geste, drehte sich auf dem Absatz um und rannte die Treppe hinauf.

Nur hinter einer der vielen Türen hörte sie Geräusche. Leise öffnete sie sie und sah Fiona, durch Kissen zu einer sitzenden Stellung gestützt, im Bett liegen. Sie lag nur im Unterrock auf der Bettdecke, aber ein Schal war um ihre Schultern gelegt. Neben ihr stand Dr. Lejer. Er hielt noch die leere Spritze in der Hand.

„Ella!", hauchte Fiona.

„Ja, Liebling. Gleich wird es dir besser gehen."

Beherrscht ging Ella auf das Bett zu und widerstand der Versuchung, ihre Schwester zu umarmen. Sie durfte nicht ihre Angst zeigen, das würde alles nur noch verschlimmern.

„Ella", begann Fiona noch einmal, während sie sich richtig aufsetzen wollte.

Aber Armand drückte sie zurück. „Liegen Sie ruhig", befahl er. „Der Anfall ist nicht so schlimm, mehr eine nervöse Verkrampfung."

Er setzte sich auf die Bettkante und nahm ihre eine Hand. „Doch jetzt erzählen Sie mal, was eigentlich geschehen ist."

Eine feine Röte färbte Fionas Wangen. Sie sah sehr jung und schutzbedürftig aus. Ella konnte sich sehr gut vorstellen, warum sie für die Männer so begehrenswert war.

„Er – er wollte mit mir schlafen. Aber auf eine – auf eine ganz andere Art als sonst", erzählte Fiona unterbrochen von pfeifenden Atemzügen. „Ich bekam plötzlich Angst vor ihm, ich bat ihn, mich gehen zu lassen. Aber er dachte, ich würde nur scherzen, um ihn noch ein bisschen anzustacheln. Ich – ich – oh, es war grässlich! Ich drohte zu schreien. Aber er lachte nur und sagte, er hätte die alten Leute für den Abend fortgeschickt, damit er mit mir allein sein könnte." Ihre Stimme brach, ihr Atmen wurde röchelnder, und ihr Blick wurde unruhig.

„Weiter!", drängte Armand. „Es wird Ihnen helfen, wenn Sie sich davon freisprechen."

„Ich kann nicht. Es war so scheußlich. Er war plötzlich ein ganz anderer Mann. Er stürzte sich auf mich. Ich riss ihm aus, aber er fing mich wieder. Mit Händen und Füßen habe ich mich gewehrt und da – da fing es an. Ich bekam keine Luft – ich glaubte zu ersticken." Wieder brach sie ab, holte in langen, röchelnden Zügen Luft, aber Armand war noch nicht zufrieden.

„Das ist nicht die ganze Geschichte, Fiona. Er ließ Sie dann los, nicht wahr? Es ist sehr wichtig, dass Sie das nicht vergessen: Er ließ von Ihnen ab."

„Ja – ja!" Fiona beugte sich vor und vergrub weinend ihren Kopf an seiner Schulter. Einen Augenblick streichelte er sanft über ihr Haar, dann drückte er sie behutsam wieder in die Kissen zurück.

„Versuchen Sie jetzt zu schlafen, Chérie. Es ist alles überstanden, und so schlimm war es gar nicht. Bald werden Sie darüber lachen und es vergessen."

Ella reichte, was sie gehört hatte. Völlig durcheinander verließ sie das Zimmer. Im Flur verharrte sie einen Moment, als sie Scott in der Diele warten sah. Aber dann ging sie langsam und sehr gefasst zu ihm hinunter.

„Geht es ihr besser?“, erkundigte er sich.

„Ja.“ Ihm in die Augen zu sehen, getraute sich Ella nicht.

„Ich habe nicht gewusst, wie schrecklich so ein Anfall sein kann“, fuhr er fort. „Langsam begreife ich, warum du so besorgt um deine Schwester bist.“

Er versucht sich nur zu entschuldigen, dachte Ella. Aber wenn er auch vor ihr auf die Knie ginge, sie könnte ihm niemals verzeihen. Sie fühlte nichts außer grenzenloser Verachtung für ihn.

„Musstest du sie unbedingt hierher bringen?“, fragte sie kalt. „Bringst du jede Frau hierher, mit der du schlafen willst?“

„Ich?“ Seine Augen wurden schmal. Er straffte sich. „Du glaubst, ich wäre mit Fiona hierher gefahren, um mit ihr zu schlafen?“

„Vielleicht nicht?“ Nun schrie sie doch. „O nein, Scott! Diesmal kannst du dich nicht herausreden. Fiona hat mir alles erzählt.“

Er trat einen Schritt vor, worauf sie rasch zurückwich, weil sie fürchtete, er wolle sie schlagen. Aber er lief nur an ihr vorbei auf die Treppe zu.

„Lass sie in Frieden!“, rief sie ihm hinterher. Aber er hatte schon die Klinke von Fionas Zimmertür in der Hand, bevor sie die ersten Stufen der Treppe zurückgelegt hatte, und sprach bereits mit Fiona, als Ella die Türschwelle erreichte.

„Du siehst schon viel besser aus“, hörte sie ihn feststellen. „Fühlst du dich wohl genug, um mir ein paar Fragen zu beantworten?“

Fiona blickte zu Armand, der zustimmend nickte.

„Was soll ich dir schon sagen, Scott?“, antwortete sie leise. „Ich habe mich furchtbar albern benommen und praktisch wegen nichts ein solches Theater gemacht. Aber in dem Moment …“

„Aber in dem Moment hattest du einfach Angst vor dem Unbekannten, und das kann ich gut verstehen.“

„Dann bist du mir nicht böse?“

„Dir nicht, Kleines.“ Er fasste sanft nach ihrer Hand, um sie an die Lippen zu ziehen.

Erschüttert wandte sich Ella ab. Wie konnte Fiona diesem Mann so schnell vergeben? Erst bekam sie einen Asthmaanfall aus Angst vor ihm, und nun behandelte sie ihn wie ihren Lebensretter. Ella schüttelte den Kopf. Sie würde wohl nie aus den Gefühlen ihrer Schwester klug werden.

Hinter ihr kamen Schritte den Flur entlang. Sie wagte sich nicht umzudrehen, aber dann hörte sie Armands Stimme neben sich.

„Fiona bleibt am besten diese Nacht hier“, meinte er. „Ich bleibe bei ihr, bis sie eingeschlafen ist; Dann braucht sie keine Hilfe mehr.“

„Gut, dann kann ich mich ja wieder auf den Heimweg machen.“

„Aber warum? Scott kann Ihnen bestimmt ein Zimmer herrichten lassen.“

„Nein, danke.“ Sie lief auf die Treppe zu. „Scott wird Fiona ja morgen wohl zurückbringen. Bis dahin werden sie bestimmt wieder die besten Freunde sein.“

Erst kurz vor der dunkel auf den Klippen stehenden Villa wurde Ella von einer tiefen Schwermut befallen. Jetzt, wo die Anspannung der letzten Stunden von ihr abfiel, war ihr jeder Handgriff zuviel.

Sie schleppte sich ins Haus und ließ sich in ihrem Zimmer, so wie sie war, auf einen Sessel fallen. Obwohl ihr die Augen vor Müdigkeit brannten, wusste sie, dass sie keinen Schlaf finden würde.

Aber irgendwann musste sie doch eingeschlafen sein, denn als sie sich ihrer Umgebung wieder bewusst wurde, drang graues Licht zu den Fenstern herein. Sie fror, und die Glieder schmerzten von dem unbequemen Nachtlager. Aber das passte alles zu ihrer Stimmung. Nachdem sie geduscht hatte und in das nächstbeste Kleid geschlüpft war, ging sie hinunter, um sich Kaffee zu machen und für Gabrielle das Frühstück zu richten.

Bis Sonntag waren es noch drei Tage. Sie hatte keine Ahnung, wie sie die überstehen sollte. Wenn sie Armand von der Kündigung erzählte, konnte er Fiona hoffentlich schon jetzt bei seiner Tante unterbringen. Tiefe Bitterkeit wollte sie überwältigen, aber sie wehrte sich tapfer dagegen. Nein, sie durfte sich nicht unterkriegen lassen!

Gegen acht hörte Ella Schritte am Haus entlang kommen. Gleich darauf klopfte es leise an die hintere Küchentür, und Armand steckte den Kopf herein.

Erschrocken sprang Ella auf. „Ist Fiona …?“

„Nein, nein, ihr geht es gut, soweit ich weiß“, beruhigte er sie sofort. „Ich muss nur mit Ihnen sprechen, deshalb komme ich vor meinen Krankenbesuchen.“ Er setzte sich auf den angebotenen Stuhl und fügte ernst hinzu: „Ich hatte gestern noch ein langes Gespräch mit Fiona, und es wird Ihnen nicht angenehm sein, was ich Ihnen davon zu erzählen habe. Sie werden sich nämlich bei Scott entschuldigen müssen. Nicht nur wegen gestern, sondern auch wegen der Sache auf der ‚Arabella‘.“

„Auf der ‚Arabella‘?“

„Zu Fionas Verteidigung kann ich nur sagen, dass sie nichts von Ihren Gefühlen zu Scott geahnt hat, sonst hätte sie sich bestimmt anders verhalten.“

„Sie meinen, sie hätte sich dann nicht an seinen Hals geschmissen und hätte ihn mir gnädigst überlassen?“, höhnte Ella.

„Scott war nie an Fiona interessiert“, fuhr Armand ruhig fort. „Nicht mehr als sie an ihm interessiert war – nachdem sie Sven kennengelernt hatte.“

Zu verwirrt, um gleich zu begreifen, was sie hörte, schaute ihn Ella nur sprachlos an.

„Es war Sven und nicht Scott, in den sich Ihre Schwester verliebte“, wiederholte Armand. „Soweit ich verstanden habe, hat sie Ihnen nichts davon gesagt, weil sie wusste, dass Sie Sven nicht besonders mochten. Deshalb schwieg sie auch, als Sie ihr vorwarfen, sie hätte sich von Scott küssen lassen.“

„Und es war gar nicht Scott, sondern Sven?“, hauchte Ella.

„Ja.“

„Aber Scott ist gestern Abend mit ihr auf den Bauernhof gefahren.“

„Nein. Auch das war Sven gewesen, und er hat sie vorher hier draußen angerufen. Scott kehrte sehr spät von Korsika zurück. Dann erfuhr er von seinen Leuten, dass Fiona auf dem Schiff gewesen und dass sie mit Sven zum Bauernhof gefahren war. Sven hatte die Schlüssel, weil er für Scott ein Regal anmachen sollte. Scott fiel sofort ein, dass das alte Haushälterehepaar für eine Woche nach Lyon gefahren war, und setzte sich umgehend ins Auto, weil er nicht wollte, dass Sven dort ganz allein mit Fiona sein konnte.“

„Ich verstehe.“ Ella saß totenbleich auf ihrem Stuhl. All die schrecklichen Dinge, die sie zu Scott gesagt hatte, dröhnten wie Paukenschläge in ihrem Kopf.

„Das hoffe ich“, sagte Armand ernst. „Scott kam draußen an, als Sven sich von seiner schlimmsten Seite zu zeigen begann. Er warf ihn hinaus, aber da begann Fiona nach Luft zu ringen, und er entschloss sich, mich anzurufen.“

„Mein Gott!“ Ella schüttelte verzweifelt den Kopf. „Warum hat Scott mir nicht sofort den wahren Hergang erzählt? Dass Fiona nicht den Namen Sven nannte, kann ich gerade noch verstehen. Aber Scott hatte doch gar keinen Grund zu schweigen. „

„Ein Mann wie Scott gibt keine Erklärungen. Er ist sehr stolz. Entweder Sie vertrauen ihm, oder es hat alles keinen Sinn.“

„Hat er das zu Ihnen gesagt?“

„Ich habe nicht mit ihm darüber gesprochen. Aber ich war gestern Abend noch dabei, als Fiona ihm alles berichtete.“

Ella verstand nicht gleich. „Was berichtete sie?“

„Dass sie vor Ihnen so getan hat, als ob Scott in sie verliebt wäre.“

„War er böse, als er das hörte?“

„Auch wenn er es war, hätte er es aus Rücksicht auf Fionas Zustand nicht gezeigt.“

„Und ich war so gemein zu ihm.“ Ella konnte die Tränen nicht mehr zurückhalten. „Wenn ich daran denke, was ich zu ihm gesagt habe – o Gott, wie muss er mich verachten. Ich schäme mich fürchterlich, Armand.“

„Fiona müsste sich schämen. Und glauben Sie nicht, dass Scott Sie wegen Ihres Verhaltens verachtet.“

Ein wenig Trost zog sie aus seinen Worten, aber sie fürchtete sich vor dem Augenblick, wenn sie Scott beim Heimbringen von Fiona gegenübertreten musste.

Sobald sie den Wagen in die Einfahrt biegen sah, lief sie vors Haus. Ihre Blicke waren nur auf Scott gerichtet, und sie nahm kaum wahr, dass Fiona mit einer schlecht verständlichen Entschuldigung an ihr vorbei ins Haus lief. Tapfer ging sie auf Scott zu, um ihm die Hand hinzuhalten.

„Bitte, verzeih mir, Scott. Erst heute früh erfuhr ich, dass Sven derjenige war und nicht du.“ Da Scott schwieg, flehte sie mit zitternder Stimme. „Versuche mich doch wenigstens zu verstehen! Alle Männer flogen bisher auf Fiona. Als sie sagte, du wärst wie die anderen, kam ich gar nicht auf die Idee, dass sie lügen könnte.“

„Nein? Dein Herz hätte dir etwas anderes sagen müssen. Oder hast du mich wirklich für so einen ruchlosen Lebemann gehalten, dass du glaubtest, ich könnte mit euch beiden zu gleicher Zeit schlafen wollen? Noch dazu mit Schwestern!“

Ella senkte den Kopf. „Ich war entsetzlich dumm, du hast vollkommen Recht.“

„Siehst du das jetzt endlich ein?“

„Ja, Scott. Ich habe dich völlig falsch eingeschätzt. Es tut mir unsagbar leid.“

„Wahrscheinlich sagst du das nur, weil Dr. Lejer dir ins Gewissen geredet hat.“ An seiner bitteren Stimme erkannte Ella, wie sehr ihn ihr Vertrauensmangel verletzte.

„Verstehe mich doch, Scott“, bat sie noch einmal. „Ich war eifersüchtig, deshalb habe ich mich so verrückt benommen. Du darfst mich nicht so hart verurteilen!“

„So hast du es aber mit mir gemacht, vergiss das nicht! Du musst deine Schwester sehr schlecht kennen, wenn du ihr alles glaubst, was sie dir erzählt.“

„Bis jetzt hatte sie mich noch nie belogen. Bitte, Scott!“ Sie legte eine Hand auf seinen Arm. „Vergib mir! Kein Mensch ist unfehlbar. Jeder kann mal einen Fehler machen.“

„Ich weiß.“ Er schüttelte ihre Hand ab, um einen Schritt zurückzuweichen. „Mein Fehler war, dass ich dich überschätzt habe. Du kommst aus einer Spießbürgerstadt und hast auch die Ansichten eines Spießbürgers. Für dich war ich von Anfang an ein Playboy, der nichts anderes im Kopf hat, als jedes Mädchen zu verführen, und wahrscheinlich bin ich das auch jetzt noch für dich.“

„Du musst zugeben, dass du die Rolle oft genug gespielt hast“, wehrte sie sich.

„Ja, bei Frauen oder Mädchen, die es so wollten. Aber du warst anders, und deshalb behandelte ich dich auch anders. Ich bat dich, meine Vergangenheit zu vergessen und nur an die Gegenwart und an die Zukunft zu denken.“

„Das ist leichter gesagt als getan.“

Ella bebte vor Aufregung am ganzen Körper, denn ihr war klar, dass sie ihn verlieren würde, wenn sie sein Verständnis nicht erringen konnte. Und ein Leben ohne ihn – der Gedanke war unerträglich.

„Wir haben kaum mehr als einen vollen Tag miteinander verbracht. In dieser Zeit kann man nicht einen Menschen wirklich kennenlernen. Das musst du doch einsehen, Scott“, versuchte sie es noch einmal.

„Ich bat dich, von Gabrielle fortzugehen und mir die Sorge für dich und Fiona zu überlassen“, warf er kalt ein. „Glaubst du, ich hätte dir dieses Angebot gemacht, wenn ich euch beide hätte haben wollen?“

„Ich wusste nicht, was ich davon halten sollte. Du hast dich nie näher erklärt.“

„Sollte ich dir gleich eine Liebeserklärung machen?“, gab er zurück. „Wie du selbst sagst, wir hatten erst einen Tag zusammen verbracht.“ Seine Züge verhärteten sich. „Als ich dich das erste Mal sah, glaubte ich, ich hätte endlich das Mädchen gefunden, das ich immer gesucht habe. Ich liebte deine Unschuld, deine Wärme und dein Verantwortungsbewusstsein deiner Schwester gegenüber. Ich wollte dich dieser herzlosen Welt fortnehmen, wollte deine Unschuld ganz für mich allein behalten.“

„Aber ich bin noch immer dasselbe Mädchen!“

„Ich bin aber nicht mehr derselbe Mann. Was ich für Unschuld hielt, war nichts als Naivität. In deiner Engstirnigkeit würdest du mich ständig verurteilen. Wir müssten uns beide zu sehr verändern, wenn wir eine gemeinsame Basis finden wollten.“

„Nein, Scott!“, beteuerte sie verzweifelt. „Das ist nicht wahr. Ich würde dich nie wieder verurteilen.“

„Du kannst nicht über deinen eigenen Schatten springen. Sobald ich etwas tun würde, was deinen Prinzipien widerspräche, kämen deine Zweifel zurück. Du wirst mir nie bedingungslos trauen können. Gestern war es Fiona, Morgen könnte es irgendein anderes Mädchen sein. Es hat keinen Sinn, Ella. Geh nach England zurück, in ein kleines

Büro, wo dir nichts passieren kann!“

„Bertrand!“, rief es hinter ihnen. Gabrielle kam durch den Garten auf sie zu. „Dachte ich mir doch, dass es deine Stimme war, die ich hörte.“ Darauf drehte sie sich zu Ella um. „Warum melden Sie mir nicht, dass ich Besuch habe?“

„Das war meine Schuld, Gabrielle“, mischte sich Scott ein. „Ella sagte, du würdest schlafen, da wollte ich nicht stören. Aber da du jetzt wach bist, könntest du ein paar Sachen zusammenpacken und mit mir auf die ‚Arabella‘ kommen. Ich bin dir immer noch eine Kreuzfahrt schuldig.“

„Eine wundervolle Idee!“ Gabrielle war ganz die immer strahlende und nie nachtragende Freundin.

„Wolltest du mir mit dieser Einladung wehtun?“, fragte Ella, nachdem Gabrielle zum Packen ins Haus gelaufen war.

Sein Gesicht schien eine ausdruckslose Maske zu sein. „Ich wollte dir damit nur zeigen, wo ich stehe. Ich bin fertig mit dir, Ella. Was du mir einmal bedeutet hast, ist ausradiert.“

Ella zuckte wie unter einem Schlag zurück, dann rannte sie, so schnell ihre Füße sie trugen, ums Haus zur hinteren Küchentür. Nur um etwas zu tun, stellte sie sich ans Spülbecken und ließ Wasser einlaufen.

„Ah, da sind Sie ja.“ Das war wieder Gabrielle. Die Umhängetasche über dem Arm, war sie anscheinend fertig zum Gehen. „Ich habe Ihnen in der Diele einen Scheck hingelegt“, informierte sie Ella. „Unter diesen Umständen hat es keinen Sinn, dass Sie noch bis Sonntag bleiben. Wenn Sie das Haus aufgeräumt haben, können Sie gehen.“

Am liebsten hätte ihr Ella ins Gesicht geschleudert, dass sie nur froh wäre, dass sie endlich dieses Haus verlassen könnte, aber sie wollte vor dieser Frau nicht die Beherrschung verlieren.

„Bei Fiona habe ich mich nicht verabschiedet“, fuhr Gabrielle fort. „Aber das ist wohl besser so. Sie soll froh sein, wenn sie Bertrand nicht mehr zu sehen braucht. Mädchen wie sie vernascht er nämlich doch nur zum Frühstück.“

„Wegen Fiona brauchen Sie nicht eifersüchtig zu sein. Das sollte ich vielleicht noch richtigstellen“, erklärte Ella mit erhobenem Kopf.

„Nicht Scott, sondern Sven hatte mit ihr etwas angefangen.“

In Gabrielles Augen blitzte es überrascht auf. „Schade, dass Sie mir das nicht eher erzählt haben, dann hätte ich Sie nicht …“

„Auch dann hätte ich nicht mehr für Sie gearbeitet“, fiel ihr Ella ins Wort und kehrte ihr den Rücken zu. Einen Augenblick lang wurde es still hinter ihr, dann klapperten Absätze auf den Kacheln, und die Küchentür fiel ins Schloss.

10. KAPITEL

Verführerischer, Ella“, ordnete Pete Duckham an. „Das Foto muss richtig sexy werden.“

Gehorsam befeuchtete Ella die Lippen und lächelte, während der junge Fotograf zum zwanzigsten Mal auf den Auslöser drückte.

„Wie lange noch?“, wollte sie wissen, als er einen neuen Film einlegte. „Mir schlafen bald die Füße ein.“

„Noch einen Satz, dann reicht es für heute“, versprach er und hob die Kamera.

Zehn Minuten später konnte Ella die steifen Glieder strecken. „Du kannst einen ganz schön schinden“, murrte sie. „Weißt du, dass wir jetzt drei Stunden ohne Unterbrechung gearbeitet haben?“

„Denke an das Geld, das du damit machst!“, erinnerte er sie grinsend. „Nächste Woche brauche ich dich für Bademoden.“

„Ich weiß, mein Agent hat es mir schon gesagt.“

„Und was ist mit der Wäschereklame, für die ich dich angefordert habe?“

„Für Unterwäsche stehe ich nicht Modell, das weißt du.“

„Die Bikinis sind ebenso freizügig.“

„Stimmt. Aber bei einem Büstenhalter denkt jeder an Schlafzimmer.“

Pete zog eine resignierte Grimasse und ließ Ella ins Badezimmer gehen, damit sie sich wieder in einen normalen Menschen verwandeln konnte.

„Die Badeanzüge schießen wir in Torquay“, sagte er, als sie abgeschminkt und zum Gehen angezogen ins Studio zurückkehrte. „Soll ich dich abholen, oder treffen wir uns am Bahnhof?“

„Hole mich ab“, bat sie lächelnd. „Du wohnst ja nur um die Ecke.“

Bewundernde Blicke folgten ihr, während sie die Fulham Road entlangging. Sie war froh, als sie endlich ein Taxi erwischen konnte, um nicht auch noch mit dem Bus zu ihrem Apartment in Knightsbridge fahren zu müssen. Ihr elegantes Apartment. Was für einen Kontrast bildete es zu der bescheidenen kleinen Wohnung, die sie mit

Fiona bewohnt hatte! Und wie sehr hatte sie sich verändert, seitdem sie vor sechs Monaten von Antibes zurückgekommen war.

War das erst so kurze Zeit her? Ihr schienen eher Jahre vergangen zu sein. Nachdem sie Fiona in Armands Obhut zurückgelassen hatte, war sie im August wieder in England eingetroffen. Ihr früherer Chef hatte ihr eine Stellung bei einem anderen Anwalt verschaffen können, und sie hatte sich sofort in die Arbeit gestürzt. Gleichzeitig hatte sie jedoch nach einer interessanteren Arbeit Ausschau gehalten.

Und dann hatte es das Schicksal wirklich gut mit ihr gemeint.

Ende September hatte sie einem Motive suchenden Fotografen erlaubt, sie beim Essen auf einer Parkbank zu fotografieren. Nicht nur das, das Foto war einige Tage später in einer Zeitschrift abgebildet gewesen, und kurz darauf war sie von einer Modellagentur zu Probeaufnahmen bestellt worden.

Durch einen glücklichen Zufall hatte Pete diese Aufnahmen in die Hand bekommen, als er auf der Suche nach einem Fotomodell für eine neu auf den Markt kommende Schokoladenspeise gewesen war.

Er war von Anfang an begeistert von ihr gewesen. Ihr Unerfahrenheit hatte ihn nicht gestört. Mit viel Geschick und Geduld hatte er sie die Grundbegriffe des Modellstehens gelehrt und ihr beigebracht, wie man sich dazu zu schminken hatte.

Ein Kunde von Pete hatte ebenfalls Gefallen an ihr gefunden. Er hatte mit ihr einen Werbefilm fürs Fernsehen gedreht, und das hatte sie mehr als alles andere die Erfolgsleiter hinaufkatapultiert. Zwei Monate später war sie mit Terminen voll ausgebucht gewesen und war besser bezahlt worden als alle anderen Modelle im Land.

„Wenn ich dir nicht in den Weg gelaufen wäre, säße ich jetzt vielleicht schon wieder in dem alten Anwaltsbüro und würde mir die Finger wund tippen“, hatte sie erst vor kurzem zu Pete gesagt.

Er hatte sie darauf nachdenklich angeschaut. „Stattdessen hast du jetzt ein dickes Bankkonto und ziehst einen Schwarm fetter Kater hinter dir her, die alle nur darauf warten, dass du endlich einmal aufhörst, die Unnahbare zu spielen.“

Ella erinnerte sich an diesen Wortwechsel, als sie sich zu Hause völlig erledigt auf ihr Bett fallen ließ. Ob der Gedanke an Scott sie noch lange quälen würde? Würde sie sich jemals in einen anderen Mann verlieben können? Nicht, dass sie es unversucht gelassen hätte. Sie ließ sich oft von irgendwelchen Männern zum Essen oder in ein Theater einladen, aber keiner von ihnen konnte einem Vergleich mit Scott standhalten. Keiner sah so gut aus wie er, und was noch wichtiger war: Keiner besaß seine Persönlichkeit, und keiner vermochte in ihr die Gefühle wachzurufen, die sie jedes Mal überwältigt hatten, wenn Scott nur in ihre Nähe gekommen war.

Um die Gedanken an die Vergangenheit zu verscheuchen, ließ sie Wasser in die Badewanne laufen. Ein warmes Cremebad half ihr immer, sich zu entspannen. Am Abend war sie mit Jack Carter, einem ihrer hartnäckigsten Verehrer, verabredet. Er wollte sie heiraten, sie wusste das. Müßig in dem duftenden Wasser plätschernd, versuchte sie, sich ein Leben mit ihm vorzustellen. Seine elegante Wohnung in Chelsea gefiel ihr, und an den Wochenenden würden sie wahrscheinlich in sein gemütliches Landhaus fahren. Aber wenn sie an die intimeren Beziehungen zu ihm dachte, sträubte sich alles in ihr gegen ihn.

Wie gewöhnlich las ihr Jack auch an diesem Abend jeden Wunsch von den Augen ab. Bei Kerzenschein in einem luxuriösen Restaurant fragte er sie noch einmal, ob sie seine Frau werden wolle.

„Es würde nicht gut gehen, Jack", erwiderte Ella. Doch ihre Stimme klang nicht so sicher wie das letzte Mal, deshalb gab er nicht sofort auf.

„Ich weiß, dass du mich nicht liebst, aber ich bin überzeugt, dass ich dich glücklich machen könnte, wenn du mir die Chance dazu geben würdest. Ich hätte auch nichts dagegen, wenn du deinen Beruf weiter ausübst. Oder glaubst du, ich wollte dich allein für mich behalten?"

„Das wäre verständlich. Du bist ein Mann, und alle Männer wollen ihre Frauen besitzen", sagte sie lächelnd.

„Welcher Hund teilt schon gern seinen Knochen", ging er scherzend darauf ein. Er fasste nach ihrer auf dem Tisch liegenden Hand und zog sie an die Lippen. Anfang vierzig war er und fast so groß wie Scott, aber blond. „Hast du schon einmal geliebt, Ella?", fragte er plötzlich. „Ich kann mir kaum vorstellen, dass du noch nie etwas für einen Mann empfunden haben solltest."

„Ja, ich habe einmal einen Mann geliebt“, gab sie zu. „Aber ich mag über Vergangenes nicht sprechen.“

„Wie du willst“, meinte er sofort verständnisvoll und wechselte das Thema: „Erzähle mir ein bisschen mehr von deiner Schwester. Bisher weiß ich nur, dass sie in Südfrankreich lebt. Ist sie so schön wie du?“

„Viel schöner. Mich kann man eigentlich nicht schön nennen.“ Jack zog darauf ein so entrüstetes Gesicht, dass Ella lachen musste. „Wirklich, Jack. Ich bin gut gebaut und bin sehr fotogen, aber schön bin ich nicht.“

„Du bist das bezauberndste Mädchen, das ich je gesehen habe“, sagte er bewegt, und er hätte noch mehr gesagt, wenn nicht in diesem Moment einige gemeinsame Freunde gekommen wären.

Am nächsten Morgen fand Ella einen Brief von Fiona im Briefkasten. Hastig riss sie den Umschlag auf, um sich zu überzeugen, dass es ihrer Schwester gut ging, und begann zu lesen: „Wir haben das herrlichste Wetter, Ella. Man könnte meinen, es wäre schon Sommer und nicht erst Februar. Armand und ich sind am Wochenende Ski gefahren. Es war so heiß, dass ich oben herum nur ein Sonnentop angezogen habe. Und das im Schnee! Er fährt phantastisch, und alle Frauen himmeln ihn an. Dabei habe ich das Gefühl, dass er in mir nur so was wie eine jüngere Schwester sieht. Kannst du dir vorstellen, wie frustrierend das sein kann?“

Da stand noch mehr in diesem Ton, sodass Ella sich überlegte, ob sich Armands Gefühle gegenüber Fiona geändert haben könnten. Vielleicht war es aber auch nur eine Taktik von ihm, und wie es den Anschein hatte, keine schlechte.

Ganz im Gegensatz zu Südfrankreich war es empfindlich kühl an diesem Morgen in London. Ella fror entsetzlich, als sie von einem Termin zum anderen raste. An Außenaufnahmen im Bikini bei diesem Wetter wagte sie gar nicht zu denken.

Aber Pete schien Ähnliches überlegt zu haben, denn er rief sie am Abend an, um ihr mitzuteilen, dass sie die Bademodenfotos wegen der Kälte nun in Monte Carlo statt in Torquay schießen würden.

„Wir werden ein verlängertes Wochenende unterwegs sein“, berichtete er, bevor sie einen Kommentar abgeben konnte. „Ich habe für uns im Hotel de Paris gebucht."

„Pete, ich weiß nicht, ob ich das zeitlich einrichten kann", bremste sie seinen Eifer, denn Antibes lag gefährlich nahe an Monte Carlo.

„Du kannst unmöglich absagen, Ella. Alles ist arrangiert. Freitagmorgen hole ich dich zum Flughafen ab."

„Könntest du nicht ein anderes Mannequin mitnehmen?", bat Ella.

„Ich denke nicht daran! Du kommst mit, und damit basta! Was ist um Himmels willen in dich gefahren? Andere Mädchen würden vor Freude an die Decke springen, wenn sie ein Wochenende in Monte Carlo verbringen dürften."

Ihre Hemmungen entsprangen natürlich nur der Angst, dass die Erinnerungen an Scott sie dort noch mehr quälen würden, gestand sie sich nach Beendigung des Gesprächs ein. Aber vielleicht war es sogar gut, dass sie die Vergangenheit so hautnah wiederaufleben ließ. Vielleicht half es ihr, sich endgültig damit auseinanderzusetzen und sich davon zu befreien.

Kurz entschlossen nahm sie den Telefonhörer ab, um die Nummer ihrer Schwester zu wählen. Fionas Stimme war trotz der Entfernung so laut und deutlich zu verstehen, als ob sie neben ihr stünde. Sie freute sich wie ein Kind, als sie von Ellas Reise nach Monte Carlo hörte.

„Wirst du von dort aus einen Abstecher zu uns machen können, oder sollen wir zu dir kommen?", fragte sie aufgeregt.

„Ich weiß noch nicht, wie viel wir zu tun haben werden, aber Samstagabend habe ich bestimmt frei. Du und Armand könntet zum Essen rüberkommen."

„Nichts wird uns davon zurückhalten. Was glaubst du, ich habe alle Modezeitschriften gekauft, in denen es Fotos von dir gibt", erzählte Fiona in übersprudelnder Freude. „Aber ich kann es immer noch nicht so richtig glauben. Du siehst auf allen unglaublich toll aus, aber auch ein bisschen hochnäsig."

„Das ist nur äußerlich", versicherte Ella. Sie erkundigte sich noch nach Fionas Arbeit in der Kinderklinik, um das Thema zu wechseln, und beendete nach einer Weile das Gespräch.

Bis zu ihrem Abflug plagten sie jedoch Zweifel, ob sie sich mit dieser Reise nicht zu viel zumutete. Auf der anderen Seite konnte sie nicht ewig die Côte d'Azur meiden, nur weil sie Angst vor einer Begegnung mit Scott hatte. Im Augenblick bestanden ohnehin keine Aussichten, dass sie ihn treffen könnte, denn erst vor ein paar Tagen hatte sie in einer Zeitung ein Bild von ihm entdeckt, das ihn in Australien umgeben von einer Schar schöner Mädchen zeigte.

Noch am Freitagmorgen wollte sie Pete einfach absagen, aber er warf nur einen flüchtigen Blick auf ihr übernächtigtes Gesicht und nahm sofort energisch die Zügel in die Hand.

Schon drei Stunden später saß sie in einem hübschen Hotelzimmer mit einem atemberaubenden Blick über den Hafen von Monte Carlo. Der Himmel leuchtete strahlend blau, die Sonne stand als großer gleißender Ball hoch am Horizont und ließ das Wasser unter den unzähligen weißen Jachten glitzern und funkeln. Unwillkürlich wanderten Ellas Gedanken zur ‚Arabella', die jetzt irgendwo in australischen Gewässern kreuzte.

Die nächsten Stunden ließen ihr allerdings nicht viel Zeit zum Nachgrübeln. Pete wollte das gute Wetter ausnützen und ließ sie in Dutzenden von Badeanzügen in den verschiedensten Teilen des Botanischen Gartens posieren. Es war längst nicht so warm, wie es zunächst ausgesehen hatte, deshalb war sie heilfroh, als Pete endlich genug hatte. Auf der Rückfahrt ins Hotel erfuhr sie von ihm, dass sie am Samstagabend bei einem Wohltätigkeitsball für die Pariser Vogue ein paar exklusive Modellkleider vorführen sollte.

„Was für ein Wohltätigkeitsball?", fragte sie stirnrunzelnd.

Pete stöhnte. „Ich glaube du bist die Einzige, die das nicht weiß! Der große Ball, den Prinzessin Beatrice alljährlich im Casino veranstaltet. Sogar die englischen Zeitungen sind voll davon. Er sollte schon vor Monaten stattfinden, aber die alte Dame war krank."

Der Wohltätigkeitsball von Prinzessin Beatrice! Wie viele Erinnerungen stürmten damit auf Ella herein.

„Du hast nicht zufällig eine Gästeliste?", fragte sie nervös.

„Natürlich, jeder Zweite davon ist ein guter Freund von mir", scherzte er. Aber ein Blick auf ihr Gesicht ließ ihn wieder ernst werden. „Ich kann dir eine besorgen. Suchst du jemand bestimmtes darauf?"

„Nein“, log sie, weil sie es so für besser hielt. „Es – es ist reine Neugier von mir.“

„Alles aus der Jetset-Gesellschaft wird zugegen sein. Also, was soll ich der Vogue sagen?“ Aber er wartete nicht ihre Antwort ab. „Du wärst wahnsinnig, das abzulehnen, Ella. Deine Fotos werden durch die ganze Welt gehen. Auch nach Amerika“, begeisterte er sich. „Außerdem wärst du für die Vogue erledigt, wenn du jetzt nein sagst. Sie würden dir nie wieder eine Chance geben.“

Er hatte recht, Ella wusste es. Und was spielte es für eine Rolle, ob sie nun auch noch auf diesen Ball ging. Miserabler als jetzt konnte sie sich nicht mehr fühlen.

„Aber ich will kein Geld für diesen Job. Der Gewinn des Balles ist für kranke Kinder bestimmt. Vogue soll den für mich bestimmten Scheck sofort ans Ballkomitee senden.“

„Du bist wirklich ein feiner Kerl, Ella.“ Pete drückte ihr herzlich die Hand.

Aber sein Kompliment konnte ihre Stimmung nicht aufmuntern. Dutzende Male am folgenden Tag verfluchte sie sich, dass sie nicht abgesagt hatte. Auch der Anblick der traumhaft schönen Kleider, als sie sie am Vormittag schon einmal anprobierte, konnte daran nichts ändern. Niemals hätte sie ihre Zusage geben dürfen. Gleichgültig, was für Konsequenzen daraus für sie entstanden wären. Am liebsten hätte sie sich in ihrer Verzweiflung in das nächste Flugzeug nach London gesetzt. Aber sie widerstand der Versuchung. Sie hätte sofort ablehnen können, aber ihr einmal gegebenes Wort durfte sie nicht brechen.

Am späten Nachmittag kehrte sie in ihr Hotelzimmer zurück. Doch sie hatte kaum aus ihren Schuhen schlüpfen können, als Fiona schon vor der Tür stand. Sie hatten in den vergangenen Monaten oft miteinander telefoniert, aber es war das erste Mal nach ihrem Abschied in Antibes, dass sie sich in die Arme fallen konnten.

„Oh, Ella, du siehst super aus! Ich komme mir dagegen wie ein hässliches Entlein vor.“

„Aber du bist so hübsch wie noch nie!“, protestierte Ella, und das war nicht gelogen. Fiona hatte etwas zugenommen und wirkte dadurch reifer und fraulicher. Außerdem hatte sie noch nie so ausgeglichen und glücklich ausgesehen.

„Tut mir leid, dass aus unserem Abend nichts wird, weil ich auf den Ball muss", sagte Ella.

„Wir werden uns trotzdem sehen. Armand hat in letzter Minute noch zwei Eintrittskarten bekommen. Es war mir gar nicht recht, der Ball ist bestimmt nicht den teuren Eintritt wert, aber …"

„So etwas sagst du? Was ist mit dir los?", fragte Ella überrascht.

Fiona lächelte verlegen. „Ich bin eben nicht mehr so oberflächlich, wie ich einmal war. Armand arbeitet hart für Verbesserungen an seiner Klinik. Es ist mir unangenehm, wenn er dann für so was Geld verschwendet."

Feinfühlig, wie sie war, spürte Ella, dass ihre Schwester nur auf einen kleinen Anstoß wartete, um noch mehr von Armand zu erzählen, aber Ella wollte keine Gelegenheit haben, ihren Einfluss erneut geltend zu machen. Fiona sollte lernen, allein zurechtzukommen. Seit jener schrecklichen Nacht auf dem Bauernhof hatten sie kaum über persönliche Dinge gesprochen. Fiona wusste auch nichts von der demütigenden Abfuhr, die ihre Schwester von Scott erteilt bekommen hatte. Deshalb fing sie auch völlig ahnungslos von ihm zu erzählen an, während Ella die aus London mitgebrachten Geschenke auspackte.

„Denk dir, vor ein paar Wochen wurde Armand von Scott aus Australien angerufen. Leider hat mir Armand nicht verraten, worüber sie gesprochen haben. Wahrscheinlich irgendwas Ärztliches."

„Vielleicht war er krank"? meinte Ella leichthin, obwohl ihr das Herz bis zum Hals klopfte.

„Möglich. Jetzt ist er jedenfalls wieder gesund. Du wirst ihn heute Abend auf dem Ball sehen."

„Auf dem Ball?" Ella beschäftigte sich krampfhaft mit ihrem Make-up.

„Selbstverständlich. Hast du vergessen, dass er schon letzten Sommer an den Vorbereitungen mitgearbeitet hat. Es stand auch in den Zeitungen."

„Klatschspalten lese ich nicht. Das ödet mich alles an."

Etwas in ihrem Ton ließ Fiona aufhorchen. Sie trat neben den Spiegel, um Ella ins Gesicht zu sehen. „Und dein Beruf? Füllt er dich aus? Wenn ich richtig hinsehe, erscheinst du mir nämlich nicht sehr glücklich. Und ziemlich dünn bist du geworden."

„Auf den Fotos wirkt man immer dicker, deshalb muss ich sehr auf mein Gewicht achten."

Sehr überzeugend hatte die Antwort nicht geklungen, Ella sah es an Fionas Gesicht. Sie schlüpfte rasch in ihr Kleid, und Fionas begeisterte Kommentare lenkten die Unterhaltung auf weniger gefährlichen Boden. Aber in Ella sah es verheerend aus. Welch böses Schicksal hatte Scott aus Australien zurückkehren lassen? Alles, was sie nun noch tun konnte, war, ihre ganze Kraft für das Wiedersehen mit ihm zusammenzukratzen. Wenigstens konnte sie nicht besser aussehen als heute, dachte sie und versuchte, etwas Selbstvertrauen daraus zu schöpfen.

Das unschuldig aussehende Kleinstadtmädchen vom letzten Sommer war sie jedenfalls nicht mehr. Sie musterte sich im Spiegel: Sie war wirklich zu dünn. Aber gerade das gab ihr das ätherische Aussehen, das die Fotografen so begeisterte und viel zu ihrem Erfolg beigetragen hatte.

Das Haar trug sie nicht mehr so kurz. Es fiel jetzt in weichen großen Wellen auf ihre Schultern; das Haselnussbraun durch feine blonde Strähnen etwas aufgehellt. Ihr Kleid stach durch einen raffiniert einfachen Schnitt hervor: Seegrüne Seide floss aus einem mit Pailletten bestickten Oberteil, das eine Schulter frei ließ. Goldene Armreifen schmückten ihr rechtes Handgelenk, und das goldene Halsband legte sich in schweren, barocken Gliedern äußerst dekorativ um ihren grazilen Hals.

Auf dem Weg durch das Foyer, wo Armand auf sie wartete, achtete sie nicht auf die bewundernden Blicke ringsum. Ihre Freude, den alten Freund wieder zu sehen, überwog in diesem Moment alles andere.

Es bot sich keine Gelegenheit, mit ihm allein zu sprechen, aber wie herzlich er und Fiona einander zugetan waren, konnte Ella auch ohne das beobachten. Noch nie hatte sie Fiona so zärtlich und doch so respektvoll zu einem Mann aufschauen sehen.

In diesem Augenblick sah sie aus den Augenwinkeln heraus Gabrielle in einem exotisch wirkenden Abendkleid und mit funkelnden

Juwelen behängt ins Foyer treten. Offenbar hatte sie einen reichen Verehrer gefunden oder vielleicht sogar einen Millionär als Ehemann.

Ella brauchte nicht lange darüber nachzudenken. Ein hoch gewachsener schwarzhaariger Mann bahnte sich einen Weg durch die festlich gekleideten Menschen, um seinen Platz neben Gabrielle einzunehmen. Scott war also zu seiner alten Freundin zurückgekehrt. Beinah wäre Ella die Abendtasche entglitten, so sehr zitterten ihre Hände. Ein Blick zu Armand sagte ihr, dass er ihre kleine Ungeschicklichkeit gesehen hatte. Hoffentlich nicht noch andere, dachte sie, während sie zu lächeln versuchte.

„Ich bin ein bisschen nervös, weil ich gewöhnlich nicht als Mannequin arbeite, sondern als Fotomodell“, entschuldigte sie sich.

„Sie werden ein wundervolles Mannequin sein“, munterte er sie herzlich auf. „Wann werden Sie uns verlassen müssen?“

„Leider schon während des Essens. Wir beginnen, während das Dessert serviert wird.“

Zu ihrer Erleichterung leerte sich das Foyer, da alle Ballgäste in den großen Festsaal des Casinos hinüberwechselten. Ella sah sich nach Pete um, der ihnen beim Essen Gesellschaft leisten sollte. Seine Augen leuchteten auf, als sie ihm Fiona vorstellte.

„Möchten Sie nicht auch Fotomodell werden wie Ihre Schwester?“, fragte er sie, wie Ella fast erwartet hatte.

„Nein. Ich habe eine Arbeit, die mir viel besser gefällt“, antwortete Fiona. „Ich arbeite in einer Kinderklinik.“

Pete lächelte verwundert. „Ich wusste nicht, dass Sie Krankenschwester sind.“

„Leider bin ich es nicht. Es wäre auch zu anstrengend für mich. Ich bin dort eine Art Kindergärtnerin. Das macht sehr viel Freude.“

„Hoffentlich machen Sie mir nicht auch Ella dafür abspenstig!“, lachte Pete. „Sie hat nämlich eine große Zukunft vor sich. Nur müsste sie etwas ehrgeiziger werden.“

Da sie keine Lust hatte, noch mehr Urteilssprüche über sich zu hören, hakte sich Ella bei Pete ein und zog ihn fort.

Im Festsaal musste sie feststellen, dass Scotts Tisch nicht allzu weit von dem ihren entfernt stand. Nach kurzem Überlegen wählte sie den

Stuhl, auf dem sie ihm den Rücken zukehren musste, und betete, dass er sie nicht jetzt schon bemerken würde. Stand sie einmal auf dem Laufsteg, war es nicht mehr so schlimm, wenn er sie sah, dann war sie weit genug von ihm entfernt. Aber würde er sie überhaupt begrüßen? War nicht wahrscheinlicher, dass er sie einfach ignorierte? Nur mit größter Beherrschung gelang es Ella, so zu tun, als ob sie sich amüsierte. Doch als Pete sie leise zum Gehen aufforderte, fühlten sich ihre Beine wie Blei an.

„Du scheinst einen Kognak zu brauchen“, sagte er besorgt. „Stimmt was nicht? Du bist den ganzen Abend schon so merkwürdig.“

„Wenn ich auf dem Laufsteg stehe, ist alles in Ordnung. Beachte es gar nicht, Pete.“

Gemeinsam steuerten sie dem kleinen Salon zu, der als Umkleideraum diente. Ein heilloses Durcheinander herrschte dort bereits. Mannequins stiegen in die ersten vorzuführenden Kleider, während aufgeregte Schneiderinnen um sie herumschwirrten, um letzte Korrekturen vorzunehmen. Auf Ella wirkte der Trubel entspannend. Einige der Mädchen kannte sie, und nicht nur eine blickte neidisch, als der Chefdesigner auf sie zustürzte und ihr leise Anweisungen gab. Für jede war dadurch klar, dass sie seine wichtigsten Kreationen vorführen würde.

Wie im Fluge verging die nächste Stunde, in der Ella ohne Pause vom Umkleideraum in den Festsaal und vom Festsaal wieder in den Umkleideraum eilen musste. Im Lichtkegel der Scheinwerfer vergaß sie Gott sei Dank, dass Hunderte von Augenpaaren ihren Bewegungen folgten. Sie sah nur das kurze Stück des Laufstegs und ganz verschwommen ein Meer von hellen Gesichtern.

Doch gegen Ende der Modenschau erwachte von neuem Panik in ihr. Man hatte sie gebeten, die Krönung der Schau vorzuführen, nämlich das Hochzeitskleid. Aber irgendwie wehrte sich alles in ihr gegen dieses Kleid. Ein Nonnengewand hätte sie viel passender für sich gefunden.

Doch nichts von dem Chaos in ihr spiegelte sich in ihrem Gesicht oder in ihrer Haltung wider, als sie in einem Traum aus weißem Chiffon, Tüll und glitzerndem Strass den Laufsteg betrat, wo sie von tosendem Beifall und bewundernden Zurufen empfangen wurde. Zweimal musste Ella die ganze Länge des Laufstegs abschreiten, der Beifall wollte kein Ende nehmen.

„Lassen Sie das Kleid an", bestimmte der Chefdesigner, als sie in den Umkleideraum zurückkehrte. „Dann können die Damen es aus der Nähe begutachten."

„Aber ohne Schleier", verlangte Ella, „sonst komme ich mir wie ein Weihnachtsengel vor."

„Dann werde ich Ihnen als Ersatz ein Diadem besorgen." Der große Meister verschwand, und schon nach wenigen Minuten kehrte er mit einem von der Prinzessin für diesen Zweck zur Verfügung gestellten Brillantdiadem zurück.

Schön wie eine Fee betrat Ella in ihrem duftigen Brautkleid den Ballsaal, um schon im ersten Augenblick Scott gegenüberzustehen. Er unterhielt sich mit der Prinzessin und einigen Komiteemitgliedern, die Ella von Fotos her kannte. Ohne ein Wort nahm er sie bei der Hand und brachte sie zu der Prinzessin, die sie überaus herzlich begrüßte. Ella antwortete wie im Traum. Bewusst war ihr nur der Mann an ihrer Seite. Obwohl sie ihn kaum angesehen hatte, wusste sie, dass er sich nicht verändert hatte. Er war immer noch so braungebrannt, sein Haar war immer noch so schwarz, und seine Augen blickten noch ebenso spöttisch wie damals im Sommer. Nur sein Mund hatte sich verändert: Seine Lippen waren schmaler und härter geworden, als ob er ständig die Zähne zusammenbeißen würde.

Mit wild klopfendem Herzen bemerkte Ella, dass sich die Prinzessin anderen Gästen zuwandte. Nun war der gefürchtete Moment gekommen: Sie stand allein vor Scott.

„Du bist schön, Ella", hörte sie ihn mit seltsam rauer Stimme sagen.

„Kleider machen Leute." Sie wunderte sich, wie gut ihr der leichte Ton gelang. Aber nur so konnte sie ihm zu verstehen geben, dass sie nichts mehr für ihn empfand. „Entschuldige, aber ich muss an meinen Tisch zurück", fuhr sie fort.

„Wie du willst. Dann bringe ich dich hin."

Gemeinsam durchquerten sie den Saal, wobei er sichtlich bemüht war, sich trotz seiner langen Beine ihren leichten raschen Schritten anzupassen. Endlich kam ihr Tisch in Sicht, und Pete saß bereits wieder an seinem Platz, wie Ella erleichtert bemerkte.

Scott begrüßte Fiona und Armand, als hätte er sie erst gestern gesehen, wodurch Fiona sehr schnell ihre anfängliche Verlegenheit verlor. Obwohl Ella sich ausschließlich mit Pete unterhielt, spürte sie mit unerträglicher Intensität, wie nah er hinter ihrem Stuhl stand. Bis sie es nicht mehr aushielt.

„Komm, Pete, lass uns tanzen! Ich soll das Kleid herumzeigen."

Gehorsam ließ sich Pete von ihr auf die Tanzfläche ziehen. Doch sowie sie außer Hörweite waren, erlosch ihre zur Schau getragene Heiterkeit.

„Meinst du, wir müssen noch lange hier bleiben?", fragte sie.

„Wir können gehen, wann du willst. Mit dem Kleid hier leistest du ohnehin schon Extraarbeit."

Ella blickte an sich hinunter. „Ja, mit Bademoden hat das wohl nichts zu tun. Ich werde es mir überlegen, ob ich das nächste Mal zu einem Wochenendjob mit dir fortfahre. Ganz schön anstrengend war der Tag."

„Aber du wirst eine sensationelle Presse haben. Mit dem heutigen Tag bist du gemacht, Ella."

Er malte ihr die Zukunft in den rosigsten Farben aus, und sie nickte auch hin und wieder, wenn es ihr nötig erschien, ohne jedoch den Sinn seiner Worte in sich aufzunehmen, da sie vollauf damit beschäftigt war, nach Scott Ausschau zu halten. Ständig sah sie ihn mit einer anderen Frau tanzen, und mit jeder tanzte er, als ob sie seine Auserkorene wäre.

„Ich wusste gar nicht, dass du unseren Superplayboy kennst", bemerkte Pete, als sie bei einem Walzer an Scott vorbeitanzten.

„Nur flüchtig. Fiona und ich trafen ihn ein paar Mal, als wir in Antibes arbeiteten."

Ihre zurückhaltende Stimme warnte Pete, das Thema weiterzuverfolgen. Er schwieg und wirbelte sie dafür noch rascher im Kreis herum. Dann ging die Musik zu einem Blues über. Die Hauptlichter erloschen. Nur die langen fahlweißen Lichtkegel der Spotlights streiften über die

Tanzfläche und hüllten die Paare in unwirklich traumhaftes Licht.

„Lass uns eine Pause machen“, bat Ella erschöpft nach dem schnellen Walzer. Gefolgt von Pete verließ sie die Tanzfläche, aber sie kam nicht weit.

„Da komme ich gerade richtig.“ Plötzlich stand Scott vor ihr. Er legte den Arm um sie und zog sie zu den Tanzenden zurück.

Trotz ihres bauschigen Rockes spürte sie die harten Muskeln seiner Beine und fühlte die elektrisierende Wärme seiner Hand auf ihrem Rücken. Wie gern hätte sie gewusst, ob er sich ihres Körpers ebenso bewusst war.

„Man könnte meinen, man hätte eine Gerte im Arm“, spöttelte er, sie noch fester umfassend.“

„Schlank ist modern.“

„Aber du bist dünn. Wenn du noch mehr abnimmst, wirst du wie ein Junge aussehen.“ Dabei wanderte sein Blick von ihrem Hals hinunter zu den Wölbungen ihrer Brüste. Sie wollte etwas Ironisches antworten, aber sie brachte vor Sehnsucht nach ihm keinen Ton heraus. Gleichzeitig hätte sie sich am liebsten von ihm losgerissen, um weit, weit von ihm fort zu sein.

„Du bist eine begehrenswerte Frau geworden“, flüsterte er, die Lippen an ihr Haar gedrückt. „Genießt du deinen Ruhm?“

„Er bringt mir mehr Geld ein als das Tippen.“

„Machst du es nur deshalb – wegen des Geldes?“

„Selbstverständlich. Geld bewegt die Welt.“

„Mit mir könntest du sie noch leichter bewegen.“

Da sie nicht sicher war, was er ihr damit vorschlug, schwieg sie lieber.

„Komm schon!“ Seine Finger bohrten sich in ihren Rücken. „Du weißt sehr gut, was ich damit meine. Ja oder nein?“

Aber seine derbe Art trieben ihr nur die Tränen in die Augen. Sie wandte rasch den Kopf ab, doch es war ihm nicht entgangen. Ohne langes Federlesen nahm er sie an der Hand und zog sie durch eine der offenen Terrassentüren in den Garten hinaus.

Kühle Luft drang durch den dünnen Chiffon ihres Kleides, sodass sie fröstelte. Worauf er sie stumm hinter eine große mit Blumen gefüllte Steinwand schob, wo es wesentlich windgeschützter war.

„Es hat alles keinen Sinn", sagte er rau. „Ohne dich kann ich nicht leben. Erst hielt ich es für möglich, aber in jedem verdammten Frauengesicht sah ich immer wieder nur deines. Manchmal wollte ich überhaupt keine Frau mehr ansehen."

„Sicherlich bist du bald wieder ganz in Form", erwiderte sie sarkastisch. Dabei wollte sie an ihm vorbeitreten, doch er verstellte ihr den Weg.

„Geh nicht weg, Ella. Bitte!"

„Ich wüsste nicht, was du mir noch zu sagen hättest."

„Dann lass dies für mich sprechen."

Seine Arme umschlangen sie, sein Mund suchte den ihren in leidenschaftlichem Verlangen. Sie versuchte, sich zu wehren, doch seine Lippen überstimmten sie, ließen sie alle bitteren Erinnerungen vergessen.

„Du liebst mich", flüsterte er zwischen zwei Küssen. „Das kannst du doch nicht leugnen?"

„Aber ich habe es nie geleugnet. Du hast es getan, Scott."

„Erinnere mich nicht daran!", stöhnte er. Seine eine Hand tastete sich zu ihrem Haar, ließ es zärtlich durch die Finger gleiten. „Sechs Monate meines Lebens habe ich verschwendet – auch von deinem, Ella. Lass uns das alles aufholen!" Er presste sich an sie. „Ella, Chérie, ich möchte dich haben. Komm mit mir. Lass uns noch heute Nacht hier wegfahren."

„Nein! Niemals!" Heftig stieß sie ihn von sich.

„Warum nicht? Du liebst mich." Er wollte sie erneut an sich ziehen, aber sie wich ihm aus.

„Nein, Scott, ich würde nicht glücklich mit dir werden."

„Das sagst du doch nur, um mir weh zu tun." Die Brauen zusammengezogen, sah er sie forschend an. „Was soll ich tun, Ella? Soll ich auf die Knie fallen und dich um Vergebung bitten? Ich tue es, wenn ich dich dadurch zurückgewinne."

„Es hat keinen Sinn, Scott." Ihre Stimme schwankte. „Dein Angebot kommt zu spät. Sechs Monate lang hast du dich nicht gerührt. Geh zu Gabrielle oder zu den anderen Frauen zurück, mit denen du dir die Zeit vertrieben hast."

„Aber ich habe keine anderen Frauen!"

„Die Zeitungen sagen etwas ganz anderes."

„Aber das ist nicht wahr. Du weißt, wie die Mädchen sich mir an den Hals werfen und welch gefundenes Fressen das für die Reporter ist. Glaube mir", fuhr er beschwörend fort, „keine einzige Frau hat in den letzten sechs Monaten eine Rolle bei mir gespielt, Ella!" Er packte sie hart an den Schultern. „Ich will nur dich. Kannst du das nicht begreifen?"

„Du begehrst mich, aber das ist mir nicht genug, Scott. Wenn wir uns heute Nacht nicht begegnet wären, hättest du dieses Begehren weiter niedergefochten wie bisher. Wenn du mich wirklich liebtest, wärst du längst zu mir nach London gekommen."

Er schloss einen Augenblick die Augen. „Mein elender Stolz ließ es nicht zu. Dass du mich so hart verurteiltest, hat mir wahnsinnig wehgetan."

„Dann gehe und pflege deinen Stolz und deinen Schmerz weiter."

„Nein, damit ist es vorbei. Ich mache denselben Fehler nicht noch einmal. Gut, ich verstehe, dass du jetzt mit mir haderst, aber du wirst deine Meinung ändern, wenn ich dir etwas gezeigt habe. Komm!"

Ihren Widerstand missachtend, zog er sie durch den Garten zum Parkplatz, wo er seinen Wagen stehen hatte.

„Wohin bringst du mich?", rief sie wütend, als er sie in den Wagen drängte und die Tür zuschlug.

„Das wirst du gleich sehen."

Mit quietschenden Reifen raste er die kurvenreiche Straße zum Hafen hinunter.

„Ich ändere meine Meinung nicht. Lass mich hinaus!", fauchte sie, aber er trat nur noch fester aufs Gaspedal.

Am Ziel bremste er so plötzlich, dass Ella fast mit dem Kopf gegen die Windschutzscheibe geprallt wäre.

„Entschuldige", brummte er, während er ihr die Tür öffnete, um ihr beim Aussteigen zu helfen.

Jetzt sah sie vor sich die Lichter seiner Jacht.

„Du willst mich doch nicht gewaltsam auf dein Boot schleifen?", protestierte Ella.

„Bestimmt nicht. Entweder du kommst freiwillig, oder du kannst hier bleiben. Du sollst dir nur etwas ansehen. Dann wirst du mir hoffentlich glauben, dass ich dich zu mir holen wollte."

Seinem ausgestreckten Finger folgend, blieb ihr Blick auf dem in schwarzen Lettern gemalten Schiffsnamen haften. Der Name war viel kürzer geworden. Die ersten Buchstaben von „Arabella" waren ausgelöscht. Zurück blieb groß und schwarz „Ella".

„Du siehst", sagte er leise, während er sie sanft an sich zog, „sogar mein Schiff wartet auf dich. Es trägt den Namen schon seit drei Monaten."

„Warst du denn meiner so sicher?"

„Ich wollte es einfach sein. Vor drei Monaten hatte ich ein langes Gespräch mit Armand, bevor ich nach Australien flog. Er berichtete mir von deinen großen Erfolgen, und ich glaubte, ich müsste dich erst einmal deinen eigenen Weg finden lassen, damit du endlich die Selbstsicherheit gewinnen konntest, die du dir so sehr gewünscht hast."

„Und wenn ich mich währenddessen in einen anderen verliebt hätte?", fragte sie.

„Dann wäre ich wie ein Donnerwetter dazwischengefahren und hätte um dich gekämpft. Aber nun sage mir, meine kleine Fee, habe ich dich überzeugt, dass wir unabhängig von heute Abend wieder zusammengekommen wären?"

„Ja."

„Dann gibt es nur noch eines zu tun." Er zog ihre eine Hand an die Lippen und küsste innig jeden Finger. „Ich liebe dich, Ella. Willst du meine Frau und die Mutter meiner Kinder werden?"

Unsagbares Glück überwältigte sie. Kein Wort schien ihr gut genug, um ihm zu sagen, was sie empfand. Aber dazu würde sie ja ein ganzes Leben lang Zeit haben.

„Ja, Scott", antwortete sie schlicht. „Es gibt nichts, was ich lieber sein würde als deine Frau."

– ENDE –

Liza Hadley

Komm auf mein Schloss

Roman

MIRA®

1. KAPITEL

Alison trocknete sich mit raschen Bewegungen ab und zog Jeans und einen dicken Pullover an. Obwohl es tagsüber in der Sonne wohlig warm war, wurde es abends immer noch empfindlich kühl. Man musste sich danach kleiden. Rasch bürstete sie ihr kurz geschnittenes kastanienbraunes Haar zurück, das sich in feuchten Locken um ihren Kopf ringelte. Im Zelt konnte sie es dann richtig trocken rubbeln. Sie nahm ihren Waschbeutel und das Handtuch, schaute sich noch einmal um, ob sie nichts vergessen hatte und schob den Riegel der Duschkabine zurück.

Die warme Dusche war ein ungewohnter Luxus für Alison, und sie hatte sich länger Zeit gelassen als geplant. Als sie jetzt aus der Holzhütte kam, stellte sie fest, dass es bereits stockfinster war. Unsicher blieb sie stehen. Diese Duschanlage befand sich im bewaldeten Teil des Campingplatzes, weit abgelegen vom Hauptkomplex. Alison war bis jetzt erst einmal hier gewesen, als der Verwalter mit den neuen Mitarbeitern einen Rundgang gemacht hatte.

Es war unheimlich still. Nur gelegentlich war der Ruf eines Käuzchens zu hören oder das Rascheln eines kleinen Tieres im Unterholz – sie hoffte wenigstens, dass es sich um ein Tier handelte! Nach einigen Sekunden hatten sich ihre Augen an die Dunkelheit gewöhnt, und sie konnte den Pfad erkennen, der zurück zum Zentrum führte.

Alison war ein Stück gegangen, als plötzlich eine Fledermaus ganz dicht an ihr vorbei flog, so dicht, dass sie den Luftzug spüren konnte. Mehr erschrocken als verängstigt, schrie sie auf. Es war eine reflexartige Reaktion, und sie wurde rot vor Verlegenheit. „Idiot!“ schimpfte sie sich selbst. Wenigstens hatte niemand etwas davon mitbekommen. Im gleichen Moment hörte sie aber Schritte auf dem Kiesweg, und schon konnte sie die Umrisse eines hoch gewachsenen Mannes erkennen. Alison presste die Hände auf den Mund, um nicht noch einmal zu schreien.

„Seien Sie still, Sie albernes Ding!“, befahl er brüsk.

Seinem Tonfall merkte man an, wie aufgebracht er war; unverkennbar französisch war sein Akzent. Alisons Verlegenheit wandelte sich in Zorn. Wofür hielt er sich eigentlich, dass er so mit ihr sprach? Dass er sie auf Englisch anredete, bewies, dass er ihren erschrockenen Ausruf eben gehört hatte. Vor Scham wäre Alison am liebsten im Boden versunken.

Jetzt kam er auf sie zu, packte sie am Handgelenk und zog sie mit sich zu der Duschhütte, wo eine schwache Außenlampe brannte. Sie versuchte, sich loszumachen, aber er hielt sie eisern fest.

„Falls Sie Angst haben sollten, dass ich Ihnen etwas antue, kann ich Sie beruhigen. Dürre Schulmädchen sind nicht mein Typ“, erklärte er und musterte sie abfällig. Alison rang nach Luft wie ein Fisch, der an Land gespült worden war. Sie war so wütend, dass sie keinen Ton herausbrachte. Dürres Schulmädchen! Wie konnte er es wagen, sie so zu beleidigen!

Sobald sie den Eingang der Holzhütte erreicht hatten, riss sie sich heftig los und kam sich ziemlich dumm vor, als er sie ohne weiteres freigab. Trotzdem rieb sie sich das Handgelenk und funkelte ihn böse an. Doch in ihren Zorn mischte sich Angst. Auch bei Licht war die Bedrohung, die von ihm ausging, nicht zu verkennen. Sie konnte zwar sein Gesicht nicht sehen, aber seine Statur sprach für sich. Er musste über einsachtzig groß sein, man sah es ihm an, dass er viel Sport trieb. Die dunkle Kleidung, die er trug – ob schwarz oder blau, war bei dieser Beleuchtung nicht zu unterscheiden –, ließ ihn noch furchteinflößender erscheinen.

„Wer sind Sie, und was zum Teufel machen Sie um diese Zeit hier?“, fragte er grob.

Alison hatte zwar keine Herzlichkeit erwartet, aber dieser rüde Ton gefiel ihr nicht. Auch wenn der Mann kein Sittenstrolch war, seine Manieren ließen einiges zu wünschen übrig.

„Das gleiche könnte ich Sie fragen“, erwiderte sie kurz. Sie war stolz, dass sie trotz ihrer Nervosität kühl und beherrscht blieb. Er sah nicht aus wie jemand, der sich auf ein Frage-und-Antwort-Spiel einließ.

Er lachte auf, aber es klang nicht amüsiert. „Das könnten Sie natürlich, aber ich stelle hier die Fragen. Also?“

Seine herablassende Art weckte in Alison den Wunsch, ihm kräftig gegen das Schienbein zu treten, aber dann fiel ihr wieder ein, dass er in ihr ein Schulmädchen sah. Sie wollte weder so genannt werden und noch weniger gefiel es ihr, wenn man sie so behandelte.

Jedenfalls würde sie ihre ganze Selbstbeherrschung aufbieten, um sich nicht wie eines zu benehmen. Aber hier stehen und Fragen zu beantworten wie eine Schülerin, die etwas angestellt hatte und deshalb zum Direktor gerufen worden war, würde sie bestimmt nicht. Wenn dieser Kerl sich für wichtig hielt, dann war das seine Sache. Sie würde ihm nicht den Gefallen tun, mitzuspielen. „Was ich hier tue, geht Sie überhaupt nichts an; und ich habe nicht die Absicht, mit Ihnen darüber zu diskutieren."

Sie wandte sich ab, um ihm zu zeigen, dass die Unterhaltung – wenn es überhaupt eine war – damit für sie beendet war.

Der Mann legte ihr die Hand auf die Schulter – nicht besonders fest, aber fest genug, um ihr klarzumachen, dass er nicht die Absicht hatte, sie einfach gehen zu lassen.

Alison fuhr herum. „Ich warne Sie; ich kann sehr laut schreien."

„Das habe ich gehört", erwiderte er trocken. Er ließ sie los und schob die Hand in die Hosentasche. „Also los. Schreien Sie."

Sie hätte wetten können, dass er schmunzelte. Zum Teufel mit ihm; er zwang sie, Farbe zu bekennen. Er wusste ebenso wie sie, dass sie zu weit vom Zentrum des Campingplatzes entfernt waren, als dass man ihre Schreie hätte hören können. Von ihrem Standpunkt aus war das überhaupt nicht komisch. Wer war dieser Mann? Was konnte sie tun, wenn er wirklich auf sie losging? Ein Seitenblick bestätigte ihr, dass sie keine Chance gegen ihn hatte. Unwillkürlich machte sie einen Schritt zurück. Wenn Gegenwehr schon nutzlos war, dann konnte sie wenigstens davonlaufen.

Er schien ihre Gedanken erraten zu haben, denn er fuhr sich ungeduldig mit der Hand durchs Haar. „Schauen Sie. Ich will weiter nichts von Ihnen, als dass Sie mir sagen, wer Sie sind und was Sie hier machen."

Manchmal ist Ehrlichkeit die beste Form der Verteidigung, dachte Alison resigniert. Vielleicht lässt er mich in Ruhe, wenn ich seine Fragen beantworte.

„Es geht Sie zwar nichts an, aber ich bin zufällig eine der Betreuerinnen von ‚Summer Canvas'. Das ist ein englisches Reisebüro, das hier Zelte an Touristen vermietet. Kann ich jetzt gehen?"

„Mon Dieu …" Der Blick, mit dem er sie betrachtete, war wenig schmeichelhaft. „Ihr Mädchen werdet von Jahr zu Jahr jünger. Sind Sie sicher, dass Sie nicht aus der Schule davongelaufen sind?"

„Ganz sicher", erwiderte sie knapp. Hatte dieser Kerl noch nie etwas von Takt gehört – von Charme ganz zu schweigen? Dabei hatte sie immer geglaubt, die Franzosen seien berühmt dafür. „Wäre das alles?" Sie zögerte. Noch einmal würde sie ihm nicht die Gelegenheit geben, sie mit Gewalt zurückzuhalten.

„Was machen Sie in diesem Teil des Campingplatzes?", setzte er sein Verhör fort.

Das war zuviel. „Ich habe geduscht. Was dagegen?", fragte sie herausfordernd.

Er lächelte und ließ ebenmäßige weiße Zähne sehen. „Überhaupt nicht. Aber weshalb hier oben? Warum sind Sie nicht in eine der Duschen in der Nähe des Zentrums gegangen?"

Gütiger Himmel! Was wollte er eigentlich? Ein Alibi? Hatte jemand einen Mord begangen? Ihre braunen Augen verengten sich zornig. „Weil die Duschen hier die ersten und die einzigen sind, die schon angeschlossen wurden. Ich habe keine Ahnung, warum die Installateure ausgerechnet mit der Anlage angefangen haben, die am weitesten vom Zentrum entfernt liegt. Vermutlich handelt es sich um französische Logik. Wenn Sie es unbedingt wissen wollen, können Sie sich ja bei ihnen erkundigen." Sie presste die Lippen zusammen. Wenn er noch so eine dumme Frage stellte, würde sie laut schreien, und sei es auch nur, um ihre Frustration loszuwerden.

Doch er schien endlich zufrieden gestellt zu sein. Sie spürte, dass er sich entspannte. Jetzt spielte sogar ein kleines Lächeln um seinen Mund. Er sah aus wie ein Mann, der viel lächelte – wenn er dafür in der richtigen Stimmung war. Aber Alison waren seine Stimmungen egal. Außerdem war ihr nicht danach, sich freundlich mit ihm zu unterhalten, nachdem er sie soeben so unfreundlich ins Kreuzverhör genommen hatte.

Plötzlich schien ihm etwas eingefallen zu sein. „Warum der Schrei?“, wollte er wissen.

„Wie bitte?“ Sie hatte ganz vergessen, was dieser Begegnung vorangegangen war.

„Sie haben doch vorhin geschrien.“

„Ach so, das …“ Es war Alison peinlich, an ihre heftige Reaktion auf das harmlose Tier erinnert zu werden. „Es war nur eine Fledermaus.“

„Eine Fledermaus?“ Der Mann hob spöttisch lächelnd die Augenbrauen.

Je länger sie hier herumstand, desto kälter wurde es ihr. Tropfen rannen aus ihrem Haar über den Hals und in den Ausschnitt ihres Pullovers. Sie begann zu zittern. Wieso war sie eigentlich noch hier und gab einem völlig Fremden Erklärungen ab? Er hatte kein recht, ihr Fragen zu stellen, und erst recht keines, ihre Antworten in Zweifel zu ziehen.

„Jawohl, eine Fledermaus“, bestätigte sie kurz. Wenn er ihr nicht glaubte, dann war das sein Problem. Entschlossen wandte sie sich ab. Diesmal würde sie sich nicht von ihm zurückhalten lassen.

„Ich begleite Sie ein Stück.“ Zu ihrer Überraschung ging er mit. „Für den Fall, dass noch weitere Fledermäuse einen Angriff auf Sie fliegen“, fuhr er belustigt fort.

Alison hätte am liebsten nach ihm geschlagen oder getreten, irgendetwas getan, um ihn loszuwerden, aber sie sah stur geradeaus. Solchen kindischen Impulsen würde sie nicht nachgeben. Sie war so damit beschäftigt, die Selbstbeherrschung nicht zu verlieren, dass sie erschrocken zusammenfuhr, als der Mann seine Jacke auszog und sie ihr um die Schultern legte. Sie wollte sie sofort wieder abstreifen. „Das ist nicht nötig“, begann sie, aber er unterbrach sie. Diesmal klang seine Stimme sanfter.

„Seien Sie nicht töricht. Ich sehe doch, dass Sie frieren. Außerdem will ich auf keinen Fall, dass eine der Betreuerinnen eine Lungenentzündung bekommt.“ Sein spöttischer Ton zeugte davon, dass er eher in eigenem Interesse als aus Besorgnis handelte, und so gab Alison den Versuch auf, seine Jacke wieder auszuziehen.

Sie war gefüttert und herrlich warm. Was ihre Sinne jedoch benebelte, war der männliche Duft, der darin hing. Sie musste an Jonathan denken, und das waren keine angenehmen Erinnerungen. Automatisch ging sie schneller, um die quälenden Gedanken wieder loszuwerden und, wenn möglich, den Fremden gleich mit. Doch er hielt mühelos mit ihr Schritt. Als sie die Kreuzung erreichten, wo der Weg in die Straße mündete, streifte sie die Jacke hastig von den Schultern und reichte sie ihm mit einem widerstrebenden Dankeschön. Ohne ihm die Gelegenheit zu lassen, darauf zu antworten, drehte sie ihm den Rücken zu und lief zu ihrem Zelt.

Als die ersten Sonnenstrahlen durch die grüne Zeltwand drangen, öffnete Alison verschlafen die Augen. Sie drehte sich, um eine bequemere Stellung auf dem schmalen Klappbett zu finden. Aber es nützte nichts. Auch nach einem Monat hatte sie sich noch nicht daran gewöhnt, so beengt zu liegen. Ob ihr nach Ablauf des halben Jahres ihre gemütliche Schlafcouch zu Hause ebenso fremd vorkommen würde?

Die Stelle als Betreuerin der Campinggäste von „Summer Canvas" war die Idee ihrer Freundin Jane gewesen. Jane hatte bereits im vergangenen Sommer hier gearbeitet und so viel Spaß an der Arbeit gehabt, dass sie sich wieder beworben hatte. Noch vor wenigen Monaten wäre Alison nie auf den Gedanken gekommen, sie zu begleiten. Doch als sich plötzlich die Chance bot, kurzfristig für eine erkrankte Betreuerin einzuspringen, griff sie sofort zu. Obwohl Alison keinerlei Erfahrung in der Touristikbranche hatte, gaben ihre Fremdsprachenkenntnisse den Ausschlag. Ohne zu zögern, kündigte sie ihre Stellung in einem renommierten Anwaltsbüro und unterschrieb den Vertrag bei „Summer Canvas".

Ihre Mutter war verständlicherweise schockiert gewesen. „Ferien auf dem Campingplatz könnte ich ja noch verstehen, aber ein halbes Jahr dort arbeiten, Kind, du hast ja keine Ahnung, worauf du dich da einlässt!"

Es war zwecklos, Erklärungen abzugeben. Ihre Mutter war sehr konservativ, und die Vorstellung, dass ihre Tochter eine sichere Position in der Londoner City gegen einen Saisonjob eintauschte, wollte ihr einfach nicht in den Kopf. Vor allem, wenn der Auslöser dafür nur ein Mann war. Aber Alison ließ sich nicht davon abbringen.

Durch den dünnen Vorhang, der die Schlafabteile voneinander trennte, konnte Alison die Umrisse von Jane ausmachen, die unter einer dicken roten Decke immer noch friedlich schlief. Sie schlüpfte vorsichtig aus dem Schlafsack und ging zu der Stelle, wo sie am Vorabend ihre Sachen abgelegt hatte.

Sie zog sich an, nahm ihren Waschbeutel und ein Handtuch und versuchte, den Reißverschluss am Eingang so leise wie möglich aufzuziehen. Wie immer ratschte er, aber Jane rührte sich nicht.

Es war ein herrlicher Morgen. Wolken hingen wie Wattebälle am tiefblauen Himmel. Alison lehnte sich an den Zaun neben ihrem Zelt und betrachtete die Grünflächen, die sich in die Ferne erstreckten. Bei ihrer Ankunft vor einigen Wochen waren noch keinerlei Anzeichen der Zivilisation zu sehen gewesen.

Sie befanden sich im Herzen der Dordogne, einem grünen und fruchtbaren Landstrich, in dem freie Flächen mit Wäldern abwechselten. Knorrige Eichen wuchsen hier, Eschen, Birken und Buchen. Mehr als einmal hatte Alison in der Morgen- und Abenddämmerung Füchse, Eichhörnchen und Kaninchen beobachtet.

Jetzt jedoch waren die Wiesen nicht wiederzuerkennen durch die zahlreichen bunten Zelte. Viele von ihnen trugen das unverkennbare grün-gelbe Zeichen von „Summer Canvas". Andere Farben stellten Konkurrenten von „Summer Canvas" dar, die diesen Campingplatz ebenfalls belegten. Die Zelte erstreckten sich über die ganze Fläche bis zum Waldrand, als habe jemand ein buntes Tischtuch über den Boden gebreitet. Noch waren sie verlassen, aber zum Wochenende wurden Hunderte von Familien erwartet.

Das Zentrum des Campingplatzes bildete das ehemalige Bauernhaus samt Nebengebäuden, die umgebaut worden waren, um alle Einrichtungen aufzunehmen, die Besucher heutzutage erwarteten: ein Lebensmittelgeschäft, ein Restaurant, zwei Bars, eine Diskothek, einen Waschsalon und eine Erste-Hilfe-Station. Es gab sogar einen großen Swimmingpool. Die notwendigen Neubauten passten sich den alten Häusern aus ockerfarbenem Kalkstein so gut an, dass nichts von dem

Charme der ursprünglichen Anlage verloren ging.

Auf dieses Zentrum steuerte Alison jetzt zu. Nicht zum ersten Mal erinnerte es sie an eine Geisterstadt, die nur darauf wartete, bevölkert zu werden. Lange würde es nicht mehr dauern, denn die offizielle Saisoneröffnung war in einer Woche. Dass umfangreiche Vorbereitungen dafür getroffen wurden, war nicht zu übersehen – überall wurde gestrichen, poliert und geputzt.

Der Waschraum war leer. Alison ging zu einem der Becken und stellte ihren Waschbeutel auf die gekachelte Konsole. Das Handtuch hängte sie an einen Haken. Insgesamt gab es zehn Plätze, die man durch Vorhänge voneinander abteilen konnte. Ergeben drehte sie den Kaltwasserhahn auf, weil die Warmwasserzufuhr immer noch nicht angeschlossen war. Seit einem Monat lebte sie jetzt mit dieser spartanischen Waschgelegenheit. Deshalb hatte sie ja auch die ausgiebige Dusche am Vorabend als solchen Luxus empfunden – bis dieser widerwärtige, ungehobelte Kerl dahergekommen war. Schulmädchen hatte er sie genannt. So eine Unverschämtheit!

Alison ließ den Waschlappen sinken und betrachtete sich kritisch in dem ovalen Spiegel über dem Waschbecken. Mit vierundzwanzig fand sie es alles andere als schmeichelhaft, für eine Schülerin gehalten zu werden. Wirkte sie wirklich so ungelenk, so wenig weiblich?

Aus dem Spiegel sahen ihr braune, von dunklen Wimpern umrahmte Augen über einer leicht nach oben gebogenen Nase entgegen. Ihr Mund war sanft geschwungen. Von unweiblich kann keine Rede sein, dachte sie.

Ihr Haar. Das war natürlich etwas anderes. Selbst nach sechs Wochen war sie jedesmal überrascht, wenn sie ihr Spiegelbild sah oder mit der Bürste hindurch fuhr. Die langen kastanienbraunen Locken waren viele Jahre lang ihr ganzer Stolz und wahrscheinlich auch ihr weiblichstes Merkmal gewesen. Ohne jemandem etwas davon zu sagen, hatte sie es ganz kurz schneiden lassen. Eine symbolische Geste, hatte sie gedacht, und der Beginn eines neuen Lebens. Doch selbst sie hatte einsehen müssen, dass ihr der Herrenschnitt nicht stand. Aber jetzt waren die Haare bereits ein Stück nachgewachsen und ringelten sich um ihr Gesicht. Möglicherweise war sie dem Fremden nur deshalb etwas unreif erschienen, weil ihr Haar am Kopf klebte und sie überhaupt nicht geschminkt war. Seine Fehleinschätzung ließ sich also möglicherweise entschuldigen, auf keinen Fall jedoch seine unglaubliche Grobheit. Alison zog unwillig die Nase kraus. Dann wusch sie sich fertig und putzte die Zähne mit einer Ausdauer, die ihren Zahnarzt gefreut hätte.

Auf dem Rückweg zu ihrem Zelt ging Alison eine andere Strecke. Sie war zwar etwas länger, führte dafür aber in der Nähe des Schlosses vorbei. Alison konnte nie genug davon bekommen, das schöne alte Gebäude zu betrachten. Der Campingplatz befand sich auf zum Schloss gehörendem Grund, war jedoch so angelegt, dass die Bewohner nicht gestört wurden. Von einer kleinen Anhöhe jenseits des Hauptkomplexes hatte man einen besonders guten Ausblick auf den Herrensitz, der aus dem gleichen ockerfarbenen Stein gebaut war wie der ehemalige Bauernhof. Im Sonnenlicht schimmerten die Mauern golden. Giebelfenster, Konsolen, Mansarden, Türmchen und ein Wetterhahn verliehen dem Schloss etwas Märchenhaftes, und Alison versuchte oft, sich vorzustellen, was für Leute im Laufe der Jahrhunderte darin gelebt hatten und welche Geheimnisse sich dort verbargen. Sie spähte hinüber, ob sie irgendein Lebenszeichen entdecken konnte, fand aber keines. Abgesehen von den Gärtnern, die den Park in Ordnung hielten, hatte sie noch nie jemanden in der Nähe des Schlosses gesehen. Ob es überhaupt bewohnt war? Jane wusste es bestimmt. Ich werde sie fragen, beschloss Alison und ging zu ihrem Zelt.

Es war zehn Uhr morgens, und Alison betrachtete die Berge von Geschirr und Besteck, die gespült und abgetrocknet werden mussten, mit grimmiger Entschlossenheit. Vierhundert Teller – jeweils in verschiedenen Größen –, Tassen, Untertassen, Gläser, Messer, Gabeln, Löffel, und der Himmel wusste, was sonst noch. Eine Aufgabe für einen Herkules! Sie atmete tief durch, zog Gummihandschuhe in leuchtendem Orange an und begann mit der Arbeit.

Meine Mutter würde einen Anfall bekommen, wenn sie mich jetzt sehen könnte, dachte sie mit einem schiefen Lächeln. Dazu hast du dich zur Fremdsprachensekretärin ausbilden lassen? würde sie fragen. Für eine solche Arbeit hast du eine interessante, gut bezahlte Stellung gekündigt?

Es stimmte, dass der vergangene Monat das genaue Gegenteil ihrer vorhergehenden Arbeit als Chefsekretärin des Seniorpartners von Legate & Barker International gewesen war. Dort war ihre Tätigkeit interessant und anspruchsvoll gewesen, aber sie hatte sie in keiner Weise auf das vorbereitet, was jetzt als Betreuerin auf einem Campingplatz in Frankreich auf sie zukam.

Wie sich herausgestellt hatte, begann ihre Arbeit keineswegs mit der Ankunft der Gäste, sondern bereits bei den umfangreichen Vorbereitungen.

Seit fast vier Wochen war ein Spezialtrupp, der im Auftrag von „Summer Canvas" durch ganz Europa reiste, damit beschäftigt, die Zelte aufzustellen – pro Platz zwischen fünfzig und hundert. Von den Betreuern wurde erwartet, dass sie den Männern zur Hand gingen. Zu Beginn des Monats hatte Alison das Ende eines Zeltes kaum vom anderen zu unterscheiden gewusst, doch inzwischen hätte sie es im Schlaf aufstellen können.

Die Arbeit war anstrengend, aber das störte sie nicht. Es war ihr sogar ganz lieb, weil es ihr wenig Zeit ließ, nachzugrübeln. Abends war sie dann so erschöpft, dass sie sofort einschlief. Natürlich dachte sie immer noch oft an Jonathan. Ihn ganz zu vergessen war unmöglich, doch gelang es ihr wenigstens hin und wieder, die Erinnerung für einige Stunden zu verbannen.

Während Alison mit dem Aufwasch beschäftigt war, blies Jane Luftmatratzen auf – ein weiterer Posten auf der schier endlosen Liste der Dinge, die vor der offiziellen Eröffnung erledigt werden mussten.

Um die Mittagszeit erschien Jane mit Weißbrot und Käse. „Ich dachte, du könntest irgendwo einen Teller auftreiben", meinte sie schmunzelnd und deutete auf den immer größer werdenden Berg von Geschirr und Besteck auf dem Abtropfgestell.

„Wenn ich mir Mühe gebe", antwortete Alison und zog erleichtert die Gummihandschuhe aus.

Draußen setzten sie sich ins Gras und schnitten das Brot und den

Käse auf. Ein etwas primitives Picknick war es schon, aber sie griffen trotzdem hungrig zu. Woran mag es liegen, dass es im Freien immer besser schmeckt? fragte sich Alison und biss in die knusprige Rinde ihres Baguettes.

„Wie kommst du denn mit den Luftmatratzen voran?“, erkundigte sie sich und steckte ein Stück Käse in den Mund.

Jane verdrehte die Augen. „Frag lieber nicht. Selbst mit der Fußpumpe dauert es eine Ewigkeit, bis sie prall gefüllt sind. Ich finde, wir sollten unseren Besuchern sagen, dass sie einen Aktivurlaub gebucht haben, und dann lassen wir sie die Matratzen selbst aufblasen.“

Alison stellte sich die Gesichter der Gäste vor, wenn man ein solches Ansinnen an sie stellen würde, und lachte. Das Zusammensein mit Jane in den letzten Wochen hatte ihr gut getan. Janes unverwüstliche gute Laune und ihr Humor hatten ihr geholfen, über Jonathan hinwegzukommen. Aber war es ihr wirklich schon gelungen? Wie kommt man mit der Erkenntnis zurecht, dass der Mann, den man liebte, diese Gefühle nicht erwiderte?

Darauf wusste Alison noch keine Antwort, aber eines stand außer Zweifel: Noch vor zwei Monaten hatte sie geglaubt, in einem tiefen schwarzen Loch zu stecken, aus dem es kein Entrinnen gab. Inzwischen hatte sie gelernt, wieder zu lachen und fröhlich zu sein – zumindest manchmal. Für den Augenblick war ihr das genug. „Eins nach dem anderen“, war das Motto ihrer Mutter, und obwohl sie früher darüber gelacht hatte, trösteten diese einfachen Worte sie jetzt.

„Was gibt es denn noch zu tun?“, fragte sie Jane. „Vorausgesetzt, ich werde jemals mit diesem Berg fertig“, fügte sie hinzu und deutete auf die Spülküche.

„Frag lieber nicht“, riet Jane und verdrehte die Augen. „Die ganze Ausrüstung muss überprüft werden – Kocher, Kühlboxen, Tische, Stühle, Grills und dazu noch ein Dutzend Kleinigkeiten. Aber ich glaube, es wird gar nicht so schlimm. Bevor wir im letzten Jahr alles ins Lager geräumt haben, wurde alles genau durchgesehen. Die Dinge müssten also gebrauchsfertig sein.“

Alisons Gesicht drückte Zweifel aus. Zwischen Theorie und Praxis konnte manchmal ein großes Loch klaffen. Hoffentlich würde bis zum Eröffnungstag alles erledigt sein. Sie schloss die Augen und streckte sich im Gras aus. Die Sonne war warm, aber nicht heiß, und eine leichte Brise strich durch ihr Haar. Es wäre so leicht, einfach so zu tun, als wäre man nicht zum Arbeiten hier, sondern auf Urlaub. Erst als Jane einen bewundernden Pfiff ausstieß, blinzelte Alison.

„Nicht übel", stellte Jane fest.

Alison stützte sich auf die Ellbogen und sah in die gleiche Richtung wie Jane. Ein schnittiger Sportwagen mit tiefergelegtem Chassis und getönten Scheiben fuhr langsam die Straße entlang.

„Schickes Auto", murmelte Alison und machte die Augen wieder zu.

„Du solltest erst einmal den Besitzer sehen", erklärte Jane nachdrücklich.

Alison fragte sich, ob irgendetwas mit ihrer Sehkraft nicht stimmte oder ob Jane plötzlich einen Röntgenblick hatte. Sie selbst konnte durch das dunkle Glas nicht das Geringste erkennen. „Woher willst du das denn wissen?", erkundigte sie sich träge.

„Diesen Wagen würde ich überall erkennen. Er gehört dem Grafen Belreynac."

Diese Mitteilung weckte Alisons Interesse. „Meinst du etwa den Besitzer des Schlosses?"

„Des Schlosses und des Campingplatzes. Ihm gehört hier alles, soweit das Auge reicht. Offenbar will er den Sommer wieder auf dem Land verbringen."

Alison setzte sich auf, aber der Wagen war bereits um eine Kurve gebogen. Nur eine Staubwolke über dem Weg zeigte an, wo er gefahren war. Das Schloss hatte also doch einen Besitzer, der es zumindest zeitweilig bewohnte.

„Wie ist er denn?", fragte sie und versuchte, sich das französische Gegenstück eines englischen Landadeligen im Tweedanzug vorzustellen.

„Umwerfend attraktiv, wohlhabend und nicht verheiratet", fasste Jane knapp zusammen und zerstörte damit Alisons Bild eines älteren Herrn in wetterfester Kleidung.

„Ach so", antwortete Alison. Ihr Interesse an dem Besitzer des

Schlosses hatte rapide nachgelassen. Um gut aussehende unverheiratete Männer würde sie in Zukunft einen großen Bogen machen. Jonathan hatte ihr gereicht. Mit ihm hatte sie genug Herzklopfen und ein solches Wechselbad der Gefühle erlebt, dass es ihr für den Rest des Lebens reichte. Was nützte es, im siebten Himmel zu schweben, nur um kurz darauf in den Abgrund gestürzt zu werden?

Der Gedanke an die Mengen Geschirr, die noch auf sie warteten, bereitete ihren Grübeleien ein Ende. „Sollten wir uns nicht lieber wieder an die Arbeit machen?"

Jane verzog das Gesicht. „Leider hast du recht. Wir können unsere Gäste doch nicht mit den Fingern essen lassen und sie auf den harten Boden zum Schlafen legen."

Alison stand auf und wischte die Brotkrümel von ihrer Hose. Dann nahm sie die von ihnen benutzten Teller und ging wieder in die Spülküche.

Als Alison und Jane am frühen Abend in ihr Zelt zurückkamen, hatte jemand einen Zettel unter dem Eingang hindurch geschoben. Es war eine Einladung der Campingplatzleitung an alle Mitarbeiter, nach dem Essen Gäste des Grafen in der Bar zu sein.

Alison seufzte. Sie hatte vorgehabt, wieder zum Duschen zu gehen – diesmal hoffentlich, ohne von einem unverschämten Fremden gestört zu werden – und sich dann zeitig hinzulegen. Nach einer geselligen Zusammenkunft, und sei sie noch so zwanglos, stand ihr nicht der Sinn. „Müssen wir wirklich hingehen?", protestierte sie.

Janes schockierter Gesichtsausdruck war Antwort genug. „Natürlich. Der Graf erwartet uns. Es wäre ausgesprochen unhöflich, einfach nicht zu erscheinen. Außerdem willst du ihn doch kennenlernen, oder nicht?"

Alison gab widerstrebend zu, dass Jane einerseits recht hatte, aber bei ihrem zweiten Argument hatte sie doch starke Zweifel. Sie wusste nicht viel über den Grafen, und dieses wenige reizte sie nicht, seine Bekanntschaft zu machen. Vielleicht hatte Jonathan ihre Einstellung gegenüber Männern verdorben, besonders wenn es sich um gut aussehende und unverheiratete Vertreter der Spezies handelte. In gewisser Weise war es ähnlich wie beim Essen. Wenn man sich einmal an einer Speise den Magen verdorben hatte, verspürte man wenig Lust, sie noch einmal zu probieren. Doch ganz gleich, was sie im Stillen über den Grafen dachte, er war der Besitzer des Campingplatzes. Es wäre sicher undiplomatisch, seine Einladung zu ignorieren, und wenn sie ihn erst einmal begrüßt hatte, konnte sie sich immer noch unter einem Vorwand wieder verabschieden.

„Gut, Jane“, sagte sie. „Es wäre unhöflich, nicht hinzugehen.“

Jane nickte und wurde sofort aktiv. „Du meine Güte, was soll ich bloß anziehen? Meine Kleider sind alle ungebügelt, und auf meine einzige schicke Hose habe ich gestern einen Fleck gemacht.“

Alison betrachtete ihre Freundin erstaunt. „Weshalb die Aufregung? Es ist doch nur ein zwangloses Zusammensein und keine Galaveranstaltung.“

Aber Jane kramte weiterhin in Rucksäcken und Reisetaschen. „Das sagst du nur, weil du ihn noch nicht kennst.“

Damit konnte nur der Graf gemeint sein, denn den Verwalter des Campingplatzes kannte Alison schon. Er war mittleren Alters, untersetzt und sehr nett, aber Mädchenherzen ließ er nicht höher schlagen. Nein, Jane musste von dem Grafen gesprochen haben, und ihr ehrfürchtiger Ton weckte Vorstellungen von selbstherrlichen Adeligen aus der Märchenwelt. Mächtige, aber nicht sehr sympathische Männer.

Alison blieb gelassen, sie ließ sich wegen der Einladung nicht durcheinander bringen. Was konnte der Mann schon erwarten, wenn sie in einem Zelt lebten und seit über vier Wochen keine Waschmaschine zur Verfügung hatten? Entschlossen, sich lässig zu kleiden, zog Alison weiße dreiviertellange Jeans und ein blau-weiß gestreiftes T-Shirt heraus. Sie hatte die Hand schon nach dem dicken Pullover ausgestreckt, den sie am Vorabend getragen hatte, zog sie aber wieder zurück. Die Anspielung auf das dürre Schulmädchen ging ihr immer noch durch den Kopf. Stattdessen nahm sie eine weiße Baumwollstrickjacke und band sie sich um die Schultern.

„Auf deine Figur scheinen Buttercroissants nicht die geringste Wirkung zu haben.“ Jane betrachtete ihre Freundin nicht ohne Neid.

Alison bückte sich und zog flache Sandalen an. „Gestern hat mich jemand als dürr bezeichnet. Ist das etwa ein Kompliment?"

Zum Glück fragte Jane nicht, wer die Bemerkung gemacht hatte. „Männer", murmelte sie abfällig. „Man kann es ihnen einfach nicht recht machen. Ich frage mich, weshalb wir uns überhaupt Mühe geben."

Darüber hatte Alison in letzter Zeit auch öfter nachgedacht, aber keine Antwort gefunden. Doch Jane hatte offenbar nur eine rhetorische Frage gestellt. Mit zunehmender Verzweiflung kramte sie weiter. Nachdem sie sich erst an- und dann mehrmals umgezogen hatte, entschied sie sich schließlich für einen Seersucker-Rock, bei dem es nichts ausmachte, wenn er verknittert war, und ein T-Shirt, dessen Falten verschwanden, als sie es über ihren üppigen Busen streifte.

„Einer der Vorteile, wenn man T-Shirts eine Nummer zu klein kauft", meinte sie augenzwinkernd. Alison wagte nicht zu fragen, was die anderen waren.

2. KAPITEL

Alison betrat die Bar zum erstenmal, denn wie alle anderen Einrichtungen des Campingplatzes war sie bis jetzt geschlossen. Früher war das Gebäude einmal eine Scheune gewesen, und beim Umbau hatte man die unverputzten Steinmauern und die frei liegenden Deckenbalken beibehalten, Gerätschaften aus längst vergangenen Zeiten und alte Fotografien schmückten die Wände. Die Tische waren durch schmiedeeiserne Blenden, die früher einmal im Stall gestanden hatten, voneinander abgeteilt. Nur das gedämpfte Licht gab dem Raum etwas Modernes.

Am Eingang stand der Verwalter des Campingplatzes, um seine Mitarbeiter zu begrüßen. Er trug einen neuen Anzug, der in der Taille spannte, und hatte das Haar sorgfältig über die kahlen Stellen gekämmt. Alison lächelte ihm zu. Sie mochte ihn, weil er stets freundlich und hilfsbereit war. Gehorsam steckte sie sich das Namensschild an, das er ihr reichte, und ging hinein.

Etwa zwanzig Leute waren bereits versammelt. Einige davon waren Angestellte des Campingplatzes, die meisten arbeiteten als Betreuer für andere Reisebüros. Wenn ihre Arbeitgeber auch Konkurrenten waren, so herrschte doch ein kameradschaftliches Verhältnis zwischen den jungen Leuten, und man half sich gegenseitig gern aus.

Jane holte zwei Gläser Weißwein von der Bar und reichte Alison eines davon. Dann ging sie zu Simon und Matthew, die Zeltnachbarn von ihnen waren. Alison stellte sich zu David und Helen. Von allen Kollegen waren diese beiden am wenigsten zugänglich, besonders David.

Wie Jane hatte er bereits in der vorherigen Saison als Betreuer hier gearbeitet und natürlich gewisse Erfahrungen gesammelt. Diesen Vorsprung ließ er sich den anderen gegenüber deutlich anmerken. Alison mochte ihn nicht besonders, aber Helen war ihr sympathisch. Oft hatte sie das Gefühl, dass Helen hin und her gerissen war zwischen der Loyalität zu ihrem Teamgefährten und dem Wunsch, sich auch mit anderen anzufreunden.

„Ihr seid also auch vorgeladen“, scherzte Alison. „Ist der Graf schon da? David kennt ihn bestimmt noch vom letzten Jahr her.“

David schaute sich gleichgültig um. „Nein." Offenbar lag ihm nicht daran, sich mit Alison zu unterhalten, und Helen sah verlegen in ihr Glas.

Doch so leicht ließ Alison sich nicht entmutigen. „Seid ihr für den Besucheransturm gerüstet?", erkundigte sie sich.

„Natürlich", antwortete David von oben herab.

„Und wie ist es bei euch?", warf Helen schnell ein, um sein abweisendes Verhalten ein wenig aufzufangen.

Alison verdrehte die Augen. „Ich wäre überglücklich, für mindestens eine Woche kein Plastikgeschirr mehr zu sehen, und Jane hat heute so viele Luftmatratzen aufgepumpt, dass ihr Bein ganz lahm ist."

Helen lachte, aber David verzog keine Miene.

Er hat wohl Angst, Falten zu bekommen, wenn er lächelt, dachte Alison verdrossen. So ein unfreundlicher Zeitgenosse! Sie überlegte, wie sie sich taktvoll zurückziehen konnte, aber David kam ihr zuvor.

„Würdest du uns bitte entschuldigen? Ich möchte etwas mit Helen besprechen. Unter vier Augen."

„Natürlich." Alison lächelte ihn zuckersüß an. „Ich war immer schon gut darin, taktvolle Anspielungen zu verstehen."

Zufrieden stellte sie fest, dass David rot geworden war. Helen sah aus, als würde sie am liebsten im Boden versinken. Die Arme, dachte Alison. Ich beneide sie nicht darum, dass sie sich den ganzen Sommer die Arbeit mit David teilen muss.

Am anderen Ende des Raumes war ein Buffet aufgebaut, und die ersten Hungrigen drängten sich bereits darum. Alison ging zu ihnen. Sofort wurde sie ins Gespräch gezogen – eine angenehme Abwechslung nach Davids abweisendem Verhalten. Verführerisch lockten die Platten mit Speisen, und sie nahm sich etwas, das wie ein winziges paniertes Hühnerbein aussah. Doch bereits nach dem ersten Bissen legte sie es weg, als sie merkte, dass es sich um einen Froschschenkel handelte. Rasch trank sie einen Schluck Wein, um den Geschmack fortzuspülen.

Jemand hatte eine Schallplatte aufgelegt mit einem Lied, das Diana Ross gesungen hatte. Der Text war französisch, aber das machte nichts. Alison kannte die englische Fassung auswendig. Es war eine von Jonathans Lieblingsplatten gewesen, und unwillkürlich spannte sich ihr Körper, als sie die vertrauten Klänge hörte. Sie hatten zu dieser Musik getanzt, gelacht und sich geliebt. Damals hatte sie noch geglaubt, dass Jonathan für immer ein Teil ihres Lebens bleiben würde. Doch es war ganz anders gekommen.

Offenbar hatte Simon einen Witz erzählt, denn alle lachten. Alison wandte sich rasch ab, ihr war elend zumute. Die andern sollten es nicht bemerken, und sie ging zur Wand, um eine der alten Fotografien zu betrachten. Doch sie konnte kaum etwas sehen, Tränen verschleierten ihre Augen. Plötzlich fuhr sie herum, als sie eine bekannte Stimme hinter sich sagen hörte: „Guten Abend." Der französische Akzent war unverkennbar.

O nein! Das hatte ihr gerade noch gefehlt.

„Mögen Sie alte Fotografien?"

„Guten Abend", erwiderte sie kurz, ohne sich umzublicken. Verstohlen wischte sie sich über die Augen. Alison nickte, blieb aber weiter mit dem Rücken zum Ankömmling stehen. „Sie faszinieren mich", erklärte sie nachdrücklich. Hoffentlich würde er merken, dass sie keinen Wert auf seine Gesellschaft legte. Aber sie hatte umsonst gehofft.

„Vielleicht könnten Sie das Bild besser sehen, wenn es richtig herum aufgehängt wäre." Er sprach freundlich, aber der spöttische Unterton war nicht zu überhören.

„Wie bitte?" Sie verstand zunächst nicht, was er meinte, bis er die Hand ausstreckte, das Bild vom Haken nahm und es umdrehte. Es war ihr überhaupt nicht aufgefallen, dass es falsch hing!

„Oder ist es vielleicht ein Hobby der Engländer, Bilder von unten nach oben zu betrachten?", erkundigte er sich belustigt.

Vor Verzweiflung trank Alison noch einen Schluck Wein und verschluckte sich prompt. „Wahrscheinlich brauche ich eine Brille", behauptete sie lahm. Wie viel hatte er wohl gesehen? Und was schloss er daraus? Der Spott in seiner Stimme war zwar unverkennbar gewesen, aber er klang nicht boshaft.

Zum erstenmal wagte sie es, ihn richtig anzusehen. Er trug legere Hosen und ein am Hals offen stehendes weißes Hemd, das ein

Stück gebräunte Haut und dichtes, dunkles Brusthaar sehen ließ. Die männliche Ausstrahlung, die ihr schon am Vorabend aufgefallen war, spürte sie auch in dem geschlossenen Raum sehr deutlich. Im Licht der Wandlampe wirkten seine Gesichtszüge wie gemeißelt – hohe Stirn, kantiges Kinn, gerade Nase. Nur die Augen, die von einem ungewöhnlichen Grün waren, milderten den Eindruck der Strenge ein wenig, aber Alison zweifelte nicht, dass ihr Blick kalt wie Eis sein konnte. Sein Haar war nicht so dunkel, wie sie zuerst gedacht hatte – eher ein Mahagoni- als ein Ebenholzton –, und reichte knapp bis zum Hemdkragen. Wie alt mochte er wohl sein? Sie schätzte ihn auf dreiunddreißig oder vierunddreißig.

Alison war sich gar nicht bewusst gewesen, wie eingehend sie ihn betrachtete. Vielleicht lag es daran, dass sie zwar seine Anziehungskraft wahrnahm, selbst aber nicht daran interessiert war. Erst als sie das belustigte Funkeln in seinen Augen sah, wurde ihr klar, dass er ihr Verhalten anders deutete und beabsichtigte, das Gleichgewicht wiederherzustellen.

Langsam und gemächlich ließ er den Blick über ihren Körper wandern und nahm jede Kurve mit übertriebenem Interesse in Augenschein. Alison überlegte, ob sie ihm den Rest ihres Weins ins Gesicht schütten sollte. Aber Zurückhaltung trug den Sieg davon, und sie setzte das Glas an den Mund, um es auszutrinken. Als er mit seiner Musterung fertig war und ihr wieder ins Gesicht schaute, stellte sie mit gewisser Befriedigung fest, dass er sein Urteil vom Vorabend, wo er sie als dürres Schulmädchen bezeichnete, revidiert hatte.

Als er jedoch von neuem eingehend auf einen bestimmten Körperteil schaute, fragte sie sich, ob nicht jetzt der Moment gekommen war, ihm eine Ohrfeige zu versetzen. Das Gleichgewicht wiederherzustellen war eine Sache, aber man konnte die Waagschale auch überladen. Gerade noch rechtzeitig merkte sie, dass er nur das Namensschild zu entziffern versuchte, das sie an ihr T-Shirt gesteckt hatte.

„Alison Taylor“, las er laut. „Wie englisch!“

Alison hätte ihm am liebsten einen Tritt versetzt. „Wie heißen Sie denn?“, erkundigte sie sich zuckersüß. Ein kleines Lächeln, das um seinen Mund spielte, zeigte ihr, dass er den Angriff erwartet hatte.

„Raymond."

Sie machte ein unschuldiges Gesicht. „Wie französisch!"

Der Mann – sie brachte es nicht über sich, ihn Raymond zu nennen – schmunzelte. „Sind Sie immer so schlagfertig, oder müssen Sie auch manchmal etwas einstecken?"

Er hatte ihre Tränen vorhin also doch bemerkt. „Ich weiß nicht, wovon Sie sprechen", log sie. Ihr Seelenzustand ging ihn nichts an. Aber hatte sie das gestern bei seinen Fragen nicht auch gedacht und hatte er nicht so lange beharrlich weitergebohrt, bis er zu guter Letzt eine Antwort bekommen hatte? Noch einmal würde sie sich von ihm nicht aushorchen lassen. Sie machte einen Schritt auf ihn zu, um ihm zu verstehen zu geben, dass sie wieder zu ihren Freunden zurück wollte, aber er lehnte sich so an die Trennwand der Nische, dass der Durchgang blockiert war. Wenn sie versuchte, an ihm vorbeizukommen, würde sie ihn unweigerlich berühren. Sie blieb stehen.

Er lächelte. „So ist es schön. Ich dachte, Sie wären vielleicht immer noch verärgert wegen unserer Begegnung gestern Abend."

Sie schaute ihn mit gespielter Überraschung an. „Wirklich? Ich kann mir nicht vorstellen, warum. Sie haben mich doch nur angebrüllt und herumgezerrt. Weshalb sollte ich Ihnen da böse sein?"

„Ich hatte meine Gründe." Seine Miene ließ keinen Zweifel daran, dass er nicht beabsichtigte, ihr mitzuteilen, welche Gründe das waren.

„Das freut mich", erwiderte Alison trocken. „Ich hatte schon befürchtet, Sie würden sich nur zum Vergnügen so aggressiv benehmen."

Diesmal lachte er laut auf, und der Blick, mit dem er sie musterte, verriet, dass sein Interesse geweckt war. „Zum Vergnügen! Diesen Ausdruck habe ich lange nicht mehr gehört. Nein, Miss Taylor, unter Vergnügen verstehe ich wirklich etwas anderes."

Die Art, wie er das Wort betonte, ließ ahnen, woran er dachte. In einer unbewusst herausfordernden Geste fuhr sich Alison mit der Zunge über die Lippen. „Das beruhigt mich aber."

Er blickte ihr fest in die Augen. „Waren Sie denn beunruhigt?", fragte er mit weicher Stimme und gab damit der harmlosen Frage einen ganz neuen Sinn.

Nach zwei Gläsern Wein sah Alison das Ganze nicht mehr so ernst. Noch vor einer Stunde hätte sie sich geärgert über die sexuellen Untertöne, die er in die Unterhaltung einfließen ließ, aber inzwischen konnte sie darüber lachen. „Wären Sie das nicht, wenn niedrig fliegende Fledermäuse Sie als Angriffsziel aussuchen?" antwortete sie mit ernster Miene.

Er lachte leise. „Ich weiß nicht. Jedenfalls war ich beeindruckt, wie laut Sie schreien können. Sie haben das arme Tier damit wahrscheinlich zu Tode erschreckt."

Alison zuckte mit den Schultern. „Das war nur zur Probe für den Fall, dass wirkliche Raubtiere in der Nähe waren – zum Beispiel Wölfe."

„Wussten Sie denn nicht, dass es keine wildlebenden Wölfe in Frankreich mehr gibt?"

Alison zog die Augenbrauen hoch. „Wer sagt denn, dass ich von der vierbeinigen Art sprach?"

Der Mann lächelte. „Nach diesem Schrei würde sich keiner mehr an Sie heranwagen – ganz gleich, von welcher Art."

Sie war sich nicht sicher, ob das ein Kompliment sein sollte. Er selbst hatte sich schließlich auch nicht abhalten lassen. Trotzdem nickte sie ernst. „Vielen Dank."

„Dann mögen Sie Wölfe also nicht?"

Die Unterhaltung nahm langsam Formen an, bei denen sie nicht mehr sicher war, in welche Richtung sie sich entwickelten. Sie mochte es nicht, wenn etwas ihrer Kontrolle entglitt, und sie hatte das Gefühl, dass es dem Mann namens Raymond ebenso erging.

„Im Zoo habe ich nichts gegen sie", antwortete sie zweideutig. Trotz ihrer Nervosität gelang es ihr, zu lächeln. Wortgefechte konnten sehr amüsant sein, vorausgesetzt, man blieb bei unpersönlichen Themen. Das war eins der Dinge, die sie seit der Trennung von Jonathan am meisten vermisste. Beide waren sie lebhaft und intelligent, und von Atomkraft über Retortenbabys hatten sie über alles diskutiert und argumentiert. Damals hatte sie gedacht, dies sei ein

Zeichen dafür, dass sie gut zusammenpassten. Jonathan war offenbar anderer Meinung gewesen.

Plötzlich merkte sie, dass der Mann sie etwas gefragt hatte. „Wie bitte?"

„Ich wollte wissen, ob die Emanzen das mit uns vorhaben – uns in Käfige stecken." Seine Mundwinkel zuckten, und als Alison von neuem seine athletische Gestalt betrachtete, konnte sie sich den Grund für seine Belustigung gut vorstellen. Welcher Frau sollte es gelingen, ihn gegen seinen Willen einzusperren?

„Nur einige", antwortete sie abwesend, denn ihre Gedanken waren wieder bei Jonathan. So etwas Ähnliches hatte er bei ihrer letzten erbitterten Auseinandersetzung auch zu ihr gesagt. Du willst mich in Ketten legen und festschmieden. Denkst du, ich gehöre dir? Nein, man konnte Menschen nicht gegen ihren Willen festhalten. Wenn sie nicht freiwillig blieben, war es zwecklos, sie zurückhalten zu wollen.

Alison merkte, dass der Mann sie nachdenklich betrachtete. „Manche Leute bauen auch um sich selbst herum einen Käfig auf, um sich vor dem zu schützen, was ihnen Angst macht."

Alison war beunruhigt. Was wollte er damit sagen? Die Unterhaltung war ihr viel zu persönlich geworden – zumindest was sie selbst betraf. Er selbst dagegen hatte ihr deutlich zu verstehen gegeben, dass seine Privatangelegenheiten sie nichts angingen. „Eine interessante Beobachtung", stellte sie sarkastisch fest. „Ich hatte ja keine Ahnung, dass Psychologie eines Ihrer Hobbys ist."

„Das ist sie gar nicht", konterte er, „aber man braucht kein Psychologe zu sein, um zu erkennen, dass Sie wie ein Igel die Stacheln aufgestellt haben." Ohne Vorwarnung streckte er die Hand aus und strich über ihren Unterarm. Sie zuckte zusammen, als habe er sie geschlagen. „Sehen Sie?"

Alison umklammerte ihr Glas so fest, dass ihre Knöchel weiß hervortraten. Die Berührung ärgerte sie noch mehr als sein Benehmen am vergangenen Abend. Da hatte er wenigstens spontan gehandelt. Nun aber ging er mit voller Absicht vor, als sei sie Teil eines wissenschaftlichen Experiments. „Wie können Sie es wagen!", zischte sie. „Was zum Teufel gibt Ihnen das Recht, mich zu betasten, als wäre ich ein

Stück Fleisch in der Auslage des Metzgers? In Zukunft wäre ich dankbar, wenn Sie Ihre Finger bei sich und Ihre Meinung für sich behalten würden."

Der Gesichtsausdruck des Mannes war hart geworden. „Wenn ich vorhin sagte, dass Sie Stacheln wie ein Igel haben, war das untertrieben. Messerscharfe Dornen träfen wohl eher zu. An Ihrer Stelle würde ich das Namensschild ändern. Alison, die Unberührbare."

Als Alison diesmal einen Schritt auf ihn zumachte, trat er sofort zur Seite. Mit hocherhobenem Kopf ging sie an ihm vorbei. Sie musste sich zwingen, nicht zu rennen, um so schnell wie möglich von ihm fortzukommen.

Auf der anderen Seite des Raumes stand Jane und gestikulierte wild.

„Was ist denn los?", fragte Alison, als sie ihre Freundin erreicht hatte. Sie war froh, dass Jane sie nicht mit einem Schwall von Fragen empfing.

Jane wedelte sich mit einem Papierteller Luft zu. „Seit Ewigkeiten versuche ich, dich auf mich aufmerksam zu machen. Ist dir nicht klar, dass ..."

In diesem Augenblick klopfte der Verwalter des Campingplatzes an sein Glas und stand auf. „Viele von Ihnen kennen den Grafen Belreynac schon, aber denjenigen, die dieses Jahr das erste Mal bei uns sind, möchte ich ihn gern vorstellen."

Eine hoch gewachsene Gestalt ging durch den Raum, und Alison schlug die Hand vor den Mund, um nicht vor Schreck aufzuschreien. O nein! Das durfte einfach nicht wahr sein. Graf Raymond Belreynac.

Seine Begrüßungsansprache glitt über Alison hinweg. Sie hörte kaum ein Wort davon, weil sich ihre Gedanken überschlugen. Was würde jetzt passieren? Würde man sie hinauswerfen wie ein Schulmädchen, das frech zum Direktor gewesen war, und mit Schimpf und Schande nach Hause schicken?

Sei nicht albern, sprach sie sich selbst Mut zu. Er hat gar nicht das Recht, dich zu entlassen. Du bist bei „Summer Canvas" angestellt, und solange du deine Arbeit ordentlich machst, kann er dir gar nichts anhaben. Trotzdem gelang es ihr nicht, sich soweit zu konzentrieren, dass sie seine Rede mitbekam. Aber was machte das schon?

Ganz gleich, mit welchen Worten er die neuen Mitarbeiter willkommen hieß – sie selbst war bestimmt nicht damit gemeint. Von allen Betreuern, die auf dem Campingplatz waren, war sie bestimmt die einzige, die es fertig gebracht hatte, den Besitzer innerhalb von vierundzwanzig Stunden nicht nur einmal, sondern zweimal zu verärgern. Die Tatsache, dass diese Gefühle auf Gegenseitigkeit beruhten, erleichterte diese Gewissheit auch nicht gerade.

3. KAPITEL

Am Samstagvormittag trafen die ersten Besuchergruppen ein, und von da an kamen die Betreuer kaum zum Atemholen. Sie wiesen den Gästen den Weg zu ihren Zelten, erklärten, wo man einkaufen konnte und zu welchen Zeiten der Waschsalon geöffnet war, und sie beantworteten Fragen nach Fischgewässern oder Bademöglichkeiten.

Am Abend war Alison am Rande der Erschöpfung. Als sie sich auf den Liegestuhl vor ihrem Zelt fallen ließ, betrachtete Jane sie mitfühlend. „In den ersten Tagen ist es immer am schlimmsten. Alle haben es eilig. Sie befürchten, von ihrem Urlaub könnte vieles verloren gehen, wenn sie ihn nicht vom ersten Tag an auskosten können. Von uns Betreuern wird erwartet, dass wir Wunder vollbringen können."

Alison wünschte, mit ihr würde ein Wunder geschehen. Seit dem Abend in der Bar, wo sie erfuhr, dass Raymond kein anderer als der Besitzer von Camp Belreynac war, schwankte sie zwischen Trotz und Beklommenheit. Was würde er wohl tun? Oder ließ er alles auf sich beruhen? Erwartete er von ihr, dass sie sich entschuldigte, oder würde er sich mit einer Kündigung zufrieden geben? Bis jetzt hatte er nichts von sich hören lassen, und begegnet war sie ihm auch nicht wieder.

Alison hatte zwar den Eindruck gewonnen, dass er nicht auf Vergeltung sann. Aber die Ungewissheit hatte ihren Tribut gefordert, und nach dem heutigen Tag, an dem sie sich von morgens bis abends fröhlich, informiert und hilfsbereit hatte zeigen müssen, fühlte sie sich wie ausgelaugt.

Eigentlich neigte sie nicht zum Grübeln oder zum Zweifeln an sich selbst. Sie war immer stolz darauf gewesen, dass sie wusste, was sie wollte. Zielstrebig packte sie das an, was sie sich vorgenommen hatte. Ihre Selbstsicherheit spielte eine große Rolle dabei. Dass sie schon in jungen Jahren zur Chefsekretärin des Senior-Partners befördert worden war, verdankte sie diesem Umstand. Nach der Trennung von Jonathan und der Erkenntnis, dass sie dem falschen Mann vertraut hatte, war es mit ihrem Selbstbewusstsein plötzlich vorbei gewesen. Erst hier, weit entfernt von ihrem früheren Leben, hatte ein natürlicher Heilungsprozess eingesetzt. Sie hatte sich wohl gefühlt, bis dieser Mann, der Graf Belreynac, mit seinen unverschämten Anspielungen aufgetaucht war. Lieber Himmel, war der vielleicht arrogant! Alison schloss die Augen, um sein Bild zu verdrängen, aber sie wusste, dass das nichts nützte.

Theoretisch war der Sonntag für die Betreuer frei. Nachdem sie Eispackungen für Kühlboxen und englische Zeitungen verteilt hatten, gehörte der Rest des Tages ihnen – zumindest stand das so im Vertrag. In der Praxis sah es jedoch ganz anders aus, besonders, da die Saison gerade erst begonnen hatte. Alles, was vom Vortag übrig geblieben war, musste erledigt werden. Die Besucher standen Schlange, um sich den Weg zu den im Informationsblatt aufgeführten Sehenswürdigkeiten beschreiben zu lassen, nach französischen Redewendungen zu fragen oder sich für irgendwelche Veranstaltungen anzumelden. Mittags hatte Jane genug.

„Ich verschwinde für eine Weile", erklärte Jane, „und ich rate dir, dasselbe zu tun, wenn du in Ruhe gelassen werden willst. Kommst du mit nach Sarlat?"

Janes Vorschlag hatte etwas für sich, aber Alison war nicht nach Menschenmassen zumute. Man konnte Sarlat vom Campingplatz aus mit dem Fahrrad erreichen, und sie waren schon einige Male dort gewesen. Die malerische Stadt mit den engen gewundenen Straßen und den hübschen Häusern aus dem Mittelalter gefiel ihr zwar gut, aber sie wusste, dass sonntags Touristen in Scharen dort unterwegs sein würden.

„Danke, aber ich suche mir lieber hier in der Nähe ein ruhiges Plätzchen. Vielleicht gehe ich ein Stück spazieren."

Jane nahm Alison die Absage nicht übel. Simon hatte vorgeschlagen, sie zu begleiten, und sie war sehr damit einverstanden. Warum sollten nicht auch die Betreuer eine Ferienromanze erleben dürfen?

Als Jane fort war, zog sich Alison schnell um. Sie tauschte ihre Jeans mit Shorts. Lange Hosen waren zwar sehr praktisch bei der Arbeit, aber bei diesem Wetter waren sie viel zu warm. Sie packte ein Buch, ihre Sonnenbrille und ein großes Handtuch in ihre Badetasche und machte sich auf den Weg zu dem kleinen See, der etwa zwei Kilometer vom Campingplatz entfernt im Wald lag.

Einer plötzlichen Eingebung folgend, schaute sie unterwegs in die Stallungen. Im Programm von Belreynac wurden Reitstunden angeboten, und in den Boxen standen Pferde und Ponys verschiedener Größen. Alisons Interesse galt jedoch insbesondere der Jagdhündin, die mit ihren Jungen in einer abgeteilten Nische lag. Die Welpen waren etwa fünf Wochen alt und hatten gerade angefangen, auf wackeligen Beinen ihre Umgebung zu erkunden. Belustigt schaute Alison zu, wie sie sich gegenseitig aus dem Weg schubsten oder übereinander hinwegkletterten.

Plötzlich merkte sie, dass sie nicht mehr allein war. Sie blickte hinunter und entdeckte einen kleinen Jungen von etwa sieben Jahren, der versuchte, durch einen Spalt in die Box zu spähen.

Alison holte einen Hocker und half ihm hinauf, damit er auch etwas sehen konnte. Er begann zu strahlen und lehnte sich weit vor.

„Sind die nicht süß?“, meinte er begeistert.

„Sehr süß“, bestätigte Alison. „Aber auch ganz schön frech. Schau dir die Hundemama mal an.“

Der Junge kicherte, denn die Hündin hatte wirklich einiges zu tun, um ihren tatendurstigen Nachwuchs in Schach zu halten.

Kurz darauf ließ Alison ihn allein, um die Pferde in den Nachbarboxen zu besuchen. Eins beschnupperte neugierig ihre Hand, und sie kraulte ihm die Mähne, als eine Tür leise geschlossen wurde. Sie schaute aus dem Fenster und sah gerade noch, wie der Junge mit einem braun-weiß gefleckten Bündel in der Hand um die Ecke verschwand.

Alison verriegelte die Stalltür und lief hinter ihm her. „Halt, bleib stehen!“, rief sie, aber der Junge hörte nicht. Mit dem zappelnden Welpen in seinen Armen kam er aber nur langsam voran. Als er sich umdrehte, merkte er, dass Alison schon dicht hinter ihm war. Lieber ließ er seine Beute jetzt im Stich, als sich eventuell ein paar Ohrfeigen einzufangen. Er bückte sich, setzte das Hundebaby ab und rannte weiter, so schnell ihn seine kurzen Beine trugen.

Alison gab die Verfolgung auf, ihre erste Sorge galt dem Welpen.

Er hatte sich hochgerappelt und strebte dem Tor zu, das in den Garten hinter dem Schloss führte. Ehe sie ihn fassen konnte, war er unter den Holzplanken hindurchgeschlüpft.

Zögernd blieb Alison vor dem Tor stehen. Ein großes Schild in vier Sprachen verkündete „Privatbesitz". Es bestand kein Zweifel, Besucher waren hier nicht willkommen. Aber bei ihr handelte es sich um einen Notfall. Bis sie jemanden aufgetrieben hatte, dem das Betreten gestattet war, konnte der junge Hund schon längst verschwunden sein. Kurz entschlossen kletterte sie über das Tor. Wenn sie Glück hatte, konnte sie mitsamt dem Ausreißer wieder draußen sein, ehe jemand etwas merkte.

Auf dem Rasen war nichts zu sehen. Offenbar hatte er sich im Blumenbeet oder in den Büschen verkrochen, die an der Mauer entlang wuchsen. Alison ließ sich auf alle viere nieder und schnalzte mit der Zunge, um den Welpen anzulocken.

Sie war so mit ihrer Suche beschäftigt, dass sie die hoch gewachsene Gestalt, die über den Rasen auf sie zukam, überhaupt nicht bemerkte. Erst als ein Schatten auf sie fiel und jemand mit brüsker Stimme fragte: „Können Sie nicht lesen?", fuhr sie herum und sah sich dem Mann gegenüber, dem sie in diesem Moment am wenigsten begegnen wollte.

„Sie schon wieder!"

Alison konnte nicht sagen, ob Unmut in seinem Ton lag oder Resignation.

„Falls Sie beabsichtigten, nach Mekka gewandt zu beten, muss ich Ihnen leider mitteilen, dass Sie die falsche Richtung gewählt haben", fuhr er trocken fort.

„Wie bitte? Ach so ..." Alison stand auf. Sehr komisch. Er trug eine dunkle Brille, die seine Augen verbarg, während sie direkt in die Sonne schaute.

„Hat sich wieder eine niedrig fliegende Fledermaus auf Sie gestürzt?", erkundigte er sich.

Beinahe hätte Alison gelacht, aber sie hielt sich zurück. Diesen Mann wollte sie nicht amüsant finden.

„Nein, ein junger Hund."

„Was? Fliegen die seit neuestem auch?“ Er hatte spöttisch die Brauen hochgezogen.

„Seien Sie nicht albern!“, fauchte Alison. Gleich darauf hätte sie sich am liebsten auf die Zunge gebissen. Hatte sie sich durch ihre Auseinandersetzungen mit diesem Mann nicht schon genug Probleme eingehandelt, musste sie nun noch zusätzlich Öl ins Feuer gießen? Sie atmete tief durch und fuhr ruhiger fort: „Ein kleiner Junge hat einen der Welpen aus dem Stall entwendet. Als ich ihm nachrief, setzte er ihn ab, aber ehe ich den Hund erwischen konnte, kroch er unter dem Gartentor durch.“ Sie schaute sich unablässig um, während sie sprach und hoffte, irgendeinen Beweis für ihre Geschichte zu finden.

Seine Augen konnte sie zwar nicht sehen, aber nach seinem Gesichtsausdruck zu schließen, schien er unschlüssig zu sein, ob er es mit einer Tierfreundin oder gar mit einer Verrückten zu tun hatte.

Dass diese letzte Vermutung nicht zutraf, das wollte sie ihm beweisen. Entschlossen kniete sich Alison wieder hin und pfiff leise. Zu ihrer Verblüffung ging er neben ihr in die Hocke. „Sind Sie sicher, dass der Hund hierher gekommen ist?“

Sie nickte. „Ja. Er muss sich irgendwo im Gebüsch verkrochen haben.“

Als auch er nun anfing, unter Pflanzen und Sträuchern zu suchen, atmete Alison erleichtert auf. Offenbar glaubte er ihr. Beunruhigend war nur seine Nähe, die sie verwirrte. Der dünne Stoff der Hose spannte sich über seinen muskulösen Schenkeln, und obwohl sie sich bemühte, nicht daran zu denken, verspürte sie ein Flattern im Magen. Verstohlen rückte sie ein Stück von ihm weg. Sie hatte sich dagegen gewehrt, dass er sie zum Lachen brachte. Noch viel weniger wollte sie sich zu ihm hingezogen fühlen.

Der Welpe war wie vom Erdboden verschwunden. Plötzlich aber hörte Alison ein leises Winseln aus dem Rosenbeet. Sie achtete nicht auf die Dornen, die ihr Arme und Hände zerkratzten, griff hinein und tastete herum, bis ihre Finger auf etwas Weiches, Warmes stießen. Vorsichtig zog sie den kleinen Hund heraus, richtete sich auf und wiegte ihn in den Armen hin und her.

Sie war so damit beschäftigt, das zitternde Fellbündel zu beruhigen, dass sie die Blutflecken auf ihrem T-Shirt erst nach einer Weile bemerkte. Auch der Graf hatte sie gesehen und drehte den Welpen herum, um ihn zu untersuchen. Sichtbar verletzt war der kleine Kerl nicht, aber das Blut schien aus der Pfote zu kommen.

„Was hat er denn?“, fragte Alison besorgt.

Er lächelte ihr beruhigend zu. „Ich nehme ah, er hat sich einen Dorn eingetreten. In diesem Alter ist die Haut an den Pfoten noch ganz weich, und da kann so etwas leicht einmal passieren. Bringen Sie ihn ins Haus, dann werde ich ihn mir ansehen.“

Im nächsten Augenblick hatte er sie am Ellbogen ergriffen und führte sie auf einen Glasvorbau an der Schmalseite des Schlosses zu. Alison musste sich beeilen, um mit ihm Schritt zu halten. Der Welpe drückte sich enger an sie. Offenbar waren ihm die raschen Bewegungen unheimlich.

Direkt hinter dem Wintergarten befand sich ein geräumiges Arbeitszimmer. Der Graf, Raymond – Alison wusste selbst nicht, wie sie ihn eigentlich nennen sollte –, räumte einige Papiere auf dem Schreibtisch beiseite und wies sie an, den Hund abzusetzen. „Halten Sie ihn fest, damit ich nachsehen kann“, bat er.

Alison legte den Welpen auf den Rücken, denn sie war ebenso besorgt wie er um dessen Gesundheit.

Die Untersuchung ergab, dass Raymonds Annahme richtig gewesen war, und obwohl der Hund jämmerlich winselte, dauerte es nur ein paar Sekunden, den Dorn herauszuziehen.

Aus einem Wandschrank nahm der Graf ein Desinfektionsmittel und Watte. „Wir werden vorsichtshalber noch etwas davon auftragen“, erklärte er und schraubte den Verschluss auf. Alison streichelte dem Welpen über den Kopf und redete beruhigend auf ihn ein. Vielleicht verstand er, dass sie nur versuchten, ihm zu helfen.

Nach einer Weile richtete der Graf sich wieder auf. „Das wär's. Am besten wird es sein, den Ausreißer zu seiner Mutter zurückzubringen. Ich werde den Tierarzt anrufen, dass er später noch einmal nach ihm sieht“, erklärte er und griff nach dem Telefon.

Alison konzentrierte sich darauf, den Hund ruhig zu halten. Er wedelte bereits wieder mit dem Schwanz und betrachtete den Schreibtisch neugierig, als wolle er feststellen, ob es dort etwas zum Spielen für ihn gab.

Wenige Minuten später erschien ein Gutsangestellter. Der Graf sprach französisch mit ihm, aber Alison verstand, dass er seinen Angestellten anwies, den Welpen wieder in den Stall zu bringen und auf ihn aufzupassen, bis der Tierarzt einträfe. Der Mann nickte und ging hinaus.

Als der Graf die Tür hinter ihm geschlossen hatte, drehte er sich um und lehnte sich dagegen.

Der Blick des Grafen ruhte auf Alisons T-Shirt, und als sie an sich hinunterschaute, wurde sie rot. Schön sah sie aus! Blut und Grasflecken passten nicht zu dem ursprünglichen Roseton, und der Arm, den sie in die Rosenbüsche gesteckt hatte, war voller Kratzer. Doch am meisten war sie sich bewusst, dass die knappen Shorts ihre Beine völlig freiließen. Der Miene des Grafen nach zu schließen war auch ihm diese Tatsache nicht entgangen.

„Ich sollte jetzt lieber …“ begann sie, aber er schnitt ihr das Wort ab.

„Die Wunden an Ihrem Arm müssen versorgt werden. Ich werde Madame Chessaud bitten, uns eine Tasse Kaffee zu machen, während ich Ihre Blessuren behandle“, sagte er gleichmütig. Doch sein Ton lud nicht zu Widerspruch ein.

„Vielen Dank, aber …“ Alison wollte höflich ablehnen. Es war ihr unangenehm, dass seine Aufmerksamkeit von dem Welpen auf sie übergangen war. Er meinte es sicher gut, aber sie kam sich plötzlich sehr verletzlich vor. Das Gefühl, in der Falle zu sitzen, behagte ihr gar nicht.

„Außerdem“, überging er ihren Einwand, „werden Sie die Gäste in Panik versetzen, wenn Sie in diesem Zustand auf dem Campingplatz erscheinen.“ Er deutete auf ihr verschmutztes T-Shirt. „Madame Chessaud wird es für Sie waschen. Ich besorge Ihnen etwas Frisches zum Anziehen.“

Ehe sie weitere Einwände erheben konnte, hatte er ihr die Hand auf den Rücken gelegt und schob sie auf eine Tür an der Schmalseite des Raumes zu. Alles ging so schnell, dass ihr keine Zeit zu protestieren blieb, und wenn sie es nicht auf ein kindisches Gerangel ankommen lassen wollte, würde ihr nichts anderes übrig bleiben, als sich zu fügen. Außerdem musste sie zugeben, dass sie neugierig auf das Schloss war. Bestimmt würde sich keine zweite Gelegenheit bieten, es von innen zu sehen. Eine Tasse Kaffee konnte doch bestimmt keinen Schaden anrichten, oder?

Raymond führte sie durch eine elegante Eingangshalle mit Marmorfußboden, und dann ging es einen Korridor entlang zu einer Garderobe mit angrenzendem Bad. Er hielt ihr die Tür auf, aber diesmal war es Alison, die den Eingang blockierte.

„Vielen Dank, ich komme allein zurecht", erklärte sie und streckte die Hand nach dem Desinfektionsmittel und der Watte aus. Seine Mundwinkel zuckten, aber er hielt die Gegenstände fest.

Sie hatte recht gehabt. Er gab nicht so leicht nach. Aber sie auch nicht.

Er betrachtete die Kratzer. „An einige davon dürften Sie wohl kaum herankommen."

„Ich schaffe es schon", beharrte sie, „ich bin sehr gelenkig."

„Das bezweifle ich nicht", stimmte er zu und musterte sie interessiert. Einige Sekunden lang pulsierte sexuelle Spannung zwischen ihnen – unsichtbar, aber ganz deutlich zu spüren. Dieses Gefühl erschreckte Alison, und im nächsten Augenblick hatte sie Raymond die Flasche mit dem Desinfektionsmittel und die Watte einfach aus der Hand genommen und die Tür hinter sich geschlossen.

Seine belustigte Stimme drang nur gedämpft durch das massive Holz. „Falls Sie mich brauchen sollten – ich bin im Wohnzimmer."

Alison lehnte sich gegen die Tür und betrachtete sich in dem kunstvoll gerahmten Spiegel, der fast die gesamte gegenüberliegende Wand einnahm. Sie sah wirklich ziemlich schlimm aus – schmutzig, die Haare zerzaust und die Wangen verdächtig gerötet. Ohne sich zu bewegen, ließ sie den Blick durch den Raum wandern, der fast doppelt so groß war wie ein normales Badezimmer und wesentlich eleganter. Zum Schluss musterte sie wieder ihr Spiegelbild. Was machte sie eigentlich hier? Wie war sie in diese Misslage geraten?

Beim ersten Zusammentreffen hatte sie eine heftige Abneigung gegen diesen Mann gespürt. Der zweite Eindruck hatte dieses Gefühl eher noch verstärkt und sich verheerend auf ihren Seelenfrieden ausgewirkt. Und trotzdem war sie hier, in seinem Haus, in seinem Badezimmer. In wenigen Minuten würde sie mit ihm Kaffee trinken. Was empfand sie jetzt? Nicht mehr unbedingt Abneigung, aber auch keine Sympathie. Dafür war er sich seiner selbst viel zu sicher und zu sehr von sich eingenommen. In gewisser Weise erinnerte er sie an Jonathan. Vielleicht fand sie ihn deshalb so beunruhigend.

Alison ging zum Waschbecken, drehte den Hahn auf und wusch sich das Gesicht mit kaltem Wasser. Dann reinigte sie ihre Arme und trocknete sie sorgfältig ab, ehe sie die Kratzer mit Desinfektionsmittel bestrich. Zuletzt bürstete sie ihr Haar aus dem Gesicht.

Abgesehen von dem T-Shirt, an dem im Moment nichts zu ändern war, hatte sich ihre Erscheinung erheblich zum Vorteil verändert. Sie wirkte kühl und beherrscht – genauso, wie sie Raymond de Belreynac gern gegenübertreten wollte.

Wie bestellt, klopfte er diskret an die Tür. Alison öffnete einen Spalt. Halb und halb hatte sie erwartet, dass der Graf selbst kommen würde, aber draußen stand eine rundliche ältere Dame – vermutlich Madame Chessaud. In der Hand hielt sie eine zartgelbe Bluse. Sie lächelte Alison zu. „Wenn Sie mir Ihr T-Shirt geben, werde ich es waschen."

„Einen Augenblick, bitte." Alison zog sich blitzschnell um und reichte der Haushälterin das verschmutzte T-Shirt. Sie hätte das ebenso gut nachher auf dem Campingplatz erledigen können, denn mit Ankunft der Gäste waren auch die Waschmaschinen angeschlossen worden. Doch sie nahm an, dass der Graf Madame Chessaud genaue Anweisungen erteilt hatte, und sie wollte die Haushälterin nicht in Schwierigkeiten bringen.

Erst jetzt hatte sie Gelegenheit, die geliehene Bluse näher zu betrachten. Sie war weit geschnitten und sehr weiblich. Wie kam ein solches Kleidungsstück wohl in den Besitz von Raymond Belreynac?

Nach einem letzten prüfenden Blick in den Spiegel trat Alison auf den Korridor.

Offenbar hatte der Graf Alisons Schritte gehört, denn er kam heraus, um sie ins Wohnzimmer zu bringen.

Der Raum war sehr groß und hatte eine Stuckdecke. Auf einem niedrigen Tisch vor der Sitzgruppe stand ein Tablett mit Kaffeegeschirr. Als der Graf ihr einen Platz anbot, setzte sich Alison vorsichtshalber nicht auf die Couch, sondern auf einen der Sessel gegenüber. Man konnte nie wissen …

Während er Kaffee einschenkte, sah sie sich im Zimmer um und bewunderte die Gemälde und die kostbaren Antiquitäten. Als er ihr die Tasse reichte, bedankte sie sich für die geliehene Bluse. „Sie ist sehr hübsch“, schloss sie. Doch wenn sie gehofft hatte, nun zu erfahren, wem sie gehörte, sah sie sich enttäuscht.

Der Graf sah auf und musterte sie beifällig. „Sehr hübsch“, bestätigte er, „aber es ist an mir, Ihnen zu danken. Der Welpe ist ein sehr wertvoller Hund. Wenn Sie nicht so schnell reagiert hätten, hätten wir ihn wohl nicht wohlbehalten zurückbekommen.“

Das war das erste Mal, dass er so freundlich mit ihr sprach. Alison war überrascht, sogar ein bisschen verlegen – besonders, wenn sie daran dachte, wie ihr letztes Zusammentreffen in der Bar geendet hatte. Da sie daran nicht erinnert werden wollte, suchte sie fieberhaft nach irgendeinem unverfänglichen Gesprächsthema.

„Ist das Schloss schon lange im Besitz Ihrer Familie?“, erkundigte sie sich und trank einen Schluck Kaffee. Diese Frage war nicht nur hinreichend unpersönlich, sondern die Antwort interessierte sie wirklich.

„Fast ein halbes Jahrtausend. Seit dem Ende des fünfzehnten Jahrhunderts leben Belreynacs hier. Natürlich hat jede Generation Veränderungen vorgenommen – etwas hinzugefügt oder umgebaut –, aber im Großen und Ganzen ist das Schloss dasselbe geblieben.“ Er lehnte sich zurück in die weichen Kissen.

„Es muss wunderbar sein, so etwas zu besitzen – ein Stück Geschichte, das von Generation zu Generation weitergegeben wird.“ Die Unterhaltung ließ Alisons Nervosität verfliegen.

Er nickte. „Das stimmt, aber damit ist auch eine große Verantwortung verbunden. Einen Besitz dieser Größe kann man nicht einfach sich selbst überlassen. Es kostet sehr viel, ihn zu erhalten, und man muss unablässig nach Möglichkeiten suchen, neue Einnahmequellen zu erschließen."

„Haben Sie deshalb den Campingplatz eingerichtet?", fragte Alison.

„Ja. Als mein Vater vor fünf Jahren starb, war er hoch in den Siebzigern. Er hatte sich eigentlich nie mit dem Problem steigender Ausgaben und schwindender Einnahmen befasst. Er wollte sein Leben so beenden, wie er es gewohnt war – wer kann ihm das vorwerfen? Doch als ich nach seinem Tod den Besitz erbte, wusste ich, dass drastische Maßnahmen nötig waren, um ihn wirtschaftlich rentabel zu machen."

„Aber warum ausgerechnet ein Campingplatz?" Sie konnte sich viele andere Projekte vorstellen, mit denen mehr Geld zu verdienen war.

Er zuckte mit den Schultern. „Ich habe mehrere Möglichkeiten in Erwägung gezogen und die verworfen, die mir nicht gefielen. Sich allein auf die Landwirtschaft zu verlegen ist heutzutage riskant. Außerdem wird hier in Frankreich ohnehin schon mehr produziert, als wir verbrauchen können. Ich hätte auch das Schloss für Besucher öffnen können, aber ich wollte ungern Fremde in meinem Heim haben. Ein Safari- oder Amüsierpark waren weitere Alternativen, aber keine davon reizte mich. Campingplätze dagegen erfreuen sich zunehmender Beliebtheit. Ich muss den Grund des Schlosses sechs Monate im Jahr mit anderen teilen, und den Rest der Zeit gehört er mir allein. Das ist ein sehr guter Kompromiss, finden Sie nicht?"

Wenn man es so betrachtete, musste Alison ihm zustimmen. Bis jetzt hatte sie eigentlich nicht darüber nachgedacht, warum der Campingplatz da war, sondern ihn als gegeben hingenommen.

Ehe sie darauf antworten konnte, überraschte er sie mit einer weiteren Frage. „Wie gefällt Ihnen denn das Leben in Camp Belreynac?"

Was sollte sie darauf erwidern? Alles war wunderbar, bis sie plötzlich entdeckte, dass es sich bei dem Fremden, der ihr so unsympathisch war, um niemand anderen als den Besitzer handelte? Nein, das war unmöglich. Außerdem stimmte es nicht mehr. Sie war zwar noch weit davon entfernt, ihn nett zu finden, aber er war auch nicht das tyrannische Ungeheuer, für das sie ihn zu Anfang gehalten hatte. Schließlich entschied sie sich für eine höfliche, unverbindliche Antwort.

„Die Lage ist traumhaft schön. Über die Arbeit kann ich noch nicht allzu viel sagen, weil sie gerade erst angefangen hat, aber ich bin sicher, dass ich gut damit zurechtkommen werde.“

Offenbar hatte sie zu lange gezögert, denn die Augen des Grafen funkelten belustigt. „Wie förmlich! Als wir uns das letzte Mal begegnet sind, waren Sie weniger zurückhaltend mit Ihrer Meinungsäußerung.“

Alison hatte gehofft, er würde nicht auf die Unterhaltung in der Bar zurückkommen. „Da wusste ich noch nicht, wer Sie sind“, verteidigte sie sich. „Sie hätten es mir sagen müssen.“

Der französische Akzent ließ seine Stimme noch verführerischer erscheinen. „Wieso? Hätte das etwas geändert?“

„Möglicherweise.“

„Vielleicht ist genau das der Grund, warum ich meine Identität geheim gehalten habe.“ Er lachte. „Offenheit kann eine herzerfrischende Abwechslung sein.“

Alison wurde rot, als sie daran dachte, wie offen sie gewesen war. „Das kommt auf den Standpunkt an. Es ist wie bei scharf gewürzten Speisen – entweder man ist ganz versessen darauf oder man mag sie überhaupt nicht.“

Ihrer Erfahrung nach wussten die meisten Männer Offenheit nicht zu schätzen – zumindest nicht dann, wenn sie selbst dabei schlecht abschnitten.

„Ich sagte ja nur, sie wäre eine angenehme Abwechslung“, meinte er schmunzelnd. „Zur Regel würde ich sie nicht machen.“

Alison musste lächeln. „Das ist auch besser so.“ Schließlich hatte er ebenfalls kein Blatt vor den Mund genommen, und sie war alles andere als angenehm berührt gewesen.

Eine Gesprächspause war eingetreten, und Alisons Nervosität wuchs wieder. Trotz des scherzhaften Tons spürte sie, dass sich allmählich eine Spannung zwischen ihnen aufbaute, die sie nicht erklären konnte.

Sorgfältig stellte sie ihre Tasse ab und stand auf – angeblich, um ein Gemälde an der gegenüberliegenden Wand zu betrachten. „Das ist ein Picasso, nicht wahr?“, fragte sie.

Zu ihrem Entsetzen war er ihr gefolgt. „Nein, ein Braque. Georges Braque. Er und Picasso haben zusammen den Kubismus entwickelt. Deshalb ist der Stil ihrer frühen Arbeiten auch sehr ähnlich. Man kann sie leicht miteinander verwechseln.“

Er hätte sie wegen ihres Irrtums verspotten können, aber stattdessen zeigte er Verständnis. Alison war ihm dankbar dafür. Als sie den Kopf wandte, sah sie, dass er lächelte. „Um ehrlich zu sein, mir gefällt das Bild nicht besonders. Doch mein Vater hat sehr daran gehangen, weil es ein persönliches Geschenk des Künstlers war, und deshalb lasse ich es hängen.“

Soviel menschliche Wärme hätte sie ihm gar nicht zugetraut, und für einen Augenblick vergaß Alison, wie nervös er sie machte. Instinktiv drehte sie sich zu ihm um. Das war ein Fehler, denn seine männliche Ausstrahlung schlug sie sofort in ihren Bann. Die verwirrenden geometrischen Figuren, die sie eben noch zu deuten versucht hatte, waren wie weggewischt, und sie sah nur noch ihn.

„Mögen Sie moderne Kunst?“

Wie brachte er es fertig, so kühl und beherrscht zu klingen, während ihr Herz zum Zerspringen klopfte? Bestimmt konnte er es hören. Sie versuchte, sich so gelassen wie möglich zu geben. „Mir sind die konservativen Maler lieber.“

„Dann sind Sie also ein altmodisches Mädchen?“

Sein Mund war ganz nah, und ihr Blick hing daran, als müsse sie ihm jedes Wort von den Lippen ablesen. „Nur in einigen Dingen.“ Weshalb war ihre Stimme auf einmal so belegt?

„In welchen Dingen?“

Gerade noch rechtzeitig wurde ihr bewusst, was geschehen würde, und sie wollte einen Schritt zurück machen. Doch sie war nicht schnell genug. Raymond Belreynac hatte blitzschnell die Hand um ihre Taille gelegt und zog sie an sich. Mit der anderen hielt er ihr Kinn fest. Sie stemmte sich gegen seine Brust – ohne jeden Erfolg. Na gut, sie saß also fest. Die Erfahrung hatte sie jedoch gelehrt, dass passives Verhalten auch der glühendsten Leidenschaft einen Dämpfer versetzen konnte. Nichts verletzte den Stolz eines Mannes mehr, als wenn er überhaupt keine Reaktion erhielt. Diese Überlegung war ihr zweiter Fehler.

Denn als sie aufhörte, sich zu wehren, küsste er sie behutsam, und sie genoss es mehr und mehr. Einige Sekunden lang ließ sie seine Zärtlichkeiten teilnahmslos über sich ergehen, aber plötzlich spürte sie ohne Vorwarnung, wie sich tief in ihr Begehren regte, ganz leicht zuerst und dann immer stärker. Raymond verlangte nicht, dass sie ihn wiederküsste, und gerade darin lag die Gefahr. Er ließ sich viel Zeit, und als er schließlich die Zunge zwischen ihre Lippen schob, öffneten sie sich wie von selbst.

Alison versuchte nicht mehr, ihn wegzustoßen, sondern ließ die Hände über seine Brust gleiten, die sich heftig hob und senkte.

Erst als er sich von ihr löste, merkte sie, dass sie die Augen geschlossen hatte. Erschrocken öffnete sie sie wieder und sah ihn an. Sein Gesichtsausdruck war nicht zu missdeuten. In seinen grünen Augen glommen Funken.

„Ich habe auch nicht geglaubt, dass es stimmt."

„Was?", fragte sie ungehalten. Seine sichtliche Selbstzufriedenheit ärgerte sie.

„Dass du so unberührbar bist, wie du dich gibst. Bei dir dauert es nur etwas länger, bis du Feuer fängst. Das ist alles."

Diesmal machte Alison sich so rasch los, dass er nicht dazu kam, sie festzuhalten.

„Betätigen Sie sich wieder als Hobbypsychologe?", erkundigte sie sich spitz. „Sie stellen mich ja hin, als wäre ich ein glimmender Holzstoß, der darauf wartet, angefacht zu werden."

Raymond kratzte sich nachdenklich am Kinn. „Nein, so weit würde ich nicht gehen. Aber der Anfang war zumindest viel versprechend."

Alison fragte sich, ob es hier im Raum irgendetwas gab, das sie nach ihm werfen konnte, ohne ein Vermögen für Schadenersatz bezahlen zu müssen. „Sie Mistkerl!", fauchte sie. „Das haben Sie von Anfang an vorgehabt, nicht wahr?" Das ganze Gerede über Offenheit als erfrischende Abwechslung war nur ein Trick gewesen, um ihr

Misstrauen einzuschläfern. Er hatte einzig und allein darauf gewartet, es ihr heimzuzahlen. Darin war er genau wie alle anderen Männer, die sich in ihrem Selbstgefühl gekränkt sahen.

Er schmunzelte. „Einer Herausforderung konnte ich noch nie widerstehen. Außerdem sehen Sie zum Anbeißen aus." Sein bewundernder Blick unterstrich seine Worte.

Alison wusste nicht, über wen sie wütender war. Über sich selbst, weil sie es zugelassen hatte, dass dieser Kuss so lange dauerte, oder über dieses Ungeheuer. Ihre ursprüngliche Annahme war also doch richtig gewesen. Er war ein Ungeheuer, das keinerlei Rücksicht auf die Gefühle anderer nahm.

Sie ging zurück zur Sitzgruppe und nahm ihre Tasche. „Vielen Dank für den Kaffee und die Bluse. Der Rest war zwar vom wissenschaftlichen Standpunkt her ganz interessant, aber nicht besonders aufregend." Hoffentlich gelang es ihr, ebenso gelassen auszusehen wie er.

Raymond lachte laut auf. „Vorsicht, Miss Taylor! Ich könnte mich sonst herausgefordert sehen, Ihnen das Gegenteil zu beweisen."

Alison konnte sich nicht daran erinnern, jemals so aufgebracht über einen Mann gewesen zu sein. Verärgert, ja. Und verletzt. Aber noch nie hatte sie den Wunsch verspürt, um sich zu treten und zu beißen. „Hoffentlich nicht. Es genügt, dass Sie Ihre Muskeln einmal zur Schau gestellt haben. Wiederholungen finde ich ermüdend." Sie wusste, dass sie sich auf dünnem Eis befand. Schließlich war Raymond der Eigentümer von Camp Belreynac. Aber im Moment war ihr das egal. Außerdem schien ihr Ausbruch ihn nicht im Geringsten berührt zu haben. Ganz im Gegenteil, er wirkte höchst belustigt. Warum auch nicht! Er hatte ja eben den Beweis erhalten, dass sie längst nicht immer so kampflustig war.

Mit einem Schwung warf Alison ihre Tasche über die Schulter – wenn sie doch nur sein Kinn träfe! – und marschierte zur Tür. Sie merkte, dass er ihr folgte, weigerte sich aber, ihn in irgendeiner Weise zur Kenntnis zu nehmen. Durch den Korridor und die Eingangshalle blieb er ihr dicht auf den Fersen.

Er begleitete sie bis zum Gartentor und schob den Riegel zurück, damit sie das Grundstück in würdevollerer Weise verlassen konnte, als sie es betreten hatte.

„Ich werde dafür sorgen, dass Sie Ihr T-Shirt zurückbekommen“, rief er ihr nach, als sie schon ein Stück entfernt war.

„Danke“, erwiderte sie eisig. Sie war sehr stolz darauf, dass sie der Versuchung widerstanden hatte, sich umzudrehen.

4. KAPITEL

Die Woche, die jetzt folgte, verging unglaublich schnell. Der Arbeitstag der Betreuer begann damit, dass sie Eispackungen und Zeitungen austrugen, und zwischen acht und halb zehn ging es auf dem Campingplatz zu wie in einer Großstadt während des morgendlichen Stoßverkehrs. Allerdings sorgten nicht Autos, Busse und Taxis für das Gewühl, sondern Fahrräder, an deren Lenkstangen riesige Körbe montiert waren. Eineinhalb Stunden lang pendelten die Betreuer mit ihren Lasten zwischen den Läden im Zentrum und den Zelten hin und her. Die körperliche Betätigung verlieh Alison, die zu Hause morgens immer Anlaufschwierigkeiten gehabt hatte, ungeahnte Energie. Um diese frühe Stunde, wenn der Tau noch an den Grashalmen hing und die ersten Sonnenstrahlen durch den Dunst drangen, gefiel ihr Camp Belreynac am besten. Noch war alles ganz still, doch bald würde die Luft von fröhlichem Lärm erfüllt sein. Jeder Morgen brachte einen neuen Anfang und damit die Chance, die Vergangenheit mit ihren unangenehmen Erinnerungen wieder ein Stück weiter hinter sich zu lassen.

Es kam ihr vor, als wäre ihr Besuch im Schloss schon unendlich lange her. Seither hatte sie den Grafen nicht zu Gesicht bekommen, und die vielen Aktivitäten, mit denen ihre Tage ausgefüllt waren, ließ die Begegnung seltsam unwirklich erscheinen.

Alison konnte nicht leugnen, dass er sie ziemlich aus dem Gleichgewicht gebracht hatte. Was sie ärgerte, war nicht nur sein rücksichtsloses Verhalten, sondern vor allem ihre eigene Schwäche. Sie liebte einen anderen! Wie hatte sie da in den Armen des ersten Chauvinisten, der ihren Weg kreuzte, so den Kopf verlieren können? Doch darüber nachzugrübeln führte zu nichts. Sie hatte bereits viel zuviel geistige Energie an diesen Kerl verschwendet. Was geschehen war, war geschehen, und daran ließ sich nichts mehr ändern. In einem Moment der Schwäche war ihr die Beherrschung über ihren Körper entglitten. Schließlich war sie eine Frau aus Fleisch und Blut und der Graf ein sehr attraktiver Mann. Das war der einzige Grund, warum sie sich flüchtig zueinander hingezogen gefühlt hatten. Das war zwar bedauerlich, aber auch keine Katastrophe. Sie und Raymond Belreynac lebten in verschiedenen Welten. Es gab nichts, was sie verband, und so sollte es auch bleiben. Sein Verhalten hatte ihren Stolz gekränkt, weiter nichts. Verglichen mit dem, was Jonathan ihr angetan hatte, war es eine Nichtigkeit, wegen der es sich nicht lohnte, nachts wach zu liegen.

Vor einigen Tagen hatte eine Putzfrau aus dem Schloss ihr das T-Shirt gewaschen und gebügelt gebracht. Alison hatte ihr die geliehene Bluse mitgegeben, und damit war die Angelegenheit beendet. Der kleine Hund, nach dem sie mehrmals gesehen hatte, schien das Abenteuer unbeschadet überstanden zu haben, und er nahm nach wie vor jede Gelegenheit wahr, sich selbständig zu machen. Alison beschloss, es ihm nachzutun.

Um zehn Uhr öffnete der Kinderclub. Vor vier Jahren hatte „Summer Canvas“ probeweise Spielstunden für kleine Gäste angeboten und damit solchen Erfolg gehabt, dass sie bald ins reguläre Programm aufgenommen wurden. Jeden Morgen trafen sich Kinder zwischen vier und zwölf Jahren, um für zwei Stunden unter Aufsicht Spiele zu veranstalten, schwimmen zu lernen oder die nähere Umgebung zu erkunden, während ihre Eltern etwas nach ihren Wünschen durchführen konnten.

Alison hatte sich bereit erklärt, den Kinderclub zu übernehmen. Sie besaß die nötigen Kenntnisse in Erster Hilfe und hatte dank ihrer zahlreichen Nichten und Neffen viele Ideen, wie man die Zeit von Kindern sinnvoll ausfüllen konnte.

Für Regentage stand ein Zelt zur Verfügung, in dem man malen, basteln oder mit Ton modellieren konnte. Bisher hatte Alison noch nicht darauf zurückgreifen müssen, weil das Wetter unverändert schön blieb.

Je mehr Zeit verging, desto mehr Selbstbewusstsein gewann sie im Umgang mit den Kleinen, und oft stürzte sie sich mit der gleichen Begeisterung in die Spiele wie sie. Die Arbeit war zwar anstrengend, aber auch sehr befriedigend.

Auch als Babysitterin war Alison sehr gefragt. Das war verständlich, denn durch den Kinderclub kannten die Kleinen sie besser als

Jane, und wenn die Eltern mittags kamen, um ihren Nachwuchs abzuholen, fragten sie meistens, wann sie frei sein würde. Alison erfüllte diese Wünsche gern. Nach der Arbeit mit den anderen Betreuern in der Bar herumzusitzen machte ihr keinen Spaß, und sie sprang bereitwillig ein, wenn Eltern einmal einen Abend ohne ihren Nachwuchs verbringen wollten. Jane hingegen zog es vor, ihre Freizeit mit Kollegen zu gestalten, und überließ das Babysitten gern Alison.

Alison pfiff, um ein Tor anzuzeigen. Wie immer gab es Prostete und Einwände, aber die kleinen Spieler stellten sich trotzdem gehorsam wieder in der Grundformation auf.

Ein Paar, das auf der anderen Seite des Spielfeldes entlangging, erregte ihre Aufmerksamkeit – Raymond Belreynac und eine hübsche dunkelhaarige Frau. Jetzt sagte er etwas zu ihr. Sie sah lachend zu ihm auf und hakte ihn auf eine Weise unter, die bewies, dass sie sehr vertraut miteinander waren. Der Anblick traf Alison wie ein Schlag in die Magengrube. Mit einem schrillen Pfiff signalisierte sie Abstoß. Die Vernunft riet ihr, sich einfach auf die andere Seite zu stellen, damit sie die beiden nicht mehr sehen musste, aber aus irgendeinem Grund blieb sie wie angewurzelt stehen.

„Haben Sie das gesehen, Miss?"

„Entschuldige." Sie beugte sich hinunter zu einem empörten Dreikäsehoch.

„Sie haben gar nicht hergeschaut", beschwerte er sich.

Alison gab sich einen Ruck. Es sah ihr gar nicht ähnlich, sich so leicht ablenken zu lassen, und sie wusste, wie sehr Kinder es hassten, wenn Erwachsene nur Interesse heuchelten. „Es tut mir leid, Daniel, ich war einen Moment abgelenkt. Was ist denn los?"

„Michael hat mich einfach getreten! Dabei habe ich ihm überhaupt nichts getan."

Rasch betrachtete Alison den Schaden. Außer einer leichten Rötung am Schienbein war nichts zu sehen, und sie blies sorgfältig darauf. „Willst du dich vielleicht für ein paar Minuten hinsetzen, bis es wieder besser ist?" Dieser Trick wirkte immer, denn kein Kind hielt es lange aus, wenn inzwischen das Spiel ohne seine Beteiligung weiterging.

Daniel schüttelte den Kopf. „Nein, es wird schon gehen", erklärte er mannhaft. Bei den ersten Schritten gab er sich noch Mühe zu hinken, aber bald rannte er wie vorher mit den anderen herum.

Es ist den Kindern gegenüber unfair, so unkonzentriert zu sein, schalt sich Alison und tat ihr Bestes, ihre Aufmerksamkeit auf das zu richten, was auf dem Feld vorging. Kaum war das Spiel jedoch wieder in Gang gekommen, konnte sie der Versuchung nicht widerstehen, verstohlen auf die gegenüberliegende Seite zu schauen. Sie hatte erwartet, dass der Graf und die Frau weitergegangen sein würden, aber sie standen immer noch an der gleichen Stelle und verfolgten den Wettkampf.

Empörung stieg in ihr auf. Dass er sich seiner selbst sehr sicher war, war ihr klar gewesen, aber das ging zu weit! Natürlich wusste sie, dass er Freundinnen hatte und dass seine Beziehungen sie nichts angingen, aber musste er unbedingt vor ihr mit seiner Begleiterin herumparadieren?

Die folgenden zehn Minuten verhielt sich Alison, als trüge sie Scheuklappen. Sie hielt den Blick unverwandt auf das Spielfeld gerichtet, und als sie das nächstemal aufschaute, waren die beiden fort. Doch in ihrer Erinnerung hatte sich das Bild unauslöschlich eingeprägt.

Als Alison mittags in das Zelt kam, das sie mit Jane bewohnte, fand sie ihre Freundin in heller Aufregung. Zwei Familien hatten kleinere Diebstähle gemeldet, und ein Mann war zutiefst erbost darüber, dass ihm jemand die Luft aus allen vier Reifen seines Wagens gelassen hatte.

Unglücklicherweise traten Diebstähle bei einem Campingplatz dieser Größe hin und wieder auf, aber es war ungewöhnlich, dass zwei gleichzeitig angezeigt wurden. Für die platten Autoreifen waren vermutlich Kinder verantwortlich, die einen dummen Streich ausgeheckt hatten. Dass alle drei Vorkommnisse zusammenhingen, war unwahrscheinlich.

Zum Glück waren die Diebstähle durch die Versicherung von „Summer Canvas" gedeckt, denn die Chancen, die gestohlenen Sachen wiederzubekommen oder den Übeltäter dingfest zu machen, waren wohl oder übel gleich Null.

„Können wir denn gar nichts tun?“, fragte Alison.

Jane schüttelte den Kopf. „Nicht viel, außer die Augen offen halten und die Gäste bitten, gut auf ihre Habseligkeiten zu achten. Allerdings wollen wir solche Vorfälle auch nicht hochspielen, um den Leuten den Urlaub nicht zu verderben.“

„Vielleicht sollten wir uns einmal mit anderen Betreuern unterhalten, ob sie ähnliche Probleme haben“, meinte Alison.

Jane war bereits wieder damit beschäftigt, sich zu schminken und das lange blonde Haar zu bürsten, weil sie eine Besuchergruppe auf einer Bootsfahrt auf der Dordogne begleiten würde. „Gute Idee“, pflichtete sie Alison bei. „Ich werde Simon darauf ansprechen, wenn ich ihn heute Abend sehe.“

Jane hatte Alison dazu überredet, abends mit in die Bar zu gehen – vermutlich, damit sie eine Vierergruppe bilden konnten. Da Alison wusste, dass ihre Freundin lieber mit Simon Zusammensein wollte, setzte sie sich neben Matthew.

Da später getanzt werden sollte, war das Licht bereits gedämpft, und man konnte nur ein paar Meter weit sehen. Alison trank Wein und lächelte gelegentlich in die Richtung von Leuten, die sie kannte. Sie wünschte, sie könnte sich ebenso unbeschwert amüsieren wie sie. Nach außen hin bemühte sie sich, gute Laune zu zeigen, aber in Wirklichkeit hätte sie sich am liebsten zurückgezogen.

Was bin ich nur für eine Langweilerin geworden, schalt sie sich im Stillen. Bisher hatte sie immer wenig Geduld mit Leuten gehabt, die einer vergangenen Romanze nachtrauerten und nicht nur sich selbst, sondern auch anderen die Stimmung verdarben. Doch es war auch sehr leicht gewesen, solche Einstellung zu vertreten, denn vor Jonathan hatte sie noch nie schlechte Erfahrungen mit Männern gemacht. Unter ihren vielen Freunden war keiner gewesen, der an ihr Herz rührte, wie Jonathan es getan hatte. Inzwischen war sie nicht einmal sicher, dass Jonathan allein für ihre trübselige Laune verantwortlich war. An und für sich hätten diese Zweifel dazu beitragen müssen, dass sie sich besser fühlte, aber das Gegenteil war der Fall. Ihre Reaktion auf den Anblick des Grafen mit der Frau heute Morgen war gelinde gesagt unerwartet gewesen. Weshalb wurde sie plötzlich eifersüchtig? Denn genau das war es gewesen. Natürlich war er ein gut aussehender Mann und sehr sexy – in dieser Hinsicht ähnelte er Jonathan sehr –, und das allein war schon Grund genug, ihm aus dem Weg zu gehen. Sie konnte sich doch nicht wirklich zu ihm hingezogen fühlen – oder doch? Nein, der bloße Gedanke war lächerlich. Sie kannte ihn überhaupt nicht, außerdem liebte sie Jonathan immer noch. Es gäbe noch mehr Gründe, warum das unmöglich war. Es sei denn, man war süchtig nach katastrophalen Beziehungen. Vielleicht war sie eine der Frauen, die allein bleiben würden, weil sie sich nur in Männer verliebten, die sie schlecht behandelten. Es müsste einen Impfstoff dagegen geben, dachte sie. Der Nadelstich der Spritze wäre längst nicht so schlimm wie das Gefühl, einen Tritt in die Magengrube zu bekommen, so wie sie es heute am Spielplatz verspürt hatte.

Sie betrachtete Matthew über den Rand ihres Glases hinweg. Warum konnte sie sich nicht für ihn erwärmen? Er war das, was ihre Mutter als einen netten Jungen bezeichnen würde. Freundlich, aufmerksam und humorvoll. Er sah auch nicht schlecht aus. Aber er ließ ihren Puls nicht schneller schlagen, und wenn sie sich zufällig einmal berührten, verspürte sie absolut nichts. Alison seufzte.

Wie zufällig blieb ihr Blick an einem Paar hängen, das sich auch nicht besonders gut zu amüsieren schien. David und Helen. Er hatte die Lippen fest zusammengepresst und machte ein missmutiges Gesicht. Sie wirkte ziemlich bedrückt.

Alison, die Mitleid mit Helen empfand, machte ihr ein Zeichen, sich doch zu ihnen zu setzen. Sie sah, dass Helen David am Ärmel berührte und etwas zu ihm sagte, aber er schüttelte den Kopf. Diesmal jedoch blieb Helen nicht aus Pflichtgefühl an seiner Seite, sondern ließ ihn allein und kam auf den Tisch zu, an dem Alison und ihre Freunde saßen.

„Will David uns nicht Gesellschaft leisten?“, erkundigte sich Alison mit gespielter Enttäuschung und rückte zur Seite, um Platz für Helen zu machen.

„Er hat noch einigen Schreibkram zu erledigen.“

„Weiß er denn nicht, dass man ihn für einen Langweiler halten wird, wenn er nur arbeitet, ohne auch mal eine Pause einzulegen?“, fragte Jane im Scherz. Nichts konnte David langweiliger machen, als er ohnehin schon war.

Helen sah ängstlich zu ihm hinüber, ob er vielleicht gemerkt hatte, dass sich die anderen über ihn unterhielten. „Er ist eben sehr gewissenhaft“, verteidigte sie ihren Teamgefährten.

„Das war Mussolini auch“, warf Jane trocken ein, „aber besonders beliebt hat es ihn nicht gemacht.“

Helen kicherte. „Du hast recht. Ich wünschte, David würde nicht immer alles so ernst nehmen.“

„Wie kommt er denn mit den Campinggästen zurecht?“, wollte Alison wissen. Sie hatte sich schon oft gefragt, was David an dieser Arbeit reizte. Es gab kaum jemanden, der für die Betreuung von Urlaubern weniger geeignet war.

„Ich glaube, sie haben ein wenig Angst vor ihm“, gestand Helen. „Er ist immer so steif. Nie macht er einen Scherz.“

„Was sind die schwersten fünf Jahre im Leben eines Belgiers?“, fragte Matthew gerade und beantwortete seine Frage gleich darauf selbst: „Die erste Schulklasse.“

Die anderen stöhnten und schüttelten den Kopf.

„Vielleicht hat es auch etwas für sich, wenn man nicht unter allen Umständen versucht, komisch zu sein“, murmelte Alison und duckte sich weg, als Matthew ihr mit der Faust drohte.

Je weiter der Abend in der Bar fortschritt, desto mehr verstärkte sich bei Alison das Gefühl, dass sie nicht nur für ein, sondern für zwei Paare den Anstandswauwau spielte. Matthews Witze wurden immer alberner, aber Helen lachte trotzdem Tränen. Die beiden schienen tatsächlich etwas gemeinsam zu haben, und sei es auch nur die Vorliebe für schrägen Humor.

Simon und Jane hatten die Köpfe zusammengesteckt und flüsterten sich gegenseitig süße Nichtigkeiten ins Ohr.

Alison kam sich entschieden überflüssig vor. Sie machte den anderen keinen Vorwurf. Schließlich hatte sie keinen Zweifel daran gelassen, dass sie keinen Anspruch auf Matthew erhob. Weshalb sollte sie also etwas dagegen haben, wenn er sich gut mit Helen verstand? Sie verdiente einen Ausgleich dafür, dass das Los ihr David als Teamgefährten zugedacht hatte.

Trotzdem hatte Alison keine Lust, für den Rest des Abends als fünftes Rad am Wagen dazusitzen, und als die anderen aufstanden, um zu tanzen, fischte sie unter dem Tisch nach ihrer Handtasche, um sich so bald wie möglich diskret zurückzuziehen.

Plötzlich hörte sie eine Stimme über sich – Raymond! Weshalb tauchte er ausgerechnet immer dann auf, wenn sie im Nachteil war? „Darf ich bitten?"

Alison richtete sich auf. Er trug einen dunklen Anzug, der seine breiten Schultern hervorhob, und ein am Hals offen stehendes weißes Hemd. Unwillkürlich musste sie an einen schwarzen Panther denken – stark, behende und gefährlich. Die Erinnerung an die dunkelhaarige Frau, die an seinem Arm gehangen hatte, machte ihr die Entscheidung leichter. „Nein, ich gehe jetzt unter die Dusche."

Er hob die Augenbrauen. „Sie tanzen nicht?"

„Ich …" begann sie noch einmal, da unterbrach er sie.

„Es ist wirklich ganz einfach."

Ehe sie wusste, wie ihr geschah, hatte er sie an die Hand genommen und führte sie auf die Tanzfläche. Die Kapelle spielte ein langsames Stück, und er zog sie an sich.

„Sehen Sie, man bewegt sich einfach im Rhythmus der Musik", erklärte er.

Alison funkelte ihn empört an. „Wie man tanzt, weiß ich sehr gut. Ich wollte nur auf höfliche Weise ablehnen."

„Und meine Absicht war es, auf meiner Bitte zu beharren. Ebenfalls auf höfliche Weise."

„Darauf verstehen Sie sich sehr gut", sagte sie missmutig.

Er verstand sie absichtlich falsch. „Sie meinen das Tanzen? Vielen Dank."

„Nein. Ich sprach davon, wie Sie anderen Leuten Ihren Willen aufzwingen."

„Nur wenn sich die fragliche Person auf andere Weise nicht überzeugen lässt."

„Damit meinen Sie wohl mich."

„Sie sind nicht gerade die nachgiebigste Frau, die ich kenne."

Alison brauchte ihm nicht ins Gesicht zu sehen, um zu wissen, dass er schmunzelte. Er genoss die Situation sichtlich. Warum auch nicht? Schließlich hatte er sich wieder einmal durchgesetzt.

„Meiner Ansicht nach ist Nachgiebigkeit keine besonders erstrebenswerte Eigenschaft."

Er lachte leise. „Vielleicht sollten Sie es doch einmal damit versuchen. Es könnte angenehmer sein, als Sie vermuten."

Ob er zu der Dunkelhaarigen dasselbe gesagt hatte? Jedenfalls hatte sie ihn ganz verzaubert angesehen. „Das bezweifle ich", erwiderte Alison kühl. „Willfährigkeit wird schnell langweilig."

Raymond verstärkte den Druck der Hand, die auf ihrem Rücken lag. Durch den dünnen Stoff ihres Kleides konnte sie seine Finger spüren. „Da haben Sie recht. Allein genommen ist sie fad, aber sie gibt einen faszinierenden Kontrast ab."

Sie sah auf. Um sein Kinn lag ein dunkler Schatten, der ihn seltsamerweise noch anziehender machte. „Das hängt davon ab, ob man es darauf anlegt, faszinierend zu sein."

„Tun Sie das nicht?"

Zu spät war Alison bewusst geworden, wie gefährlich seine Nähe für sie war, und sie versuchte, den Abstand ein wenig zu vergrößern. „Nein", erwiderte sie heftig. „Wie ich Ihnen schon sagte, will ich weiter nichts als in Ruhe gelassen werden."

„Als ich Sie vorhin am Tisch sitzen sah, hatte ich den Eindruck, dass Sie sehr einsam sind." Sein Ton war sanfter geworden.

„Ich war allein", stellte sie richtig. „Das ist nicht dasselbe wie einsam."

„Das weiß ich, aber auf mich wirkten Sie trotzdem einsam."

Alison antwortete nicht. Irgendwie musste es ihr gelingen, ihn von diesem Thema abzubringen, aber wie?

„Haben Sie Ihr T-Shirt wiederbekommen?"

„Wie bitte? Ach so, das T-Shirt. Ja, vielen Dank."

„Dem Hundebaby geht es wieder ausgezeichnet."

„Ich weiß. Erst gestern habe ich es besucht."

„… dank Ihrer schnellen Reaktion“, fuhr er fort.

Nicht schnell genug, dachte Alison voll Reue, als sie sich daran erinnerte, was nach der Rettungsaktion geschehen war.

„Warum tragen Sie Ihr Haar so kurz?“

„Wie bitte?“ Es verblüffte sie, dass er eine so persönliche Frage stellte.

„Die meisten Frauen mit einer so herrlichen Haarfarbe würden es lang wachsen lassen.“ Er lehnte sich ein Stück zurück, um sie eingehend zu betrachten.

„Ich bin aber nicht wie die meisten Frauen“, erwiderte sie kurz. Wenn er dachte, dass er nach einem flüchtigen Kuss in ihre Intimsphäre eindringen konnte, hatte er sich geirrt.

„Das stimmt“, meinte er gespielt ernst, „aber in gewisser Hinsicht verhalten Sie sich typisch.“

„Was soll das heißen?“

Er lachte leise. „Machen Sie nicht ein so kampflustiges Gesicht. Es steht Ihnen nicht.“

„Denken Sie etwa, ich richte mein Verhalten danach, wie es Ihnen passt?“

„Am letzten Sonntag haben Sie es getan.“

Ihre dunkelhaarige Freundin bestimmt auch, hätte Alison beinahe gesagt, aber sie biss sich gerade noch rechtzeitig auf die Zunge. Stattdessen setzte sie eine gelangweilte Miene auf. „Was soll denn letzten Sonntag gewesen sein?“

Belustigung und noch etwas anderes funkelten in seinen Augen. Ärger vielleicht? Alison hoffte es. Er verdiente eine Dosis seiner eigenen Medizin.

„Sie lassen sich nicht so leicht aus dem Konzept bringen, wie?“, meinte er und zog sie fester an sich.

Jetzt galt es, den Vorteil, den sie sich verschafft hatte, auf keinen Fall zu verlieren. Dazu musste sie nur die Wärme seiner Hand auf ihrem Rücken und ihren rasenden Puls ignorieren.

In diesem Augenblick kam einer der Barkeeper auf Raymond zu und berührte ihn leicht an der Schulter. „Entschuldigen Sie, Graf Belreynac. Sie werden am Telefon verlangt.“

Alison war entschlossen, die günstige Gelegenheit zu nützen und sich zurückzuziehen. Doch Raymond hielt ihre Hand fest. „Warten Sie auf mich.“ Es war keine Bitte, sondern ein Befehl.

Kaum war er im Halbdunkel verschwunden, ging Alison rasch zu ihrem Tisch zurück, holte ihre Handtasche und verließ den Raum. Nach der Stickigkeit drinnen empfand sie die kühle Nachtluft als besonders angenehm, und sie atmete mehrmals tief durch. Vielleicht würde ihr das dabei helfen, auch in anderer Hinsicht wieder einen klaren Kopf zu bekommen.

Der Pfad, der zu den Zelten der Betreuer führte, war wenig begangen. Deshalb lief Alison schneller, als sie Schritte hinter sich hörte. Doch wer auch immer ihr folgte, er ließ sich nicht abschütteln, und kurz darauf fühlte sie eine Hand auf ihrer Schulter. Erschrocken fuhr sie herum. Raymond!

„Weshalb die Eile?“, erkundigte er sich.

„Ich beeile mich ja gar nicht. Da ich müde bin, möchte ich heute zeitig zu Bett gehen. Das ist alles.“ Im nächsten Moment machte sie sich Vorwürfe, dass sie sich überhaupt vor ihm rechtfertigte.

Er lachte leise. „Lügnerin! Kaum hatte ich den Rücken gekehrt, haben Sie die Bar fluchtartig verlassen.“

„Das ist nicht wahr!“, behauptete sie.

Sein Blick blieb skeptisch, aber er verfolgte das Thema nicht weiter. „Na gut, Sie wollten sich also früh hinlegen. Lange werde ich Sie bestimmt nicht aufhalten. Ich möchte Sie nämlich um einen Gefallen bitten.“

„Einen Gefallen?“, wiederholte Alison misstrauisch.

„Ich habe Sie heute gesehen.“

„Ich Sie auch“, rutschte ihr unwillkürlich heraus. Zu spät merkte sie, dass es wie ein Vorwurf klang.

„Ach so.“ Wie der Graf es aussprach, klang es, als sei ihm soeben ein Licht aufgegangen.

Alison fragte sich, ob sie sich durch ihre unbedachte Antwort verraten hatte. Seine nächsten Worten bestätigten, dass es tatsächlich so war.

„Die Frau, mit der ich zusammen war, ist meine Schwester."

Lieber Himmel! Fiel ihm denn keine originellere Ausrede ein? Hielt er sie wirklich für so dumm? Weshalb machte er sich überhaupt die Mühe, zu lügen? Sein Privatleben ging sie schließlich nichts an.

„Tatsächlich?", meinte sie skeptisch.

Der Graf schmunzelte. Er wirkte sehr mit sich zufrieden, als habe sie ihm eine Antwort geliefert, nach der er schon eine Weile suchte. Alisons Beunruhigung wuchs.

„Ist Ihnen denn die Familienähnlichkeit nicht aufgefallen?"

Wenn sie darüber nachdachte, dann waren tatsächlich Gemeinsamkeiten festzustellen – die dunklen Haare, die ebenmäßigen Gesichtszüge. „Ich habe nicht so genau hingesehen", behauptete sie mit gespielter Gleichgültigkeit.

„Meine Schwester" – er betonte das Wort nachdrücklich – „begleitet ihren Mann auf einer Geschäftsreise nach Kanada. Ihre kleine Tochter wird währenddessen bei mir wohnen, und ich wollte Sie fragen, ob sie morgens zu Ihnen in den Kinderclub kommen darf."

Im ersten Augenblick war Alison sprachlos. Sie wusste selbst nicht, ob das an der Erkenntnis lag, dass die Frau tatsächlich seine Schwester war, oder an der unerwartet harmlosen Bitte.

„Ja, natürlich. Wie alt ist denn Ihre Nichte?" Alison gab sich große Mühe, einen geschäftsmäßigen Ton anzuschlagen.

„Acht, aber sie ist ein Einzelkind und kommt nicht oft mit Gleichaltrigen zusammen. Ihre Spielgruppe würde ihr gut tun. Meine Schwester war sehr beeindruckt, wie Sie heute Morgen mit den Kindern umgegangen sind. Eigentlich wollte sie selbst mit Ihnen sprechen, aber Sie schienen völlig von dem Fußballspiel in Anspruch genommen zu sein, und sie konnte nicht länger warten." In seinem letzten Satz schwang ein belustigter Unterton mit.

Alison spürte, wie sie rot wurde. War ihr Verhalten am Vormittag wirklich so durchsichtig gewesen? Es war offensichtlich, dass der Graf es als Eifersucht auslegte, und damit hatte er zumindest teilweise recht.

Sie räusperte sich. „Das wird sich bestimmt machen lassen. Wenn Sie wollen, kann Ihre Nichte schon morgen kommen."

„Danke, Alison. Ich darf doch Alison zu Ihnen sagen?"

Wie konnte sie etwas dagegen einwenden, wenn er sie so ansah? Ihr Blick hing wie gebannt an seinem Gesicht.

„Ja, selbstverständlich."

„Dann gute Nacht, Alison."

„Gute Nacht." Unsicher hielt sie inne.

„Versuchen Sie es doch einmal mit Raymond."

Bisher hatte sie nicht einmal gewagt, ihn bei sich so zu nennen!

„Gute Nacht, Raymond", brachte sie schließlich heraus. Sie stand immer noch wie angewurzelt da, als er einen Schritt auf sie zumachte, ihr die Finger unters Kinn legte und sie sanft auf den Mund küsste.

„Wunderbar", sagte er leise.

Nachher war sich Alison nicht sicher, ob er den Kuss gemeint hatte oder die Tatsache, dass sie ihm den gewünschten Gefallen tun würde.

5. KAPITEL

Alison stellte sich schlafend, als Jane hereinkam und ihren Namen flüsterte. Ihr war jetzt nicht nach den unvermeidlichen Fragen ihrer Freundin zumute. Wie konnte sie ihr auch Antworten geben, wenn sie selbst noch keine wusste? Sie war aus ganz bestimmten Gründen nach Frankreich gekommen und mit einem festen Vorsatz – keine Beziehungen zu Männern. Nicht im Traum hätte sie daran gedacht, dass sich ausgerechnet hieraus ein Problem ergeben würde. Es war noch gar nicht lange her, dass sie den Mann verloren hatte, der ihre große Liebe gewesen war. Wie konnte da jemand Jonathans Platz in ihrem Herzen streitig machen? Sie hatte es für völlig unmöglich gehalten. Nein, verbesserte sie sich. Ich halte es immer noch für unmöglich. Und doch ließ sich ihre Reaktion nicht leugnen, wenn Raymond in der Nähe war. Es war fast, als habe ihr Körper einen eigenen Willen entwickelt.

Vermutungen, Gedanken, Möglichkeiten – alles ging ihr gleichzeitig durch den Kopf, und bald wusste sie überhaupt nicht mehr, wie sie der Sache mit Vernunft beikommen sollte. Als sie gegen Morgen in einen unruhigen Schlaf fiel, war sie noch genauso weit von einer Lösung entfernt wie vorher.

Beim Frühstück konnte Alison Janes Fragen nicht länger ausweichen.

„Warum hast du mir nicht erzählt, dass du den Grafen so gut kennst? Was war denn gestern Abend eigentlich los? Weshalb bist du so plötzlich davongelaufen? Und warum ist er dir gefolgt?“

Alison hatte zwar überhaupt keinen Appetit, aber sie nahm sich ein Croissant und bestrich es mit Marmelade. „Es stimmt überhaupt nicht, dass ich den Grafen gut kenne“, erklärte sie mit gespielter Gelassenheit. „Er hat mich nur zum Tanzen aufgefordert, um mich um einen Gefallen zu bitten.“

„Aha!“ Jane machte ein erwartungsvolles Gesicht.

„Seine Nichte ist für einige Wochen bei ihm zu Besuch, und er wollte mich fragen, ob sie mit in den Kinderclub kommen kann.“

Jane gab ein abfälliges Geräusch von sich. „Raffiniert! Ich kann mir den Grafen kaum als hingebungsvollen Onkel vorstellen. Er ist nicht der Typ für Kinder. Ich wette, er kann es kaum erwarten, dass du die Kleine unter deine Fittiche nimmst."

Alison hörte auf zu essen. Aus dieser Sicht hatte sie Raymonds Bitte nicht betrachtet, aber das, was Jane sagte, klang durchaus plausibel. Vielleicht sah er wirklich weiter nichts als eine bequeme Babysitterin in ihr. Hatte er nur ihr Mitleid erregen wollen, als er davon sprach, wie einsam das kleine Mädchen war?

Alison setzte eine gleichgültige Miene auf, damit Jane ihre Gedanken nicht erriet. „Du hast wahrscheinlich recht, aber auf ein Kind mehr oder weniger kommt es mir nicht an." Rasch wechselte sie das Thema. „Hast du eine Gelegenheit gehabt, Simon von den Diebstählen zu erzählen?"

Jane nickte mit vollem Mund. „Es ist kaum zu fassen, aber auch bei ihnen sind drei Vorfälle gemeldet worden. Für den Beginn der Saison ist das die reinste Epidemie. Meistens ist kaum jemand lange genug hier, um so oft zuzuschlagen. Es sei denn, wir haben es mit einem Profi zu tun, aber unter den gestohlenen Dingen waren keine Wertsachen. Für mich ergibt das keinen Sinn."

Zuerst hatte Alison nur mit halbem Ohr zugehört, weil sie immer noch an Raymond dachte, aber nun wandte sie Jane ihre ganze Aufmerksamkeit zu. „Sollten wir vielleicht die örtliche Polizei benachrichtigen?"

Jane zuckte mit den Schultern. „Die würde bestimmt nichts unternehmen. Schließlich handelt es sich um kleinere Diebstähle. Es wird uns nichts weiter übrig bleiben, als zu warten, bis die erste Gruppe Urlauber abgereist ist. Wenn es dann nicht aufhört, spricht alles dafür, dass es jemand von den Angestellten ist."

„Das stimmt." Alison hoffte, dass Jane in Bezug auf Raymonds Beweggründe nicht ebenso scharfsinnig war.

Pünktlich um zehn erschien Raymond mit einem kleinen Mädchen an der Hand. Als Alison es sah, wurde sie sofort an die Frau erinnert, die gestern am Spielplatz gewesen war. Auch die Ähnlichkeit mit Raymond selbst war nicht zu verkennen. In Jeans und einem karierten Hemd wirkte er ebenso anziehend wie im Anzug, aber Alison bemühte sich, nicht hinzuschauen. Sie ging in die Hocke und stellte sich auf Französisch vor. „Bonjour, Cecilia. Ich heiße Alison. Hoffentlich wird es dir gut bei uns gefallen."

Die Kleine betrachtete Alison mit großen Augen und lächelte dann, wobei eine große Zahnlücke hervortrat. „Guten Morgen, Miss. Ich freue mich sehr, dass ich bei Ihnen sein darf." Sie sprach korrektes, aber sehr förmliches Englisch, und Alison fragte sich, wie dieses zarte Wesen wohl mit den anderen Kindern zurechtkommen würde.

Ehe Raymond sich verabschiedete, flüsterte er Cecilia etwas auf Französisch zu. Alison verstand nur soviel, dass er seiner Nichte einschärfte, brav zu sein und ihr keinen Ärger zu machen. Ausgerechnet er muss so etwas sagen, dachte sie spöttisch.

Selbst wenn er es nur erwähnt hatte, um Alisons Mitleid zu erregen, hatte Raymond recht damit gehabt, dass Cecilia öfter mit Kindern in ihrem Alter zusammenkommen sollte. Die erste Stunde hielt sie sich dicht neben Alison und beteiligte sich nicht an den Aktivitäten der anderen. Alison, die wusste, dass man Kindern Zeit lassen musste, drängte sie nicht, und nach einer Weile legte Cecilia ihre Scheu ab und freundete sich mit einer kleinen Engländerin an, die etwa im gleichen Alter war wie sie. Die beiden saßen am Rande des Spielfelds, banden Blumenkränze und unterhielten sich in einer Mischung aus Englisch und Französisch.

Wie immer ging der Vormittag schnell vorbei, und als Alison auf die Uhr sah, stellte sie fest, dass es schon zehn Minuten vor zwölf war. Jedes Mal wenn ihr Blick auf Cecilia fiel, erinnerte sie sich wieder an Janes Worte, dass Raymond nur einen Babysitter für seine Nichte suchte. Je länger sie darüber nachdachte, desto wahrscheinlicher kam es ihr vor. Wenn er nachher kam, würde er sie vermutlich unter irgendeinem Vorwand bitten, auch am Nachmittag auf das kleine Mädchen aufzupassen.

Normalerweise hätte sie das nicht gestört. Sie liebte Kinder und war gern mit ihnen zusammen, aber der Gedanke, dass Raymond vielleicht nur mit ihr geflirtet hatte, um sie leichter verplanen zu können, war ihr zuwider. Das war eine zynische Auslegung seines Verhaltens, aber Alison hatte lernen müssen, dass es unklug war, einem Menschen vorbehaltlos zu vertrauen. Als der Zeiger der Uhr auf zwölf vorrückte, hatte sie sich bereits eine ablehnende Antwort zurechtgelegt, sollte er ein derartiges Ansinnen an sie stellen.

Raymond passte zwar nicht in die Schablone des hingebungsvollen Onkels, aber Cecilia rannte trotzdem jubelnd auf ihn zu, als sie ihn erblickte. Er fing sie auf und schwenkte sie in der Luft herum.

Alison war damit beschäftigt, die Schläger und die Federbälle wieder einzusammeln, mit denen die Kinder gespielt hatten, und es dauerte eine Weile, ehe sie in die Nähe von Raymond und seiner Nichte kam. Cecilia war dabei, ihm die Ereignisse des Morgens in den glühendsten Farben zu schildern, und er hörte aufmerksam zu. Was Cecilia als nächstes sagte, bekam Alison nicht mit, weil eine Mutter sie etwas fragte, aber Raymonds Antwort konnte sie deutlich verstehen. „Sag's auf Englisch, Cecilia."

Kurz darauf zupfte die Kleine sie am Ärmel. Vor lauter Anspannung war ihre Stirn gerunzelt. „Bitte, würden Sie mich und meinen Onkel heute Nachmittag begleiten, Miss Alison?", fragte sie stockend, aber gleich darauf vergaß sie jede Formalität. „Bitte, bitte, sagen Sie ja. S'il vous plaît, Mademoiselle!"

Alison war verblüfft. Wohin sollte sie die beiden denn begleiten? Mit so etwas hatte sie nicht gerechnet.

Raymond sah ihren verwirrten Gesichtsausdruck und lieferte eine Erklärung. „Ich wollte heute Nachmittag mit Cecilia in die unterirdischen Höhlen nach Padirac fahren, und sie möchte gern, dass Sie mitkommen."

Die Ausrede, die sie sich zurechtgelegt hatte, war hinfällig, und Alison suchte fieberhaft nach einer anderen. Es freute sie, dass Cecilia sie mit auf den Ausflug nehmen wollte, aber sie hatte nicht die Absicht, sich Raymond aufzudrängen, der sicherlich keinen Wert auf ihre Gesellschaft legte.

Mit dem Instinkt des Kindes ahnte Cecilia, dass die Antwort ablehnend ausfallen würde, und bettelte: „Bitte, Mademoiselle. Bitte, bitte!"

Alison schaute zu Raymond hinüber und zuckte hilflos mit den Schultern.

„Warum kommen Sie nicht mit uns?", fragte er. „Wir würden uns wirklich freuen. Ich würde mich freuen", wiederholte er und lächelte sie an.

Alison wusste, dass sie verrückt sein musste. Sie hatte sich vorgenommen, Männern aus dem Weg zu gehen. Weshalb zögerte sie dann? Und doch war sie versucht, die Einladung anzunehmen. Lag es daran, dass sie schon lange einmal nach Padirac hatte fahren wollen, oder daran, dass die Einladung von Raymond kam? Welches von beiden reizte sie mehr? Aber eigentlich war es egal. Schließlich würde Cecilia die ganze Zeit dabei sein. Ehe Alison sich versah, hatte sie ja gesagt.

Die Dordogne muss eine der schönsten Gegenden Frankreichs sein, dachte Alison, als sie in Raymonds Wagen durch die unberührte Landschaft fuhren. Bewaldete Hügel wechselten mit blumenübersäten Wiesen ab, auf denen braun gefleckte Kühe weideten. Hin und wieder konnte sie einen Blick auf den Fluss Dordogne erhaschen, der manchmal ruhig dahin floss und sich dann wieder tosend über Klippen in die Tiefe stürzte.

Es war eine friedliche Gegend, deren Menschen das bewahrten, was sie hatten, anstatt dem Neuen und Modernen nachzujagen. Alison kam sich vor, als sei sie in eine Welt geraten, in der es keine Zeit gab.

Madame Chessaud hatte ihnen einen Picknickkorb zurechtgemacht, und an einer besonders schönen Stelle bog Raymond von der Straße ab und hielt an. Cecilia aß nur wenig und machte sich dann neugierig daran, die Umgebung zu erkunden.

Raymond hatte darauf bestanden, dass in Alisons Gegenwart nur Englisch gesprochen wurde, und Cecilia suchte angestrengt nach den passenden Worten.

„Die Felsen dort. Soll ich, nein, darf ich hinaufklettern?"

Raymond nickte. „Na gut, aber nicht zu hoch."

Die Kleine nickte strahlend. Offenbar hatte sie nicht damit gerechnet, dass er seine Erlaubnis geben würde.

Alison lehnte sich zurück gegen einen von der Sonne erwärmten Stein und biss genussvoll in einen reifen Pfirsich. Dabei tropfte ihr der Saft übers Kinn, und sie fischte rasch nach einer Papierserviette.

Raymond setzte sich so, dass er Cecilia im Auge behalten konnte, und Alison fragte sich, ob es nur Zufall war, dass sich dadurch der Abstand zwischen ihnen verringerte. Er hatte die Beine bequem ausgestreckt und einen Ellbogen unter den Kopf geschoben.

Alison musste den Blick mit Gewalt von ihm losreißen. „Cecilia war ganz überrascht, dass Sie ihr erlaubt haben, ein wenig herum zu klettern."

Er nickte. „Ja. Ich fürchte, dass ihr Entdeckerdrang normalerweise ziemlich gebremst wird. Wie fanden Sie sie denn heute Morgen?"

„Zuerst war sie ein wenig schüchtern, aber das legte sich nach einer Weile."

„Jedenfalls hat es ihr sehr gut gefallen."

Alison war nicht sicher, ob das eine Feststellung oder eine Frage gewesen war. Vielleicht wollte Raymond sich vergewissern, ob seine Entscheidung richtig gewesen war, Cecilia in den Kinderclub zu schicken. Sie nickte. „Doch, ich denke, sie fühlt sich wohl bei uns. Es ist doch ganz normal, dass ein Einzelkind am Anfang etwas scheu reagiert."

Raymonds Miene hatte sich verdüstert. „Es ist nicht nur das." Er hielt inne, als sei er nicht sicher, ob er weitersprechen solle oder nicht. „Cecilia hatte eine Schwester, aber sie ist gestorben."

Alison sah erschrocken auf. „Davon hatte ich keine Ahnung."

„Wie sollten Sie auch? Francine ist vor drei Jahren beim Baden ertrunken. Damals war sie sieben."

Sie merkte, wie sehr die Erinnerung daran ihm zu schaffen machte, und hätte am liebsten die Hand ausgestreckt, um ihn zu trösten. Doch eine solche Geste schien ihr zu intim. Und Intimität bestand nicht zwischen ihnen und durfte auch nicht bestehen. Stattdessen sagte sie leise. „Das muss ein schrecklicher Verlust für die Familie gewesen sein."

Raymond nickte. „Ja, es war eine Tragödie. Francine war ein reizendes Kind. Aber seitdem lässt meine Schwester Cecilia kaum noch aus den Augen. Ich finde es unnatürlich, wenn man ein Kind zu sehr beschützt."

Alison schaute zu dem kleinen Mädchen hinüber, das auf dem Felsen hockte und Blumen pflückte. „Ich kann Ihre Schwester trotzdem gut verstehen. Sie hat schon ein Kind verloren und lebt wahrscheinlich in ständiger Angst, dass auch dem anderen etwas passiert."

„Da stimme ich Ihnen zu. Aber in gewisser Weise muss Cecilia den Preis für Francines Tod bezahlen. Das natürliche Bedürfnis einer Mutter, ihr Kind vor Schaden zu bewahren, hat dazu geführt, dass sie in einem goldenen Käfig lebt. Nichts darf sie selbst erkunden oder ausprobieren, weil meine Schwester Angst hat, es könnte ihr etwas zustoßen. Doch das ist falsch. Das Leben besteht nicht nur aus Glück, sondern auch aus Leid und Schmerzen. Wenn man letzteres einfach leugnet, kann man auch ersteres nicht genießen."

Alison dachte über seine Worte nach. Sie selbst stammte aus einer großen Familie, und es fiel ihr schwer, sich das einsame Leben von Cecilia vorzustellen, die in frühester Jugend schon mit dem Tod in Berührung gekommen war. Und doch traf vieles, was Raymond gesagt hatte, auch auf sie selbst zu. Den Käfig, von dem er an jenem Abend in der Bar gesprochen hatte und dessen Existenz sie heftig geleugnet hatte, gab es den nicht tatsächlich? Genau genommen versuchte sie wirklich, einen Wall um sich herum aufzubauen, um sich vor Kummer und Leid zu schützen. Doch damit schottete sie sich auch vor anderen Gefühlen ab. Sie konnte nicht ewig in Selbstmitleid schwelgen wegen des Schmerzes, den Jonathan ihr zugefügt hatte, und unglücklicherweise wurde man nicht wie bei Masern durch die erste Dosis immun. Aber dieses Risiko musste man eingehen, wenn man am Leben teilnehmen wollte, anstatt es durch eine gläserne Wand zu betrachten. Irgendwann einmal würde sie die Tür öffnen müssen und wieder zu leben beginnen.

„Sie haben recht", sagte sie nachdenklich, und als ihre Blicke sich trafen, fragte sie sich, ob er wusste, dass sie nicht nur von Cecilia sprach.

Er lächelte. „Ich bin froh, dass wir uns zur Abwechslung einmal einig sind."

Wenig später stand er auf, um Cecilia von den Felsen hinunterzuhelfen. Alison räumte inzwischen die Reste des Picknicks zusammen und verstaute alles wieder im Korb. Während sie die Decke ausschüttelte und zusammenfaltete, dachte sie daran, wie viele verschiedene

Fassaden die Menschen der Außenwelt zeigten und wie einfach es war, sich mit einem oberflächlichen Eindruck zufrieden zu geben, anstatt nach dem wahren Wesen dahinter zu forschen.

Cecilia zum Beispiel wirkte auf den ersten Blick scheu und verschlossen. Dabei war ihr Leben von einer Tragödie überschattet, die ihre kindliche Neugier behinderte, wo sie eigentlich gefördert werden sollte. Sie selbst gab sich kühl und unnahbar – „unberührbar" hatte Raymond sie genannt –, aber in Wirklichkeit war sie verletzlich und unsicher. Und Raymond? War seine wahre Persönlichkeit auch unter der Oberfläche verborgen? Er war attraktiv, selbstsicher, eine verwirrende Mischung aus Sarkasmus, Arroganz und Charme. Und doch ging er mit mehr Einfühlungsvermögen auf seine kleine Nichte ein, als sie ihm zugetraut hätte. Ob er wohl durch den Schutzwall hindurch sehen konnte, den sie um sich herum errichtet hatte, um ihre Selbstzweifel zu verdecken?

Die Besichtigung der unterirdischen Höhlen in Padirac war ein Erlebnis, das Alison nicht um alles in der Welt eingetauscht hätte. Die große Grotte mit dem Fluss Padirac lag über hundert Meter unter der Erde. Mehrere Aufzüge hintereinander brachten die Besucher in die Tiefe, und bald wurde es empfindlich kühl. Alison zog ihre Strickjacke an und half Cecilia dabei, einen dicken Pullover überzustreifen. Unten stiegen sie in Boote mit flachem Kiel um, die wie venezianische Gondeln durch einen Staken vorwärts bewegt wurden. Über einen Kilometer weit ging die Reise, bis sie schließlich an einem kleinen Steg anlegten, wo ein Führer sie in Empfang nahm, um ihnen die Wasserfälle und die Tropfsteinhöhlen zu zeigen. Alison war tief beeindruckt, und dafür war nicht nur die Höhle verantwortlich. Instinktiv griff sie immer wieder nach Raymonds Hand, wenn es steile Stufen oder ein glitschiges Wegstück zu überwinden galt, und empfand es als ganz natürlich, als er ihr den Arm um die Taille legte, um sie in die richtige Richtung zu lenken. Jedes Mal, wenn sie sich berührten, war ihr nicht nur bewusst, wie sicher sie sich neben ihm fühlte. Sie spürte auch, wie die sexuelle Spannung zwischen ihnen anstieg.

„Vielen Dank für einen herrlichen Nachmittag", verabschiedete sich Alison, als Raymond vor dem Pfad anhielt, der zu ihrem Zelt führte. Die Worte klangen ihr steif und viel zu unpersönlich im Ohr, ganz anders, als sie sie gemeint hatte.

Raymond beugte sich dicht zu ihr. „Wollen Sie sich wirklich bei mir bedanken?“, fragt er leise, um das schlafende Kind auf dem Rücksitz nicht zu wecken.

„Wie bitte?“

Er lachte. „Machen Sie kein so erschrockenes Gesicht, Alison. Ich wollte Ihnen keinen unsittlichen Antrag machen, sondern Sie für heute Abend zum Essen einladen. Daran ist doch nichts Unanständiges, oder?“

„Nein“, begann Alison und verstummte gleich wieder. Das klang ja bereits wie eine halbe Zusage!

Offenbar war für Raymond eine halbe Zusage genug. Er lehnte sich in seinen Sitz zurück. „Fein. Ich hole Sie um acht ab.“

„Ich kann mich nicht erinnern, Ihre Einladung angenommen zu haben“, sagte sie spröde.

„Nein?“, fragte er und betrachtete sie amüsiert.

Unter seinem Blick wurde es Alison warm, und sie stellte entsetzt fest, dass ihre Brustspitzen hart wurden. Ganz gleich, welche Einwände ihr Verstand erheben wollte, ihr Körper hatte bereits ja gesagt. In diesem Augenblick rührte sich Cecilia auf dem Rücksitz und lieferte Alison einen willkommenen Anlass, sich zurückzuziehen, um ihre aufgewühlten Gefühle unter Kontrolle zu bekommen.

„Tschüs, Cecilia. Bis morgen“, sagte sie und stieg schnell aus.

„Wir sehen uns später“, rief Raymond ihr nach. Als ob sie das vergessen könnte!

Alison duschte und setzte sich dann auf ihr Bett, um sich kritisch im Schminkspiegel zu betrachten. Ihre Züge waren noch genau dieselben, aber trotzdem wirkte sie völlig verändert – lebendiger und wacher als seit Monaten. Seit der Trennung von Jonathan hatte sie nicht mehr so ausgesehen.

War es falsch, so zu empfinden? Aufgeregt, nervös, mit einem kribbelnden Gefühl im Magen. Hieß das nicht, dass sie unbeständig und wankelmütig war? Sie hatte nicht gedacht, dass sie jemals wieder so auf einen Mann reagieren würde. Vor allem nicht so schnell. Die Vernunft warnte sie, vorsichtig zu sein, aber die Reaktion ihres Körpers beruhte nicht auf Logik, sondern auf Instinkt.

Sie dachte an den Tag zurück, als sie das letztemal zum Essen verabredet gewesen war – mit Jonathan. Nur war sie nie dazu gekommen.

Es hatte keinerlei Warnung, keine Vorahnung gegeben, dass der Tag ganz anders enden würde als gedacht. Wie immer war sie morgens zur Arbeit gegangen und hatte dann während der Mittagspause die Einkäufe gemacht. Jonathan war einige Tage auf Geschäftsreise gewesen, und sie wollte ihm etwas Leckeres kochen. Das tat sie öfter. Sie waren seit einem halben Jahr miteinander befreundet und verbrachten den Abend oft in Jonathans Wohnung.

Damals hatte Alison noch gedacht, dass sie für ihn etwas Besonderes war. Trotz Jonathans Ruf als Frauenheld glaubte sie, dass es bei ihr anders war und sie ihm mehr bedeutete als seine früheren Eroberungen. Wie blind sie war! Sogar seine ehemaligen Freundinnen warnten sie, aber sie schob es auf Eifersucht und hörte nicht zu. Jonathan war bereit, eine feste Bindung einzugehen – mit ihr. Davon war sie überzeugt.

Es gab keine Abkühlphase, keine allmähliche Veränderung der Atmosphäre zwischen ihnen, die darauf hätte vorbereiten können, was geschehen würde.

Während sie einkaufte, gab sie sich sogar Tagträumen hin, wie es wohl sein würde, mit Jonathan verheiratet zu sein. Sie liebte ihn und wollte seine Frau werden. Obwohl er nur einige Tage verreist gewesen war, hatte sie ihn schrecklich vermisst und konnte es kaum erwarten, ihn wiederzusehen. Im Überschwang der Gefühle packte sie sogar eine Flasche Champagner in den Korb, die sie sich eigentlich nicht leisten konnte.

Die Tüten waren schwer, und es kam Alison töricht vor, sie zuerst ins Büro zu schleppen. Schließlich lag Jonathans Wohnung ganz in der Nähe. Er würde zwar noch nicht da sein, aber sie hatte einen Schlüssel. Sie würde den Champagner in den Kühlschrank stellen, die Blumen in eine Vase stecken und den Backofen auf Automatik stellen.

Bereits auf der Treppen hörte sie Geräusche aus der Wohnung. Einbrecher! war ihr erster Gedanke. Gerade in dieser Gegend waren in letzter Zeit mehrere Wohnungen aufgebrochen worden – und es war kein Geheimnis, dass Jonathan tagsüber außer Haus war.

Doch je länger sie lauschte, desto weniger klang es nach Dieben, sondern eher nach einem Liebespaar. Nicht einmal jetzt schöpfte sie Verdacht. Warum auch? Jonathan wurde erst am späten Nachmittag zurückerwartet. Stattdessen stieg Zorn in ihr auf, dass sich da ein Pärchen einfach Zutritt zu einer fremden Wohnung verschafft hatte und sich ungeniert dort vergnügte.

Mit einem Ruck riss sie die Tür auf. Es war schwer zu sagen, wer entsetzter war. Die blonde Frau verkroch sich unter der Decke. Jonathan sprang aus dem Bett und versuchte dabei, das Laken um sich zu wickeln. Alison stand wie angewurzelt. Bestimmt war das alles nur ein böser Traum!

Immer noch mit dem Laken kämpfend, kam Jonathan auf sie zu. „Alison, ich …“

Doch sie wartete seine Entschuldigung nicht ab, sondern ließ die Einkaufstaschen einfach fallen und verließ die Wohnung – mit geballten Fäusten.

Kurz danach hatte sie ihre Stellung gekündigt, und abgesehen von einem letzten Zusammentreffen mit heftigen gegenseitigen Vorwürfen, hatte sie nie wieder etwas von Jonathan gehört.

Trotz aller Versuche, jene Szene zu vergessen, träumte sie noch manchmal davon. Nicht nur die Tatsache, dass sie ihn dabei überrascht hatte, wie er sie betrog, machte ihr zu schaffen, sondern auch die quälenden Fragen. Warum? Hatte er das nicht zum erstenmal getan? War er ihrer überdrüssig gewesen? Freunde versuchten sie damit zu trösten, dass Jonathan ein notorischer Frauenheld war und nicht wert, dass man seinetwegen eine Träne vergoss, aber Alisons Gefühl der Unzulänglichkeit und die Selbstzweifel ließen trotzdem nicht nach. Wenn ihre Freundschaft auf offene und anständige Weise zu Ende gegangen wäre, wäre es ihr zwar schwer gefallen, die Tatsache zu akzeptieren, aber ihr Selbstwertgefühl hätte nicht so schrecklich gelitten.

Die Erinnerung an Jonathan wirkte ernüchternd, und in der Stimmung, in der sie sich gerade befand, war sie ebenso willkommen wie ein kalter Guss. Sie konnte nicht, nein, sie würde nicht zulassen, dass sich so etwas wiederholte. Raymond war Jonathan in so vielem ähnlich – gut aussehend, charmant, selbstbewusst –, und sie durfte auf keinen Fall zweimal in die gleiche Falle gehen. Er hatte sie zum Abendessen eingeladen, dagegen war an sich nichts einzuwenden – vorausgesetzt, er akzeptierte, dass er dadurch keinerlei Rechte auf sie erwarb.

Alison überlegte lange, was sie anziehen sollte, denn sie wollte weder zu leger noch übertrieben aufgemacht erscheinen. Da sie nur wenige Sachen mitgebracht hatte, die für den Abend geeignet waren, fiel ihr die Wahl verhältnismäßig leicht, und schließlich entschied sie sich für ein smaragdgrünes Kleid mit schmalen Trägern und einem tiefen Rückenausschnitt, das vorzüglich zu ihrem Hautton passte.

Während sie sich schminkte, kam Jane ins Zelt und pfiff durch die Zähne. „Auf welchen Ball gehst du denn, Aschenbrödel?"

Alison zog in gespielter Empörung die Nase kraus. „Soll das heißen, ich bin die ganze Woche in Lumpen herumgelaufen?"

„Nein, aber du warst auch nicht vom Scheitel bis zur Sohle fein gemacht."

Alison sah an sich hinunter. „Meinst du, das Kleid ist zu auffallend?"

Jane ließ sich auf einen Stuhl sinken. „Verrate mir, mit welchem Prinzen du ausgehst, und ich beantworte deine Frage."

„Mit dem Grafen – Raymond."

„Aha!" Jane zog die Augenbrauen hoch. „Jetzt heißt es also schon Raymond!"

„Wir haben heute Nachmittag einen Ausflug mit Cecilia gemacht, und vermutlich will er sich auf diese Weise bedanken."

„Von wegen! Der Graf lädt keine Frauen zum Essen ein, um sich erkenntlich zu zeigen, sondern weil sie ihm gefallen. Ich sterbe vor Eifersucht, dass ich es nicht bin", setzte sie mit spitzbübischem Lächeln hinzu.

Alison musste lachen. Man konnte Jane ihre unverblümte Art einfach nicht übel nehmen. Sie hatte sich bereits wieder zum Spiegel umgedreht und tuschte sich die Wimpern, als sie Jane besorgt sagen hörte: „Sieh dich vor, ja? Der Graf ist ein sehr attraktiver Mann, aber er hat nicht gerade ein enthaltsames Leben geführt. Ich möchte nicht, dass du wieder verletzt wirst."

Janes Worte gaben ziemlich genau das wieder, was Alison insgeheim dachte. Trotzdem wollte Alison nicht einmal mit ihrer Freundin darüber sprechen. Über die unglückliche Beziehung mit Jonathan hinwegzukommen und wieder Vertrauen aufzubauen war etwas, das sie allein bewältigen musste. Sie hatte zwar eine schmerzliche Erfahrung gemacht, aber auch daraus gelernt, und sie hatte nicht die Absicht, den gleichen Fehler noch einmal zu machen.

„Ist heute Nachmittag irgend etwas Aufregendes passiert?", erkundigte sie sich, um Jane auf ein anderes Thema zu bringen.

„Aufregend nicht gerade, aber es ist schon wieder ein Diebstahl gemeldet worden, und ein Ehepaar, das gestern erst angekommen ist, hat sich beschwert, dass der Grill vor ihrem Zelt fehlt. Es war aber einer da, weil ich ihn selbst hingestellt habe. Also ist der offenbar auch gestohlen werden."

„Aber wer würde einen Grill stehlen? Das ergibt doch überhaupt keinen Sinn!"

Jane zuckte mit den Schultern. „Jedenfalls ist das Ganze ziemlich mysteriös. Bei dieser Häufung der Fälle muss irgendein Zusammenhang bestehen, aber nach einem professionellen Dieb sieht es auch nicht aus. Wenn es nicht aufhört, müssen wir den Grafen benachrichtigen, und er wird dann entscheiden, ob man die Polizei einschaltet."

„Ich hatte ja keine Ahnung, was alles dazugehört, einen Campingplatz zu leiten."

„Konzentriere du dich lieber darauf, dein eigenes Leben in den Griff zu bekommen."

6. KAPITEL

Auf der Fahrt zum Restaurant versuchte Raymond nicht, eine Unterhaltung zu beginnen, sondern beschränkte sich darauf, Alison unterwegs auf Sehenswürdigkeiten hinzuweisen. Angesichts so unpersönlicher Themen legte sich ihre Nervosität, und sie musterte ihn verstohlen. Viele Männer erweckten den Eindruck, als fühlten sie sich unbehaglich in Abendkleidung, aber Raymond wirkte im dunkelgrauen Anzug ebenso entspannt wie vorher in Jeans und einem karierten Hemd. Seine Hände lagen ruhig auf dem Lenkrad, und Alison musste sich förmlich zwingen, den Blick von ihm loszureißen, wenn er sie auf etwas Interessantes hinwies.

Alison und Jane hatten schon einige Restaurants in der Umgebung von Belreynac ausprobiert – zum Teil, um herauszufinden, welche sie guten Gewissens an Campinggäste weiterempfehlen konnten –, aber es waren meistens preiswerte Lokale gewesen. Dieses hier fiel in eine andere Kategorie.

Von außen wirkte es unauffällig, doch bereits die zurückhaltend elegante Inneneinrichtung deutete darauf hin, dass es sich um ein Restaurant der Luxusklasse handelte. Die Karte, die der Oberkellner Alison reichte, hatte keine Preise. Sie studierte die angebotenen Gerichte und versuchte zu erraten, was sie ungefähr kosteten.

„Soll ich für Sie übersetzen?“, fragte Raymond, der ihr Zögern missverstand.

„Nein, danke“, lehnte Alison höflich ab. „Ich glaube, ich nehme Muscheln, gefolgt von ‚Brochet à la Périgourdine‘.“

Er lachte leise. „Entschuldigen Sie. Ich hatte ganz vergessen, dass Sie französisch sprechen.“

Sie klappte die Speisekarte zu und lächelte höflich. „Da gibt es nichts zu entschuldigen. Es hätte ja auch sein können, dass ich Ihre Hilfe brauche.“

Ein Kellner näherte sich diskret, und Raymond gab ihre Bestellung auf. „Bitte bringen Sie uns dazu eine Flasche Bergerac Blanc Sec.“ Dann wandte er seine Aufmerksamkeit wieder Alison zu. „Was haben Sie denn gemacht, ehe sie nach Belreynac gekommen sind?“

Alison drehte den Stiel ihres Weinglases hin und her. Wie viel sollte sie erzählen? Wollte sie überhaupt, dass Raymond etwas über sie erfuhr? „Ich habe für ein internationales Anwaltsbüro gearbeitet“, antwortete sie schließlich. Das konnte jeder wissen.

„Aha, deshalb also Ihre guten Französischkenntnisse.“

Sie nickte. „Ja. Auf der Sekretärinnenschule habe ich Französisch, Deutsch und Italienisch belegt. Eine Zeitlang habe ich mit dem Gedanken gespielt, in Brüssel für die Europäische Gemeinschaft zu arbeiten, aber dann bin ich doch lieber in England geblieben.“ Erst als die Worte heraus waren, fiel ihr auf, dass diese Bemerkung nicht besonders klug gewesen war. Ehe Raymond fragen konnte, warum sie jetzt von London weggegangen war, sprach sie rasch weiter. „Sie müssen selbst lange in England gewesen sein, sonst würden Sie unsere Sprache nicht so fließend beherrschen.“

„Ja. Mein Vater hielt sehr viel von dem englischen Erziehungssystem, und ich bin einige Jahre dort zur Schule gegangen. Das nützt mir heute sehr. Die französische Sprache ist zwar schön, aber wenn man international tätig werden will, ist Englisch unumgänglich.“

„Und sehr brauchbar, wenn man mitten in der Nacht englische Campingbetreuer anblaffen will“, neckte Alison.

Ein Schatten legte sich auf Raymonds Gesicht, aber da der Kellner in diesem Augenblick den ersten Gang auftrug, antwortete er nicht. Alison wartete, bis sie wieder ungestört waren.

„Habe ich etwas Falsches gesagt?“, fragte sie beklommen.

Er schüttelte den Kopf. „Nein. Ich wollte mich ohnehin für mein Verhalten an jenem Abend entschuldigen. Sehen Sie, ich dachte, Sie wären jemand anders.“

Sie war verblüfft. „Wer denn?“

Raymond zögerte. „Wenn Sie für eine Anwaltssozietät gearbeitet haben, dann sind Ihnen Fälle von Industriespionage bestimmt nicht unbekannt.“

„Ja, aber …“ Alison verstand nicht, worauf er hinauswollte.

„Campingplätze sind in Europa ein Riesengeschäft. Kaum eine andere Branche hat noch solche Zuwachsraten, und wie überall gibt es auch hier Sabotage.“

Zuerst dachte Alison, dass Raymond scherzte. Schließlich waren Campingplätze Orte, zu denen Leute fuhren, um sich zu erholen, weit entfernt von einer Großstadt, wo man manchmal mit Intrigen und zweifelhaften Machenschaften rechnen musste. Doch als sie Raymonds unbewegliche Miene sah, begriff sie, dass es ihm ernst war.

„Aber wie kommen Sie denn auf den Gedanken, dass hier Sabotage im Spiel ist? Und warum?" Es fiel ihr immer noch schwer, ein so hässliches Wort mit der friedlichen Umgebung von Belreynac in Verbindung zu bringen.

Raymond lachte bitter. „Ich weiß, dass es verrückt klingt, doch es ist leider wahr. Es dauert sehr lange, bis ein Campingplatz sich einen guten Ruf erwirbt, aber eine schlechte Saison genügt schon, ihn wieder zu verlieren. Einige meiner Konkurrenten sind offenbar der Meinung, dass es billiger und schneller ist, den Ruf von Belreynac zu ruinieren, als an ihren eigenen Plätzen dringend notwendige Verbesserungen vorzunehmen. Eigentlich hat es schon letztes Jahr angefangen – keine Katastrophen, aber eine Anhäufung kleinerer Vorkommnisse, die den Leuten den Urlaub verderben. Würden Sie ein zweites Mal irgendwohin fahren, wo Sie sich nur geärgert haben?"

Alison schüttelte den Kopf. „Als Sie mich neulich abends im Wald sahen, dachten Sie also, ich hätte etwas damit zu tun."

Raymond schmunzelte. „Ich will nicht leugnen, dass ich so etwas vermutete. Vergangenes Jahr hat sich dauernd jemand an den Wasserleitungen zu schaffen gemacht. Die Leute wissen es nicht zu schätzen, wenn sie den Warmwasserhahn aufdrehen und von einem eiskalten Guss getroffen werden. Aber ich kam zu dem Schluss, dass ein wirklicher Saboteur sich eine glaubwürdigere Ausrede zurechtgelegt hätte als einen Angriff durch eine Fledermaus."

Jetzt verstand Alison auch, warum er sie so hartnäckig ausgefragt hatte. „Was für Zwischenfälle gab es denn noch – abgesehen von den Duschen?"

Er zuckte mit den Schultern. „Wie ich schon sagte, es war nie etwas Ernstes. Kleinere Diebstähle, abgebrochene Autoantennen oder platte Reifen. Wieso? Hat sich etwa wieder etwas ereignet?"

Alison dachte an die Diebstähle, die man ihr gemeldet hatte, und Janes Vermutung, dass ein Zusammenhang bestehen musste. Sie nickte. „Ja, es ist einiges abhanden gekommen. Allerdings war nichts Wertvolles darunter."

„Das kommt mir bekannt vor."

„Was werden Sie jetzt machen?"

„Ich habe nicht die Absicht, den Schuldigen weiter sein Unwesen treiben zu lassen. Der Verwalter und einige vertrauenswürdige Mitarbeiter wissen Bescheid und halten die Augen offen." Er hielt inne. „Einstweilen wäre ich dankbar, wenn Sie nicht darüber sprechen würden. Ich möchte weder die Feriengäste in Unruhe versetzen noch ihn oder sie – wer auch immer es sein mag – warnen, dass wir Verdacht geschöpft haben."

„Sie hoffen also, den Missetäter zu fangen?"

„Hoffen? Ich bin fest entschlossen dazu."

Seine Züge waren hart geworden, und Alison bezweifelte nicht, dass es ihm gelingen würde. Sie beneidete den Schuldigen nicht um seine Lage, wenn Raymond seiner erst habhaft war.

Als Alison das nächste Mal zu Raymond aufsah, hatte sich seine finstere Miene gelegt, und er betrachtete sie wieder mit jenem halb spöttischen, halb belustigten Ausdruck in den Augen, gegen den sie sich so schlecht zur Wehr setzen konnte. „Jetzt haben wir genug über Probleme geredet", erklärte er. „Erzählen Sie mir lieber, warum Sie nun doch von zu Hause weggegangen sind, um auf einem französischen Campingplatz als Betreuerin zu arbeiten."

Verflixt! Der Mann musste ein Gedächtnis wie ein Computer haben. Keine Information war ihm zu unwichtig oder zu gering, als dass er sie nicht speicherte, um sie bei Gelegenheit zu verwenden.

„Aus persönlichen Gründen", antwortete Alison knapp.

„Ein Mann?"

Die unverblümte Frage überraschte Alison. „Sie haben offenbar die Angewohnheit, zwei und zwei zusammenzuzählen und dabei auf fünf zu kommen." Die Schärfe in ihrem Ton war nicht zu überhören.

„Ich würde sagen, das Ergebnis ist vier", erwiderte Raymond gleichmütig. „Wenn eine Frau eine Arbeit aufgibt, die ihr nach eigenen Angaben gut gefallen hat, um für eine Saison auf einem Campingplatz anzuheuern, muss sie vor etwas davonlaufen. In neunzig von hundert Fällen handelt es sich um einen Mann."

Alisons Gedanken überschlugen sich. Wie sollte sie Raymonds Fragen parieren, ohne dass sie ihn vor den Kopf stieß oder zuviel von sich preisgab? Vertrauen konnte man nicht einfach fordern, sondern man musste es sich verdienen. Sie war bereit, die Spielregeln einzuhalten. Er offenbar nicht. Vielleicht war es an der Zeit, ihm mit gleicher Münze herauszugeben.

„Sie scheinen sich in dieser Hinsicht für einen Fachmann zu halten. Ihnen sind wohl schon viele Frauen davongelaufen?"

Raymond lachte leise. „Nein, davongelaufen eigentlich nicht."

„Wie bescheiden Sie sind", bemerkte sie trocken. „Dann sind Sie vielleicht derjenige, der die Flucht ergreift. Haben Sie Angst, in die Falle gelockt zu werden? Angst vor der Ehe?"

Was ist nur los mit mir? fragte sie erschrocken. So unverfroren bin ich doch sonst nicht. Er wird denken, dass ich ihm einen Antrag mache. Rasch nahm sie ihre Gabel und beschäftigte sich angelegentlich mit ihrem Essen.

Sie spürte, dass er sie über den Tisch hinweg ansah. „Dann betrachten Sie die Ehe also als Falle?" Seine Stimme war weich wie Samt.

„Sehen das die meisten Männer nicht so?", konterte sie.

„Jede Situation wird zur Falle, wenn man gegen seinen Willen darin feststeckt."

„Sie würden sich wohl nie gegen Ihren Willen in etwas verwickeln lassen." Warum provozierte er sie nur zu einer solchen Reaktion – gleichzeitig heftig, herausfordernd und abwehrend? Und weshalb fand sie diese Reaktion ebenso erregend wie ärgerlich? Alison verstand sich selbst nicht.

„Widerwillig ist ein Wort, das man schlecht definieren kann. Manchmal tun wir Dinge, nicht weil wir wollen, sondern weil wir ihnen nicht widerstehen können."

Seine Stimme war wie eine körperliche Berührung, und in ihrem Inneren breitete sich plötzlich Wärme aus. „Ist das nicht nur ein Spiel mit Worten, eine Entschuldigung dafür, dass wir etwas tun, was wir nicht tun sollten?", fragte sie atemlos.

Raymonds Mundwinkel zuckten. „Alison, Sie klingen wie ein Moralapostel. Was sind denn das für Dinge, die Erwachsene nicht tun sollten?"

Alles, was ich sage, verdreht er, dachte sie zornig. Schlimmer noch, mich selbst bringt er auch völlig durcheinander. „Sie sollten einander nicht betrügen." Der Wirrwarr der Gefühle, den Raymond in ihr auslöste, erinnerte sie unausweichlich an Jonathan und an seinen Verrat.

Er war ernst geworden. „Warum erzählen Sie mir nicht von dem Mann, der Ihnen so wehgetan hat?"

Alison schüttelte den Kopf. „Nein, ich möchte nicht über ihn sprechen." Eines Tages vielleicht, aber jetzt noch nicht.

„Aber Sie wollen ganz sichergehen, dass es nicht noch einmal geschieht?", fragte er sanft.

Zumindest das stimmte zum Teil. Es war eine Sache, die Tür zu dem Käfig zu öffnen, in den sie sich zurückgezogen hatte. Sich direkt in die Fänge eines Tigers zu begeben war eine andere.

„Alison, es gibt keine Beziehung mit einer Garantie, dass nicht einer der Partner früher oder später verletzt wird. Dieses Risiko müssen wir alle eingehen. Doch ich bin der festen Meinung, dass Ehrlichkeit eine Grundvoraussetzung für eine Partnerschaft ist. Niemand sollte in der Hitze der Leidenschaft Versprechungen machen, die er bei vernünftiger Überlegung nicht einhalten kann."

Alison versuchte sich auf das zu konzentrieren, was er sagte, doch wie konnte sie das, wenn die Sinnlichkeit in seiner Stimme ihr jeden klaren Gedanken raubte? Das Gefühl, die Kontrolle verloren zu haben und deshalb verwundbar zu sein, war ihr unangenehm. Nicht einmal ihre Stimme klang wie sonst, als sie versuchte, die Spannung mit einem Scherz zu mindern. „Ich kann mir nicht vorstellen, dass Sie in der Hitze der Leidenschaft die Beherrschung verlieren." Kaum waren die Worte heraus, hätte sie sich am liebsten die Zunge abgebissen. Weshalb hatte sie das nur gesagt? Es klang wie eine Aufforderung zu einer Affäre. Weshalb kam sie sich in seiner Nähe nur wie ein unreifer Teenager vor anstatt wie die Frau, die sie in Wirklichkeit war. Gelassen und weltläufig hatte sie klingen wollen, nicht wie ein naives Schulmädchen. Ehe sie merkte, was Raymond vorhatte, hatte er seine Hand auf ihre gelegt. „Wirklich nicht, Alison?", fragte er herausfordernd. „Ich kann Ihnen versichern, dass ich ein sehr leidenschaftlicher Mann bin, aber …" Sein Blick hielt sie fest. „Ich bin auch alt genug, um den Unterschied zwischen der Leidenschaft der Nacht und der kühlen Realität des Morgens zu kennen. Versprechungen, die ich nicht halten kann, mache ich nicht. Verstehen Sie, was ich sagen will?"

Alison nickte. Sie wusste, was er meinte, und respektierte ihn dafür. Er würde ehrlich zu ihr sein, und obwohl er keine dauerhafte Beziehung in Aussicht stellte, wusste sie instinktiv, dass er sie niemals so verraten würde, wie Jonathan es getan hatte.

Hinter ihnen hustete jemand diskret, und als Alison sich umdrehte, sah sie, dass der Kellner gekommen war, um die Bestellung für die Nachspeise aufzunehmen.

Raymond sah sie fragend an. „Möchten Sie noch etwas Süßes oder Käse?"

Wortlos schüttelte sie den Kopf. Der Hunger, den sie verspürte, ließ sich nicht mit einer Süßspeise stillen.

„Gut." Offenbar verspürte auch er nicht den Wunsch, die Mahlzeit noch länger hinauszuziehen.

Während Raymond die Rechnung beglich, entschuldigte sich Alison und ging in den elegant eingerichteten Waschraum. Die Frau, die ihr aus dem Spiegel entgegensah, erkannte sie fast nicht wieder. Sie sah aus, wie sie sich fühlte – feminin, sinnlich und verführerisch – und es gab keinen Zweifel, wer dafür verantwortlich war: Raymond.

In gewisser Weise erschreckte sie dieses Bild. Es zeigte eine Frau, die zwar ihre Gesichtszüge hatte, aber seltsam distanziert wirkte. Die Reaktion dieser Frau auf Raymond war ausschließlich körperlich und beruhte auf einer überwältigenden sexuellen Anziehungskraft, die sich weder leugnen noch erklären ließ. Einer Kraft, der zu erliegen sehr leicht wäre. Doch was war mit der wahren Alison, der Frau, der Jonathan so wehgetan hatte? War sie bereit, sich auf eine Beziehung einzulassen, die allein durch körperliches Begehren bestimmt sein würde, mit allen darin verborgenen Gefahren?

Alison schloss die Augen und zwang sich, auf ihre Gefühle zu achten. War es wirklich nur ihr Körper, der auf Raymond reagierte? Instinktiv wusste sie, dass das nicht stimmte. Nach anfänglicher Abneigung hatte sie viel an ihm entdeckt, das sie mochte und respektierte. Er hatte Charakter und besaß ein ungewöhnliches Verständnis der menschlichen Natur, war gleichzeitig stark und empfindsam. Alle diese Eigenschaften bewunderte sie. Nein, ein Großteil des Verlangens galt dem Mann selbst. Aber hieß das auch, dass sie bereit war, sich auf eine Affäre mit ihm einzulassen? Denn obwohl keiner es ausgesprochen hatte, war es bei ihrer Unterhaltung nur darum gegangen.

Erst vor zwei Monaten war sie in einen anderen Mann verliebt gewesen, und trotz allem, was er ihr angetan hatte, war sie nicht sicher, ob diese Liebe wirklich erloschen war. Falls sie Jonathan wirklich noch liebte, welcher Art waren dann ihre Gefühle für Raymond? Sympathie, Bewunderung, sexuelles Begehren – jedoch keine Liebe. Und eine Affäre ohne Liebe kam für sie nicht in Frage.

Es stimmte, dass sie Angst davon hatte, wieder verletzt zu werden, aber Raymond hatte recht: Eine Beziehung mit Garantie gab es nicht, und wenn sie wieder zu leben beginnen wollte, musste sie auch das Risiko eingehen. Doch ihr Zögern hatte noch einen anderen Grund. Sie hielt nichts von flüchtigen sexuellen Begegnungen. Das hieß nicht, dass sie andere deswegen verurteilte, aber sie selbst war dafür nicht geschaffen. Sex sollte der Ausdruck von Liebe in einer Partnerschaft sein, nicht deren Ersatz. Doch von Liebe war nicht die Rede gewesen. Wie sollte es, wo es noch so vieles gab, das sie nicht voneinander wussten?

Zunächst einmal brauchte sie Zeit. Zeit, sich über ihre Gefühle für Raymond klar zu werden und herauszufinden, was er für sie empfand. Die Frage war allerdings, ob er ihr diese Zeit lassen würde.

Auf der Fahrt zurück zum Campingplatz waren Alison und Raymond mit ihren eigenen Gedanken beschäftigt. Falls Raymond ebenfalls darum rang, Klarheit zu gewinnen, ließ er sich nichts anmerken. Seine Miene verriet nichts, und sie konnte nur raten, was in ihm vorging.

Als er den Wagen in der Nähe ihres Zeltes zum Stehen brachte, bückte sie sich, um ihre Abendtasche aufzuheben. Doch er streckte den Arm aus, um sie daran zu hindern, und auch ohne ihn anzusehen wusste sie, dass er sie küssen würde und dass sie nichts unternehmen würde, um ihn daran zu hindern. Instinktiv wandte sie ihm ihr Gesicht zu und bog den Kopf leicht zurück. Ihre Lippen trafen sich, und im gleichen Augenblick waren alle ihre Sinne von ihm erfüllt. Sie konnte ihn riechen und schmecken und fühlen, und als sie die Finger in seinem Haar vergrub, spürte sie die Berührung in allen Nervenenden. Raymond hatte ihr die Hand in den Nacken gelegt, um sie enger an sich zu ziehen, doch durch die Schalensitze des Wagens war das nicht möglich, und er fluchte halblaut.

Zart fuhr er mit dem Daumen die Konturen ihrer Lippen nach. „Hier ist nicht der richtige Platz, um sich zu lieben."

Alison nickte stumm. Raymonds Kuss hatte sie so durcheinander gebracht, dass sie völlig benommen war. „Ja, du hast recht. Ich …" Was sonst konnte sie antworten? Dass sie nicht daran gedacht hatte, wo sie sich befanden? Sie hatte überhaupt nicht gedacht! Weder daran, dass jeder, der vorbeikam, sie sehen konnte, und auch nicht daran, was Raymond wohl von ihrer ungestümen Reaktion halten würde.

Sein Finger auf ihrer Wange holte sie abrupt in die Gegenwart zurück. „Das heißt aber nicht, dass wir nicht irgendwohin gehen können, wo wir allein sind."

Plötzlich schämte sich Alison. Sowohl im Restaurant als auch hier hatte sie Raymond glauben lassen, dass sie darauf brannte, ihre Freundschaft auf eine intimere Ebene zu stellen. Doch die Wirklichkeit sah anders aus, und sie war sich durchaus nicht sicher, dass sie das wollte.

„Aber du würdest es lieber nicht tun", hörte sie ihn leise sagen. Er klang nicht im Geringsten verärgert, sondern sehr verständnisvoll.

„Du … Es macht dir nichts aus?"

Raymond lachte leise. „Was hast du denn erwartet? Dass ich dich an den Haaren ins Schloss zerren würde?" Sanfter fuhr er fort. „Vor zehn Jahren hätte es mir sogar sehr viel ausgemacht, aber das Älterwerden hat noch einen Vorteil: Man lernt Geduld, weil einem bewusst wird, dass es sich lohnt, auf bestimmte Dinge zu warten."

Alisons Haut prickelte. Körperlich begehrte sie ihn unendlich, aber sie sehnte sich auch mit dem Herzen nach ihm. Er versuchte nicht, sie zu drängen und seine sexuelle Anziehungskraft dazu zu benutzen, um sein Verlangen zu stillen. Auch er erwartete sich mehr als das von einer Beziehung und war bereit, darauf zu warten.

„Jetzt", sagte er leise und küsste sie auf die Wange, „solltest du lieber gehen, ehe meine primitiven Instinkte noch die Oberhand gewinnen."

Alison nahm ihre Handtasche und öffnete die Tür. „Vielen Dank – für alles." Obwohl ihre Stimme kaum zu vernehmen war, war sie sicher, dass er verstehen würde, was sie meinte.

Raymond legte den Gang ein und fuhr langsam die Straße entlang, die durch Camp Belreynac führte. Dabei hätte er am liebsten Gas gegeben und wäre durch die Nacht gerast. Vor Jahren, als seine sexuellen Bedürfnisse eher auf Häufigkeit als auf eine kluge Wahl ausgerichtet waren, hatte er festgestellt, dass Geschwindigkeit ein passabler Ersatz für Sex sein konnte – vorausgesetzt, es ging nur um Sex. Aber er wusste, dass ihm diesmal auch eine wilde Jagd durch die Nacht nicht helfen konnte.

Es wäre nicht schwer gewesen, Alisons Bedenken zu zerstreuen. Das hatte ihm ihre Reaktion auf seinen Kuss gezeigt. Doch die Erfahrung hatte ihn gelehrt, dass Affären, die mit Zweifeln begannen, selten erfolgreich verliefen. Im Augenblick litt sie noch unter der Trennung von einem anderen, aber der Schmerz hatte bereits nachgelassen. Er konnte warten.

7. KAPITEL

Die nächsten beiden Wochen vergingen für Alison wie im Flug. Die Tage waren angefüllt mit ihrer Arbeit auf dem Campingplatz, und die Abende verbrachte sie mit Raymond. Nachmittags unternahmen sie oft etwas mit Cecilia, die nicht wiederzuerkennen war, seit sie regelmäßig in den Kinderclub kam. Alison konnte sich nicht erinnern, wann sie zuletzt so glücklich gewesen war. Das Leben war einfach herrlich. Sie gab sich Mühe, so wenig wie möglich an die Zukunft oder an die Vergangenheit zu denken, sondern die Gegenwart zu genießen. Ihre Sympathie und ihr Respekt für Raymond – vor allem aber ihr Verlangen nach ihm – wurden von Tag zu Tag größer. Sie kannte ihn inzwischen als kompetenten und entscheidungsfreudigen Verwalter, wenn es um Belange seines Besitzes ging, als liebevollen Onkel, der stets zu Späßen aufgelegt war, und schließlich als Liebhaber. Obwohl sie noch nicht miteinander geschlafen hatten, verstärkte jeder Kuss, jede Berührung und jedes geflüsterte Wort ihre Sehnsucht nach ihm.

Er hatte Wort gehalten und keine weiteren Versuche unternommen, sie zu Intimitäten zu drängen. Doch Alison war zu intelligent, um nicht zu wissen, dass sie einen Mann wie Raymond nicht unbegrenzt warten lassen konnte.

Auf Bitten der Familie Davison hatte sie sich bereit erklärt, am Freitagabend auf deren Tochter Kim aufzupassen. Kim war das kleine Mädchen, mit dem sich Cecilia an ihrem ersten Tag im Kinderclub angefreundet hatte, und seitdem waren die beiden unzertrennlich. Raymond war zwar nicht begeistert gewesen, als sie ihm für diesen Abend absagte, aber er wusste, dass gelegentliches Babysitten zu ihrer Arbeit gehörte.

Nachdem Alison Kim eine Geschichte vorgelesen und sie ins Bett gebracht hatte, setzte sie sich in den Wohnteil des Zeltes und nahm ihre Schreibmappe heraus. Seit sie ihre Freizeit mit Raymond verbrachte, war sie mit Briefen an ihre Familie und Freunde ins Hintertreffen geraten, und sie wollte die günstige Gelegenheit nutzen. Sie hatte gerade einen langen Bericht über das Leben im Camp an ihre

Eltern beendet, als sie jemanden vor dem Zelt hörte. Ein Blick auf die Uhr zeigte ihr, dass es erst halb zehn war. So früh würden die Davisons bestimmt nicht zurückkommen.

Sie schaute hinaus und sah Jane und Simon.

„Hoffentlich haben wir dich nicht erschreckt", sagte Jane im Flüsterton. „Aber wir wollten nicht rufen, damit Kim nicht aufwacht." Nach Janes Gesichtsausdruck zu schließen, war ihr beides ziemlich gleichgültig. Sie schien ihre Erregung über irgendetwas kaum zügeln zu können, und Alison fragte sich, was für die geröteten Wangen und die glänzenden Augen ihrer Freundin verantwortlich war. „Alison, du musst sofort in die Bar. Du wirst am Telefon verlangt."

„Ein Anruf? Wer ist es denn?", fragte Alison verblüfft. Wer um alles in der Welt konnte sie hier in Belreynac anrufen? „Sind es etwa meine Eltern?" Sofort schossen ihr die schrecklichsten Gedanken über Unfälle oder andere familiäre Katastrophen durch den Kopf.

Jane machte ein geheimnisvolles Gesicht. „Warum gehst du nicht und findest es selbst heraus?"

Langsam verlor Alison die Geduld. „Falls ihr euch einen Scherz mit mir erlauben wollt ..."

„Kein Scherz, ehrlich. Geh einfach und schau nach", drängte Jane.

Was um alles in der Welt wurde hier gespielt? Alison musste zugeben, dass ihre Neugier geweckt war. „Aber ich kann hier nicht weg", protestierte sie. „Ich habe versprochen, bei Kim zu bleiben, bis ihre Eltern zurückkommen."

„Wir werden dich solange vertreten", erklärte Jane und gab ihrer Freundin einen Schubs.

Immer noch im Zweifel, ob sie nicht in eine Falle tappte, die Jane und die anderen Kollegen für sie ausgelegt hatten, machte Alison sich auf den Weg zur Bar. Unterwegs kamen ihr die verschiedensten Einfälle, aber sie verwarf sie alle wieder.

Am Eingang blieb sie stehen und versuchte, in dem schwach erleuchteten Raum etwas zu erkennen. Die Telefone waren an der Wand hinter der Bar, und sie musste sich erst einen Weg durch die Menge bahnen, die sich wie jeden Abend hier zusammenfand, um den Tag ausklingen zu lassen. Schließlich kam sie so nahe heran, dass sie die

Apparate sehen konnte, aber bei beiden war der Hörer aufgelegt. Wenn es ein Ferngespräch gewesen war, war der Anrufer vielleicht des Wartens überdrüssig geworden und hatte eingehängt. Das hätten ihre Eltern bestimmt nicht getan, sondern eine Nachricht für sie hinterlassen. Andererseits sollte sie vielleicht kurz anrufen und sich vergewissern, dass alles in Ordnung war.

Während Alison noch überlegte, hörte sie plötzlich eine vertraute Stimme hinter sich. „Hallo, Darling."

Benommen drehte sie sich um und stand dem Menschen gegenüber, den sie hier zu allerletzt erwartet hatte.

Jonathan lächelte. Wie gut sie sich an dieses sinnliche intime Lächeln erinnerte! Er hatte nichts von seinem Charme eingebüßt.

„Hallo, Ali", begrüßte er sie, als habe es nie einen Streit zwischen ihnen gegeben.

„Guten Abend, Jonathan", erwiderte sie kühl und tat, als wäre es ganz natürlich, dass er in Belreynac auftauchte. Dabei hämmerte ihr Puls heftig, und ihr Mund war ganz trocken geworden.

Jonathan nahm sie an der Hand und zog sie rasch zu einer leeren Nische. Dort setzte er sich so nah neben sie, dass sie seine Körperwärme spüren konnte.

Das muss ein Traum sein, dachte Alison. Wie kommt Jonathan plötzlich hierher? Und weshalb sitze ich neben ihm, als sei nichts gewesen?

Er drückte ihr ein Glas Whisky in die Hand. „Trink das erst einmal. Du siehst ja aus, als wäre dir ein Gespenst begegnet."

So fühlte sie sich auch. Normalerweise mochte sie Whisky nicht, aber jetzt nahm sie einen kräftigen Schluck und hustete, als ihr der Alkohol wie Feuer in der Kehle brannte. Jonathan klopfte ihr fürsorglich auf den Rücken und ließ die Hand gleich dort liegen.

Alison fasste das Glas fester, als könne allein der harte Gegenstand ihr das Gefühl geben, dass sie nicht phantasierte, dass Jonathans Hand, sein Schenkel und der Geruch seines Rasierwassers keine Einbildung waren.

Er spielte mit den Fingern in ihrem Haar. „Du hast es abgeschnitten." Es klang wie ein Vorwurf.

„Mir war einfach nach einer Veränderung zumute", antwortete Alison. Was tat sie eigentlich? Sie saß hier und unterhielt sich mit dem Mann, der ihr das Herz gebrochen hatte, über Belanglosigkeiten. Sag's ihm doch, forderte eine innere Stimme. Erzähl ihm, dass du dir das Haar hast kurz schneiden lassen, weil du alles aus deinem Leben tilgen wolltest, was er berührt hat. Aber natürlich sagte sie nichts dergleichen. Stattdessen trank sie noch einen Schluck Whisky und spürte, wie das starke Getränk ihre Sinne betäubte.

„Was machst du denn hier?", brachte sie schließlich heraus. Es war einfach unglaublich, dass die Erinnerungen an Jonathan, die sie mit sich herumgetragen hatte – Jonathan bei der Arbeit, zu Hause in seiner Wohnung, in der Kneipe um die Ecke –, plötzlich in Belreynac Fleisch geworden waren. Hier hätte sie ihn zuletzt erwartet.

Er lachte leise. Es klang sehr verführerisch. „Was glaubst du wohl, Baby? Ich komme, um dich zu holen."

In diesem Augenblick fiel ein Schatten über den Tisch, und als Alison den Kopf hob, sah sie Jane, die kaum wiederzuerkennen war. Statt Genugtuung über einen gelungenen Streich malten sich Angst und Besorgnis auf ihren Zügen ab. „Du solltest besser gleich mitkommen. Kim ist verschwunden."

Alison sprang so schnell auf, dass die Gläser überschwappten. „Was soll das heißen – verschwunden?"

„Genau das. Ich sah, dass die Klappe zu ihrem Schlafabteil offen stand, und als ich nachschaute, war sie weg." Janes Stimme klang gepresst.

Alisons Gedanken wirbelten im Kreis. Wie konnte Kim das Zelt verlassen haben, ohne dass Jane und Simon etwas davon gemerkt hatten? Das war einfach nicht möglich. „Vielleicht hat sie sich irgendwo versteckt."

Jane rang die Hände. „Nein. Simon und ich haben schon das ganze Zelt durchwühlt, und viele Stellen gibt es nicht, an denen sich ein Kind verkriechen kann. Er sucht jetzt draußen weiter."

Selbst Jonathan schien zu merken, dass sofort etwas unternommen werden musste. Als Jane verstummte, nahm er Alisons Arm und führte sie zur Tür. So schnell sie konnten, liefen die drei auf den Teil des Campingplatzes zu, wo das Zelt der Davisons stand. Unterwegs forderte Alison Jane auf, ihr alles noch einmal genau zu erzählen. Doch viel gab es nicht zu berichten. Jane und Simon hatten nicht das Geringste bemerkt, bis sie plötzlich feststellten, dass das Kind nicht mehr in seinem Bett lag.

Alison überlegte fieberhaft. Wieso konnte ein kleines Mädchen ein Zelt verlassen, in dem zwei Erwachsene saßen? Hatte sich vielleicht ein Entführer von hinten Einlass verschafft? War diejenige Person, die auch für die Diebstähle und die Sachbeschädigungen verantwortlich war, jetzt auf drastischere Maßnahmen verfallen, um Camp Belreynac in Misskredit zu bringen? Das wäre entsetzlich. Doch nein, jetzt war die Phantasie mit ihr durchgegangen. Bei einer Entführung hätte es irgendwelche Spuren gegeben. Entschlossen verdrängte sie den Gedanken. Sie durfte jetzt nicht in Panik geraten. Wahrscheinlich hatte das Rätsel eine ganz einfache Lösung.

Vor dem Zelt trafen sie Simon. „Ich habe überall gesucht“, berichtete er, „aber sie ist wie vom Erdboden verschluckt.“

Alison kämpfte die aufsteigende Angst nieder. „Vielleicht hat sie Angst. Sie kennt euch nicht besonders gut. Lasst es mich einmal versuchen.“

Leise rief sie Kims Namen, um die anderen Campinggäste nicht zu stören. „Kim, es ist alles in Ordnung. Wenn du dich versteckt hast, kannst du jetzt herauskommen. Niemand wird dich ausschimpfen.“ Unablässig wiederholte sie die Worte – ohne Erfolg.

Erst jetzt wurde Alison richtig bewusst, in welcher Situation sie sich befand. Ein Kind wurde vermisst. Ein Kind, das man ihr anvertraut hatte. Was Kim zugestoßen sein konnte, daran wollte sie überhaupt nicht denken. Und die Schuld lag allein bei ihr. Sie hätte das Zelt der Davisons niemals verlassen dürfen. Panik und ein erdrückendes Schuldgefühl befielen sie. Verzweifelt versuchte sie nachzudenken, denn die anderen schienen alle darauf zu warten, dass sie etwas unternahm.

„Es hat keinen Zweck“, erklärte sie schließlich. „Wir müssen die Leitung des Camps informieren, damit eine Suchaktion in die Wege geleitet werden kann. Außerdem müssen die Eltern benachrichtigt werden. Simon, hol du den Lagerverwalter. Vorhin habe ich in seinem Büro Licht gesehen. Wenn wir Glück haben, ist er noch da. Jane, frag du in den anderen Zelten, ob jemand ein Kind weinen gehört oder sonst irgendwelche ungewöhnlichen Geräusche wahrgenommen hat. Versuch aber möglichst, die Leute nicht zu alarmieren. Wir bleiben hier, falls Kim von allein zurückkommt. Sie kennt mich am besten und wird keine Angst vor mir haben.“ Falls sie überhaupt noch allein zurückkommen kann, dachte sie beklommen.

Als Jane und Simon gegangen waren, wurde Alison das Ausmaß der Schuld, die sie auf sich geladen hatte, erst richtig bewusst. Sie ließ den Kopf sinken. Wenn dem Kind irgendetwas zustieß, würde sie sich das nie vergeben. Als Jonathan ihr tröstend den Arm um die Schulter legte, wehrte sie sich nicht. Sie brauchte jetzt menschliche Wärme, weil ihr Inneres völlig erstarrt war vor Angst.

Eine Ewigkeit schien vergangen zu sein, bis Simon endlich zurückkam. Neben ihm lief atemlos der Verwalter von Camp Belreynac, und dahinter konnte sie eine hoch gewachsene Gestalt ausmachen – Raymond!

Alison hatte ganz vergessen, dass Jonathan noch den Arm um sie gelegt hatte. Erst als sie sah, dass Raymonds Miene eisig wurde, fiel es ihr wieder ein. Er stand keinen Meter von ihr entfernt, und sie musste unwillkürlich an die Nacht denken, als sie sich zuerst begegnet waren.

Beinahe gleichzeitig kam Jane um die Ecke des Nachbarzelts, gefolgt von dessen Bewohnerin, einer Frau mittleren Alters mit Lockenwicklern und im Morgenrock.

„Ich bin nicht überrascht, dass die Kleine verschwinden konnte“, rief diese schrill, als sie den Verwalter und Raymond erblickte. „Es ist ein Wunder, dass den beiden überhaupt etwas aufgefallen ist bei dem Radau, den sie veranstaltet haben.“

Alison sah rasch zu Jane hinüber, die vor Verlegenheit rot angelaufen war.

„Was meinen Sie damit?“, fragte Raymond brüsk.

Die Frau presste missbilligend den Mund zusammen. „Schockierend war es, jawohl! Mein Mann und ich konnten sie bis in unser Zelt hören. Gekichert haben sie und weiß der Himmel was noch. So etwas nennt sich nun Babysitter. Worauf diese beiden aus waren, ist doch völlig klar."

Raymond ließ den Blick über die kleine Gruppe schweifen. „Wer war heute Abend hier Babysitter?"

Alison schluckte. „Ich, aber ..."

„Erspar mir die Ausreden!", schnitt er ihr das Wort ab. „Was ist passiert? Aber genau, bitte!"

Jane hatte sich zuerst wieder gefangen. „Kim – sie ist einfach verschwunden. Wir haben die ganze nähere Umgebung abgesucht und nach ihr gerufen, aber wir haben sie nicht gefunden."

Raymond hatte die Situation blitzschnell erfasst und das Kommando in die Hand genommen. „Alain", rief er den Camp-Verwalter und erteilte ihm auf Französisch die Anweisung, Männer mit Fackeln zusammenzutrommeln, die die Gegend im Umkreis von einem Kilometer um das Zelt der Davisons durchkämmen sollten. Ehe Alain ging, wandte sich Raymond noch einmal an Alison. „Weißt du, in welches Restaurant die Eltern gegangen sind?"

Sie nickte niedergeschlagen. „La Fontaine."

Raymond bat Alain, sofort eine Nachricht durchzugeben, dass die Davisons so schnell wie möglich zurückkommen sollten.

Als der Verwalter gegangen war, fragte Alison schüchtern: „Was können wir tun?"

Raymond verzog verächtlich den Mund. „Glaubst du nicht, dass du für einen Abend schon genug Schaden angerichtet hast?" Offenbar hatte er den Whisky in ihrem Atem gerochen, denn er fuhr schneidend fort: „Getrunken hast du auch. Solche Verantwortungslosigkeit habe ich noch nie erlebt."

In seinem Blick lag so viel Abneigung, dass ihr kalt wurde. Sie konnte nicht leugnen, dass sie etwas getrunken hatte, aber sie war keinesfalls beschwipst. „Bitte, Raymond, du siehst das ganz falsch." Sie sprach leise, damit die anderen sie nicht hören konnten, aber ein Blick in sein Gesicht zeigte ihr, dass sie nicht zu ihm durchdringen würde. Ihr Freund Raymond hatte sich in einen unnahbaren Fremden zurückverwandelt. Angesichts seiner abweisenden Haltung gab Alison den Versuch auf, ihm alles zu erklären. Das war jetzt auch nicht wichtig. Im Moment ging es allein darum, dass ein Kind vermisst wurde und dass alles Menschenmögliche getan werden musste, um es wieder zu finden. „Bitte, wir möchten gern helfen", bat sie.

Raymonds Miene war nach wie vor verschlossen, aber die Vernunft musste ihm sagen, dass er auf jeden Helfer angewiesen war. „Sie ..." – er deutete auf Jane, Simon und Jonathan – „gehen in den Hauptkomplex und suchen dort. Die Kleine kennt den Weg dorthin. Vielleicht hat sie sich auf die Suche nach ihren Eltern gemacht, da sich hier offenbar niemand um sie gekümmert hat." Seine Worte trafen Alison bis ins Mark.

„Du kommst mit mir", erklärte er kurz. „Das Kind kennt dich und wird eher kommen, wenn du es rufst." Er ließ keinen Zweifel daran, dass er sie überhaupt nur aus diesem Grund mitnahm.

„Wir fangen im Wald an", befahl er und schlug einen scharfen Schritt an. „Vielleicht hat sie sich verlaufen."

Alison stolperte hinter ihm her. „Raymond ...!"

Weiter kam sie nicht. Er drehte sich auf dem Absatz um und maß sie gleichgültig. „Im Gegenteil, Alison, ich verstehe sogar sehr gut." Seinem Ton war zu entnehmen, dass die Unterhaltung damit für ihn beendet sei.

Alison schluckte. „Bitte, Raymond, lass mich doch erklären."

Ein Zweig knackte, und sie fuhr zusammen. Raymond legte warnend den Finger auf die Lippen. Beide blieben stehen und horchten, ob sich das Geräusch vielleicht wiederholen würde, doch alles blieb still. Er gab ihr ein Zeichen, dass sie nach Kim rufen sollte. Alison musste mehrmals ansetzen, bis ihre Stimme gehorchte. „Kim! Ich bin's, Alison. Du brauchst keine Angst zu haben. Wenn du herauskommst, bringe ich dich zu deinen Eltern."

Keine Antwort. Alison versuchte es noch einmal. Immer noch nichts.

Raymond schüttelte den Kopf. „Vermutlich ein Fuchs", meinte er und ging mit gesenktem Kopf weiter. Alison folgte schweigend. Er hatte recht. Was würden Erklärungen jetzt nützen? Dafür war auch später noch Zeit. Im Augenblick wurde ein Kind vermisst, und zumindest indirekt war sie daran schuld. Sie hätte Kim niemals bei Jane und Simon zurücklassen dürfen. Wenn sie geblieben wäre, wäre die Kleine bestimmt nicht weggelaufen. Die Vorwürfe hämmerten in ihrem Kopf, bis sie glaubte, er würde zerspringen.

Um sie herum war alles still. Unheimlich still. Bäume, an denen sie bei Tageslicht schon hundertmal vorbeigegangen war, wirkten plötzlich bedrohlich. Hierher war Kim bestimmt nicht gegangen. Wenn sie selbst schon Beklommenheit empfand, wie musste sich erst ein Kind fühlen?

Wenn Kim nun aber nicht aus eigenem Antrieb weggelaufen war, sondern jemand sie entführt hatte? Bei dem Gedanken umklammerte eine eiserne Faust Alisons Herz.

Raymond suchte methodisch und gründlich. Alle paar Sekunden blieb er stehen, um im Unterholz nachzuschauen, doch Kim blieb verschwunden. Langsam lichtete sich der Wald, und dicht vor ihnen schimmerte die Wasserfläche des Sees im Mondlicht.

Der See! An diese Gefahr hatte Alison überhaupt nicht gedacht. Aber so weit würde ein Kind in der Dunkelheit bestimmt nicht allein gehen. Oder doch?

Ein Blick in Raymonds Gesicht bestätigte ihr, welche Gedanken in seinem Kopf umhergingen. Erst vor drei Jahren war seine Nichte, Cecilias Schwester, beim Baden ertrunken. Welche schrecklichen Erinnerungen musste diese Szene in ihm wachrufen? Alison sehnte sich danach, die Arme um ihn zu legen und ihn zu trösten. Doch seine Miene und seine starre Körperhaltung zeigten ihr ohne jeden Zweifel, dass sie kein Recht mehr auf die Intimitäten der vergangenen Wochen besaß.

Warum hörte er nur nicht zu? Weshalb ließ er sie nicht erklären, was geschehen war? Später, wenn Kim hoffentlich gesund wieder gefunden war, musste er sie einfach anhören! Doch was wollte sie ihm sagen? Denn aus heiterem Himmel war Jonathan aufgetaucht. Jonathan, der sie nach Hause holen wollte. Zumindest hatte er das gesagt. Wie wollte sie Raymond das verständlich machen?

Im Moment ging es nur um Kim. Was machte es schon aus, wer

wirklich für ihr Verschwinden verantwortlich war? Das Wichtigste war jetzt, dass sie wohlbehalten gefunden wurde.

Vorsichtig versuchte Alison, Raymonds Befürchtungen bezüglich des Sees zu zerstreuen. „Ich glaube nicht, dass Kim allein so weit gehen würde. Sie ist noch klein und wagt sich nachts bestimmt nicht allein in den Wald. Vermutlich hast du recht mit deiner Annahme, dass sie ins Zentrum wollte, wo sie sich auskennt." Ihre Stimme erstarb. Versuchte sie nicht, ihre eigene Angst mit schönen Worten zu beruhigen?

Er schüttelte den Kopf, doch es sah aus, als wolle er ihrem Einwand nicht widersprechen, sondern quälende Gedanken verdrängen. Alison hatte zu zittern begonnen. In der Aufregung hatte sie vergessen, einen Pullover anzuziehen, und jetzt strich die Nachtluft über ihre bloßen Arme. Ohne ein Wort streifte Raymond seine Jacke ab und hängte sie ihr um die Schultern. „Das ist doch nicht nötig", wollte sie widersprechen, doch er ließ sie nicht ausreden.

„Du hast uns schon genug Ärger gemacht. Wenn du dir aus lauter Trotz eine Lungenentzündung holst, machst du es nur noch schlimmer." Aus seinem Ton war keinerlei Besorgnis herauszuhören.

Mit ungelenken Bewegungen zog Alison das warme Kleidungsstück an. Zum Teufel mit ihm! Und zum Teufel mit ihr, dass es ihr so wichtig war, was er von ihr dachte.

Schweigend gingen sie zum Zeltplatz zurück. Nachdem ihre eigenen Hoffnungen, Kim zu finden, sich als trügerisch erwiesen hatten, konnten sie nur beten, dass die anderen mehr Glück gehabt hatten. Doch als einer nach dem anderen bedauernd den Kopf schüttelte, wurde Alison schwer ums Herz.

Inzwischen waren die Davisons wieder da, und Raymond sprach einige Minuten lang mit ihnen allein. Als Alison Mrs. Davisons verzweifeltes Schluchzen hörte, wäre sie am liebsten ebenfalls in Tränen ausgebrochen.

Jetzt drehte sich Raymond um und winkte Alison. „Wir werden die Polizei rufen müssen. Du kommst am besten mit ins Büro, damit du eine möglichst genaue Beschreibung abgeben kannst. Schließlich hast du sie als letzte gesehen."

Alison nickte wortlos. Auf dem Weg zum Hauptkomplex dachte sie darüber nach, was dieser Vorfall für Raymond bedeuten würde. Wenn die Polizei erst benachrichtigt war, würde es nicht mehr lange dauern, ehe die Presse etwas erfuhr. Wer auch immer der Unruhestifter war, er würde sich jetzt schadenfroh die Hände reiben.

„Das tut mir alles so schrecklich leid, Raymond“, flüsterte sie.

Er würdigte sie keines Blickes. „Mir auch.“

Sie hatten gerade die Stelle erreicht, wo sich der Weg gabelte. Hatten sie nicht davon gesprochen, dass Kim irgendwohin gehen würde, wo sie sich auskannte? „Der Spielplatz!“, rief sie laut. „Dass mir das erst jetzt einfällt.“

Raymond nickte kurz. „Na gut. Versuchen wir es.“

Zentimeter für Zentimeter suchten sie das Areal ab, wo der Kinderclub sich traf, doch von Kim war nichts zu entdecken. Alisons Hoffnungen waren bereits wieder am Nullpunkt angelangt, als ihr Blick plötzlich auf das offene Zelt fiel. „Schauen wir einmal hinein.“

Raymond ließ den Strahl der Taschenlampe hin und her wandern. Plötzlich hielt er inne, denn das Licht fiel auf ein Stück rosa Stoff. Alison bahnte sich einen Weg durch die Stuhlreihen bis in die Ecke. Dort lag Kim zusammengerollt und schlief fest. Noch nie in ihrem Leben war Alison so erleichtert gewesen. Sie bückte sich und hob das schlafende Kind hoch. Dass ihr die Tränen über die Wangen liefen, merkte sie gar nicht.

Raymonds Miene verlor ihre Starre, als er sich hinunterbeugte und den blonden Schopf streichelte. Er wartete eine Weile, bis Alison sich die Anspannung der letzten Stunden von der Seele geweint hatte, dann nahm er ihr das Kind ab und ging hinaus.

8. KAPITEL

Es war nicht verwunderlich, dass Alison schlecht schlief. Trotz der Tatsache, dass Kim wohlbehalten gefunden worden war, wurde Alison von alptraumhaften Visionen gequält, was hätte geschehen können. Immer wieder schreckte sie hoch, und dann dauerte es eine Weile, bis sich ihr rasender Puls wieder normalisiert hatte und sie von neuem in einen unruhigen Schlaf versank.

Mit Bekanntwerden der Nachricht, dass Kim nichts zugestoßen war, schienen sich für die anderen an der Suche Beteiligten die Spannungen des vergangenen Abends aufgelöst zu haben wie Nebel in der Sonne. Erleichtert waren sie davongegangen und hatten über den Vorfall diskutiert, der vermutlich noch wochenlang Hauptgesprächsthema auf dem Campingplatz sein würde. Raymond hatte das Kind allein zu den Eltern zurückgebracht, und Alison, die einsah, dass jetzt nicht der richtige Zeitpunkt für Erklärungen oder Entschuldigungen war, war mit den anderen zu ihren Zelten zurückgegangen.

Simon und Matthew hatten angeboten, Alison und Jane am nächsten Morgen ihre Arbeit abzunehmen, und da es Samstag war, fiel auch das Treffen des Kinderclubs aus. Jonathan hatte sich mit einem Kuss auf die Wange von Alison verabschiedet -sei es aus Rücksicht auf sie, sei es, weil er müde von der Reise war – und sich mit der Zusage zufrieden gegeben, dass sie sich zum Mittagessen treffen würden, um sich auszusprechen.

Als sie endlich allein waren, hatte Jane Alison mit zerknirschter Miene gebeichtet, was sich überhaupt zugetragen hatte. Offenbar war Jonathan in der Bar auf sie zugekommen und hatte sich nach Alison erkundigt. Jane war ebenso überrascht gewesen, als sie ihn sah, wie Alison selbst. Als er dann vorschlug, Alison unter dem Vorwand eines Anrufs ins Zentrum zu locken, hatte Jane nicht lange gezögert.

„Zuerst fand ich das alles schrecklich romantisch." Das schlechte Gewissen stand Jane deutlich im Gesicht geschrieben. „Schließlich ist er über siebenhundert Kilometer gefahren, um dich zu sehen."

Alison seufzte. Sie konnte sich vorstellen, dass Jonathan seinen ganzen Charme aufgeboten hatte, um Jane einzuwickeln. So etwas verstand er meisterhaft. Deshalb machte sie ihrer Freundin auch keine Vorwürfe. Mit Kims Verschwinden war es allerdings etwas anderes.

Die Entdeckung, dass Kim verschwunden war, hatte Jane einen Schock versetzt. Offenbar waren sie und Simon so mit sich selbst beschäftigt gewesen, dass die Kleine ungesehen an ihnen vorbeigelangen konnte. Jane gestand bereitwillig ein, dass ihr Verhalten verantwortungslos gewesen war, und Alison wusste, dass das nicht nur so dahingesagt war. Was wollte sie auch mit weiteren Vorwürfen erreichen?

Kim selbst war zu schlaftrunken gewesen, um den Grund zu nennen, warum sie davongelaufen war, doch Alison vermutete, dass sich am nächsten Morgen alles aufklären würde. Dann würde Raymond erfahren, was sich in Wahrheit zugetragen hatte, aber auch diese Gewissheit trug nichts dazu bei, Alisons quälende Schuldgefühle zu mildern.

Als der Morgen dämmerte, blinzelte sie und schaute auf die Uhr. Erst sechs. Sie wusste, dass sie nicht noch einmal einschlafen würde. Wenn sie liegen blieb, würden nur die quälenden Gedanken wiederkommen.

Vielleicht würde körperliche Anstrengung ihr dabei helfen, wieder zur Ruhe zu kommen. Schon einige Male war sie ganz früh morgens zum Schwimmen gegangen. Um diese Zeit gehörte das Becken ihr allein, und sie konnte Bahn um Bahn aneinanderreihen, ohne von anderen behindert zu werden.

Alison stand ganz leise auf, um Jane nicht zu wecken, zog ihren blauen Badeanzug an und nahm ein buntes Handtuch.

Wie erwartet, war noch niemand im Swimmingpool. Um diese Stunde war das Wasser meistens noch kühl, weil es allein von Sonnenenergie erwärmt wurde. Gewöhnlich wurde es erst am frühen Nachmittag richtig warm, und dann kamen die meisten Badegäste.

Alison zögerte nicht lange. Sie fand die Methode, erst eine Zehe hineinzustecken, dann den ganzen Fuß und sich schließlich Zentimeter für Zentimeter ins Wasser zu wagen, viel schlimmer als den kurzen Schock, wenn sie gleich eintauchte. Also zog sie ihre Sandalen aus, hängte das Handtuch über einen Liegestuhl und hechtete ins Becken. Anfangs schnappte sie nach Luft, aber bald fühlte sie die

Kälte nicht mehr und fand zu ihrem gewohnten Rhythmus. Nach etwa zwanzig Bahnen war sie zwar außer Atem, aber das dumpfe Gefühl in ihrem Kopf war verschwunden. Sie setzte sich auf den Beckenrand und ließ die Füße ins Wasser baumeln.

Plötzlich hörte sie Schritte, und sie drehte sich überrascht um. Gab es noch einen Frühaufsteher? Ihr Herz krampfte sich zusammen, als sie Raymond um die Ecke kommen sah.

An jedem anderen Morgen hätte sie ihn mit einem Scherz begrüßt, aber heute war ihr nicht nach Klischees zumute und – nach seinem Gesichtsausdruck zu urteilen – ihm erst recht nicht. Er trug eine knappe schwarze Badehose. Um den Hals hatte er ein Handtuch gelegt. Sie hatte ihn noch nie so gesehen, und angesichts seiner so ungeniert zur Schau getragenen Männlichkeit musste sie ihre ganze Willenskraft aufbieten, seinem Blick standzuhalten. Wie war es nur möglich, dass er sie nach allem, was am vergangenen Abend geschehen war, so in seinen Bann schlagen konnte?

Er verlangsamte den Schritt, als er sie sah, aber erst dicht vor ihr blieb er stehen und blickte kühl auf sie hinunter.

„Wie ich sehe, weißt du zu schätzen, was Belreynac zu bieten hat. Nutze die Gelegenheit, Alison. Es ist nämlich die letzte."

„Was meinst du damit?", fragte sie verwirrt.

Er lachte, aber es klang bitter. „Denkst du etwa, ich würde eine Betreuerin behalten, die so mit ihrem Liebhaber beschäftigt ist, dass ihr ein ihr an vertrautes Kind abhanden kommt?"

Alison wusste nicht, worüber sie sich mehr ärgerte – über den „Liebhaber" oder die Tatsache, dass er sie allein für Kims Verschwinden verantwortlich machte. Beides war falsch.

„Jonathan ist nicht mein Liebhaber", erklärte sie und stand auf.

Raymond verzog die Mundwinkel, aber seine Augen waren kalt wie Glas. „Dann eben dein Freund. Warum sollen wir uns um Worte streiten? Wir wissen doch beide genau, welcher Art euer Verhältnis ist."

„Er ist weder mein Freund noch mein Liebhaber", widersprach Alison aufgebracht. Sie wusste zwar nicht, in welche Kategorie ihre Beziehung zu Jonathan fiel, aber Raymonds Auslegungen waren beide grundlegend falsch.

Er fuhr sich ungeduldig mit der Hand durchs Haar. „Liebhaber, Freund … Es ist mir egal, wie du ihn nennst oder was du mit ihm machst. Mir geht es nur um den Ruf des Campingplatzes, und wenn du durch dein Verhalten das Leben anderer gefährdest, ist für dich kein Platz mehr hier."

Wie konnte er es wagen, ihr mit Entlassung zu drohen! „Du hast kein Recht", begann sie, aber er schnitt ihr das Wort ab.

„Nein? Du bist zwar unter Vertrag bei ‚Summer Canvas', aber die Entscheidung, wer auf meinem Grund und Boden arbeitet, liegt immer noch bei mir."

Die Endgültigkeit, die aus seinem Ton sprach, kränkte Alison, aber sie brachte sie auch auf. War das wirklich derselbe Mann, der ihr so zärtliche Worte ins Ohr geflüstert und sie liebkost hatte, bis ihr schwindlig wurde? Für sie war er plötzlich ein Fremder geworden. Nein, schlimmer als ein Fremder, denn die Erinnerung an das, was sie miteinander verbunden hatte, ließ sich nicht auslöschen. Doch in ihren Schmerz mischte sich auch Zorn. Wie konnte er es wagen, aufgrund von Vermutungen ein moralisches Urteil über sie zu fällen? Ein Urteil, das sie ihre Stelle kosten konnte.

„Du wagst also, mir zu drohen, du Ekel." Die Worte waren ihr entschlüpft, ehe sie sie zurückhalten konnte.

Raymond warf den Kopf zurück und lachte. „Deine englischen Schimpfworte machen nicht den geringsten Eindruck auf mich."

„Dann werde ich eben auf französische Ausdrücke zurückgreifen müssen", erwiderte sie kalt, doch sosehr sie sich auch den Kopf zermarterte, es wollte ihr einfach kein Kraftausdruck einfallen, der ihre Empörung ausreichend wiedergab. Wie schade, dass die Sekretärinnenschule nicht auch einen Kursus angeboten hatte, wie man arrogante Franzosen in die Schranken weisen konnte.

Raymond hatte aufgehört zu lachen. „Die Zeit für Scherze ist vorüber, Alison. Du hast dich als verantwortungslos erwiesen, und ich will dich hier nicht mehr sehen."

„Aber du hast völlig falsche Schlüsse gezogen", protestierte sie. „Du weißt ja gar nicht, was wirklich passiert ist!"

„Ich brauchte keine Schlüsse zu ziehen, weil der Beweis sichtbar vor mir lag. Du erinnerst dich vielleicht, dass ich dabei war."

Alison schüttelte den Kopf. Gestern Abend war schon schlimm genug gewesen, aber jetzt das ... „Bitte Raymond, lass mich doch erklären."

„Es gibt nichts zu erklären. Du hast dich mit deinem Liebhaber vergnügt, während du auf ein kleines Kind aufpassen solltest. Die Konsequenzen hätten katastrophal sein können. Das ist alles, was ich wissen muss. Deine Ausreden interessieren mich nicht."

Alison war außer sich vor Zorn. Instinktiv hob sie die Hand, um ihm eine Ohrfeige zu versetzen. Doch Raymond fing sie mitten in der Luft auf und hielt sie fest. Im nächsten Moment waren sie in einen regelrechten Ringkampf verwickelt. Alison verlor das Gleichgewicht und fiel ins Schwimmbecken. Dabei riss sie Raymond mit. Das kalte Wasser brachte sie beide wieder zur Besinnung, und als sie auftauchten, schwammen sie nebeneinander zum Beckenrand. Raymond schwang sich zuerst hinauf und streckte dann die Hand aus, um Alison aus dem Pool zu helfen.

Nachher war sie nicht mehr sicher, wie es eigentlich geschehen war. Eben hatte sie noch tropfnass vor Raymond gestanden, und obwohl er ihre Hand noch immer festhielt, lag keine Zärtlichkeit in der Berührung. Im nächsten Augenblick hatte er sie an sich gezogen und seinen Mund auf ihren gepresst.

Sie wehrte sich verzweifelt, aber er war zu stark für sie. Als sie den Kopf hin und her drehte, um ihm zu entkommen, vergrub er die Finger in ihrem Haar und hinderte sie so an jeder weiteren Bewegung.

Dieser Kuss war eine grausame Parodie auf die Zärtlichkeiten, die sie während der vergangenen Wochen ausgetauscht hatten. Bisher waren Raymonds Liebkosungen darauf ausgerichtet gewesen, sie mit seiner Leidenschaft anzustecken. Was er jetzt tat, war ein Schock für sie. Sie spürte seine sehnigen Schenkel an ihren Beinen und seinen muskulösen Oberkörper mit dem dichten Brusthaar an ihren Brüsten. Doch die Männlichkeit, die sie früher fasziniert hatte, erschreckte sie jetzt, denn sie fühlte instinktiv, dass es ihm nur darum ging, sie zu beherrschen.

Einen schrecklichen Moment lang befürchtete sie, keine Luft mehr zu bekommen und ohnmächtig zu werden. In diesem Moment jedoch ließ der Druck wie durch ein Wunder nach, und der Liebhaber Raymond trat an die Stelle des brutalen Fremden. Raymond, der ihren Körper so gut kannte, dass er sie mit der geringsten Berührung in Ekstase versetzen konnte. Eben noch der Bewusstlosigkeit nahe, musste Alison plötzlich feststellen, dass sie sich nur allzu bewusst war, was mit ihr geschah.

Ein Feuer breitete sich in ihrem Inneren aus, und ihre Brustspitzen richteten sich steil auf. Sie hörte auf, sich zu wehren, und öffnete den Mund, um seine Zunge aufzunehmen.

Anstatt sie festzuhalten, streichelte er jetzt ihren Rücken und ihre Hüften, und einen Augenblick lang glaubte sie, dass alles wieder in Ordnung zwischen ihnen wäre und er das, was ihr Körper ihm ohne Worte mitteilte, verstanden hatte. Aber als er sie abrupt losließ, sagte der Ausdruck in seinen Augen etwas ganz anderes. Obwohl das Begehren darin deutlich zu lesen war, raubten seine nächsten Worte ihr den letzten Rest von Selbstachtung.

„Eine sehr überzeugende Vorstellung, Alison. Man muss es dir lassen – du bist wirklich eine begabte Schauspielerin. Mit deinem Gerede, dass du Zeit brauchtest, hattest du sogar mich überzeugt, und ich hielt mich für immun gegen solche Tricks. Glaub nicht, dass du mich noch einmal hereinlegen kannst. Deine Reize sind zwar beachtlich, aber ich kann es trotzdem kaum erwarten, dich von hinten zu sehen."

Wenn Raymond sie geschlagen hätte, wäre Alisons Entsetzen nicht größer gewesen. Jedes Wort durchbohrte sie wie ein Dolchstoß. Sie taumelte einen Schritt zurück und rannte mit tränenüberströmtem Gesicht auf ihr Zelt zu.

Jane war gerade aufgewacht, als Alison ankam. „Wo warst du?", begann sie, aber dann fiel ihr auf, in welchem Zustand ihre Freundin war. „Alison, was ist denn passiert?"

Alison konnte erst nach einer Weile antworten, weil sie von Schluchzen geschüttelt wurde. Die Verzweiflung erdrückte sie fast. Nie im Leben hätte sie Raymond solcher Grausamkeit für fähig gehalten.

Jane legte ihr die Hand auf den Arm und wiederholte eindringlich die Frage. Doch der Stolz verbot Alison, irgendjemandem die ganze Wahrheit zu erzählen. Diese Last musste sie allein tragen. „Ich habe gerade Raymond getroffen“, brachte sie schließlich erstickt heraus. „Er sagt, ich bin entlassen. Wegen des Vorfalls von gestern Abend.“

„O nein!“ Jane legte ihrer Freundin den Arm um die Schulter. „Das war doch alles meine Schuld. Ich werde sofort zu ihm gehen. Wenn eine von uns entlassen wird, dann bin ich es. Du konntest doch nichts für das, was gestern geschehen ist.“

„Nein.“ Alison hatte wieder zu weinen begonnen. „Es hat keinen Zweck. Am besten packe ich gleich meine Sachen.“ Sie konnte Jane nicht anvertrauen, was eben zwischen ihr und Raymond vorgefallen war. Dass ein Mensch den anderen so grausam beleidigen konnte.

Janes Miene war unglücklich und besorgt. „Alison, das ist doch lächerlich. Ich mache mir die größten Vorwürfe, dass ich dem Grafen nicht schon gestern reinen Wein eingeschenkt habe.“

„Es ist doch sowieso sinnlos“, erwiderte Alison mutlos, aber Jane blieb fest.

„Nein. Die Schuld trage ich, und ich werde es nicht zulassen, dass man sie dir zuschiebt.“

Als Jane gegangen war, zog Alison ihren nassen Badeanzug aus und schlüpfte in Jeans und eine Bluse. Dann begann sie, ihre Sachen zusammenzupacken. Ganz gleich, was bei Janes Besuch bei Raymond herauskam, hier konnte sie nicht länger bleiben. Nicht nach dem, was sich vorhin am Schwimmbecken ereignet hatte.

Etwa eine Stunde später steckte Helen den Kopf in Alisons Zelt und lächelte ihr ermutigend zu. „Der Graf bittet dich, ins Büro des Verwalters zu kommen.“

Obwohl der Weg kaum hundert Meter betrug, kam er Alison endlos lang vor, und als sie das Verwaltungsgebäude betrat, war sie aufgeregter als jemals zuvor in ihrem Leben. Außer dem Verwalter waren auch Simon und Jane, die Davisons und Raymond anwesend. Alison hielt den Kopf gesenkt, aber als Raymond sie direkt ansprach, blieb ihr nichts anderes übrig, als ihn anzusehen. Wie es seine Art war, kam er ohne Umschweife zum Thema.

„Wie es aussieht, habe ich dich gestern wegen Kims Verschwinden grundlos beschuldigt. Du warst gar nicht im Zelt."

Alison nickte müde. „Das stimmt. Aber die Verantwortung liegt trotzdem bei mir. Ich hätte Kim nie allein lassen dürfen."

Raymonds Miene war ausdruckslos. „Das stimmt. Du hättest unter allen Umständen bei ihr bleiben müssen. Trotzdem warst du nicht bei ihr, als sie verschwand."

„Nein." Sie hob trotzig das Kinn.

„Warum um alles in der Welt hast du das nicht gleich gesagt?"

„Du hast mir keine Gelegenheit dazu gegeben!", erwiderte sie aufgebracht. „Außerdem", fuhr sie ruhiger fort, weil sie sich wieder daran erinnerte, dass sie nicht allein waren, „war das zweitrangig. Hauptsächlich ging es doch darum, Kim wieder zu finden."

In diesem Augenblick ergriff Mr. Davison das Wort. „Wenn Sie erlauben, Graf Belreynac, möchte ich etwas dazu sagen. Was gestern geschehen ist, hat uns allen einen großen Schrecken eingejagt" – beruhigend drückte er die Hand seiner Frau –, „aber schließlich haben wir Kim wohlbehalten zurückbekommen. Miss Fraser …" Er musterte Jane missbilligend. „Miss Fraser hat uns erklärt, wie es dazu kommen konnte. Obwohl ich ihr Verhalten keineswegs gutheiße, muss fairerweise gesagt werden, dass auch unsere Tochter nicht ganz unschuldig ist. Wir haben ihr eingeschärft, dass sie das Zelt ohne uns nicht verlassen darf, besonders nicht im Dunklen. Meine Frau und ich sind der Meinung, dass nun ein Strich unter diese Angelegenheit gezogen werden sollte. Sie hat schon genug Ärger verursacht."

Raymond ließ den Blick über die sechs Menschen schweifen, die ihn erwartungsvoll ansahen. „Unter diesen Umständen finde ich das sehr großzügig, Mr. Davison. Wie Miss Fraser beteuert hat, wird sich ein derartiger Vorfall nicht wiederholen, und da Sie ausdrücklich darum gebeten haben, werde ich keine weiteren Schritte unternehmen."

Ein allgemeiner Seufzer der Erleichterung war zu vernehmen. Trotz des Schreckens der vergangenen Nacht waren die Davisons entschlossen, die Sache auf sich beruhen zu lassen.

Vom Standpunkt des Verwalters aus war es eindeutig besser fürs Geschäft, Gras über den Zwischenfall wachsen zu lassen als eine Betreuerin mit Schimpf und Schande zu entlassen.

Jane und Simon waren durch ihr schlechtes Gewissen bereits genug bestraft, und sie waren den Davisons unendlich dankbar, dass sie nicht an Vergeltung dachten.

Alison, die sich unter den Anwesenden umsah, fiel es nicht schwer, an ihren Gesichtern abzulesen, was sie dachten. Nur Raymonds Miene war unergründlich, und sie konnte nicht feststellen, ob er nun Zufriedenheit, Erleichterung oder sonst etwas empfand.

Zusammen verabschiedeten sie sich und strebten der Tür zu. Der Zwischenfall von gestern Abend war abgeschlossen, und nun war es Zeit, mit der Arbeit anzufangen. Alison versuchte, so zu tun, als ginge es ihr genauso, aber sie wusste, dass ihre Gefühle nicht mit denen der anderen zu vergleichen waren. Für sie war der Augenblick der Erleichterung bereits gekommen, als sie Kim unversehrt gefunden hatte. Heute Morgen hatte sie nur die Kränkung gespürt, die Raymond ihr zugefügt hatte. Nichts von dem, was eben gesagt worden war, hatte das lindern können. Sie war schon fast an der Tür, als Raymond ihr nachrief: „Alison, es wäre mir lieb, wenn du noch eine Minute bleiben würdest."

So, wäre es das? dachte sie aufgebracht. Am liebsten hätte sie ihm die Zunge gezeigt und ihm erklärt, was er mit seinen Wünschen machen konnte, doch auf die anderen hätte das ziemlich kindisch gewirkt. Stattdessen blieb sie stehen und drehte sich um.

Offenbar hatte Raymond auch dem Verwalter einen Hinweis gegeben, denn dieser zog sich mit der Entschuldigung zurück, dass er schon längst im Waschsalon nach dem Rechten hätte sehen müssen.

Minutenlang sahen sich Alison und Raymond schweigend über den Schreibtisch hinweg an. Raymond hatte sich bequem in einem Drehstuhl zurückgelehnt und spielte mit dem Bleistift, Alison saß auf der Kante des hochlehnigen Besucherstuhls. Sollte er doch den Anfang machen. Schließlich hatte er sie gebeten, noch zu bleiben.

„Warum hast du mir nichts gesagt, Alison?"

Sie brauchte nicht zu fragen, wovon er sprach. „Du hast mir keine Gelegenheit dazu gegeben."

Er schüttelte den Kopf. „Mon Dieu, Alison, irgendwann hätte sich sogar gestern Abend ein passender Moment finden lassen oder heute morgen."

Sie hielt seinem Blick stand. „Glaubst du das wirklich? Wenn das so ist, dann machst du dir selbst etwas vor. Ich habe versucht, dir alles zu erklären, aber du hast mir nicht zugehört. Du hast das geglaubt, was du glauben wolltest. Das ist keine Charakterstärke, sondern reine Sturheit."

Abrupt legte Raymond den Bleistift weg, stand auf und kam auf sie zu. „Du musst zugeben, dass die Situation ziemlich eindeutig aussah."

„Ich gebe ja zu, dass sie den Anschein erweckte. Aber wenn du ein wenig unter die Oberfläche geblickt hättest, wäre dir sofort klar geworden, dass du dich geirrt hast."

„Ich glaube, ich muss dich um Verzeihung bitten."

Alison wünschte, er wäre weiter weg. Seine Nähe übte eine verheerende Wirkung auf sie aus, und gerade jetzt kam es darauf an, gelassen und logisch zu bleiben. Um wenigstens etwas Halt zu haben, stemmte sie die Füße gegen die Querstrebe ihres Stuhls. „Du kannst dich natürlich für deinen Irrtum entschuldigen, aber die Anschuldigungen von heute morgen lassen sich nicht wiedergutmachen. Hast du irgendeine Vorstellung davon, wie ich mich gefühlt habe?", fragte sie kalt.

Raymond setzte sich auf die Schreibtischkante und rückte noch ein Stück näher. Wie magisch wurde ihr Blick von seinen Beinmuskeln angezogen, und sie musste sich zwingen, woanders hinzusehen. Trotz allem, was er ihr angetan hatte, besaß er immer noch die Macht, ihre Sinne zu verwirren.

„Alison, schau mich an", befahl er leise. „Ich hätte so etwas nie zu dir sagen dürfen. Es war grausam und ungerecht."

War es möglich zu ertrinken, wenn gar kein Wasser in der Nähe war? Raymonds Augen waren jetzt nicht kalt wie der Ozean im Winter, sondern wirkten einladend wie ein flaches Küstengewässer an einem Sommertag. Wie leicht wäre es, sich darin zu verlieren! Alison versuchte, ausschließlich auf den Knoten seiner Krawatte zu schauen, denn dies schien ihr der sicherste Punkt zu sein.

„Du kannst solche Worte nicht zurücknehmen, indem du sagst,

dass du sie bedauerst. Du hast sie ausgesprochen, und sie werden mich für lange Zeit verfolgen."

Raymond ergriff ihre Hände und zog sie hoch, bis sie zwischen seinen Knien zu stehen kam. Dann schlang er die Arme um ihre Taille. „Manchmal sprechen Taten eine deutlichere Sprache als Worte, meinst du nicht? Lass mich dir zeigen, wie leid es mir tut." Er legte die Lippen auf ihren Hals und liebkoste die Stelle, wo ihr Puls unter der Haut zu sehen war.

Alison schloss die Augen und kämpfte gegen das berauschende Gefühl an. „Ich weiß nicht", erwiderte sie gepresst.

Raymond dehnte seine Erkundungsreise auf ihre Ohrläppchen aus und knabberte sanft daran. „Aber ich. Vertrau mir."

Als er sich daran machte, ihre Bluse aufzuknöpfen, leistete sie keinen Widerstand. Seine Hände lagen warm auf ihrer bloßen Taille. Die Luft zwischen ihnen war spannungsgeladen, und als ihre Blicke sich begegneten, fragte sich Alison, ob sie sich jemals mehr als Frau gefühlt hatte als in diesem Moment. Sinnliche Wärme strömte in Wellen auf sie zu und hüllte sie ein.

Ganz langsam senkte Raymond den Mund und küsste die Stelle zwischen ihren Brüsten. Sie spürte, wie sich ihre Brustspitzen vor Verlangen steil aufrichteten und gegen den Spitzen-BH drückten. Weshalb sollte sie gegen diese Welle des Begehrens ankämpfen? Sie presste sich eng an ihn und genoss die Gewissheit, dass er ebenso erregt war wie sie.

„Also wirst du nicht fortgehen?", fragte Raymond leise. Sein Mund war ganz nah.

„Wie bitte?" Alison öffnete die Augen. Fortgehen? Jane musste ihm erzählt haben, dass sie bereits ihre Sachen packte. Lieber Himmel! Sie hatte Jonathan ganz vergessen. Er hatte gesagt, dass er gekommen war, um sie nach Hause zu holen. Wie hatte ihr das nur entfallen können?

Unwillkürlich versteifte sie sich in Raymonds Armen. „Ich weiß nicht", flüsterte sie.

Er ließ sie los, aber sein Blick hielt ihren fest. „Was weißt du nicht?"

„Ob ich bleiben werde."

„Wegen heute früh?“

„Teilweise“, wich sie aus.

„Oder wegen deines Bekannten aus England?“ Raymond legte besondere Betonung auf das Wort „Bekannter“.

„Raymond, ich muss mit ihm reden. Bitte versteh das.“ Wenn sie jemals einen endgültigen Schlussstrich unter die Beziehung zu Jonathan ziehen wollte, war eine Aussprache notwendig.

„Selbstverständlich“, stimmte Raymond zu. Seine Stimme war ausdruckslos. Er schob sie sanft von sich und setzte sich hinter den Schreibtisch. Jetzt war er wieder der Arbeitgeber und sie eine Angestellte.

„Falls du dich dafür entscheidest zu gehen, sag bitte Bescheid“, erklärte er so kühl, als habe er sie nicht noch vor einer Minute leidenschaftlich geküsst.

„Natürlich“, erwiderte sie leise und wandte sich zum Gehen. Es hätte noch so viel zu sagen gegeben, aber wie? Raymond hatte sich erneut in einen höflichen, unnahbaren Fremden verwandelt, und sie wusste nicht, wie sie zu ihm durchdringen sollte.

Als Jonathan Alison kurz vor Mittag abholte, waren sie sich einig, dass ein neutraler Ort für ihre Aussprache besser geeignet war als der Campingplatz, wo jedermann Alison kannte. Die meisten Betreuer wussten von ihrer Beziehung zu Raymond und würden neugierig werden, wenn sie sich jetzt auf einmal an der Seite eines anderen sehen ließ.

Sie wollten in Beynat zu Mittag essen und dann an der Dordogne entlang bummeln, bis sie ein ruhiges Fleckchen gefunden hatten.

Sowohl auf der Fahrt als auch im Restaurant beobachtete Alison Jonathan verstohlen von der Seite. Er sah genauso gut aus wie immer, und dank seines Charmes zog er die Blicke vieler Frauen auf sich. Alison wartete darauf, dass dieser Charme auch auf sie seine Wirkung entfalten würde, aber nichts geschah. Sie nahm ihn wahr, weil er gar so dick aufgetragen war, aber inzwischen war sie dagegen immun. Diese Entdeckung war ein Schock für sie. Während ihrer Beziehung war sie Jonathan mit Haut und Haaren verfallen gewesen, und auch nach ihrer Trennung hatte dieser Zauber lange weitergewirkt. Dass sie jetzt in seiner Gegenwart überhaupt nichts empfinden würde, hatte sie nicht erwartet.

Doch Jonathan schien nichts davon zu bemerken. Während des Essens unterhielt er sie mit amüsanten Geschichten, gab sich aber Mühe, nicht an persönliche Dinge zu rühren. Anfangs hörte sie noch einigermaßen aufmerksam zu, doch bald wurde sie unruhig. Sie und Jonathan verhielten sich wie zwei Fremde, die zufällig eine gewisse Zeitspanne miteinander verbringen mussten. Wegen oberflächlichen Geplauders hatte er die weite Reise bestimmt nicht auf sich genommen, und sie selbst hatte sich nur deshalb bereit erklärt, sich mit ihm zu treffen, um sich endlich einmal auszusprechen.

„Wie hast du mich eigentlich gefunden?“, fragte sie, um das Gespräch auf das eigentliche Thema zu lenken, das ihre Gedanken unablässig beschäftigten.

Er tätschelte ihr die Hand. „Nicht jetzt, Schatz. Lass uns damit warten, bis wir allein sind.“

Noch vor einigen Monaten hätte sie der Gedanke daran, mit Jonathan allein zu sein, mit Freude erfüllt. Weshalb war das jetzt nicht mehr so?

Als sie eine Stunde später am Ufer der Dordogne saßen, wiederholte Alison ihre Frage. Jonathan spielte mit einem Schilfhalm. „Annabel hat die Katze schließlich aus dem Sack gelassen. Deine Mutter ist immer noch so wütend auf mich, dass sie mich gar nicht ins Haus lassen wollte. Sie behauptete, ich hätte dir das Herz gebrochen und sollte dich jetzt gefälligst in Ruhe lassen. Hab’ ich das, Schatz?“ Offenbar war ihm der Gedanke nicht einmal unangenehm.

Alison ließ Sand durch ihre Finger rieseln und dachte nach. Zumindest hatte sie geglaubt, Jonathan hätte ihr das Herz gebrochen, aber als er jetzt davon sprach, spürte sie nicht einmal einen kleinen Stich. Ihr Stolz war wohl eher verletzt worden. „Nein, das hast du nicht“, erwiderte sie ehrlich. Vielleicht hast du es etwas zerknittert, hätte sie am liebsten voller Sarkasmus hinzugefügt, aber für diese Art von Humor besaß Jonathan keinen Sinn.

„Das freut mich aber“, erklärte er, doch besonders überzeugend klang es nicht.

Ist das alles? fragte sich Alison. Ist er die ganze Strecke gefahren, um festzustellen, ob mein Herz noch intakt ist? Für solche Besorgnis ist es reichlich spät.

Jonathan räusperte sich, ein Zeichen, dass er etwas Wichtiges loswerden wollte. „Ich finde, du hast mich ein wenig zu hart angefasst, Alison. In England, meine ich."

Sie zog ungläubig die Augenbrauen hoch. „Ich habe mich wohl verhört! Wenn du dich erinnerst – ich habe dich mit einer anderen im Bett überrascht!"

Jonathan lächelte zerknirscht. „Du weißt doch, Liebling, dass sie mir überhaupt nichts bedeutet hat. Es war wirklich nur ein Spiel."

„Spiele sind für Kinder, Jonathan", erwiderte sie brüsk, „und nicht für Erwachsene."

„Ich gebe ja zu, dass ich mich nicht richtig verhalten habe. Aber ich habe meine Lektion gelernt. So etwas wird bestimmt nicht wieder vorkommen. Kannst du mir nicht vergeben?" Er lächelte gewinnend, als wären einige reuige Worte genug, um die Uhr zurückzudrehen und ihre Beziehung wieder aufzunehmen, als sei nichts gewesen.

Alison fragte sich, was er jetzt von ihr erwartete. Dass sie ihm eins auf die Finger gab und dann alles vergaß? Doch hätte sie nicht genau das getan, wenn er sich seinerzeit so einsichtig gezeigt hätte? „Warum erzählst du mir das erst jetzt?", fragte sie neugierig.

Er zuckte mit den Schultern. „Vermutlich aus Stolz. Als du plötzlich in der Tür auftauchtest, hast du mir einen ganz schönen Schock versetzt. Ich brauchte ein wenig Zeit, um darüber hinwegzukommen."

„Und als du dich wieder erholt hattest, machtest du dich auf die Suche nach mir und stelltest fest, dass ich nicht mehr da war." Langsam gelang es Alison, das Puzzlespiel zusammenzusetzen.

„Damit, dass du einfach verschwinden würdest, habe ich wirklich nicht gerechnet. Ich konnte ja noch verstehen, dass du die Firma verlassen hast. Vielleicht wäre es wirklich ein bisschen peinlich gewesen, unter diesen Umständen zusammenzuarbeiten. Aber dass du gleich aus England weggegangen bist …"

„Vielleicht hätte ich dir meine Adresse dalassen sollen, damit du Kontakt mit mir aufnehmen konntest. Natürlich nur, wenn dir der

Sinn danach stand", meinte Alison trocken.

„Sei nicht so sarkastisch. Es passt nicht zu dir."

„Was passt dann zu mir, Jonathan?", wollte sie wissen. „Interessierst du dich überhaupt dafür?"

„Ich dachte, wir würden gut zusammenpassen", murmelte er verdrossen.

„Der Ansicht war ich auch, aber ich musste nicht erst mit einem anderen ins Bett gehen, um sicher zu sein. Dir scheint es völlig gleich zu sein, dass du mich verraten und dich hinter meinem Rücken mit einer anderen Frau eingelassen hast. Was glaubst du wohl, wie ich mich an diesem Tag gefühlt habe? Hast du überhaupt versucht, meine Gefühle zu verstehen?"

Jonathan zerfaserte den Schilfhalm zwischen den Fingern. „Wäre ich denn hier, wenn mir nichts an dir liegen würde? Ich wollte nie mit dir Schluss machen."

Alison schüttelte den Kopf. „Merkst du denn nicht, dass du alles nur noch verschlimmerst? Du wolltest alles haben, nicht wahr? Mich und die vollbusige Blondine oder irgendeine andere. So ist das Leben aber nicht, Jonathan. Du solltest inzwischen gelernt haben, dass du nicht alles haben kannst, was du im Schaufenster siehst. Als Erwachsener muss man seine Wahl treffen und sich dann daran halten."

„Meine Güte, du hast dich ja zum reinsten Moralapostel entwickelt! Woran liegt das wohl? An der Luft hier unten?"

Sie erwiderte seinen Blick ruhig. „Nein, aber ich bin jetzt reif genug, um zu verstehen, dass eine Menge Charme kombiniert mit einigen Abendessen bei Kerzenlicht noch keine Liebe bedeuten."

„Was soll das heißen?", fragte er finster.

„Dass wir beide uns nichts mehr zu sagen haben."

„Heißt das, ich habe den weiten Weg umsonst gemacht?", fragte er ungläubig. „Du kommst nicht mit mir zurück?"

„Genau." Langsam begann Alison, die Situation zu genießen. Zum erstenmal seit Monaten fühlte sie sich wirklich frei. Die Trennung von Jonathan und jetzt das Wiedersehen waren nötig gewesen, um ihr klarzumachen, was für ein Mensch er war. Charmant, gut aussehend, erfolgreich – aber auch verwöhnt, selbstsüchtig und unreif. Sie hatte nicht ihn geliebt, sondern den Gedanken, jemanden zu haben, der zu ihr gehörte. Ihr war so wichtig gewesen zu heiraten, dass sie den Mann gar nicht genau angesehen hatte. Jonathan interessierte sich ausschließlich für sich selbst, und solcher Egoismus gab ein schlechtes Fundament für eine Ehe ab.

Als Jonathan sie am Campingplatz absetzte, erkundigte sie sich höflich, welche Pläne er jetzt habe. Er teilte ihr kühl mit, dass er sofort nach Paris Weiterreisen würde. Sie unterdrückte ein Lächeln. Zweifellos würde er dort schnell jemanden finden, der ihn tröstete.

Das Zelt lag verlassen da. Offenbar hatten Jane und Simon das schöne Wetter ausgenutzt, um etwas zu unternehmen. Alison sah auf die Uhr. Es war schon zu spät, um noch wegzufahren, aber wenigstens in die Sonne wollte sie sich noch legen. Sie klappte die Liege auf, cremte sich sorgfältig ein und streckte sich aus. Obwohl sie nach der durchwachten Nacht müde war, war sie viel zu angespannt, um zu schlafen.

Dass sie Jonathan gar nicht liebte, hatte sie im Grunde gar nicht so schockiert, wie sie es erwartet hatte. Vielleicht wusste sie es im Herzen schon lange, und sie war nur so sehr mit ihren Erinnerungen beschäftigt gewesen, dass sie die Zeichen nicht bemerkte. Als Jonathan zuerst mit ihr zu flirten begann, war sie sehr geschmeichelt gewesen – schließlich war er der aufgehende Stern der Firma. Doch trotz der vielen gemeinsamen Interessen hatte ihr von Anfang an etwas gefehlt. Ihre Eltern und ihre Geschwister waren alle glücklich verheiratet. Vielleicht hatte sie deshalb den ersten Mann, der ihr gefiel, als Partner fürs Leben auserkoren. Sie hatte sich in ein Traumbild verliebt, und jeder Sinn für die Wirklichkeit war ihr verloren gegangen. Eine Ehe zwischen ihr und Jonathan hätte nie Bestand gehabt. Das war ihr jetzt klar.

Doch weshalb war ihr dieses Licht nicht schon eher aufgegangen? Warum hatte sie Wochen damit vergeudet, über Jonathan nachzugrübeln, wenn sie in Wirklichkeit ... Ja, was eigentlich? Hätte sie stattdessen ihre Gefühle für Raymond untersuchen sollen? Weshalb hatte sie urplötzlich erkannt, was für ein oberflächlicher Mensch Jonathan war? Seine Schwäche war keineswegs durch sein Verhalten allein aufgedeckt worden, sondern durch den Vergleich mit Raymond. Nachdem sie sich in Jonathan so getäuscht hatte, war ihre Angst groß gewesen, dass sie sich vielleicht nur zu Raymond hingezogen fühlte, um sich von dem Schlag gegen ihre Eitelkeit zu erholen. Sie hatte geglaubt, dass ihre Gefühle für Raymond nicht echt sein konnten, weil ihre Liebe immer noch Jonathan galt. Wie dumm sie gewesen war! Ihr Herz hatte ihr deutliche Zeichen gegeben, aber sie hatte nicht darauf geachtet. Sie fühlte sich nicht einfach nur zu Raymond hingezogen – sie liebte ihn!

Die Erkenntnis traf Alison so abrupt, dass sie die Augen öffnete und sich aufsetzte. „Ich liebe Raymond", sagte sie laut. Was sie für Raymond empfand, war nicht die Betörung, die sie an Jonathan gefesselt hatte, sondern die Liebe einer reifen Frau.

Auf den ersten Blick waren die beiden Männer sich ähnlich, aber wenn man tiefer schaute, hatten sie nichts mehr gemeinsam. Während Jonathan ausschließlich seine eigenen Interessen lebte, war Raymond ein Mann im wahrsten Sinne des Wortes. Er war attraktiv und selbstbewusst, seiner eigenen Identität sicher. Andere, in deren Bewunderung er sich sonnen konnte, brauchte er nicht. Er wusste, was er wollte, und ging zielstrebig darauf zu, aber nicht auf Kosten anderer. Vor allem aber war er im Gegensatz zu Jonathan ein fürsorglicher Mensch, dem andere am Herzen lagen – zum Beispiel Cecilia, sein verstorbener Vater, die Angestellten oder die kleine Kim.

Doch trotz dieser Stärken war Raymond keineswegs vollkommen. Auch er konnte sich täuschen oder die Beherrschung verlieren – wie sich heute Morgen gezeigt hatte. Dafür war er Manns genug, seine Irrtümer einzugestehen und sich dafür zu entschuldigen. War das nicht das Wesen von Charakterstärke? Jonathans Fehler hatte sie nicht wahrhaben wollen. Raymond sah sie so, wie er war, und sie liebte ihn trotzdem ohne Einschränkung.

Zuerst galt es jedoch zu überlegen, wie es jetzt weitergehen sollte. Es nützte nichts, theoretisch über ihre Gefühle für Raymond nachzudenken, wenn sie in Wirklichkeit durch ihr Verhalten heute Morgen die Aussichten auf eine glückliche Beziehung so gut wie zunichte gemacht hatte. Für Raymond musste es so aussehen, als habe sie ihn Jonathans wegen zurückgewiesen, und als Mann mit ausgeprägtem Stolz würde er nicht noch einmal von sich aus auf sie zukommen.

Wie konntest du nur so blind sein? schalt sie sich. Wenn du doch nur auf dein Herz gehört hättest!

Vielleicht war es an der Zeit, dass sie selbst etwas unternahm. Heutzutage gab es keinen Grund für eine Frau, nicht aktiv zu werden, und wenn sie Raymond erklärte – vielleicht nicht alles, sondern nur, dass Jonathan ohne sie abgereist war –, würde er seine eigenen Schlussfolgerungen ziehen können.

Heute Abend fand ein Tanz in der Bar statt. Wenn sie Glück hatte, würde Raymond da sein, und es würde ihr bestimmt gelingen, ihm wie zufällig über den Weg zu laufen.

Einige Stunden später betrat Alison mit Jane, Simon, Matthew und erstaunlicherweise auch David und Helen die Bar. Es war nur noch ein Tisch frei, und sie mussten zusammenrücken, um alle Platz zu finden. Wie romantisch, dachte Alison, als sie feststellte, dass David neben ihr saß. Doch ausnahmsweise war er direkt gesprächig.

„Sind noch weitere Vorkommnisse gemeldet worden?", fragte er in die Runde.

„Zum Beispiel?", konterte Jane kühl. Sie mochte David nicht und gab sich keine Mühe, es zu verbergen.

Er machte eine Handbewegung. „Ihr wisst schon. Diebstähle, Beschädigungen von Geräten und so weiter."

Simon zuckte mit den Schultern. „Bei uns hat heute ein Feriengast angezeigt, dass man alle Reifen an seinem Auto zerschnitten hat. Ich kann verstehen, dass er außer sich war."

„Hast du im Büro Bescheid gesagt?", fragte Alison. Wenn wieder etwas passiert war, musste Raymond unbedingt davon erfahren.

Simon nickte. „Wir haben es dem Verwalter gemeldet, aber er kann auch nicht viel dagegen tun. Wahrscheinlich ist es nachts passiert."

„Hat er irgend etwas erwähnt, ob Nachtwachen oder so etwas aufgestellt werden sollen?", erkundigte sich David beiläufig.

Schmunzelnd schüttelte Simon den Kopf. „Du meinst wohl eine

Art Miliz? Wie wäre es, wenn du dich als erster zum Dienst an der Kanone meldest?"

David antwortete nicht, aber Alison merkte, dass er sich unruhig bewegte.

„Ist bei euch auch etwas passiert?", fragte sie nachdenklich.

„Und ob!", antwortete Helen an Davids Stelle. „Vergangene Woche musste ich eine Frau beruhigen, deren elektrische Lockenwickler verschwunden waren. Sie behauptete, ohne diese Dinger wäre ihr Urlaub ruiniert."

„Aber verglichen mit eurer Eskapade gestern Abend ist das gar nichts", meinte David mit einem boshaften Blick zu Alison.

„Was meinst du damit?", fragte sie kühl.

„Die Geschäftsleitung von ‚Summer Canvas' wird nicht gerade begeistert sein, wenn sie erfährt, dass euch ein Kind abhanden gekommen ist."

„Wolltest du den Vorfall denn melden?", erkundigte sich Alison.

David räusperte sich. „Nein, natürlich nicht. Aber die Eltern werden es bestimmt tun."

„Dann ist das die Angelegenheit der Familie Davison und nicht deine."

Verdrossen leerte David sein Glas und stand auf, um nachschenken zu lassen. Auf den Gedanken, dass die anderen vielleicht auch noch etwas trinken wollten, kam er nicht.

Jane verzog das Gesicht. „So ein Ekel! Schade, dass wir ihn nicht für den Rest des Sommers irgendwo verlieren können." Die anderen kicherten, und die Spannung löste sich.

Je später es wurde, desto öfter sah Alison auf die Uhr. Um elf begann sie, die Hoffnung aufzugeben, Raymond noch zu entdecken. Verstohlen gähnte sie, während Matthew die Gesellschaft mit einer ausführlichen Beschreibung der Probleme mit den Duschanlagen langweilte.

Um halb zwölf hatte Alison genug. Raymond würde nicht mehr kommen, und wenn sie die Worte Kugelventile oder Ablasshähne noch einmal hörte, würde sie laut schreien. Sie wartete, bis Matthew seinen Monolog unterbrach, und verabschiedete sich. In diesem Augenblick hörte sie David bewundernd pfeifen. Sie wandte den Kopf, um zu sehen, was ihn so beeindruckte. Hätte sie es nur nicht getan!

Am Eingang stand Raymond mit zwei Paaren und einer Frau, die eindeutig seine Begleiterin war. Diesmal handelte es sich bestimmt nicht um seine Schwester. Sie war groß, blond und sehr schlank. Es war ihr Ausschnitt, der Davids Aufmerksamkeit auf sich gezogen hatte und – nach den bewundernden Blicken zu schließen – die der meisten anderen Männer auch. Doch Alison sah nur den knallrot geschminkten Mund der Frau, als sie Raymond anlächelte, und die Art, wie sie sich vertraulich bei ihm einhakte. Wie gebannt beobachtete sie die beiden, die sich langsam einen Weg durch die Menge bahnten. Gelegentlich senkte Raymond den Kopf, um besser hören zu können, was die Frau sagte. Selbst als sie an einem Ecktisch Platz genommen hatten, nahm er seine Hand nicht von ihrem Rücken.

Alison hatte das Gefühl, dass eine eiskalte Faust ihr Herz zusammendrückte. Erst vor wenigen Stunden hatte sie sich darüber amüsiert, dass es in Gegenwart von Jonathan ganz ruhig weiter schlug. Nun kam es ihr vor, als würde es in lauter kleine Stücke zerspringen. Noch am Morgen hatten Raymonds Arme sie fest umschlungen, hatte er sie geküsst und die gleichen intimen Blicke mit ihr getauscht wie jetzt mit der anderen.

David musterte Alison schadenfroh. „Man muss es dem Grafen lassen, er weiß, wie man Frauen behandelt. Die frisst ihm ja direkt aus der Hand! Allerdings scheint er auch nicht gerade immun gegen ihren Charme zu sein."

„Halt den Mund, David", schnitt ihm Jane das Wort ab, die sah, wie es um ihre Freundin stand. „Du hast soviel Charme wie eine Klapperschlange und noch weniger Takt als ein Rhinozeros. Wenn wir deine Meinung hören wollen, werden wir dich danach fragen."

Alison lächelte ihr dankbar zu. Sprechen konnte sie nicht, denn ihr saß ein dicker Kloß im Hals. Sie hatte nur noch einen Wunsch – hier herauszukommen und sich in ihrem Zelt zu verkriechen.

Um zur Tür zu gelangen, musste sie die Tanzfläche überqueren. Es war unvermeidlich, dass Raymond sie sah und daraus schließen würde, dass sie ihn ebenfalls gesehen hatte. Aber das war ihr gleich.

Insgesamt musste sie höchstens dreißig Meter gehen, doch die Strecke kam ihr wie dreißig Kilometer vor. Und dann war es endlich vorbei. Sie hatte den Vorplatz erreicht und rannte zu ihrem Zelt, als würde ihr Leben davon abhängen. Erst in der Abgeschiedenheit ihres kleinen Schlafabteils ließ sie ihren Tränen freien Lauf und schluchzte, als würde ihr das Herz brechen.

9. KAPITEL

Auch nach einer Woche war es Alison noch nicht gelungen, das Gefühl der Unwirklichkeit abzuschütteln. Ihre Arbeit erledigte sie mechanisch, und es dauerte nicht lange, bis die Kinder es merkten und aufsässig wurden. Zuerst ärgerte sie sich, aber bald ging ihr auf, dass sie selbst daran schuld war. Kinder, die spürten, dass jemand, der für sie da sein sollte, mit den Gedanken ganz woanders war, griffen eben zu jedem Mittel, um die Aufmerksamkeit auf sich zu ziehen.

Sehr schwer war ihr der Abschied von Cecilia gefallen. Die Mutter des kleinen Mädchens war extra mitgekommen, um sich zu bedanken. „Meine Tochter ist wie verwandelt, Miss Taylor. Das ist Ihr Verdienst."

Alison freute sich zwar über das Lob, aber sie musste unwillkürlich an die unbeschwerten und glücklichen Tage zurückdenken, die sie mit Raymond und Cecilia verbracht hatte und die nie wiederkommen würden.

„Gib Onkel Raymond einen Kuss von mir", waren Cecilias letzte Worte gewesen. Die Kleine konnte ja nicht wissen, wie weh diese harmlose Bemerkung Alison tat.

Sie war teils verärgert, teils verletzt, dass Raymond sich so schnell getröstet hatte. Doch eigentlich konnte sie ihm keine Vorwürfe machen. Er hatte sie nicht hintergangen wie Jonathan und keine leeren Versprechungen gemacht. Seine Frage, ob sie in Belreynac bleiben würde, war auch eine Bitte gewesen, ihrer Beziehung noch eine Chance zu geben. Sie war es gewesen, die darauf bestanden hatte, sich erst mit Jonathan zu treffen. Da Raymond glauben musste, Jonathan sei ihr wichtiger als er, war es kein Wunder, dass er sich einer anderen zugewandt hatte, die ihm ihre Bewunderung offen zeigte.

Die Gewissheit, dass vielleicht alles anders gekommen wäre, wenn sie eher erkannt hätte, dass sie Raymond liebte, machte die Situation für Alison nicht gerade leichter. Wie hatte sie nur so blind sein können?

Als die Woche sich ihrem Ende zuneigte, fühlte sie sich wie zerschlagen. Gelegentlich hatte sie von weitem einen Blick auf Raymond erhascht. Die Blonde war nicht an seiner Seite gewesen, doch da Alison seit jenem verhängnisvollen Abend einen großen Bogen um die Bar machte, konnte sie nicht mit Sicherheit sagen, ob sie noch in Belreynac war. Jane hatte Raymonds neue Begleiterin mit keinem Wort erwähnt, aber es war gut möglich, dass sie nur aus Taktgefühl so zurückhaltend war. Alison brachte nicht den Mut auf, sie danach zu fragen.

Am Samstagabend sollte zur Begrüßung neuer Gäste ein großes Grillfest stattfinden. Alison war nicht nach einem geselligen Beisammensein zumute, aber die Teilnahme an solchen Veranstaltungen gehörte zu den Pflichten der Betreuer. Jane, Simon und Matthew waren die Cheforganisatoren der Party und steckten bereits mitten in den Vorbereitungen. Alison, die sich in der ausgelassenen Gruppe fehl am Platz fühlte, hatte sich erboten, die frei gewordenen Zelte zu reinigen und für die Neuankömmlinge herzurichten. Diese Routinearbeit war wenig beliebt bei den Betreuern, und Jane trat ihr ihren Anteil nur zu gern ab.

Am frühen Nachmittag waren auch im letzten Zelt die Luftmatratzen aufgefüllt und die Vorräte ersetzt. Alison, die vom vielen Bücken ganz verkrampft war, streckte sich erleichtert und machte sich auf den Rückweg. Weiter unten in der gleichen Reihe war David mit der Renovierung beschäftigt. Er schwitzte und war knallrot im Gesicht.

„Tag", sagte Alison, ohne ihre Schritte zu verlangsamen. Zu ihrer Überraschung streckte er den Arm aus und hielt sie fest.

„Bist du schon mit deinen Zelten fertig?"

„Ja." Sie machte sich los. „Warum fragst du?" So gesprächig war er doch sonst nicht.

„Ach, nur so. Kommst du heute auf das Grillfest?"

Sie nickte. „Wir gehen doch alle hin, oder?"

David lächelte, aber es war kein angenehmes Lächeln. „Ich dachte nur, weil du dich schon die ganze Woche in deinem Zelt vergräbst. Seit der Graf sich eine neue Spielgefährtin gesucht hat."

Es juckte Alison in den Fingern, ihm eine Ohrfeige zu versetzen, aber dann hätte er gewusst, wie sehr seine Worte sie verletzt hatten. Sie setzte eine unschuldige Miene auf. „Wieso Spielgefährtin? Ich hatte ja keine Ahnung, dass heute Abend auch Spiele auf dem Programm stehen. Wenn das so ist, dann suche ich mir besser schnell einen Partner." Ohne ihn noch eines Blickes zu würdigen, ging sie rasch davon.

Später beim Duschen musterte sie ihr Spiegelbild kritisch. Es war nicht zu verkennen, dass sie seit einer Woche kaum geschlafen und wenig gegessen hatte. Anstatt vital und braungebrannt, wie man es von einer Campingplatzbetreuerin erwartete, schaute sie blass und zerbrechlich aus. Eine schöne Reklame für Camp Belreynac bin ich, dachte sie entmutigt. Selbst die kurzen Locken hingen schlaff herunter.

So konnte sie nicht auf das Fest gehen. Falls Raymond kommen sollte, durfte sie auf keinen Fall wie ein Häufchen Unglück aussehen. Zum Glück ließ sich mit Make-up und Rouge vieles verdecken. Deshalb zog sie auch nicht wie sonst Jeans und ein T-Shirt an, sondern entschied sich für einen geblümten Rock mit einem lose fallenden Oberteil.

Obwohl die Betreuer mit dem Grillen selbst nichts zu tun hatten, waren sie vollauf damit beschäftigt, Gäste miteinander bekannt zu machen und dafür zu sorgen, dass niemand allein herumstand.

Als eine der Familien, die angemeldet waren, auch um zehn Uhr abends noch nicht eingetroffen war, ging Alison in die Anmeldung, um sich zu erkundigen, ob vielleicht eine Nachricht vorlag. Tatsächlich hing ein Zettel an der Pinnwand, dass die Leute wegen einer Autopanne erst einen oder zwei Tage später in Belreynac ankommen würden.

Auf dem Festplatz war inzwischen der Tanz eröffnet worden. Alison sah Jane und Simon, Matthew und Helen. Bisher war ihr nie aufgefallen, wie einsam man sich inmitten von lauter Paaren fühlen konnte. Sogar David hatte eine Partnerin gefunden, ein blasses junges Mädchen, das ihn bewundernd ansah. Was es an David wohl zu bewundern gab, fragte Alison sich.

Als ein Schatten auf ihren Tisch fiel, sah sie auf und traute ihren Augen nicht.

„Möchtest du tanzen?", fragte Raymond.

Es klang zwar wie eine Frage, aber sie wusste, dass es keine war.

Vielleicht hätte sie aus Stolz trotzdem ablehnen sollen, aber vor lauter Freude, ihn zu sehen, kam sie gar nicht auf den Gedanken. Als er sie auf die grasbewachsene Terrasse führte und sie in die Arme zog, wusste sie, dass sie nirgendwo lieber sein würde. Das Gefühl, genau hierher zugehören, war übermächtig.

Sie sprachen nicht. Für Alison gab es nichts als seine Hand, die unter der losen Bluse auf ihrem bloßen Rücken lag, ihre ineinander verschränkten Finger und die rhythmische Bewegung ihrer Körper. Es war ein vollkommener Augenblick, der weder der Vergangenheit noch der Zukunft bedurfte. Sie brauchte sich nur ihren Gefühlen hinzugeben, und dann würde er nie aufhören.

Doch Verzauberungen gab es nur im Märchen, und als die Musik verstummte, schob Raymond sie ein Stück von sich und holte sie damit in die Wirklichkeit zurück. „Du bist hiergeblieben." Es waren seine ersten Worte, seit er sie zum Tanzen aufgefordert hatte.

Alison nickte. Was hätte sie auch sagen sollen? Dass sie nichts gefunden hatte, das es wert gewesen wäre, fortzugehen? Oder dass es ihre Kräfte überstiegen hätte, Belreynac zu verlassen? Beides entsprach der Wahrheit, und beides würde Raymond zeigen, wie es um sie stand. Konnte sie es wagen, ihm so viel von sich zu offenbaren?

Raymond schien die stumme Antwort zu genügen. Im nächsten Moment hatte er Alison bei der Hand genommen. Er führte sie aus dem Kreis der Tänzer heraus, über den Grillplatz hinweg und aufs Schloss zu. Sie wusste, dass sie sich jederzeit hätte befreien können, aber sie ging widerstandslos mit. Als sie den Schlossgarten erreicht hatten, drehte Raymond sie mit dem Rücken zur Mauer und stemmte auf beiden Seiten die Hände dagegen, sodass sie gefangen war. Hatte wohl je eine Gefangene ihr Los freudiger akzeptiert?

Er gab einen erstickten Laut von sich und senkte den Kopf, bis ihre Lippen sich berührten. Sekunden vergingen, vielleicht auch Minuten, während sie sich wie Ertrinkende küssten.

Als Raymond von ihr abließ, protestierte Alison leise und öffnete die Augen. Er betrachtete sie eindringlich. „Du bist hiergeblieben. Warum?", fragte er brüsk.

Alison sah ihn flehend an, aber er ignorierte die stumme Bitte. Dieses Mädchen, diese Frau war ihm unter die Haut gegangen. Anfangs hatte sie nur seine Neugier geweckt durch ihre abweisende Art und die Traurigkeit, die er dahinter spürte. Doch normalerweise machte er es sich zum Prinzip, keine Affären mit Angestellten des Campingplatzes anzufangen, weil es auf lange Sicht zu viele Probleme verursachte. Trotz dieser Vorbehalte und wider besseres Wissen war sein Interesse an ihr ständig gewachsen. Warum? Natürlich war sie hübsch, aber keineswegs die schönste Frau, die er je gekannt hatte. Dafür allerdings die widerborstigste. Nach letztem Samstag hatte er genug gehabt und sich geschworen, dass jetzt Schluss war. Sollte sie sich doch wieder mit ihrem englischen Freund versöhnen und aus seinem Leben verschwinden. Aber sie war immer noch in Belreynac, und die Tatsache beschäftigte ihn sehr. Weshalb war sie noch da? Er musste es unbedingt wissen.

Diesmal war seine Stimme sanfter: „Alison, warum bist du nicht fortgegangen?“

Sie sah ihn nicht an, sondern hielt den Blick auf den sternenbesäten Himmel gerichtet. „Ich habe mich geirrt, als ich glaubte, dass ich Jonathan noch liebe. Als ich ihn wiedersah – und erst Recht, als ich mit ihm sprach –, ist mir das ganz deutlich bewusst geworden.“ Sie sprach ruhig und würdevoll. Hatte sie selbst nicht irgendwann einmal gesagt, dass es keine Schande, sondern Charakterstärke war, seine Fehler zuzugeben?

„Aber warum bist du geblieben?“, beharrte Raymond, dem eine halbe Erklärung nicht genügte. Er wollte die ganze Wahrheit wissen.

Alison wandte sich ihm wieder zu. Ihre Lippen zitterten. „Weshalb glaubst du wohl? Weil ich dich nicht verlassen wollte.“ Nun war es heraus. War er jetzt zufrieden?

Es schien so. Seine Züge wurden weich, das Glitzern wich aus seinen Augen, und dann küsste er sie zärtlich auf den Mund. Doch Alison brauchte jetzt mehr als Zärtlichkeit. Es verlangte sie nach seiner Stärke und seiner Leidenschaft, die ihr zeigen sollten, dass sie die richtige Wahl getroffen hatte. Instinktiv hob sie die Hand, vergrub sie in seinem Haar und zog dabei seinen Kopf näher zu sich heran. Gleichzeitig presste sie sich so eng an ihn, dass sie seinen ganzen Körper spüren konnte.

Ohne den Kuss zu unterbrechen, schob Raymond sie ein Stück zurück, bis sie an der Mauer lehnte. Dann glitt er mit der Hand unter ihr Oberteil und streichelte langsam über ihre Taille und ihren Bauch. Wo er sie berührte, schien ihre Haut zu glühen. Jetzt spürte sie, wie er sich weiter vortastete, und hielt den Atem an. Geschickt hakte er den Vorderverschluss ihres BHs auf, und als ihre Brüste freilagen, fuhr er zuerst mit den Fingern die Konturen nach, ehe er die geschwollenen Spitzen zärtlich berührte.

Alison stöhnte auf und verriet ihm damit, wie erregt sie war. Raymond löste seinen Mund von ihrem und flüsterte: „Hier möchte ich nicht mit dir schlafen. Komm mit."

Seine Zärtlichkeiten hatten sie so verzaubert, dass es einige Sekunden dauerte, bis sie sich über die Bedeutung seiner Worte klar wurde. Nur ihr Körper war bedingungslos bereit, sich ihm hinzugeben, aber ihre Bedenken waren noch nicht ausgeräumt.

Raymond hatte die verlangte Antwort erhalten, aber bei ihr selbst waren noch viele Fragen offen. „Raymond, bitte. Ich weiß nicht, ob ich schon soweit bin", protestierte sie leise.

Er spürte ihre Unsicherheit und liebkoste sie mit seiner Stimme, seinen Händen und Lippen. „Du bist mehr als bereit, Liebling. Das sind wir beide."

Das Gefühl sagte ihr, dass er recht hatte. Trotzdem zögerte sie noch. „Diese Frau am letzten Samstag ..." Alison brachte es nicht fertig, die Frage auszusprechen, obwohl alles von der Antwort abhing. Sie liebte Raymond und wünschte sich verzweifelt, in seinen Armen zu liegen, aber das konnte sie nicht, nein, wollte sie nicht, wenn sie für ihn nur eine unter vielen war. In jede Beziehung, sei es nun eine Ehe oder eine andere Art von Partnerschaft, mussten beide etwas einbringen – vor allem Treue. Wenn Raymond erst vergangene Woche mit der anderen im Bett gewesen war, dann konnte er jetzt nicht mit ihr schlafen. Ihre Prinzipien und ihre Selbstachtung gestatteten es ihr nicht, Sex nur als angenehme Art und Weise zu betrachten, einen netten Abend ausklingen zu lassen, und das Schönste, was zwei Menschen verbinden kann, auf die Bedeutung eines Glases Cognac herabzuwürdigen.

Alison wusste nicht, wie Raymond auf ihre Bemerkung reagieren würde. Zornig vielleicht, abweisend oder frustriert. Aber sie war ganz sicher, dass er ehrlich zu ihr sein würde. Wenn sie ihm in dieser Hinsicht nicht vertrauen konnte, fehlte ihrer Beziehung jede Basis.

Doch um seinen Mund spielte ein kleines Lächeln, und in dem Blick, mit dem er sie betrachtete, lag Belustigung. „Was genau wolltest du denn über ‚die Frau' erfahren?"

Alison forschte in seinem Gesicht nach irgendeinem Anzeichen, ob er nur mit ihr spielte, fand aber keins. „Du weißt ganz genau, worauf ich hinaus will", antwortete sie leise.

„Du möchtest von mir hören, ob ich mit ihr geschlafen habe?", sprach er die Frage für sie aus.

Ohne seinem Blick auszuweichen, nickte Alison. „Ich muss es wissen, Raymond."

Aus seinem Ton sprach Verständnis, jedoch keinerlei Verlegenheit. „Vor vielen Jahren war Yvonne meine Geliebte, aber unsere sexuelle Beziehung ist schon lange beendet."

Seine Stimme hüllte sie ein und machte es ihr schwer, sich auf das zu konzentrieren, was sie sagen wollte. „Aber sie ist so schön." Gemeint hatte sie allerdings etwas ganz anderes. Yvonne sah nicht wie eine Frau aus, die sich mit einer platonischen Freundschaft zufrieden gab. Alison hatte sie am letzten Samstag beobachtet und mit untrüglichem Instinkt erkannt, dass die Blonde Absichten auf Raymond hatte. Das musste er doch auch gemerkt haben.

Doch falls es so war, sprach er nicht darüber. Er lächelte, und bei diesem Anblick lief ihr ein seliger Schauer über den Rücken. „Yvonne ist sehr schön und charmant. Wir sind Freunde geblieben – wie es sein sollte –, aber sie ist Samstagnacht nach Hause gefahren. Ich halte nichts von flüchtigen Abenteuern, weder mit ehemaligen Geliebten noch mit anderen. Miteinander zu schlafen ist nur dann schön, wenn beide Partner bereit sind, sich Zeit zu lassen, um den Körper des anderen zu erforschen und die gegenseitigen Bedürfnisse zu entdecken. So etwas muss sich langsam entwickeln. Bist du nicht auch der Meinung?"

Sie hatte ihre Antwort bekommen, und sie zweifelte nicht daran, dass es eine ehrliche Antwort war.

Es war Wind aufgekommen, und sie fröstelte. Raymond legte ihr schützend den Arm um die Schultern. „Komm“, flüsterte er.

Alison wusste, was er meinte, und diesmal zögerte sie nicht. Sie war bereit. Eng an ihn geschmiegt, ließ sie sich von ihm zum Schloss führen.

Raymonds Schlafzimmer war sehr groß und elegant eingerichtet, aber Alison nahm ihre Umgebung kaum wahr. Von dem Moment an, als sie den Raum betraten, wurde ihr Blick wie magisch von dem breiten Bett an der gegenüberliegenden Wand angezogen. Verwirrt senkte sie den Kopf. Sie wollte mit Raymond schlafen, aber hier in seinem ureigensten Reich stieg so etwas wie Panik in ihr auf.

Er schien es gespürt zu haben, denn er zog sie an sich und beseitigte ihre Zweifel auf eine Weise, die mehr ausdrückte als Worte.

Dann hob er sie hoch und trug sie zum Bett. Dort legte er sich neben sie und nahm sie in die Arme. Instinktiv erkannte Alison, dass er ein zugleich zärtlicher und leidenschaftlicher Liebhaber sein würde. Ihre Angst legte sich und machte der Gewissheit Platz, dass ihr eigenes Verlangen seinem in nichts nachstand.

Getrieben von dem Wunsch, seine Haut und seine Wärme zu spüren, begann sie an seinen Hemdknöpfen zu nesteln, doch vor Aufregung rutschten ihre Finger immer wieder ab. Schließlich richtete sich Raymond auf und kam ihr zu Hilfe.

„Wir haben überhaupt keine Eile, chérie“, meinte er schmunzelnd. „Also sei nicht ungeduldig.“

Alison erwiderte sein Lächeln und ließ ihre Hände langsam über seinen muskulösen Oberkörper wandern, tastete sich durch sein dichtes Brusthaar und wagte sich dann tiefer. Raymond stöhnte auf und presste seinen Mund wieder auf ihren. Sofort öffnete sie bereitwillig die Lippen, um seine Zunge in sich aufzunehmen. Ihre Reaktion verführte ihn zu weiteren Erkundungen, und im nächsten Augenblick lagen seine Finger auf ihrem Bauch. Seine Berührungen entfachten ein Feuer, das sie zu verzehren drohte. Diesmal half sie ihm dabei, ihr das Oberteil auszuziehen, so begierig war sie darauf, seine Hände auf ihrer Haut zu spüren. Schließlich lag sie ausgestreckt auf dem Bett und genoss die Bewunderung, die der Anblick ihres Körpers bei ihm auslöste.

Raymond umschloss eine Brust mit der Hand und streichelte sie zärtlich mit dem Daumen, bis ihr Begehren sich ins Unermessliche steigerte. Als sie glaubte, es nicht mehr aushalten zu können, senkte er den Kopf, berührte die rosige Spitze mit der Zunge und nahm sie dann in den Mund. Alison stöhnte auf und legte ihm die Hände in den Nacken, um ihn noch fester an sich zu ziehen.

Jetzt strich er zärtlich über ihre Schenkel und ihren Po, und fand dabei erogene Zonen, von denen sie bisher nichts gewusst hatte. Alison, deren Scheu sich völlig gelegt hatte, lehnte sich ein wenig zurück, um noch Rock und Schlüpfer abzustreifen.

Wenige Augenblicke später war auch Raymond nackt, und zusammen gingen sie auf jene Entdeckungsreise, die seit Urzeiten Liebenden vorbehalten ist. Sie küssten sich, erforschten den Körper des anderen mit den Händen und freuten sich über die Reaktionen, die sie dabei auslösten. Als Alison es nicht mehr aushalten konnte, hielt Raymond ihre Hüften fest und drang in sie ein. Zuerst bewegten sie sich langsam, dann immer schneller, bis sie schließlich gemeinsam in den Strudel der Erfüllung gerissen wurden.

Als es am Horizont dämmerte, drehte Alison sich im Schlaf um und stieß Raymond dabei unabsichtlich an. Die Berührung weckte ihn, und er rückte ein Stück zur Seite, um ihr Platz zu machen. Dann stützte er sich auf einen Ellenbogen und sah ihr zu, wie sie schlief. Er betrachtete die entspannten Züge, die dichten langen Wimpern, die einen Schatten auf ihre Wangen warfen, die leicht nach oben gebogene Nase mit den winzigen Sommersprossen – weshalb waren ihm die bisher noch nie aufgefallen? – und den fein geschwungenen Mund. Es war ein Gesicht, an dessen Anblick am frühem Morgen er sich gewöhnen könnte, und – er schaute weiter nach unten – ein Körper, den er am liebsten jede Nacht in den Armen halten würde. Einmal mit ihr zu schlafen war nicht genug gewesen. Irgendwann war er aufgewacht, hatte sie neben sich gespürt und unwillkürlich die Hand ausgestreckt und sie gestreichelt, bis sie noch halb im Schlaf das gleiche mit ihm tat. Ihre ungehemmte Sinnlichkeit begeisterte ihn. Nein, es wäre nicht schwierig, sich an eine solche Frau zu gewöhnen. Als habe sie seinen Blick gespürt, bewegte sich Alison, gähnte und streckte sich. Sie öffnete die Augen und sah Raymond, der auf sie hinunterlächelte. Sofort war die Erinnerung an die Ereignisse der Nacht wieder da, an die Liebkosungen und an die zärtlichen Worte. Aber sie bereute nichts. Sie liebte Raymond, und die körperliche Ausdrucksform einer solchen Liebe konnte nicht falsch sein.

„Es ist noch sehr früh", sagte sie schläfrig, denn es begann gerade erst zu dämmern.

„Sehr früh", bestätigte er und sah sie unverwandt an.

„Zu früh, um aufzustehen", meinte sie lächelnd.

„Viel zu früh", bestätigte er ernst und zog sie auf sich, um ihr zu zeigen, wie er den neuen Tag willkommen heißen wollte. Doch ehe sie Gelegenheit dazu hatten, klopfte es plötzlich. Raymond fluchte leise und sah auf die Uhr. Gerade erst sechs! Was zum Teufel wollte Madame Chessaud um diese Zeit von ihm?

„Moment!", rief er und stand auf. Ehe er öffnete, zog er sich einen Bademantel an.

Alison versuchte zu hören, was gesprochen wurde, aber da er die Tür hinter sich geschlossen hatte, um sie vor neugierigen Blicken zu schützen, vernahm sie nur undeutliches Gemurmel.

Nur Sekunden später war er wieder da. „Es hat eine Explosion gegeben", sagte er kurz. „In einem der Zelte von ‚Summer Canvas'."

„Eine Explosion!", wiederholte sie erschrocken. „Ist jemand verletzt?"

Raymond schüttelte den Kopf. „Das wissen wir noch nicht. Zieh dich lieber an. Wir müssen sofort hin."

10. KAPITEL

Der Verwalter wartete bereits vor dem Zentrum, um Raymond und Alison zum Explosionsort zu bringen. Wenn er erstaunt war, dass sie zusammen kamen oder dass Alison noch das Kleid trug, das sie beim Grillfest angehabt hatte, zeigte er es nicht. Vielleicht nahm er auch an, dass Raymond auf dem Weg zum Zentrum bei ihrem Zelt vorbeigegangen war und sie in der Eile die Sachen angezogen hatte, die am nächsten lagen.

Nach der Richtung zu schließen, die sie einschlugen, schien eines der Zelte wohl betroffen zu sein, die Alison gestern hergerichtet hatte. Lieber Gott, betete sie, hoffentlich war es das Leerstehende. Als sie um die Ecke bogen, atmete sie erleichtert auf. Die bewohnten Zelte standen alle noch. Also war wenigstens niemand verletzt worden.

Es hatten sich bereits mehrere Leute an der Unglücksstelle versammelt. Mit wenigen gezielten Fragen gelang es Raymond, den Hergang des Unglücks festzustellen. Gegen vier Uhr morgens hatten die Nachbarn Brandgeruch festgestellt. Sie waren aufgestanden, hatten ihre eigenen Geräte überprüft und waren – als bei denen alles in Ordnung war – nach draußen gegangen. In der Dunkelheit war deutlich zu sehen gewesen, dass Flammen im Nachbarzelt züngelten. Eigentlich hatten sie selbst versuchen wollen, das Feuer zu löschen, doch in diesem Augenblick hatte es einen heftigen Knall gegeben, vermutlich durch eine explodierende Gasflasche. Da es keinerlei Anzeichen dafür gab, dass das Zelt bewohnt war, hatten sie selbst weiter nichts unternommen, sondern nur den Verwalter des Campingplatzes benachrichtigt, der auf dem Gelände wohnte.

Inzwischen gab es außer verkohlten Zeltplanen und undefinierbaren Klumpen aus geschmolzenem Plastik nichts mehr zu sehen.

Alison wollte gerade unter dem Aluminiumgerüst hindurchgehen, um zu erkunden, wodurch das Feuer entstanden war, als Raymond sie zurückhielt. „Nein, warte. Das ist Aufgabe der Polizei und der Feuerwehr. Wenn wir jetzt am Brandort herumlaufen, zerstören wir vielleicht wichtige Spuren.“ Seine Miene war grimmig.

Es dauerte eine Weile, bis Alison die Bedeutung seiner Worte begriff. War das Feuer etwa nicht durch ein defektes Gerät verursacht, sondern absichtlich gelegt worden? Vielleicht von der gleichen Person, die für die Sachbeschädigungen und die Diebstähle verantwortlich war? Doch während die anderen Vorfälle nur ärgerlich gewesen waren, hätte diese Tat entsetzliche Konsequenzen haben können. Wusste der Brandstifter, dass gerade dieses Zelt nicht bewohnt war, oder hatte er es darauf ankommen lassen?

Vier Stunden später holte man Alison zu einer Befragung durch den Polizeiinspektor, dem inzwischen auch der vorläufige Bericht der Feuerwehr vorlag.

„Bonjour, Mademoiselle Taylor", begrüßte er sie auf Französisch und bedeutete ihr, sich zu setzen.

„Bonjour", erwiderte Alison lächelnd.

Aber der Inspektor lächelte nicht zurück. Er war klein und hielt sich kerzengerade. Das einzig Auffallende an seinem hageren Gesicht waren die kalten blauen Augen und der kleine Schnurrbart auf der Oberlippe. Obwohl sich Alison nicht zu fürchten hatte, lief ihr ein Schauer über den Rücken.

„Man hat mir mitgeteilt, dass Sie als Mitarbeiterin von ‚Summer Canvas' das fragliche Zelt gestern gereinigt und mit neuen Vorräten versehen haben. Ist das richtig?"

Alison nickte. „Ja. Dieses und noch fünf andere."

„Sind Sie in allen Fällen auf die gleiche Weise vorgegangen?"

„Natürlich. Es gibt ein Standardschema, das wir einhalten müssen."

Der Inspektor hatte begonnen, im Büro auf und ab zu wandern. Alison wusste selbst nicht, warum sie das beunruhigte, aber sie kam sich plötzlich vor wie eine im Netz gefangene Fliege, die zuschauen musste, wie die Spinne sie umkreiste. „Sind Sie am Abend oder in der Nacht noch einmal zu dem Zelt zurückgegangen?"

„Nein. Dazu gab es keinen Grund."

„Wussten Sie, dass die angemeldeten Besucher nicht eintreffen würden?"

Sie verstand nicht, warum er von einer Frage zur anderen das Thema wechselte.

„Ja. Als die Familie nicht zu dem Grillfest erschien, ging ich zur Anmeldung, um festzustellen, ob sie überhaupt eingetroffen war. Dort fand ich eine Nachricht, dass ihre Ankunft sich wegen einer Autopanne bis Montag oder Dienstag verzögern würde", gab sie in klaren Worten Auskunft.

Der Polizist verzog das Gesicht zu einer Art Lächeln. „Man könnte sagen, dass sich die Panne als großer Glücksfall erwiesen hat, finden Sie nicht?"

„Natürlich, aber was …"

„Einen Moment bitte, Miss Taylor. Ich komme gleich zum Wesentlichen. Haben Sie irgendeine Ahnung, was das Feuer verursacht haben könnte?"

„Nein. Ich hatte gehofft, dass Sie mir das sagen würden. Wenn eines der Geräte defekt ist, müssen wir alle anderen auch überprüfen."

„An den Geräten lag es nicht."

„Aber woran dann?" Waren Raymonds Vermutungen etwa begründet gewesen?

„Nach Aussage des Feuerwehrhauptmanns wurde das Feuer absichtlich gelegt. Wie es aussieht, hat jemand im Laufe des Abends den Hahn der Gasflasche aufgedreht, ein in Alkohol getauchtes Stück Holz in eine Ecke gelegt und ein Streichholz daran gehalten. Es dauerte eine Weile, bis das ausströmende Gas die offene Flamme erreichte, aber als es soweit war … Bumm! Primitiv, aber sehr wirkungsvoll." Er hielt inne, um seinen Worten zusätzlichen Nachdruck zu verleihen. „Sie wissen sicher, dass dies nicht der erste mysteriöse Vorfall in Camp Belreynac in dieser Saison ist, Miss Taylor. Allerdings ist es bei weitem der ernsteste. Im günstigsten Fall wurde das Feuer gelegt, um die anderen Feriengäste zu erschrecken. Im ungünstigsten hätte jemand dabei umkommen können."

„Wir sind uns alle im Klaren, wie ernst die Konsequenzen hätten sein können", antwortete Alison leise.

Der Inspektor musterte sie finster. „Es ist äußerst wichtig, dass die fragliche Person, die für die Vorfälle verantwortlich ist, sobald wie möglich gefunden wird."

„Natürlich", stimmte sie verwirrt zu. Unter seinem Blick fühlte sie sich unbehaglich. Was versuchte er ihr zu sagen? Dass sie zu den Verdächtigen gehörte?

„Ich hoffe, Sie werden in jeder erdenklichen Weise mit uns zusammenarbeiten, Miss Taylor."

„Selbstverständlich." Was erwartete er denn sonst von ihr? Natürlich würde sie helfen, so gut sie konnte.

„Guten Tag, Miss Taylor."

Es war eindeutig, dass er vorerst fertig mit ihr war. Weniger eindeutig waren die Schlüsse, die er aus der Befragung gezogen hatte. Seine Miene verriet nichts, und Alison war nicht sicher, ob sie nun entlastet oder erst recht in Verdacht geraten war.

Abends trafen sich Alison und Raymond zum Essen in einem nahe gelegenen Restaurant. Beide hatten wenig Appetit, und als die Kellnerin ihre Teller abräumte, waren sie noch halbvoll. Raymond schien mit den Gedanken ganz woanders zu sein, und bald gab Alison den Versuch auf, eine Unterhaltung in Gang zu bringen. Das Schweigen belastete sie von Minute zu Minute mehr. Weshalb war er so in sich gekehrt? Er schien kilometerweit weg zu sein. Sie wusste, dass er sich wegen der Brandstiftung Sorgen machte, doch als sie ihn darauf ansprach, gab er ihr freundlich, doch unmissverständlich zu verstehen, dass er nicht darüber reden wollte.

Es war kaum zu glauben, dass der schweigsame Mann mit dem finsteren Gesicht, der ihr jetzt gegenübersaß, der gleiche war wie der leidenschaftliche Liebhaber der vergangenen Nacht. War ihrer Liebesgeschichte nur die Lebensspanne eines exotischen Schmetterlings beschieden gewesen, der aus der Puppe schlüpft und keine vierundzwanzig Stunden später sterben muss? Aber so weit würde sie es nicht kommen lassen.

„Raymond, bitte sag mir doch, was los ist", flehte sie.

„Du hast heute früh mit dem Polizeiinspektor gesprochen", stellte er fest.

Bedeutete das, dass er ihre Bitte ignorierte, oder war das auch eine Art Antwort? Was hatte der Inspektor nur zu ihm gesagt?

„Ja", antwortete sie einsilbig.

Seine Miene war unergründlich. „Dann ist dir ja klar, welchen Problemen wir gegenüberstehen. Die Person, die dafür verantwortlich ist, muss sobald wie möglich gestellt werden."

„Natürlich." Warum brachten die Leute immer nur das zur Sprache, was ohnehin auf der Hand lag – erst der Polizist heute früh und jetzt Raymond?

Ein Schatten hatte sich über sein Gesicht gelegt. „Alison, ich will dich um etwas bitten."

Aber sie sollte nie erfahren, was er von ihr wollte, denn in diesem Moment trat überraschend der Verwalter des Campingplatzes an ihren Tisch. Er nickte Alison zu, aber sein Erscheinen galt Raymond. „Es gibt etwas Neues. Können Sie gleich zu Claude kommen?" Claude war einer der regulären Angestellten des Campingplatzes.

Raymond nickte und stand auf. „Ich muss fort. Das verstehst du sicher." Ehe er ging, drehte er sich noch einmal um. „Alison, sieh dich vor."

Sie hatte mechanisch genickt, doch als sie allein war wurde ihr bewusst, dass Kopfschütteln eher angebracht gewesen wäre. Sie verstand nämlich überhaupt nichts. Worum hatte er sie bitten wollen? Weshalb sollte sie sich vorsehen? So sehr sie auch nachgrübelte, sie kam immer zu demselben Ergebnis. Raymond hatte mit dem Inspektor gesprochen und glaubte jetzt, dass sie die Schuldige sein könnte. Diejenige, die für die Diebstähle, die Sachbeschädigungen und die Brandstiftung verantwortlich war. Welche andere Erklärung sollte es sonst geben für seine Schweigsamkeit, seine Zurückhaltung und vor allem für die Warnung zum Abschied? Denn es war eine Warnung gewesen.

Sie hatte das Gefühl, als würde eine eiskalte Hand ihr Herz umklammern, und als sie wenig später hinausging, fühlten sich ihre Knie an wie Gummi.

Später wusste Alison nicht mehr genau, wann ihr die Idee eigentlich gekommen war, doch je länger sie darüber nachdachte, desto plausibler erschien sie ihr. Sie war unschuldig, und vielleicht gab es nur eine Möglichkeit, Raymond davon zu überzeugen: Der wahre Täter musste gefunden werden. Seit Anfang der Saison waren pro Woche durchschnittlich drei bis vier Diebstähle oder Sachbeschädigungen gemeldet worden. Das Feuer war der erste Vorfall in dieser Woche gewesen, und falls der Täter nach dem gewohnten Schema vorging, würde er bald wieder zuschlagen. Wenn sie Wache hielt, würde sie ihn vielleicht auf frischer Tat ertappen. Allerdings musste sie sich zuerst klar darüber sein, wen sie eigentlich bewachen wollte und wie sie es anstellen sollte.

Die Wahl fiel ihr verhältnismäßig leicht, denn ein Name stand ganz oben auf ihrer Liste. David. Von allen Campingplatzbetreuern schien er am wenigsten für diese Arbeit geeignet – er war brüsk, abweisend und alles andere als flexibel. Darüber hinaus hatte er etwas Heimtückisches. Allen war das schon aufgefallen, aber ihr selbst am meisten. Jetzt musste Alison unwillkürlich an die Begegnung vom vergangenen Samstag denken und an sein ungewöhnliches Interesse an den Zelten, die sie gerade hergerichtet hatte. Vielleicht war ihm der Gedanke an Brandstiftung erst gekommen, als er sich in das bewusste Zelt schlich und feststellte, dass es unbewohnt war. Nicht einmal David traute sie zu, dass er jemanden umbringen würde, aber als Abschreckung war ein Feuer nicht zu übertreffen. Bereits am Tag nach dem Brand waren vier Familien überstürzt abgereist.

Nach und nach entwickelte Alison ihren Plan. Sie erzählte Jane nichts davon, weil sie wusste, dass ihre Freundin darauf bestehen würde, den Verdacht dem Verwalter mitzuteilen und ihm alles weitere zu überlassen. Aber das Risiko, ausgelacht zu werden, wollte Alison nicht eingehen. Schließlich hatte sie keinerlei Beweise für ihre Vermutung. Nein, wenn sie Raymond davon überzeugen wollte, dass sie nichts mit der Sache zu tun hatte, musste sie schon selbst die Initiative ergreifen.

In jener Nacht ging sie zur gleichen Zeit ins Bett wie die anderen und wartete, bis regelmäßige Atemzüge von nebenan anzeigten, dass Jane eingeschlafen war. Um so wenige Geräusche wie möglich zu machen, hatte sie sich gar nicht erst ausgezogen.

Auf Zehenspitzen schlich sie auf den Ausgang des Zeltes zu. Hoffentlich würde sich der Reißverschluss diesmal leicht öffnen lassen! Es gelang ihr, doch ihn wieder zu schließen, hieße das Schicksal versuchen. Außerdem war es eine warme Nacht, und Jane würde bestimmt nicht frieren.

Leise ging sie zu einer Senke zwischen zwei Bäumen, von der aus man einen Großteil des Campingplatzes beobachten konnte, ohne selbst gesehen zu werden.

Ihre Uhr zeigte Mitternacht, dann ein Uhr. Vielleicht würde David heute Abend nichts unternehmen. Eine Weile wollte sie trotzdem noch warten. Um sich wach zu halten, sagte sich Alison das große Einmaleins vor und gab allen Buchstaben des Alphabets Namen. Trotzdem wurden ihre Lider immer schwerer. Sie gähnte. Lieber Himmel! Falls heute nichts geschah, wie sollte sie dann noch weitere Nächte Wache halten? Es war schon kurz nach zwei. Wenn David für heute etwas im Schilde führte, hätte er bestimmt schon damit angefangen.

In diesem Augenblick sah sie jemanden vor den Zelten der Betreuer. David! Er bewegte sich leise und behende wie ein Raubtier. Wenn sie nicht von ihm entdeckt werden wollte, musste sie sich vorsehen. Zum Glück trug sie dunkle Kleidung, die sie fast unsichtbar machte.

Sie folgte ihm in einiger Entfernung und hielt sich in der Nähe der Büsche, um sich notfalls schnell ducken zu können, wenn er stehen blieb. Wie es aussah, wollte er zu dem Teil des Campingplatzes, wo sich die Zelte seiner eigenen Firma befanden. Vermutlich dachte er, dass ein Vorfall dort den Verdacht von ihm ablenken würde.

Je näher er herankam, desto mehr verlangsamte er seine Schritte. Jetzt blieb er stehen, sah sich gründlich um und zog ein großes Messer unter dem Mantel hervor. Offenbar wollte er heute wieder einmal Autoreifen zerstechen.

Nun war der Moment gekommen zu handeln, aber wie? Alison hatte sich vorgestellt, David einfach zu stellen, der dann so erschrocken sein würde, dass er sich widerstandslos „abführen" ließ. In der Theorie war ihr dieser Plan sehr vernünftig erschienen, aber jetzt kamen ihr Zweifel. Trotzdem musste sie irgendetwas tun. Wenn sie nicht schnell reagierte, würde er einfach die Reifen aufschlitzen und wieder verschwinden, ehe sie ihn fassen konnte.

Sie schlich sich noch ein Stück heran und stand plötzlich auf.

David hatte sie gehört. „Wer ist da?“, fragte er scharf.

„Ich bin's. Alison.“ Hoffentlich klang ihre Stimme nicht so zittrig, wie sie sich fühlte. „Ich weiß, was du vorhast, David.“ Langsam ging sie auf ihn zu. „Aber das Spiel ist aus.“

„Dein Wort gegen meines“, höhnte er.

„Hast du vergessen, dass du derjenige von uns beiden mit einem Messer in der Hand bist?“

„Wer will das bestätigen? Ich sehe keine Zeugen.“ Er machte einen Schritt auf sie zu.

Alison bekam Angst. Daran, dass David ihr etwas antun könnte, um der unvermeidlichen Entlarvung zu entgehen, hatte sie nicht gedacht.

„Ich bin nicht allein“, log sie.

David sah sich misstrauisch um und verzog dann spöttisch das Gesicht. „Ich denke, dass du im Gegenteil sogar ganz allein bist. Selbst der Graf scheint nicht mehr so von deinen Reizen betört zu sein wie vergangenen Samstag. Na ja, vermutlich hat er das Interesse an dir verloren, nachdem er sein Ziel erreicht hatte. So etwas soll ja öfter vorkommen.“ Wie eine Schlange zielte David unbeirrbar auf die verwundbarste Stelle seines Opfers und fasste etwas in Worte, das sie nicht einmal zu denken gewagt hatte.

Aber wenn er glaubte, dass er sie durch solche Bösartigkeiten von ihrem Vorhaben ablenken konnte, hatte er sich geirrt. Zorn stieg in Alison auf. Was er sagte, war nicht wahr – durfte einfach nicht wahr sein. Wie konnte er es wagen, sie so zu beleidigen?

Im nächsten Augenblick stürzte sie sich laut schreiend auf ihn. Irgendjemand würde sie bestimmt hören und ihr zu Hilfe kommen. Obwohl er sich heftig wehrte, gelang es ihr, ihn festzuhalten. In einiger Entfernung vernahm sie Schritte und aufgeregte Stimmen. Nur noch eine kleine Weile musste sie durchhalten, dann war ihr Ziel erreicht.

Plötzlich verspürte sie einen heftigen Schlag auf den Kopf. Verzweifelt versuchte sie, sich aufrecht zu halten, aber die Welt begann sich immer schneller um sie zu drehen, und plötzlich fiel sie in ein abgrundtiefes schwarzes Loch.

„Sie muss sich noch ein oder zwei Tage schonen, aber ich glaube nicht, dass die Verletzung ernsthafterer Natur ist."

„Sind Sie sicher, dass sie nicht ins Krankenhaus muss?"

„Ganz sicher. Gebrochen ist nichts. Möglicherweise hat sie eine leichte Gehirnerschütterung erlitten. Der Kerl hat ihr einen gewaltigen Hieb versetzt."

Alison hörte die Stimmen wie durch einen langen Tunnel. Über wen sprachen die Männer? Vorsichtig bewegte sie sich. Was war aus dem Grasboden geworden? Sie erinnerte sich noch, dass sie ziemlich unsanft darauf aufgeschlagen war. Jetzt dagegen lag sie wunderbar weich und bequem.

Eine Tür wurde leise geschlossen. Mühsam öffnete sie die Augen und sah hellgraue Wände und dunkelrote Vorhänge. Diese Farben kannte sie. Sie war in Raymonds Schlafzimmer! Aber wie kam sie hierher? Als sie sich aufzusetzen versuchte, durchzuckte ein heftiger Schmerz ihren Kopf.

„Alison, nicht!" Das war Raymonds Stimme, und sie klang ziemlich brüsk. „Leg dich wieder hin", fuhr er sanfter fort. „Du sollst den Kopf sowenig wie möglich bewegen."

Gehorsam legte sich Alison zurück in das Kissen, drehte sich aber so, dass sie Raymond sehen konnte. Sein Gesichtsausdruck war so grimmig, dass sie Angst bekam und die Augen schnell wieder zumachte.

Als sie sie nach einer Weile von neuem öffnete, war er zwar nicht verschwunden, wie sie gehofft hatte, betrachtete sie aber freundlicher. „Was ist denn passiert?", fragte sie mit einer ganz kleinen Stimme.

„Weißt du es denn nicht?"

„Nein." Ihre Erinnerung reichte nur bis zu der Szene, wo David sie wegen Raymond verhöhnt hatte. Danach war in ihrem Gedächtnis alles leer.

„Du hast dich mit David angelegt, du kleine Närrin", brummte Raymond. „Ist dir denn nicht klar, dass du jetzt tot sein könntest?"

Von seiner gewohnten Gelassenheit war nichts mehr übrig.

„Ich glaube nicht ..." wollte sie protestieren. David war ein Gauner, aber vor Mord würde er bestimmt zurückschrecken.

„Verdammt, widersprich mir nicht! Du kannst von Glück reden, dass er mit der Faust auf dich losgegangen ist und nicht mit dem Messer. Warum zum Teufel hast du so etwas Hirnverbranntes getan?", fragte er brüsk.

Als sie seine finstere Miene sah, war sie selbst nicht mehr sicher. „Ich wollte dir beweisen, dass ich nichts mit dem Feuer oder den anderen Vorfällen zu tun habe", murmelte sie kläglich.

„Wovon, zum Teufel, redest du eigentlich? Was wolltest du beweisen?", brüllte er.

„Du dachtest doch, ich sei Schuld an dem Feuer, nicht wahr?" Am liebsten hätte sie geweint. Warum war er nur so ekelhaft zu ihr?

Plötzlich ergriff er ihre Hand und drückte sie so fest, dass es schmerzte. „Das habe ich niemals geglaubt, du Dummerchen. Ich wusste doch, dass du unschuldig bist."

„Aber nach dem Feuer ... Du hast nicht mehr mit mir gesprochen und warst so zurückhaltend. Ich hatte Angst, du hättest mich im Verdacht."

Raymond fuhr sich ungeduldig durchs Haar. So wie es aussah, tat er das in dieser Nacht nicht zum erstenmal. „Dabei hast du mir vorgeworfen, zwei und zwei zusammenzuzählen und auf fünf zu kommen", sagte er trocken.

„Aber ... Du hast mir doch eingeschärft, dass ich mich vorsehen soll."

Seine Miene wurde weicher. „Warum denken Frauen nur immer um die Ecke? Ich habe dir geraten, dich vorzusehen, weil ich genau das verhindern wollte, was heute Nacht passiert ist. Nur schade, dass du nicht auf mich gehört hast."

Alison wusste nicht genau, wovon er eigentlich sprach. Ihr Gehirn fühlte sich an wie ein riesiger Wattebausch, und nichts von dem, was Raymond sagte, ergab einen Sinn. „Aber der Polizeiinspektor, der hatte mich doch anscheinend auch im Verdacht. Ich dachte, er hat mit dir darüber gesprochen."

Raymond seufzte. „Er hat dich keinen Augenblick lang verdächtigt. Allerdings war er davon überzeugt, dass du in die Geschichte hineingezogen werden solltest."

„Hineingezogen? Aber warum denn?" Hatte der Schlag auf den Kopf ihre Denkfähigkeit lahm gelegt?

Raymond atmete tief ein. „Wir hatten schon seit einiger Zeit ein Auge auf David, aber er war zu gerissen für uns. Immer schlug er da zu, wo wir am wenigsten damit rechneten. Aber bei der letzten Episode wurde es ernst. Er wusste, dass er den Verdacht auf jemand anderen lenken musste – dich. Die Tatsache, dass du die Zelte gereinigt und mit Vorräten aufgefüllt hattest, machte dich zum idealen Opfer. Offenbar hatte er keine Ahnung, dass wir ihm bereits auf der Spur waren."

Allmählich ging Alison ein Licht auf. „Aber weshalb hast du mir gesagt, ich soll mich vorsehen? Warum habt ihr David nicht einfach gestellt?"

„Weil wir keinerlei Beweise gegen ihn hatten. Deshalb wollte ich die Sache unbedingt auf die Spitze treiben. Ich wusste, dass er über kurz oder lang wieder zuschlagen würde. Die Frage war nur, was er dir dann in die Schuhe schieben würde. Deshalb habe ich dich gewarnt. Und was tust du? Du ignorierst meine Anweisungen und versuchst, ihn im Alleingang zur Strecke zu bringen. Zum Glück habe ich Tag und Nacht einen Mann als Wache abgestellt, der den Verwalter und mich sofort holen sollte, wenn David auftauchte. Wenn wir nicht rechtzeitig gekommen wären … Ich wage gar nicht, daran zu denken, was hätte geschehen können." Raymond hielt ihre Hand so fest umklammert, dass Alison befürchtete, das Blut würde in den Adern stocken.

„Was wird jetzt mit ihm passieren?"

„David? Ich weiß nicht. Im Moment ist er auf dem Polizeirevier. Er wird vermutlich wegen Sachbeschädigung und Körperverletzung angeklagt werden. Mir geht es hauptsächlich darum, die Leute festzunageln, die ihn zu diesen Untaten angestiftet haben."

„Glaubst du, dass dir das gelingt?"

Zum erstenmal huschte ein Lächeln über Raymonds Gesicht. „Ich habe so ein Gefühl, dass David unter Druck ziemlich laut singen wird."

Also war doch noch alles gut ausgegangen. Weshalb verspürte sie dann keine Genugtuung? „Wenigstens weißt du, dass der Ruf von Camp Belreynac jetzt nicht mehr bedroht ist", meinte sie leise.

„Zum Teufel mit Belreynac! Mir ist doch gleich, was mit dem Campingplatz passiert. Um dich hatte ich Angst!", donnerte Raymond.

Ob es gut für ihr Herz war, dass es auf einmal doppelt so schnell schlug? Ihr war schwindlig, aber sie wusste nicht, ob dafür noch der Schlag auf den Kopf verantwortlich war oder die Art, wie Raymond sie anschaute. „Mir geht's schon wieder ganz gut, ehrlich", versicherte sie atemlos.

„Aber mir nicht! Als ich vorhin sah, wie David dich niederschlug, hätte ich ihn am liebsten umgebracht. Ich wusste nicht, ob ich dich mit Mund-zu-Mund-Beatmung oder durch heftiges Schütteln wieder zu Bewusstsein bringen sollte oder vielleicht einfach durch einen Kuss. Zum erstenmal habe ich begriffen, dass es gleichzeitig schrecklich und wunderbar ist, jemanden zu lieben."

„Was hast du gesagt?"

Ein Lächeln spielte um seine Lippen. „Seit wann hörst du schlecht?"

„Raymond, bitte!" Alison war jetzt nicht nach Scherzen zumute. Wenn er wirklich das gesagt hatte, wonach sie sich schon lange sehnte, dann musste sie es wieder und wieder hören.

„Ich liebe dich. Mehr als ich es jemals für möglich gehalten habe."

Drei einfache Worte, die wie durch Zauber den Schmerz aus ihren Gliedern entfernten und ihren Kopf klar werden ließen. „O Raymond, ich liebe dich auch. Sehr."

„Wie sehr?" Er wirkte plötzlich wie ein Schuljunge.

Alison breitete die Arme ganz weit aus. „So sehr!"

„Genug, um mich zu heiraten?" Sein Blick besagte, dass er nicht an der Antwort zweifelte, sie aber trotzdem hören wollte.

Sie nickte strahlend. „Ich dachte schon, du würdest mich nie danach fragen."

Er zwickte sie spielerisch ins Kinn. „Von der künftigen Gräfin

Belreynac erwarte ich mehr Zurückhaltung." Dabei wusste er ganz genau, dass er sie genauso haben wollte, wie sie war.

Während draußen über der Dordogne die Sonne aufging, schloss er sie in die Arme und versprach ihr mit einem Kuss, dass er sie nie, nie wieder loslassen würde.

– ENDE –

Elizabeth Asthon

Ein Sommer in Paris

Roman

MIRA®

1. KAPITEL

Renée Thornton blieb stehen, um sich die weihnachtlich dekorierten Schaufenster eines Warenhauses anzusehen. Eine Szene im Schnee – Modepuppen, die die neueste Wintersport-Garderobe vor einer gemalten Berglandschaft zeigten – hatte ihre Aufmerksamkeit erregt.

Renée betrachtet die künstliche Landschaft sehnsüchtig. Sie hatte schon immer mal weit weg verreisen wollen und hoffte sehr, durch ihren Beruf als Fotomodell eines Tages Angebote aus dem Ausland zu erhalten. Kolleginnen ihrer Branche waren bereits zu Aufnahmen in Frankreich, Italien und sogar in Marokko gewesen, während ihr bisher weitester Ausflug erst ins schottische Hochland geführt hatte, wo sie an einem ungewöhnlich heißen Tag zu ihrem Ärger ausgerechnet Modelle aus Tweed tragen musste.

Vor allem aber wünschte sie sich, einmal nach Paris zu kommen. Wenn auch andere Städte – wie Rom und Berlin – Frankreich gerne die Führung in der Haute Couture streitig gemacht hätten, so war Paris doch immer noch das Mekka für Modeexperten. Und Renées Hauptinteresse galt nun einmal der Mode.

Sie hätte gerne einmal die Ferien in Paris verlebt, wenn Barry mitgekommen wäre. Aber Barry zeigte keinerlei Neigung, ins Ausland zu reisen. Er scheute fremde Sitten und fremde Speisen und hätte sich ohne Verständnis der fremden Sprache blamiert gefühlt.

Barry war ihr Freund, mit dem sie am heutigen Heiligen Abend nach dem Mittagessen verabredet war, um gemeinsam mit ihm nach Woodleigh in Suffolk, dem Wohnort ihrer beiden Familien, zu fahren. Wie üblich würde er seinen Wagen tipptopp in Ordnung gebracht haben und das Büro erst nach gewissenhafter Erledigung aller Arbeiten verlassen. An Renées unregelmäßigen und turbulenten Tagesabläufen konnte er keinen Gefallen finden.

Sie kannten sich seit ihrer Kindheit. Renée schätzte Barrys aufrichtigen und ehrlichen Charakter und war nie mit anderen jungen Männern ausgegangen. Sie schlenderte zum nächsten Schaufenster mit wertvollen Weihnachtsgeschenken.

Renée trug einen schwarzen Mantel aus Kaninchenfell, dessen Kauf über ihre Verhältnisse gegangen war. Doch da sie sich häufig beruflich in der Kälte außerhalb der Stadt aufhalten musste, vermochte ihr nur ein Pelzmantel die nötige Wärme zu liefern. Eine kleine schwarze Samtkappe umschloss dicht ihre honigfarbenen Haare. Ihre blasse Haut und ihre grauen Augen kontrastierten stark mit ihren wunderschönen langen, schwarzen Wimpern. Im Übrigen war sie mittelgroß und sehr schlank.

Plötzlich blieb ein junger Mann neben ihr stehen und starrte sie an; er hatte den Lammfellkragen seiner Wildlederjacke hochgeschlagen und den schwarzen Hut so tief ins Gesicht gezogen, dass nur ein wenig seiner stark gebräunten Haut und sein gut geformter Mund zu sehen waren. Er murmelte undeutlich etwas vor sich hin, und als Renée sich ihm vollends zuwandte, hörte sie ihn sagen: „Das ist doch nicht möglich!"

Renée senkte hastig ihre Blicke und bückte sich nach ihrem Koffer, den sie neben sich abgestellt hatte. Aber er war schneller.

„Erlauben Sie!" Er. sprach mit einem leichten Akzent und schien kein Engländer zu sein. Dabei starrte er sie immer noch an, als wäre sie eine Erscheinung. Schnell entriss sie ihm den Koffer und murmelte ein knappes Dankeschön. Sie wollte sich augenblicklich von ihm entfernen, um weiteren Annäherungsversuchen zu entgehen. Sie hatte sich leider zu heftig umgewandt und stieß unvermutet mit einer beleibten Dame zusammen. Dabei rutschte Renée auf dem nebelfeuchten Pflaster aus. Der junge Mann war sofort an ihrer Seite und half ihr beim Aufstehen.

„Mademoiselle, sind Sie verletzt?" Er war also ein Franzose.

„Nein, es ist alles in Ordnung." Sie blickte verärgert auf ihre zerrissenen und beschmutzten Strümpfe; zum Glück hatte sie noch ein Paar in ihrem Koffer, und im nächsten Fußgänger-Tunnel befand sich eine Damen-Toilette.

„Aber Sie müssen sich von Ihrem Schreck erholen … darf ich Sie irgendwohin einladen …wie wäre es mit einer Tasse Tee?"

Er hielt immer noch ihren Arm, und sie ließ sich widerstandslos von ihm durch die hastende Menschenmenge führen, bis sie in der

Eingangshalle eines renommierten Hotels und Restaurants standen. Dieses Hotel überstieg weitaus ihre finanziellen Verhältnisse, während ihr Begleiter sich hier wie zu Hause fühlte.

Er wies auf eine weiter hinten liegende Tür und sagte: „Sie könnten dort Ihre Kleidung in Ordnung bringen … ich bestelle inzwischen den Tee."

Für die Tee-Zeit war es allerdings noch reichlich früh, doch wenn dieser Mann Tee wünschte, würde er ihn auch serviert bekommen; auf Renée machte er jedenfalls diesen Eindruck. Während sie ging, um die Strümpfe zu wechseln, überlegte sie, ob sie sich nicht besser unbemerkt aus dem Hotel davonschleichen sollte. Doch der Gedanke war zu albern, und außerdem würde sie ihm erzählen, dass sie wegen ihrer Verabredung mit Barry sehr bald wieder aufbrechen müsste.

Als sie zurückkam, hatte er Hut und Mantel abgelegt. Er hatte eine schlanke Figur und breite Schultern. Dunkles Haar umrahmte sein braungebranntes Gesicht. Der Tee stand schon in einer Silberkanne vor ihm auf dem kleinen Tisch. Er sprang sofort auf, als er sie kommen sah, und ein aufmerksamer Kellner rückte ihr einen Stuhl zurecht. Renée schlüpfte aus ihrem Mantel, und während sie sich setzte, schenkte der Fremde den Tee ein. Sie war wirklich für dieses heiße Getränk, das er ihr nun hinschob, dankbar. Er blickte sie dabei so forschend an, dass sie unwillkürlich erröten musste.

Dieser Mann sah fast schon zu gut aus und musste zweifellos ein Charmeur sein. Renée misstraute grundsätzlich allen gut aussehenden, charmanten Männern.

„Nun werden Sie sich bestimmt wieder von Ihrem Schreck erholen", meinte er. „Eine Tasse Tee ist für den Engländer doch das Allheilmittel, nicht wahr?"

„Sie sind Franzose, Monsieur?"

„Stimmt. Ich bin zu einem kurzen Geschäftsbesuch hier und finde – wie üblich – trübes und feuchtes Wetter vor."

„Mir ist dieses Wetter lieber als Schnee", entgegnete Renée. „Ich mag ihn zwar auf Weihnachtskarten, aber ich ziehe mich nicht gern so dick an und hasse die Kälte."

Er lächelte, und sein Lächeln war viel sagend. „Sie gleichen einer

Orchidee, einer Treibhauspflanze", stellte er fest, „nein, das ist nicht richtig: Sie sind nicht so exotisch wie die Orchidee. Sie gleichen eher einer Schlüsselblume oder einer Narzisse."

Für Renées Geschmack wurde das Gespräch zu persönlich, sie unterbrach ihn daher höflich, aber bestimmt. „Vielen Dank für diese Einladung zum Tee, aber ich muss das Hotel gleich verlassen. Ich bin nämlich mit meinem Freund verabredet."

„Freund?", erwiderte er mit hochgezogenen Augenbrauen. „Sie meinen sicher Ihren Verlobten?"

Sie schüttelte ihren blonden Kopf. „Noch nicht", gestand sie, „ich fahre mit ihm zu Weihnachten nach Hause, wir leben auf dem Lande."

Er blickte sie abschätzend an. „Sie sehen aber nicht aus wie ein Mädchen vom Lande."

„Oh, Sie irren sich", lachte Renée, „und in Gummistiefeln sehe ich sogar wie ein echtes Bauernmädchen aus. Wir betreiben nämlich eine Baumschule."

Das entsprach fast der Wahrheit. Ihr Onkel, bei dem sie die längste Zeit ihrer Kindheit verbracht hatte, war Baumschulenbesitzer. Renée wollte diesen Fremden absichtlich irreführen und ihm keinesfalls verraten, dass sie als Fotomodell in London lebte. Sie wünschte auch absolut keine nähere Bekanntschaft mit diesem charmanten Franzosen. Sein verdutztes Gesicht amüsierte sie außerordentlich.

„Die Engländer scheinen sehr anpassungsfähig zu sein", murmelte er und betrachtete ihre schlanken, gepflegten Hände, „aber erzählen Sie mir nicht, dass Sie selbst Gartenarbeit verrichten. Das könnte ich nicht glauben."

„Nein ... das stimmt, ich mache die Buchführung und alle Büroarbeiten." Ihr Herz begann unter seinen eindringlichen Blicken plötzlich heftig zu schlagen. Schnell zog sie sich ihre Handschuhe an.

„Büroarbeit ist für Sie doch nicht die richtige Tätigkeit!", meinte er.

„Meine Tätigkeit ist nicht so wichtig", erklärte sie, „weil ich mit Sicherheit bald heiraten werde."

„Den Freund, mit dem Sie sich verabredet haben?"

„Genau." Sie lächelte ihn freundlich an, während er ihr in den Mantel half. „Nun muss ich mich aber wirklich beeilen", sie warf einen Blick auf ihre Armbanduhr, „und nochmals vielen Dank für den Tee, der mir gute Dienste geleistet hat!"

Er stand immer noch dicht hinter ihr. „Ich bitte Sie, Mademoiselle, das war doch selbstverständlich! Sie erinnern mich übrigens an eine Frau, die ich einmal kannte."

Renée musste diesen Annäherungsversuch ungeschickt finden. Sie entgegnete daher abweisend: „Es heißt ja, dass wir alle irgendwo einen Doppelgänger haben, und ich bin demnach das Double Ihrer Bekannten. Nun muss ich aber wirklich fort."

„Schade!" Er zuckte resigniert mit den Schultern und folgte ihr zum Ausgang. „Es war eine bezaubernde Begegnung, aber sie war leider viel zu kurz. Sie fahren jetzt aufs Land, und ich fliege heute noch nach Paris zurück. Vielleicht sehen wir uns eines Tages wieder."

Sie hatte inzwischen die Drehtür erreicht, und sie reichte ihm die Hand. „Das wird wohl kaum geschehen."

Er drückte fest ihre behandschuhte Hand. „Wer weiß? Es könnte ja doch passieren, und deshalb sage ich auch: au revoir, Mademoiselle!"

Renée riss ihre Hand los. „Leben Sie wohl", sagte sie förmlich und mischte sich draußen unter die Fußgängermenge, ohne sich noch einmal nach ihm umzusehen.

Ein Charmeur, wie er im Buche steht, dachte sie, als sie die Treppe zur Untergrundbahn hinabstieg, ich möchte ihm auf keinen Fall wieder begegnen!

Sie hatte sich mit Barry bei einer nördlich gelegenen U-Bahn-Station verabredet. Während der Fahrt dorthin erinnerte sie sich an einen anderen Charmeur, der für ihre generelle Abneigung gegen diese Art Männer verantwortlich war – ihr Vater, Gervase Thornton.

Renée hatte ihn geliebt und war voller Vertrauen, dass er diese Liebe erwidern würde; dieses Vertrauen wurde jedoch eines Tages zunichte gemacht, als er Renées Mutter verließ. Mrs. Thornton kannte wohl den unsteten Charakter ihres Mannes, aber als er später reumütig und zerknirscht zu ihr zurückkehrte, hatte sie ihm sofort verziehen. Sie tat es einerseits für die Kinder, fühlte sich andererseits aber immer noch in Liebe zu ihm hingezogen. Doch das Leben eines treuen Familienvaters behagte ihm nicht lange, sodass er schließlich spurlos verschwunden war. Sie wurde von ihrem Bruder, dem Baumschulenbesitzer, aufgenommen und verdiente den Unterhalt für sich und die Kinder mit einer Halbtagsbeschäftigung. Nach geraumer Zeit ließ sie sich von Gervase scheiden, um vielleicht einmal wieder heiraten zu können.

Für die damals achtjährige Renée schien die Welt einzustürzen; lange Zeit bekämpfte sie den Kummer um ihren verräterischen Vater, dessen Bild sie am liebsten völlig aus ihrem Gedächtnis verbannt hätte.

Die Familie Holmes wohnte im Hause neben den Thorntons, und der drei Jahre ältere Barry war wie ein großer Bruder zu Renée, bis sich im Laufe der Jahre daraus eine größere Zuneigung entwickelte. Er arbeitete im Büro eines Wirtschaftsprüfers und wollte noch einige Examen ablegen. Seit sie beide in London berufstätig waren, gingen sie auch miteinander aus. Barry, der das Leben nur von der ernsten und nüchternen Seite aus betrachtete, fühlte sich sehr erleichtert, dass Renée sich nichts aus wilden Partys oder langhaarigen Studenten machte. Wenn sie zusammen ausgingen, besuchten sie kleine Cafés und Milchbars und bevorzugten die preiswerten Plätze im Kino oder im Konzertsaal. Barry sparte fleißig für die Zukunft, wohingegen Renée, die gern einmal eine fröhliche Nacht in Londons kostspieligen Lokalen erlebt hätte, diesen Wunsch verständnisvoll unterdrückte.

Sie mochten sich und wollten auch eines Tages heiraten. Aber es gab hin und wieder Augenblicke, in denen Renée etwas vermisste. Sie wollte sich im Grunde nicht verlieben, und sie glaubte sich auch nicht zu großen Empfindungen fähig. Doch manchmal, wie zum Beispiel heute, als der Fremde ihre Hand drückte, erwachten ihre verdrängten Gefühle. Aus Angst vor einer möglichen Enttäuschung wollte sie sich auf keinen Fall irgendeiner Leidenschaft hingeben. Sie bevorzugte ein gesichertes Leben, und das schien ihr Barry geben zu können.

Barry Holmes war blond und blauäugig, er hatte eine untersetzte Figur und überragte Renée nur um einige Zentimeter. Renée war für ihn ein bewunderungswürdiges, nettes, sensibles Mädchen, das er nach Abschluss seiner Prüfungen zu seiner Frau machen wollte.

Er fühlte sich rundherum zufrieden, als er nun mit Renée in seinem mittelalterlichen Ford die Stadt in Richtung Ostküste verließ. Die Landschaft lag öde unter dem bleischweren Himmel, in den die kahlen Äste der Bäume ragten; die umgepflügten Felder schimmerten feucht und wechselten sich ab mit langweiligen bräunlichen Weideflächen. Es war milde für die Jahreszeit, worüber Renée sehr erfreut war. Barry hingegen wünschte sich Frost, um Schlittschuh laufen zu können.

„Du bist wirklich eine richtige kleine Treibhauspflanze, Renée", meinte er und ahnte nicht, dass heute bereits jemand die gleiche Bemerkung geäußert hatte, nur war diese charmanter ausgefallen.

Renée berichtete kurz, dass sie vorhin auf dem Fußweg ausgerutscht wäre und ihr ein fremder Mann hochgeholfen hätte. Anschließend hätte er sie zu einer Tasse Tee in ein Restaurant eingeladen.

„Das Stadtleben hat dich richtig verweichlicht", brummte Barry.

„Das stimmt nicht. In den zugigen Studios verwöhnt man mich nicht gerade, und ich muss ausgerechnet zur kältesten Jahreszeit die sommerlichste Kleidung tragen."

Als sie ihre Tätigkeit erwähnte, legte sich Barrys Stirn in Falten. Es war der einzige Punkt, über den sie sich beide nicht einigen konnten.

„Ich wünschte, du würdest diese alberne Beschäftigung als Fotomodell aufgeben!", sagte Barry verärgert.

„Ausgerechnet du musst das sagen? Du hast mich doch zu dieser Tätigkeit animiert!"

„Wieso ich?", fragte er erstaunt.

Sie erinnerte ihn an den vorletzten Sommerurlaub, den sie mit Christine, ihrer Schwester, in Brighton verbracht hatten. Dort hatte Barry, kräftig unterstützt von Renées Schwester, sie überredet, an einem Schönheitswettbewerb teilzunehmen. Zu ihrer großen Überraschung ging sie als Gewinnerin hervor und erhielt darüber hinaus das verlockende Angebot, für eine Agentur als Fotomodell tätig zu werden. Da sich herausstellte, dass sie außerordentlich fotogen war, begann bald ihr Aufstieg auf der Leiter des Erfolges.

„Ach was“, meinte Barry verächtlich, „ich ahnte ja damals auch nicht, dass du diese Tätigkeit wirklich ernst nehmen würdest!“

„Sie wurde mir doch fast aufgezwungen“, erwiderte sie, „und Mode hat mich immer sehr interessiert. Was sollte ich denn sonst tun? Vielleicht Maschine schreiben wie Chris?“

„Das wäre wenigstens eine geregelte Arbeit. Du aber hast es vorgezogen, immer auf Abruf für deine Agentur bereitzustehen.“

„Das ist ja inzwischen vorbei. Wegen meiner guten Kontakte werde ich jetzt regelmäßig als Fotomodell gewünscht.“

Barry brummelte vor sich hin und konzentrierte sich wieder auf den Verkehr. Renée betrachtete leicht amüsiert sein strenges Profil. Sie wusste, was ihm nicht passte: Für ihn war eine Tätigkeit als Fotomodell nicht seriös, aber sie war inzwischen so erfolgreich in diesem Beruf, dass sie ihn auf keinen Fall an den Nagel hängen wollte. Vielleicht würde sie sich nach ihrer Verlobung seinen Wünschen fügen. Schließlich war sie erst einundzwanzig und wollte vor der Eheschließung noch ihre Selbstständigkeit genießen.

„Nach einer Reihe von Misserfolgen fange ich nun gerade an, schön zu verdienen“, gab sie zu bedenken.

Barry blieb missgestimmt; gewiss, sie sollte eine Tätigkeit ausüben, bis er selbst für ihren Unterhalt sorgen konnte, aber er hatte sehr gehofft, dass sie auf diesem Gebiet keinen Erfolg haben würde. Stattdessen war sie drauf und dran, Karriere zu machen.

„Die einzige Karriere für eine Frau ist die Heirat und nicht der Beruf!“, meinte er überzeugt.

„Darüber gibt es verschiedene Ansichten“, entgegnete sie, „aber du weißt ja, dass ich diesen Job aufgebe, wenn ich verheiratet bin … obgleich das noch in weiter Ferne zu liegen scheint.“ Sie wünschte sich nichts sehnlicher als ein Heim und eine Familie, und all das konnte ihr Barry verschaffen, doch er wollte sich für die Zukunft noch nicht genau festlegen.

„Du weißt doch, Renée … meine Prüfungen.“

„Ja“, sagte sie verärgert, „du wiederholst es mir ja ständig. Ich glaube, erst wenn du sie alle bestanden und ein eigenes Büro hast, wirst du mich heiraten … wenn ich dann noch da bin."

Barry umfasste das Steuer fester, um einen Lastwagenzug zu überholen, und ging erst auf Renées Bemerkung ein, als sie die Ortschaft verlassen hatten. „Was meinst du damit? Du gehörst doch zu mir, oder?"

Sie antwortete nicht, wunderte sich aber selbst über ihre Worte – sie wusste doch, wie wichtig Barrys Prüfungen waren. Hatte sie etwa die Begegnung mit dem charmanten Franzosen dazu veranlasst, Barrys Selbstsicherheit zu erschüttern?

„Renée, was ist denn in dich gefahren?", fragte er besorgt. „Ich dachte, du verstündest meine Gründe?"

„Aber ja, nur … ist es dir auch wirklich ernst?"

„Todernst. Weißt du was, Renée, wir sollten uns verloben!"

„Oh, nein!" Sie wunderte sich wieder über ihre spontane Ablehnung – aber im Grunde waren sie ja schon praktisch verlobt. „Ich meine", erklärte sie ihm, „lange Verlobungen sind anstrengend. Alle fragen uns dann ständig, wann wir heiraten werden."

Barry nickte und wusste nicht, ob er erleichtert oder betrübt sein sollte.

Mittlerweile hatten sie Ipswich auf der Umgehungsstraße hinter sich gelassen.

„Schade, dass dein Vater Weihnachten nicht zu Hause ist", bedauerte Barry und wollte ein weniger verfängliches Thema beginnen.

„Stiefvater", verbesserte ihn Renée scharf.

Mrs. Thornton, ihre Mutter, war in zweiter Ehe mit einem Robert Swan verheiratet, den sie bei den Holmes kennengelernt hatte. Er war bei der Handelsmarine und häufig unterwegs. Er war genau der entgegengesetzte Typ zu Gervase Thornton, ihrem ersten Mann. Renée und Christine kamen gut mit Mr. Swan, ihrem Stiefvater, aus und liebten ihren kleinen Halbbruder Michael, der vor vier Jahren geboren wurde. Obwohl Renée ihren Stiefvater schätzte, konnte er trotzdem den Platz ihres eigenen Vaters nicht einnehmen.

„Sicher ist er dein Stiefvater", gab Barry zu. „Er ist aber ein prima Kerl. Wünschst du nicht manchmal, er wäre dein richtiger Vater?"

„Nein!", gab Renée entschieden zur Antwort. So sehr ihr leiblicher Vater sie auch verletzt hatte, sie wollte ihn nie völlig vergessen. „Paps ist prima", sie und ihre Schwester hatten ihrem Stiefvater diesen Namen gegeben, „aber er ist ganz anders. Auf jeden Fall kreuzt er jetzt in der Karibischen See."

Mittlerweile hatten sie die enge Hauptstraße ihrer Heimatstadt erreicht. Barry bog zur Hangseite hinauf, wo sich eine Anzahl moderner Einzelhäuser aneinander reihte, und hielt schließlich vor einer Garteneinfahrt. „Da sind wir."

„Kommst du noch einen Moment mit hinein?", fragte Renée.

„Nur kurz, um guten Tag zu sagen."

Die Vorhänge des Esszimmers waren zurückgezogen und gaben einen hohen geschmückten Weihnachtsbaum am Fenster frei. Während ihn Renée noch bewunderte, wurde die Eingangstür weit aufgerissen, und Christine und der kleine Michael stürzten heraus. Mrs. Swan folgte ihnen zögernd.

„Sie sind es! Ich habe recht gehabt!", rief Michael aufgeregt. „Renée, hast du mir ein Geschenk mitgebracht?"

„Aber Michael!", sagte seine Mutter vorwurfsvoll. „Renée, meine Gute, kümmere dich nicht um ihn."

„Natürlich", lachte Renée, „Weihnachten ist doch für Geschenke da, oder?"

Barry trug den Koffer ins Haus, und Christine musterte ihn kritisch. Sie war ein Teenager mit langen Beinen und langen hellblonden Haaren; sie trug sehr enge schwarze Hosen und eine viel zu knappe Bluse.

„Hallo, Barry! Du siehst ja wie ein Sträfling aus! Warum lässt du dir nicht die Haare wachsen? Mir gefallen nur Jungen mit langen Haaren. Du könntest dir auch einen Bart stehen lassen. Renée, würdest du Barry mit einem Bart leiden mögen?"

„Das passt nicht ins Büro", sagte er steif. „Ich muss dort gepflegt aussehen. Es würde dir übrigens auch nichts schaden, etwas – etwas gepflegter auszusehen!"

Christine lachte und warf ihre lange Mähne zur anderen Seite.

„Ich gefalle mir so!“ Sie waren sich schon von jeher feindlich gesinnt; sie hielt ihn für stocksteif und nüchtern und fragte sich, wieso er ihrer Schwester gefallen konnte. Er hingegen sah in ihr nur ein ungebildetes, aufdringlich freches Mädchen.

„Hört auf mit den Streitereien!“, mahnte Mrs. Swan. „Kümmere dich nicht um sie, Barry. Komm, wir wollen etwas zur Begrüßung trinken.“

Renée fiel auf, dass ihre Mutter allen Freunden riet, sich nicht um ihre Kinder zu kümmern. Dann beobachtete sie Barry, der sich mit ihrer Mutter unterhielt. Er nahm hin und wieder einen Schluck von dem Glas Portwein in seiner Hand. In diesem Augenblick glaubte sie fast, ihn zu lieben.

Er drehte sich zu ihr um. „Also, dann bis morgen früh, Renée, und fröhliche Weihnachten für euch alle!“

Sie begleitete ihn bis zur Haustür und erwartete, dass er sie küssen würde, aber er hob nur die Hand zum Abschied.

„Denke an mich, wenn du betest“, sagte er seltsam ernst, als er ins Auto stieg. Renée begleitete ihre Mutter immer zur Mitternachtsmesse, was Barry sehr bedauerte, da er mit seinen Angehörigen den Gottesdienst am Weihnachtsmorgen besuchte.

Renée fühlte sich leicht verletzt, dass Barry sich nicht herzlicher von ihr verabschiedet hatte, doch als sie in den Flur zurückkam, entdeckte sie Christine, die Barrys Fortgang mit neugierigen Augen verfolgt haben musste.

„Du hättest uns ruhig allein lassen können, Chris“, sagte sie.

„Du warst doch während der ganzen Fahrt von London nach hier allein mit ihm“, entgegnete Christine, „aber ich kenne ja unseren Barry und glaube nicht, dass er irgendetwas unternommen hat, um dir die eintönige Fahrt zu verschönern! Ich hatte gehofft, zu sehen, wie er dich umarmen und küssen würde, aber er ist kalt wie ein Fisch.“

„Es würde Barry bestimmt nicht in den Sinn kommen, dich auf diese Weise zu unterhalten“, antwortete Renée spitz. „Du bist wirklich unmöglich, Chris!“

Als sie ihren Koffer auspackte, fielen ihr die zerrissenen Strümpfe in die Hände, die sie so eilig im Toilettenraum des Hotels gewechselt hatte. Dieser Mann würde mich sicher geküsst haben, selbst wenn zwanzig Menschen wie Christine zugesehen hätten, musste sie unwillkürlich denken. Verärgert warf sie die Strümpfe in den Papierkorb, als hoffte sie, mit dieser Geste gleichzeitig die Erinnerung an die Begegnung mit dem Franzosen loszuwerden …

Um Mitternacht kniete sie dann andächtig in der Kirche zwischen Chris und ihrer Mutter. Beim Anblick der Krippe, die von den Kindern der Gemeinde liebevoll aufgestellt worden war, lösten sich alle Probleme wie von selbst, und ein Gefühl des Friedens zog in Renée ein.

Nach dem Gottesdienst verabschiedeten sich die Kirchgänger mit gegenseitigen guten Wünschen zum Weihnachtsfest. Die Nacht war sternenklar und erhellte die Flussmündung, auf der die Ankerlichter einiger Boote in der Dünung blinzelten.

„Es ist jetzt Hochwasser", unterbrach Chris die Stille, „ich wäre so gern morgen mit Rick in seinem Boot rausgefahren, aber er hat sich mit einem Freund in der Nähe von Ipswich verabredet."

„Gott sei Dank!", bemerkte ihre Mutter, während Renée sich erkundigte, wer dieser Rick sei.

„Mein jetziger Freund", antwortete Chris laut, „aber es wird mir bald zu langweilig mit ihm. Er nimmt das Leben zu ernst; er hat alle Anlagen, so steif und langweilig wie Barry zu werden!"

Bevor Renée etwas zu Barrys Verteidigung sagen konnte, protestierte ihre Mutter schon: „Kinder, Kinder, in dieser Zeit lasst bitte Friede und Eintracht herrschen!"

Chris hängte sich bei ihrer Mutter ein. „Ach, Mutter, Renée ist ein hübsches Mädchen – und viel zu schade für Barry!"

„Das muss sie selbst entscheiden", entgegnete Mrs. Swan. „Ich halte Barry jedenfalls für einen anständigen Menschen."

„Pah, anständig! Was für ein Wort! Ich wünsche mir für Renée einen tollen, großartigen Mann, der sie auf Händen trägt!"

„Der muss erst noch geboren werden", erwiderte Renée und musste gleich wieder einen plötzlichen Gedanken an den Franzosen verscheuchen. „Ich habe wahrscheinlich Glück", fuhr sie fort, „denn ich habe mich niemals mit Barry gestritten und nehme das Leben mehr von der realistischen Seite. Ich mag Barry gern, doch ich bin nicht unsinnig verliebt in ihn; sicherlich würde ich mich überhaupt nie in einen Mann sinnlos verlieben können."

Christine gab einen gellenden Pfiff von sich. „Da täuschst du dich aber gewaltig!", spöttelte sie. „Du könntest dich ebenso heiß verlieben wie jede andere."

Renée entgegnete nichts. Hinter Christines Ansichten verbarg sich ein wildes Mädchen, das noch nichts vom wirklichen Leben und den Vorteilen der Sicherheit wusste.

Renée erwachte sehr früh am Weihnachtsmorgen. Als sie die Nachttischlampe anknipste und feststellte, dass es erst sechs Uhr war, kuschelte sie sich wieder unter ihr Federbett und freute sich, noch einige Stunden träumen zu können. Aber schon bald weckten sie Geräusche im Nebenzimmer, verursacht von Michael, der die gefundenen Geschenke mit Freudensprüngen bejubelte.

„Sieh mal, was ich alles geschenkt gekriegt habe!", stürmte er mit seinen neuen Spielsachen in Renées Zimmer herein.

„Hat dir das alles der Weihnachtsmann gebracht?"

Michael nickte skeptisch; er konnte sich nicht vorstellen, dass ein schwer beladener alter Mann durch den Kamin steigen konnte. Daher antwortete er zögernd: „Ich glaube schon, aber eigentlich glaube ich auch, dass Mutti mir die Geschenke gemacht hat."

Renée richtete sich in ihrem Bett auf und zog sich einen Morgenmantel über die Schultern. Sie beobachtete Michael beim Spielen und lauschte auf seine Worte. Schließlich wurde er müde und krabbelte zu Renée ins Bett, das Aufziehauto fest an seine Brust gepresst. Kaum hatte Renée ihn zugedeckt und den Arm um ihn gelegt, als er auch schon eingeschlummert war. Als sie auf seinen braunen Wuschelkopf an ihrer Brust blickte, überkam sie ein Gefühl der Wärme und Zärtlichkeit. Barry hatte recht: Das war ihre wirkliche Erfüllung – Frau und Mutter zu sein. Warum wollte sie auch unbedingt Fotomodell bleiben, wenn ihm der Beruf so missfiel? Sie würde kein großes Opfer bringen müssen; seinetwegen würde sie ihren Beruf aufgeben – allerdings vielleicht nicht sofort, da sie noch Schulden abzuzahlen hatte.

Sie wollte ihm aber sagen, dass sie sich um eine andere Tätigkeit bemühen wollte. Sie begann von Kindern zu träumen, die ihre honigfarbenen Haare und Barrys blaue Augen hatten.

Barry kam nach dem Mittagessen, um sie zu einem Spaziergang abzuholen. In beiden Familien gab es das Festessen erst am Abend, und der Aufenthalt an der frischen Luft sollte ihren Appetit vergrößern.

Sie gingen am Flussufer entlang, wo die vertäuten und zugedeckten Boote lagen. Renée kannte den Weg und hatte sich daher feste Stiefel, lange Hosen und einen Wettermantel angezogen. Ein Kopftuch schützte ihre Frisur. Manchmal war die Uferbefestigung so schmal, dass sie hintereinander gehen mussten, und Barry, der vorausging, reichte ihr die Hand, wenn sie unwegsame Stellen überspringen mussten.

Er sah gut aus in seiner Seemannsjacke. Das Wasser flutete zurück und legte einige Sandbänke frei. Ein frischer Ostwind fegte zeitweilig die Wolken fort, sodass sich hin und wieder ein Stückchen blauer Himmel und einige Sonnenstrahlen zeigten. Möwen kreisten, hungrige Schreie ausstoßend, über die Landschaft.

„Das macht den Kopf frei", meinte Barry. „Ich habe manchmal das Gefühl, in der Stadt nicht mehr atmen zu können."

Ein Motorboot jagte über die Wellen und wendete, wobei das Wasser tüchtig aufsprühte.

„Wie schön das aussieht!", begeisterte sich Renée.

Sie standen nebeneinander und verfolgten die rasante Fahrt des Bootes. Barry hakte sich bei ihr ein.

„Fred Eliot wird diesen Sommer in Amerika verbringen. Er hat mir angeboten, sein Motorboot während seiner Abwesenheit zu mieten. Fändest du das gut?", fragte er.

Renée wusste, dass Barry ihr damit ein großes Zugeständnis machte, denn er segelte lieber und verabscheute den Motorbootsport.

„Ich fände es sehr schön", gab sie daher zur Antwort.

„Hoffentlich können wir dann am Wochenende öfter hierher kommen", fuhr Barry fort, „das heißt, wenn du nicht so oft an Sonnabenden und Sonntagen arbeiten müsstest. Schade, dass du nicht einen Job mit geregelter Arbeitszeit hast."

Also musste sie sich auch wegen des Motorbootes um eine andere Tätigkeit kümmern? Aber sie hatte sich ja schon entschieden.

„Ich möchte erst einmal nach Paris gehen", gestand sie. „Ava Brent, die Verlegerin des Modejournals ‚Swinging Life', hat mehrere Fotos von mir veröffentlicht. Sie plant eine Serie mit Frühlingsmodellen in fremder Landschaft; ich hoffe sehr, dass die Wahl auf mich fällt. Dennoch werde ich mir dann eine andere Beschäftigung suchen, wenn das tatsächlich dein Wunsch ist."

„Du könntest doch aber auch ohne diese Bedingungen nach Paris reisen", wandte er ein.

„Ich möchte aber nicht allein fahren, und du hast ja keine Lust, mitzukommen, Barry."

„Bestimmt nicht. Paris ist doch eine Großstadt wie jede andere."

„Nicht für mich, Barry! Pariser Modelle in Paris zu tragen, stelle ich mir einfach himmlisch vor!"

„Liebe Renée, du redest manchmal wirklich Unsinn", stellte er fest.

„Ach ja, manchmal kannst du wirklich nicht alles verstehen." Sie streichelte seinen Arm. „Du hast einfach kein Verständnis für die Modebranche."

„Und das ist auch gut so!" Der bloße Gedanke an Mode schockierte ihn schon. Nichts erschien ihm unmännlicher als männliches Interesse an Frauenkleidung. Wichtig für einen Mann war nur, sich selbst korrekt und unauffällig anzuziehen. Basta.

„Und doch sind die besten Modeschöpfer Männer", gab Renée, die seine Gedanken kannte, zur Antwort.

„Willst du solche Personen wirklich zu den Männern zählen? Ich kann nicht verstehen, wie ein richtiger Mann einen derartigen Beruf ergreifen kann. Diese Männer! Das sind doch weibliche, dekadente Figuren!"

Sie lachte und rieb ihr Gesicht an seinem Ärmel. „Ach liebster Barry, du machst es dir zu leicht, wenn du jeden Menschen nur nach deinen eigenen Ansichten gelten lässt. Hoffentlich hältst du mich nicht auch für dekadent?"

„Ich mag einfach nicht, wenn man sich zur Schau stellt", brauste er auf, fügte dann aber gleich lächelnd hinzu: „Doch ich muss zugeben, dass du eine Menge zu zeigen hast!" Er legte den Arm um sie. „Die Wahrheit ist, dass ich eifersüchtig bin, Renée, und ich mag nicht, wenn andere Menschen anstarren, was mir gehört."

Barry war selten so direkt und so zärtlich. Sie fühlte sich unglaublich wohl in seinen starken Armen.

„Es war ehrlich gemeint, als ich sagte, dass ich meinen Job aufgeben will", betonte sie nochmals, „aber ich muss zunächst einmal verdienen, was ich für meine eigene Garderobe und für Kosmetika ausgegeben habe."

„Wirklich?" Er lächelte gequält. „Nach deinen vielen Kleidern zu urteilen, wirst du für den Rest deines Lebens berufstätig sein müssen, um die Kosten dafür aufzubringen." Ernst fügte er hinzu: „Aber vergiss nicht, wir haben ja vereinbart, dass du nicht mehr den Beruf eines Modells ausüben wirst, wenn wir einmal heiraten, nicht wahr?"

Sie seufzte. Ihre Heirat schien noch in weiter Ferne zu liegen. „Ich werde schon eher damit aufhören", versprach sie.

Mit lautem Flügelschlag erhob sich plötzlich ein Reiher aus dem Sumpfgebiet und flog mit krächzendem Schreien über ihre Köpfe hinweg. Renée fröstelte. Die Wolken hatten sich inzwischen wieder dicht zusammengeballt und machten die Landschaft grau und düster.

Barry blickte auf seine Armbanduhr. „Wir sollten umkehren", sagte er. „Es wird bald dunkel. Sie werden zu Haus mit dem Essen warten."

Renée folgte ihm auf dem schmalen Uferweg heimwärts.

2. KAPITEL

Bitte, versuchen Sie, etwas fröhlicher auszusehen, Renée", meldete sich Bill Simmons Stimme hinter seiner Kamera. „Ich weiß wohl, dass der Wind hier sehr kalt weht, aber es muss so wirken, als ob Sie in hochsommerlicher Hitze sonnenbaden."

Renée bemühte sich, nicht mehr vor Kälte zu zittern, und brachte auch ihr berufsmäßiges Lächeln zustande. Diese Reise nach Paris war bislang noch ein Traum geblieben. Stattdessen war sie mit Ava Brent in die Bretagne gekommen, um in dem beliebten Badeort La Baule eine Kollektion von Bade- und Strandkleidung zu fotografieren. Ava Brent hatte sich außerdem erhofft, hier ein milderes Klima als in Le Touquet an der Nordküste und weniger Publikum als an der Riviera anzutreffen.

La Baules Attraktion war ein über fünf Kilometer langer feiner Sandstrand zwischen Pornichet und Le Pouligen. Vor knapp hundert Jahren hatte diese unberührte Landschaft nur Dünen und Kiefernbäume aufzuweisen gehabt, bis sie über Nacht als Erholungsgebiet entdeckt wurde. Ein Baufieber begann, und zwischen den Kriegen wuchs La Baules Popularität enorm.

Am östlichen Ende der Küste, in La Baule-les-Pins, versteckten sich malerische Ferienhäuser und Villen zwischen den Kiefernwäldern, während sich Hotels, Restaurants und ein Spielkasino direkt am Strand aneinander reihten. Wegen seiner günstigen Lage zum Atlantik war dieser Ort bekannt für sein mildes, sonniges Klima, auch in der frühen Jahreszeit. Der Himmel war auch heute strahlend blau, konnte aber nicht über den kühlen Wind hinwegtäuschen.

Zusätzlich zu den aktuellen Exklusiv-Modeseiten wollte „Swinging Life" eine Fotoreportage über die Südbretagne veröffentlichen. Daher plante das Fotografenteam nach Abschluss der Aufnahmen mit Renée eine Fahrt nach La Grande Biere, dem eigenartigen Marschland mit seinen weiß gekalkten Strohdachhäusern. Danach wollte der gesamte Mitarbeiterstab wieder nach England zurückkehren.

Le Pouligen lag am Weststrand und war von La Baule durch einen engen Seewasserkanal getrennt, an dem Fischkutter und Segeljachten vor Anker lagen. Renée hatte vor diesem malerischen Hintergrund bereits in Segelkleidung posieren müssen. Inzwischen waren sie von dort zur felsigen Küste hinübergewechselt, wo Aufnahmen mit Renée in Bikinis, Badeanzügen und Strandkleidern vorgesehen waren.

Hinter Renée türmten sich riesige rötliche Felsen in bizarren Formen, und ihre nackten Füße traten auf weißen Sand, in den viele kleine Muscheln geschwemmt worden waren. Sie hatten schon am frühen Morgen mit den Aufnahmen begonnen, weil einerseits das Morgenlicht besonders günstig zum Fotografieren war und sie andererseits so den Schaulustigen entgehen konnten.

„Ich weiß, dass Sie schon halb erfroren sind“, gab Ava Brent zu. „Wir tun, was wir können. Beeil dich, Bill!“

Bill Simmons machte ein halbes Hundert der verrücktesten Aufnahmen, und Renée stürzte vor Kälte zitternd in das Zelt, das man ihr als Umkleidekabine aufgestellt hatte; sie trug einen Sonnenanzug und wusste, dass ihr mit den Bikinis noch Schlimmeres bevorstand.

„Die reine Tierquälerei“, sagte sie zur Assistentin, die eine heiße Tasse Kaffee aus der Thermosflasche für sie bereithielt.

Karen Newby, Avas Sekretärin und beste Vertraute, lächelte verständnisvoll. „Das sind die Schattenseiten im Leben eines Fotomodells“, meinte sie, „aber man kann ja nicht die neuesten Bademodelle veröffentlichen, wenn die Menschen schon Ferien machen und sich ihre Garderobe besorgt haben. Außerdem ist die Sonne heute morgen doch schon recht angenehm!“

Renée zog einen zweiteiligen Mini-Bikini an und hing sich ihren Pelzmantel über, bevor sie das Umkleidezelt verließ.

„Wenn Billy mich mit diesen zwei Taschentüchern lange herumstehen lässt, werde ich ihn umbringen“, drohte sie zähneklappernd und ging zu ihrem Standort zurück.

Sie lehnte sich gegen einen spitz zulaufenden Felsen: eine schlanke, sonnenbraune, attraktive Figur – die Hauttönung natürlich nicht echt, da die Märzsonne noch nicht bräunte – das lange honigfarbene Haar von einer schwachen Brise leicht umspielt, die Augen aufs Meer gerichtet.

„Beeilt euch", drängte Ava Brent. „Renées Stellung ist jetzt perfekt … ich mag diesen schwermütigen Blick … aber das arme Mädchen soll sich nicht eine Lungenentzündung holen!"

Ein einsamer kühner Badegast kam aus Richtung La Baule auf ihren Strand zugeschwommen; ihm schien das kalte Wasser nichts auszumachen. Renée beobachtete ihn gleichgültig.

Nachdem Bill seine Fotos endlich geschossen hatte, ging der Fremde an Land. Er starrte Renée an, bis Bill ihr zu verstehen gab, dass alles in Ordnung sei und sie sich zurückziehen könnte. Mit einem lauten Seufzer griff sie nach ihrem Pelzmantel und verschwand im Umkleidezelt.

„Das haben wir geschafft", sagte Karen mit einem Blick auf ihre Liste.

„Gott sei Dank!" Renée schlotterte am ganzen Körper.

„Wenn Mrs. Brent nicht noch einige Aufnahmen wiederholen möchte", hob Karen lächelnd den Finger.

„Dann werde ich streiken", erwiderte Renée und beeilte sich, aus dem Bikini zu schlüpfen, sich abzuschminken und in ihre zurechtgelegte warme Kleidung zu kommen.

Als sie zwanzig Minuten später das Zelt verließ, abgeschminkt und angezogen, entdeckte sie den fremden Schwimmer im ernsten Gespräch mit Ava Brent. Jemand hatte ihm ein Badehandtuch umgelegt, sonst trug er nur eine Badehose. Plötzlich erkannte Renée das scharf geschnittene Profil und die schwarzen Haare wieder, und sie blieb wie angewurzelt stehen: Es war der junge Mann, der sie in London zum Tee eingeladen hatte.

O nein, dachte sie. Welch ein unglückliches Zusammentreffen! Er ist die letzte Person, die ich wieder zu sehen wünschte.

Ava Brent und der Fremde unterhielten sich angeregt weiter, wobei sie die englische und französische Sprache durcheinander gebrauchten. Renée sehnte ein baldiges Ende dieses Gespräches herbei, da sie sich unbeschreiblich auf ein heißes Bad im Hotel freute.

Doch Ava Brent winkte sie zu sich.

„Das ist Monsieur Gilbert Sebastian."

Er verbeugte sich leicht und blickte Renée lächelnd an. „Ich habe also doch recht behalten, Mademoiselle. Wir haben uns wieder getroffen!"

„Sie kennen sich schon?", fragte Ava Brent überrascht.

„Eigentlich nicht, Madame." Er lächelte verbindlich und schien die frische Brise vom Meer nicht im Geringsten als kalt zu empfinden. „Unsere flüchtige Begegnung war sozusagen inkognito. Ich ahnte ja nicht, dass Mademoiselle ein Fotomodell ist. Sie erzählte mir nämlich damals, dass sie gärtnerisch tätig sei!"

„Und ich hatte keine Ahnung, dass Sie Couturier sind", entgegnete Renée, die sich inzwischen klargemacht hatte, wer Gilbert Sebastian war. Einige bekannte Pariser Modehäuser veranstalteten nämlich gerade Modeschauen aus ihrer Januar-Kollektion im „Heremitage"-Hotel von La Baule, dem modernen Glaspalast, den Renée jetzt im hellen Morgenlicht deutlich hinter der Bucht erkennen konnte. Gilbert Sebastian, der jüngste unter den Modeschöpfern, hatte diesmal mit seinen originellen Entwürfen einiges Aufsehen erregt.

„Monsieur Sebastian möchte Ihnen einen Vorschlag machen, Renée", begann Ava Brent.

Gilbert Sebastian zog eine Augenbraue nach oben, eine Renée schon an ihm bekannte typische Mimik. „René", murmelte er, „das ist doch ein männlicher Name?"

„Meiner schreibt sich mit zwei e", gab Renée knapp zur Antwort. Sie verspürte jetzt keine Neigung, ihm das Zustandekommen ihres Namens zu erklären – im Gegensatz zu ihrer Mutter, die jedem, der es wissen wollte, unermüdlich und mit stets gleicher Begeisterung die Entstehungsgeschichte verriet. „Ich wollte", pflegte sie zu erzählen, „sie eigentlich Irene nennen, ein wunderschöner Name aus dem Griechischen, der bedeutet Frieden; aber mein Mann befürchtete, dass man daraus Ireen machen würde, und so einigten wir uns auf Renée ..."

„Verzeihung, Mademoiselle Renée", entschuldigte sich Gilbert Sebastian, „ich wollte Sie nicht beleidigen." Er blickte sie freimütiger an. „Ich befinde mich in einer sehr schwierigen Situation, da eines meiner Mannequins wegen Blinddarmentzündung plötzlich ins Krankenhaus musste. Ich dachte, ob Sie vielleicht ...?"

Sie schüttelte den Kopf. „Unmöglich, Monsieur!"

„Warum denn, Renée?“, fragte Ava Brent verwundert. Sie hatte sich die Sache bereits überlegt: Das Team wollte ja nach La Grande Biere aufbrechen, und sie hätte Renée allein nach London zurückfliegen lassen müssen. Falls ihr jedoch Monsieur Sebastian erlaubte, einige Aufnahmen von seinen exklusiven Modellen für die Veröffentlichung in ihrer Zeitschrift zu machen, würde sie ihren Aufenthalt hier gerne um einen Tag verlängern. Vielleicht könnte sie sogar die ganze Gilbert-Sebastian-Modenschau fotografieren, denn bislang war das Hotel „Heremitage“ verbotenes Territorium für Fotografen.

„Aber wir reisen doch heute Nachmittag ab!“ Renée dachte an Barry, der sie heute Abend zurückerwartete und dem sie versprochen hatte, ihre Tätigkeit als Fotomodell demnächst aufzugeben. Er würde mit Recht entsetzt sein, wenn sie jetzt auch noch für Monsieur Sebastian arbeiten wollte.

„Mademoiselle Renée ist völlig durchgefroren“, wandte sich Ava Brent entschuldigend an den Franzosen. „Vielleicht könnten wir später noch einmal über diese Angelegenheit sprechen, wenn sie sich im Hotel wieder aufgewärmt hat.“

Gilbert Sebastian überschüttete sie mit den höflichsten Entschuldigungen wegen seiner mangelnden Aufmerksamkeit. Sein Problem sei aber von großer Dringlichkeit, denn nachmittags stünde bereits eine Vorführung auf dem Plan, und Renée müsste im Falle ihrer Zusage die Kleider vorher noch anprobieren. Er wollte sonst wegen eines Ersatzmodells für das erkrankte Mannequin telefonieren, aber er sei unsicher, ob dieser Dame dann auch die Garderobe passte. Sie, Mademoiselle Renée, aber hätte exakt die Maße des ausgefallenen Mannequins. Er ließ dabei seine Blicke abschätzend über Renées Figur gleiten, wofür sie ihm am liebsten eine Ohrfeige gegeben hätte.

Ava Brent bat ihn, zur Fortsetzung des Gesprächs in ungefähr zwei Stunden in ihr Hotel zu kommen.

Das Fototeam hatte inzwischen alle Blenden, Lampen und Apparate in den bereitstehenden beiden Autos verstaut, und Renée war froh, während der Rückfahrt nach La Baule nicht mit Ava Brent im selben Wagen sitzen zu müssen. Denn die Verlegerin wünschte – das war ihr klar –, dass sie das Angebot annähme, während sie selbst die

Rückreise nicht hinauszögern und Barry nicht enttäuschen wollte. Außerdem warnte sie eine innere Stimme aus einem ihr unerklärlichen Grunde vor diesem Gilbert Sebastian.

Die Mitarbeiter von „Swinging Life" waren in einem kleinen Hotel in der Rue de la Concorde in Nähe des Stadtzentrums untergebracht. Das Hotel „Les Trois Pins" hatte eine Empfangshalle mit mehreren Glastüren, die im Sommer zur Straßenseite geöffnet wurden und einen Blick auf drei gegenüberstehende Pinien freigaben. So erklärte sich auch der Name des Hotels.

Nachdem Renée ihr heißes Bad genommen hatte, fühlte sie sich erheblich wohler. Ihre Haut schimmerte wieder natürlich hell, und das verwehte Haar hatte sie wieder zu einer hübschen Frisur geordnet. Sie trug ein eng anliegendes roséfarbenes Wollkleid, als sie ins Foyer zu der bereits wartenden Ava Brent hinunterkam.

Ava Brent wirkte sehr elegant in einem schwarzen Hosenanzug mit weißer Krawatte und einer winzigen entzückenden Kopfbedeckung. Sie war eine gepflegte Frau, Mitte vierzig, mit wunderschönen kastanienbraunen Haaren und glasklaren blauen Augen.

„Warum", wollte Renée von ihr wissen, „veranstaltet man hier außerhalb der Saison eine Modenschau? Ich finde das absurd."

„Weil in dieser Woche im ‚Heremitage' ein internationaler Kongress stattfindet", berichtete Ava Brent. „Die Delegierten sind in Begleitung ihrer Ehefrauen, denen eine Modenschau natürlich höchst willkommen ist. Und wir – wir profitieren doch von diesem Ereignis! Welch ein Zufall, dass dieses Mannequin krank geworden ist, mein Gott, Renée", regte sich Ava Brent auf, „sehen Sie denn nicht Ihre große Chance? Was würden andere Mädchen darum geben, die Modelle aus dem Salon Gilbert Sebastian vorführen zu dürfen!"

„Ich habe doch zu wenig Erfahrung darin", wandte Renée ein.

„Aber Sie haben die Fähigkeit als Erfahrung."

Renée staunte, denn es war nicht Ava Brents Gewohnheit, mit Komplimenten um sich zu werfen. Sie konnte sich auch nicht die Hintergründe für ihr Drängen erklären.

„Außerdem – Gilbert Sebastian ist doch ein sehr charmanter junger Mann“, gab Ava Brent zu verstehen.

„Mir gefällt nicht, dass er auf so unübliche Art und Weise den Kontakt mit uns aufgenommen hat“, bemängelte Renée.

„Vielleicht wollte er Sie in Aktion sehen, bevor er Ihnen das sagenhafte Angebot machte“, bemerkte Ava Brent trocken.

Renée errötete bei dem Gedanken, dass sie ja praktisch nichts am Körper hatte, als dieser fremde Mensch an ihren Strand kam. Doch sogleich machte sie sich klar, dass er ja daran gewöhnt war, häufig halbnackte Mädchen um sich zu haben.

„Ich kann hier nicht länger bleiben“, sagte sie entschlossen. „Mein Vertrag mit Ihnen geht mit dem heutigen Tag zu Ende. Ich habe … hm … noch mehr Aufträge.“

Ava Brent wusste nicht, dass sie log.

„Dann müssen Sie dort absagen!“ Die Verlegerin verlor langsam die Geduld. „Meine Güte, Kind, wie können Sie nur so töricht sein!“

In diesem Moment betrat Gilbert Sebastian das Foyer und entdeckte die beiden Frauen in ihrer Ecke. Er trug ein sehr kleidsames weißes Jackett zu einer grauen Hose.

Ava Brent begrüßte ihn überschwänglich herzlich, und kaum hatte er sich zu ihnen gesetzt, als sich schon jemand vom Hotelpersonal nach ihren Wünschen erkundigte. Sie bestellten gemeinsam Kaffee und Kognak.

Sein Angebot war kurz und bündig. Er brauchte Renée für zwei Vorführungen, also am Nachmittag und am Abend nach dem Dinner. Sie sollte ein halbes Dutzend Modelle vorführen; im Hotel „Heremitage“ wäre ein einzigartiges Appartement für sie reserviert, in dem sie sich zwischen den Vorführungen ausruhen und auch übernachten könnte, falls sie so spät nicht mehr abreisen wollte. Er käme selbstverständlich für alle Kosten auf und würde ihre freundliche Aushilfe großzügigst honorieren.

Während er sprach, blickte er sie mit dem gleichen intensiven Interesse an wie damals beim gemeinsamen Tee in London. Ihr fiel wieder seine Bemerkung ein, dass sie ihn an eine Bekannte erinnere. Suchte er immer noch nach der Ähnlichkeit?

„Ich habe keine Arbeitserlaubnis für Frankreich“, wandte sie ein,

„ich darf nur in England tätig sein.“

Warum zögerte sie eigentlich, diesen Job anzunehmen? fragte sie sich. Schon immer träumte sie doch davon, elegante Kleidung in einem luxuriösen Hotel vorzuführen. Es war eine innere Stimme, die sie vor diesem Mann warnte.

Die Angelegenheit mit der Arbeitserlaubnis würde er mit der Polizei schnellstens erledigen können, versicherte Gilbert Sebastian. Da warf Ava Brent ein, sie könne Renée nicht ohne Begleitung in La Baule lassen, aber sie würde selbst noch eine Nacht bleiben, wenn ... und nun stellte sie ihre Bedingungen. Beide argumentierten noch einige Zeit und schienen sich gerade zu einigen, als der Kaffee serviert wurde. Gilbert Sebastian bot türkische Zigaretten an.

„Nein, danke. Ich rauche nicht“, sagte Renée.

„Sehr klug, Mademoiselle Thornton!“ Ihre Blicke trafen sich, und Renée fühlte ihr Herz so heftig schlagen, dass sie schnell in eine andere Richtung schauen musste.

„Sie haben aber meine Zustimmung noch nicht, Monsieur Sebastian“, wandte sie nach einer Weile ein. „Mrs. Brent hätte Ihnen sagen müssen, dass ich nur Fotomodell bin und keinerlei Erfahrung als Mannequin habe.“

Das beeindruckte ihn überhaupt nicht. „Sie werden das gut machen“, sagte er vertrauensvoll und sprang plötzlich auf. „Eh bien, lassen Sie uns doch den Beweis antreten.“

Widerwillig folgte sie mit Ava Brent nach draußen, wo ein schwarzer Cadillac parkte. Sie setzte sich schweigend auf den Rücksitz, während er die Tür für sie offen hielt. Ava Brent nahm neben dem Fahrer Platz. Während der kurzen Fahrt zum „Heremitage“ fühlte sich Renée hin und her gerissen, überrumpelt, verwirrt ...

In der Halle des „Heremitage“ warf Renée einen flüchtigen Blick auf das glänzende Parkett, das luxuriöse Mobiliar und die Unmengen von kostbaren Blumen, bevor sie den Festsaal betraten; beinahe ehrfürchtig durchquerte sie den riesigen Raum und folgte den beiden in ein angrenzendes kleines Zimmer. Dort begrüßte sie eine zierliche und elegant in Schwarz gekleidete Dame, mit der Gilbert Sebastian sofort auf einen Ständer zuging, an dem mit weißen Tüchern zugedeckte Kleider hingen.

Die Dame fragte ihn auf Französisch, ob er ein anderes Mannequin gefunden hätte. Gilbert Sebastian machte eine Handbewegung zu Renée. „Darf ich bekannt machen – das ist Mademoiselle Renée Thornton – das ist meine Assistentin Madame Lamartine. Bitte helfen Sie ihr in das Goldbrokatkleid." Er verschwand, und Renée fügte sich schüchtern den Anweisungen der Französin.

Es handelte sich um ein großes Abendkleid, das hoch tailliert und hauteng gearbeitet war und von nur zwei goldenen Spaghettiträgern gehalten wurde. Den Busenansatz, die Schultern und den Rücken ließ es frei. Der schlichte und zugleich jedoch raffinierte Schnitt ließ die Hand des Meisters erkennen.

Madame Lamartine steckte Renées Haare nach oben und flocht eine goldene Borte hinein. Schließlich ging sie einige Schritte zurück, um ihr Werk zu begutachten. „Mademoiselle, Sie sind schön!", entfuhr es ihr voller Entzücken.

Renée drehte sich zu einem hohen Spiegel. Das Kleid saß wie angegossen und passte harmonisch zur Farbe ihrer Haare und Haut. Einzig die dunklen Augenwimpern und Brauen bildeten einen Kontrast. Zur Vervollständigung der Robe gehörten ein goldener Halsreifen, eine Stola und ein großer Fächer aus jadegrünen Federn.

Renée schwebte wie im Traum in den hell erleuchteten Festsaal, wo eine kleine Gruppe von Menschen auf sie wartete.

Sie sah nur Gilbert Sebastian. Wie ein Magnet zog er sie mit seinen Blicken an, und sie bewegte sich majestätisch auf ihn zu. Wenige Schritte vor ihm blieb sie stehen, drehte sich herum und blickte, das Gesicht halb mit dem Fächer verdeckend, verführerisch über die Schultern zu ihm zurück. Dann klappte sie den Fächer zusammen, wandte sich ihm wieder voll zu und wartete wortlos auf sein Urteil.

Die nun folgende Szene hätte sich im Theater abspielen können. Gilbert Sebastian eilte auf sie zu, kniete nieder und zog ihre Fingerspitzen an seine Lippen. Die kleine Zuschauergruppe applaudierte.

Doch plötzlich war der Zauber gebrochen. Renée entriss ihm hastig die Hand und errötete.

Schmeichler, dachte sie wütend, aber bin ich denn besser? Was ist bloß in mich gefahren, dass ich mich derart benehme?

Gilbert war aufgesprungen und schien peinlich berührt. Seine spontane Reaktion war ehrliche Bewunderung gewesen, die sie falsch gedeutet hatte.

Später amüsierte es Renée, dass ausgerechnet Ava Brent von allen Seiten beglückwünscht wurde – als hätte sie Renée aus ihrem Hut gezaubert! Bevor sie aber recht zur Besinnung kam, war sie für zwei Auftritte verpflichtet, und Ava Brent hatte die Erlaubnis zum Fotografieren in der Tasche. Gilbert Sebastian blieb betont sachlich und mied ihren Blick.

Renée musste noch die übrigen Modelle anprobieren: ein kurzes, tief dekolletiertes, mit Perlen besetztes schwarzes Kleid, eine gewagte durchsichtige Kreation in Mattgrün und zwei Hosenanzüge. Zum Glück stimmten alle Maße genau mit ihrer Figur überein.

Die zierliche Madame Lamartine versuchte ihr den Programmablauf zu erklären, aber da sie nicht Englisch sprach und Renée nur über ein mittelmäßiges Schulfranzösisch verfügte, war die Verständigung zwischen ihnen nicht ganz einfach. Sie erfuhr aber immerhin so viel, dass ihr einige Hilfskräfte beim Umkleiden behilflich sein würden, dass sie selbst aber für die Accessoires Sorge tragen müsste.

Ava Brent kümmerte sich darum, dass Renées Sachen vom Hotel „Les Trois Pins" herübergeholt wurden. Dann nach dem Mittagessen, das sie vor Aufregung kaum anrührte, wollte sich Renée noch eine Stunde ausruhen. Aber als sie aus dem Fenster ihres luxuriösen Appartements auf das Meer blickte, wurde sie noch nervöser. Die Sonne ließ das Wasser und den Sand in glitzernden Farben erscheinen, einige Segelboote peilten die Bucht an. Waren erst einige Stunden vergangen, seit sie frierend am Ufer gestanden hatte und Gilbert Sebastian im Wasser hatte schwimmen sehen? Sie war fest entschlossen, sich diesen Mann vom Leibe zu halten. Sie wollte auf keinen Fall Fehler wie ihre Mutter machen und sich durch schöne Augen und chevalereskes Verhalten verführen lassen. Sie dachte wieder voller Zorn an den Moment im Festsaal, wo sie auf seinen Charme hereingefallen war. Das durfte nicht wieder geschehen; solange diese verrückte Modenschau dauerte, wollte sie ihm fortan mit Zurückhaltung begegnen.

Die Vorführung am Nachmittag nervte sie allerdings völlig. Sie hatte Gilbert Sebastian ja gewarnt, dass sich ihre Erfahrungen auf die Tätigkeit als Fotomodell beschränkten. Eine Modenschau verlangte jedoch ganz andere Fähigkeiten. Das Mannequin Celeste, ein schlankes, dunkelhaariges Mädchen, das nur Französisch sprach, würdigte sie kaum eines Blickes, zog nur die Schultern hoch, murmelte „Engländerin!“, und benahm sich unglaublich gehässig.

Als die Vorführung überstanden war, hatte Renée etwas Zeit, um sich für die Abendvorstellung zu erholen. Sie verwünschte Ava Brent, die auf diesen zweiten Auftritt mit Renée bestanden hatte, denn wenn ein echtes Ersatz-Mannequin sofort aus Paris bestellt worden wäre, hätte sie noch am Abend zu Barry zurückkehren können. So aber hatte sie ihm telegrafieren müssen, dass sich ihre Ankunft verzögern würde. Sie wusste genau, dass er darüber verärgert war.

Renées Erholungspause währte allerdings nicht lange. Madame Lamartine klopfte an ihre Tür und bat sie, das Brokatkleid noch einmal anzuziehen. Renée begriff nicht gleich, warum sie es von ihr verlangte. Kaum war sie angezogen, als Madame Lamartine sie auch schon in die Suite von Mrs. Moreton führte, der Gattin eines amerikanischen Delegierten.

Mrs. Moreton war von der goldfarbenen Abendrobe hell begeistert, und Gilbert Sebastian, der sich bereits mit ihr in dem eleganten Salon der Hotelsuite unterhielt, sicherte ihr eine Kopie dieses Kleides nach ihren Maßen zu. Sie stellte sich wahrscheinlich vor, in diesem Modell ähnlich wie Renée zu wirken, was Renée jedoch für unmöglich hielt, da Mrs. Moreton mindestens dreißig Jahre älter und gut zwanzig Pfund schwerer war.

Nachdem Gilbert Sebastian mit Mrs. Moreton einen Termin für die erste Anprobe in Paris ausgemacht hatte, wurde Renée sogleich wieder entlassen.

Die Abend-Modenschau verlief ruhig. Ava Brent saß höchst zufrieden unter den Gästen, während Bill für seine Aufnahmen noch ein paar Palmen um den Laufsteg gruppierte. Gilbert Sebastian sah in seinem eleganten Dinnerjackett unwahrscheinlich attraktiv aus, und Renée wusste, dass er sie nicht aus den Augen ließ. Sie selbst vermied es standhaft, seinen Blicken zu begegnen. Am Ende der Vorstellung marschierten alle sechs Mannequins gemeinsam aufs Podium und verabschiedeten sich unter starkem Beifall der Gäste. Danach zerstreute man sich, um sich im Nachtleben zu tummeln.

Renée schaute fast wehmütig hinter ihnen her, denn es war noch früh am Abend, und sie verspürte wenig Lust auf ihr einsames Hotel-Appartement. Außerdem hatte sie kein Abendkleid im Gepäck und mit Ava Brent keine Verabredung getroffen. Bill, der mit Slacks und Pullover völlig unmöglich angezogen war, meinte grinsend: „Wenn ich gewusst hätte, was hier auf uns zukommt, wäre mein bester Anzug mit in den Koffer gekommen! Aber in diesem Aufzug wird man mich wohl kaum ins Spielkasino hineinlassen. Ich werde mich wohl mit einem Café begnügen müssen und – gegen Langeweile gibt's Kognak!"

Da Renée andere Vorstellungen von einem netten und angenehmen Abend hatte, wollte sie sich ihm nicht anschließen und begab sich missvergnügt in ihr Hotel.

Minuten später wurde an ihre Tür geklopft, und – Gilbert Sebastian schlug ihr vor, gemeinsam das Spielkasino aufzusuchen.

Sie fühlte ihr Herz heftig schlagen und blickte ihn völlig verstört an. „Wir beide ... zusammen?"

„Warum nicht?"

Dafür gab es hundert Antworten. Vor allen Dingen wollte sie auf keinen Fall noch engeren Kontakt mit ihm haben, sie gehörte zu Barry. Außerdem hatte sie nichts Richtiges anzuziehen. Als sie diesen Grund äußerte, schnippte er bloß mit den Fingern.

„Abendkleid? Hier im Hotel hängt doch alles voller Kleider, und wenn Sie mit Gilbert Sebastian ausgehen, tragen Sie selbstverständlich seine Modelle."

Renée überlegte, wurde dann aber plötzlich sehr kühl und sachlich.

„Ah, ich soll sozusagen als wandelnde Reklame mit Ihnen ins Kasino gehen?“

„Genau, Mademoiselle Thornton, Reklame für mich und gleichzeitig ein bisschen Vergnügen für Sie! So lustig kann es doch allein für Sie hier nicht sein, oder?“

Im gleichen Moment erklang leise Musik über Lautsprecher aus dem großen Saal des Hotels. Dort unten lockten jetzt helle Lichter, und eigentlich, dachte sie, verdiente sie nach diesem anstrengenden Tag etwas Vergnügen. Aber sie zögerte noch.

„Ich sollte es Mrs. Brent sagen.“

„Ah, sie trägt die Verantwortung für Sie? Aber, falls Sie das beruhigt, Mrs. Brent ist selbst ausgegangen.“

Renée fühlte Empörung in sich aufsteigen, dass Ava Brent wortlos ausgegangen war und sie allein ließ. Die Entscheidung war gefallen. „Ich komme gerne mit“, sagte Renée einfach.

Wie auf das Stichwort im Theater erschien unvermittelt die scheinbar unentbehrliche Madame Lamartine mit einem Abendkleid und einem Nerzmantel über dem Arm. Gilbert Sebastian musste sich also ihrer Zustimmung im Voraus sicher gewesen sein, aber sie wollte deswegen jetzt keinen Streit mehr beginnen.

Das Kleid, hauteng und aus weißer Seide, hatte sie nicht selbst vorgeführt. Sie zog sich in ihrem Bad um. Den Nerz legte sie ehrfurchtsvoll über die Schultern. Sie ahnte, dass er sündhaft teuer sein musste.

Obwohl das Kasino nur wenige Schritte entfernt lag, nahm Gilbert Sebastian das Auto. Sie fühlte sich wie eine Prinzessin und genoss die neidvollen Blicke der anwesenden Damen ebenso wie die „Ahs“ und „Ohs“ der eleganten Herren.

Im Spielsaal, wo prachtvolle Kronleuchter und goldumrandete Spiegel glitzerten, wechselte Gilbert Sebastian einige Scheine in Chips verschiedener Werte.

„Möchten Sie spielen?“, erkundigte er sich bei Renée.

Sie schüttelte den Kopf. „Ich begnüge mich mit dem Zuschauen.“

Eine fremde Welt tat sich vor ihr auf. Sie studierte voller Interesse die ausdruckslose Miene des Croupiers beim Einziehen der Spielmarken und die konzentrierten Gesichter der Spielenden. Eine ältere Dame faszinierte sie besonders.

Ihre gelbliche Haut zeigte tausend feine Falten an Gesicht und Hals, ihre Nase ähnelte einem Vogelschnabel, und ihre dunklen, stechenden Augen verrieten Habgier. Kostbare Ringe an ihren dünnen Fingern und das Abendcape aus Murmel machten ihren Reichtum offensichtlich.

„Sie haben mir Glück gebracht." Gilbert Sebastians Jeton-Stapel war enorm angewachsen. „Aber man soll das Glück nicht versuchen! Wir wollen gehen."

Er wechselte die Jetons wieder in Geld um, und sie gingen zum Auto zurück.

„Wer mochte wohl die alte Dame am Spieltisch gewesen sein?", fragte Renée.

„Ich weiß ihren Namen nicht, aber sie ist eine Stammkundin des Kasinos. Die Freude am Spielen ist wohl alles, was ihr vom Leben geblieben ist."

„Sie sah aus wie ... wie ein Geier!"

„Sie haben zu viel Phantasie, sie war nur gewinnsüchtig. Aber sind wir das nicht eigentlich alle?"

Er ließ den Motor an, und schon fuhren sie weiter östlich die Küste entlang.

„Fahren wir nicht ins Hotel zurück?", fragte Renée nervös.

„Ich dachte noch an einen Drink in Pornichet. Ich kenne dort ein entzückendes Café. Es ist doch noch nicht spät."

Das Mondlicht fiel auf die Bucht, und ein leiser Nachtwind bewegte die Kiefern. Die Lichter am Strand reihten sich wie glitzernde Perlen einer Kette aneinander.

„Das ist La Beule-Les-Pins." Er wies mit der Hand nach links. „Der Ort liegt im Bois d'Amour, im Liebeswald. Sie wissen doch, was l'amour bedeutet?"

„Für mich wahrscheinlich etwas anderes als für Sie", erwiderte Renée. Sie mochte diese Art Fragen nicht.

Zu ihrer Erleichterung ließ er sich nicht weiter über dieses Thema aus, sondern sagte nur: „Das glaube ich auch."

Ponichet war ein ehemaliges kleines Fischerdorf. In seinem Hafen lagen zahlreiche Vergnügungsjachten. Man hatte sie auf den Sandstrand hochgezogen, und ihre kahlen Masten glichen unbelaubten Bäumen.

In dem anheimelnden Café saßen nur noch wenige Gäste. Gilbert bestellte Wein.

Plötzlich bemerkte Renée leicht niedergedrückt: „Ich fürchte, dass ich bei den Vorführungen nicht gut genug war. Ich sagte Ihnen ja, dass ich auf diesem Gebiet keine Erfahrung habe. Sie werden froh sein, morgen wieder ein richtiges Mannequin auf dem Laufsteg zu haben."

Er blickte unverwandt in sein Glas. „Ich habe keine Ersatzdame angefordert", sagte er dann ganz ruhig. „Sie waren sehr gut"

„Aber, Monsieur …"

Er sah auf und blickte sie vielsagend an. „Mit Mrs. Brent ist alles vereinbart. Sie können bleiben. Madame Lamartine wird sich um Sie kümmern, und wenn wir hier fertig sind, wird sie Sie auch nach Paris begleiten und in ein Flugzeug nach England setzen."

Sie rang empört nach Luft. „Also wirklich! Warum wurde ich nicht dazu gefragt?"

„War das denn nötig?", fragte er kühl. „Das ist doch eine große Chance für Sie. Wir glaubten, Sie würden sofort anbeißen."

Als ob Ava Brent nicht genau wusste, wie sie zu dieser Chance stand! Renée war wütend.

„Ich werde morgen abreisen!", sagte sie trocken.

„Das wäre äußerst töricht von Ihnen."

Sie schwiegen eine Weile, und Renée beruhigte sich langsam. Im Grunde gab sie ihm Recht. Es war wirklich verlockend, noch weitere zwei Tage in dieser luxuriösen Umgebung zu verbringen und atemberaubende Roben zu präsentieren. Sie streichelte unbewusst das weiche Fell des Nerzmantels. Barry würde so oder so über ihre verzögerte Rückkehr verärgert sein.

„Also gut", meinte sie, „ich bleibe, aber Ihre autoritären Methoden schätze ich keineswegs."

Er lachte. „Wissen Sie, Methoden spielen keine Rolle, wenn man sein Ziel erreicht!"

Als sie wieder im Hotel waren, bat er sie, den Nerzmantel während ihres Aufenthaltes in La Baule zu tragen. „Und für den morgigen Abend wird Ihnen Madame Lamartine ein anderes Kleid bringen."

„Oh, Monsieur …", wollte sie protestieren.

„Genug!" Er winkte ungeduldig ab. „Meine Modelle steigern das Ansehen meines Pariser Salons; vergessen Sie deshalb nicht, dass Sie in diesem Hotel jede Minute auf der Bühne stehen!"

Das erwies sich als Wahrheit. Als sie am nächsten Morgen – nach dem Frühstück auf ihrem Zimmer – ins Foyer hinunterging, folgten ihr Blicke der Bewunderung. Sie war froh, dass sich Madame Lamartine so nett um sie kümmerte. Celeste ignorierte sie weiterhin unter dem Vorwand, weder Renées Englisch noch ihr Französisch zu verstehen.

Eins der anderen Mannequins, Corinne, begegnete ihr freundlicher. Sie gesellte sich zu ihr und sprach sie auf Englisch an. „Sie haben wirklich Glück, dass Sie für Monsieur Sebastian arbeiten dürfen. Er behandelt seine Mitarbeiter prima." Das Mädchen Corinne plapperte munter weiter. „Es ist so schrecklich romantisch … Monsieur Sebastian schwimmt in der Bucht … er sieht Sie und engagiert Sie auf der Stelle …"

So hatte sich die Geschichte also schon herumgesprochen!

„Und vor allen Dingen – Sie sind Antoinette so wahnsinnig ähnlich", fuhr Corinne fort „Oh, er war ganz außer sich, als er sie verlor. Ganz Paris sprach davon."

„Antoinette?" Renée runzelte die Stirn. „Wer war Antoinette?"

„Haben Sie niemals von Antoinette gehört? Sie war das bezauberndste Modell in ganz Paris. Er entdeckte sie als Verkäuferin in einem Geschäft. Dann hat er aus ihr einen Star gemacht Antoinette war sein Lieblingsmannequin. Bis zu dem Unfall. Jetzt ist sie krank – aus der Traum!"

„Das ist ja furchtbar!" Renée war schockiert.

„Ja, es ist wirklich traurig. Arme Antoinette! Sie war so schön, so lustig, und nun ist das alles vorbei …" Corinne dehnte ihre Arme aus, woraus Renée schloss, dass die arme Antoinette gestorben war. „Monsieur Sebastian ist untröstlich", schloss Corinne.

Renée spürte plötzlich so etwas wie Eifersucht in sich aufsteigen. Sie ärgerte sich. Er bedeutet mir doch überhaupt nichts, sagte sie sich. Trotzdem fragte sie neugierig: „Haben – haben sie sich geliebt? Ich meine Antoinette und Monsieur Sebastian?“

Corinne zuckte die Schultern. „Wer weiß? Vielleicht ja, vielleicht nein. Aber nun hat er Sie gefunden und wird wieder glücklich werden.“

So verhielt sich das also, grübelte Renée. Er braucht nicht nur ein Ersatzmannequin, er braucht auch einen Ersatz für seine verflossene Geliebte! Corinnes Erzählung hatte sie sehr beeindruckt. Aber sie konnte sich auch vorstellen, dass ein Mann wie Gilbert Sebastian sich schnell trösten musste.

Sicher hatte er in jedem Viertel von Paris eine Geliebte.

3. KAPITEL

Da Renée noch Zeit vor der nächsten Schau zur Verfügung stand, schrieb sie einen Brief nach Hause, um ihrer Mutter die aufregenden Erlebnisse zu schildern. Gilbert Sebastian erwähnte sie darin nur am Rande. Gewöhnlich ziehen Mütter gern übertriebene Schlussfolgerungen, wenn ihre Töchter eine Männerbekanntschaft gemacht haben … Sie schrieb auch an Barry und deutete Gilbert Sebastians berufliche Qualitäten an. Sie verschwieg ihm das Zusammentreffen mit ihm und den gemeinsamen Abend. Nach ihren Schilderungen musste er den Eindruck gewinnen, dass Gilbert Sebastian ein Mann mittleren Alters war, tüchtig, erfolgreich, nicht mehr. Barry neigte zur Eifersucht, und sie wollte ihn keineswegs grundlos beunruhigen.

Auch Christine und Michael schickte sie eine bunte Ansichtskarte von La Baule und versah sie mit einigen hübschen Briefmarken.

Im Laufe des Tages beobachtete sie, wie Gilbert Sebastian einzelne Gespräche mit weiblichen Hotelgästen führte und Verabredungen in seinem Terminkalender notierte. Obwohl er – wie die meisten Pariser Modesalons – aus Existenzgründen eine Boutique mit preiswerteren Konfektionskleidern im Erdgeschoss seines Hauses eingerichtet hatte, lagen ihm die exklusiven Modelle besonders am Herzen. Renée fragte sich insgeheim, wie man sich als Ehefrau oder Verlobte eines Mannes fühlen müsse, der sich so gut in der Mode auskannte. Barry registrierte nie die Einzelheiten ihrer Garderobe, wenn sie nur nett angezogen war.

An diesem Abend hing ein nachtblaues Samtkleid für sie bereit. Als sie den Lift in der Halle verließ, erwartete Gilbert Sebastian sie bereits.

„Ich möchte unbedingt gleich mit Ihnen sprechen“, sagte er und führte sie zu einer mit Blumenbänken umstellten Sitzecke. „Einen Drink?“

Sie schüttelte den Kopf. „Kaffee, bitte.“ Bei einem Gespräch mit ihm musste sie einen kühlen Kopf behalten. Aber als der Kaffee serviert wurde, war er bereits mit Kognak verfeinert.

„Mademoiselle Thornton“, begann er sehr ernst, „ich bin mit Ihnen äußerst zufrieden. Sie müssen zwar noch in einigen Punkten ausgebildet werden, aber ich könnte aus Ihnen ein großes Mannequin machen."

„Wie Antoinette?"

Sein Gesicht erstarrte, und seine Augen verfinsterten sich.

Er hat dieses Mädchen also geliebt, dachte Renée. Zum ersten Mal fühlte sie Eifersucht in sich aufsteigen.

„Jemand hat geplaudert?", fragte er trocken.

Sie zuckte die Schultern. „Das ist doch üblich, oder?"

Er blickte sie an. „Als ich Sie damals in London vor dem Schaufenster sah – Sie erinnern sich? –, hielt ich Sie einen Augenblick lang für eine Erscheinung. Ihre Ähnlichkeit mit Antoinette war verblüffend! Aber Sie verfügen auch über die gleichen seltenen Anlagen zu einem Star. Ich erkannte das bei ihr im ersten Moment, und nun erkenne ich es bei Ihnen. Ich könnte Sie berühmt machen …"

Renée bemühte sich, von seinen Worten unbeeindruckt zu bleiben. „Sie scherzen, Monsieur!"

„Im Gegenteil! Ich meine es ernst. Als Antoinette ging, verlor ich mein bestes Modell. Sie war großartig, sie inspirierte mich. Meine letzte Kollektion dagegen …" Er zog die Schultern hoch. „Sie ist nicht gut."

„Sie werden sicher ein Mannequin finden, das besser, das geeigneter ist als ich."

„Besser?" Seine Stimme klang verächtlich. „O ja, sehr viel besser! Die Mannequin-Schulen bilden Hunderte von tüchtigen Mannequins aus – alle nach gleichem Muster, alle die gleiche Figur, nichts Individuelles. Solche Frauen kann ich nicht brauchen. Mademoiselle, kommen Sie nach Paris, arbeiten Sie sechs Monate für mich, oder wenigstens bis zu meiner nächsten Kollektion! Ich werde für die Arbeitsgenehmigung sorgen und Ihnen ein gutes Gehalt zahlen."

Die Versuchung war groß. Ein Traum – Paris – lag plötzlich nah … Aber sie hatte beschlossen, sich nicht mit Gilbert Sebastian einzulassen, schließlich gab es noch Barry. „Leider ist das unmöglich."

„Unmöglich? Warum? Warum, Mademoiselle? Sie sind für die Karriere eines Top-Mannequins wie geboren. Sie wissen nicht, was Sie von sich weisen."

„Ich will überhaupt kein Mannequin werden."

Er blickte sie ungläubig an. „Handelt es sich um den jungen Mann, den Sie damals in London treffen wollten? Steht er Ihnen im Wege? Sind Sie mit ihm verlobt?"

„Er würde sehr viel gegen einen sechsmonatigen Aufenthalt in Paris einwenden", sagte sie, ohne auf die Frage nach ihrer Verlobung mit Barry einzugehen.

„Dann ist er sehr egoistisch und hindert Sie an Ihrer Karriere!"

„Aber ich will gar keine Karriere machen. Ich überbrücke nur noch die Zeit bis zur Heirat. Ich habe sogar versprochen, meine Tätigkeit als Fotomodell gänzlich aufzugeben."

„Sie müssen diesen Mann tatsächlich lieben, wenn Sie so viel für ihn opfern."

„Ich opfere nichts", erwiderte sie. „Nichts hat mehr Wert als Liebe und Heirat."

„Da stimme ich mit Ihnen überein: nichts hat mehr Wert als Heirat aus Liebe!" Er vertauschte die beiden Begriffe. „Dieser Mann ist für Sie also die grande passion, die ganz große Leidenschaft?"

Die Ausfragerei machte sie langsam nervös.

„Gewiss liebe ich Barry", sagte sie ungeduldig, „aber die ‚grande passion' gibt es nur in Filmen und Büchern – davon halte ich überhaupt nichts."

Er lachte. „Oh, Renée, wie jung Sie noch sind!"

Das war ihr zu viel. Sie erhob sich.

„Wenn das alles ist, was Sie dazu zu sagen haben, dann gute Nacht, Monsieur Sebastian."

„Sie wollen also wirklich nicht für mich arbeiten?"

„Auf keinen Fall!"

„Mein Gott, ich hoffe, Sie werden diesen Entschluss nicht bereuen!"

Sie entfernte sich und fühlte, dass er hinter ihr hersah. Paris wäre herrlich gewesen – aber sie war überzeugt, die richtige Entscheidung getroffen zu haben.

Am nächsten Morgen erwartete er sie wieder, als sie mit dem Lift herunterkam.

„Heute ist nicht mehr viel los“, begrüßte er sie. „Nur eine kurze Vorführung um 15 Uhr, dann reisen wir ab. Haben Sie Lust, mit mir einen kleinen Ausflug in die Umgebung zu machen?“

Er trug wieder eine weiße Lederjacke und sah ungemein jung, geradezu jungenhaft aus. Draußen lachte die Sonne, und mit dem Ende der Konferenz schien sich Ferienstimmung im Hotel zu verbreiten.

„Ich sollte besser hier bleiben und packen“, war ihre erste Reaktion.

„Was haben Sie schon zu packen, Renée? Sie sind heute noch bei mir in Diensten, und ich wünsche, dass Sie mit mir kommen.“

„Dann habe ich ja keine Wahl“, lachte sie offen. Insgeheim freute sie sich darauf, mit ihm durch die Gegend zu fahren.

„Dann holen Sie noch schnell Ihren Mantel, aber lassen Sie sich nicht bei Madame Lamartine sehen. Sie würde bestimmt nicht ihre Zustimmung zu unserem Ausflug geben“, sagte er augenzwinkernd.

Sein großer schwarzer Wagen war ihr nun schon vertraut. Als sie sich behaglich in den Polstern zurücklehnte, fühlte sie sich wie ein Kind, das die Schule schwänzt.

Sie fuhren zur Pointe de Penchateau, südwestlich von Le Pouligen. Hier war die Küste schroff und wild, und das Meer brandete wuchtig gegen die Felsen. Das Hinterland dagegen dehnte sich eben aus. Auf den Feldern wurde gearbeitet. Renée war befremdet von dem Anblick der Frauen in ihren derben schwarzen Gewändern und weißen Tüchern, die ihre faltenreichen, braungebrannten Gesichter umrahmten.

„Die Menschen altern hier sehr schnell“, erriet Gilbert Sebastian ihre Gedanken. „Und die Jungen bleiben auch nicht mehr auf dem Lande. Wer kann es ihnen verdenken?“

Sie durchquerten das Marschland, das gebietsweise durch Graseinfassungen in flache Salzseen abgeteilt war.

„Ich dachte, Salz würde aus Salinen gewonnen“, bemerkte Renée.

„Es kann auch in salzhaltigen Marschgebieten abgebaut werden.“

Für einen Stadtmenschen schien Gilbert Sebastian bemerkenswerte Kenntnisse von der Landwirtschaft zu haben. Als Renée eine diesbezügliche Bemerkung machte, erwiderte er knapp: „Meine Angehörigen interessieren sich nicht für Mode.“

Da er sich zu anderen Dingen nicht äußerte, fürchtete Renée mit ihrer Bemerkung zu weit gegangen zu sein. Schließlich hatte sie kein Recht, in sein Privatleben einzudringen.

Ihr Weg führte weiter über eine felsenreiche Halbinsel, bis sie an der äußersten Spitze Pointe du Croisic erreichten, eine kleine Ortschaft mit einem ehemaligen Marinehafen. An den Kais lagen Fischkutter und Motorboote. Sie beobachteten, wie zuckende, schillernde Fische in großen Mengen aus einem Trawler gehievt wurden.

Die Restaurants und kleinen Hotels in unmittelbarer Hafennähe schienen noch leer. Nur vereinzelte Touristen und ein paar Einwohner waren unterwegs.

„In der Hauptsaison geht es hier allen besser", erklärte Gilbert Sebastian. „Von La Baule aus ist diese Ortschaft ein beliebtes Ausflugsziel. Die Fischerei selbst bringt leider nur wenig ein ..."

Sie verließen den Fischereihafen und bummelten durch eine enge Straße, an der sich einfache Häuser aneinander reihten. Die meist gardinenlosen Fenster gaben einen Blick auf dürftig eingerichtete Zimmer frei. Schließlich gelangten sie zu einer einfachen Gaststätte.

„Heute wollen wir endlich wieder mal ländlich essen", meinte Gilbert Sebastian freundlich. „Kein großartiges Restaurant, aber die Speisen sind hier vortrefflich."

Er führte sie einige Steinstufen hinunter in einen Keller mit weiß gekalkten Wänden und Holzbalken unter der Decke. Die Tische waren mit karierten Decken und gläsernen Barren für die Bestecke dekoriert.

„Denken Sie daran, Messer und Gabel zurückzubehalten. Sie bekommen nur ein Besteck für sämtliche Gänge", riet Gilbert Sebastian ihr. „Heute gibt es eine richtige französische Mahlzeit auf französische Art serviert."

Die Suppe war ausgezeichnet, der Fisch war frisch gefangen, und das Omelett schmeckte lecker. Zum Nachtisch gab es verschiedene Käsesorten, vielerlei Brot und Früchte. Sie wurden bedient von einer älteren Frau, die eine große weiße Schürze über ihrem schwarzen Kleid trug und nur das ortsübliche Platt sprach.

Renée, die außerordentlichen Hunger verspürte, probierte jedes Gericht außer den geräucherten Muscheln. Den Tischwein fand Renée sauer und herb. Gilbert musste lachen. „Hier in Frankreich trinkt jeder von Kindesbeinen an Wein …"

Als sie die Gaststätte verlassen hatten, ereignete sich ein Zwischenfall, dessen Bedeutung Renée erst viele Monate später erfassen sollte. Sie begegneten einem bärtigen Seemann, der nahezu auf gleicher Höhe mit ihnen anhielt, um sich eine schwarze Zigarette anzuzünden. Er ließ das noch brennende Streichholz auf das Straßenpflaster fallen. Sofort trat Gilbert Sebastian es mit dem Fuß aus. Mit Entsetzen aber bemerkte Renée, dass sein Gesicht leichenblass war.

„Sie sollten vorsichtiger sein", sagte er schweißnass zu dem Alten, der vor sich hinbrummelte und ein neues Streichholz anzünden wollte, da seine Zigarette nicht angebrannt war. Im Nu hatte Gilbert Sebastian sein goldenes Feuerzeug aus der Tasche geholt und die Flamme entzündet. „Bitte sehr!"

Der Mann beantwortete diese Höflichkeit mit einem erneuten Brummen und setzte seinen Weg fort. Gilbert Sebastian sah mit hochgezogenen Augenbrauen hinter ihm her.

„Sie schätzen das Rauchen nicht, obwohl Sie es doch selbst tun", stellte Renée verwundert fest.

„Es ist mehr oder weniger verpflichtend", entgegnete er und schien mit seinen Gedanken völlig abwesend zu sein, „man muss eben mit seinen Kunden rauchen und trinken. Sechs Monate lang hatte ich das Rauchen einmal aufgegeben", er verzog sein Gesicht, „ich hatte es mir als Buße auferlegt, es war die Hölle!"

Er wollte das Feuerzeug wieder in die Tasche stecken, aber es rutschte daneben und fiel aufs Pflaster. Ganz in Gedanken versunken, ging er weiter, während Renée sich nach dem Feuerzeug bückte. Aber bevor sie es aufheben konnte, hatte schon eine kleine Kinderhand danach gegriffen. Der Bengel kam nicht weit mit seiner Beute, denn Gilbert Sebastian reagierte sofort und packte ihn am Kragen seines zerschlissenen Hemdes. Er sah bemitleidenswert aus: barfüßig, zerrissene Jeans, ein schmales, abgemagertes Gesicht, aus dem zwei traurige braune Augen blickten.

„Kleiner Dieb!“, sagte Gilbert Sebastian leise und löste sein Feuerzeug aus der zusammengekrallten Jungenfaust.

„Er sieht hungrig aus“, bemerkte Renée. „Er tut mir leid! Sie haben Ihr Feuerzeug wieder, nun können Sie ihn doch laufen lassen!“ Sie wühlte schon in ihrer Tasche nach einigen Münzen für das Kind. Da wurde sie stutzig, weil sich Gilbert Sebastians Mienenspiel seltsam verändert hatte.

„Wir dürfen keine Diebe unterstützen“, sagte er ernst. „Nein, meine Liebe, wir müssen ihn zur Polizei bringen.“

„Gilbert, bitte, das können Sie nicht ...“ Sie bemerkte die entsetzten Augen des Jungen. „Geben Sie ihm eine Chance! Er ... er ist doch noch ein Kind!“

„Ein Kind kann zum Verbrecher werden, wenn es nicht bestraft wird.“

„Ja, aber die Polizei ...“ Sie kannte sich nicht aus im französischen Strafrecht für Jugendliche. Sie sah nur das mitleiderregende Gesicht des Jungen. Sie setzte ihre Verteidigung fort, aber Gilbert Sebastian reagierte nicht darauf. Enttäuscht wegen seiner Härte, hielt sie schließlich in ihrer Fürsprache inne und sah ihn verständnislos an.

Dann sagte er in einem harten und strengen Ton, den sie noch nie bei ihm gehört hatte: „Ich werde ihn laufen lassen – mehr noch, ich werde seine Familie aufsuchen und ihr helfen, falls sie in Not ist, wenn Sie mir versprechen, für mich in Paris zu arbeiten.“

Sie starrte ihn an. „Eine Erpressung?“

Er zuckte mit den Schultern. „Nennen Sie es, wie Sie wollen. Sie wissen ja, dass mir jedes Mittel zur Erreichung meiner Ziele recht ist.“

„Sie sind abscheulich!“

Er schwieg.

„Und wenn ich mich weigere?“

„Dann muss ich diesen kleinen Dieb der Polizei ausliefern.“

Wie auf Bestellung erschienen plötzlich zwei uniformierte Schutzleute am anderen Ende der Straße. Der Junge krümmte sich, wimmerte und sah Renée flehend an. Die Polizisten kamen näher, und der Junge zitterte vor Entsetzen. Renée holte tief Luft. „Also gut“, presste sie zwischen den Zähnen hervor, „Sie sind ein brutaler Mensch, Gilbert Sebastian, aber ich gehe auf Ihre Forderung ein."

„Sie versprechen es? Das Wort einer Engländerin?"

„Ich verspreche es."

Er lächelte, ergriff die Hand des Jungen und sagte etwas in Französisch zu ihm. Die vorübergehenden Polizisten beäugten die kleine Gruppe argwöhnisch, und die Finger des Jungen umklammerten ängstlich Gilbert Sebastians Hand. Renée verstand nichts von dem nun folgenden Gespräch zwischen den beiden. Schließlich führte Gilbert Sebastian seinen neuen Schützling zu der Stelle, wo er seinen Wagen geparkt hatte.

„Wohin wollen Sie ihn bringen?", fragte Renée misstrauisch.

„Nach Hause – zu seiner Familie. Vielleicht kann ich später einen Liftboy oder Hotelpagen aus ihm machen, obwohl er augenblicklich nicht gerade danach aussieht."

Die Hütte, zu der der Junge sie dirigierte, war unglaublich dürftig eingerichtet. Auf dem kalten Steinfußboden des Wohnzimmers standen nur ein Tisch und ein paar einfache Stühle. Eine alte Frau, von dem Jungen Großmutter genannt, überhäufte ihn mit Schimpfworten, beruhigte sich aber, als Gilbert Sebastian endlich den Grund seines Erscheinens erklären konnte.

„Was hat sich denn nun eigentlich abgespielt?", fragte Renée, nachdem sie die Hütte verlassen hatten. „Ich habe kein Wort verstanden."

„Wenn der Junge sauber und ordentlich eingekleidet ist, soll er zu mir nach Paris kommen. Ich will versuchen, einen anständigen Kerl aus ihm zu machen. Diese Bretonen sind ziemlich eigenwillig; die alte Frau wollte zum Beispiel nichts für sich annehmen. Der Junge, er heißt übrigens Pierre, ist viel älter, als er aussieht, aber er kann hier keine Arbeit finden. Er ist ein guter Junge, meinte seine Großmutter – ich habe ihr nicht erzählt, dass er mir mein Feuerzeug stehlen wollte."

„Gilbert", sie bemerkte gar nicht, dass sie ihn beim Vornamen angesprochen hatte, „Sie hätten ihn doch in Wirklichkeit nicht angezeigt, oder?"

„Aber sicher." Seine Antwort kam ein bisschen zu schnell.

„Ich glaube Ihnen nicht!"

„Aber Sie werden Ihr Versprechen dennoch halten?“, fragte er.

„Ja, ich nehme mein Wort nicht zurück.“

Sie wurde ganz aufgeregt bei dem Gedanken an Paris und die Welt der Haute Couture. Barry würde sie nicht tadeln können, da sie ja zu dieser Abmachung gezwungen worden war. Er würde sie wahrscheinlich für albern und sentimental halten, wenn sie ihm das Erlebnis mit Pierre schilderte, aber die Erinnerung an die flehenden Augen des Kindes müsste ihr eigentlich helfen, ihm die Geschichte verständlich zu machen.

„Wo werde ich überhaupt in Paris wohnen können?“, fragte sie.

„Ich kenne Madame Dubonnet, die eine äußerst seriöse Pension draußen in Passy hat. Ich werde mich nach meiner Rückkehr sofort mit ihr in Verbindung setzen.“

Er hatte wirklich alles geplant. Sie fragte sich unwillkürlich, ob er Antoinette seinerzeit auch bei Madame Dubonnet untergebracht hatte …

Madame Lamartine empfing Renée mit erhobenen Händen und heftigen Vorwürfen, weil sie so spät kam.

„Hören Sie auf“, sagte Gilbert in ziemlich hartem Ton und bat sie und Renée, in der Hotelhalle auf ihn zu warten. Madame Lamartine jammerte leise weiter über die Verspätung, bis er mit einigen beschriebenen Blättern Papier zurückkam und Renée bat, an einem Schreibtisch Platz zu nehmen.

„Würden Sie bitte diesen Vertrag unterschreiben, Renée.“

In dem Vertrag stand, dass Mademoiselle Renée Thornton sich verpflichtete, bis zum Ende der nächsten Kollektion für den Salon Gilbert Sebastian tätig zu sein, und die Möglichkeit hätte, auch weiterhin für dieses Haus zu arbeiten. Das Gehalt war generös. Gilbert schien ein verschwenderischer Mensch zu sein.

Er reichte ihr seinen Federhalter, ein Luxusmodell, wie Renée flüchtig feststellte. Aber sie zögerte mit der Unterschrift. Sie sah ihn vorwurfsvoll an. „Sie haben mich überlistet!“

Er zog eine Augenbraue hoch. „Sie haben mir Ihr Versprechen gegeben.“

„Wenn Sie aber meine Unterschrift nun doch nicht erhielten, gäbe es in Frankreich genügend Modelle, die so einen Job suchen."

„Das wäre schade", erwiderte er geduldig, „aber ich weiß, dass ich Ihre Unterschrift bekommen werde."

Madame Lamartine, die abwechselnd von einem zum andern blickte, konnte sich Renées Zögern nicht erklären. Hatte dieses Mädchen denn nicht begriffen, welche Chance ihr geboten wurde? Aber sie war eben Engländerin, und in Madames Augen waren alle Engländer ein bisschen begriffsstutzig.

Gilbert beugte sich vor und ergriff Renées Handgelenk. Seine dunklen Augen blickten sie fest an, und sie konnte sich seiner Ausstrahlung nicht widersetzen.

„Unterschreiben Sie", sagte er leise und beschwörend.

Sie gehorchte.

Er gab ihr Handgelenk frei und reichte Madame Lamartine den Vertrag, den sie mit ihrer Unterschrift als Zeugin bestätigen sollte.

„Sie werden eine Kopie bekommen", sagte er zu Renée, die sich nun in ziemlicher Verwirrung ihr Handgelenk rieb und sich besorgt fragte, wie sie Barry diesen Schritt erklären sollte.

Die Vorführung am Nachmittag verlief ohne Störungen. Der Hotelbesitzer hielt eine Rede, Gilbert sprach einige Worte des Dankes, und jedes der sechs Mannequins erhielt Geschenke. Gilbert fuhr mit seinem Wagen ab und überließ das Einpacken seinen Angestellten, die später mit dem Zug nach Paris zurückreisen mussten. Er hatte mit Renée kein Wort mehr gewechselt, sondern sie nur mit in seinen flüchtigen Abschiedsgruß „Au 'voir!", eingeschlossen. Sie fühlte sich sehr enttäuscht, obwohl ihr natürlich klar war, dass sie auch nur eine seiner Angestellten war und er keine Ausnahme bei ihr machen konnte.

In den Umkleideräumen herrschten chaotische Zustände. Die Kleider mussten sorgfältig eingepackt und sämtliche Accessoires kontrolliert werden; es gab allerlei Streit, weil im Gewühl manche Dinge an die falschen Plätze geraten waren. Celeste jedenfalls lehnte verächtlich jede Mithilfe ab. Madame Lamartine tat Renée leid, weil sie für alles verantwortlich war. Sie selbst konnte ihr allerdings nicht helfen, weil sie sich in dieser Arbeit noch nicht auskannte und sie die französischen Wortfetzen, die von allen Ecken an ihr Ohr drangen, nicht verstand.

Gilbert hatte Madame Lamartine gebeten, Renée zum Abflug nach London zu begleiten. Während der langen Bahnfahrt nach Paris konnte Renée endlich die Ereignisse des Vormittags überdenken. Sie hatte sich wirklich idiotisch benommen und war auf Gilberts Bluff hereingefallen. Sie konnte nicht glauben, dass er den kleinen Dieb wirklich zur Polizei gebracht hätte. Sie überlegte sich, wie sie den Vertrag wieder rückgängig machen könnte. Das Problem wäre jedoch auch gelöst, wenn er die erforderliche Arbeitserlaubnis nicht erhielte. Aber sie kannte inzwischen die Energie, mit der er sein Ziel verfolgte.

Warum legte er nur so viel Wert auf ihre Mitarbeit? Ihre äußerliche Ähnlichkeit mit seiner toten Freundin war doch eigentlich keine ausreichende Erklärung. Er würde in Paris bald ihre Mängel als Mannequin feststellen. Sie hatte zwar gespürt, dass er während der drei Tage im Hotel „Heremitage" wirklich von ihrer Erscheinung fasziniert war, aber würde diese Faszination während einer längeren Arbeitszeit in Paris anhalten? Warum war er so sicher, dass sie Antoinettes Erfolg fortsetzen könnte? Welche Enttäuschung für ihn und welche grässliche Erfahrung für sie selbst, wenn sich seine Vorstellungen nicht erfüllten!

Renée musste natürlich zugeben, dass ihr die Modeschauen im „Heremitage" und Gilberts Aufmerksamkeiten sehr gefallen hatten, aber nun erschien ihr alles unwirklich und romantisch.

Als ihr Zug in Paris ankam, war sie überzeugt, dass sich auch Gilbert besonnen haben und seine Entscheidung bereuen würde. Sie brauchte nicht mehr zu befürchten, Nachricht vom Salon Sebastian zu erhalten.

Es war schon dunkel, als Madame Lamartine ihren Schützling in ein Taxi zum Flughafen setzte, und da der Bahnhof sowie der Flughafen Orly auf der linken Seite der Seine lagen, sah Renée nichts von Paris.

Während des kurzen Fluges mit einer BEA-Maschine beschloss Renée, nicht einmal Barry etwas von dem Vertrag zu erzählen. Sie hatte ihm die Ankunftszeit telegrafiert und hoffte, ihn am Londoner

Flughafen zu treffen. Er war jedoch nicht gekommen, und so stieg sie in den Zubringerbus. Vielleicht hatte er sie aus Verärgerung über ihre verspätete Rückkehr nicht abgeholt. Dann fiel ihr ein, dass heute Samstag war und er wahrscheinlich ihr Telegramm nicht erhalten hatte, weil er über das Wochenende nach Hause gefahren war.

Sie hatte sich so gefreut, ihn wieder zu sehen, und empfand nun eine große Enttäuschung über das Ende ihrer erlebnisreichen Reise.

Weit nach Mitternacht erreichte sie endlich müde und enttäuscht ihre Wohnung. Zu ihrer Überraschung erhob sich plötzlich eine dunkle Figur von der obersten Treppenstufe.

„Renée!"

„Chris! Was machst du denn hier?"

„Hoffentlich kann ich bei dir übernachten. Ich bin blank. Du hast auf deiner Postkarte zwar geschrieben, dass du heute Abend zurückkommst, aber es ist so spät geworden, und ich befürchtete schon, auf der Treppe übernachten zu müssen."

Renée schloss die Tür auf und fragte sich, in welches Abenteuer ihre Schwester nun wieder geraten sein mochte. Chris, die ihr ins Zimmer folgte, trug einen Wollmantel und Jeans: ihr hübsches Gesicht war grau, und sie sah blass und müde aus.

„Du wäschst dich am besten erst mal, während ich Kaffee mache", sagte Renée und stellte den Elektroherd an. „Das Badezimmer liegt am Ende des Flures; später erzählst du mir, was passiert ist."

Eine halbe Stunde danach erfuhr sie dann die wenig ruhmreiche Geschichte ihrer Schwester. Chris war mit Rick auf dessen Motorrad in die Stadt gefahren; der nicht mehr ganz neue Motor bockte auf der Rückfahrt, sodass sie das Motorrad in eine Reparaturwerkstatt bringen mussten. Vor Montag konnte es jedoch nicht fertig sein, da am Samstag niemand in der Werkstatt arbeitete.

„Wir haben unsere Moneten zusammengekratzt, damit Rick in einem billigen Gasthaus übernachten konnte, während ich bei dir Unterschlupf suchen wollte", berichtete Chris. „Mutter habe ich telefonisch Nachricht gegeben. Hoffentlich kannst du mir morgen das Geld für die Heimfahrt leihen?"

„Und Rick?"

„Er wird vermutlich per Anhalter fahren. Das müsste ich allerdings auch, wenn du mir nicht ...“

„Natürlich leihe ich dir das Geld“, fiel ihr Renée ins Wort. „Ich habe für das Fahren per Anhalter nichts übrig.“

„Ich wusste ja, dass du mir helfen würdest.“ Chris war erleichtert und kuschelte sich in Renées Sessel. „Hier kann ich prima übernachten. Und nun bin ich gespannt, deine Reiseerlebnisse zu hören.“

„Es ist schon spät ...“, gab Renée ausweichend zur Antwort, „und ich bin müde.“

„Morgen ist doch Sonntag, und wir können ausschlafen. Ach, ich habe mich übrigens um die Stelle einer Sekretärin beworben, die scheinen hier knapp zu sein.“

Renée konnte sich ihre Schwester kaum in einem Büro vorstellen, doch sie schien sich ernsthaft damit zu befassen. Wahrscheinlich aber sehnt sie sich nur nach dem Großstadtleben, dachte Renée beunruhigt.

Chris hatte Renées Befürchtungen geahnt. Lässig sagte sie: „Und du bist ja auch hier und kannst mich im Auge behalten. Aber nun erzähl endlich von La Baule.“

Renées Müdigkeit schwand, als sie von ihren Erlebnissen berichtete. Allerdings verschwieg sie, wie ihr Vertrag mit Gilbert zustande gekommen war.

„Muss ein netter Kerl sein, dieser Gilbert“, meinte Chris. „Ich nehme an, dass er verheiratet ist. Die besten Männer sind immer verheiratet.“

„Ich habe nicht die geringste Ahnung, aber er ist eigentlich noch zu jung, um verheiratet zu sein. Die Franzosen heiraten im Allgemeinen spät, aber sie haben viele Freundinnen, und sicher ist diese Antoinette eine von ihnen gewesen.“

„Der du so ähnlich siehst? Hätte er dir daraufhin nicht eine Daueranstellung anbieten können?“

„Das hat er ja auch“, gestand Renée und errötete leicht.

Chris stellte ihre Kaffeetasse heftig auf den Teller. „Das heißt also, dass du abgelehnt hast? Wie dumm von dir, Renée!“

„Ich habe das Angebot wirklich nicht annehmen können, und außerdem würde Barry nicht einverstanden sein.“ Renée wollte ihrer

Schwester auf keinen Fall etwas von dem Vertrag erzählen.

„Es wäre eine Schweinerei von Barry, wenn er dir so eine Chance nicht gönnen würde!"

„Wie drückst du dich bloß aus, Chris!"

„Du weißt, dass ich nicht viel für Barry übrig habe, und …" Chris zögerte und rührte mit ihrem Löffel in der leeren Kaffeetasse. „Ich möchte eigentlich nichts ausplaudern, aber …"

„Du meinst, dass er am Wochenende nach Hause gefahren ist, anstatt mich abzuholen?", vermutete Renée. „Ich befürchtete schon, dass er mein Telegramm dann nicht erhalten haben konnte. Hast du ihn gesehen, bevor du mit Rick hierher fuhrst?"

„Ja." Chris runzelte die Stirn. „Im Yachthafen sah er sich ein Motorboot an." Sie machte eine Pause und blickte dann ihrer Schwester gerade in die Augen. „Er war nicht allein. Er war mit Sally Gibson zusammen."

„Sally Gibson?", fragte Renée erstaunt. „Aber die arbeitet doch in einem Londoner Krankenhaus."

„Sie hatte vielleicht ein paar freie Tage", bemerkte Chris.

„Sie werden sich zufällig getroffen haben", meinte Renée, „denn Barry schätzt sie nicht."

Chris streckte ihre langen Beine aus. „So sind alle Männer – sie schätzen zwar nicht die Unmoral so eines Mädchens, aber sie flirten doch ganz gern mit ihm."

„Du bist gemein", rief Renée zornig. „Barry ist überhaupt nicht so, und ich will nicht, dass du schlecht über ihn sprichst."

„Wenn du wüsstest …" Chris wusste nicht, ob sie froh oder unzufrieden darüber sein sollte, dass Renée so wenig auf diese Neuigkeit reagierte. Aber sie wollte Renée keinen Kummer machen. Schließlich hatte sie ja schon immer behauptet, dass Barry nicht der richtige Mann für Renée wäre. „Sally macht sich an jeden Mann heran, den sie trifft", bemerkte sie deshalb nur.

4. KAPITEL

Spät am Sonntagabend rief Barry an und überschüttete sie förmlich mit Entschuldigungen. Da er wegen des zu mietenden Motorbootes am Freitagabend noch nach Woodleigh fahren musste, hatte er Renées Telegramm erst bei seiner Rückkehr nach London vorgefunden. Der Form halber erkundigte er sich nach ihrer Reise, die ihn offensichtlich überhaupt nicht interessierte, und begann sofort von der Motorjacht zu schwärmen. Sie wäre so schnell und leicht zu manövrieren, dass sogar Renée mit ihr segeln könnte. Davon war Renée allerdings nicht begeistert, da sie nicht die geringste Lust verspürte, ein Auto oder ein Motorboot zu steuern. Sallys Namen erwähnte er nicht. Sie verabredeten sich für den nächsten Abend.

Am Montag erhielt Renée einen Anruf von ihrer Agentur wegen einiger Aufnahmen im Werbefernsehen. Die Probeaufnahmen waren gut beurteilt worden, und man vereinbarte einen Verhandlungstermin. Danach ging Renée zum Büro von „Swinging Life“, um ihren Scheck einzulösen, den Gilbert Sebastian auf eine ganz beachtliche Summe ausgestellt hatte.

Sie traf Ava Brent in ihrem Zimmer an, die mit größter Zufriedenheit die bereits fertigen Fotos vom Bretagne-Aufenthalt betrachtete. Ein besonders ins Auge fallendes Foto, das Renée im Bikini zwischen einigen Felsen zeigte, trug den Arbeitstitel „Bikini-Schönheit am Strand von La Baule“.

„Ich plane einen speziellen Artikel über Gilbert Sebastian und seine Kreationen“, berichtete Ava Brent, „und ich werde dieses Bild von ihm bringen.“ Sie reichte Renée das Porträt-Foto.

Renée hatte Mühe, ihre Hände ruhig zu halten, so sehr erregte sie der Anblick seines Gesichtes mit den spöttisch lächelnden Augen und der hochgezogenen Augenbraue.

„Er ist wirklich ein tüchtiger und erfolgreicher Mann“, fuhr Ava Brent fort, „ich habe bisher nur Gutes über ihn gehört. Er widmet sich ausschließlich der Mode, wie sein Vater übrigens auch. Ja, ich kannte Jacques Sebastian sogar ziemlich gut …“ Sie blickte träumerisch aus dem Fenster. „Die Sebastians sind auch ohne ihre Modegeschäfte recht wohlhabende Leute. Sie haben allerlei Besitz. Ich traf Jacques in Paris, als ich bei einer internationalen Modenschau organisatorisch tätig war. Er war ein äußerst charmanter Mann. Ach, na ja – Paris im Frühling!“ Sie seufzte.

Renée sah sie überrascht an; sie konnte sich nur schwer vorstellen, dass diese geschäftstüchtige Frau einmal etwas für einen Mann empfunden hatte.

Ava Brent fing ihren fragenden Blick auf und lächelte wehmütig. „Ich war auch einmal jung!“

Renée legte Gilberts Foto auf den Tisch zurück und bedeckte es mit dem Porträt einer alten bretonischen Bäuerin. „Wenn Monsieur Jacques Sebastian nur halb so charmant war wie sein Sohn“, sagte sie und stockte verärgert. „Ich meine, die Franzosen sind so enorm charmant …“ Sie kam nicht weiter.

„Ja, nicht wahr?“, stimmte Ava Brent zu. „Aber man sollte sich von diesem Charme nicht verführen lassen“, setzte sie hinzu. „Er hat keine Bedeutung.“

Wollte Ava Brent warnen? fragte sich Renée. „Es kann mir egal sein“, erwiderte sie, „ich werde Gilbert Sebastian ja vermutlich auch nicht wieder sehen.“

„Das glaube ich doch, denn die Modewelt ist nicht so groß“, widersprach Ava Brent.

Aber ich werde diese Welt ja verlassen, dachte Renée.

Dann kam Karen ins Zimmer und händigte Renée einen Umschlag aus.

„Das ist Ihr Scheck“, sagte Ava Brent. „Ich glaube, wir brauchen Sie bald wieder, Renée. Sie haben Ihre Sache in der Bretagne gut gemacht.“

Renée war froh, dass sie das Büro wieder verlassen konnte; sie schämte sich über ihren Gefühlsausbruch, als sie das Foto von Gilbert zu Gesicht bekommen hatte. „Ich bin so albern wie irgendein verrückter Teenager“, sagte sie laut vor sich hin, „demnächst werde ich noch um eine Vergrößerung bitten, um sie über mein Bett zu hängend.“ Plötzlich aber wünschte sie sich ganz heftig, für Gilbert Sebastian in Paris tätig zu sein.

Sie traf sich mit Barry an der U-Bahn-Station und ging mit ihm in ihr Stammcafé. Nach dem Aufwand im „Heremitage" erschien ihr das Lokal jetzt billig und langweilig. Wie konnte nur dieser Hauch von Luxus meine Wertmaßstäbe so schnell ändern? dachte sie.

Barry entdeckte eine ruhige Ecke. Sie tranken Kaffee. „Ich war enttäuscht, dass du nicht rechtzeitig zurückgekommen bist", wandte er sich vorwurfsvoll an sie. „Ich hatte nämlich gehofft, dass du am Samstag mit rausgefahren wärest, um die ‚Sirius', das Boot, anzusehen."

„Ich hatte wirklich eine wichtige Aufgabe zu erledigen", erklärte sie und schwieg dann gekränkt, weil er sich nicht im Geringsten für ihre Arbeit in der Bretagne interessierte. „Wie fand Sally denn das Boot?" Sie konnte diese Frage nicht unterdrücken.

Er errötete leicht. „Sally? Ich weiß nicht, was du meinst."

„Wirklich nicht? Du bist mit ihr gesehen worden."

„Aha, da hat jemand herumgeschnüffelt. Ich wette, dass es deine Schwester war. Die arme Sally wollte per Anhalter nach Hause fahren, und da habe ich sie natürlich mitgenommen. Es ist doch recht gefährlich für Mädchen."

„Das finde ich auch", stimmte Renée ihm zu, „obgleich ich glaube, dass Sally ganz gut auf sich achten kann. Du sagtest doch immer, dass du sie nicht leiden könntest?"

„Oh, für kurze Zeit kann es sogar ganz nett mit ihr sein", gab er offen zu. „Aber lass uns das vergessen, Renée. Du warst vier Tage fort, vergnügst dich in eleganten Hotels und solltest dich jetzt nicht beklagen, wenn ich einige Minuten mit einem anderen Mädchen geplaudert habe."

„Die Heimfahrt dauert allerdings etwas länger als einige Minuten", wandte Renée ein. Sie stellte sich vor, wie Sally es sich in Barrys Wagen, auf ihrem Sitz, ‚bequem' gemacht hatte, sodass Barry den Anblick ihrer hübschen langen Beine genießen konnte …

„Dich hätte ich lieber neben mir gehabt!", sagte Barry so überzeugend, dass sie sofort wieder weich wurde.

„Es tut mir leid, Barry, aber ich hatte ja auch nicht gewusst, dass du an diesem Wochenende nach Hause fahren wolltest."

„Ich auch nicht, bis Eliot mich telefonisch bat, die notwendigen Formalitäten wegen des Bootes zu erledigen. Du fährst doch wohl jetzt nicht mehr fort, Renée? Ich kann es gar nicht erwarten, dir die ‚Sirius' zu zeigen."

„Ich werde mir das nächste Wochenende freihalten; ich habe jetzt eine ganz schöne Summe verdient, sodass ich einige Angebote ablehnen kann. Außerdem habe ich meiner Familie versprochen, so bald wie möglich heimzukommen."

Sie lehnte sich gegen die Stuhllehne und rührte gedankenvoll in ihrer Kaffeetasse. Sie fühlte sich doch noch ziemlich angespannt von den Anstrengungen und Aufregungen der letzten Woche. Barry betrachtete sie aufmerksamer. Sie trug einen grünen Mantel mit einem braunen Pelzkragen und einen passenden braunen Pelzhut. Sie sah blass aus, ihre Augen blickten sanfter als sonst; sie wirkte heute besonders jung und schutzbedürftig.

„Komisch, du scheinst dich verändert zu haben, du siehst irgendwie anders aus als sonst."

„Ach geh, Barry! Wie sollte ich mich innerhalb einer Woche ändern können?"

Er konnte es ihr auch nicht erklären, doch Renée hatte das Gefühl, dass er vielleicht Recht hatte.

„Kann sein, dass die Atmosphäre, das Hotel und die Arbeitsbedingungen in der Bretagne ein wenig auf mich eingewirkt haben", sagte sie lachend und machte sich gleichzeitig klar, dass ihre Veränderung, falls es eine war, nicht darauf beruhte.

Barry hatte ihre Bemerkung aufhorchen lassen. „Solange du noch keinen Geschmack an diesem Leben bekommst …"

„Gewiss nicht. Ich bevorzuge das einfache und redliche Leben." Wie du, dachte sie bei sich. Er war so leicht zu durchschauen, dass sie immer wissen würde, woran sie mit ihm war. Mit Gilbert war es ganz anders, warum musste sie nur ständig an Gilbert denken?

Sie lehnte sich impulsiv über den kleinen Tisch und legte ihre Hand auf Barrys Arm. „Könnten wir uns nicht verloben? Ich meine offiziell verloben?"

„Du bist doch immer gegen eine lange Verlobungszeit gewesen“, erinnerte er sie.

„Meine Ansicht darüber hat sich geändert. Ich würde mich viel sicherer fühlen, wenn ich mit dir verlobt wäre.“

Sicherer? Wovor? Vor Gilbert Sebastian? Sie wusste es nicht, aber sie hoffte, durch eine offizielle Bindung zu Barry ihre unberechenbaren Gefühle besser bekämpfen zu können.

Barry war gerührt. Sie sah so zart und hilfsbedürftig aus, obwohl sie sonst so gerne auf ihre Selbstständigkeit pochte. „Bist du ganz sicher, dass du es wirklich möchtest?“

Sie lächelte ihn vertrauensvoll an. „Ganz sicher, Barry!“

Barry verlängerte seine Mittagspause am nächsten Tag, um den Verlobungsring für Renée zu kaufen. Er hätte ihr fast die ganze Freude genommen, weil er beim Kauf Befürchtungen äußerte, der Ring, den sie sich wünschte, könnte zu teuer sein. Vielleicht fühlte sie sich daher auch nicht besonders berührt, als er ihr das mit kleinen Brillanten besetzte Schmuckstück auf den Finger schob.

Als sie abends wieder allein in ihrem Zimmer war, bewegte sie die Hand unter der Lampe hin und her und betrachtete die funkelnden Steine. Damit ist Ihr Vertrag zunichte gemacht, Gilbert Sebastian, dachte sie bei sich. Ich kann nun unmöglich nach Paris kommen, falls Sie sich überhaupt noch an unsere Vereinbarungen erinnern!

Sie stellte jedoch mit Verwirrung fest, dass dieser Gedanke schmerzte.

Mittwochmorgen gab ihre Mutter telefonisch durch, dass Chris zu einer persönlichen Vorstellung nach London fahren müsste und Renée anschließend gern zur Mittagszeit treffen wollte.

Renée hatte Zeit und äußerte sich sogleich begeistert über das gepflegte Aussehen ihrer Schwester, als Chris sich bei ihr meldete. Ihr wildes blondes Haar war zu einer ordentlichen Frisur gekämmt, und sie trug ein sportliches Kostüm, dessen Rock allerdings auffallend kurz war.

„Der alte Knabe, bei dem ich mich vorstellte, riet mir, den Rock etwas zu verlängern“, grinste Chris und streckte ihre langen Beine unter den Kaffeetisch, auf dem ihr bestelltes Essen serviert war, „deshalb muss ich wohl den Saum ein paar Zentimeter auslassen. Aber er hat meine Beine trotzdem gern und ziemlich oft gemustert!", fügte sie lachend hinzu.

Da entdeckte sie den Verlobungsring an Renées Finger.

„Von Barry, nicht wahr?" Es klang verächtlich.

Renée nickte. „Wir kommen am Wochenende nach Hause. Dann werde ich es Mutter sagen."

Chris seufzte. „Na gut, ein Ausrutscher kann ja mal vorkommen! Entschuldige, Renée, aber Barry ist ein gewöhnlicher Mensch."

„Das bin ich auch", behauptete Renée. „Es sind meistens die gewöhnlichen Menschen, die glücklich sind, Chris."

Chris wollte widersprechen, schwieg dann aber.

Nach dem gemeinsamen Mittagessen begleitete Renée ihre Schwester zum Bahnhof, wo sie von einem ziemlich merkwürdigen Typ begrüßt wurde. Der junge Mann trug schmutzige Jeans, ein kunterbuntes Hemd, wildes, ungekämmtes schwarzes Haar und zehn Tage alte Bartstoppeln.

Chris stieß einen Freudenschrei aus. „Wenn das nicht der alte Trog ist! Renée, ich muss dir Trog vorstellen – oh, das ist nicht sein richtiger Name, aber wir nennen ihn so, weil er wie ein Höhlenbewohner aussieht. Er malt übrigens."

Der verwildert aussehende junge Mann lächelte und entblößte dabei auffallend weiße Zähne. Auch seine Aussprache war sehr kultiviert, als er Chris und Renée begrüßte. „Hallo, wie geht's? Ich habe schon viel von Chris' schöner Schwester gehört. Sie arbeiten als Modell, nicht wahr?"

„Ich bin alles andere als schön", widersprach Renée, „und gehöre auch nicht zu den von Ihnen gefragten Modellen."

„Nun, ich würde Sie trotzdem gern einmal malen."

„Ich muss los", unterbrach Chris die beiden, „sonst bekomme ich keinen Sitzplatz mehr. Fährst du mit, Trog?" Sie lief schon den Bahnsteig entlang. „Oh, beinahe hätte ich es vergessen: Ich habe die Stelle bekommen!", rief sie, über die Schulter blickend, Trog zu, der hinter ihr herlief.

„Dann kommst du ja auch in die Stadt. Prima!“, keuchte der Maler.

Renée folgte den beiden, bis Chris in das Abteil sauste. Trog schien also auch nach Woodleigh zu fahren.

„Trog malt viel auf dem Land. Wir haben uns auch im Zug kennengelernt“, erklärte Chris an dem geöffneten Wagenfenster, „aber er wohnt in London, wo ich ja nun auch bald leben werde. Oh, Junge, wir werden die ganze Stadt feuerrot anpinseln!“

Trog stand hinter ihr und blickte etwas verlegen zu Renée auf dem Bahnsteig. „Also wirklich, Chris!“, protestierte er.

Renée lächelte. „Ich kenne meine Schwester. Man darf ihr stets nur die Hälfte glauben.“

Der Zug wurde abgepfiffen. „Bis Samstag!“, rief Chris und winkte aus dem Fenster, bis der Zug die Halle verlassen hatte.

Es war ein strahlender Samstag im März, als Barry mit Renée nach Woodleigh fuhr. Der Monat war schon fast vorüber, der Frühling hatte sich noch nicht eingestellt. Es wehte ein kalter Wind. Doch obwohl sich an den Bäumen noch kein grünes Laub zeigen wollte, hatten in den Gärten Schneeglöckchen und Krokusse bereits den ersten Narzissen und Tulpen Platz gemacht.

Renée hatte Barry versprochen, keine Angebote ins Ausland mehr anzunehmen. Dafür hatte das Werbefernsehen sie für ein neues Seifenfabrikat engagiert. Barry hatte nichts dagegen, dass Renée in diesem Werbefilm als „Pfirsichblüten-Mädchen“ agierte, ja er freute sich sogar, seinen Bekannten voller Stolz seine schöne Verlobte auf dem Fernsehschirm zeigen zu können.

Barry war von Mrs. Swan zum Mittagessen eingeladen worden, und Renée zeigte ihrer Mutter sogleich den Verlobungsring.

„Werde glücklich, mein Kind“, sagte sie und küsste Renée herzlich. „Barry ist ein solider Junge und wird dir ein guter Ehemann sein.“

„Ich weiß.“ Renée drückte ihr fest die Hand.

Während des Mittagessens redete Chris ständig von ihrer Wohnung, die sie in London mieten würde, und in der Trog anscheinend ein häufiger Gast werden wollte. Mrs. Swan erkundigte sich später bei Renée, was sie von diesem jungen Mann hielte.

„Er scheint nett zu sein“, meinte ihre Tochter, „er könnte sich allerdings etwas mehr pflegen. Aber Chris’ Freundschaften sind doch immer nur von kurzer Dauer.“

Ihre Mutter blickte sie gedankenvoll an. „Ich glaube, diese Freundschaft wird anhalten und – vielleicht wäscht er sich eines Tages auch häufiger!“

Auf jeden Fall war Renée froh, als sie hörte, dass Trog an diesem Wochenende nicht in Woodleigh war. Sie konnte sich nicht vorstellen, dass Trog und Barry miteinander harmonieren würden.

Am Nachmittag wurde das Motorboot in Augenschein genommen. Chris und Michael waren mit von der Partie, und während Chris mit wild flatternden Haaren wie eine Seemannsbraut auf Deck stand und die schnelle Fahrt auf der Flussmündung bis auf die offene See genoss, saß Renée, leicht seekrank, mit ihrem Stiefbruder in der kleinen Kajüte.

„Das war großartig!“, begeisterte sich Chris, als sie die ‚Sirius‘ wieder festmachten. Michael, als der Sohn eines Seefahrers, war ebenfalls beeindruckt und wollte unbedingt wissen, wann er groß genug wäre, um das Boot selbst zu steuern. Nur Renée war etwas mitgenommen. Aber sie nahm sich fest vor, ihre Seekrankheit zu bekämpfen, da Barry sowieso seine ganze freie Zeit auf dem Boot zubringen wollte.

Bei wärmerem und schönerem Wetter wird es mir sicher mehr Spaß machen, sagte sie sich.

Sonntagabend kehrten sie in die Stadt zurück, und Montagmorgen platzte die Bombe – in Gestalt eines großen Briefumschlages mit französischen Briefmarken, adressiert an Renée. Er enthielt Formulare vom Arbeitsamt für Ausländer in Paris sowie einen Brief vom Salon Sebastian mit einer unlesbaren Unterschrift, die möglicherweise von Gilbert Sebastian stammte. „Ihre Arbeit in unserem Haus beginnt somit am 1. April …“, hieß es darin.

Renée war fassungslos. Gilbert erinnerte sie also doch an ihr Versprechen! Ihr Gesicht brannte vor Empörung, als sie daran dachte, wie leichtfertig sie ihr Ehrenwort gegeben hatte. Sie überlegte verzweifelt, wie sie diese Zusage rückgängig machen könnte. Nun, sie war ja inzwischen mit Barry verlobt und nicht mehr frei in ihren Entscheidungen. Barry würde ihr also raten müssen, wie sie aus diesem Vertrag herauskommen konnte. Sie glaubte nicht, dass Gilbert so weit gehen und einen Rechtsanwalt einschalten würde, aber sie wollte auch nicht vertragsbrüchig werden. Gilbert hatte gewiss allerlei Arbeit gehabt, um die nötigen Formulare zu beschaffen. Aber was half es, sie war in erster Linie Barry verpflichtet. Nun musste sie ihm also diese ungeheuerliche Geschichte mit Gilbert Sebastian beichten. Er würde sie für verrückt erklären.

Sie rief ihn im Büro an, obwohl er keine privaten Telefongespräche während der Dienstzeit wünschte. Sie sagte ihm, dass sie ihn dringend sprechen müsste. Er versprach ihr, noch am gleichen Abend – nach seinem Kursus in der Abendschule – zu ihr zu kommen.

Sie richtete ihr Zimmer so gemütlich wie möglich her, stellte den Sessel vor den Kamin, dekorierte den Tisch mit frischen Blumen und bereitete alles für einen Tee vor. Sie zog eines ihrer hübschesten Kleider an, ein mattgrünes, sehr einfaches, aber gut geschnittenes, das sie preiswert erworben hatte. Sie schminkte sich schließlich so dezent wie möglich, da Barry ein auffälliges Make-up verabscheute.

Barry erschien gegen 22 Uhr, lehnte den angebotenen Tee ab, warf einen fragenden Blick auf ihre elegante Aufmachung und ließ sich im Armsessel mit der knappen Frage nieder: „Was ist denn bloß passiert, dass ich um diese Zeit durch die halbe Stadt zur dir fahren muss?“

„Barry, ich bin in einer dummen Situation. Ich habe einen furchtbaren Fehler gemacht, und ich hoffe, dass du mir helfen kannst.“

„Du lieber Himmel, Renée, auf was hast du dich eingelassen?“

Sie erzählte ihm die Geschichte mit Gilbert Sebastian und verschwieg nichts, während seine Miene sich immer mehr verfinsterte. Die Formulare und der Brief aus Paris lagen auf dem Tisch neben ihm, und sie legte die Kopie ihres unterschriebenen Vertrages dazu.

Als sie mit ihrer Beichte fertig war, nahm er das Blatt auf und las es aufmerksam durch. „Warum hast du mir nicht früher davon erzählt?“

„Ich war sicher, dass der Vertrag bedeutungslos war, und du solltest nicht wissen, wie idiotisch ich mich damals benommen habe."

Er blickte sie streng und missbilligend an. „Du hast nicht nur idiotisch, sondern auch noch betrügerisch gehandelt. Zwischen dir und diesem Kerl muss ja eine ganze Menge vorgefallen sein, dass er sich so um dich bemüht. Du bist doch niemals ein Mannequin gewesen."

„Ich weiß ... ich ... ich habe es ihm auch gesagt ... Barry, es war wirklich nichts zwischen uns, aber ich soll unbedingt für ihn tätig sein."

Er packte sie bei den Schultern und schüttelte sie heftig. „Nun verstehe ich, weshalb du so verändert zurückgekommen bist", zischte er. „Du bist diesem französischen Fuchs in die Falle gegangen ... das ist doch wahr, oder?"

Ihre Wangen brannten. „Nein! Wie sollte ich denn innerhalb weniger Tage einem Mann verfallen?"

„Das kann in kürzester Zeit passieren", entgegnete er bissig. „Schon mal was von Romeo und Julia gehört?"

„Das ist doch nur ein Schauspiel. Barry, ich bin nicht in Gilbert Sebastian verliebt. Ich ... ich kann ihn nicht einmal leiden."

„Aber du hast diesen Vertrag unterschrieben!"

„Ich sagte dir doch, ich habe es mit Rücksicht auf diesen kleinen Jungen getan ..."

Er machte eine ungeduldige Handbewegung. „Du solltest mehr Respekt vor Recht und Ordnung haben. Das ist die fadenscheinigste Entschuldigung, die ich je gehört habe!"

Sie hatte geahnt, dass er die Geschichte mit Pierre nicht verstehen würde. Renée nahm einen neuen Anlauf. „Ich möchte gar nicht nach Paris gehen."

„Unsinn, du wolltest immer nach Paris gehen. Ich verstehe dich wirklich nicht, Renée." Barry lief aufgebracht im Zimmer umher. „Die ganze Geschichte ist so unseriös. Ich hatte dich bislang immer für aufrichtig und verständig gehalten, aber Frauen hören eben auf zu denken, wenn ihre Gefühle mitspielen."

„Die Angelegenheit bekommt doch ein anderes Licht, seitdem ich mit dir verlobt bin. Gilbert Sebastian kann jetzt nicht mehr erwarten, dass ich nach Paris komme", glaubte sie, eine Trumpfkarte auszuspielen.

Barry blieb mit wildem Gesichtsausdruck vor ihr stehen. „Nun wird mir klar, weshalb du deine Meinung geändert hast", schrie er sie an. „Du warst dir deiner Sache sehr sicher und dachtest, ich würde dich mit offenen Armen empfangen, nachdem dieser französische Casanova dich umgarnt hatte. Glaubst du wirklich, dass ich das so hinnehme?"

Seine Worte trafen Renée wie ein Schlag; sie erbleichte und konnte kaum atmen. „Oh", hauchte sie, „wie kannst du etwas so Furchtbares sagen. Es ist nicht wahr, Barry, du weißt, dass es nicht wahr ist!"

Sie schwiegen beide. Lange Zeit waren nur das Ticken der Uhr auf dem Kaminsims und die entfernten Geräusche des Londoner Großstadtverkehrs zu hören.

Renée raffte sich noch einmal auf. „Ich habe mich wirklich unmöglich benommen", gab sie zu. „Die aufregenden Tage in La Baule waren mir zu Kopf gestiegen. Aber wir müssen doch irgendwie diesen Vertrag ungültig machen können, Barry! Ich werde Gilbert schreiben, was du dazu meinst, und …"

„Gilbert?", unterbrach er sie.

„Ich meine Monsieur Sebastian." Doch der Fehler war passiert.

„Ich will dich nicht von deinem Gilbert fernhalten", sagte er zornig, „oder dich an der Reise nach Paris hindern. Aber zwischen uns beiden ist es aus!" Er nahm seinen Hut und ging zur Tür.

„Barry!", rief sie verzweifelt.

„Leb wohl, Renée", sagte er steif und schlug die Tür hinter sich zu.

Nachdem Renée sich einigermaßen gefasst hatte, schrieb sie einen Brief an den Salon Sebastian; sie erklärte darin, dass sie demnächst heiraten würde und die angebotene Position daher nicht antreten könnte. Den Arbeitsvertrag wollte sie in den nächsten Tagen zurücksenden, denn der umfangreiche Briefumschlag würde nicht in den gewöhnlichen Briefkasten passen und müsste beim Postamt aufgegeben werden.

Sie fühlte sich sehr erleichtert, als sie die Absage in den Briefkasten in der Nähe eingeworfen hatte.

Vielleicht hätte sie Barry doch nichts erzählen sollen, aber sie wollte keine Geheimnisse vor ihm haben, und er sollte sie niemals wieder eine Lügnerin nennen. Sie hoffte zuversichtlich, dass er wieder versöhnlich gestimmt wäre, wenn sie ihm von ihrem abschlägigem Schreiben berichtete und ihm klar machte, dass sie ihm zuliebe diese immerhin einmalige berufliche Chance verworfen hätte. Barrys beschuldigende Worte hatten sie schwer getroffen. Sie konnte nicht leugnen, dass Gilbert Eindruck auf sie gemacht hatte, aber sie hatte sich doch nicht verliebt! Sie hoffte inständig, nichts mehr von diesem Franzosen zu hören.

Renée verbrachte den nächsten Vormittag im Fernsehstudio, und da sie bis zum Abend nichts von Barry gehört hatte, teilte sie ihm in einem Brief mit, dass sie die Tätigkeit in Paris schriftlich abgelehnt hätte, und fragte ihn, wann sie sich wieder sehen würden.

Zwei Tage verstrichen ohne eine Nachricht von ihm. Dafür flatterte ihr ein Telegramm ins Haus:

MADEMOISELLE THORNTON – SIE GABEN MIR IHR WORT – ICH HALTE SIE NICHT FÜR EINE SCHWINDLERIN – GILBERT SEBASTIAN

Wie vermisste sie Barry in dieser unglücklichen Situation! Warum meldete er sich nicht? Er musste doch ihren Brief erhalten haben! Und er musste sie doch gut genug kennen, um zu wissen, dass sie seine Hilfe brauchte! Sie musste zu ihm gehen.

Renée wusste, dass er keinen Abendunterricht hatte, und fuhr mit der U-Bahn in die Nord-Stadt, wo er zur Untermiete bei einer sehr netten Familie wohnte.

Es wurde schon dämmerig, als sie in seine Straße einbog. Sie sah sein Auto vor dem Haus stehen und beschleunigte erleichtert ihre Schritte. Aber sie blieb plötzlich stehen, als sie ein Mädchen in seinem Wagen erblickte. Barry musste also noch in seiner Wohnung sein. Da öffnete sich auch schon die Autotür und das Mädchen – aufreizend kurz sein Rock und übertrieben das Make-up – stieg langsam aus und blickte ungeduldig auf die Haustür. Es war Sally Gibson.

Einige Sekunden danach eilte Barry aus dem Haus.

Renée vernahm Sallys grelle Stimme: „Liebling, du warst ja eine Ewigkeit oben!“

Barrys Antwort war unverständlich. Sally warf ihre Arme um seinen Hals, und beide umarmten sich herzlich. Renée drückte sich in den Eingang zum Nachbarhaus und hoffte, dass man sie nicht gesehen hatte; zum Glück verdeckte sie der Schatten einer dichten Hecke. Die beiden lösten sich aus ihrer Umarmung, und Barry half dem Mädchen ins Auto. Dann setzte er sich ans Steuer, ließ den Motor an, und das Fahrzeug schoss davon.

Renée erwachte wie aus einem Traum und verließ ihr Versteck. Sie fühlte sich verletzt und gedemütigt. Er war also weiterhin mit Sally in Verbindung geblieben und hatte sich ihr sofort nach dem Streit erneut zugewandt. Die Männer waren alle gleich; auch Barry unterschied sich nicht sehr von ihrem Vater.

Sie hatte fest damit gerechnet, dass er ihr aus dem Dilemma heraushelfen würde, aber er hatte nur beleidigende Worte für sie gefunden und sich sogleich mit diesem oberflächlichen Geschöpf eingelassen.

Sie konnte trotzdem nicht glauben, dass Barry sie aus verletzter Eitelkeit mit Sally hinterging, und doch hatte sie den Eindruck, dass die Beziehung zwischen den beiden von längerer Dauer sein würde. Sie fühlte sich furchtbar gedemütigt. Es schien ihr sicher, dass sich bald alle in Woodleigh zutuscheln würden, dass Barry Holmes von Renée Thornton zu Sally Gibson übergewechselt war.

Sie ging zur U-Bahn-Station zurück und löste einen Fahrschein zu einem Postamt, das Tag und Nacht geöffnet war. Dort telegrafierte sie dem Salon Sebastian, dass sie Mitte April in Paris eintreffen würde. „Nun ist es entschieden!“, dachte sie mit einiger Genugtuung.

Aber am nächsten Morgen, als ihre Empörung und ihr Ärger teilweise verraucht waren, durchfuhr sie ein kaltes Schaudern beim Gedanken an den gestrigen Abend und an ihr Telegramm. Nein, es gab kein Zurück mehr. Sie würde nach Paris fahren. Ein aufregendes Leben in einer fremden Stadt und unter völlig fremden Menschen würde nun vor ihr liegen. Als ihr der Verlobungsring einfiel, zog sie ihn heftig vom Finger. Das war vorüber. Barry würde ihn zurückerhalten.

Plötzlich durchzuckte sie ein Gedanke, und sie steckte den Ring wieder auf den Finger. Wenn Barry ihn nicht zurückforderte, wollte sie ihn weiter tragen. Aus Sicherheitsgründen.

Aus Sicherheitsgründen gegen … was? Gegen Gilbert Sebastians Tricks und Kniffe? Ab heute würden sie ihre Wirkung auf sie verfehlen. Sie hatte die Männer kennengelernt.

5. KAPITEL

An einem typischen Apriltag reiste Renée nach Frankreich. Bei ihrer Ankunft auf dem Pariser Flughafen brachen gerade helle Sonnenstrahlen nach einem besonders starken Regenguss durch die Wolken, was sie als gutes Omen wertete. Nachdem der Zubringerbus sie am Invaliden-Bahnhof abgesetzt hatte, wartete sie neben einer ganzen Reihe anderer Touristen auf ein Taxi.

Der Taxichauffeur fuhr durch unzählige Nebenstraßen, um dem Hauptverkehr zu entgehen, sodass Renée nur einen kurzen Blick auf den Eiffelturm werfen konnte und die Seine nur über eine weniger berühmte Brücke überquerte.

Der Verkehr zu dieser Stunde war wirklich lebensgefährlich, und Renée bewunderte den Taxichauffeur, der etliche Male nur knapp einem Zusammenstoß entging.

Ihre Pension lag in einer Straße mit altmodischen, hohen Häusern. Das Taxi hielt vor Nr. 14, wo sich die Pension Dubonnet befand. Renée stieg aus und suchte nervös in ihrer Geldbörse, während sie gleichzeitig die Zahlen auf dem Taxameter zu entziffern suchte. Ein knorriger Alter in einem blauen Arbeitskittel kam aus der Haustür; wie sie später erfuhr, handelte es sich um den alten Henri, der mit seiner Frau Klothilde im Erdgeschoss wohnte und die Hausmeisterstelle einnahm. Er blickte auf das Taxameter und nannte Renée die Summe. Sie reichte dem Taxifahrer das Geld mit einem gut bemessenen Trinkgeld, während Henri ihre Koffer ergriff.

Dann erschien Madame Dubonnet zur Begrüßung. Sie war eine rundliche, mütterliche Erscheinung, ganz in Schwarz gekleidet. Die Augen in ihrem runden Gesicht blickten scharf und durchdringend. Zu Renées Erleichterung redete Madame Dubonnet sie in Englisch, allerdings mit einem starken Akzent, an.

„Willkommen, Mademoiselle Thornton, ich hoffe, dass Sie sich bei uns wohl fühlen werden."

„Das werde ich sicher", antwortete Renée und folgte der Wirtin mit gemischten Gefühlen. Die schlecht erleuchtete Diele mit ihrem kalten grünen Linoleumfußboden und den dunklen Wänden machte keinen einladenden Eindruck.

Die ganze Pension wies wenig Komfort auf. Renées Zimmer war klein, und das Bett ungewöhnlich hart; es gab zwar fließendes Wasser, es entpuppte sich jedoch als sehr launisch – mal kam es kochend heiß, öfter nur – in kleinen Rinnsalen – lauwarm aus der Leitung. Im Esszimmer waren Einzeltische aufgestellt, während der Aufenthaltsraum nur sehr unbequeme Stühle aufwies. Allerdings war ein Fernsehgerät vorhanden. Da Madame offenbar mit dem elektrischen Licht geizte und nur schwache Birnen einschraubte, war es im ganzen Haus düster und trübe. Im Gegensatz zu diesen Nachteilen war die Pension sonst sauber, preisgünstig und verfügte über eine ausgezeichnete Küche.

Im Laufe dieses und des nächsten Tages wurde Renée den Pensionsgästen vorgestellt, die auf sie einen wenig fröhlichen Eindruck machten. Da war zunächst einmal ein ruhiger, älterer Herr, der sich ausschließlich für die Mahlzeiten und seine Zeitungen interessierte. Madame Dubonnet erzählte Renée, dass er eine wichtige Position im Ministerium für Erziehung bekleidete und auf dem linken Seineufer eine Geliebte wohnen hätte, bei der er die meisten Abende verbrachte. Dann wohnte eine Madame Hugon in der Pension, eine komische alte Jungfer ohne verwandtschaftliche Kontakte, aber mit ausreichendem Vermögen für das langweilige Leben in einer Pension. Renée empfand Mitleid mit ihr und versuchte ein Gespräch anzuknüpfen, was aber an erheblichen sprachlichen Schwierigkeiten scheiterte, außerdem hielt sich Madame Hugon sehr zurück, da sie anscheinend keine hohe Meinung von einem Mannequin hatte.

Schließlich gehörte noch die Familie Renaud, entfernte Verwandte von Madame Dubonnet, zu den Dauergästen. Die Frau war sehr schlank und trug ihre einfache Kleidung mit viel Chic. Ihr Mann hatte einen aufreibenden Beruf, sie selbst arbeitete stundenweise in einem Hutgeschäft. Sie hatten zwei Kinder, ein sechsjähriges Mädchen und einen fünfjährigen Jungen. Das Mädchen, Colette, war bereits eine typische Pariserin; sie hatte hübsche lange Haare und verfügte über sehr viel Anmut. Die Kinder gingen tagsüber zur Schule, aßen abends mit den Eltern zusammen und durften dann noch endlos lange mit ihnen Karten spielen.

Madame Renaud versuchte, mit Renée ins Gespräch zu kommen, musste es jedoch bald resigniert aufgeben, da sie kein Englisch konnte und aus dem französischen Gestotter der neuen Mieterin nicht schlau wurde. Die Kinder hingegen fanden Renées Französisch lustig und waren begeistert, als sie sich gleich am ersten Abend für ihr Kartenspiel interessierte.

Aber die Pension und ihre Bewohner wurden wieder unbedeutend, als sich Renée am nächsten Tag auf ihre Vorstellung im Salon Sebastian vorbereitete. Nachdem sie umfangreiche Auskünfte von Madame Dubonnet erhalten hatte, nahm sie – an der Station Passy – die Untergrundbahn. Obgleich sie in der ersten Klasse fuhr, fand sie die Wagen unerträglich überfüllt.

Sie stieg an der Station Madeleine aus und gelangte schließlich zum Faubourg St. Honore, wo sich der Salon befand. Im Erdgeschoss des hohen Gebäudes war die Boutique eingerichtet mit der Konfektionskleidung und den dazugehörenden Taschen, Hüten, Schuhen und Schmuckstücken. Der Salon selbst lag im ersten Stock und darüber die Schneider-, Ankleide- und Lagerräume.

Renée näherte sich dem Eingang mit heftigem Herzklopfen. Sie wollte sich nicht eingestehen, dass sie das bevorstehende Wiedersehen mit Gilbert so aufregte.

Der Mann am Empfang missdeutete ihre kaum hörbare Frage nach Monsieur Sebastian und hielt sie für eine Kundin. Neben ihm bemerkte sie einen frech blickenden Botenjungen in einer feschen himmelblauen Uniform mit silbernen Knöpfen. Im gleichen Augenblick wusste sie, dass es sich um Pierre handeln musste, der sich seit der Begegnung in La Baule äußerlich jedenfalls vorteilhaft verändert hatte. Auf einen Wink seines Vorgesetzten schritt er vor Renée die Treppe hinauf und meldete sie im Salon an.

Der hohe, große Raum mit breiten Fenstern zur Straße war ganz in grauen und weißen Farbtönen gehalten. Graue Chenillevorhänge dekorierten die Fenster und ein Ende der Wand, wo drei Stufen zum Eingang führten, durch den die Mannequins zur Vorführung der Modelle traten. Die Stühle waren vergoldet, und von der Decke hing ein gewaltiger Kristall-Leuchter. Diese Ausstattung des Raumes musste Gilberts atemberaubende Modeschöpfung besonders zur Geltung bringen.

Pierre verschwand, und da entdeckte sie ein großes Farbfoto, das an einer Wand aufgehängt war. Ohne den darunter geschriebenen Namen wusste Renée sofort, um welche Person es sich auf dem Bild handelte. Sie trug ein prachtvolles Gewand, das offenbar für eine Prinzessin aus dem Fernen Osten entworfen war. Ihr honigfarbenes Haar war zu einer Hochfrisur gekämmt, sodass das gleichmäßige Oval ihres Gesichtes betont wurde. Auch auf dem Foto kamen ihre Eleganz und Grazie zum Ausdruck, was die gerade Haltung des Kopfes und der hochmütige Blick ihrer länglichen dunklen Augen bewirkten.

Renées Herz klopfte laut beim Anblick dieses Bildes: Gilbert musste ein Optimist sein, wenn er in ihr eine Nachfolgerin von Antoinette zu finden glaubte! Aber warum konnte er Antoinette nicht vergessen? Warum wollte er sie in Renée wieder finden? Sie konnte doch nur ein schwaches Abbild dieser überwältigenden Schönheit sein. Was immer Antoinette ihm auch gewesen sein mochte, ihr Ruhm war durch ihren tragischen Tod unvergessen, und niemand würde sie ersetzen können.

Renées Gedanken wurden von Madame Lamartine unterbrochen, die etwas verwirrt schien, sie in diesem Raum anzutreffen. Renée schloss daraus, dass Gilbert nicht im Hause war, und war zugleich enttäuscht und erleichtert. Die Französin wusste nicht recht, was sie mit Renée anfangen sollte, und schickte sie zunächst einmal in den Umkleideraum, wo ein halbes Dutzend mehr oder weniger bekleideter Mädchen schwatzend und lachend zusammensaßen. Es waren Hausmannequins, die den Kunden die gewünschten Modelle vorführen mussten. Renée erkannte Celeste wieder, die sie von oben herab anstarrte, als sie ein Lächeln des Wiedererkennens versuchte. Nachdem alle die Neue kritisch betrachtet hatten, kehrten sie wieder zu ihren Gesprächen zurück, von denen Renée kein Wort verstand.

Sie erinnerte sich, dass gerade in Frankreich der Beruf des Mannequins überlaufen war und die französischen Mädchen ihr, der Engländerin, diese Anstellung verständlicherweise nicht gönnten. Sie ließ sich bedrückt auf einem Stuhl nieder und wusste nicht, was sie anfangen sollte. Es war wirklich hirnverbrannt von ihr gewesen, hierher zu kommen.

Eine Verkäuferin trat in den Raum. „Kommen Sie bitte, Louise!“ Ein sehr schlankes Mädchen mit roten Haaren löste sich aus der plaudernden Gruppe und ging zur Tür. „Ist es die Baronin?“, fragte sie gelangweilt.

„Oui, oui, beeilen Sie sich!“, murrte die Verkäuferin.

Louise verschwand ohne jegliche Eile. Gleichzeitig kam ein anderes Mädchen mit glänzend braunen Haaren und fröhlichen mandelförmigen Augen. Sie sah so völlig angelsächsisch aus, dass Renée sich Hoffnungen machte, in ihr eine Landsmännin zu finden.

Das Mädchen bemerkte ihre Isoliertheit und kam auf sie zu. „Sie sind neu hier?“

Oh, wie froh sie war, ihre Muttersprache zu hören! Renée gab zu verstehen, dass sie am Vormittag angekommen sei.

„Ich bin Janine Sinclair und komme aus Kanada“, sagte das Mädchen, und setzte sich auf einen Stuhl neben Renée. „Ich freue mich, Sie kennenzulernen. Diese Mädchen hier sind schrecklich überheblich gegenüber allen Mannequins, die nicht aus Frankreich sind. Mein richtiger Name ist Joan, aber er musste dem Beruf zuliebe in Janine geändert werden. Wie heißen Sie?“

„Renée Thornton, und ich hoffe, dass es bei Renée bleiben wird.“

Von Janine erhielt sie nun ausführliche Informationen. Die Modenschauen im Januar und deren Folgen waren vorüber, und da Gilbert zurzeit eine ähnliche Modenschau wie damals in La Baule arrangierte, würde es erst nach seiner Rückkehr wieder viel Arbeit geben.

„Ich rate Ihnen übrigens, ein Strickzeug mitzubringen“, fuhr Janine fort und holte ihr fast fertig gestricktes Rückenteil einer Jacke hervor. „Man kann natürlich auch lesen, aber damit isoliert man sich, und es macht ja auch Spaß, mit den anderen zu plaudern. Montags haben wir frei, aber wenn die Kollektionen gezeigt werden, arbeiten wir Tag und Nacht.“

„Erzählen Sie mir doch ein bisschen von der Arbeit hier. Was ist in den übrigen Räumen des Hauses hier los?"

„Dort drüben wird zugeschnitten, genäht und gebügelt. Sie wissen sicher, dass die hier entworfenen Kleider handgenäht sind? Die Einzelteile eines Kleides werden zunächst alle aus Nesselstoff zugeschnitten und zusammengenäht und erst nach den notwendigen Korrekturen auf den ausgewählten Stoff übertragen. Ich wage nicht, Ihnen die Arbeitsräume zu zeigen. Sie sind ständig überfüllt, und es wird auch nicht gern gesehen, wenn wir im Haus herumspazieren. Es gibt genügend Lehrlinge, die alle Botengänge erledigen und uns alles Gewünschte bringen. Wir Mannequins bilden hier eine bevorzugte Gruppe, müssen Sie wissen. Wir sind sozusagen empfindliche Züchtungen in einem Treibhaus, deren einzige Aufgabe darin besteht, schöne Kleider zu tragen und sie so vorteilhaft wie möglich zur Schau zu stellen."

„Dabei werde ich scheitern", sagte Renée kleinlaut, „ich ... ich habe noch nicht viel Erfahrung in dieser Sache ... ich werde auf Hilfe angewiesen sein."

Janine betrachtete sie kritisch. „Machen Sie sich deswegen keine Sorgen", beruhigte sie Renée. „Sie sind der von Monsieur bevorzugte Typ. Er mag vor allem blonde Mädchen, und wir haben im Moment kein Mannequin mit natürlichen blonden Haaren. Sie kommen also bestimmt bei ihm an. Seit Jahren sucht er nämlich Ersatz für Antoinette."

Renées Interesse wurde wach. „Kannten Sie Antoinette?"

Janine schüttelte den Kopf. „Das war vor meiner Zeit, aber man spricht hier von ihr schon fast wie von einer Märchengestalt; haben Sie ihr Bild im Salon gesehen?"

„Ja, sie muss sehr schön gewesen sein."

„Und Sie, Renée, erinnern mich an sie!", stellte Janine fest. „Sie haben den gleichen träumerischen Blick wie Antoinette."

„Oh, nicht doch", rief Renée, „sonst komme ich mir noch wie Antoinettes Geist vor!" Wieder rann ein kalter Schauer über ihren Rücken. Vielleicht sah Gilbert tatsächlich in ihr die tote Geliebte. Der Gedanke war ihr unheimlich.

„Ob Geist oder nicht, Sie brauchen sich um Ihre Zukunft hier keine Sorgen zu machen; ich wette, dass Monsieur nur noch nach Ihnen fragen wird, wenn er wieder hier ist."

Janine ging mit ihr zum Mittagessen in eins der zahlreichen kleinen Straßencafés. Da eine längere Mittagspause festgelegt war, bummelten sie zum Place de l'Opéra, wo sie die prunkvolle Fassade des Opernhauses bewunderten. Von dort gingen sie die Rue de Rivoli mit den schönen Arkaden und attraktiven Läden hinab und erreichten schließlich den Place de la Concorde.

Das enorme Ausmaß dieses Platzes mit dem bekannten Obelisken in der Mitte nahm spielend leicht den mächtig brodelnden Verkehr auf. Zur linken Seite dehnte sich der Jardin des Tuileries mit seinen Terrassen, den großen Rasenflächen, den Statuen und runden Teichen aus; zur rechten erstreckten sich die Champs-Elysees, und in weiter Entfernung schimmerte die Silhouette des Arc de Triomphe. Vor ihnen lag eine Brücke, die über die Seine führte. Der riesige Platz mit seinen Fontänen und Statuetten machte einen überwältigenden Eindruck auf Renée. Sie machte neben einer der Fontänen Halt.

„An dieser Stelle wurde Louis XVI. geköpft", erzählte Janine.

„Wirklich?", fragte Renée erschrocken. Bei diesem warmen Sonnenlicht konnte sie sich nur schwer die blutigen Schreckensszenen vorstellen, die sich einmal auf diesem hübschen Platz abgespielt hatten.

Sie schlenderten weiter an Parkflächen vorbei, bis zum Rond Point, wo sechs Straßen zusammenliefen. „Wir sollten besser umkehren", riet Janine, die einen Blick auf ihre Armbanduhr geworfen hatte.

Renée sah sehnsüchtig die Champs-Elysees entlang. „Können wir nicht dort entlang gehen?", fragte sie.

„Wir haben heute keine Zeit dazu. Wir können einmal abends dort hingehen, einen Kaffee in einem Straßencafé trinken und die große Welt an uns vorbeiziehen lassen. Aber jetzt müssen wir zurück."

Zahlreiche Männer drehten sich nach den hübschen und elegant gekleideten jungen Damen auf deren Rückweg um, und Janine riet Renée, nie allein spazieren zu gehen.

Auch an den folgenden Tagen gab es nichts zu tun für Renée. Um ihre leeren Stunden auszufüllen, hatte sie wie Janine mit dem Stricken einer Jacke begonnen. Sie wollte sie nach Fertigstellung dann Barry schicken, sozusagen als Versöhnungsgeschenk, obwohl sie der Gedanke an seine Treulosigkeit von Zeit zu Zeit immer noch schmerzte. Ihre Freundschaft, so meinte sie, war zu gut und zu tief gewesen, als dass ein dummer kleiner Flirt sie zerstören könnte. Sie war daher fast geneigt, ihm zu schreiben, dass sie sich wieder versöhnen wollte. Janine hielt Wort und besuchte mit ihr am zweiten Abend die Champs-Elysees. Die Straßenbeleuchtung wurde gerade angeschaltet, als sie ihren Kaffee am oberen Ende der Prachtstraße, wo sich Auto-Ausstellungsräume und exklusive Geschäfte befanden, bestellten. Autoschlangen wälzten sich auf den Spuren, und fröhlich gekleidete Menschen promenierten auf den breiten Bürgersteigen. Der nahe liegende Triumphbogen war in einen feinen Nebelschleier gehüllt.

„Dies", sagte Janine gefühlvoll, „ist Paris! Ich bin gespannt, was es Ihnen zu bieten hat."

„Ich hoffe, es wird mich in die Haute Couture einweihen", lachte Renée. „Ich bin nicht nur zum Stricken hierher gekommen."

„Sie sind doch sozusagen erst fünf Minuten hier", erinnerte sie Janine. „Warten Sie erst einmal die Kollektions-Zeit ab. Aber ich hoffe, dass Paris Ihnen außer harter Arbeit auch einige aufregende Erlebnisse bescheren wird."

An den folgenden Abenden widmete Renée sich Colette und Guy, für die sie mit Janines Hilfe einige einfache Gesellschaftsspiele besorgt hatte. Da sie aber bei ihren Spielen zu viel Lärm machten, wurden sie von den anderen Pensionsgästen aus dem Aufenthaltszimmer, wo abends der Fernseher lief, verbannt. Sie zogen sich daher in Renées kleines Schlafzimmer zurück. In diesen Stunden lernte sie viele französische Ausdrücke von den Kindern, sodass jeder Abend für alle Teile gewinnbringend war.

Endlich kam Gilbert zurück. Er betrat sein Haus, eine Mappe mit Entwürfen in der Hand, und sofort erwachte alles zu neuem Leben. Die Mitarbeiter rannten aufgeregt umher, die Mannequins packten ihr Strickzeug und andere Handarbeiten zusammen und legten neues Make-up auf. Pierre hatte sofort zahllose Botengänge zu erledigen, und zwischen den Arbeitsräumen und Gilberts Studio war ein ständiges Kommen und Gehen.

Renée wartete voller Unruhe darauf, in sein Zimmer gerufen zu werden. Sie war gespannt, wie er sich ihr gegenüber verhalten würde. Damals in La Baule war er der Bittende, der sie für seine Modenschau werben wollte. Jetzt war sie seine Angestellte. Als sie endlich zu ihm gerufen wurde, zitterten ihre Knie, und es kostete sie große Mühe, gleichgültig zu erscheinen.

Er saß hinter einem großen Schreibtisch, der über und über mit Entwürfen und Stoffproben bedeckt war. Renée hatte fast vergessen, wie gut er aussah. Als sich ihre Blicke begegneten, begann ihr Herz zu rasen.

„Sie sind also doch gekommen, Renée“, sagte er.

„Ja, Monsieur.“ Sie hatte leise gesprochen und senkte den Kopf.

„Sie waren ein sehr böses Mädchen, als Sie versuchten, sich aus dem Vertrag zu mogeln!“ Er lächelte.

„Es tut mir leid, aber es waren unvorhersehbare Umstände eingetreten“, erklärte sie und stellte erleichtert fest, dass ihre Stimme kühl und sachlich klang. „Doch nun bin ich ja da und habe überhaupt noch nichts getan.“

„Aber Sie haben sich hoffentlich schon Paris angesehen und die Atmosphäre dieser Stadt kennengelernt, oder? Denn nun soll die Arbeit beginnen. Ich habe bereits den Entwurf eines Kleides für Sie im Kopf – ich werde es ‚Printemps‘, also Frühling, nennen, denn Sie, Mademoiselle, sind so jung und frisch wie der Frühling. Wenn das Modell aus Nessel hergestellt ist, sehen wir uns wieder.“

Er klingelte, und in der nächsten Sekunde eilte eine Mitarbeiterin herbei, der Gilbert eine Skizze mit einer Stoffprobe in blassgrüner Farbe aushändigte. „Begleiten Sie Yvette“, sagte er zu Renée.

Als Renée das Studio verließ, fühlte sie sich irgendwie enttäuscht. Aber – was hatte sie denn erwartet? Er lebt für seine Arbeit, hatte ihr Ava Brent ja gesagt. Und sie gehörte nur zu seinen Mitarbeitern, und die Vertraulichkeit bei ihren Ausflügen in La Baule gehörten in eine andere Welt.

Renées Arbeitstage waren von nun ab ausgefüllt mit Anproben. Zunächst stand sie stundenlang geduldig auf einem Fleck, damit der Nesselstoff passend auf ihre Figur geschnitten und gesteckt wurde. Nach dieser Vorarbeit vollzog sich der gleiche Arbeitsablauf mit dem ausgesuchten Stoff, der dann zusammengeheftet und von den geschickten Händen der Schneiderinnen genäht wurde. Das Modell ‚Printemps' war ein Traum aus weichfließender grüner Seide, bodenlang, mit zarten Rüschen, die den Hals umschmeichelten, sodass ihr Kopf wie eine Frühlingsblume daraus hervorragte.

Janine, die wegen ihrer kräftigeren Figur Mäntel und Kostüme vorführen musste, betrachtete Renée voller Neid. „Ist Ihnen klar, dass die Modenschau der Herbstmodelle im heißen Juli stattfindet? Das wird Ihnen in Cocktail- und Abendkleidern nicht viel ausmachen, während ich in Winterstoffen und Pelzen schwitzen muss, und das nicht zu knapp …"

Aber der Juli lag noch in weiter Ferne, und Renée fand ihre Tätigkeit ermüdend und langweilig. Wenn Gilbert die Kleider begutachtete und dabei mit den Assistenten, die für die Anproben zuständig waren, schnelle Worte in französischer Sprache wechselte, blieb anfangs alles unverständlich für sie. Im Laufe der Zeit hörte sie sich mehr und mehr in diese Fachausdrücke hinein, und manchmal geschah es, dass Gilberts Blick sich von dem anprobierten Modellkleid löste und auf ihr Gesicht fiel. Nie gelang es ihr, seinen Augen standzuhalten, und sie vermochte dann kaum ihre innere Verwirrung zu verbergen …

Die begonnene Strickarbeit wurde beiseite gelegt, und der Brief an Barry geriet in Vergessenheit. Abends war sie nun so müde, dass sie nur noch zur Pension zurückschlich, um ihre schmerzenden Füße zu pflegen; sie spielte dann zwar noch immer mit den Kindern, die sie nicht enttäuschen wollte, doch sie spürte, wie ihre Energie mehr und mehr nachließ.

Inzwischen war auch der Frühling angebrochen; es grünte und blühte in den Gärten, Parks und Gartenanlagen der Stadt, und die Kastanienbäume auf der Champs-Elysees zeigten sich in großer Pracht. Renée verspürte eine bisher unbekannte Unruhe.

„Es ist Frühling", seufzte Janine. „Ich habe meinen Freund in Ottawa, aber Briefe reichen nicht immer aus! Ich glaube, Sie sehnen sich auch nach Ihrem Verlobten?" Sie deutete dabei auf Renées Ring. Renée hingegen stellte bei sich fest, dass sie sich nicht nach Barrys Gegenwart sehnte.

An einem schönen Tag verbrachte sie ihre Mittagspause in den Tuilerien und beobachtete Kinder, die kleine Boote auf den Teichen segeln ließen.

„Wo wohnt eigentlich Monsieur Gilbert?", fragte Renée ziemlich unvermittelt. „Ich weiß überhaupt nichts von seinem Privatleben."

„Das kennt niemand", antwortete Janine mit einem leichten Spott in der Stimme. „Ist Ihnen nicht bekannt, dass die meisten französischen Männer ihr Privatleben geheim halten, selbst vor ihren Frauen? Er wird irgendwo eine Wohnung oder ein Appartement haben und wird sich sonst viel in Restaurants aufhalten."

„Gut." Doch Renée wollte mehr wissen. „Ist er verlobt oder verheiratet? Ich weiß nur, dass sein Vater früh gestorben ist"

„Er ist nicht verheiratet, aber vermutlich einem Mädchen im heiratsfähigen Alter versprochen, das eine ordentliche Aussteuer mit in die Ehe bringt. Das ist in gewissen Kreisen hier so üblich." Sie blickte Renée aufmerksam an. „Warum interessiert Sie das eigentlich?"

Renée errötete.

„Du lieber Himmel, Sie sind doch nicht etwa in ihn verliebt?", fragte Janine fassungslos.

„Oh, nein, keineswegs. Ich … ich wollte es nur mal wissen."

Bei Janines Worten war ihr schlagartig zu Bewusstsein gekommen, dass sie tatsächlich in Gilbert verliebt war. Seit ihrer ersten Begegnung fühlte sie sich von ihm angezogen, und seit sie sich in Paris aufhielt, verstärkte sich ihre Zuneigung mit jedem Tag. Darum schlug ihr Herz auch wie rasend, wenn er sie anblickte, darum fühlte sie eine innere Leere, wenn er nicht anwesend war.

All diese Gefühle waren neu für Renée, und sie fragte sich verwundert, wie ihr das passieren konnte. Nie hatte sie so für Barry empfunden.

Aber war diese Liebe nicht aussichtslos? Gilbert lebte nur für seinen Beruf und in der Erinnerung an Antoinette. Er hatte sie, Renée, nur nach Paris gelockt, damit sie für ihn tätig war. Die Verzweiflung wurde plötzlich so übermächtig, dass sie die Tränen nicht zurückhalten konnte und schnell nach ihrem Taschentuch suchte.

Janine legte den Arm tröstend um Renées Schultern. „Ich hatte schon befürchtet, dass Sie sich in ihn verliebt haben", sagte sie teilnahmsvoll. „Es ist ja verständlich. Er ist faszinierend, und alle hier sind verrückt nach ihm", sie drehte den Kopf in Richtung Modesalon. „Zum Glück ist er nicht mein Typ."

„Meiner auch nicht, aber … aber … ach, Janine, sieht man es mir etwa an?"

„Nein, Sie werden zwar rot, wenn er in der Nähe ist, doch das passiert anderen auch", beruhigte sie Janine. „Wir haben hier alle längst bemerkt, dass Sie inzwischen sein Lieblingsmodell sind, und daher sind die anderen auch so gehässig zu Ihnen."

„Ach", sagte Renée bitter, „für ihn bin ich doch nur eine Kreuzung zwischen Antoinettes Abbild und einem Kleiderständer."

„Aber Ihr Freund, dieser Barry …" begann Janine zögernd. „Sie lieben ihn doch auch? Wartet er nicht auf Sie?"

„Janine …", Renée ging zum vertraulicheren Du über, „du sollst die Wahrheit wissen: Wir sind zerstritten, Barry und ich. Wie haben uns noch nicht wieder ausgesöhnt. Und – und ich weiß jetzt, dass ich ihn nie wirklich geliebt habe." Sie seufzte. „Ich wollte mich auch niemals verlieben. Ich dachte immer, dass ich zu diesem Gefühl gar nicht fähig wäre. Ja, ich war sogar stolz darauf, dass ich über jede Sentimentalität erhaben war. Aber jetzt …"

„Wie dumm warst du!" Janines Stimme klang energisch. „Liebe ist das größte, das mächtigste, das wunderbarste Gefühl, das es gibt. Wer nicht geliebt hat, der hat auch nicht gelebt. Sei dem Himmel dankbar, dass er dich durch Gilbert Sebastian zum Leben erweckt hat."

„Aber was soll ich tun?", jammerte Renée. „Es wäre schrecklich, wenn er meine Gefühle erriete. Diese Demütigung würde ich nicht ertragen."

„Du könntest nach Hause fahren, weil du – angeblich – ein Telegramm von deiner kranken Mutter bekommen hast."

Renée blickte sie zweifelnd an. Der Gedanke, Gilbert nicht wieder zu sehen, war fast schmerzlicher als die Angst, ihre Gefühle zu verraten.

„Kann ich das wirklich?“

Janine lachte. „Lass es gut sein, Renée, fast jeder hat irgendwann einmal eine unglückliche Liebe und – ist daran nicht gestorben. Und soweit ich Gilbert beurteilen kann, legt er es sogar darauf an, dass du dich in ihn verliebst.“

„Was sagst du da?“, warf Renée empört ein.

„Er ist ein hartnäckiger Geschäftsmann, vergiss das nicht, Renée! Er setzt alles daran, deine Zuneigung zu gewinnen, denn du inspirierst ihn zu seinen Meisterentwürfen. Madame Lamartine meint, dass er sich neuerdings selbst übertrifft. Daher solltest du auf jeden Fall hier bleiben, bis diese Kollektion präsentiert worden ist.“

„Du übertreibst, Janine!“

„Künstler sind seltsame Menschen, das weißt du auch! Sie müssen für ihre besten schöpferischen Leistungen eine gewisse Inspiration haben. Und in diesem Falle bist du das – wegen deiner Ähnlichkeit mit Antoinette. Mit seiner letzten Kollektion war er sehr unzufrieden, und wir alle hatten schwer darunter zu leiden. Er entwarf ganz uneuropäische, rustikale Modelle, die wohl eine sensationelle Neuheit waren, aber die Kunden des Salon Sebastian erwarteten andere Kreationen aus diesem Hause …“

Renée hatte schweigend zugehört. Sie tröstete sich mit dem Gedanken, einen großen Künstler bei seinen Schöpfungen zu inspirieren. Aber war das ein Trost?

6. KAPITEL

Im Juni wurde das Wetter sehr heiß, und Renée fühlte sich erschöpfter als sonst. Als sie eines Samstagabends heimkam, fand sie zu ihrer Überraschung Christine und einen jungen Mann in Madame Dubonnets Aufenthaltsraum vor.

„Wir hatten ganz plötzlich die Idee, übers Wochenende nach Paris zu fahren", wurde sie von Chris lebhaft begrüßt. „Wir wollten dich natürlich auch gerne besuchen, erfuhren jedoch heute morgen am Telefon, dass du im Salon Sebastian arbeitest."

„Montags ist unser freier Tag, nicht samstags", erklärte Renée, „aber konntet ihr denn eine Unterkunft finden? In dieser Jahreszeit sind die Pariser Hotels lange Zeit im Voraus ausgebucht."

„Wir haben zwei primitive Zimmer in der Nähe des Nordbahnhofs ergattert. Es ist dort zwar laut, doch dafür genießen wir den Blick auf diese weiße Sehenswürdigkeit, die wie Schaumgebäck aussieht und auf einem Hügel in der Nähe des Boulevard Rochechouart liegt."

„Das ist die Kirche Sacre Cœur auf dem Montmartre. Von ihr hat man einen herrlichen Blick auf Paris! Schade, dass ich nicht eher von eurem Besuch wusste, ich hätte sicher eine nettere Unterkunft für euch gefunden", erwiderte Renée. Sie freute sich, ihre Schwester wieder zu sehen. Das Zuhause und ihre Familie waren in den vergangenen Wochen in weite Ferne gerückt. „Willst du mir nicht deinen Freund vorstellen?", fragte sie schließlich.

„Oh, das ist Trog! Erkennst du ihn nicht? In sauberem Zustand sieht er wohl doch sehr verändert aus?"

Renée reichte dem tadellos gekämmten und rasierten jungen Mann die Hand. Er trug einen Blazer, ordentlich gebügelte dunkle Hosen, und Renée stellte fest, dass er sich seit der ersten Begegnung zu einem wirklich gut aussehenden jungen Mann entwickelt hatte.

„Wenn Ihre Schwester mich doch nur nicht immer Trog nennen würde!", beschwerte er sich. „Ich heiße Charles."

„Ja, ja, ich weiß", sagte Chris ärgerlich. „Warum konnten dich deine Leute nicht Grant oder Greg nennen oder dir irgendeinen anderen flotten Namen geben?“

„Mir gefällt der Name“, meinte Renée herzlich. „Ich werde Sie Charles nennen.“

Er lächelte sie dankbar an.

Da es auch noch am Abend sehr warm war, schlug Renée eine Motorbootfahrt auf der Seine vor, und wenn sie noch Plätze bekämen, könnten sie sogar auf dem Schiff zu Abend essen. Vom Wasser aus würden sie dann eine Menge Sehenswürdigkeiten, die extra für die Touristen angestrahlt wurden, an sich vorüberziehen lassen. Der Vorschlag wurde begeistert angenommen, und während Charles telefonisch die Plätze reservieren lassen wollte, begleitete Christine ihre Schwester in ihr Pensionszimmer. Sie begutachtete Renées schwarzweiß gemustertes Leinenkostüm, zu dem sie schwarze Schuhe und einen kleinen weißen Hut trug.

„Du siehst wie eine waschechte Pariserin aus“, sagte sie anerkennend. „Das Kostüm hat bestimmt eine schöne Stange Geld gekostet.“

„Das ist ein im Preis reduziertes Modell; wir müssen für den Salon Sebastian immer gut gekleidet sein.“

„Verständlich! – Findest du es eigentlich nicht tragisch mit Trog?“

„Was? Was ist denn mit Charles los?“, fragte Renée erstaunt.

„Hast du es nicht bemerkt? Er hat sich verändert. Ich finde es natürlich auch besser, dass er kein Hippie geworden ist. Das Schreckliche ist nur, dass ich an dieser Veränderung schuld bin. Er möchte mich heiraten, und darum hat er sich gekämmt und rasiert und eine geregelte Tätigkeit angenommen.“

„Willst du ihn auch heiraten?“, fragte Renée.

„Vielleicht. Ich mag ihn. Aber wann weiß man eigentlich, ob man jemanden genug liebt, um ihn zu heiraten? Du selbst schienst nie so richtig verliebt in Barry zu sein, aber ich glaube, du bist … oder warst … seid ihr noch zusammen?“

Renée wandte sich ab. „Offiziell haben wir unsere Verlobung noch nicht rückgängig gemacht.“

Chris nickte. „Ihr habt euch wahrscheinlich zerstritten, weil du nach Paris gehen wolltest, nicht wahr? Ich bin froh, dass du dich durchgesetzt hast. Übrigens, Barry geht nicht mehr mit Sally aus. Er verbringt seine ganze freie Zeit auf dem Motorboot. Und du? Du hast sicherlich einen anderen hier kennengelernt, stimmt's?"

„Oh, nein", entgegnete Renée hastig. Die Nachrichten über Barry ließen sie seltsamerweise kalt. „Es bleibt mir hier kaum Zeit für Romanzen!" ‚Das fehlte mir auch noch', dachte sie. Sie blickte ihre Schwester an, die noch sehr jung und unerfahren aussah. „Früher hätte ich gesagt, man sollte jemand heiraten, den man gern hat, aber heute glaube ich, dass dieses Gefühl nicht ausreicht. Man muss wohl warten, bis man wirklich liebt. Ich glaube, es lohnt sich."

„Du hältst nichts von einer Romanze?", fragte Chris erstaunt.

„Nein, Chris, es muss Liebe sein. Liebe ist mehr als eine Romanze." Sie wandte sich schnell ab, um sich nicht zu verraten.

Chris ahnte, dass ihre Schwester sich verliebt hatte. Sie hätte gerne gewusst, wer der Mann war und ob er Renées Liebe erwiderte. Sie sah so elegant und hübsch aus, dass sie bestimmt Gegenliebe verdiente.

Chris verdrängte ihre Neugier, sprang auf die Füße und strich sich die Haare aus der Stirn. „Was wird aus unserer Bootsfahrt? Ich sterbe vor Hunger, und Trog wird annehmen, wir wären verloren gegangen!"

Der gemeinsame Ausflug wurde ein voller Erfolg. Wie Märchenschlösser erstrahlten Notre Dame, die anderen Gebäude auf der Ile de la Cité und der Invalidendom, als sie langsam daran vorbeiglitten. An den Ufern saßen verliebte Pärchen und kümmerten sich nicht um das helle Licht der Scheinwerfer.

„Junge Liebe und Paris im Frühling", seufzte Renée.

Chris antwortete nicht. Als Renée sich zu ihr umdrehte, sah sie, dass Charles seinen Arm um ihre Schultern gelegt hatte, und sie fühlte, dass ihre kleine Schwester sicher bald die Liebe entdecken würde. Sie blickte träumerisch auf das Wasser, wo sich das Laternenlicht glitzernd widerspiegelte, und stellte sich vor, wie es wäre, wenn Gilbert so neben ihr säße und den Arm um ihre Schultern legte. Ein begeisterter Ausruf von Chris weckte sie aus ihren Träumen. Sie näherten sich dem Eiffelturm, dessen Silhouette sich von zigtausend erleuchteten Glühbirnen gegen den dunklen Nachthimmel emporhob.

„Er sieht genau wie auf dem Foto aus!“, rief Charles, und Renée musste lachen.

Nach dieser Bootsfahrt auf der Seine trennten sich die beiden von Renée, um das Nachtleben am Montmartre zu erforschen. Sie verabredeten sich nicht mehr, weil sie am nächsten Abend zurückfahren wollten; Renée hatte außerdem sehr deutlich gespürt, dass Charles gerne allein mit ihrer Schwester geblieben wäre. Nun, das fünfte Rad am Wagen wollte sie absolut nicht sein. Sie trug Chris Grüße an ihre Mutter auf und besorgte an einem Kiosk noch schnell ein kleines Souvenir aus Paris – die Nachbildung des Eiffelturmes – für Michael. Sie würde ohnehin nach Hause zurückkehren, sobald ihre Arbeitsgenehmigung nach Beendigung der Kollektion abgelaufen wäre, denn sie hatte nicht die Absicht, um eine Verlängerung nachzusuchen.

Dieser Entschluss hatte ihr viele qualvolle Stunden beschert, aber so schmerzlich sie die Trennung von Gilbert auch empfinden würde, so glaubte sie doch, die innere Ruhe nur so wieder finden zu können. Chris, der sie diesen Grund nicht anvertraute, glaubte allerdings, dass Renée wegen Barry zurückkommen wollte.

Die Tage wurden sommerlich heiß, und das Arbeitstempo im Salon Sebastian wuchs ständig, während die Touristen in großen Scharen nach Paris strömten.

Renée meinte, noch nie so grüne Bäume und noch nie einen solch blauen Himmel gesehen zu haben. Ihr früheres Leben gehörte immer mehr der Vergangenheit an, wenn sie jetzt durch die bezaubernde Stadt fuhr, und sie wusste, dass die Liebe zu Gilbert sie verwandelt hatte. Zu Hause war sie immer in die Rolle der älteren Schwester gedrängt worden, die in Chris’ Augen bereits zu einer anderen Generation gehörte, im Beruf war sie ein erfolgreiches Fotomodell geworden, und schließlich war sie Barry Holmes’ einfühlsame und verständige Freundin gewesen. Die veränderte Renée war nicht mehr so zuversichtlich und selbstsicher, ihr ganzes Wesen war jetzt sensibler, verletzlicher. Von Gilberts Mannequins war sie das jüngste und natürlichste. Sie wurde von Janine wie eine Schwester und von Madame Dubonnet wie ein eigenes Kind behandelt, das kaum ohne Begleitung die Straße überqueren durfte. Dabei hatte die Liebe sie zu einer strahlend schönen Frau erblühen lassen.

Gilbert stellte seine Kollektion zusammen und veranstaltete bereits Probevorführungen im Salon – hinter verschlossenen Türen. Renée lernte wie eine Königin zu schreiten und dabei ständig zu lächeln, obgleich ihre Füße schmerzten. Sie musste üben, in welchem Augenblick eine Stola oder ein Schal herabgelassen werden musste, damit das darunter liegende Kleid zur Geltung kam; sie musste sich die Accessoires für jedes Modell sowie die Reihenfolge der vorzuführenden Roben einprägen. Außer den zahlreichen Abend- und Cocktailkleidern wurden neue Tunikakleider und Hosenanzüge vorgestellt.

Nach dem Modell ‚Printemps' sollte Renée noch einige weitere Kleider mit wohlklingenden Namen vorführen: ‚La Rose de France', ein Kleid mit einem kurzen Rock, der mit Pailletten in allen Rosa-Tönen besetzt war; ‚Harlequin', eine enganliegende Tunika über langen Hosen, das Oberteil glitzerte bei der Bewegung wie tausend Lichtpunkte; ‚La Spectre', ein Kleid aus schimmerndem grauen Chiffon, das Renée nicht mochte, da es so gespenstisch wirkte und sie sich darin an den ‚Geist von Antoinette' erinnert fühlte.

Je näher der Tag rückte, an dem die Kollektion vorgeführt werden sollte, je mehr weilten Renées Gedanken bei dieser Antoinette. Sie machte sich klar, dass Gilbert sie mit seinem ehemaligen Lieblingsmodell identifizierte und sich auch denselben Erfolg von ihr versprach. Da sie fürchtete, diese Erwartungen nicht erfüllen zu können und damit Gilberts Hoffnungen zu zerstören, wuchs die Modenschau in ihren Augen zu einer entsetzlichen Feuertaufe heran. Sie spürte, dass sich die übrigen Mannequins – außer Janine – über ihren Misserfolg freuen würden. Ihre Feindseligkeiten hatten sich noch verstärkt, als Gilbert Renée für die Vorführung des Hochzeitskleides bestimmte. Hochzeitskleider waren die Krönung der Kollektion und wurden stets am Ende der Modenschau gezeigt. Yolanda, eine schlanke Brünette, die das Hochzeitskleid der letzten Kollektion vorgeführt und sich auch diesmal wieder darauf gefreut hatte, versuchte in ihrem Zorn, auf die Chiffon-Schleppe des Modellkleides ‚La Spectre' zu treten, was Renée in letzter Sekunde verhindern konnte. Ein zerrissenes Modell – eine unverzeihliche Katastrophe!

Renées Zukunftsgedanken endeten stets bei der bevorstehenden Modenschau, darüber hinaus hatte sie keine weiteren Pläne. Sollte sie wider Erwarten Erfolg haben, würde sie vielleicht den Salon Sebastian nicht verlassen. Sie fühlte sich einfach nicht stark genug, sich von Gilbert zu trennen.

Ende August sollte der Salon für eine Woche geschlossen werden, und Renées Kolleginnen erörterten eifrig ihre Ferienpläne. Sie selbst hatte keine. Ende August, das schien ihr noch Millionen Jahre weit entfernt zu sein. Janine dagegen hatte die Sondererlaubnis erhalten, direkt nach der ersten Modenschau-Woche Urlaub zu nehmen, da sie ihre Eltern auf einer Europa-Reise begleiten wollte.

„Die Eltern haben mir vorgeschlagen, eine Freundin mitzubringen“, erzählte sie Renée. „Könntest du nicht dieselbe Urlaubszeit von Monsieur Gilbert erbitten und mit uns fahren?“

Renée freute sich über die Einladung, aber sie konnte sich einen derart kostspieligen Urlaub nicht leisten, und sie wollte Gilbert auch nicht gerne um einen Gefallen bitten. Als sie diese Bedenken vortrug, wurde sie von Janine sofort unterbrochen.

„Du bist selbstverständlich unser Gast. Dad und Mum können sich alles leisten, seitdem auf unserer Ranch erfolgreich nach Erdöl gebohrt wird. Du darfst nur nicht zu stolz sein, unsere Gastfreundschaft anzunehmen!“

Renée war gerührt. „Es ist sehr lieb, dass du mich mitnehmen willst, Janine, und ich würde auch gerne mitkommen, aber ich weiß nicht, was nach der Modenschau passiert. Wenn ich durchfalle, muss ich zurück nach England und mir eine andere Tätigkeit suchen.“

Janine lachte sie wegen ihrer Zweifel aus und meinte, dass die Einladung bestehen bliebe.

Gilbert war sich über das Hochzeitskleid noch ziemlich unschlüssig. Es sollte auf jeden Fall aus weich fließendem Satin geschneidert werden. Es lagen auch schon etliche Entwürfe – in Nesselstoff verarbeitet – vor. An einem schwülen Nachmittag war Renée wieder eines dieser Kleider angepasst worden; sie war müde und fürchtete, dass es wieder ein langer Tag werden würde.

„Voilà", meinte die Anpasserin, „gehen Sie jetzt und zeigen Sie sich Monsieur."

Gilbert saß wie gewöhnlich hinter seinem Studio-Schreibtisch; wegen der Hitze trug er zu einer blaugrauen Hose nur ein weißes Seidenhemd mit kurzen Ärmeln, das seine muskulösen und gebräunten Arme und den Hals freigab. Er trug im Geschäft selten legere Kleidung.

„Nein", sagte er mit scharfer Stimme, als er das Modell betrachtete. „Das gefällt mir nicht." Mit ungeduldigen Händen riss er das Kleid von ihren Schultern. „Es muss in glatten Falten geschneidert werden!"

Er rollte einige Meter Satin-Stoff von einem Ballen, warf ihn über Renées Schultern und ließ den Stoff bis zu ihren Füßen gleiten. In diesem Moment klopfte jemand an die Tür. Eine Frau sah herein, die Renée nicht erkennen konnte.

„Sie stören!", winkte Gilbert ab, und die Mitarbeiterin zog sich wortlos zurück. Dann drapierte Gilbert den Stoff in Falten um ihren Körper und kniete schließlich vor ihr nieder, um den Saum nach seinen Vorstellungen abzustecken. Renées Herz klopfte wild, und sie dachte daran, wie Gilbert zum ersten Mal vor ihr gekniet hatte: damals im Ballsaal des Hotels „Heremitage", als alles begann. Sie blickte auf seine schwarzen Haare hinunter. Da sah er plötzlich zu ihr auf.

„Ich knie vor Ihnen, Renée", sagte er mit ernster Stimme. „Ich bete Sie an – wie alles, was schön ist!"

Sie rang nach Atem und fasste mit der Hand, an dem Barrys Ring funkelte, an ihren Hals. „Das klingt typisch französisch, Monsieur. Und – und es wird inzwischen sehr spät."

Er sprang auf und klopfte sich den Staub von der Hose. „Dann soll es für heute genug sein", sagte er schroff.

Das wilde Herzklopfen ließ nach, und sie fühlte sich plötzlich müde und niedergeschlagen. Seine Worte waren, so schien es ihr, nicht mehr als ein leeres Kompliment, eben typisch für einen Franzosen.

„Was machen Sie eigentlich nachher?", fragte er plötzlich wie beiläufig. „Ich nehme an, dass Sie bereits alle Sehenswürdigkeiten in Augenschein genommen haben?“

„Ich gehe nicht viel aus. Aber Janine und ich haben schon einiges unternommen. Paris ist eine wunderschöne Stadt.“

Sie sprach schnell und in konventionellem Ton, um ihre Gefühle nicht zu verraten.

Er berührte flüchtig ihre Wange. „Sie sehen blass aus. Sie brauchen mehr frische Luft. Wollen Sie mitkommen? Mein Wagen steht vor der Tür.“

„Was, jetzt?“, stammelte sie.

„Sobald Sie fertig sind.“

„Das – das wäre sehr schön.“

Er nahm die Seide von Renées Schultern und rollte sie auf. „Beim Seiteneingang in zehn Minuten“, sagte er dabei in Englisch.

Renée stürmte wie ein Wirbelwind in den Umkleideraum und kleidete sich in rasender Eile an.

Janine zog erstaunt die Augenbrauen hoch. „Du bist also doch schon fertig? Ich fürchtete schon, dass du noch ewig hier festgehalten würdest. Was hältst du von einem Besuch des Bois de Boulogne?“

Renée, die gerade ihre Lippen anmalen wollte, bat um Entschuldigung. „Ich habe eine Verabredung.“

„Oho! Das kommt aber plötzlich. Darf man fragen, mit wem? Oder ist das ein Geheimnis?“

„Das ist entschieden ein Geheimnis“, sagte Renée lächelnd.

Sie zog einen hellblauen Staubmantel über ein dünnes Hemdblusenkleid, das sie an Arbeitstagen gern trug – es ließ sich bei den vielen Anproben leicht an- und ausziehen –, und setzte einen kleinen blauen Leinenhut auf. Seit sie in der Mode zu Hause war, wusste sie, dass eine Dame nur mit Hut und Handschuhen ausging.

Gilbert erwartete sie am Steuer seines schwarzen Wagens und stieß die Tür auf, als er sie kommen sah. Sie glitt auf den Sitz neben ihm und stellte überrascht fest, dass er auch jetzt noch dieselbe unkonventionelle Kleidung trug. Allerdings hatte er über sein Oberhemd eine metallisch glänzende graue Jacke mit dunklen Längsstreifen gezogen. Er bemerkte ihren erstaunten Blick, während er das Auto durch das Verkehrsgewühl steuerte.

„Diesen neuen Sakkostil hat Maurice für mich entworfen", erklärte er ihr. „Ich lege ja gewöhnlich Wert auf konventionelle Kleidung, denn ich will – gerade als einer der jüngsten führenden Modeschöpfer – von meinen Kollegen ernst genommen werden. Aber heute Abend kann ich mich so jung fühlen, wie ich bin, daher diese saloppe Aufmachung."

„Sie gefällt mir", sagte Renée und dachte, dass er jünger und weniger unnahbar als in seinem Studio wirkte.

„Maurice meint", nahm er das Thema wieder auf, „dass die Haute Couture für den Mann im Kommen ist. Es gibt bereits mehrere Herren-Boutiquen in Paris, die erfolgreich sind. Maurice schlägt mir vor, auch Herrenkleidung in meine künftigen Kollektionen aufzunehmen. Ich müsste dann Männer für die Vorführungen engagieren."

Er blickte sie verstohlen an und bemerkte, dass sie eine verächtliche Miene aufgesetzt hatte. „Sie meinen sicher, dass diese Tätigkeit für einen Mann zu unmännlich ist?", fragte er. „Sie wird meistens von stellungslosen Schauspielern ausgeübt. Aber vielleicht glauben Sie auch, dass mein Beruf sehr unmännlich ist? Nun, ich habe in der Schule Fußball gespielt und meinen Militärdienst abgeleistet."

„Nein", widersprach sie eifrig. „Ich halte Sie für einen großen Künstler, Monsieur!"

„Soll mich das freisprechen?", fragte er misstrauisch. „Sie glauben doch, dass mein Beruf nicht sehr männlich ist, oder? Nun, meine Liebe, Männer sind erstens eitler als Frauen, und außerdem sind die besten Schneider und Modeschöpfer immer Männer gewesen."

„Ja", pflichtete sie ihm bei, „ich fürchte ohnehin, wir armen Frauen rangieren immer erst auf dem zweiten Platz."

„Nein, sagen Sie das nicht. Frauen sind nur ganz anders. Frauen bringen Würde und Anmut mit, mit der kein Mann aufwarten kann. Sie lehren uns, geduldig und uneigennützig zu sein. Außerdem, Renée, würde ich niemals dieselbe Befriedigung erleben, wenn ich Herrenkleidung entwerfen müsste anstatt Modelle für Sie und die vielen anderen hübschen Mädchen und Frauen."

Sie durchquerten den Wald von Vincennes.

„Wohin fahren wir?“, erkundigte sich Renée, obgleich es ihr gleichgültig war, solange sie nur mit ihm zusammen sein konnte.

„Nach Fontainebleau. Das ist eine ganz schöne Entfernung, aber mein Wagen ist schnell. Wir fahren jetzt über die Marne.“

Das Auto war wirklich sehr schnell. Renée fühlte sich sehr wohl neben ihm. Sie dachte an die schöne Fahrt, die sie mit ihm nach Le Croisic gemacht und die zur Folge gehabt hatte, dass sie ihm versprach, nach Paris zu kommen. Ob er auch auf der heutigen Fahrt wieder mit einem Wunsch an sie herantreten würde?

Renée richtete sich in dem Wagenpolster auf, um einen Blick auf die Wälder zu beiden Seiten der Straße zu werfen.

„Hier begegneten sich Louis XV. und Madame de Pompadour oft“, lachte er. „Die Dame war übrigens sehr geschickt. Sie bewerkstelligte es, seine Wege in den verführerischsten Jagdkostümen zu kreuzen – sie hatte den Wert der Haute Couture erkannt! Es ist überliefert, dass sie bei ihren Begegnungen nie ein Wort mit ihm wechselte. Der König war einzig und allein von ihrem Anblick bezaubert.“

„Liebe auf den ersten Blick?“, fragte Renée. „Glauben Sie wirklich daran?“

„Mehr als das – ich weiß es“, antwortete er mit Nachdruck.

Renée seufzte. Er hatte sich also in Antoinette auf den ersten Blick verliebt …

Sie erreichten Melun.

„Es gibt hier zahlreiche gute Lokale“, sagte er und verlangsamte das Tempo, „aber heute bevorzuge ich ein kleines gemütliches Gasthaus, um dort mit Ihnen zu essen.“

Er bog in eine schmale Seitenstraße ein, die am Wald entlang führte und sich zu einem Feldweg verengte. Nach einigen Minuten erreichten sie schließlich den Gasthof.

Die kräftige Bedienung kannte Gilbert offensichtlich recht gut und begrüßte ihn hocherfreut.

„Monsieur! Welche Freude, Sie wieder zu sehen! Wie geht es Ihnen?“ Und dann: „Und wie geht es Madame?“

„Danke, Madame geht es gut.“

Madame? Wer war Madame? Renée blickte fragend auf Gilbert,

aber er besprach gerade das Menü mit der Gastwirtin.

Sie tischte ihnen gebratene Forellen, Lammkoteletts und delikate Buttererbsen, anschließend eine Käseplatte und frische Früchte auf. Dazu bestellte Gilbert einen perlenden Muscadet.

„Der wird Ihnen besser schmecken als der Landwein, den ich Ihnen in Le Croisic anbot", sagte er lächelnd.

Renée errötete und ärgerte sich schrecklich darüber. „Ist Pierre eigentlich zufrieden?", fragte sie deshalb schnell.

„Er tut alles, was ihm aufgetragen wird." Doch Gilbert interessierte sich mehr für ihr Erröten als für Pierre. „Sie sind das einzige mir bekannte Mädchen, das noch erröten kann", bemerkte er.

„Es ist eine lästige Angewohnheit, der ich hoffentlich eines Tages entwachsen bin."

„Ich finde es reizend. Bitte, werden Sie nicht so schnell erwachsen, Chérie!"

Wegen dieser zärtlichen Anrede errötete sie noch heftiger.

„Ich bin erwachsen", protestierte sie. „Meine Schwester findet sogar, dass ich meine erste Jugend schon hinter mir habe."

„Sie ist also noch ein Kind? Das Alter ist keine Sache der Jahre, sondern der Erfahrung. Ich glaube, Sie haben noch nicht viel vom Leben gehabt."

Sie hätte das gern bestritten, fand es aber klüger, zu schweigen. Er selbst hatte ihr ja eine Welt der Gefühle eröffnet, die ihr bislang verschlossen geblieben war!

Die Sonnenstrahlen fielen schon durch die Bäume, als sie kurz hinter Fontainebleau anhielten.

Er parkte das Auto am Rande eines schmalen Reitweges. „Wir sind weit gefahren, um frische Luft zu schnappen!", lächelte er und öffnete die Wagentür für sie. „Hut und Mantel werden Sie nicht brauchen." Er musterte ihre schlanke Gestalt in dem enganliegenden Hemdblusenkleid. „Sie schauen aus wie eine Waldnymphe."

„Sie haben viel Phantasie, Monsieur", lachte Renée.

Sie spazierten gemeinsam den Reitweg entlang, der eine scharfe Biegung machte und dann ziemlich anstieg.

„Wettlauf nach oben?", forderte er sie mit blitzenden Augen auf. „Oder sind Sie schon in gesetzterem Alter?"

„Nicht im Geringsten!" Sie nahm die Herausforderung an.

Sie kletterten lachend den Abhang hinauf und fühlten sich wie Schulkinder. Renée war ebenso flink wie er, sodass sie beide gleichzeitig das Ziel erreichten. Oben angekommen, warfen sie sich keuchend ins niedrige Gras.

„Eigentlich kamen wir ja hierher, um uns zu erfrischen", meinte Renée und zog ihr Kleid herunter, das hoch gerutscht war. „Hier oben weht ein leichtes Lüftchen", grinste er. „Im Übrigen bin ich der Meinung, dass wir erst einmal den Märchenwald hier bewundern sollten ..." Er sprang auf und wies mit seinem Arm auf das großartige Panorama.

Sie befanden sich auf einer Insel mitten in einem Meer von grünen Baumwipfeln, zwischen denen hier und da gezackte rote Felsen emporragten. Die ganze Landschaft war in das Licht der immer rascher untergehenden Sonne getaucht.

„Sie haben recht, es ist wie im Märchenwald", sagte Renée und atmete mit tiefen Zügen den Fichtennadelduft ein.

„Und Sie sind das Dornröschen, das so lange schlafen muss, bis der Prinz es mit einem Kuss aufwecken wird." Er trat so dicht an sie heran, dass sie ihr enganliegendes Hemdblusenkleid noch enger an sich zog. Eine seltsame Stille trat ein.

Renée erhob sich hastig. „Ich bin kein Dornröschen, und ich schlafe auch nicht", sagte sie unruhig.

„Doch – Sie schlafen noch", erwiderte er. „Ich frage mich bloß, ob ich der Prinz bin, der ..." Er blickte lange, wie nach einer Antwort suchend, in ihr Gesicht.

Das Herz schlug ihr bis zum Hals. Sie wurde abwechselnd blass und rot, während ihre grauen Augen sich immer mehr verdunkelten. Da wandte sie sich plötzlich von ihm ab, um ihre Gefühle nicht zu verraten. Sie bedauerte, ihren Mantel in seinem Wagen gelassen zu haben – so hüllenlos kam sie sich vor.

„Ich sehe, es ist noch nicht an der Zeit", sagte er ruhig. „Nun, dann schlaf weiter, Dornröschen!“

Heftig presste sie die Hände an die Brust, um ihr wild schlagendes Herz zu beruhigen, als er vor sie hintrat.

Da – mit einer schnellen Bewegung ergriff Gilbert ihre linke Hand, an dem die Brillanten ihres Verlobungsringes funkelten.

„Ist dieser Ring das Zeichen eines Versprechens?“, fragte er rau. Lange sah er sie an. Dann, ohne ihre Antwort abzuwarten, fügte er leise hinzu: „Ich halte dieses Versprechen für eine Lüge, Renée!“

Sie fühlte sich überrumpelt, so überrumpelt, dass sie nur stammeln konnte. „Es ist ... er ist ... ich meine, der Ring ... es ist nicht ...“ Nein, er sollte die Wahrheit nicht erfahren! Vor allem aber durfte er nicht ahnen, dass sie – wie so viele Frauen vor ihr – seinem Charme längst erlegen war. Barrys Ring musste ein Bollwerk gegen Gilbert Sebastian sein und – gegen ihre Gefühle! Sie war erleichtert, als sie sich in sachlichem Ton fragen hörte: „Warum glauben Sie, dass dieser Ring, dieses Versprechen, wie Sie es nennen, eine Lüge ist?“

Er blickte von dem Ring und von ihrer Hand, die er immer noch festhielt, auf und erwiderte spöttisch: „Weil das kein wirklich liebender Mann sein kann, der Sie so lange allein in Paris lässt!“ Seine Augen bohrten sich in die ihren.

Schon wollte Renée in ihrer Verwirrung einen Besuch Barrys, ihres Verlobten, erfinden, als sie sich zu einer anderen Entgegnung entschloss.

„Ich glaube, dass Sie mein Privatleben überhaupt nichts angeht“, sagte sie schroff.

„Nein?“ Er ließ ihre Hand los. „Renée, muss ich nicht, da es um Ihre Zukunft als Fotomodell und Mannequin geht, auch Ihre persönlichen Verhältnisse kennen? Im Übrigen, Renée, glaube ich einfach nicht, dass Sie diesen Mann lieben. Nie entdeckte ich ein Glitzern, ein Leuchten in Ihren Augen, wenn Sie von ihm sprachen, nie die geringste Erregung, weder hier noch in La Baule. Oder sind es Ihre Eltern, die darauf bestehen, dass Sie diesen Mann heiraten sollen?“

„So verhält es sich ganz und gar nicht“, entgegnete sie aufgewühlt. „In England gibt es keine Eheschließungen, die von den Eltern gegen den Willen ihrer Kinder verabredet werden. Außerdem: Wenn wir englischen Mädchen auch nicht so wie die Französinnen unsere Gefühle zeigen, so bedeutet das noch lange nicht, dass wir uns nichts aus dem Partner machen!" Sie holte tief Luft. Es war verdammt schwer, jemanden von einer Liebe zu überzeugen, die gar nicht existierte. Sie hatte dazu noch das peinliche Gefühl, dass er sich auch nicht täuschen ließ.

„Sie glauben, dass wir Franzosen unsere Gefühle offen zur Schau tragen?", fragte er. „Verwechseln Sie da nicht Liebe mit Sex?"

„Ich weiß nur", antwortete sie mit maliziösem Lächeln, „dass sich die Franzosen und Französinnen für große Experten auf diesem Gebiet halten. Alles, was damit zusammenhängt, ist für sie das Wichtigste auf der Welt."

„Halten Sie denn die Liebe nicht für wichtig, Renée?", fragte er ebenso interessiert wie verwundert.

„Die Liebe –", sie zögerte, „sie entpuppt sich so oft als ein schöner Schmetterling, den der Wind schnell verweht. Ehrliche Freundschaft, inniges Verständnis und unabdingbare Treue scheinen mir eine gesündere Basis – jedenfalls für die Ehe – zu sein."

Sie biss sich auf die Lippen. Ihre eigenen Worte überzeugten sie nicht. Warum verriet sie die Liebe, die doch erst alles umspannte?

Gereizt antwortete er: „L'amour – die Liebe! Ja, wir verherrlichen sie! Aber", seine Stimme klang leise, „die meisten meiner Landsleute begreifen die Ehe nur als nüchternes, nacktes Geschäft."

Sie wandte sich ab. Der Zauber des Märchenwaldes, der sie umgab, war plötzlich wie ein Bühnenvorhang zerrissen. Mit seinen Fragen, mit ihren Antworten hatten sie alles zerstört.

Seine nächsten Worte trafen sie wie ein Blitz.

„Übrigens", sagte er, „Ihre Arbeitsgenehmigung für Frankreich läuft nächsten Monat aus. Es ist mir nicht gelungen, sie zu verlängern."

Sie starrte ihn unverwandt an. Wenn sie Frankreich wieder verlassen musste, so bedeutete das ihre endgültige und unwiderrufliche Trennung.

„Es ist schade", fuhr er in sachlichem Ton fort und beobachtete sie dabei genau, „denn Sie versprachen ein großer Erfolg zu werden."

„Aber doch nur, weil ich wie Antoinette aussehe!", sagte sie bitter.

„Ach, Antoinette!“ Gilberts Gesicht wurde dunkel und undurchdringlich. Er sah auf einmal einige Jahre älter aus.

„Alle identifizieren mich mit ihr!“, rief Renée verzweifelt. „Aber ich bin nicht Antoinette. Ich – ich werde Sie nur blamieren!“

„Das glaube ich keineswegs“, sagte er ruhig. „Außerdem ist Ihre Ähnlichkeit mit Antoinette nur oberflächlich. Sie besitzen, was sie niemals hatte: ein Herz und eine Seele.“

Sie starrte ihn an. Blitzartig kam ihr die Erklärung: Seine Liebe musste unerwidert geblieben sein. Unter dieser Bedingung nannten alle Männer die Frauen herzlos. Auch sie selbst wusste nur zu gut, welches Leid unerwiderte Liebe erzeugte.

„Ich glaube daran, dass Sie Erfolg haben werden“, fuhr er fort, „das Problem ist nur, wie ich Sie in Paris halten kann. Ich würde es nicht ertragen, Sie verlieren zu müssen, Renée!“

Die letzten Worte hatte er sehr sanft ausgesprochen, und seine Augen blickten sie bittend an.

War sie ihm also doch etwas wert! „Gibt es keinen Ausweg?“, fragte sie.

„Oh, doch!“

„Sie haben eine Idee?“

„Es gibt einen Ausweg“, begann er zögernd, „aber – aber dann müssten Sie diesen Ring an Ihrer Hand fortwerfen.“

„Sind Sie verrückt?“

Er schüttelte den Kopf. „Wenn Sie meine Verlobte wären, könnte ich die Behörden umgehen, denn als meine zukünftige Frau würden Sie ja die französische Staatsbürgerschaft erlangen.“

„Oh!“ Sie griff sich an den Kopf. „Das nenne ich eine tolle Idee!“

„Es – es wäre nur eine geschäftliche Vereinbarung …“ Er starrte sie an.

„Aber … aber wir könnten doch nicht ständig verlobt bleiben“, wandte sie ein. „Die Behörden würden erwarten, dass wir auch heiraten.“

„Und – und warum nicht?“ Er zuckte die Schultern. „Wir könnten auch heiraten.“ Er blickte sie rätselhaft an. „Eine Ehe auf dem Papier, die wieder aufgelöst werden kann, wenn Sie das wünschen …

wenn sie für unsere geschäftlichen Belange nicht mehr nötig ist."

Nun wurde ihr alles klar. Er hatte sie nach Fontainebleau gelockt, um sie milder zu stimmen. Wie damals in La Baule, ging er wieder sehr taktisch vor, um – um sie für seinen Modesalon zu gewinnen. Nach dem Verlust von Antoinette dachte er nur noch an sein Geschäft, an sein Renommee. Ihre Anwesenheit schien ihm auf eine unerklärliche Weise dabei wichtig zu sein. Er wollte sie unbedingt in Paris festhalten, notfalls durch eine Scheinheirat.

Renée drehte unbewusst an Barrys Ring, während sie sich bemühte, ihre Gedanken zu ordnen und zu begreifen, welche Folgen sein unheimlicher Vorschlag mit sich bringen könnte, falls – unversehens rutschte der Ring von ihrem Finger und fiel ins Gras.

Gilbert stürzte sich darauf, wie ein Raubvogel auf seine Beute. „War das Absicht?"

„Nein. Er – er ist einfach abgerutscht ..."

„Dann war es ein Zeichen!" Er warf ihn weit fort zwischen die Bäume.

„Der Ring – er hatte keine Bedeutung", sagte sie leise.

„Dann sind Sie also frei für unseren Pakt?" Seine Stimme klang heiser.

„Ich weiß nicht, ob ich die französische Staatsbürgerschaft haben möchte."

Er lachte nervös. „Warum nicht? Sie lieben Paris, nicht wahr? Und – und viele Frauen haben schon die Nationalität von Männern angenommen."

„Das geschah dann aus Liebe", erwiderte sie.

„Ist das ein Unterschied?"

„Allerdings." Sie wandte sich von ihm ab. Wenn er sie liebte, würde sie ohne weiteres die Staatsangehörigkeit wechseln ...

Sie entdeckte noch eine weitere Schwierigkeit in seinem Plan. „Müssten die Angestellten im Salon etwas davon wissen?", fragte sie ruhig.

„Das wird nicht nötig sein. Zunächst müssen wir die Kollektion zeigen, und in der nächsten Woche werden wir alle viel zu beschäftigt sein, um an irgendetwas anderes zu denken."

Sie seufzte erleichtert; die Kollektion würde ihr einen Aufschub geben. „Ich werde Ihnen danach meinen Entschluss mitteilen“, sagte sie schließlich.

Gilbert blickte skeptisch. Er hätte ihre Entscheidung am liebsten sofort erfahren. „Sie dürfen nicht zu lange zögern“, sagte er.

„Meine Arbeitserlaubnis gilt noch bis nach der Modenschau“, erwiderte sie entschlossen, „und vielleicht stellen Sie danach sogar fest, dass es sich gar nicht lohnt, meinen Aufenthalt verlängern zu lassen.“

Er protestierte und machte einen Schritt auf sie zu. Wollte er sie in seine Arme reißen? Sie wich vor ihm zurück und sah, dass sein Gesicht blass geworden war.

„Sie müssen nicht vor mir zurückschrecken.“ Seine Stimme klang hart. „Ich werde Sie niemals auf diese Art belästigen.“ Er sah auf seine Armbanduhr. „Es ist spät. Wir sollten besser zurückfahren.“

Schweigend gingen sie nebeneinanderher zum Auto.

Als er Renée einsteigen ließ, sagte er: „Ich muss Ihnen einen Ersatz für den verlorenen Ring beschaffen.“

„Sie meinen den Ring, den Sie fortgeworfen haben“, gab sie schlagfertig zurück. „Sie scheinen meine Zusage schon als gesichert anzusehen.“

„Es wäre töricht von Ihnen, eine erfolgreiche Zukunft abzulehnen“, gab er zur Antwort und schloss die Wagentür hinter ihr.

Sie wusste nichts darauf zu erwidern. In ihren Augen würde sich das Problem von selbst lösen, wenn sie bei der Vorführung der Kollektion versagte. Dann müsste sie ihren Misserfolg hinnehmen und mit gebrochenem Herzen Gilbert und Paris für immer verlassen.

Sie fuhren in rasantem Tempo auf der Route Nationale zurück. Am Himmel zeigten sich nur noch rötlich schimmernde Streifen der untergegangenen Sonne. Sie sprachen kaum, und Renée musterte hin und wieder sein strenges Profil mit den zusammengezogenen Augenbrauen. Dieser Mann blieb ein Rätsel für sie.

Als sie die Innenstadt erreichten, befanden sich die meisten Menschen auf dem nächtlichen Heimweg, mit Ausnahme der Nachtbummler am Montparnasse und am Montmartre. Eine romantische Stadt, eine Stadt für Liebende, dachte Renée traurig. Wie würde sie diese Stadt genießen, wenn Gilbert sie liebte – sie, Renée Thornton, und nicht das Abbild dieser Antoinette!

„Hoffentlich hat mich Madame Dubonnet nicht ausgeschlossen", unterbrach Renée schließlich das lastende Schweigen, als sie sich der Pension näherten. „Ich bin sonst immer früher heimgekommen, seit ich hier wohne." Aber als der Wagen vor dem Haus hielt, schien sogar noch Licht in den unteren Fenstern.

„Ich bedanke mich für diesen Ausflug, Monsieur", sagte Renée förmlich, als sie aus dem Auto stieg.

Gilbert sah sie lange an.

Renée kannte diesen Blick gut, und sie glaubte, dass er sie immer so ansah, wenn er Antoinette in ihr zu finden hoffte.

„Ich habe Ihnen zu danken", sagte er nach einer Pause. „Schlafen Sie gut, Renée! Gute Nacht!"

Madame Dubonnet empfing sie am Eingang und blickte sie beunruhigt an. Sie fühlte sich für dieses hübsche Mädchen, das bei ihr Unterkunft gefunden hatte, irgendwie verantwortlich. Als sie den Cadillac abfahren sah, hellte sich ihre Miene auf.

„Ah, Monsieur Sebastian! Er bringt Sie selbst nach Hause? Sie hatten wohl noch so lange zu tun? Er ist nett zu seinen Angestellten, heißt es ..."

„Ja, er ist sehr gut", pflichtete ihr Renée bei. „Gute Nacht, Madame!" Sie hatte es sehr eilig, in ihr Zimmer zu kommen.

Sie ging zu Bett, ohne einschlafen zu können. Immer wieder überdachte sie Gilberts Vorschlag. Hatte er wirklich alle Schwierigkeiten erkannt? Konnte er denn glauben, sie würde sich an einen Mann binden, der sie nicht liebte? Freilich, er selbst erwartete keine Liebe von ihr und würde mit dem „Arrangement" zufrieden sein. Aber sie? Sie konnte mit dieser „geschäftlichen Vereinbarung" unmöglich glücklich werden. Sie müsste abreisen, ja – doch die Trennung von Gilbert würde ihr nach wie vor das Herz brechen.

Sie wälzte sich ruhelos in ihrem Bett und sank schließlich erschöpft in den Schlaf.

7. KAPITEL

Der Tag für die Vorführung der neuen Kollektion rückte näher, und Renée fand kaum Zeit, um über ihre persönlichen Probleme nachzudenken. Gilbert hatte sich wieder in seine Arbeit vertieft. Er setzte Proben für die Modenschau an und entwarf in fieberhafter Eile ein neues Modell, wenn ihm der erste Entwurf nicht hundertprozentig gefiel.

Renée musste endlose Anproben in stummer Haltung über sich ergehen lassen und stolzierte dann durch den Salon in fertigen oder halbfertigen Kleidern. Die Näherinnen arbeiteten bis in die Nacht hinein, um alles rechtzeitig fertigzustellen. Renée verlor sogar ihre anfängliche Nervosität, und die hässlichen Bemerkungen ihrer Kolleginnen wie „Anfängerin" oder „Chefliebling" beeindruckten sie nicht. Sie wusste ja, dass Gilbert ihre Mitarbeit so sehr schätzte, dass er sie sogar durch eine formelle Heirat zum Bleiben drängen wollte.

Dieser Gedanke stärkte ihr Selbstvertrauen, obwohl Gilbert selbst sich ihr gegenüber nach wie vor zurückhaltend verhielt. Nur manchmal, wenn sich ihre Augen trafen, fühlte sie seine fragenden Blicke. Sie schaute dann jedes Mal verwirrt zur Seite, und er wandte sich wieder seiner Arbeit zu.

Er schien sich jedoch ihrer positiven Entscheidung sicher zu sein, denn sie erhielt einige Tage später ein Wertpäckchen in die Pension gebracht, das den Absender eines bekannten Juweliers in der Rue de Rivoli trug. Colette, die bereits gefrühstückt hatte, starrte mit neugierigen Augen auf das kleine Päckchen, das die Aufwartung von Madame Dubonnet neben Renées Gedeck gelegt hatte.

„Öffnen Sie es! Öffnen Sie es, Mademoiselle!" Das Mädchen hüpfte aufgeregt von einem Bein aufs andere.

Renée musste feststellen, dass sich um sie herum noch mehr neugierige Personen für den Inhalt des Päckchens interessierten. Sie wusste aber auch genau, dass ihr nur ein Mensch ein Geschenk aus einem Pariser Juweliergeschäft schicken konnte, deshalb wollte sie es nicht vor aller Augen auspacken.

„Komm", sagte sie zu Colette, während sie sich von ihrem Platz erhob, „wir wollen das Päckchen in meinem Zimmer auspacken."

Die Schachtel enthielt einen Ring mit Saphiren, und die beiliegende Karte trug folgenden Wortlaut: „Als Ersatz für den Ring, den Sie in Fontainebleau verloren haben. G.S."

Zornesröte stieg in Renées Wangen. Wie konnte er sich seiner Sache nur so sicher sein! Sie erinnerte sich jedoch, dass Janine einmal gesagt hatte, Gilbert würde erwarten, dass ihm alle seine Mannequins „ergeben" wären.

Colette blickte bewundernd auf das funkelnde Schmuckstück. „Er ist wunderschön", rief sie. „Sie müssen ihn anstecken!"

Renée schob ihr zu Gefallen den Ring auf den dritten Finger ihrer rechten Hand. Es überraschte sie nicht, dass er genau passte, Gilbert hatte leicht ihre Handschuhgröße im Salon erfahren können.

„Nein, auf die andere Hand!", wandte Colette laut ein. „Es ist doch ein Verlobungsring, oder? Wer ist denn Ihr Liebhaber?"

Renée zog hastig den Ring vom Finger. Sie sah auf die nackte linke Hand und konnte sich nicht überwinden, ihn an die Stelle von Barrys Ring zu schieben.

„Ich – ich habe keinen Liebhaber", meinte sie zu Colette, „diesen Ring hat mir ein Freund als Ersatz für einen verloren gegangenen geschenkt."

Colette sah sie ungläubig an. „Sie wollen es mir nicht sagen, weil Sie denken, ich wäre noch zu klein", beklagte sie sich.

Renée seufzte und legte den Ring in die Schachtel zurück. Sie kannte seine Bedeutung, aber er war das Geschenk eines Mannes, der sie nur in der Erinnerung an eine andere Frau verehrte.

Janines Eltern waren rechtzeitig in Paris angekommen, und Gilbert hatte ihnen Einladungen für die erste Schau zukommen lassen. Janine war sehr darauf bedacht, Renée vorher mit ihren Eltern bekannt zu machen. Sie wollten im Tour d'Argent speisen, einem eleganten Restaurant am linken Seine-Ufer, und sobald Renée abkömmlich war, schlüpfte sie in ein weißes Abendkleid und suchte nach Janine.

Im Flur traf sie auf Gilbert, der ihr den Weg versperrte.

Er sah blass und müde aus, und seine sonst tadellos gekämmten

Haare waren zerwühlt. Er warf einen missbilligenden Blick auf ihr Kleid und fragte: „Sie gehen noch aus, obwohl es schon so spät ist?"

„Ja, Monsieur."

„Ich meine, der Tag war lang genug, und ich möchte nicht, dass Sie bei Eröffnung der Modenschau unausgeschlafen aussehen, meine Liebe. Sie haben danach noch Zeit für Vergnügungen." Und bevor sie sich zu seinen Bemerkungen äußern konnte, fuhr er in spitzem Ton fort: „Mit wem gehen Sie aus? Mit irgendeinem Verehrer?"

. Sie hatte den heftigen Wunsch, ihn mit der Antwort zu provozieren, dass ihn das nichts anginge. Aber sie unterdrückte dann doch diesen Wunsch, weil sie es für unfair hielt, ihn grundlos eifersüchtig zu machen – allerdings war in seinen Augen unschwer zu lesen, dass er eifersüchtig war. Obwohl er sie nicht liebte, betrachtete er sie als seinen Besitz. Als sie ihm von der Verabredung mit den Sinclairs erzählte, hellte sich seine Miene auf.

„Nun gut, lassen Sie es aber nicht zu spät werden", riet er ihr und verschwand wieder in seinem Studio.

Die Sinclairs erwarteten die Mädchen vor dem Eingang des Restaurants. Zu Renées Überraschung hatten die Eltern keinerlei Ähnlichkeit mit ihrer hoch gewachsenen, schlanken Tochter. Mr. Sinclair war ein kleiner, drahtiger Brillenträger mit schwachem Haarwuchs, seine Frau eine untersetzte, mütterlich wirkende Gestalt in einem geblümten Kleid, über dem sie eine schwarze Samtjacke trug.

„Hallo, ihr beiden!" Janine winkte lebhaft, als sie aus der Taxe stiegen. Sie sah großartig aus in ihrem smaragdgrünen ärmellosen Kleid, das ihre Figur eng umschloss. Bei ihrem Anblick leuchteten die Augen ihrer Eltern stolz und glücklich. Edwin Sinclair eilte auf sie zu, um das Taxi zu bezahlen, während Janine ihre Mutter und Renée miteinander bekannt machte. Renée war sofort von Mrs. Mary Sinclair eingenommen, denn sie war im Gegensatz zu den ihr bisher bekannten reichen Leuten schlicht und natürlich. Eine kostbare Perlenkette war das einzige sichtbare Zeichen ihres Reichtums.

Ein aufmerksamer Ober führte die vier Personen an den reservierten Tisch im Restaurant, durch dessen Fenster sie die hell angestrahlten Türme von Notre Dame bewundern konnten. Renée wählte am erlesenen kalten Büfett frischen Lachs mit kleinen Beilagen, aber sie aß vor Müdigkeit nur wenig davon. Ihre Gastgeber hingegen speisten mit großem Appetit.

Renée entdeckte bald, dass Janine die größte Errungenschaft im Leben ihrer Eltern war, und man konnte sie mit einem Amselpaar vergleichen, das einen Paradiesvogel ausgebrütet hatte. Ihr zweites Kind, Janines älterer Bruder, war nicht wie seine Schwester, er lebte im Stil seiner Eltern auf einer kleinen Farm mit seiner Frau und zwei Kindern. Als Mr. Sinclair durch die unvorhergesehenen Ölfunde auf seiner Ranch plötzlich zu Reichtum gekommen war, konnte er die größeren Ambitionen seiner Tochter leicht finanzieren. Er schickte Janine nach Europa, und die Stellung im Salon Sebastian erfüllte die Eltern mit Stolz und Trauer zugleich. Stolz, weil sie für ein renommiertes Pariser Modehaus tätig war, und Trauer, weil sie so weit von ihnen getrennt leben musste.

Mr. Edwin Sinclair war sofort von Renée angetan und gestand ihr auch, wie sehr er sich freute, ihr Debüt als Mannequin mitzuerleben. Sie waren auch beim ersten Auftreten ihrer Tochter zugegen gewesen, als sie im Winter einmal ganz kurz nach Paris geflogen waren.

„Aber diesmal machen wir wirklich eine Europareise", riss Mrs. Mary Sinclair das Gespräch an sich. „Wir haben schon eine Menge auf unserer Fahrt durch Spanien und Italien gesehen. Nun wollen wir noch das Loiretal besuchen, bis Janine Urlaub hat. Und dann geht's nach Genf."

„Und wir würden uns sehr geehrt fühlen, wenn Sie mitkämen", wandte sich Mr. Edwin Sinclair an Renée. „Unsere Tochter braucht eine gleichaltrige Person als Begleitung, und Sie wären selbstverständlich unser Gast."

Renée bedankte sich und bedauerte ehrlich, die Einladung ausschlagen zu müssen. Sie dachte dabei mit Sehnsucht an die Seen und Berge in der Schweiz.

„Es wird nach der ersten Woche nicht mehr viel zu tun geben", behauptete Janine. „Gilbert kann dann eine Menge Mannequins engagieren. Ich sehe gar keinen Grund, warum er dir nicht Urlaub geben sollte. Warum fragst du ihn nicht?"

„Wenn Sie es auf charmante Art machen, wird er Ihren Wunsch nicht abschlagen können“, bedrängte sie auch Janines Vater.

„Oh, versuchen Sie es doch“, bat schließlich auch Mrs. Sinclair. „Wir würden Sie so gerne dabeihaben!“

Da Renées Zukunft vom Ausgang ihres Debüts abhing, hatte sie immer noch keine Urlaubspläne geschmiedet. Sie hätte natürlich heimfahren können, aber sie wollte den bohrenden Fragen ihrer Familie ausweichen und sie lieber aus der Ferne auf dem Laufenden halten. Daher versprach sie Mrs. und Mr. Sinclair, bei ihrem Arbeitgeber die Erlaubnis zur Mitreise einzuholen, obwohl sie an seiner Zusage erheblich zweifelte.

Es kostete sie am nächsten Tag auch Überwindung, Gilbert um ein kurzes Privatgespräch zu bitten. Seine Miene hellte sich in froher Erwartung auf, und er schickte seine Mitarbeiter eilig aus seinem Studio.

„Sie wollen mir sicher mitteilen, dass Sie meinen Vorschlag annehmen werden?“, sprudelte er los, als sie allein waren.

Sie schüttelte den Kopf und sagte dann schnell, als sein Gesicht sich verdüsterte: „Ich glaube inzwischen, dass ich zusagen werde, Monsieur, denn es wäre ja tatsächlich dumm von mir, eine erfolgreiche Karriere auszuschlagen. Aber ich möchte doch erst den Erfolg abwarten.“

„Daran ist nicht zu zweifeln“, stellte er fest, während sein Blick ihre kahlen Finger streifte. „Ich hatte gehofft, dass Sie wenigstens meinen Ring tragen würden. Gefällt er Ihnen nicht?“

Renée hatte den Ring im Seitenfach ihrer großen Handtasche.

„Er ist sehr schön“, bemerkte sie, „aber ich könnte ihn jetzt noch nicht an der Hand tragen – nicht bevor ich mich endgültig entschieden habe.“

Er runzelte die Stirn und sagte dann heftig und nervös: „Dann verstehe ich nicht, weshalb Sie meine Zeit verschwenden. Sie wissen doch, dass ich sehr beschäftigt bin!“

„Ja, das weiß ich und bitte um Entschuldigung. Aber ich habe ein Anliegen.“ Sie unterrichtete ihn in knappen Worten von der Einladung der Sinclairs. „Es ist eine Chance“, sagte sie abschließend. „Ich wollte schon immer gern einmal reisen.“

„Könnten Sie sich vorstellen, mit … mir zu verreisen?“

„Das wäre unmöglich!“, platzte sie heraus. „Ich meine, wir sind nicht verheiratet und …“ In der Aufregung fand sie keine Worte.

„Ich verstehe“, sagte er. „Es gäbe vielleicht Schwierigkeiten.“ Er spielte mit einem Brieföffner und schien zu überlegen. Dann erklärte er einfach: „Ich kann Ihnen leider keine Genehmigung zu dieser Reise geben.“

„Oh, warum nicht?“ Sie war tief enttäuscht.

„Ich kann Sie nicht entbehren, bevor der Salon zum Saisonende geschlossen wird. Ich frage mich übrigens, warum Sie in den Ferien nicht nach Hause fahren, um Ihren Angehörigen von Ihren neuen Plänen zu berichten.“ Er erhob sich zum Zeichen, dass ihr Gespräch beendet wäre. „Ich muss mich jetzt um wichtigere Dinge kümmern und kann keine Zeit für Nebensächliches verschwenden.“

„Meine Angelegenheiten sind natürlich nebensächlich im Vergleich zu Ihrer Kollektion!“, erwiderte sie verärgert.

„Ja“, sagte er trocken, „das sind sie.“

In diesem Augenblick läutete das Telefon, und jemand klopfte an die Tür. Er nahm den Hörer ab und legte ihn neben den Apparat. Dann wollte er die Tür öffnen, drehte sich aber noch einmal zu ihr um. „Wir werden über Ihren Urlaub sprechen, wenn ich mehr Zeit habe und wenn Sie mir Ihre Entscheidung mitgeteilt haben.“

Renée ging wütend auf den Flur hinaus. Sie wusste zwar, dass alle Mitarbeiter ihren Urlaub erst im August nehmen konnten, wenn der Salon schloss, sie hatte jedoch eine bevorzugte Behandlung erwartet. Gilbert hatte sie also wieder einmal daran erinnert, dass sie nur eine Angestellte wie jede andere war.

Vor dem Eröffnungstag Ende Juli im Salon Sebastian wurde bis tief in die Nacht gearbeitet. Im hohen, schmalen Gebäude waren nach Eintritt der Dunkelheit sämtliche Fenster erleuchtet. Renée, die ein wiederholt geändertes Kleid trug, erschien schon zum zwölften Male vor Gilberts kritischen Augen.

Er warf einen Blick darauf und entschied: „Das scheidet aus!"

Renée fühlte sich den Tränen nahe. Sie hatte viele anstrengende Stunden für Änderungen und Anproben stehend zubringen müssen.

„Sie sind fertig, nicht wahr?" Er sprach englisch zu ihr, wie immer, wenn andere Mitarbeiter zugegen waren. „Wenn Sie umgezogen sind, wollen wir uns eine Erholung außerhalb des Hauses gönnen."

„Vielen Dank, aber es ist nicht nötig", entgegnete sie. In diesem Zustand verspürte sie wenig Lust auf seine Gesellschaft. „Es geht mir ganz gut."

„Im Gegenteil! Es ist dringend erforderlich", widersprach er. „Es wünscht Sie nämlich jemand zu sehen, und das ist für mich von großer Bedeutung."

Eine Kundin des Salons, dachte sie augenblicklich. „In Ordnung", sagte sie deshalb, „ich mache mich fertig."

Renée zog eines ihrer Hemdblusenkleider und einen leichten Mantel an. Sie wunderte sich ein wenig, dass Gilbert ihr kein Modellkleid vorgeschlagen hatte, wie es gewöhnlich bei Kundenbesuchen geschah. Sie hatte in der Tat erwartet, dass Gilbert sie wieder zurückschicken würde, um ein anspruchsvolleres Kleid anzuziehen, aber er warf nur einen kurzen Blick auf ihre Erscheinung und schwieg. Er selbst trug über einem weißen Sporthemd nur eine leichte Jacke.

Renée begann sich Gedanken über die Kundin zu machen, denn es konnte sich weder um eine Käuferin noch um eine private Vorführung handeln, da keine Kleiderschachteln mitgenommen wurden.

„Werden wir eine Dame oder einen Herrn besuchen?", wollte sie wissen.

„Eine Dame, die mir sehr nahe steht und auf die Sie daher einen guten Eindruck machen sollten!"

Renées Neugier wuchs, aber sie verkniff sich weitere Fragen. Sie fuhren mit dem Taxi über die schmale Brücke zur Ile de St. Louis. Bis hierher war Renée noch nicht gelangt. Sie wusste nur, dass es in den alten Häusern sagenhaft teure und sehr komfortable Wohnungen gab und man dort wie auf einer Insel zurückgezogen lebte.

Das Taxi bog in einen gepflasterten Innenhof mit uralten Platanen ein. Paris schien plötzlich weit entfernt. Eine Art Hausmeisterin nickte Gilbert zu, als sie durch den großen Eingang traten. Von hier aus stiegen sie eine schöne Eichentreppe zur ersten Etage empor und hielten vor einer imponierenden Wohnungstür.

„Hier wohne ich, wenn ich längere Zeit in Paris bin", sagte Gilbert und steckte einen Schlüssel ins Schloss.

Die Tür flog auf und gab einen getäfelten Gang frei, an dessen Ende man in einen hellen Raum blickte. Renée war fasziniert. Sie sah sich mit der Aufmerksamkeit um, die man der privaten Welt eines geliebten Menschen entgegenbringt. Der gut aufgeteilte Raum, dessen Fenster zur Seine lagen, war wunderschön. Gilbert hatte ihn teilweise in einen Arbeitsraum umgewandelt Auf dem kostbaren, antiken Schreibtisch in der Ecke lagen Skizzen und Stoffmuster wie in seinem Studio, und an den Wänden hingen Fotos seiner Mannequins in den von ihm entworfenen schönsten Modellen. Über dem Marmorkamin entdeckte sie ein Bild von Antoinette im Brautkleid, das das ganze Zimmer beherrschte. Vor den geöffneten, von bodenlangen Seidengardinen umrahmten Fenstern war ein Imbiss auf einem für drei Personen gedeckten runden Tisch angerichtet.

Eine ältere Dame erhob sich aus einem chintzbezogenen Sessel. Ihr leicht ergrautes Haar war hübsch frisiert, und die dunklen Augen in ihrem fein geschnittenen Gesicht richteten sich wohlwollend auf Renée. Zu ihrem schwarzen Abendkleid trug sie ein mit Diamanten besetztes Collier.

„Mama, das ist Renée", sagte Gilbert. „Renée, das ist meine Mutter."

Renée blieb sprachlos, als Madame Sebastian sie mit einem festen Händedruck willkommen hieß. Natürlich war es klar, dass Gilbert eine Mutter haben musste, aber sie wusste nur, dass sein Vater gestorben war, und hatte sich keine weiteren Gedanken um seine Familienangehörigen gemacht. Sie errötete unwillkürlich unter den prüfenden Blicken dieser Frau, die sie in akzentfreiem Englisch ansprach.

„Meine Liebe, seit Gilbert das erste Mal von Ihnen erzählt hat, warte ich brennend darauf, Sie kennenzulernen. Setzen Sie sich, bitte. Sie sind sicher erschöpft. Ich weiß, wie es zugeht, wenn die Kollektion vorbereitet wird. Ich habe das oft miterlebt, zuerst mit meinem

Mann und nun mit meinem Sohn." Sie wies Renée an, auf einem der Stühle Platz zu nehmen.

„Sie sind Engländerin?", fragte Renée überrascht.

„Nein", antwortete Gilbert an Stelle seiner Mutter. „Meine Mutter wurde Französin, als sie meinen Vater heiratete, und sie hat es auch niemals bedauert, nicht wahr, Mama?"

Mutter und Sohn tauschten Blicke aus, und Renée erinnerte sich an ihr eigenes Zögern, als es darum ging, dass sie im Falle der Eheschließung mit Gilbert ihre eigene Nationalität aufgeben müsste. Sollte sie bei diesem Beisammensein davon überzeugt werden?

Sie wandte sich an Gilbert: „Sind Sie ein halber Engländer? Das würde Ihr hin und wieder widersprüchliches Verhalten erklären."

„Ich bin Franzose, da können Sie ganz sicher sein", sagte er lächelnd. „Was wollen wir trinken?"

„Ich habe Champagner bereitstellen lassen", sagte seine Mutter und wies auf eine Flasche in einem Eiskühler neben dem Tisch.

„Großartig!", lobte Gilbert und fegte einen Stapel Skizzen von einem kleinen Sideboard, aus dem er drei Kelche holte und auf den frei gemachten Platz stellte. Während er die Flasche entkorkte, blickte seine Mutter missbilligend auf die auf dem Teppich verstreuten Skizzen.

„Diese Künstler!", sagte sie. „Gilbert, mein Liebling, Renée wird glauben, dass du nicht ordentlich erzogen wurdest."

„Renée kennt inzwischen meine Fehler", grinste er.

„Du bist unverbesserlich!", seufzte seine Mutter und bat Renée, endlich zuzulangen. „Nehmen Sie doch ein wenig von dem Huhn in Aspik. Sie brauchen bestimmt etwas zur Stärkung."

„Erst trinken wir einen Schluck!" Gilbert erhob sein Glas. „Auf den Erfolg meines neuen Mannequins Renée und darauf, dass es nicht der letzte Toast ist, den ich auf sie ausbringe!"

„Und auf dauerhaftes Glück, meine Liebe", fügte seine Mutter hinzu und erhob ebenfalls ihr Glas. Beide richteten ihre Augenpaare liebevoll auf Renée, die wieder errötete.

„Habe ich dir nicht gesagt, dass sie das einzige Mädchen ist, das noch erröten kann!", rief Gilbert triumphierend.

Renée hätte gerne gewusst, was er seiner Mutter noch alles von ihr erzählt hatte.

Aus den Bemerkungen von Madame Sebastian ließ sich entnehmen, dass sie Renée und Gilbert für so gut wie verlobt hielt.

Nach Beendigung der Abendmahlzeit erhob sich Gilbert. „Alle schönen Stunden gehen einmal zu Ende", bedauerte er, „ich habe noch im Salon zu tun. Ich habe ein Taxi bestellt, Renée. Es wird Mama am Hotel Crillon absetzen."

Das Crillon gehörte zu den teuersten Hotels in Paris.

Renée erhob sich ebenfalls. „Sollte ich nicht mit Ihnen in den Salon fahren, Monsieur? Vielleicht ist meine Hilfe angebracht?"

„Nein, ich möchte morgen in ein frisches und schönes Gesicht sehen", erwiderte er. Dann beugte er sich über seine Mutter, um sie zu küssen. Als er ihren Blick bemerkte, drehte er sich zu Renée, legte seine Hände auf ihre Schultern und berührte auch ihre Lippen leicht mit seinem Mund. „Auf Wiedersehen, meine Liebe", sagte er und verließ das Zimmer.

Renées Blut pulsierte heftig nach dieser Zärtlichkeit. Die Situation, fand sie, wurde immer komplizierter.

„Kommen Sie und machen Sie es sich wieder gemütlich", forderte Madame Sebastian sie auf. „ich freue mich, dass Gilbert sich ein englisches Mädchen ausgesucht hat, auch wenn er so viel Wert darauf legt, dass ich Französin bin."

Renée fühlte ein kaltes Schaudern ihren Rücken hinunterlaufen. Madame Sebastian hatte offenbar keine Ahnung von den Hintergründen ihrer vermeintlichen Verlobung, und sie schien auch nichts von Gilberts Liebe zu Antoinette zu wissen.

Es folgte nun ein langer Monolog, ein Lobgesang der alten Dame auf ihren Sohn. Und Renée hörte mit großem Interesse, dass Gilbert ein sensibles Einzelkind war und schon sehr früh Talent zum Zeichnen zeigte. Er war auf dem elterlichen Gut Chateauvieux aufgewachsen und besuchte später eine Schule in England.

„Ich bevorzuge das Leben auf dem Lande und komme nur selten nach Paris. Die meiste Zeit verbringe ich in meinem großen Garten."

Madame Sebastian streckte ihre sonnengebräunten Hände aus. „Gilbert sagt, dass meine Hände die einer Bäuerin sind, aber meine Rosen waren wunderbar in diesem Jahr. Gilbert kommt in den Saisonferien nach Hause. Sie werden ihn hoffentlich begleiten?"

„Ich – ich weiß es noch nicht", wich Renée ihr aus. „Gilbert meint, ich sollte heimfahren nach England."

„Ach, ja. Sie haben Ihre Angehörigen lange nicht gesehen, aber vielleicht lässt sich beides ermöglichen."

„Vielleicht." Wie sollte sie diese Ferien in Gesellschaft dieser beiden Menschen verbringen, und mit Gilbert – der Mutter zuliebe – womöglich sogar nichts sagende Küsse austauschen. Sie seufzte. Madame Sebastian deutete dieses Seufzen anders. „Es ist spät, und Sie sind sicher sehr müde, Renée. Das Taxi wird auch bald hier sein. Ich werde mir übrigens die neue Kollektion nicht ansehen – ich finde Menschenmengen so anstrengend. Ich habe außerdem schon viele Kollektionen meines Sohnes bewundert."

„Ist Gilbert dann nicht enttäuscht?"

„Keineswegs. Er glaubt, dass ich keinen Sinn für Mode habe." Sie erkundigte sich über das Haustelefon nach dem Taxi. „Es ist noch nicht da. Hoffentlich hat man uns nicht vergessen. Übrigens, Sie sind doch wohl im Bilde, liebes Kind, dass Gilbert nicht von seinem Salon abhängig ist? Wir haben einige Besitztümer, einschließlich einer Häuserreihe in der Rue du Jardin. Wenn er will, kann er sich jederzeit zurückziehen."

„Das möchte er gewiss nicht", meinte Renée. „Ich habe den Eindruck, dass der Modesalon sein Lebensinhalt ist."

Madame Sebastian legte die Hand auf ihren Arm. „Sie sollten niemals eifersüchtig auf seine Arbeit sein", sagte sie ernst. „Gilbert weiß, was im Leben an erster Stelle steht!"

Renée empfand, dass sie jedenfalls nicht an erster Stelle stand, sondern erst nach dem Modesalon und der Erinnerung an Antoinette rangierte. Ihre Blicke glitten zu dem Bild über dem Kamin; die Augen auf dem Foto schienen sich über sie lustig zu machen. ‚Du wirst nie meinen Platz einnehmen, meine Liebe', schienen sie zu sagen.

Dann läutete das Telefon, und sie wurden benachrichtigt, dass das Taxi unten auf sie wartete.

Am nächsten Morgen war der Salon Sebastian hauptsächlich von privilegierten Presseleuten bevölkert, die nur sehr begrenzt fotografieren durften. Irgendwo in den hinteren Reihen waren die Sinclairs platziert.

Als Renée das Modell ‚Printemps' vorführte, entdeckte sie Ava Brent in der vordersten Reihe. Der Anblick ihrer ehemaligen Arbeitgeberin erschien ihr wie eine Erinnerung an weit zurückliegende Zeiten. Ihre Gedanken waren jedoch sofort wieder mit dem weiteren Ablauf der Modenschau beschäftigt.

Im Verlauf der Vorführung hatte Renée den Eindruck, dass bei ihrem Erscheinen lauter und anhaltender Beifall geklatscht wurde als bei den übrigen Mannequins. Natürlich, sie führte ja auch die wirkungsvollsten Modelle vor, aber trotzdem …

„Unglaublich", sagte eine der Ankleiderinnen verblüfft, „Antoinette ist wiedergekommen!"

„Du bist ein Erfolg", flüsterte ihr Janine im Vorbeigehen zu.

Als die Vormittagsschau vorüber war, erschien Gilbert wie gewöhnlich im Umkleideraum, um sich bei den Mannequins mit lobenden Worten zu bedanken.

Dann blickte er zu Renée. „Und Sie, meine Liebe, haben alle Erwartungen erfüllt –entzückend!"

Nach einer zweistündigen Pause sollte die Vorführung der Kollektion wiederholt werden. Die Mannequins zogen sich deshalb zurück, um am Nachmittag wieder frisch und ausgeruht auszusehen. Mrs. und Mr. Sinclair aber drängten sich in den Umkleideraum, um ihrer Tochter und Renée zu gratulieren, bevor sie selbst zur Fahrt an die Loire starteten. Alle weiteren Besucher wurden vor der Eingangstür von Madame Lamartine abgewiesen. Pierre wurde beauftragt, einen leichten Imbiss zu servieren, aber Renée war zu unruhig und aufgeregt und beschloss, lieber ein wenig an die frische Luft zu gehen.

Als sie aus dem Hintereingang schlüpfen wollte, traf sie auf Ava Brent, die sie lebhaft begrüßte.

„Ich wollte Sie unbedingt aufsuchen, und ich würde Sie so gerne zum Mittagessen ausführen, wenn ich nicht schon eine Verabredung hätte", bedauerte sie. „Aber ich muss Sie unbedingt zu Ihrem Debüt als Mannequin beglückwünschen! Die Haute Couture ist tatsächlich

Ihr Metier, Renée. Sie waren großartig!"

Das war wirklich ein Lob. Renée dankte ihr voller Freude.

„Ich vermisse Sie sehr, Renée", fuhr Ava Brent fort. „Sie gehörten zu meinen besten Fotomodellen. Ich glaube nicht, dass wir Sie so bald in London wiedersehen werden."

„Ja, das nehme ich an", erwiderte Renée.

Ava Brent verabschiedete sich, und Renée schlenderte wie auf Wolken den Faubourg entlang. Ava Brent war eine erfahrene Frau und machte keine nichtssagenden Komplimente. Es war also ihre ehrliche Überzeugung, wenn sie Renée großartig fand. Sie konnte den Erfolg sogar für sich verbuchen, denn sie hatte bewiesen, dass Renée ebenso gut wie Antoinette war. Und Gilbert? Er war stolz auf sie. Er hatte ja selbst gesagt, dass sie alle seine Erwartungen erfüllt hätte. Würde sie nun in die von ihm vorgeschlagene Scheinehe einwilligen müssen? Würde es ihr dann gelingen, Antoinette völlig aus seinem Gedächtnis zu verdrängen?

Renée schritt tüchtig aus und vergaß die Menschen um sich herum, während sie ihre Luftschlösser baute. Sobald die Vorführung der Kollektion vorüber war, wollte sie Gilbert ihren Entschluss mitteilen. Selbst wenn es ihr nicht gelänge, seine Liebe zu gewinnen, würde es sie glücklich machen, mit ihm zusammenzuarbeiten, seine Erfolge zu teilen und ihn zu den Entwürfen neuer Modelle zu inspirieren. Glücklich und beschwingt kehrte sie wieder zum Salon zurück.

An den darauf folgenden Tagen wurde die Kollektion ausländischen Käufern und privaten Kunden gezeigt. Danach gab es täglich Vorführungen bis Mitte August.

Renée sah Gilbert sehr wenig in dieser Zeit, denn zwischen den Vorführungen und an den Abenden war er mit Textilfachleuten, Modezeitschriftenverlegern und Leitern von namhaften Modehäusern beschäftigt. Janine wollte mit ihren Eltern am kommenden Sonntag abreisen und bedauerte unablässig, dass Renée nicht mitfahren konnte. Celeste spuckte Gift und Galle auf Renées Erfolg und äußerte sich empört über „gewisse ausländische Mädchen", die den Französinnen die Arbeit wegschnappten. Janine, die einen Vertrag für die nächsten

Monate mit dem Salon Sebastian in der Tasche hatte, warnte Renée vor Celeste. Aber Renée hatte genügend Rückenstärkung in dem geplanten Vertrag mit Gilbert und lächelte gelassen, obwohl sie durchaus glaubte, dass Celeste sich beim Auslandsbüro beschwert haben konnte. Vielleicht war sie sogar schuld daran, dass Renée keine Arbeitsverlängerung erlangt hatte.

Renée war sogar versucht, Gilberts Ring zu tragen, hätten sie nicht Janines sicherlich zu erwartende Fragen davon zurückgehalten. Janine würde diese ‚Verlobung' sicherlich nicht gutheißen und alle mühsam verdrängten Zweifel wieder in Renée wachrufen. Nun, wenn Janine aus den Ferien zurückkäme, wäre daran ohnehin nichts mehr zu rütteln …

Am Ende einer Modenschau rief Gilbert Renée in einen der Anproberäume. „Es gibt keinen Zweifel mehr an Ihrem Erfolg", sagte er mit Nachdruck. „Oder wollen Sie Ihre Zukunft immer noch über Bord werfen?"

„Ich habe nicht die Absicht", antwortete sie.

Gilbert lächelte. „Nächste Woche, meine Liebe, werden wir wieder nach Fontainebleau fahren und unsere Abmachung besiegeln."

Renées Herz klopfte bis zum Hals. In seinen Augen lag eine Zärtlichkeit, die sie nie zuvor wahrgenommen hatte. Konnte es möglich sein, dass er Antoinette schon vergessen hatte?

8. KAPITEL

Am Freitag dieser aufregenden Woche war Renée bis spätabends im Salon beschäftigt, da sie für den Fotografen einer bedeutenden französischen Modezeitschrift unzählige Male auf den Treppenstufen des Salons in Gilberts Kreationen posieren musste. Georges Arnaud, Fotograf und guter Bekannter von Gilbert, nahm so viel Rücksicht wie möglich, aber er hatte eine Serie von Fotos zu schießen, und der Herausgeber der Zeitschrift hatte ausdrücklich den Wunsch geäußert, dass nur Renée als Mannequin in Frage kam.

„Der Artikel wird nicht nur die Kleider, sondern auch Sie, Mademoiselle, groß herausbringen", verriet ihr Georges Arnaud.

„Sie haben das gewisse Etwas, Mademoiselle!"

Renée interessierte das allerdings wenig. Sie wollte so bald wie möglich nach Hause fahren.

„Kopf hoch, meine Liebe", flüsterte ihr Gilbert zu. „Es ist jetzt sehr wichtig für mich und für Sie."

Der Gedanke an ihre beginnende Partnerschaft richtete sie wieder auf, doch als die Prozedur endlich vorüber war, sank sie total erschöpft auf einen Stuhl.

„Sind Sie sehr müde?", fragte Gilbert vorsichtig. „Ich muss mich nämlich mit einem Seidenstoff-Händler aus Mailand unterhalten. Georges, könntest du nicht Mademoiselle Thornton zum Abendessen ausführen?"

Georges Arnaud lächelte. „Mit Vergnügen!"

„Oh, nein, vielen Dank!" Renée kam wieder auf die Beine. „Ich möchte nur schnell in meine Pension zurück."

Georges Arnaud war enttäuscht. „Mademoiselle, bitte machen Sie mir und meiner Frau das Vergnügen", bat er. „Sie sind nun eine Berühmtheit! Meine Frau erwartet mich zum Abendessen, und wir würden uns sehr freuen ..."

Renée blickte hilfesuchend zu Gilbert.

„Ja, gehen Sie mit", riet er. „Es ist nur vorteilhaft, wenn Sie sich in der Öffentlichkeit zeigen. Sie sollten auch ein Modell aus der Kollektion tragen – ich schlage ‚Le Spectre' vor."

„Nein", protestierte sie, „nicht das Kleid!"

Ihre Stimme klang so scharf, dass Gilbert sie überrascht anblickte.

Sollte sie ihm sagen, dass sie sich in diesem Kleid wie der Geist von Antoinette fühlte?

Schließlich entschlossen sie sich für ein schwarzes Abendkleid, das Arme, Schultern und Rücken völlig frei ließ; sie legte eine dazu gehörende schwarz-silberne Stola um.

Ein Taxi brachte Renée und Georges Arnaud zu einem Restaurant in den Champs-Elysees, wo Madame Arnaud auf sie wartete. Sie war von ihrem Mann telefonisch von der bevorstehenden Überraschung verständigt worden und bombardierte Renée sofort mit kritischen Blicken.

Madame Arnaud selbst war klein und gedrungen; sie hatte gepflegte graue Haare und sehr sympathische Gesichtszüge. „Für eine Engländerin haben Sie viel Geschmack", sagte sie anerkennend.

„Therese, du vergisst, dass die Engländer inzwischen gelernt haben, was guter Geschmack ist", beeilte sich ihr Mann einzuwerfen. „Die Zeit der uneleganten English-Miss ist lange vorüber."

„Oh, davon gibt es auch heute noch welche", antwortete Renée amüsiert.

Während des Abendessens erzählte Georges Arnaud ausführlich von seinen fotografischen Erfolgen. „Ich habe alle Modelle des Salons Sebastian fotografiert", brüstete er sich, „und zwar von Vater und Sohn! Aber zu Jacques Sebastians Zeit beachtete man nur die Kleider und nahm keine Notiz von den Mannequins. Heute dagegen möchte jeder etwas über diese Damen erfahren – woher sie kommen, wie ihre Laufbahn begann und wie sich ihr Erfolg einstellte. Sie, Mademoiselle Thornton, sind sehr fotogen. Mit Ihrem Gesicht könnten sie Filmstar werden."

„Vielen Dank", lächelte Renée, „aber ich möchte nicht schauspielern."

„Eine Anzahl Mannequins landen beim Film", fuhr Georges Arnaud fort. „Aber vielleicht sind Sie zur Haute Couture berufen wie einmal Antoinette Morel? Ah, sie hatte eine göttliche, eine hinreißende Figur und ein Gesicht!“ Er seufzte. „Es heißt, dass wir Antoinette nicht mehr wiedersehen werden.“

Madame Arnaud nickte. „Die Arme! Der Unfall muss doch ernstere Folgen gehabt haben, als anfangs bekannt wurde, denn sie lebt seitdem völlig zurückgezogen.“

Renée starrte sie an. „Ich ... ich dachte, sie wäre tot?“ Sie konnte vor Erregung kaum Luft holen.

„Aber nein, Mademoiselle“, erwiderte Madame Arnaud. „Die Menschen vergessen nur zu schnell, und viele sprechen von ihr, als wäre sie tot.“

Renée wurde bewusst, dass sie tatsächlich niemals ausdrücklich erfahren hatte, dass Antoinette Morel gestorben wäre. Es war ihre eigene Vermutung gewesen. Aber – wo mochte sie leben, und welche Bedeutung hatte sie dann jetzt für Gilbert?

Renée war völlig aus der Fassung geraten und erkundigte sich bei den Arnauds, ob es sich um einen Autounfall Antoinettes gehandelt hätte.

Madame Arnaud zuckte die Schultern. „Das weiß niemand. Sie verschwand von einem Tag zum anderen. Vielleicht war es auch gar kein Unfall ...“ Sie beugte sich zu Renée und senkte ihre Stimme. „Aber ich weiß, dass sie mit ihrer Mutter in einem sehr exklusiven und kostspieligen Haus in der Rue du Jardin wohnt. Das Haus gehört Monsieur Sebastian, und es geht das Gerücht um, dass er sie heiraten wollte – wenn es nicht schon geschehen ist.“

Plötzlich schien sich vor Renées Augen alles zu drehen, sie sah die Arnauds nur noch wie im Nebel. Sie presste verzweifelt die Tischserviette in ihren Händen, um keine Schwäche zu zeigen.

„Mademoiselle, geht es Ihnen nicht gut?“, fragte Georges Arnaud besorgt.

„Doch, doch.“ Renée leerte ihr Weinglas. „Es tut mir leid. Es ist nur die große Hitze und – und der lange Arbeitstag.“ Mit größter Anstrengung besiegte Renée ihre vorübergehende Schwäche und versuchte wieder zu lächeln.

George Arnaud warf seiner Frau einen vorwurfsvollen Blick zu.

Hatte sie beabsichtigt, Renée einen Schock zu versetzen? Hatte sie diesem naiven Mädchen aus England die Augen öffnen wollen über Gilbert Sebastians Flirts mit seinen Mannequins?

„Du redest wieder einmal zu viel", kritisierte er seine Frau. „Was auch immer mit Antoinette geschehen sein mag, sie ist nicht mehr aktuell." Er erhob sein Glas und wandte sich höflich an Renée. „Auf Sie, unseren neuen Star! Mademoiselle, eine wundervolle Zukunft liegt vor Ihnen!"

Renée bedankte sich mit einem gezwungenen Lächeln. Waren denn nicht erst einige Tage vergangen, seit auch Gilbert auf ihren Erfolg getrunken hatte?

Ein bitterer Erfolg, wenn Antoinette noch lebte!

Als Renée endlich wieder in ihrem Pensionszimmer war, versuchte sie, ihre Gedanken zu ordnen. Seit ihrer ersten Begegnung mit Gilbert wusste sie von seiner Liebe zu Antoinette. Sie war ihm ja nur wegen ihrer Ähnlichkeit mit seinem früheren Mannequin aufgefallen, und Antoinettes Porträt hatte im Salon und in seiner Wohnung sogar einen Ehrenplatz. Und von Janine wusste sie, wie unglücklich er über die letzte Kollektion gewesen war, weil Antoinette sie nicht vorführen konnte …

Der mysteriöse Unfall, von dem Madame Arnaud gesprochen hatte, musste eine ernsthafte Verletzung Antoinettes zur Folge gehabt haben. Nur so konnte Renée sich ihr Verschwinden erklären und auch, weshalb sich Gilberts Gesichtsausdruck verhärtete, wenn ihr Name erwähnt wurde. Trotzdem war sie überzeugt, dass weder eine Krankheit noch eine Verletzung Gilberts Zuneigung zu Antoinette ausgelöscht hatte. Möglicherweise war nur eine zeitweilige Entfremdung zwischen beiden eingetreten. Gilbert hatte ihr ja anvertraut, dass Antoinette „weder Herz noch Seele" gehabt hätte. Damals hatte Renée geglaubt, es wären die Worte eines enttäuschten Liebhabers. Doch warum lebte Antoinette noch in seinem Hause, wenn sie sich von ihm losgesagt hatte? Es war auch unglaubwürdig, dass sie mit Gilbert verheiratet war, denn Renée konnte sich nicht vorstellen, dass er ihr einen Heiratsantrag machte, wenn er bereits eine

Ehefrau hatte. Sie dachte an seine dunklen Augen, die sie so zärtlich angeblickt hatten. Nein, so skrupellos konnte er nicht handeln! Dennoch ließ sich die Tatsache nicht leugnen, dass Antoinette Morel in der Rue de Jardin in einem Haus lebte, das Gilbert Sebastian gehörte. Die Morels konnten dort natürlich zur Miete wohnen, doch Renée konnte sich nicht erklären, wieso Antoinette noch irgendwelchen Kontakt mit Gilbert haben wollte, nachdem sie ihm den Laufpass gegeben hatte.

Plötzlich erinnerte sich Renée an das kurze Gespräch im Gasthaus bei Fontainebleau, als die Wirtin sich nach der Gesundheit von „Madame" erkundigte. War „Madame" etwa Antoinette, und hatte Gilbert sie als seine Frau vorgestellt?

Gilberts Auffassung von der Ehe hatte Renée schon einmal schockiert. Für ihn schien die Ehe nur eine Verbindung zu sein, die nach Belieben zu knüpfen und zu lösen war. Vielleicht hatte sogar eine solche Beziehung zwischen ihm und Antoinette bestanden. Für Renée blieb die ganze Geschichte nach wie vor undurchsichtig, aber sie glaubte fest, dass Gilbert sein ehemaliges Mannequin immer noch liebte.

In dieser Lage wurde ihre eigene Position nun ganz unhaltbar. Sie durfte nicht die Stelle einer Frau einnehmen, die jederzeit wieder auf der Bildfläche erscheinen konnte. Bei der nächstmöglichen Gelegenheit musste sie eine Unterredung mit Gilbert herbeiführen, und wenn sich ihre Befürchtungen bewahrheiteten, würde sie ihm den Ring zurückgeben und nach England zurückkehren.

Sie brütete stundenlang vor sich hin, bis das graue Licht der Morgendämmerung in ihr Zimmer drang und sie endlich zermürbt und erschöpft in einen unruhigen Schlaf fiel.

Morgens konnte Renée keinen Bissen herunterschlucken, obwohl Madame Dubonnet sie mütterlich umsorgte. Sie glaubte wohl, dass die Zeit der Modeschauen besonders anstrengend sei, dass das Schlimmste nun aber überstanden wäre und Renée sich jetzt ausruhen könne.

Renée jedoch war spät dran und fand keine Zeit mehr, Gilberts Ring einzustecken, den sie bei ihren Sachen sicher aufgehoben hatte.

Sie eilte zum Salon und wurde von Madame Lamartine mit heftigen Vorwürfen empfangen: Eine bevorzugte Kundin habe sich angemeldet, um das Modell „Printemps“ zu bestellen, und sie würde es gerne vorgeführt bekommen. „Ihr Mädchen seid alle gleich“, beschwerte sie sich. „Ihr treibt euch die halbe Nacht mit euren Verehrern in der Stadt herum und seid morgens nicht rechtzeitig zur Stelle!“

Renée hatte dem schnell gesprochenen Französisch nicht folgen können und sagte zu Madame Lamartine, dass sie Monsieur Sebastian zu sprechen wünsche, bevor sie mit der Arbeit begänne.

„Das können Sie nicht!“, triumphierte Madame Lamartine. Sie hatte schon lange bemerkt, dass Gilbert dieses Mädchen aus England bevorzugte, und freute sich, Renée endlich einmal zurechtweisen zu können. „Monsieur Gilbert hat Wichtigeres zu tun, als sich Ihre Beschwerden anzuhören, denn Sie wollen sich doch sicher über irgendetwas Belangloses beklagen, oder? Er ist nach Mailand geflogen, um sich die neuen Seidenstoffe von Signor Montesori anzusehen. – Mon Dieu!“ Sie bemerkte die dunklen Ringe um Renées Augen. „Sie sehen ja aus wie der Tod! So können Sie unmöglich Modelle vorführen. Gehen Sie nach nebenan und ruhen Sie sich eine Stunde aus, damit Sie für die Nachmittagsvorführung fit sind. Vielleicht kann Louise ‚Printemps‘ anziehen. Ich werde Sie bei Monsieur Gilbert melden, sobald er zurück ist; verlassen Sie sich drauf!“

Renée war froh, den kritischen Blicken ihrer Kolleginnen entgehen zu können, und schlüpfte in das Ruhezimmer. Es war ein schmaler Raum, in dem sich nur ein Sessel, eine Couch und ein Waschbecken befanden; hierher konnte sich jedes Mannequin zurückziehen, wenn es sich den Strapazen eines anstrengenden Tages nicht mehr gewachsen fühlte. Renée sank auf die Couch; sie war jetzt völlig durcheinander, da sie ihr mühsam vorbereitetes Gespräch mit Gilbert nicht sofort loswerden konnte. Sie musste jetzt den nächsten Schritt überlegen. Der Gedanke, weiterhin als Mannequin aufzutreten, widerstrebte ihr, und sie überlegte ernsthaft, ob es nicht das Beste wäre – ohne Gilberts Rückkehr abzuwarten –, auf der Stelle heimzufahren. Da wurde die Tür leise geöffnet, und Janine schlüpfte ins Zimmer.

„Heute Morgen liegt nicht viel Arbeit an, sodass ich mich kurz davonstehlen konnte“, sagte sie und forschte in Renées Gesicht. „Sag mal, was ist denn mit dir los? Irgendetwas muss doch passiert sein, nicht wahr?“

Erschöpft fuhr sich Renée mit der Hand über die Stirn. „Ja, Janine. Ich – ich weiß nicht, was ich tun soll.“ Sie berichtete der Freundin von Gilberts Absichten.

Janines braune Augen öffneten sich weit vor Empörung. „Du hast doch wohl nicht zugestimmt?“ Sie musste tief Luft holen. „Noch niemals habe ich so etwas Absurdes – und Gefährliches gehört! Wie, er wollte über den Rest deines Lebens verfügen? Du solltest gezwungenermaßen für ihn arbeiten und vielleicht noch nicht einmal ein angemessenes Gehalt dafür beziehen?“

Renée lächelte schwach. Janine war so praktisch! An den finanziellen Punkt hatte sie überhaupt noch nicht gedacht. „Nein, ich werde nicht einwilligen“, beruhigte sie Janine, „aber das ist ja noch nicht alles.“ Sie teilte ihr in knappen Worten Madame Arnauds Enthüllung mit.

Janine pfiff durch die Zähne. „Die ruhmreiche Antoinette weilt also noch unter uns!“, stellte sie fest. „Wir alle hielten sie für tot. Jeder sprach von Antoinette nur in der Vergangenheit. Aber warum …?“ Sie blickte fragend auf Renée.

„Das ist es ja“, nickte Renée. „Warum? Und noch mal warum? Warum stellte er mich an die Spitze der Mannequins? Warum will er mich hier festhalten? Was bedeutet Antoinette noch für ihn? Ist sie wirklich seine Frau? Wenn ja, warum nicht offiziell?“

„Und du glaubst, dass er dir eine Erklärung für das alles geben wird?“, fragte Janine kopfschüttelnd. „Und wenn, dann ist es sicherlich nicht die Wahrheit. Er tischt dir höchstens ein neues Märchen auf. Und du bist so blind vor Liebe, dass du alles brav glaubst. Ich habe eine bessere Idee.“

„Welche?“

„Wir werden Antoinette Morel aufsuchen. Sie wird uns bestimmt die wahre Geschichte erzählen.“

Renée war aufs Neue schockiert. Sie hatte sich Antoinette immer noch nicht als einen lebendigen Menschen vorstellen können, den man besuchen konnte. „Wir – wir wissen die Nummer des Hauses nicht“, sagte sie zögernd.

„Die werde ich bald im Adressbuch gefunden haben.“

„Nein, Janine, es – es ist unmöglich. Ich würde Gilbert damit hintergehen.“

„Du solltest nicht so viele Bedenken haben. Hat er denn nicht versucht, dich aufs Glatteis zu führen? Wir müssen die Wahrheit herausfinden. In deinem Interesse. Sein Vorschlag riecht nach Bigamie.“

Bei dem letzten Wort zuckte Renée zusammen. „Nein! Dazu würde er nicht fähig sein!“

„Aber was war dann seine Absicht? Wo steckt des Rätsels Lösung? Wir werden Madame Lamartine erzählen, dass du wirklich krank bist und ich dich nach Hause begleite“, schlug Janine vor. „Dann gehen wir zu dieser … Rue du Jardin. Ich habe bis zur Nachmittagsvorführung eine Menge Zeit.“

Renée hatte immer noch Bedenken, ließ sich aber am Ende von Janine überzeugen. Sie brannte darauf, die lebende Antoinette zu sehen.

In der Metro war es kühl, doch als sie an der von Janine genannten Station ausstiegen, schlug ihnen ein Hitzeschwall entgegen, und Renée, die sich von der schlaflosen Nacht noch nicht erholt hatte, schleppte sich mühsam hinter ihrer Freundin her.

Janine hatte sich im Straßenverzeichnis informiert, und nach einigen Irrwegen gelangten sie schließlich zur Rue du Jardin, einer Sackgasse mit Terrassenhäusern und schattenspendenden Platanen zu beiden Seiten der Straße. Jedes Haus hatte einen gepflasterten Vorgarten mit üppig bepflanzten Blumenkübeln. Über die Fenster waren Markisen in bunten Farben gespannt. Die nicht mehr ganz modernen Häuser machten einen gepflegten und wohlhabenden Eindruck. „Wir müssen die Nr. 14 suchen“, sagte Janine.

Nr. 14 lag am Ende der Straße; es hatte keine Markisen, keine Blumenkübel, und vor die geschlossenen Fenster waren Nylon-Gardinen gezogen.

„Sie werden nicht zu Hause sein“, stellte Renée irgendwie erleichtert fest.

Janine stieg die wenigen Stufen zur Haustür hinauf und drückte auf die Klingel. Sie hörten den Summton im Hause nachhallen, doch es rührte sich nichts.

„Lass uns gehen", drängte Renée, „es ist niemand zu Hause."

„Warte, da kommt jemand!"

Ein Riegel wurde zurückgeschoben, und die Tür öffnete sich langsam. Farblos und unscheinbar stand eine Frau vor ihnen, die sie misstrauisch mit wachen kleinen Augen anblickte.

Janine fragte nach Mademoiselle Antoinette Morel. „Wir sind ihre Kollegen aus dem Salon Sebastian", erklärte sie.

Die mausgraue Frau erschrak. „Non, non", rief sie, „meine Tochter empfängt keine Besucher." Sie wollte die Tür zuwerfen, aber Janine hatte schon einen Fuß dazwischen.

„Ich bitte Sie, Madame Morel", begann Janine, als sie von einer scharfen Stimme unterbrochen wurde.

„Wer ist da, Mama?", fragte die Stimme.

Madame Morel wandte sich nach hinten, und Janine stieß die angelehnte Tür weit auf. Im Halbdunkel des Hausflures näherte sich eine schlanke Gestalt in einem schwarzen, bodenlangen Kleid. Renée glaubte im ersten Moment, eine junge Nonne vor sich zu sehen, doch dann bemerkte sie, wie unter einem feinen schwarzen Schleier auf dem Kopf der jungen Frau helle Haare schimmerten. Außerdem waren ihre Arme unbekleidet.

„Du wolltest doch niemanden hereinlassen", meinte Madame Morel. „Die beiden Mademoiselles kommen aus dem Salon …"

„So, wollte ich das?", sagte die Verschleierte spitz. „Ich kann ja auch mal meine Meinung ändern. Diese Maskerade beginnt mich sowieso zu langweilen, und die Rolle der geheimnisvollen, verschleierten Dame in der Rue du Jardine macht mir längst kein Vergnügen mehr. Kommen Sie herein, Mademoiselles. Hier geht es lang."

Während ihre Mutter die Haustür wieder verriegelte, führte Antoinette – denn sie war es – die beiden Besucherinnen durch den langen Flur in einen sonnigen Wohnraum. Er war mit Antiquitäten überladen, und sämtliche freien Wände waren mit Fotos von Antoinette bedeckt. Renées Blick fiel sofort auf ein Bild, das Antoinette im

Brautkleid darstellte und von dem ein Duplikat über Gilberts Kamin in seiner Wohnung einen bevorzugten Platz einnahm.

Durch weit geöffnete Flügeltüren entdeckten sie ein quadratisches Gartenstück, dessen grüne Rasenfläche von prachtvollen Blumenbeeten umrandet war und in dessen Mitte ein winziger Springbrunnen Wasser versprühte. Antoinette bat ihre Besucherinnen nach draußen, wo unter einem Sonnenschirm hübsche Korbstühle um einen Tisch gruppiert waren. Der Kontrast zu der kahlen Vorderfront des Hauses war so verblüffend, dass es Renée und Janine die Sprache verschlug. Antoinette lachte über ihre verdutzten Gesichter. Ihr Lachen klang hart und schneidend und entsprach ganz und gar nicht ihrer anmutigen Haltung. Sie forderte ihre Besucherinnen auf, Platz zu nehmen.

„So halte ich mir neugierige Blicke fern", erklärte sie und wies auf den Zaun. Der Garten war durch hohes Gitterwerk abgeschirmt, an dem Schlinggewächse rankten.

„Wie Rosamunde in ihrer Gartenlaube", bemerkte Janine, „bevor sie König Heinrich empfing."

Antoinette blickte sie fragend an, während Renée, die diese Anspielung verstanden hatte, ihre Freundin vorwurfsvoll ansah.

„Wer ist Rosamunde?", wollte Antoinette wissen.

„Sie war eine sehr schöne Dame", antwortete Janine, „die nicht weise, sondern über alle Maßen liebte, und das trug ihr viel Leid ein."

„Dann war sie wirklich töricht", meinte Antoinette verächtlich. „Wenn eine liebende Frau klug ist, kann sie bei einem Mann mühelos alles erreichen. Aber erzählen Sie mir doch erst etwas aus dem Salon. Mir ist mancherlei zu Ohren gekommen. Zum Beispiel, dass Gilbert ein Mannequin gefunden hat, das mir ähneln soll – Ihre Augen streiften Renée. „Könnten Sie das sein?"

Renée nickte, ihre Zunge war wie gelähmt.

Antoinettes Mutter schrie leise auf. „Ich habe dich gewarnt!", jammerte sie. „Du warst zu lange – dieses – diese junge Dame ist chic und schön; sie wird deinen Platz einnehmen!"

Wieder lachte Antoinette grell und unnatürlich. „Diese blasse kleine Person?", spottete sie. „Betrachten Sie mich, Mademoiselle!" Mit einer eleganten Geste lüftete sie ihren schwarzen Schleier und riss ihr nonnentrachtähnliches Kleid auf. Sie blickte Renée herausfordernd an.

Renée sah eine strahlende, halbnackte Schönheit in Fleisch und Blut vor sich. Sie bewunderte die dunklen, stark bewimperten Augen, die Pfirsichhaut, den Ansatz der Brüste, das strohblonde Haar und die ebenmäßigen Gesichtszüge. Alles war makellos und ohne Spur einer Verletzung oder einer Krankheit.

„Sehen Sie mich an", forderte Antoinette sie nochmals auf. „Stellen Sie sich wirklich vor, dass Sie meinen Platz einnehmen könnten?"

„Nein, und – ich wollte es auch niemals", versicherte Renée halblaut. „Aber weshalb haben Sie sich denn bislang versteckt? Ich – ich glaubte, Sie wären tot – fast alle glauben es."

„Tun Sie das?" Antoinette schien sich zu amüsieren. „Vielleicht war ich das sogar für eine kleine Weile, aber – Mama, meinen Spiegel!"

Madame Morel holte einen Handspiegel aus dem Haus und reichte ihn ihrer Tochter.

Eine Zeit lang studierte Antoinette ihr Gesicht sorgfältig und legte den Spiegel dann mit einem zufriedenen Seufzer auf den Tisch. „Keine Narbe mehr zu sehen", sagte sie. Dieser Unfall war so nichtig, so absurd, – ein brennendes Streichholz fiel in den Papierkorb – ich stand daneben mit Metern von Tüll am Körper – den Rest können Sie sich denken."

Renée starrte sie entsetzt an. „Sie standen in Flammen?"

„Allerdings", Antoinette hob die Schultern hoch.

„Das ist doch erfunden!", rief Janine empört. „Niemand darf in Monsieurs Studio rauchen. Außerdem – ein solcher Unfall wäre uns bestimmt zu Ohren gekommen."

„Es ist Ihnen aber nichts zu Ohren gekommen." Antoinettes Augen wurden schmal. „Ich habe dafür gesorgt. Wäre dieser dramatische Unfall groß in der Presse herausgestellt worden, so wäre die ganze Geschichte eine tolle Reklame für mich gewesen, aber sie musste verschwiegen werden ..." Da Janine immer noch ihr skeptisches Gesicht zeigte, wurde Antoinette deutlicher: „Es geschah nach Geschäftsschluss, als die meisten Mitarbeiter bereits nach Hause gegangen waren. Gilbert erschien mit einem Kunden, der sich für ein bestimmtes Kleid interessierte. Ich war noch im Haus, zog das Kleid an und betrat den Salon. Die beiden Herren redeten und redeten. Der Kunde bot Gilbert eine Zigarette an. Sie redeten weiter und – dann passierte es. Beide handelten flink. Sie löschten die Flammen, warfen mich zu Boden, rollten mich in eine Decke. Gilbert fuhr mich dann ins Krankenhaus. Ich sagte zu ihm: Niemand braucht zu wissen, wie es passiert ist – es war deine Schuld und deine Unachtsamkeit! Ich wollte seinem Namen und dem Ruf seines Salons keinen Schaden zufügen."

„Er hat Sie großzügig entschädigt!" Janine machte eine Handbewegung auf das Haus und den Garten.

Antoinettes Augen blickten giftig. „Dazu war er schließlich verpflichtet. Er musste mich finanziell unterstützen und mir die Miete dieses Hauses erlassen, denn ich konnte selbst mit der winzigsten Verletzung nicht als Mannequin tätig sein."

„Musste er Ihnen denn nicht auch die Ehe versprechen?", fragte Janine dreist.

Renée dachte an Gilbert, der also Schuld an diesem Unfall hatte und sich nun ständig Vorwürfe machen musste. Jetzt war ihr klar, weshalb seine Miene sich immer verdüsterte, wenn Antoinette erwähnt wurde.

„Nein", antwortete Antoinette jedoch mit schriller Stimme. „Ich habe ihm kein Eheversprechen abgenommen. Das hat Zeit, bis wirklich alles vorbei ist. Wenn ich heirate, soll es das Tagesgespräch von ganz Paris sein. Gilbert wird mir dazu das märchenhafteste Brautkleid entwerfen, ein Kleid, von dem jede Frau in Paris noch monatelang träumen wird."

Gilbert war also noch frei! durchzuckte es Renée. „Hat Monsieur Gilbert Sie in letzter Zeit gesehen?", fragte sie rasch. „Weiß er, dass Sie geheilt sind?"

„Noch nicht", Antoinette lächelte. „Ich plane eine große Überraschung für ihn. Wenn der Salon wieder geöffnet wird, werde ich erscheinen und attraktiver als je zuvor aussehen. Können Sie sich seine Freude vorstellen?"

Renée nickte. Waren damit nicht alle ihre eigenen Hoffnungen und Wünsche begraben?

„Sie haben Gilbert seit dem Unfall wirklich nicht mehr gesehen?" Janine ließ nicht locker.

„Was denken Sie denn? Ich konnte ihn doch nicht mit dieser Verunstaltung empfangen!", begehrte Antoinette mit scharfer Stimme auf. „Nein, ich musste mir erst die Haut hier noch straffen lassen." Sie streichelte ihr wohlgeformtes Kinn. „Oh, wie war er damals zerknirscht! Und die Blumen, die er mir schickte! Sie hätten einen ganzen Laden füllen können. Ich warf sie alle in den Mülleimer." Antoinette lachte, als Renée sie ungläubig ansah. „Sie scheinen sehr sentimental zu sein", höhnte sie. „Was die Blumen angeht – nun, so denke ich praktischer. Mama sollte ihm ausrichten, dass ich lieber Geld statt Blumen haben wollte, aber das scheint sie unterlassen zu haben."

„Non", murmelte Madame Morel, „nein, das gehörte sich nicht. Du warst grausam zu ihm, Antoinette. Du warst doch in Wahrheit kaum verletzt, und er bat so inständig, dich sehen zu dürfen. Stattdessen sollte ich ihm sagen, dass du ihn hasst, dass du ihm seine Unachtsamkeit nicht vergeben würdest und dass du ihn nie wieder sehen wolltest."

„Ich wollte ihn bestrafen", sagte Antoinette kalt, „aber das ist nun vorüber. Jetzt bereite ich mich auf meine neuen Auftritte vor."

„Sie hoffen es", platzte Janine heraus. „Aber das wird nicht so einfach sein, denn Monsieur Gilbert und seine Kundschaft sind mit Renée, Ihrer Nachfolgerin, äußerst zufrieden."

„Meiner Nachfolgerin?" Antoinette zeigte mit einem Finger auf Renée. „Die – die wird mich nie ersetzen können! Weder im Salon Sebastian noch in Gilberts Herzen!" Sie lehnte sich selbstgefällig in ihrem Sessel zurück, und ein Sonnenstrahl tauchte ihr Haar in leuchtendes Gold. Hals und Arme schimmerten wie rosafarbener Marmor, und ihre Augen blitzten zornig unter den dichten Wimpern. „Ihre kurze Zeit ist zu Ende, meine Liebe", sagte sie zu Renée. „Weder Gilbert noch Paris werden nach Ihnen fragen, wenn ich wieder erscheine."

Janine war entrüstet. „Ich bin zwar keine Verehrerin von Gilbert Sebastian", legte sie los, „aber ich glaube nicht, dass er sich weiterhin von Ihnen ausbeuten lässt. Sie haben aus einem winzigen Unfall unverschämte Vorteile herausgeschlagen, und aus der Art, wie Sie ihn in den vergangenen Monaten behandelt haben, muss er doch schließen, dass Sie sich absolut nichts mehr aus ihm machen."

„Aber Janine!", mahnte Renée. „Gilbert ... er denkt noch an Antoinette, ich ... ich weiß es genau!" Sie musste sich anstrengen, um ihre zitternde Stimme unter Kontrolle zu halten. „Mademoiselle Morel hat recht. Er wird überglücklich sein, wenn sie wiederkommt. Ich bin doch nur ein Ersatz für sie. Und wenn die Hauptdarstellerin zurückkommt, muss die Ersatzspielerin verschwinden. Ich kenne meine Grenzen." Sie konnte die Situation nicht länger ertragen und erhob sich. Alle Unklarheiten waren beseitigt. Sie verneigte sich leicht vor Antoinette. „Vielen Dank, dass Sie uns empfangen und so offen mit uns gesprochen haben."

Antoinette blickte sie erstaunt an. „Sie tragen es mit Fassung", räumte sie ein. „Natürlich sind Sie selbst in Gilbert verliebt, er ist eine gute Partie, und Sie haben schon Luftschlösser gebaut. Leider muss ich sie zerstören."

„Meine Gefühle gehen niemand etwas an", erwiderte Renée.

„Umso besser!" Antoinette zuckte die Schultern. „Sie können Gilbert etwas von mir ausrichten. Sagen Sie ihm, dass ich nach den Ferien wiederkomme. Dann hat er etwas, worauf er sich freuen kann."

„Es tut mir leid, aber ich möchte nicht mit ihm über Sie sprechen", erwiderte Renée stolz.

Antoinette lachte spöttisch. „Sie wollen die Ihnen noch verbleibende Zeit nutzen, wie? Sie wollen doch wohl aber nicht so töricht sein und mit mir in einen Wettbewerb treten?"

„Ich würde nicht im Traum daran denken", gab Renée zurück. „Adieu, Mademoiselle Morel!"

Antoinette blieb in ihrem Sessel sitzen, während sich ihre Mutter eilig ins Haus begab, um Renée und Janine die Tür zu öffnen.

Draußen auf der glutheißen Straße konnte sich Janine nicht mehr beherrschen. „Sie ist ein gewinnsüchtiges Biest!", explodierte sie. „Und ich wette, dass ihre Verletzungen nur ganz oberflächlich waren. Wie auch Madame Morel es sagte; Antoinette hat Gilbert niemals geliebt."

„Aber er liebt sie“, stellte Renée sachlich fest. „Und wen wundert’s? Hast du jemals eine schönere Frau gesehen?“

„Nun stell dich bloß nicht so an“, sagte Janine. „Du fällst vielleicht nicht so auf wie sie. Man könnte euch mit einer Sonnenblume und einem Buschwindröschen vergleichen. Was aber Antoinettes Charakter angeht …“

Renée legte ihre Hand auf Janines Arm. „Du bist lieb, Janine, aber der Charakter spielt hierbei keine Rolle, und … außerdem bevorzugt Gilbert Sonnenblumen.“

Janine blickte sie zweifelnd an. „Weißt du das sicher?“

„Ganz sicher“, sagte Renée. „Aber, bitte, Janine, lass uns nicht mehr darüber reden. Ich möchte nach Hause.“

„Das sollst du auch“, meinte Janine besänftigend, „doch wir sollten uns noch ein bisschen im Park ausruhen, hier ganz in der Nähe.“

Renée sah so blass aus, als würde sie jeden Moment in Ohnmacht fallen. Als sie im Park waren, führte Janine sie schnell auf die Bank unter einem schattigen Baum. „Dort drüben ist ein Kiosk, wo es sicher erfrischende Getränke zu kaufen gibt“, sagte sie, „warte hier, ich bin gleich wieder zurück.“

Renées Gedanken wanderten zu dem Mann, den sie liebte. Wie musste Gilbert unter Selbstvorwürfen gelitten und wie sehr mussten ihn Antoinettes Zurückweisungen verletzt haben. Nun, er liebte sie ja noch immer, und sein geduldiges Warten würde bald belohnt werden.

Obwohl Antoinette nach Renées Vorstellungen nicht das Ideal einer liebenden Frau war, musste ihre kapriziöse und aufreizende Erscheinung auf einen Mann wie Gilbert anziehender wirken als irgendein sanftes, gefühlsbetontes Mädchen. Sie jedenfalls wollte das Wiedersehen der beiden nicht miterleben. Bevor Antoinette Paris in Erstaunen versetzte, musste sie über alle Berge sein, und zwar je eher desto besser.

Janine kam mit einem Becher Fruchtsaft zurück, und nachdem Renée getrunken hatte, fühlte sie sich erfrischt.

Auch Janine schien sich inzwischen einige Gedanken gemacht zu haben. „Deine Arbeitserlaubnis ist schon bald erloschen, nicht wahr?

Und dein Pass ist für die meisten europäischen Länder gültig?“, fragte sie.

Renée nickte. „Wir müssen uns beeilen, wenn wir noch rechtzeitig für die Nachmittagsvorführung im Salon sein wollen“, bemerkte sie. Sie fühlte sich erleichtert, dass Gilbert in Mailand war.

„Du gehst heute auf keinen Fall in den Salon zurück“, meinte Janine. „Du fühlst dich nicht wohl. Ich werde dich bei Madame Lamartine entschuldigen. Übrigens, meine Liebe, es gibt jetzt gar keinen Grund mehr, weshalb du morgen nicht mit meinen Eltern und mir nach Genf fahren solltest. Du hast eine Pause unbedingt nötig.“

„Du meinst, ich sollte einfach mitfahren, ohne um Erlaubnis zu fragen?“

„Ich würde es dir raten. Du kannst deine Sachen bei Madame Dubonnet lassen. Pack einen kleinen Koffer, und dann treffen wir uns mit meinen Eltern morgen früh am Flughafen. Du weißt, wie sehr sie sich freuen, wenn du mitkommst.“

„Das ist eine Idee“, stimmte Renée endlich zu.

„Finde ich auch. Du fährst jetzt zur Pension, und ich habe vor der Nachmittagsschau gerade noch Zeit, mit meinem Vater wegen der Flugkarte zu telefonieren. Sag Madame Dubonnet bloß nicht, wohin du fährst. Du kannst ihr ja sagen, dass du eine Rundreise machst, dann entgehst du weiteren Fragen. Alsdann – eine unbeschwerte Urlaubszeit liegt vor uns!“

Renée lächelte und drückte Janines Hand. Sie würde wohl mehr als einen zweiwöchigen Aufenthalt in der Schweiz brauchen, um Gilbert zu vergessen.

Der restliche Tag war für Renée mit Reisevorbereitungen ausgefüllt. Sie zwang sich, nicht mehr an Antoinette und Gilbert zu denken. Sie schrieb einen Brief an ihre Mutter, in dem sie ihr von der Ferieneinladung berichtete und versprach, danach heimzukommen. Briefe könnten ihr ins Hotel Pilatus in Luzern geschickt werden, wo sie nach Beendigung ihrer Rundreise einige Tage bleiben wollten.

Sie hätte sich auch gerne von Gilbert verabschiedet und kritzelte schließlich ein paar Zeilen zusammen, die er mit der Post am Montagmorgen, einen Tag nach ihrem Abflug, erhalten würde.

„Lieber Monsieur Sebastian!

Es tut mir leid, dass ich Sie verlassen muss. Bald werden Sie den Grund wissen und froh über meine Abreise sein. Danke für alles, was Sie für mich getan haben. – Renée.“

Während sie ihre Sachen für die Reise zusammenpackte, vernahm sie ein Geräusch an der Tür. Als sie öffnete, hielt ihr eine bekümmert aussehende Colette einen Blumenstrauß entgegen.

„Für Sie, Mademoiselle. Tante Martha hat gesagt, dass Sie abreisen.“ Die Lippen des Kindes zitterten. „Aber Sie kommen doch wieder? Oh, bitte, sagen Sie, dass Sie wiederkommen! Guy und ich werden ganz traurig ohne Sie sein.“

Renée umarmte das kleine Mädchen und zog es ins Zimmer; sie hatte zwar Madame Dubonnet in dem Glauben gelassen, dass sie wahrscheinlich wieder in den Salon zurückkommen wollte, doch sie konnte dieses Kind nicht belügen.

„Chérie, ich weiß es noch nicht – vielleicht später.“

„Das heißt niemals“, sagte Colette traurig, und Tränen liefen aus ihren Augen.

Renée versuchte sie zu trösten. „Weine nicht“, sagte sie, „ich werde dir Postkarten und kleine Andenken schicken. Wollen wir noch ein Abschiedsgeschenk zusammen kaufen? Was hältst du von der Puppe mit den verschiedenen Kleidern, die du dir schon so lange wünschst?“

Colettes Gesicht strahlte. „Können wir gleich gehen?“

„Ja, ich muss noch zur Bank und einige andere Sachen besorgen. Du kannst aber gleich mit mir gehen.“

„Guy ist auch sehr traurig!“

Renée lachte. „Natürlich, wir dürfen ihn nicht vergessen. Lauf und hole ihn. Er soll auch etwas geschenkt bekommen.“

Colette setzte sich in Trab, um ihren Bruder zu suchen.

Die Kinder vollführten Luftsprünge vor Freude, mit Renée ausgehen zu können. Nachdem die Einkäufe erledigt waren, lud Renée beide in ein Eiscafe ein. Dabei erzählte Colette, dass sie auch wegfahren wollten, wenn ihr Vater Urlaub bekäme. „Wir fahren immer nach La Baule", sagte sie. „Das ist ein schöner Badeort mit viel Sand. Schade, dass Sie nicht mitkommen." Renées Herz zog sich zusammen, als sie diesen Namen hörte. Nachdenklich ging sie mit den Kindern wieder in die Pension zurück.

Nach dem Abendessen hielt sie es vor innerer Unruhe nicht mehr aus und verließ das Haus, um von Paris Abschied zu nehmen. Sie landete in dem Café auf den Champs-Elysees, wo ihr Janine zum ersten Mal von Gilbert und Antoinette berichtet hatte, und wählte einen Tisch, an dem zwei englische Touristen, Damen mittleren Alters, saßen. Sie musterten Renée wegen ihrer Eleganz und ihres Chics und hielten sie offenbar für eine echte Französin.

Während Renée die Spaziergänger an sich vorbeiziehen ließ, wanderten ihre Gedanken in die Zukunft. Vielleicht werde ich mal wieder hierher kommen, wenn ich alt bin, dachte sie. Alles ändert sich einmal, alles vergeht einmal – sie fragte sich, wie viel Zeit für sie vergehen müsse, um Gilbert zu vergessen. Ein Jahr? Zwei Jahre? Zehn? Eine Zukunft ohne Liebe schien ihr endlos und leer.

Die Lichter wurden überall angezündet, als sie das Café verließ. Sie spazierte die lange Strecke bis zum Place de la Concorde, wo sie eine Weile stehen blieb, um diese Szene tief in ihrem Gedächtnis zu bewahren. Dann wandte sie sich seufzend ab und stieg langsam zur Metro-Station hinunter, um zur Pension zurückzufahren. Ihr Abenteuer in Paris war zu Ende.

9. KAPITEL

Das vornehme und teure Hotel „Pilatus“ in Luzern lag direkt am Vierwaldstätter See. Es war ein älteres modernisiertes Gebäude, dessen Zimmer zur Seeseite kleine schmiedeeiserne Balkongitter hatten und dessen Hauswände zur Hangseite bunte Bauernmalereien zierten. Der See schimmerte smaragdgrün, die sauberen Straßen strahlten schneeweiß, ebenso wie die hübschen Häuser mit ihren roten Dächern; überall blühten Rosen, Geranien und Petunien. Die schroffen Berggipfel des Rigi und des Pilatus ragten in den blauen Himmel, während die dahinter liegenden Gebirgsmassive in feine Nebelschleier gehüllt waren.

Renée saß bei geöffneter Balkontür in ihrem Hotelzimmer und las die Post von daheim. Sie hatte die Briefe bei der Ankunft vorgefunden und konnte sie nun vor dem Abendessen in Ruhe studieren.

Sie war nun schon fast eine Woche lang mit den Sinclairs auf Reisen. Sie kannte die Ufer des Lac Léman und des Thuner Sees, die Städte Lausanne, Montreux und Interlaken, und nun wollten sie sich einige Tage ausruhen. Renée freute sich auf diese Ruhepause, denn sie hatte die märchenhaften Landschaften zwar von Herzen genossen, aber sie hatten die schmerzliche Leere nicht zu füllen vermocht.

In den Briefen berichtete ihre Mutter ausführlich von den jüngsten Ereignissen in Woodleigh. Sie hoffte, dass ihrer Tochter die Ferien Spaß machten. Sie drückte aber auch ihre Enttäuschung darüber aus, keine Details von der Vorführung der Kollektion erfahren zu haben. Sie freute sich sehr, dass Renée noch nach Hause kommen wollte, bevor der Salon wieder geöffnet würde.

Seufzend steckte Renée den Brief in den Umschlag zurück. Es würde ihre Mutter sicher betrüben, wenn sie ihr erzählen müsste, dass ihre Arbeitsgenehmigung für Paris nicht verlängert worden war, und sie brauchte nicht zu erfahren, was zwischen ihr und Gilbert vorgefallen war.

Der andere Brief war von Chris, die überschwänglich von ihren turbulenten Partys in London berichtete und ganz am Rande die Art ihrer Tätigkeit im Büro erwähnte. Es war charakteristisch für Chris, dass sie in ihren Nachschriften das Wichtigste mitteilte:

P.S. Habe entdeckt, dass Trog der Richtige ist. Wie recht hattest du!
P.P.S. Liebe ist wunderbar. Und Trog auch.
P.P.P.S. Trog freut sich, Dein Schwager zu werden. Du hast ihn sehr beeindruckt, aber mach mich nur nicht eifersüchtig!

Renée lachte vergnügt über diesen Brief. Sie hatte Charles gern und glaubte, dass er Chris glücklich machen würde. Sie konnte sich schon auf Chris' Hochzeit freuen und würde wohl auch Ava Brent wieder begegnen und eventuell auch Angebote aus dem Ausland erhalten. Wenn sie auch nie wieder als Mannequin tätig sein wollte, konnte sie die Arbeit als Fotomodell nicht gänzlich aufgeben. Außerdem hatten sie die Sinclairs nach Kanada eingeladen.

„Europa ist schön", hatte Mr. Edwin Sinclair gemeint, „aber es ist so klein. Dieses Land kann sich in einer Ecke Kanadas verstecken, ohne gesehen zu werden."

Vielleicht würde sie sich sogar eines Tages in der Neuen Welt ansiedeln, um ihre traurigen Erlebnisse in der alten vergessen zu können …

Plötzlich drang lautes Telefongeläute vom Apparat neben ihrem Bett in ihre Zukunftsträume. Der Empfangschef des Hotels teilte ihr mit, dass unten in der Halle ein Herr … Renée verstand den folgenden Namen nicht – auf sie wartete. Ihr Herz begann vor Hoffnung und Furcht zugleich heftig zu schlagen.

„Wie war der Name?", fragte sie.

Wieder verstand sie den Namen nicht, weil der Lärm aus dem Lautsprecher eines unten vorüberfahrenden Ausflugsbootes zu stark war. Dann hörte sie nur noch „… kommt von weit her. Als er heute morgen hier anrief, waren Sie noch nicht angekommen. Er bittet Sie, sich zu beeilen, Madame."

„Ja", antwortete Renée. „Ja, ich komme sofort."

Es konnte nur Gilbert sein. Er musste irgendwie ihr Reiseziel in Erfahrung gebracht haben, und nun war er ihr gefolgt, um ihr zu sagen, dass er nicht ohne sie zurechtkäme. Vor ihrem Frisiertisch kämmte sie sich flüchtig das Haar und erneuerte ihr Make-up. Sie lief in freudiger Erwartung den Flur entlang und stieg eilig das dunkel getäfelte Treppenhaus hinunter.

Der Herr, der an der Rezeption auf sie wartete, war nicht Gilbert Sebastian, sondern Barry Holmes.

Sie blieb stehen, und ihr Herz begann wieder ruhiger zu schlagen. „Barry!", rief sie. „Wie kommst du denn hierher?"

Er sah frisch und braungebrannt aus; seine lebhaften blauen Augen musterten sie kritisch. In ihrem schlichten weißen Kleid wirkte sie wie ein Schmetterling in der dunkel getäfelten Halle.

„Ich mache Ferien", erklärte er, „und als ich durch deine Mutter von deinem Aufenthalt in Luzern erfuhr, wollte ich dich überraschen."

„Das ist dir gelungen!" Sie ging mit ausgestreckten Händen auf ihn zu. Sie hatte zwar Gilbert erwartet, freute sich aber nun sehr über dies unerwartete Wiedersehen.

Er ergriff ihre beiden Hände und lächelte zurückhaltend. „Nun siehst du mich also doch im Ausland; der Grund ist eigentlich, dass sich deine Mutter Sorgen um dich macht. Sie sagt, dass so wenig in deinen Briefen steht."

„Mir fehlt einfach die Zeit für längere Briefe – aber mir geht es ganz gut", antwortete sie hastig. „Lass uns auf die Terrasse gehen." Sie führte ihn durch das Foyer.

Ein Kellner machte die kleine rote Lampe auf ihrem Tischchen an, da es schon langsam dämmerig wurde. Dann wartete er auf ihre Bestellung.

„Pernod?", fragte Renée.

„Um Gottes willen, nein, das Zeug schmeckt nach Likör. Ich möchte ein Bier."

Renée entschied sich für einen kleinen Sherry. Als er und das Bier serviert worden waren, meinte Barry: „Ich kann nicht sagen, dass dir die Ferien gut bekommen sind. Du siehst aus, als könntest du vom leisesten Wind umgepustet werden. Die Tätigkeit eines Mannequins scheint wohl zu anstrengend für dich zu sein?"

Sie blickte auf die dunkel schimmernde Wasserfläche. Ihre Antwort kam wie aus weiter Ferne. „Es war furchtbar heiß in Paris."

„Na, und hier weht auch kein Polarwind", bemerkte er. Dann erzählte er wieder, dass ihre Mutter glaubte, dass irgendetwas nicht stimmte. Er hätte sich daher bereit erklärt, nach ihr zu sehen und sie eventuell mit nach London zu bringen.

Er sei übrigens in einem Hotel in der Nähe untergekommen. „Nicht so vornehm wie dieses", sagte er spöttisch, „aber sauber, und zum Glück spricht dort jeder Englisch." Er machte eine kurze Pause. Dann holte er tief Luft. „Renée, ich – ich selbst hatte auch den Wunsch, dich wiederzusehen!"

„Wirklich? Das ist nett von dir."

Machte sie sich lustig über ihn? Er richtete sich steif auf. „Ich meine es sehr ernst", seine Stimme klang gereizt. „Du wirst doch wohl nicht glauben, dass die Beziehung zwischen Sally und mir wichtig war?"

„War sie das denn nicht?" Renée dachte daran, wie sie damals in ihrem Stolz gekränkt worden war, und wollte ihm jetzt nicht helfen.

„Ich habe Sally seit Monaten nicht mehr gesehen. Ich bin auch nur mit ihr ausgegangen, weil – weil ich mich über diesen Franzosen ärgerte."

„Ja", sagte sie schnell, „das habe ich wohl bemerkt."

Er nahm einen tüchtigen Schluck und blickte sie fragend an. Er war in die Schweiz gekommen, um den früheren Kontakt zu Renée wiederherzustellen und ihr nahe zu legen, den ihm so verhassten Beruf als Fotomodell und Mannequin endgültig aufzugeben. Wenn sie unglücklich war – wie ihre Mutter annahm –, dann war der Grund sicherlich darin zu suchen, dass sie es dauerte, nach Paris gegangen zu sein. Aber nun war er sich nicht mehr so sicher. Sein Blick fiel auf ihre linke Hand. Sie trug seinen Ring nicht mehr, und er hatte ihn auch nicht zurückerhalten. Was hatte sie damit angestellt? Schließlich konnte sie nicht erwarten, dass er ihr einen neuen kaufte. Irgendetwas musste passiert sein, sie sah so bleich und gedankenverloren aus. Ihr früheres heiteres Selbstbewusstsein schien gänzlich geschwunden. „Ich habe noch nie viel von den Franzosen gehalten", stellte er fest.

„Und dieser – dieser eine muss dir arg mitgespielt haben, oder?“

Sie antwortete nicht, sie starrte nur gedankenverloren auf die Tischplatte.

Barry ergriff Mitleid mit ihr. Dieser Franzose musste ein ganz brutaler Mensch sein! Er aber war mit dem Vorsatz hierher gekommen, ihr großzügig zu verzeihen und sie dann mit heim zu nehmen. „Was auch zwischen dir und ihm geschehen ist, soll mich nichts angehen“, sagte er herzlich. „Lass uns alles vergessen und neu beginnen.“

Renée zeigte sich überrascht. Diese Wende kam für sie unerwartet. Sie sah ihn an: sein vertrautes Gesicht, das blonde Haar und die hellen blauen Augen, so verschieden von … Gott sei Dank, so verschieden von … er. würde sie nie an Gilbert erinnern. Sie zögerte. „Es ist sehr lieb von dir, dass du gekommen bist, Barry, aber ich kann nichts versprechen. Ich weiß noch nicht, wie ich empfinden werde, wenn ich wieder zu Hause bin. Es ist in der Zwischenzeit so viel passiert! Ich bin nicht mehr so, wie du mich einmal kanntest.“

„Das wirst du wieder werden“, munterte er sie auf, „die schlimme Zeit liegt hinter dir, und wenn du erst wieder in Woodleigh bist, war alles nur noch ein böser Traum.“

Ein Traum? Ja, aber er war nicht nur böse, dachte sie. „Ich wünschte, du wärst mein Bruder“, sagte sie unvermutet.

„Ich bin nicht dein Bruder und möchte es auch nicht sein“, sagte er streng, während sein Blick auf ihre Hand fiel. „Was ist mit meinem Ring geschehen?“

Sie errötete und legte unwillkürlich die rechte auf die linke Hand. „Ich … ich habe ihn verloren.“

„Das war unachtsam“, sagte er vorwurfsvoll, „er hat schließlich Geld gekostet.“

Sie musste lächeln – das war so eine typische Bemerkung von Barry! „Es tut mir sehr leid“, sagte sie zerknirscht und dachte mit Schrecken daran, dass sie Gilberts weitaus wertvolleren Ring noch nicht zurückgegeben hatte. Er musste noch bei ihren Sachen in der Pension Dubonnet liegen. „Das ist ja schrecklich“, murmelte sie verzweifelt.

Barry nahm an, dass sie seines Ringes wegen bekümmert war. „Vergiss es“, beruhigte er sie, „es geht schon in Ordnung, Renée, es wird alles wieder gut, weil ich mich um dich kümmern werde. Ich habe den Eindruck, dass du allein nicht so zurechtgekommen bist.“

„Du bist ein guter Kerl, Barry“, sagte sie dankbar.

Janine freute sich über Barrys Ankunft, weil sie hoffte, dass damit für Renée alle Probleme gelöst sein würden.

Renée aber fragte sich, ob sie sich wieder so mit Barry arrangieren könnte, wie sie vor Paris zueinander gestanden hatten. Sie war gerührt, dass er so prompt bereit war, zu vergessen Und zu vergeben. Sie glaubte allerdings nicht, dass sie jemals wieder eine so tiefe Liebe wie die zu Gilbert empfinden konnte. Aber das erwartete Barry wohl auch nicht. Er würde auf jeden Fall die Leere in ihrem jetzigen Leben ausfüllen und mit ihr eine zufriedene Familie gründen …

Die Sinclairs bestanden darauf, dass Barry sich noch einige Schönheiten der Schweiz ansehen müsste, bevor sein Urlaub zu Ende ging. Sie bewunderten gemeinsam die zauberhaften Gebirgslandschaften vom Gipfel des Rigi, des Pilatus und des St. Gotthard, die mit der Zahnradbahn bequem zu erreichen waren. Zum Sonnenberg-Hotel marschierten sie sogar zweimal zu Fuß durch dichte Tannenwälder, um – oben angekommen – mit herrlichen Ausblicken auf den ganzen Vierwaldstätter See belohnt zu werden.

„Tolle Farben!“ Das war Barrys knapper, trockener Kommentar.

„Wie im Märchenland!“, äußerte Renée sich poetisch.

Ihre freundschaftliche Beziehung war wieder wie in früheren Zeiten. Sie erwartete keine überschwänglichen Liebesbeweise von Barry, sondern schätzte – wie früher – sein brüderlich-kameradschaftliches Verhalten. Angesichts der romantischen Landschaft überfielen sie hin und wieder wehmütige Gedanken an den fernen Geliebten, doch Barry sah über ihr Schweigen hinweg. Er war zuversichtlich, dass sich nach ihrer Heimkehr alles zurechtrücken würde.

Janines Eltern, die mit ihrer Tochter gegen Ende des Monats nach Zermatt fahren wollten, hatten auch Renée wieder eingeladen. Aber sie lehnte ab, da sie mit Barry, dessen Urlaub zu Ende ging, nach Hause fahren wollte.

Sie beabsichtigten beide, vom nächstgelegenen Flughafen nach Paris zu fliegen, dort Renées in der Pension zurückgelassene Sachen zu holen und möglichst noch am gleichen Tag per Zug und Schiff über den Kanal nach England zurückzukehren.

In Paris entschied sich Barry für eine kurze Besichtigung der Stadt, während Renée allein zur Pension Dubonnet fahren sollte. Sie trennten sich am Place de la Concorde und verabredeten sich abends am Nordbahnhof.

„Verpass nur den Zug nicht“, warnte er sie. „Ich muss heute Abend noch in England zurück sein!“

„Keine Sorge, Barry“, erwiderte sie, „ich habe genug Zeit, um alles zu erledigen.“

Madame Dubonnet begrüßte sie herzlich und bedauerte es sehr, dass Renée nicht mehr in den Salon Sebastian zurückkehren wollte. „Sie hatten doch solchen Erfolg!“, beteuerte sie immer wieder.

„Leider hat mir dieser Erfolg aber keine Verlängerung meiner Arbeitserlaubnis eingebracht“, sagte Renée.

„Monsieur Sebastian wird es das Herz brechen“, meinte Madame Dubonnet. „Er hat sich inzwischen nach Ihnen erkundigt, aber ich konnte ihm nur sagen, dass Sie eine Rundreise machten und keine Anschrift hinterlassen hätten.“

So hatte Gilbert also doch nach ihr gesucht! Sie erzählte Madame Dubonnet, dass Janine eine Mitteilung an Monsieur Sebastian im Salon hatte hinterlegen sollen und dass diese Mitteilung ihn offenbar nicht erreicht hätte.

Als Renée allein war, suchte sie aufgeregt nach dem Päckchen mit Gilberts Ring. Dann überlegte sie, wie sie es ihm übermitteln konnte. Da die Zeit für einen Gang zur Post zu knapp war, beschloss sie, den Ring mit nach England zu nehmen und ihn von dort an Gilbert zurückzuschicken. Plötzlich fiel ihr ein, dass möglicherweise der Zoll Schwierigkeiten machen könnte. Würde es nicht besser sein, das Schmuckstück – für Barry unauffällig – unter dem Handschuh zu tragen? Sie nahm den Ring jetzt erst einmal aus dem Etui und verschloss ihn in ihrer Handtasche.

Henri, der Hausmeister, kam, um ihr Gepäck nach unten zu tragen; sie hatte ihn gebeten, ein Taxi zu bestellen. Madame Dubonnet beklagte sich über ihre Eile und bot ihr noch eine Tasse Tee an. Aber Renée erklärte ihr, dass sie den Zug auf keinen Fall verpassen dürfe. „Es tut mir leid, Madame, aber vielleicht sehen wir uns eines Tages wieder!“ Sie wusste, es würde niemals geschehen.

Als das Taxi vor dem Haus hielt, rannten ihr plötzlich zwei Kinder mit lautem Rufen nach.

„Mademoiselle! Oh, Mademoiselle!“

Colette wollte auf Renée zulaufen. In der Eile aber stolperte sie und stürzte heftig aufs Pflaster. Guy, der ihr langsamer gefolgt war, hielt entsetzt an und starrte auf seine Schwester, die am Kopf blutete.

Renée bückte sich und hob das Kind auf. Der kleine Körper Colettes war ganz schlaff, ihre Augen waren geschlossen.

„Was ist passiert?“ Madame Dubonnet kam aufgeregt aus dem Haus gelaufen.

„Colette ist ausgerutscht. Sie hat eine hässliche Platzwunde am Kopf“, gab Renée zur Antwort. „Wo ist ihre Mutter?“

Madame Renaud war fortgegangen und hatte die Kinder in der Obhut ihrer Tante gelassen. Madame Dubonnet schlug die Hände über dem Kopf zusammen und schien fassungslos.

Renée nahm sich Colettes an und bat darum, warmes Wasser und Pflaster ins Kinderzimmer zu bringen und nach einem Arzt zu telefonieren. Zusammen mit dem alten Henri trug sie das bewusstlose Kind ins Haus und legte es vorsichtig auf sein Bett. Colette kam zum Glück wieder zu sich und versuchte, die Lippen zu bewegen.

„Bleib …bei mir!“

„Ja, mein Liebling“, versprach Renée und strich ihr die dunklen Locken aus der Stirn.

Ein Zimmermädchen brachte Wasser und Verbandsmaterial, und Renée tupfte vorsichtig die Wunde ab. Zum Glück war sie nicht tief.

Madame Dubonnet gab Bescheid, dass der Arzt auf dem Weg sei. „So ein Pech, dass Colettes Mutter nicht da ist“, jammerte sie. „Ich habe so wenig Erfahrung mit den Kindern.“

„Ich werde hier bleiben, bis Madame Renaud zurück ist", versicherte Renée, und Madame Dubonnet lief zufrieden und erleichtert nach draußen, um das wartende Taxi fortzuschicken.

Colette klammerte sich an Renées Kleid. „Du gehst doch nicht weg? Versprich mir, dass du nicht weggehst!"

„Ich bleibe hier." Renée setzte sich auf die Bettkante, und Colette kuschelte sich seufzend an sie. Renée warf einen Blick auf ihre Uhr: Sie würde den Zug verpassen, und Barry würde wahnsinnig wütend sein. Doch sie konnte Colette nicht verlassen, bevor ihre Mutter zurückkam. Dann bemerkte sie plötzlich Guy, der die ganze Szene schweigend beobachtet hatte und nun ängstlich fragte, ob seine Schwester sterben müsste.

„Aber nein, ganz bestimmt nicht!", erwiderte Renée. „Du hörst sie doch schon wieder sprechen. Sie ist bald wieder in Ordnung."

„Wird sie der Doktor wieder heil machen?"

„Ganz sicher. Aber inzwischen kannst du noch ein bisschen spielen gehen."

Der Arzt kam und stellte nur eine Platzwunde und ein paar leichte Blutergüsse fest. Er gab Colette eine Spritze, durch die sie einige Stunden schlafen würde, und versprach, am nächsten Tag wieder vorbeizukommen. Als er gegangen war, setzte sich Renée auf den Stuhl neben Colettes Bett. Das Kind drückte immer noch fest ihre Hand und murmelte vor sich hin. Langsam entspannte sich der kleine Körper, die Augenlider senkten sich, und Colettes Finger lösten sich. Als Renées Hand frei war, beugte sie sich über das Kind, das nun tief atmete.

Renée überlegte rasch ihre weiteren Schritte. Sie musste Barry irgendwie erreichen. Sie musste versuchen, ihn auf dem Bahnsteig ausrufen zu lassen. Vielleicht, dass der Zug noch nicht abgefahren war. Sie würde am nächsten Morgen allein nach England fahren und zuvor die Nacht noch in der Pension verbringen. Während sie noch überlegte, vernahm sie leise Fußtritte im Nebenzimmer und seufzte erleichtert auf. Madame Renaud schien zurückgekommen zu sein und konnte nun Colette betreuen. Renée öffnete die Tür und … stand direkt vor Gilbert Sebastian.

Der Schock, ihm so unvermutet gegenüberzustehen, raubte ihr die Sprache. Sie stand wie versteinert und wurde abwechselnd rot und blass, während ihr Herz wie wahnsinnig klopfte. Sie hatte ihn am Abend vor dem unglückseligen Treffen mit dem Ehepaar Arnaud zum letzten Mal gesehen und seitdem unablässig an ihn denken müssen. Obwohl für ihn dieses Wiedersehen ja keine Überraschung war, blieb auch er stumm und schaute sie so durchdringend an, als versuchte er, in ihren Augen zu lesen.

„Gilbert", stieß sie endlich hervor und bemerkte gar nicht, dass sie ihn beim Vornamen angesprochen hatte.

Er machte eine kleine steife Verbeugung.

Renée legte einen Finger auf ihren Mund und wies auf Colette.

Er fragte im Flüsterton: „Schläft die Kleine?"

Renée nickte und schlich sich nochmals auf Zehenspitzen zum Bettchen.

Er folgte ihr ebenso leise und stellte sich neben sie. „Sie haben Kinder wohl gern?"

„Oh, ja, sehr gern. Und es schmerzt mich, die Kleine verletzt zu sehen!"

Er berührte Colettes Wangen ganz sanft mit den Fingerspitzen, und Renée entdeckte an dieser Geste eine bislang unbekannte Gefühlsregung bei ihm. Nachdem sie ihn mit wenigen, leisen Worten über den Besuch des Arztes informiert hatte, wandte er sich zur Tür. Er wartete, dass Renée mit ihm zusammen das Zimmer verlassen würde.

Aber Renée rührte sich nicht vom Platz. Sie wusste ja nicht, aus welchem Grund er hierher gekommen war, ja woher ihm überhaupt ihre Anwesenheit bekannt war. Sie hatte ihn ja nie wieder sehen wollen. Ihre Nerven waren bis zum Äußersten angespannt. Sie musste versuchen, völlig gleichgültig zu erscheinen. „Ich sollte besser warten, bis …"

Er überhörte ihren Einwand, ergriff sie fest am Arm und zog sie energisch aus dem Kinderzimmer auf den Flur hinaus. Er ließ ihren Arm erst wieder frei, nachdem er die Zimmertür hinter sich geschlossen hatte. „Und nun, Mademoiselle, sind Sie mir eine Erklärung schuldig, wieso Sie ohne Genehmigung und ohne eine Anschrift zu hinterlassen abgereist sind!“

Seine Stimme klang hart, und unter seinen strengen Blicken fühlte sie sich wie ein Kind, das beim Schuleschwänzen erwischt worden war.

„Ich … ich habe Ihnen eine Nachricht zukommen lassen“, stammelte sie.

Er winkte verächtlich ab. „Meinen Sie diese hingekritzelten Zeilen?“

Er hatte ja recht. Sie fand ihre fluchtartige Abreise jetzt auch sehr töricht. Sie hatte sich wie ein alberner Teenager benommen und wäre ihm eine sachliche Erklärung schuldig gewesen. Nun konnte sie die Begegnung mit Antoinette nicht länger verschweigen, wusste jedoch noch nicht, wie sie das Thema anpacken sollte. „Woher in aller Welt wussten Sie denn, dass ich hier bin?“, fragte sie, um Zeit zu gewinnen.

„Madame Dubonnet hat mich angerufen. Ich hatte sie gebeten, mich sofort zu benachrichtigen, wenn Sie in der Pension auftauchten.“

„Oh!“ Deshalb also hatte Madame Dubonnet versucht, sie länger bei sich zu halten!

„Sie haben aber noch nicht meine Frage beantwortet!“ Er ließ nicht locker.

„Nun, meine Arbeitsgenehmigung war ja beinahe abgelaufen.“

„Hatten wir nicht einen Weg gefunden, dieses Problem zu umgehen?“, unterbrach er sie mit hochgezogenen Augenbrauen.

Sie machte eine hilflose Handbewegung. „Könnten wir uns nicht an anderer Stelle als hier darüber unterhalten?“

„Ganz Ihrer Meinung, Mademoiselle. Wir sollten nach unten gehen.“

Als sie die Treppe hinunterstiegen, klingelte das Telefon in der Diele. Madame Dubonnet nahm den Hörer ab und wandte sich gleich an Renée: „Hier spricht ein Monsieur Barry und fragt, ob Sie schon zum Nordbahnhof abgefahren sind.“

„Das ist gut. Da kann ich ihm endlich mitteilen, warum ich den Zug leider verpassen muss“, sagte Renée und übernahm den Hörer. Am anderen Ende der Leitung meldete sich ein wütender Barry; der Zug würde in wenigen Minuten abfahren, und sie hätte noch nicht einmal die Pension verlassen. Er habe kein Verständnis dafür, dass Colettes kleiner Unfall ihre pünktliche Abfahrt verhindert hätte. „Es gibt doch dort bestimmt noch andere Menschen, die sich um das Kind kümmern können. Man kann dich wirklich nicht allein lassen!"

„Colette jammerte nach mir, Barry, und ich war ja im Grunde auch schuld an dem Unfall. Colette hängt nämlich sehr an mir, und ihre Mutter war nicht im Hause. Ich konnte das Kind einfach nicht allein lassen."

„Du bist viel zu sentimental!", brummte er. Dann wurde seine Stimme wieder laut: „Du weißt doch, dass ich heute Abend noch in London zurück sein muss!"

„Ich weiß, Barry, es tut mir auch sehr leid, aber ich schaffe den Zug jetzt nicht mehr. Du musst pünktlich zurück sein und solltest deshalb auch fahren. Ich übernachte hier und komme morgen nach."

Renée hörte dann nur noch das Geräusch eines heftig in die Gabel zurückgeworfenen Telefonhörers. Sie legte ebenfalls auf. Als sie sich umdrehte, stand Gilbert unmittelbar hinter ihr.

„Das war also Monsieur Barry?", fragte er ruhig. „Haben Sie mich seinetwegen so fluchtartig verlassen?"

„Ja", entgegnete sie trotzig. „Ich fuhr mit den Sinclairs in die Ferien, die Sie mir nicht bewilligt hatten. Barry hat mich gesucht, wir wollten zusammen heimfahren, und nun habe ich den Zug verpasst."

Sie konnte sein Gesicht in dem dämmerigen Flur nicht klar erkennen, doch da er schwieg, musste er wohl tief gekränkt sein. Barrys Anruf aber gab ihr nun wenigstens die Möglichkeit, die Bindung an Gilbert und seinen Salon abzubrechen, ohne die unerfreuliche Begegnung mit Antoinette erwähnen zu müssen. „Außerdem muss ich Ihnen sagen, dass ich meinen jetzigen Beruf aufgeben werde", fuhr sie fort. „Ich werde voraussichtlich Barry heiraten. Wir waren ja einmal verlobt ..." Sie fand keine weiteren erklärenden Worte mehr.

„Ich bin im Bilde", antwortete er ruhig, doch Renée fühlte, dass er sehr verletzt war. Nun, wenn ihn ihr Abschied zunächst auch bekümmerte, so würde Antoinette diese Lücke sicher sehr bald ausfüllen!

Das Zimmermädchen lief mit einem Tablett durch den Flur, starrte beide mit neugierigen Blicken an und verschwand dann schnell wieder.

„Hier lässt sich wirklich kein Gespräch führen", sagte Gilbert ungeduldig. „Mademoiselle Renée, ich verstehe Ihre Gründe, und ich hoffe, dass Ihre Ehe mit diesem jungen Mann glücklich wird. Wir müssen allerdings noch über einige kleine Punkte sprechen. Würden Sie bitte mit mir kommen, dann kann ich Ihnen auch gleich einen Scheck für Ihr letztes Gehalt ausstellen."

Sie wollte schon vorschlagen, dass ihr der Scheck ja auch nachgeschickt werden könnte, als sie sich an den Ring in ihrer Handtasche erinnerte. Dieser Ort schien ihr für die Rückgabe wenig geeignet, und sie fühlte, dass sie sich so herzlos und kalt jetzt auch nicht von ihm verabschieden konnte. „Ich möchte noch einmal kurz nach Colette schauen, bevor ich mitkomme", sagte sie.

Das Kind schlief tief und fest, und Renée erkundigte sich bei Madame Dubonnet, ob sie noch einmal in ihrer Pension übernachten könne. Die Hauswirtin strahlte und machte es damit Renée unmöglich, sich bei ihr zu beschweren, dass sie Monsieur Sebastian von ihrer Anwesenheit unterrichtet hatte.

Gilberts Wagen parkte vor der Tür. Als sie durch die Stadt fuhren, antwortete Renée nur einsilbig auf seine unpersönlichen Bemerkungen über das Wetter, die Touristen und politische Ereignisse. Sie saß mit zusammengepressten Händen neben ihm.

Als sie nicht am Faubourg St. Honore hielten, erkundigte sich Renée, wohin sie führen.

„In meine Wohnung. Der Salon ist seit gestern geschlossen."

„O nein, bitte nicht dorthin", sagte sie laut. Sie mochte nicht an den Abend mit seiner Mutter erinnert werden.

„Warum nicht? Finden Sie es unfair von mir? Seien Sie doch nicht so prüde, meine Liebe! Ich verspreche Ihnen, dass nichts passieren wird, was der gute Monsieur Barry missbilligen könnte!", sagte er spöttisch.

Renée errötete und blickte stumm aus dem Seitenfenster, um ihre aufsteigenden Tränen zu verbergen.

Nach kurzer Zeit lenkte er das Auto über die Brücke, die zur Ile St. Louis führte.

10. KAPITEL

Ein knapper Monat war erst vergangen, seit Renée in diesem Zimmer von Gilberts Mutter begrüßt worden war. Heute schien ihr dies sehr fern, da sie inzwischen erfahren hatte, dass Antoinette noch lebte und ihre Zukunftspläne damit zerstört waren.

Gilbert ging geradewegs auf seinen großen unaufgeräumten Schreibtisch zu und setzte sich auf seinen Drehstuhl. Während er irgendetwas schrieb, musterte Renée seine vertraute Gestalt, und ihr Herz drohte zu zerspringen. Ohne aufzublicken, bat er sie, Platz zu nehmen, und sie setzte sich in einen Sessel, der zur Sitzgruppe am Fenster gehörte. Von der Wand über dem Kamin lächelte Antoinette im Brautkleid triumphierend auf sie hinab, während sie eilig nach dem Ring in ihrer Handtasche suchte.

Gilbert stand auf und kam mit einem Briefumschlag zu ihr herüber. „Ich habe Ihnen einen Scheck auf eine Londoner Bank ausgestellt, wo der Salon Sebastian auch ein Konto führt", sagte er.

„Vielen Dank, Monsieur", erwiderte sie und wollte ihm gleichzeitig den Ring übergeben. „Ich hätte ihn schon früher zurückgeben müssen", entschuldigte sie sich, „aber ich –."

„Den Ring?" Er schien verblüfft. „Wollen Sie ihn nicht behalten, Renée? Ich möchte es gern."

„Unmöglich." Sie legte ihn auf den Tisch. Wie sollte sie Barry die Herkunft des Ringes erklären?

„Möchten Sie ein Zeugnis haben?", fragte er barsch.

„Danke, das ist nicht nötig, Monsieur. Sie wissen ja, dass ich diesen Beruf nicht mehr ausüben werde."

„Schade!"

Sein sachlicher Ton schmerzte sie, und sie wollte aufstehen. „Kann ich jetzt gehen, Monsieur, wenn das alles war?"

„Lassen Sie uns noch ein Glas zum Abschied trinken, Renée." Er läutete.

„Die kleine Colette könnte nach mir fragen." Sie wollte nicht, dass der Abschied hinausgezögert wurde; ihr Herz war schon schwer genug.

„Die Kleine wird in den nächsten Stunden fest schlafen", beruhigte er sie.

Die Frau des Hausmeisters kam, und Gilbert gab ihr einige Anweisungen.

„Oui, Monsieur, ich werde mich beeilen", nickte sie und verschwand.

Renée beobachtete ihn, als wollte sie jede Linie seines Gesichtes im Gedächtnis behalten. Er drehte sich um, und ihre Blicke trafen sich.

„Sie haben wunderschöne Augen", sagte er. „So ausdrucksvoll, sie haben mich schon mehr als einmal in Verwirrung gebracht."

„Dann war es gut", antwortete sie erleichtert. Wie oft hatte sie befürchtet, dass ihre Augen ihm ihre Gefühle verraten hätten.

Er wandte sich der Hausmeisterin zu, die mit den Getränken hereinkam. Whisky, Soda, Cola und Eis.

Er stand auf, als er ihr zuprostete. „Gute Reise, Renée, und viel Glück!"

„Danke, Monsieur!"

Sie schwiegen wieder.

Erst nach einer Pause fragte Renée so unbefangen wie möglich: „Werden Sie in den Ferien verreisen, Monsieur?"

Er zog die Schultern hoch. „Einige Tage nach Chateauvieux, dann geht's wieder an die Arbeit."

Wusste er noch nicht, dass Antoinette zurückkommen wollte? Renée wunderte sich, dass er sie noch nicht wieder erwähnt hatte. Aber das ging sie nun nichts mehr an. Sie leerte ihr Glas und erhob sich. „Ich muss jetzt wirklich in die Pension zurück."

„Eh bien, ich werde Sie zurückfahren", sagte er. Aber er rührte sich nicht. „Renée, es – es ist so schwer, Sie gehen zu lassen!"

„Monsieur, es ist auch für mich schwer", flüsterte sie. Ihre Augen füllten sich mit Tränen, als sie ihn ansah.

„Mein Gott, Renée!", stieß er heiser hervor und presste die Hände zusammen. „So dürfen Sie mich nicht ansehen. Ich bin nicht aus Eis!"

Plötzlich entdeckte sie in seinen Augen einen so tiefen Schmerz, dass sie mit ausgestreckten Händen auf ihn zuging. „Gilbert …“ Ihre Stimme versagte.

Als er sie in die Arme nahm, presste sie sich an ihn und erwiderte seinen leidenschaftlichen Kuss.

„Ich werde die Engländer nie verstehen“, sagte Gilbert lächelnd eine ganze Zeit später. Sie saßen gemeinsam auf einem roten Sofa, und sie hielten sich fest, als dürfte sie nie wieder etwas trennen.

„Aber du bist doch selber ein halber Engländer“, lachte auch sie und fragte sich immer wieder, ob sie nicht träumte, sondern wirklich in Gilberts Armen lag.

„Meine Mutter nahm die französische Staatsbürgerschaft an, als sie meinen Vater heiratete. So, wie du es jetzt tun wirst, liebste Renée! Ich hoffe aber auch, dass du nun nie mehr dein Herz vor mir verleugnen wirst. Ach, Renée, ich habe so geduldig gewartet, aber es schien, als würde ich dein kleines Herz nie erweichen können.“

„Es gehört dir schon so lange“, flüsterte sie.

„Und mich traf es wie ein Blitzschlag, als ich dich im Ballsaal des ‚Heremitage‘ in La Baule sah. Kannst du dich noch erinnern?“

„Wie könnte ich das jemals vergessen, Liebster!“

„Wirklich? Du überraschst mich, Chérie. Du kannst dir nicht vorstellen, wie sehr es mir damals widerstrebte, vor dem kleinen Pierre den Tyrannen zu spielen, aber ich musste dich nach Paris entführen, so oder so.“

„Aber trotzdem wäre ich vielleicht nie nach Paris gekommen, wenn es nicht den Streit zwischen Barry und mir gegeben hätte!“

„Ach, dieser Monsieur Barry! Ich glaube nicht, dass er dich je geliebt hat, Renée.“

„Er könnte nie so lieben wie du, Gilbert, nie!“

„Aber warum, Chérie, hast du es mir dann so schwer gemacht? Hast du denn nicht gespürt, dass ich mich nach einem Zeichen deiner Zuneigung sehnte?“

Sie wandte sich ab, sie wollte nicht diese lang herbei gesehnte Stunde dadurch verderben, dass sie Antoinettes Namen erwähnte. Denn, war sie nicht der Grund für alle Missverständnisse gewesen?

„Du musst wissen, Gilbert“, begann sie dennoch. „Ich glaubte, du wärest in Antoinette verliebt.“

Sein Gesichtsausdruck veränderte sich schlagartig, seine Augen blickten finster, und seine Lippen bildeten eine strenge Linie. Renée hatte das Gefühl, als ob ihr Herz von einer eiskalten Hand umschlossen würde.

Stockend berichtete sie von ihrem Besuch in der Rue du Jardine. Sie blickte ihn dabei nicht an, während er sich ihre Geschichte schweigend bis zu Ende anhörte.

„Und ich habe nichts davon gewusst!“, rief er aufgebracht. „Was hast du erdulden müssen!“ Er riss sie an sich und suchte ihre Augen. „Renée, Liebling, mein Engel, du musst mir glauben, wenn ich dir sage, dass ich Antoinette nie geliebt habe. Sie ist eitel, eifersüchtig, oberflächlich und –“

„– und sehr schön“, warf Renée lächelnd ein.

„Oh, ja, man mag sie gern anschauen. Ich bewunderte sie, wie man ein schönes Bild bewundert. Ich selbst habe dieses Bild geschaffen. Ich habe Antoinette auf der Straße aufgelesen und ihr die Gesten, die Haltung und den Gang eines Mannequins beigebracht, wofür sie eine natürliche Begabung besaß. Das stimmt, aber sie hat mich niemals als Frau interessiert. Doch ich fühlte mich nach dem Unglück verantwortlich für sie und habe alles versucht, ihr zu helfen, obwohl ich von ihrem Arzt wusste, dass die Verletzungen nur oberflächlich waren.“

Renée zeigte auf das Bild über dem Kamin. „Du hast aber immer noch ihr Foto in deiner Wohnung!“

„Mein Gott, ich habe ganz vergessen, dass sie darauf abgebildet ist. Renée, Liebes, ich bewahre dieses Bild nur wegen des Kleides auf. Diese Kreation war ein Triumph für mich. Ich gewann damit den ersten Preis bei einem Modewettbewerb in Venedig.“ Er stand auf, nahm das Bild vom Haken und stellte es mit dem Gesicht gegen die Wand. Dann verschwand er in seinem Schlafzimmer und kam mit einem zweiten gerahmten Foto zurück.

„Dieses Bild schätze ich nicht wegen des Kleides, sondern wegen der Person, die es trägt“, sagte er lächelnd und hängte es an die Stelle, wo soeben noch Antoinette gehangen hatte.

Renée schnappte nach Luft; es war ein Foto von ihr, auf dem sie das bernsteinfarbene Abendkleid im „Heremitage" trug.

„In vielen Nächten habe ich diesem Bild erzählt, was ich dir persönlich nicht zu sagen wagte", flüsterte er ihr ins Ohr und nahm sie in seine Arme.

Im Zimmer war nur noch das Murmeln der Seine durch das geöffnete Fenster zu hören, während Renée die große Liebe fühlte.

– ENDE –

Mather / Rome / Hampson
Liebesreise nach Portugal
Band-Nr. 15032
8,95 € (D)
ISBN: 978-3-89941-595-7
432 Seiten

Armstrong / Bianchin / Badger
Liebesreise nach Australien (2)
Band-Nr. 15027
8,95 € (D)
ISBN: 978-3-89941-515-5
400 Seiten

Howard / Green / Kemp
Liebesreise nach Schottland
Band-Nr. 15024
8,95 € (D)
ISBN: 978-3-89941-512-4
432 Seiten

Gordon / Hamilton / George
Liebesreise in die Toskana
Band-Nr. 15023
8,95 € (D)
ISBN: 978-3-89941-511-7
448 Seiten

Mather / Reid / Graham
Liebesreise nach Griechenland
Band-Nr. 15012
8,95 € (D)
ISBN: 978-3-89941-376-2
416 Seiten

Braun / Mather / Morgan
Liebesreise nach Mexiko
Band-Nr. 15026
8,95 € (D)
ISBN: 978-3-89941-514-8
384 Seiten

Langan / Weale / Darcy
Liebesreise nach Hawaii
Band-Nr. 15030
8,95 € (D)
ISBN: 978-3-89941-571-1
400 Seiten

Devine / Lamb / Fraser
Liebesreise nach Cornwall
Band-Nr. 15007
8,95 € (D)
ISBN: 978-3-89941-367-0
448 Seiten

Goodman / Stephens / McCallum
Liebesreise auf die Balearen
Band-Nr. 15025
8,95 € (D)
ISBN: 978-3-89941-513-1
416 Seiten

Mortimer / Ker / Peters
Liebesreise nach Mallorca
Band-Nr. 15008
8,95 € (D)
ISBN: 978-3-89941-368-7
400 Seiten

Wentworth / Field / Mayo
Liebesreise auf die
Kanarischen Inseln
Band-Nr. 15019
8,95 € (D)
ISBN: 978-3-89941-509-4
416 Seiten

Spencer / McMahon / Darcy
Liebesreise in die Karibik
Band-Nr. 15010
8,95 € (D)
ISBN: 978-3-89941-374-8
448 Seiten